政协委员

梁晓声文集·长篇小说

11

青岛出版社

第一章

安庆市是西部某省的城市。

李一泓是安庆市的名人。

"城市"二字,在中国是一种概念,在别国是另一种概念。中国是世界上人口第一多的国家,故人口百万左右的城市,在我国只能算是中等城市。即使是中等城市中,也只能属于偏小的。而在别国,尤其在西欧各国,除了它们的首都,人口百万左右的城市,毫无疑问该算是大城市了。

百余年前,全世界总人口才十六亿多。那时北京已是世界上人口最多的城市了,超百万。而现在,连深圳这一座二十几年前才开始形成的城市,仅常住人口就四五百万了,加上流动人口,过七百万。三十年前毁于一旦的唐山,市区人口又达到四五百万了。人口多了,城市占地面积今非昔比。至于西方国家那类二三十万的城市,如今在中国连一座大城市的区都够不上,充其量只能算是县级市,小县城而已。

想想吧,以北京为例,仅海淀一区,人口已多达一百几十万,而朝阳区比海淀区还要大。海淀区的一个街道,比如学院路街道,竟将近二十万人口。

　　二十年前安庆便是一座小小的县城,有十几万人口。占地面积也很小,但很紧凑。它是一座古城。虽古,却又默默无闻。古城得由古代名人衬托着,方能显出古的历史价值。安庆历史上并没出过什么古代名人,它的古从不曾被任何人任何方面重视过。

　　从二十世纪八十年代到现在的二十几年间,"安庆"的人口已经八十余万了。它周边大片大片的土地被形形色色的房地产开发商买断,建起了一处处市民小区。而一处处农村随之消失,一批批农民摇身一变成了城市人口;那是中国农民们几辈子以来的梦想。于是它由县级市升格为地级市,市政府鼓励农民们变成城市人口,只要在城市周边买得起一处商品房,就会获得城市户口。许多农户为了实现这一梦想,家中凡是能出外打工挣钱的人都出去了。房价竟也像大城市一样在持续上涨,只不过不像大城市的房价涨得那么离谱那么疯狂。已经变成为城市人口的农民,自然很是庆幸。举动晚了一步,梦想尚未实现的农民,对房价的上涨难免心急火燎,枉自叹息,更加只争朝夕地挣钱,或迫不及待地借钱。

　　安庆市周边一环一环的新城区,将老城区围在中央,扩展的情形和北京、上海、广州等大城市如出一辙。然而老城区的面貌,尚没被拆到体无完肤的地步。政府鼓励农民落户城市的政策一如既往。官员们巴望安庆市的人口突破百万。百万人口的市领导,在省里更容易受到重视,自己也觉得有面子。

　　可以这么说,如今安庆市的人口成分,百分之八十以上是二十几年前的农民,对新的身份特别珍惜,都尽量显出既是名正言顺的,同时又是文明的城市人的觉悟。他们都明白,如果不愿被视为城市里的二等居民甚或差等居民,最好自觉地那样。

　　百分之二十左右的老居民,在百分之八十以上的城市新居民们的面前,也都尽量地友善着、谦虚着,那体现为一种明智。他们心里也都明白,如果并不,那么烦恼的将是自己。何况,这一座城市的人口多了,规模大了,对他们是有好处的。起码,从此消除了区区小县城居民的心理阴影。古今中外,县城居民大抵都有两种心理——其一是小图安,怡然自得,知足常乐;其二是在大城市人面前的自卑。现在他们不怎么自卑了,即使出现在省城,自报家门说是"安庆人"时,那语调,那表情,多少有点神气活现了。而省城里的人们,也每每开始对"安庆人"刮目相看了。尽管摆放在全国一比,安庆的发展速度并不惊人,但在西部省份,却近乎神速了。

总而言之,安庆是一座人心相当稳定的城市。虽然还远谈不上和谐,但是看不出有什么特别令人担忧的不稳定因素。目前如此。

安庆市稳定的局面,很大程度上应归功于文化馆。

如今,文化馆的文化作用,在许多城市里已若有若无,连文化馆本身,也十之八九名存实亡了。

但安庆市文化馆对安庆市所起到的文化作用却依然责无旁贷而又无可取代。百分之八十以上的新市民,对于农村文化娱乐的种种形式仍存眷恋,情有独钟。百分之二十左右的老市民在文化娱乐心理上亦多半怀旧,文化馆乃是保留在他们记忆中的"文化故乡"、温馨的"娱乐场景"。一言以蔽之,对于安庆市,文化馆的文化地位不是下降了,而是上升了,甚至等同于文化部。

老百姓对文化馆厚爱有加,对文化馆的活动热忱参与,深情支持,使供职于文化馆的人们个个都挺有责任感和使命感的。只要能使老百姓高兴、快乐,他们任劳任怨。他们自称是群众文化生活的调味者,乐此不疲。在新兴之城市,反而有这么一种过去时的文化现象保留着,令人欣慰。

李一泓这一位安庆市的名人,是文化馆的副馆长。除了正馆长齐家轩,他是馆里唯一的另一位"领导",副科级。只要带"长"并且管人,便是"领导"。哪怕只管一个人,也是那一个人的"领导"。安庆人对"领导"二字的定位很传统,一九四九年以后这一种定位就深入人心了。李一泓和齐家轩管着十二个人呢,自然都是没有争议的"领导"。李一泓除了是文化馆副馆长,还是市"古体诗词爱好者联谊会"的会长、"舞狮爱好者协会"的会长、"收藏爱好者协会"的会长、"书画爱好者协会"的会长……总而言之,民间头衔不少。而使他名人地位最为巩固的民间头衔是——"安庆市太极拳爱好者协会"的终身会长。

李一泓不仅是安庆市的名人,还是安庆市富有传奇色彩的名人。罩在他身上的传奇色彩一多半是从他父亲身上转移过来的,一少半才是他自己生发了的。

他在二十世纪八十年代以前一直是农家子弟。而他的父亲李志达却曾是老安庆县城里威名远扬的太极拳师。当年,安庆县城里最富有的商绅严世鹏极为敬重李志达的武德和人品,将独生女儿许配给了李志达。但商绅的女儿却没成为李一泓的母亲,她在和他父亲成婚前死于匪患。李志达为了安慰痛不欲生的严世鹏,也为了报答人家对他的垂爱,遂认人家为义父并郑重发誓十年不娶。李志达从此为严世鹏担负起了保家护店之责,同时继续教人习武,收点儿学费,自己养活自己,一点儿也不沾义父的光。本愿做他老丈人却不料做了他义父的严世鹏,越发感到他品行难得,干脆投一笔资,买一处宅院,使他教人习武有了固定的场所。李志达的徒弟成倍地多起来,挂牌势在必行了。而他坚决不以自己的名字挂牌,非以严世鹏的名字挂牌不可。严世鹏又哪里拗得过他呢?最终只得违愿而依。于是择个吉日,邀请小县城里有头有脸的人物齐来捧场相庆,设宴、舞狮、放鞭炮、唱戏,热闹之中悬挂起一块体体面面黑漆红字的大牌匾是"世鹏武馆"。这么一段从头到尾的过程,从前的县志里详细记载着。徒弟多了,收入自然也多了。李志达从中扣除少许的生活费用,其余尽数交到严世鹏的老账房那儿。严世鹏不解了,说:"志达你这个人啊,咱俩都是义父子关系了,你还何必在钱财方面和我划得这么清呢?我女儿已死,我又再没有儿女了,将来遗产还不都得归在你名下么?你还年轻,别太省吃俭用亏待自己,该花该用,就花就用吧!我严世鹏虽然身在商道，但毕竟也是个仁义之人，也顾惜名声，也要好口碑。你的做法，我打心里佩服。可传出去，免不了飞短流长，岂不是使我授人以柄了么？"

李志达听罢就给严世鹏跪下了。他说："义父啊，你对我的恩德，我一辈子铭记在心。你将来的遗产，却绝对不应该属于我……"

严世鹏急了，说："不应该属于你，那应该属于谁呢？我连至亲的亲人也没一个了，一辈子苦心经营置下的这份家业，若临死前一总儿分散给穷人，我还舍不得。传给你，我不认为会辱没了你的什么清名……"

李志达说："我哪里谈得上有什么清名不清名的呢？我不是顾虑那个，也根本不配顾虑那个。论清名，义父乐善好施，仗义疏财，灾荒年月，济穷救难也一向慷慨大方，义父才是一个配考虑身后之名的人啊！"

严世鹏问："那你究竟是什么意思呢？"

李志达便趁机劝义父重立遗嘱，说："一份家业，这样那样，其实都不如捐给了社会的好……"

严世鹏又问："当今时局动荡不安，兵荒马乱，贪官污吏多多，怎么就算捐给社会了呢？倘白白肥了男盗女娼之辈，我在九泉之下多懊恼啊！"

那李志达膝行近前，仰脸望着义父，言恳意切地说："义父啊，想咱们中国，时运也衰，民心也散，定非仅靠几个仁人志士的努力，便能拯救，便能振兴的。常言道，国家兴亡，匹夫有责。义子虽识字不多，平日里但凡有闲，书也喜欢看，报也喜欢读的。某些有识之士，在书中报上，主张教育救国。我读了看了，自然也会替咱们中国想一想，便觉得他们的主张不无道理。又联想咱们安庆县，十几万人口，竟连一所中学都没有。义父将来何不将偌大一份遗产托付给县里可信任的人们，要求他们用以办起一所中学呢？果而如此，将来的人们，一定会纪念着您，连我也会觉得光荣。那光荣，就等于是义父留给我的最好遗产了啊！……"

严世鹏说："即使我依你所言，又为什么非信任别人呢？我在安庆县虽也不乏过从甚密的朋友，可要论及'信任'二字，非你莫属啊！"

李志达道："义父啊，我是一个见识短浅、能力有限的人。此等大事，我做不成啊！"

那严世鹏就沉吟起来，良久，慢条斯理地说出一句话："我本以为我已把你看得很透，今日听了你几番话，还是错看了你。"

李志达不安了，流下泪来，说："义子感激义父的知遇之恩，自然要经常为义父思考身后之事，所思所想，绝无私利左右。倘义父认为荒唐，还望不生反感。否则义子日后心存惶恐，就不知再该怎样了……"

严世鹏则起身离开座位，将他扶起，说："你多心了，我的意思是，想不到你不但有一等的仁义，还是一个忧国忧民的人。我以前竟不了解你这一点，所以惭愧啊。来来来，跟我去书房里，咱们父子筹划筹划……"

如此这般，严世鹏的遗嘱当日重写了。他坚持在遗嘱中将李志达列为第一执行人。李志达无奈，只得默认。

翌年，严世鹏去世，那是一九四五年。在病床上得知日本人投降了，精神为之一振，主动要吃一碗鸡汤面。刚吃几口，碗落于地……

第二年，"世鹏中学"在安庆县落成，首批招了二百余名学生。

这一切，县志里也有记载……

至于李志达的武功究竟有多高，老辈人口中传说多多。县志里只记载了一件重要的事——某年有拨土匪扬言要血洗安庆县城，说李志达如果有胆量到他们指定的地点去会他们，也可以开恩，不那么做了。严世鹏给李志达临时凑了一笔钱，劝李志达远走他乡，躲此一劫。武馆的弟子们却聚集起来，发誓非与土匪们血战一场不可。李志达并未逃走，还驱散了弟子们。他对严世鹏说，他心里也明白，土匪们不是真要血洗县城，而是专冲着他个人下帖子的。是劫躲不过。倘若自己逃走了，不但被土匪们耻笑，自己本县的英名也灰飞烟灭了。那自己他日还能再回到安庆县来么？土匪都是欺软怕硬的人，一旦被他们觉得安庆县城里连条汉子都没有，放心大胆地闯入县城胡作非为烧杀奸掠一番是很可能的。所以，自己得去会会他们，以诚相见，或许反能于杀气笼罩之际，为全县人的安危争取到一份转机……

他就去了。

刚在匪巢里的一把宾椅上坐定，背后上来两条大汉，一人伸出一只右手，往他双肩上按将下来。土匪中也有武艺高强的人啊，李志达的双肩感觉到了两股大力的压迫，却不动声色。眨眼间，但听一阵裂响。匪首低头一看，四只椅腿连同李志达的双脚，不但使几块方砖碎了，而且塌陷下去了。匪首顿时抱拳拱手，起身施礼，说是手下人调皮，只不过想跟李师傅开开玩笑，还望李师傅海涵。接着匪首设宴款待他，推杯交盏之间，用短刀挑起一片好肉送至李志达嘴边，请他"尝尝咸淡"。李志达咔嚓一口，连一寸刀尖都咬断在口中了，嚼了几嚼，咽下肚去。还说："不咸不淡，就是脆骨没剔干净。"

一桌无法无天的猛人目瞪口呆。

结果是，匪首和李志达拜了把兄弟……

小县城的县志，大抵总有些演义成分的。但那一拨土匪，以后再也没怎么滋扰过安庆县城，这一点倒是千真万确的。

……

新中国成立后，安庆县的第一代执政者们，当年便将"世鹏中学"改为"安庆一中"。他们认为，中学是为无产阶级培养接班人的摇篮，怎能以全县第一号资本家的名字命名？资本家的钱是哪儿来的？还不是靠剥削劳苦大众获得的吗？生时剥削劳苦大众不算，死了还要用剥削来的钱为自己树碑，企图流芳百世，是可忍，孰不可忍?! 校园内严世鹏的一座半身像，也理所当然地被砸了……

那一年，"世鹏中学"，不，"安庆一中"，已有七百余名学生了……

"世鹏武馆"也被认为是一个将可能聚众闹事、给新政权添麻烦的地方。由一队武装人员前去，强行摘牌宣布取缔。

李志达据理力争，一再声明自己是一个从内心里拥护新政权的人，绝对不会将武馆变成使新政权不放心的地方。天下从此太平了，谁也不必再靠武功自我保护了,习武只不过成了一件强身健体之事,对新中国是有益无害的……

因为他与本县头号资本家那种义父子的关系,对方不信任他。他越表白,人家越不信任。何况他还和土匪拜过把兄弟!

武馆解散后,李志达成了一个身无长技、无业可操的人。自思继续在县城里待下去,以后的日子不会太顺心,便要求到农村去当农民。

执掌新政权的众,也不愿让他这么样的一个人再待在县城里了,所谓正中下怀,当即准许。但是呢,若将他遣往一个离县城近的村子,考虑到他这一个口碑不倒的人,在县城里的潜在影响仍存,还是有点不放心。若将他遣往一个离县城远的村子呢,又等于将他放任到监控视野以外去了,照样不放心。最终,替他确定了一个离县城不远不近的村子,叫“眺安村”。对于一个村子,它的名挺雅的,村里一位曾是说书人的老者给起的。安庆县城南面,八十余里以外便是山区了。那村在山的低坡上,坡下有一片农田,是农户们的命根子土地。山里还有几十个村一万余口人,也在安庆县的管辖范围之内。八十余里,说近它属于较远的村子之一;说远它毕竟并没远到山里边去,似乎正适合李志达这么一个没根据必须警惕却又没前提完全放心的人去落户……

那一年李志达三十六岁,正值一个男人的精壮年龄,仍是一条光棍。五年后他终于在眺安村成了家,媳妇是本村的一个老姑娘,老丈人是那个给本村起了一个雅名的老者。

要说李志达这人,命里还真算挺有隐福的。虽只不过是一武人,却在旧式文化人半文化人们的心目中有好印象,都愿意将女儿(如果有的话)许配给他。

第二年,喜得一子,便是李一泓。

成为农民的李志达,虚心好学,也仗着浑身总有使不完的劲儿,渐成庄稼地里的一把好手。一九五八年农民“社员”化以后,工分册上,他的名字总是名列前茅。

李一泓自幼聪明伶俐,天生热爱纸笔。一点即悟,悟此通彼,所谓响鼓何须重锤。极顺利地读完小学,极轻松地就考上了县一中。当时县里已另外有了两所中学,但一中因为是最早的一所中学,又是当时唯一开有高中班的中学,名气自然大于二中、三中。然而他成为中学生的第二年,"文化大革命"开始了……

李一泓在"造反有理"的声浪中,又耐心可嘉地在学校里泡了一年。第二年还看不到一点恢复正常的希望,只得怅怅然夹起铺盖卷儿回家了,从此也成为眺安村的一名"社员"。一家三口,都是能挣工分的人,过起了相依为命、互让温饱的农村日子。

李一泓十九岁那一年,时来运转,县一中教语文的郑讯老师被从学校扫地出门,安置在文化馆当了一名馆员。郑老师的出身在当年倒是没什么问题,属于贫下中农子弟。但他在一九五七年发表过几篇不合时宜的杂文,是令在党的人们十分恼火的,几乎被打成右派。大学母校的领导们念他出身还好,没正式给他戴帽子,属于"沾边"右派一类人。这样的人,毕业后分配到一个县的中学做教师,实属幸运了。"文革"中又被"扫地出门",却是自然而然之事。他颇有文艺才华,安庆县有文艺才华的人不多。在任何年代,主宰别人命运的优势者中,偶有惜才之人。郑老师幸运就幸运在,既有文艺才华,又被一个惜才之人暗中关照了一下。他档案中有一条结论是"可以利用,不可重用"。某个既主宰他命运又惜才的人,以"可以利用"四个字名正言顺地实行了对他的关照,否则文化馆那种"无产阶级文化的前沿阵地",是不会允许他一个"沾边"右派的身影晃悠的。他还是一个书呆子型的人,扔给他一份工作,允许他做些有益于社会的事,那么他就渐渐地心理平定了。到文化馆不久,他百折不挠地搞起了青年文艺爱好者学习班。那正是文艺比油腥对于胃肠还缺少的年代,他的努力获得了各行各业男女青年的响应,连不少外县的青年也闻风而至,他很快就成了青年文艺爱好者们所拥戴的人物。这情形某些人想挡都挡不住,还没有反对的理由,索性任他去搞。从中学教师变成青年文艺活动的率领者,他重新找到了人生的意义,越搞越有声色,越搞劲头越足……

　　李一泓曾是安庆一中学生会的文艺委员,给郑老师留下过深刻印象。郑老师写了一封信,言词恳切而又不失师道尊严地要求李一泓务必参加到青年文艺爱好者的活动中来。李一泓接信后,第二天就出现在郑老师的面前了。郑老师已苦心经营起了文学、戏剧表演、绘画、舞蹈等多类培训班。而小学五年级就在报上发表过儿童诗并获过奖的李一泓,竟加入了美术学习班。文学离政治太近了,老师便是前车之鉴。父母就自己这么一个儿子,何况父亲还是一个有"历史污点"的人,他怕自己因文学而惹出政治事端来。一旦落个什么罪名,没谁能替自己孝养父母啊!从此点可以看出,李一泓从青年时期就是一个处世相当谨慎的人了。

　　李一泓在美术方面也很快就令人刮目相看了。这要感激他的母亲,最终要感激他母亲的父亲他的姥爷。曾是说书人的他的姥爷,还曾是一位民间的丹青能手,靠字画换过柴米油盐的。按现在的常识解释,那是隔代基因起了作用。但在当年,人们不晓得什么基因不基因的,只说他是个学什么钻什么的人。他画的一幅毛主席的半身油画像,被县革命委员会收去了,挂在常委会议室里。于是他因画而名,郑老师也跟着得意。出了名的李一泓,兴趣又转移了,热衷起表演来。演过"样板戏"中的杨子荣、郭建光,还演过芭蕾舞剧中的洪常青,连郑老师都评价他演得"神似"。郑老师打了一份报告,要求允许李一泓成为自己的助手,县革命委员会特批了。因为青年文艺爱好者培训班自觉自愿地上山下乡,确实活跃了本县的群众文艺生活,被省革命委员会树为典型,组织各县前来"取经"。安庆县因而也出名了。县革命委员会的头头们觉提自己也很光荣。一光荣,就高兴。一高兴,就什么要求都好说了。

　　于是李一泓有了双重身份——一年三百六十几天,三分之二的时间里是农民,三分之一的时间里是县文化馆的编外人员。在那三分之一的时间里,生产队遵照县革委会的指示,给李一泓记队里的平均工分。而文化馆,每月发给他十二元的补贴……

爱情不期而至。舞蹈培训班有一个好看的姑娘爱上了他。人家是县百货商店的售货员,宁肯为了爱情放弃县城户口,下嫁到八十里外的眺安村去……

面临如此真挚的爱情,李一泓起初诚惶诚恐,完全发懵,不知如何是好。郑老师知道了,跟他谈了一次话,说自己很了解那姑娘,她的坚定不移是靠得住的。说李一泓如果错过了真爱,就是"二百五"了。

他自然不愿是"二百五"。于是由郑老师做证婚人,欢天喜地将姑娘娶回了眺安村的家。

新婚之夜,他问妻子:"你为什么对我这么好?"

妻子回答:"更是对我自己好。"

"更是对你自己好?"——他不解了,又问,"怎么就更是对你自己好?"

妻子回答:"和你生活在一起,我会很幸福。"

他凝视着妻子,忍不住接着问:"你是不是对幸福是什么还不太明白啊?"

妻子回答:"幸福是快乐。"

他说:"你把幸福理解得太简单了吧?"

妻子回答:"只要有了快乐,幸福就简单了。连快乐都没有,幸福才复杂。"

他沉思良久,轻叹道:"除了快乐,我也再没别的。那么我保证,以后尽量让你快快乐乐的。"

说罢,捧住妻子的脸,深情地吻了她一番。

李一泓说到也做到了——尽管生活是那么清贫,但妻子经常被他逗得咯咯嘎嘎地笑……

第二章

如今,李一泓五十三岁了。

人生苦短,他已两鬓斑白,从不染发。和同龄人厕身一处,形象上竟还有几分男人的性感魅力可言。仿佛秋天的高粱,反比夏季时耐看。

三十年从脸上流淌而过,四十年弹指一挥间。有些男人到了五十岁以后,种种欲望更强烈了,仍打算怎么样怎么样,不达目的,不肯罢休。也有些男人,五十岁以后清心寡欲了。年轻时都没怎么样怎么样,都五十了还能怎么样呢? 就算是终究怎么样了又怎么样呢? 如此一想,遂将人生看淡了,自行了断了怎么样怎么样的念头。

李一泓的父亲母亲去世了。

妻子也去世了。

他早已是一个儿子两个女儿的父亲了。儿子是老大,叫李庄,成家了;儿媳妇叫秀花。小两口仍生活在眺安村,是农户,没孩子。两个女儿,姐姐叫春梅,妹妹叫素素。春梅毕业于安庆市卫校,没当护士,在省城一家房地产公司里给老板当助理,自己在省城已经置了一套三居室的房子。素素是安庆一中的学生,高二了。这孩子对高考胸有成竹,李一泓也认为她考上一所全国重点大学毫无问题。而春梅早早地就表态了,妹妹大学期间的一概费用,全由她一揽子负责,不必李一泓这个当爸爸的负担半点儿。李一泓相信她有那个经济实力,对春梅的主动表态很是欣然。

郑老师早已退休。粉碎"四人帮"以后,郑老师的人生出现了良好的转折,入了党,当上了县文化馆馆长,之后又当上了县政协委员。县改市后,接着当上了两届市政协常委,很有责任感和使命感地参政议政,是老百姓权益和福祉的名副其实的代言人,深受老百姓信赖和爱戴。不过他已经向市政协递交了一份请辞报告,认为自己超龄了,应主动把参政议政的机会让给有此热忱的年轻人……

李一泓已当了十几年的文化馆副馆长。是郑老师一个步骤一个步骤地帮他把他和他妻子的户口落在安庆市的。他们两口子的户口落在市里了,素素的户口自然也就从农村跟随过来了。一家三口城市人的身份稳固以后,郑老师曾动员李一泓入党。李一泓想了想,委婉地说:"就不了吧。"郑老师问为什么"不了"。李一泓说他这个人怕开会,如果让他工作一整天,他一点儿都没累的感觉,但如果让他今天开会明天开会,那他就烦了。郑老师说有个慢慢习惯的过程嘛。李一泓摇摇头道:"恐怕我难以习惯,还是不了吧。"郑老师也就不便再说什么了……

那十几年,李一泓虽是副馆长,在文化馆却独当一面。这使郑老师为文化馆的工作少操很多心,所以才有较充分的时间和精力参政议政。

齐馆长接替了郑老师的馆长职务以后,郑老师曾问李一泓:"后悔了吧?"

李一泓反问:"后悔什么呀?"

郑老师说:"我当初动员你入党,就是希望你能当馆长。当了馆长,副科级才能升为正科级。我不好把话挑得太明白,你又偏说'不了吧',我也没辙。辛辛苦苦当了十几年副馆长,结果却由别人来当馆长了,心里边没闹什么情绪吗?"

李一泓笑了,说:"没闹什么情绪。那闹什么情绪呢?我和齐馆长分工了,开会、学习、请示、汇报,凡和上边打交道的事项,都由他负责。策划活动、组织群众、宣传、评比、为贫困地区募捐,这些我比较有经验,就多发挥点儿作用。齐馆长这人很好相处,我俩挺合得来。文化馆那也是国家的一级文化事业单位,第一把手当然须党员来当,这个道理我懂……"

听他这么说,郑老师也就放心了。

后来事实证明,李一泓和齐馆长相处得确实很好,不但是正副职的关系,而且是朋友关系了。二人一得闲,每相约了去看郑老师,都尊敬地称郑老师"老馆长",陪"老馆长"聊聊天,或下棋、唱戏。郑老师还是痴迷的京剧票友……李一泓家住独门小院。那当初是文化馆分给一名老同志的房子。人家退休后,沾儿女的光,迁往省城去了。老馆长郑讯一锤定音,将小院分给了李一泓。小院有一排三间正房,都不大。"房改"后,他将产权买断了,之后在院里盖起两间小厢房,为的是李志小两口或春梅回来住住方便。那小院现在也还是有三十几平方米,长着一棵石榴树,种着各式各样的花。李一泓格外喜欢的花都栽在花盆里,冬季将至,就搬屋里去。李一泓爱花,也爱送给别人花。他那小院,夏季里花团锦簇,花香四溢,是一个赏心悦目的美丽小院。

生活对于李一泓来说,满意而又充实。他偶尔愁一下的事只有一桩了,便是二十六岁的春梅对象还没着落。女儿大了,当父亲的再替她着急也不好当面显出着急的样子。偶尔试探着问起,春梅总是狡黠一笑,大大咧咧地说快了快了——分明是搪塞的话……

今年六月里的一天清晨,李一泓像往常一样在公园里率领百余人打太极拳。那百余人中,有干部,有老师,有做小买卖的,有公安人员,有初高中生;有还在工作着的,有退休了的,居然还有几个男孩女孩。五行八作,形形色色。多数当然还是普通大众和退休了的人,皆是李一泓的又一届弟子。

太极拳在安庆市一向是时尚运动。李一泓已义务教了二十余年，弟子已逾三千，贤者何止七十！

那时的李一泓，穿着春梅给他买的一套白绸衫裤，显得仙风道骨，一招一式潇洒、飘逸、优雅，刚柔相济，行云流水……

在这一届弟子中，有安庆市的两个重要人物——一中校长杨亦柳和工商局长姚益民。在安庆市，杨亦柳比李一泓的知名度更高，也比市长市委书记们高。安庆市的市领导这几年换得太频繁，没几个给老百姓留下深刻印象的。可一位市重点中学的校长，她的权力影响千家万户啊！她的后门如果肯对谁家暗开一道缝，那么谁家的小儿女不就等于提前将一只脚迈入大学了么？想想吧，安庆一中的升学率近年已达到了百分之九十四。仅就升学率而言，在全省已名列第二。名列第一的是省城里的"群英中学"。那是一所私立中学，也差不多是一所贵族子女中学。省城里的好教师，几乎都被"群英中学"挖去了。所以省教育厅长曾大发感慨："看来要想保住国有中学的教学荣誉，希望寄托在安庆一中了！"

至于工商局长姚益民，那是个人们的耳朵能经常听说、眼睛却很难见到的官儿。安庆市的私营企业者很多。由农民而市民的人们，找不到工作，摆个摊儿每天就能挣十几元钱。对于这样的一些人，"姚益民"既可畏又神秘。姚局长是个轻易不在公开场合露面的人。他明年退休，一想到那个交权的日子快速迫近，心理超前失落，开始失眠。换着服了几种抑制失眠的药，并不见效，人也瘦了，眼窝也塌陷了，本已稀少的头发脱落得更稀少了。他夫人动员他跟李一泓学学太极拳，认为或许会改观他的状况，并且为此亲登李一泓的家门，希望李一泓对她丈夫这位"特殊弟子"予以关照。李一泓的态度自然是大为欢迎，满口答应，于是姚局长才也出现在公园这一片林间场地。他成为李一泓的弟子已经一个多月，自觉失眠症状确实减轻，参与精神于是积极。他和杨校长的出现，一度使李一泓的这一届弟子们视为新闻，也从而改善了这两位一向拒人千里的人物和普通民众的关系，学员们都觉得他们其实也不像传言的那么不可亲近。他们每次都站在最后一排。一个是排左第一名,一个是排右第一名,最边缘的位置,图走得方便……

素素也是这一届的学员。尽管父亲是本市太极拳总教头,她这个做女儿的以前对父亲所热心的事一点儿也不感兴趣。但考虑到明年即将面临高考,体质准备也是很重要的,于是才明智地投身于父亲麾下。顶数她参与精神松懈,经常晚来早走,三天打鱼,两天晒网。

今天她又来晚了,停稳自行车,将书包挂车把上,不好意思往自己的位置溜,站在最后边,刚跟随着做了半套动作,教练便已结束。

李一泓收住了招式。

人们也收住了招式。

李一泓清了清嗓子,说:"各位,今天就到这儿了。天气预报说,明天早上有雨。果然下雨,大家就别来了。只要聚精会神,在家里练效果一样的。"

众人点头散开了,但是有几名学员围住了李一泓,七言八语。

"李老师,我那口子也想跟您学,行吗?"

"行啊。那有什么不行的? 以后带他来吧,我欢迎。"李一泓爽朗一笑。

"李老师,跟您学了两个月,我觉得身体强多了。我想……把药停了……"

李一泓弯下腰,扶起对方的裤筒,轻按对方的腿,接着直起腰说:"腿还是有点儿浮肿。药可不能停啊亲爱的同志。病该怎么个治法,一定得听医生的。我们修习太极拳,只不过有益于强身健体而已,绝对不能代替了医生为我们治病。"

有人朝他喊:"李老师,录放机我替你装包里了,走时别忘了啊!"

"谢谢,忘不了!"

素素推着自行车走过来,说:"爸爸,我上学去了啊!"

李一泓爱抚了她的头一下,问:"又没顾上吃早饭,是不是?"

"我在路上喝豆浆。"

"光喝碗豆浆怎么行,还得吃根油条!"——看得出也听得出,他很爱他的小女儿。

"您啊,就别操那么多心了,拜拜。"素素灵巧地跨上自行车,乳燕一般掠向远处。

李一泓收回目光,自言自语:"这孩子,一上就是四堂课呢,光喝碗豆浆不行啊!"

一老者接言道:"我那孙女也一样,有时连碗豆浆也不喝,怕胖。"

一名中学男生挤上前,愣头愣脑地说:"哎,师傅,你除了太极拳,还能不能教点儿别的呀? 比如跆拳道,或者,蛇形刁手什么的!"

李一泓笑了,弹了中学生一个脑嘣儿:"对不起这位少侠,那些功夫我可没有。"

姚局长凑上前来,板着一张官员的脸说:"同志们,该干吗干吗去吧,别缠着李老师了,人家得上班去了。"

众人显然都知道他是一位局长,谁都不好意思不听他的,于是一哄而散,转眼只剩姚局长一人了。

李一泓主动问:"姚局长,还想单兵教练?"

姚局长点点头,说:"是啊是啊,你能再给我点儿时间吗?"

李一泓看一眼手表,爽快地回答:"没问题!"

姚局长疑惑地说:"就是从'摸鱼'到'捧月',我这动作怎么总觉得别扭呢?"

李一泓退后一步,说:"您请练一下。"

姚局长煞有介事地站好身架,打起太极拳来……

"停。您那'鱼',太小了。所以呢,就没摸到位。以您手臂的长度来看,怎么也得摸条一尺半的鱼……"

"那……摸的是条什么鱼才好呢?"

李一泓用一根手指挠腮帮子:"这个嘛,究竟是条什么鱼,关系倒不是太大……"

姚局长比画着说:"我摸的时候,心里边想的是胖头鱼……吃鱼,我就爱吃炖胖头……"

李一泓恍然大悟:"难怪。那我收回我刚才的话。看来摸的是条什么鱼,也不是跟动作一点儿关系都没有。胖头鱼尾部太短了,摸起来缺乏美感。您呢,从现在开始,要想象自己摸的是一条苗条的鱼……"

"带鱼?"

李一泓摆摆手:"带鱼太瘦了!要想象是一条又苗条又丰腴的鱼……"

姚局长又说:"大鲤鱼?年画上胖小子抱的那一种,特丰腴!"

李一泓连连摇头:"别,别,年画上画的那一种太夸张了。鲤鱼是可以的。草鱼,大马哈,都行。但是要想象现实生活中的那一种。记住,一尺半那么长的,摸下去,摸下去,对,就这样,很好。意念之中要想象着鱼身那优美的曲线。心中有美,动作才美。太极乃是阴柔唯美之功,在美中蓄力待发。对,好极,捧月,停……"

五短身材的姚局长愣愣地停了动作。

"您捧的不是月,是大石球。"

"月比石球大多了……"姚局长不解地说。

李一泓又挠腮帮子:"当然当然。不过呢,咱们捧的是印象之中的月,抽象的月,诗情画意的月。捧时,内心里油然地联想着这样的诗句——'但愿人长久,千里共婵娟'。来,跟我做一遍……"

远处,有几个人驻足向这里看。

一个男人不满地说:"仗着自己是工商局长,又吃起小灶来了!"

一个女人说:"你要是李老师,那也不能不另眼相看呀!"

另一个男人说:"都别在这儿气不忿儿了,走吧,过会儿早市该散了。"

姚局长已经出了一脑门汗,他掏出手绢擦了擦。李一泓赔笑道:"姚局长,咱们,就先到这儿?"

"行,行。我这人与时俱进的心情格外迫切,老李你可别不耐烦啊!"

"不敢,不敢。敬您,是我的荣幸。"

"别这么说。在这地方,你永远是我老师。今后你有什么需要我帮忙的事儿,尽管开口。只要是我权力范围内的事儿,又不违纪,我乐意帮你点儿忙。"

"姚局长,我还真有事想求您,一直没好意思开口。"

"噢?说说,公事还是私事?"姚局长没料到李一泓立刻便求。

"公事公事,要是我个人的私事,我绝不敢麻烦您。我们文化馆有一间小库房,年久失修,快倒了。想请您给文化局长写封信,批给我们文化馆一万来元钱,那我们文化馆的同志就可以买点儿建材,自己动手修修了……"

"这……"

"我听说,文化局长是您大学同学。我已经去过文化局几次了,却连局长的面也没见到过。我想,有了您一封信,局长怎么也会见上我一面是吧?那我就有机会当面向他申诉我们的实际困难了……"

"我们是大学同学倒不假。可自从先后当上了局长,各自工作一忙,就没什么来往了。但你既然开一次口,我就不能驳你的面子。这么着吧,我一定替你跟他通一次电话……"姚局长说罢转身欲走。

李一泓拦住了他,恳求道:"姚局长,您还是替我写一封信吧!"

"那……也得我到单位才能写啊,这儿又没纸又没笔的……"

"有,有。您请到那儿去写!"

李一泓竟抓住姚局长一只手,也不管姚局长情愿不情愿,将姚局长拖到了石桌旁。他掏出自己手捐,擦石凳,像搀老太爷似的搀姚局长坐下。接着擦石桌,再接着拉开手拎包拉链,取出一本印有文化馆字样的信纸摆正在姚局长面前;最后取出一支方便笔,连笔帽也替姚局长去了,恭恭敬敬地用双手递向姚局长。

姚局长看看笔,皱眉道:"我使不惯这种笔。我的字是练过体的,用这种笔一写,原本一手好字,那也看不出来了。"

李一泓探手包中,抓出了一把笔:"您挑,您挑。"

姚局长看着他满手各式各样的笔,不禁抬头愣愣地看他。

李一泓拣出一支笔,说:"那您用这支签名笔,肯定能体现出您的一手好字来……"

姚局长见难以推诿,就说:"你真是有备无患呀!"

李一泓甩了甩签名笔:"怎么它就不下水了呢……"

"得得得,你别甩它了,我就凑合着用这支笔写吧……"

写完信,姚局长站起来,指点着他说:"你呀你呀,今天可领教了你李一泓的另一面了!"瞧瞧手表,"哎呀,我今天还有会呢,肯定迟到了……"

李一泓一边将信往包里放,一边说:"多谢,多谢。您快走,您快走!……"

望着姚局长匆匆走远的背影,李一泓喜不自禁地笑了:"我也不能白认识您这么一位局长啊!"

一低头,他发现自己两条洁白的裤腿上布满了黑色的点子——刚才甩签名笔甩的,他惋惜得直咧嘴。

公园门外,市重点中学的校长杨亦柳来回踱步,看得出她在等什么人从公园里出来,有行人经过,跟她打招呼,她瞧手表,心不在焉地回应着。

看见李一泓骑自行车的身影,杨亦柳迎了上去。此时的李一泓已是一身旧的蓝色的中山装,与教练太极拳时判若两人,但仍显得挺精神。

"老李!"

李一泓在杨亦柳跟前下了自行车,问:"杨校长,你在这儿干什么?"

"等你"。

"等我? 那也犯不着在这儿等啊!"

"我见姚局长缠住了你,不便上前,只好在这儿等。"她掏出手绢,一边又说,"别动,你脸上有个黑点儿。"

李一泓果然一动不动,任杨亦柳用手绢包住手指擦他的脸。

"嘿,怎么还擦不掉? 你早上没洗脸?"杨亦柳打趣道。

"哪能呢,肯定是刚才甩钢笔甩到脸上墨点了。"

杨亦柳用舌尖舔了舔用手绢包住的手指,又欲擦李一泓的脸:"难怪。那你就别嫌弃了啊!"

李一泓往后仰头:"哎哎哎,亲爱的同志,不必了不必了!"

"亲爱的都叫了,还客气个什么劲儿?"

"光天化日的,让人们看见了多不好意思。"

"这话说得,光天化日怎么了,有伤风化了? 别那么不好意思!"

"我知道你没什么不好意思的,不好意思的是我。"

杨亦柳将脸一板:"毛病,别躲。"

李一泓只好不再向后仰头,乖乖地任杨亦柳擦他的脸。

杨亦柳把手绢伸到李一泓面前,说:"看,把我手绢都弄黑了!"

李一泓窘笑道:"人情后补,人情后补。"

杨亦柳也笑了:"这么说话我还爱听点儿。"

有几名学生经过,一齐向杨亦柳问好。杨亦柳说:"你们过来一下。"随即吩咐道,"替我去买份早点,要一张油饼,一个萝卜馅包子,一杯豆浆。"

几名学生们听完了,转身争先恐后就跑。

"都去干什么,买一份儿就行!"杨亦柳转头颇有得色地对李一泓说,"这些孩子! 我的话对于他们,那就等于是最高指示。"

李一泓羡慕地说:"当校长真好。你等我有什么事儿?"

"昨天的省报你看了吗?"

"没有啊,省报上有什么重要新闻?"

"倒没什么重要新闻,副刊上又登了一篇采访我的文章。"杨亦柳边说边从自己的包里掏出一份报来。

"我一定认真拜读。"

"我的名字又不是第一次见报,你读不读无所谓。巧的是,同版上也登了一篇采访你的文章,标题的字比采访我的文章还大,占的版面也比采访我的文章大,而且称你是另类收藏家。没想到,你都成家了!"

李一泓又窘笑:"不敢当不敢当。想起来了,半个多月前,省报是有一名记者电话采访过我。人家那是错爱。"

杨亦柳展颜一笑,说:"你一不好意思,模样还真有魅力。"

李一泓简直扭捏起来:"你呀,总拿我开心!"

杨亦柳可不扭捏:"这是你的光荣!咦,别动,脸上还有一个黑点儿!"说着又掏出手绢,又用手绢包住手指,又用舌尖舔了一下那手指……

李一泓又往后仰脸:"不劳您驾,不劳您驾!我李一泓脸上有一两个黑点儿没什么……"

"听话!如果你李一泓脸上有黑点儿不擦掉,我杨亦柳心里会别扭一整天。"

李一泓只得又不躲闪了,闭上了眼睛,任杨亦柳擦他的脸。

杨亦柳垂下了手臂,忽然叹了口气。

李一泓一下睁开了眼睛:"你叹气干什么,把我脸擦破了吧?"

杨亦柳挑了挑眉毛:"你的脸有那么嫩吗?一泓,实话告诉你,你长老人斑了……"

"这很自然。以后你脸上也会长的,犯不着多愁善感。"李一泓毫不在乎。

杨亦柳嗔道:"我说的是你的脸,你往我脸上扯个什么劲儿!"

"学生们给你买回早点了。"

杨亦柳一回头,见身后每个学生都拎着一袋早点。她一板脸:"你们这是干什么?不是叫你们不要争,买一份就行了吗?"

一名男生鼓起勇气说:"每人买一份,才能不争嘛!"

杨亦柳哪能不明白学生们的心思,就说:"你这份儿是我的,其他人买的都放他车筐里吧。到了学校,我把钱给你们。"

杨亦柳坐在一名男生的车后座上远去,低着头,那样子仿佛挺忧郁。

李一泓挠挠腮帮子,一脸庄重的歉意,在心里暗暗责怪自己:"李一泓,李一泓,你刚才说的什么话啊!人家是一位特在乎自己形象的中学女校长,你干吗偏说人家脸上也会长老年斑呢?尽管你刚才说的是一句真话,便是真话往往不中听啊!你怎么活了大半辈子,还连这么一点儿小孩子都明白的道理也不懂呢?"

"一泓!"

李一泓闻声回头一看,见是街坊龚自佑。龚自佑六十七岁了,一辈子没结婚,原是安庆一家国营纸厂的工人,早年曾被判过两年刑,出狱后仍戴了很久"坏分子"的帽子。其实那是一桩冤案——和厂长的小姨子搞对象没搞成,反被人家诬告诱奸。虽然又回到厂里了,但名分已不再属于国营正式职工,而是"劳改"在编人员了。"文化大革命"中,一名"坏分子"的遭遇,绝不会比"黑五类"中的另外四类强多少,被凌被辱,在所难免。何况,他的名字也给他带来了新的政治麻烦。

红卫兵们斥问他:"就你这坏分子,也配姓龚?"

他说:"姓氏是祖宗传下来的,好比一个人是男是女,自己没法选择的,我不姓龚那姓什么?"

红卫兵们又斥问:"人家龚自珍名字起得多好!你起的什么鸟名字?'反右'以来就有满脑袋右派思想了吧?!"

他说:"没有。我一向拥护社会主义,拥护共产党。"

"那你起名字叫自佑?"

于是挨了一耳光。

"我那个'佑'字明明是带单立人的,是保佑的佑!"

他不服调教。

"那你就是要保佑右派!"

就又挨了一耳光。

"照你们这么说,我姓的龚字,和姓共产党的共字也是一回事儿了?"

他还嘴硬,结果挨了一顿狠揍,几乎被打残了。

"文化大革命"结束,他找到成为政协委员的郑讯,一五一十陈诉冤情。郑老师几番调查了解,替他收集了大量他自己根本无法收集的证言,足以证明他当年确实是被冤判了,凭人品固有的正义感,四处奔走,不遗余力,终于在两年后替他平了反,恢复了清白名誉。而且,还依据政策为他讨到了一笔补发工资。在二十世纪八十年代初,那是一笔不少的钱。获得了人格尊严的龚自佑,在别人眼里,又渐是一个人缘很好的人了。李一泓常找他下棋,两人的关系也不错。素素每见到他,都亲切地叫他龚大爷,觉得他是一个不乏幽默感的、挺可爱的老者。而李一泓,一向尊称他"老哥"。他自己却再也不想结婚那码事了,觉得以老单身汉的活法了此一生,也不失为明智的活法……

李一泓问他:"老哥,到公园门口来干什么?"

龚自佑说:"这话问的,我来找你啊。"

李一泓奇怪:"找我? 什么事儿?"

龚自佑不高兴起来:"我求你的事儿,你忘了? 前几天咱俩不是说定的吗? 今天上午你得陪我去劳动局呀。"

原来,龚自佑虽然平了反,恢复了名誉,但人生的麻烦却并没结束。以前二十几年间,不情愿地被调转了几个厂,到退休时,档案没了。政策规定,退休工人退休时档案在哪一个厂,退休金就该由哪一个单位发。档案没了,几个厂推来拒去,他遂成一个领不到退休金的老人了。以前的积蓄,坐吃山空,这才焦急起来。他本是个不愿求人的人,这事自然不好意思再去麻烦郑讯。自己跑了无数次,毫无结果,还憋了不少气。想到李一泓在本市也是个名人,便吞吞吐吐地求到李一泓头上了。

李一泓歉意地说:"我这几天忙乱,还真忘了。现在就去,是不是太早了?"

龚自佑说:"不早啊一泓。你不是说,坐机关的人们刚到单位时情绪都比较好……"

李一泓接着说:"是啊是啊,趁他们情绪还好,咱们办事儿容易点儿。可你看我车筐里这些东西……要不我改天陪你去?"

龚自佑不吱声了,一脸失望。

李一泓笑了,拍拍他肩:"今天就今天,走吧。早一天替你解决了问题,你早一天心里踏实了嘛。老哥,你别愁眉苦脸的,你的事儿包在我身上了!"

龚自佑这才有点儿高兴了。

二人来到劳动局,传达室的师傅因为曾跟李一泓学过太极拳,并且知道局长也曾跟李一泓学过太极拳,对他很客气,顺顺利利地就放他们进去了,还主动告诉李一泓,局长刚进楼。

李一泓敲了几下局长办公室的门,开门的正是市劳动局邵局长本人,见是他,一愣。

李一泓请求地说:"邵局长,我有件事儿想麻烦您,您看能不能让我们进去说?"

邵局长却看看龚自佑,问李一泓:"他叫龚自佑,对吧?"

李一泓连连点头:"对对,他是我街坊,也是我老哥,我就是为他的事儿来麻烦您的……"

不料他的话还没说完,邵局长鼻子不是鼻子脸不是脸地打断道:"我这会儿没空!"

话音一落,邵局长砰地将门关上了。

李一泓和龚自佑,一时间你看我,我看你,大眼瞪起小眼来。李一泓虽然是个颇有涵养的人,还是不免大为尴尬。

龚自佑糊涂了,小声问:"你不是说邵局长他也算你一个弟子吗?"

李一泓自嘲地一笑:"那是玩笑话。人家是位局长,我算个什么人?

我那种话老哥你也能当真?"

龚自佑不满了:"你怎么又这么说话了呢一泓?你来之前还跟我打保票!"

李一泓挠头道:"老哥先别急。不承想他们刚上班时情绪也不好,也许咱们来的钟点不对。"

"钟点不对?那什么钟点才对?"

"是啊,什么钟点才对呢?"

李一泓想想,轻轻将门推开道缝,也不进去,只探入一颗头,赔着小心问:"邵局长,您这会儿没空,什么时候有空啊?"

邵局长正看一份报,头也不抬地说:"李一泓,龚自佑的事儿,你少跟着瞎掺和!我也决不会给你什么面子。我们劳动局,倒要看看他龚自佑还有些什么能耐!"

李一泓索性将门推开,不请自入,皱眉道:"邵局长,您这态度不好吧?龚自佑的事,各厂推来拒去,你劳动局不给他做主,让他还去找哪方面呢?"

邵局长一拍桌子站了起来,大声说:"李一泓,我这是局长办公室,轮不到你来教训我!"

李一泓愣了愣,也火了,同样大声地说:"那局长,我这怎么就算教训您了?你别忘了你的权力是谁给的?!龚自佑的事儿,你今天还偏管到底了!今天你不定下一个我们谈谈的时间,我不走!"

他一屁股坐在沙发上了。

龚自佑也急忙站起,往起拽他,并说:"一泓,你可不兴这样!我不是请你帮倒忙的。你这样,我那事儿还有指望解决吗?"

他却不能将李一泓拖起来。

邵局长将自己刚才在看的报胡乱一团,朝李一泓和龚自佑扔过去……

"龚自佑,你多能耐啊你!既然你都让记者搞得满城风雨了,那干脆让报社来解决你的问题吧！"

邵局长双手往腰里一叉，一副兵来将挡，水来土掩，泰山石敢当的架势。

李一泓捡起报纸，展开一看，但见一行醒目的大标题映入眼帘——档案丢失谁之过？退休老工人数年没领退休金！

龚自佑连连顿足，叫苦不迭："不是我主动去找的报社，是一名记者不知怎么知道了我的事，三番五次到我家非采访我不可……"

李一泓问他："老哥，你说的都是实情？"

龚自佑发誓道："一泓哎，我是那种夸大其词的人吗？档案不是我自己弄丢的，这个事实是明摆着的嘛！你想想我当年的处境，哪有机会见着自己的档案啊！"

李一泓相信龚自佑。

他瞪着邵局长，也不叫局长了，冷着脸说："他接受记者的采访怎么了？退休工人享有领退休金的正当权利，这一点你比我更清楚！限你三天，你如果还没有愿意解决他的问题的诚意，我李一泓将替他写状子，替他告你，替他和你打官司！"

龚自佑也没见过这种场面啊，心里顾虑多多，怕得要命，连连央求李一泓："一泓，求求你别害我，咱走，咱走……"

邵局长气得脸色发青，指着李一泓，声色俱厉地说："李一泓，你要怎么样我们劳动局奉陪，现在你给我滚出去！"

李一泓不用龚自佑再拽他，霍地站起，也指着邵局长声色俱厉地说："你把你最后那句话，再给我重复一遍！"

闻声进来了几个男女，都默默望着邵局长，只等他一旦下指示，就照办。

邵局长命令："把他俩拖出去！"

李一泓双眼一瞪："谁敢！"

还真没人敢上前。

这时,李一泓的手机响了——文化馆有人通知他,他正四处请求拨款维修的那一间小危房,塌顶了……

李一泓在众目睽睽之下,合上手机,复瞪着邵局长。

邵局长却已在亲自给派出所拨电话,要求赶紧派人来,"抓走闹事分子,维护正常办公"。

李一泓听着,看着不知所措的龚自佑,苦笑道:"老哥,你看,咱俩成了闹事分子了。"

可怜龚自佑老人,急得都快哭了,反反复复只说一句话:"咱们走吧,咱们走吧……"

李一弘说:"就走,就走。"

他几步跨到邵局长办公桌前,拿起邵局长的磁化杯,猝然往地上一摔……

包括邵局长在内,皆目瞪口呆。

李一泓瞪着邵局长又说:"你既然已经说我们是闹事分子了,那我就得留下点儿闹过事的迹证,否则你局长大人不是要担诽谤的罪名了吗?"

言罢,执龚自佑手,扬长而去。

李一泓这人,其实一向性格温良,最能让人、忍人。认识他的人,没有不说他脾气好的。那一天也不知怎么了,居然就一反常态了。不,简直是失态啊!

正所谓谦谦君子,偶发一怒为他人……

也许是由于龚自佑那一种忍气吞声的样子吧。

文化馆在一条小街的拐角,塌了的小库房的砖瓦布满人行道上,有些孩子从残垣断壁进入文化馆的院子,在砖瓦堆中捡什么……

李一泓骑着自行车赶来,见状大喊:"干什么? 干什么? ……"

孩子们从残垣断壁间奔出,仓皇四窜。

李一泓发现有个男孩捧着一个小匣子跑,急了:"站住! 把东西放下!"

那个男孩将小匣子朝马路上一扔,匣子开了,滚出个陀螺似的铜锈斑斑的东西。

李一泓的自行车倒了,夹在后座上的收放机的一角摔裂了,装早点的塑料袋也从车前筐甩出,豆浆淌了一地,他的膝盖磕在人行道沿上,疼得龇牙咧嘴,一拐一拐地跑去捡那东西。

刺耳的刹车声伴着一阵疾风骤然而至,一辆"广本"车险些撞到他,车轮几乎就要压着那个东西了。

车窗降下,驾车人骂他:"你找死呀!"

"对不起,对不起!"李一泓一边道歉,一边弯腰捡起那东西。

坐在副驾座位上的一个摩登女郎诧异地叫他:"爸!"

"你父亲?"驾车的老板模样的中年男人诧异地看她,又转过脸对李一泓赔笑,"伯父,我……我以前也没见过您……"

后边的一串车不停地按喇叭,女郎赶紧说:"爸,别在马路中间站着了,多危险呀!"

李一泓退开,挥手:"快走,快走……"

李一泓把手里的东西揣入衣兜,扶起自行车,一拐一拐地走到人行道边。而那只漂亮的小匣子,却被接连驶过的车轮碾成碎片了……

文化馆的一间屋子里,包括齐馆长在内,男男女女几个人围着电视看球赛。看到一脚猛射被守门员扑出,齐馆长惋惜地喊:"哎呀,臭球!"

话音还没落,馆员小刘就叫了起来:"不臭,进啦!"

双扇门砰地开了,李一泓拎着塑料袋,一脚迈了进来。屋子里顿时一片肃静,大家都扭头看他。

"你们混蛋!"李一泓吼道。

齐馆长柔声劝道:"老李,别发火,别发火嘛! 我有好消息告诉你,关于你的!"

李一泓一胳膊将他挡开:"你就这么当馆长的?啊?上班时间,一块儿看球?!"

"这……这你也要理解大家一点儿嘛!"齐馆长一时语塞,红着脸勉强辩解。

"我不理解!"

齐馆长张口结舌,一转身走了。

李一泓将塑料袋放桌上,眼瞪着小刘。

小刘将电视关了,息事宁人地说:"老李批评得对。都忍着,别看了。来来来,渴了的喝豆浆,没吃早点的,这有油饼,还有豆腐脑儿……"

于是众人纷纷伸手,各取所需……

李一泓不干了:"都给我放下!"

根本没谁听他的,一个个大模大样照拿,照吃,照喝……

李一泓朝倒了的小仓库一指:"那是怎么回事?"

"我不是打过你的手机了嘛——被一辆大卡车拐弯时撞倒了……"小刘拿着一块油饼,咬了一口说。

李一泓一瞪眼:"我不信能撞成这样!"

小刘继续解释道:"起先也不是这样,后来看热闹的、捡破烂的,又给弄倒了一面墙……"

李一泓简直要跳脚了:"岂有此理!那都是宝贝!是破烂吗?"

小刘点点头说:"是啊,我也是像你这么说的啊!可一听是宝贝,捡的人更多了!……"

一个正喝豆浆的同事忍不住笑,口中的豆浆喷了一桌子,也喷了李一泓一身,众人皆大笑。

李一泓拍了下桌子:"不许笑!"

"老李,消消气,消消气。"齐馆长又走了进来,将一捆绳子交给了小刘,"小刘,你们几个,把咱们这现场围护起来。"接着看到了桌上狼藉的早点盒子,皱眉道,"这群狼!"他发现有杯豆浆还没开,插上吸管,心安理得地吸了起来。

"我还没吃呢!"

齐馆长反而训导起李一泓来,说:"这……那谁让你跟他们客气啊!你买的,你带来的,还有必要跟群狼客气吗?"

李一泓也张口结舌。

齐馆长晃了晃手里的豆浆:"我是老肝炎你又不是不知道,现在我要是让给你,太不道德了吧?"

李一泓叹气:"唉,我怎么就摊上了你们这些同事呢!"

在齐馆长的办公室,齐馆长哄小孩似的:"来来来,消消气。我喝了你的豆浆,我给你沏上一杯好茶。"

李一泓问:"哪个单位的卡车?"

齐馆长落座后,说:"我正在办公室里接电话,只听轰隆一声。跑出来一看,小仓库已倒了面墙。等我跑到街上,卡车早没影儿了……"

齐馆长隔桌子递给李一泓一支烟,并按着打火机,待李一泓吸上一口后,自己也叼上一支。看得出,年龄比李一泓小十几岁的齐馆长,对李一泓这位副馆长相当尊敬。

"现在可该怎么办呢?"

"其实,倒得好哇。这下,咱们向有关方面要钱,理由不是更硬气了吗?"

"收藏损失了没有?"

"损坏一些那是难免的了。但是我敢肯定,一件没少。你回来之前,一直有咱们的同事看着堆儿呢。我知道那些收藏都是你的宝贝……"

"市里的宝贝。"

"对对,一回事儿。"

"不是一回事儿。"

齐馆长笑了:"不争,不争。"

李一泓从兜里掏出姚局长为他写的信,默默递给齐馆长……

齐馆长看着连说:"这信写得不错,不错。"

"那你今天就去办吧!"

"别我去啊,还是得你去。"

"我烦了,该轮到你馆长出马了。"

"你别烦啊!当然还得你去。不过咱们先不谈这事了,我有更重要的事告诉你——咱们老馆长,他前天,过世了。"

李一泓眼圈一红,低下了头,忧伤地说:"他是好人。"

齐馆长的情绪也低落下来:"他是三届县政协委员,这你知道。临终前,他给有关方面写了郑重的推荐信,希望将你增补为政协委员……"

李一泓诧异地抬起头:"为什么?"

齐馆长答非所问地说:"有关方面来征求我的意见,我当然举双手同意啦!"

"为什么?"李一泓又问。

"你干吗总问为什么啊?因为你也是大好人一个!"

"我……我是大好人?我哪点好?"

"老李,就冲你这句话,你就是大好人!好人都你这样,自己不知道自己哪点好!"齐馆长拉开抽屉,取出十几封信往桌上一放,"看,仅仅这个月,就收到了这么多群众写来表扬你的信。你李一泓二十几年如一日,无怨无悔地做群众文化工作。在做群众文化工作的同时,还多次化解了群众和群众、群众和政府的矛盾。你早该是位政协委员了。你是,我这位馆长首先就服气!"

"先不说这事儿行不行?"李一泓从兜里掏出了那个锈迹斑斑的东西,用手擦了擦,轻轻放桌上,说,"差点被一个孩子弄去,你可千万先保管好了。"

齐馆长一愣,拿起那个东西,看也不看就往抽屉里一放,起身绕过桌子,走到李一泓跟前,将一只手拍在他肩上:"你当上政协委员,咱们文化馆不但继续有面子,对你自己也有好处——政协委员任期内,将来就没有退休那一说。换一种说法那就是退休不退职,每月能多开几百元工资呢……"

李一泓也站了起来,皱眉道:"打住打住,现在我脑子里装不进你的话。你现在听我说,别打岔。"转身朝门外的砖瓦堆一指,"你下令,让同事们先把卡片盒从砖瓦堆下找出来,按照卡片,再一件件把东西找出来。要搬开一砖一瓦认真地找。然后,雇辆车,派专人先送我家去,我家有两间空屋子,暂时存放咱们的收藏品。我呢,现在就去办正经事,找有关部门要钱!"说罢,转身大步而出……

齐馆长在后面喊:"老李!"

李一泓头也不回……

小刘进来问:"他干什么去?"

"找钱去。哎,小刘,你们几个年轻同志,得把砖瓦堆下的东西找出来。要先找到卡片,按卡片找,搬开一砖一瓦认真地找……"

"馆长,那些东西,真是宝贝吗?"

齐馆长耸耸肩:"我怎么知道!老李说是宝贝,咱们也就当成是宝贝吧!报上登了,人家现在都是专家了。专家的话,咱们也不能不当成一回事啊!"

李一泓来到市文化局,把姚局长写的那封信交给一位三十几岁的女同志,他坐在她桌旁,一边察言观色地看着她,一边掏出烟来……

"别吸烟,我闻不得烟味儿。"

"对不起,对不起。"李一泓立刻从嘴上取下了烟,塞入烟盒……

女同志将信原样折起,递还给李一泓,不动声色地说:"李局长已经调到别的县去了,现在的局长姓林,刚接任不久……"

李一泓怔住了。

"李一泓同志,你应该清楚的,文化局本身不但不是一个创收单位,反而是一个消费 GDP 的部门。文化局一向缺的就是钱,所以,你们馆里的事,局里爱莫能助,你们得自己想办法解决。"

"这,我能不能见一下林局长?"李一泓一边问,一边不得不将信接过去,揣起来。

"见也白见,局长变不出钱来。再说,林局长到市委开会去了。"

文化局院子里,文物科赵科长刚从厕所里走出来,一个男人快步迎上去说:"科长,文化馆那个李一泓又来要钱了,我看你还是在厕所里躲一躲为好,这次让我来对付他!"

"这家伙,我一看见他就脑仁疼!"赵科长一伸手,"烟,我也不能干在厕所里猫着。"

那个男人掏出自己的烟递给赵科长,见他又缩回厕所了,才优哉游哉地走向文物科办公室,一迈进门槛,就见李一泓已在坐等。

"哎呀,李副馆长,久违久违。"

"你这儿可以吸烟吧?"

"没问题,吸我的吸我的。"

二人互敬,最终还是对方接过了李一泓的烟。

"有事?"

"还是那事儿。"

"那事,不好办呀。咱们文物科但凡有点钱,不是早就一狠心批给你们了嘛!"

"我们的小仓库今天倒了,成一片废墟了。我刚才已经见过了办公室主任,她说既然涉及文物保管问题,还是要先跟你们文物科协商出一个解决办法……"

"老李,恕我直言啊,就你们文化馆收藏那些玩意儿,也配叫文物吗?"

"可外省的专家们,凡是到我们文化馆参观过的,都认为很有收藏价值。"

"就是有什么收藏价值,也轮不到你们文化馆收藏啊!你们文化馆,尤其是你老李安分点儿行不行? 只管搞好你们的群众文化工作行不行?"

"行啊,怎么不行? 那我们明天派人把那些收藏送过来,本来就应该归你们保管的。"李一泓回答得很痛快。

"别,别,你可千万别,我们这儿哪有地方摆那些东西!"

李一泓按灭烟站了起来:"我不跟你说了。赵科长在哪儿? 我要见他。"

"猫在厕所里呢。"他忽然意识到自己说漏了嘴,"我说错了,说错了,他猫在厕所里干什么呢! 他……他刚才还在,一转眼,我也不知道他去哪了……"

李一泓狠狠瞪他一眼,迈出屋,向厕所走去。

对方从窗口望着吸着烟守候在厕所门口的李一泓,在屋里走来走去,两手互搓,不知如何是好。

李一泓的脚旁扔着数个烟头,他又一次掏出烟盒,但烟盒已经空了……

恰在此时,赵科长一脚迈出了厕所,发现李一泓守在厕所门旁,急转身又想躲入厕所。李一泓却抢先一步,伸张双臂拦在了厕所门口。

赵科长跺跺脚,急赤白脸地说:"嗨,老李,你这是干什么嘛! 你这……这太不人性化了嘛!"

李一泓不理他这茬儿,开门见山:"少给点儿! 两三千也行。四面墙我们可以自己动手砌起来,但上门窗、上房梁、技工活必须得请工匠,我们文化馆的同志自己干不了。"

赵科长又一跺脚:"老李哇,就是一千元,我也没有啊! 没有你叫我怎么批给你?!"

李一泓的手机响了,他接起手机,表情渐变不安:"是我是我……哎呀我给忘了,您别急,别急……"看一眼手表又说,"我现在赶过去,估计来得及,兴许还会提前几分钟……"

赵科长暗喜过望,冲着办公室喊道:"大王,李副馆长这就急着走,快看看他自行车的气足不足?"

李一泓合上手机,冷冷地说:"我改天还会来的。"

赵科长假装没听到:"快走吧快走吧,先去办要紧事吧,我这儿都替你着急了!"

刚才那个男人就是大王,闻声出了办公室,颠颠地跑向李一泓的自行车,按了按,大声说:"气还真不太足哎!"

赵科长吩咐道:"那还不赶快替李副馆长充充气!"

大王又颠颠地跑入办公室,转眼拿着气筒再跑出来……

李一泓要亲自去打气,赵科长拦住了他,装出实心实意的样子:"让大王替你打,你是老同志,他一个年轻人,应该的。哎老李,你看我这几盆花,侍弄得还不错吧?"

李一泓搂住了赵科长的肩膀,开诚布公地说:"赵科长,我知道你瞧不起我们文化馆那些收藏。论对文物的评估,你当然比我更内行,我不敢在你面前班门弄斧……"

"彼此彼此,你现在也名声在外,已经是位专家了嘛!"赵科长虚与周旋。

"咱们以后不争文化馆那些东西究竟有没有文物价值了。我再来,那就只找你解决一个问题了——我们文化馆的一间屋子倒了,不能就那么横砖竖瓦的,得再把屋子修起来是吧?"

"是啊是啊,就那么横砖竖瓦的哪行!"

"我刚才已经跟你说过了,我说到做到。四面墙呢,我可以动员同志们,再把它砌起来。但砖瓦肯定是不够了,这就需要一笔钱,添砖添瓦。还需要一笔钱,买木料,上房顶,做窗做门,是吧?"

"是啊是啊!"

李一泓看赵科长在原地走来走去,极具耐心地说:"所以呢,我亲爱的同志,你作为文物科长,那就应该急我们文化馆之所急,多多少少,你总得批给我们一笔钱,帮助我们,把我们所面临的困难解决了……"

赵科长一斜肩膀,摆脱了李一泓的手臂,滑头地说:"那和我有什么关系啊!"

李一泓就又瞪他,意思是——怎么和你没关系?!

赵科长巧言善变:"如果你还是认为你们文化馆那些东西具有文物价值,那么就得拿出一批专家们的郑重其事的鉴定为据,还起码得是省一级文物专家们的鉴定,只你一个人认为有价值不行。如果你拿不出来,你就没有正当的理由非找我们文物科来要钱。虽然我们是特殊情况,文物工作由文化局兼管着,但事实上,文化、文物根本就是两个平级单位,文化馆归文化局,不归文物局。你文化馆的房子倒了,你找文物局就是找错了门,一而再、再而三、三四五六七次地找,那就是无理取闹!"

李一泓皱了皱眉,有些不高兴:"你认为我无理取闹?"

这时,只听"嘭"的一声爆响。二人同时扭头看去。李一泓快步走向自己的自行车,赵科长跟在后边。

大王委屈地看着自行车干瘪了的后胎说:"我也没打几下呀! 李副馆长,你这车胎是不是也太旧了啊!"

李一泓一言不发就翻赵科长的衣兜,赵科长愣愣地任他翻。他从赵科长兜里翻出钱包,取出二十元钱,复将钱包揣入赵科长兜里。

"借你二十元钱!"言罢,李一泓一转身,大步便走,走了几步,站住,扭回头又说:"我一定让你看到专家们的鉴定!"

等李一泓走出文化局的院子,赵科长训斥大王道:"你真笨!"

大王嘟哝:"我笨,那你还让我给他这辆破车充气!"

赵科长哼了一声,悻悻地走回办公室。大王愣了一会儿,拿着气筒跟入办公室,放在墙角,坐下,抬头望着屋顶说:"我有点可怜他了。都来过七八次了。科长,你就替他们文化馆向局长申请一批款项又怎么样呢?"

"新局长刚刚上升,我当科长的,就带头打报告向顶头上司要钱? 这是最招顶头上司烦的事你知道不？”

"那李局长没调走的时候，人家也来了好多次，你干吗不帮人家把问题解决了？"

"李局长并不愿意调走你们看不出来吗？在顶头上司明明要调走了又很郁闷的日子里，我当下属的忍心给人家添烦吗？那么做太不通情达理了吧？几千元对咱们文化局这种穷哈哈的单位是一大笔钱，局里的家底我还不清楚吗？"

"那你也可以替他们文化馆把他们的困难向省文物局反映一下嘛！"

赵科长有些不耐烦了："你少来！还轮不到你教我该怎么当科长不该怎么当科长！我之所以今天熬成了科长，那正是因为我懂得一个道理——如果没有什么成绩可以向上级汇报的，起码也要善于把让上级心烦的事给压住！否则上级需要下级干什么？现而今，对于只花钱不挣钱的单位，打报告要钱就是最让上级领导心烦的事！除非刀架在脖子上，枪口对着胸膛，否则我决不做那样的事！这是经验，明白?!"

大王诺诺连声："明白，明白。您不说，我还真有点儿不明白。您今天一说，我茅塞顿开……"

第三章

市中心广场地带,围了里三层外三层的民众。

两处临时搭起的休息棚一红一黄,红布休息棚那儿,三名舞狮队员已装束停当,却一个个表情焦急,相互议论:

"李老师怎么还不来啊?"

"是啊,急死人了!"

"这可是擂台赛啊! 邻市的舞狮队向咱们下的战书,李师傅如果不亲自来舞狮头,那咱们结果惨了!"

休息棚外,一个组织者在打手机,另一个组织者问:"怎么样?"

打手机的人绝望地说:"他……他把手机关了!"

一辆出租车驶来,停住,李一泓从车上走下来。

"他来了!"二人迎上前去,一左一右,将李一泓陪入休息棚。

李一泓抱拳道:"抱歉,抱歉,让各位着急了!"

组织者之一说:"快,帮李老师换装!"

于是有两个年轻人拿着衣服,将李一泓拥到简易的屏风后边。转眼,穿上了一身功夫装的李一泓从屏风后闪出。

有人给他让座,李一泓端端正正地坐下,说:"水……"

立刻有人恭恭敬敬地递上矿泉水,李一泓饮了一口,含在口中片刻,缓缓咽下……

有人递上一条湿毛巾,李一泓擦罢脸低声问:"什么时候开始?"

"十分钟。"

"我想一个人待一会儿。"

等众人退出去了,李一泓双手横置膝上,深吸一口气,缓缓闭上了双眼——他进入了聚气状态……

蓝天白云,瀑布溪流,森林草地,鲜花竹丛,天鹅秀鹿……总而言之,一道道美丽的风景伴着丝竹之乐,在他的想象之中接连浮现……

一个轻微的声音传来:"李老师……"

李一泓睁开了双眼,组织者向他指了指自己腕上的手表。李一泓站起身,抖擞了一下精神,大步迈出了休息棚,两个年轻人将红色的狮头搬到了他跟前。

鼓声响起,广场上,双方红黄两色装束的鼓手,比着劲头地擂鼓。

红黄两只狮子出场了,每只左右都伴随着两只活泼的小狮子,观众的喝彩顿时此起彼伏地响起。

有人交头接耳地议论:

"文化馆的李老师舞的是哪一只?"

"当然是那只红的!"

"唉,五十出头的人了,不容易啊!"

"还不是为了让咱们看得开心嘛!他带出的两个徒弟,前些日子另栖高枝了,搞得他好郁闷。要不他今天也不至于非得亲自上场啊!"

"看,看,老将出马,威风不减!"

广场上,红黄两只狮子正对舞,各自施展技艺,斗得难解难分。红狮就地一滚,却没能敏捷而起,狮头滚到了一边去。黄狮也停止了舞动,摘下了狮头,双方舞狮人都围住了李一泓。

"李老师,怎么了?"

李一泓坐在地上，沮丧地道："没什么，闪腰了！"又对黄狮队的人们说，"你们别也停下来呀！接着舞，快接着舞！可不能让观众扫兴！……"

一辆平板三轮车驶在街巷里，组织者孙主任亲自蹬车，车上坐着李一泓，一手按着腰部。车在李一泓家小院门前停住，孙主任小心翼翼地扶李一泓下了车。

"别这么懊丧嘛，亲爱的同志！群众文艺，目的是为了丰富人民群众的生活内容。不是奥运，不必把胜负看重了。"

"我不是懊丧。您把腰闪了，我心里边内疚。"

"也别内疚。只不过把腰闪了，又不是壮烈牺牲了……"

孙主任笑了："那是，那是……"

孙主任拍了拍门，素素打开院门，吃惊地道"爸爸，爸爸你怎么了？"

李一泓忍着疼，笑着说："爸爸刚才在广场上舞狮子来，不小心把腰闪了一下……"

素素生气地瞪着孙主任，没好气地责备道："都是为了你们！"

李一泓赶紧制止了素素："不许这么没礼貌！爸爸是文化馆的群众文艺工作者，今天的活动是爸爸分内的事。这位叔叔是一位街道主任，多亏他帮助，活动才会组织得很顺利……"

素素不满地噘着嘴，不依不饶："那你们就不能雇辆出租车啊！抠门儿！"

孙主任苦笑着说："不是舍不得那十来元钱，是你爸爸，他这样坐出租车不行啊！"

"素素，不许再胡说八道！孙主任，你快回现场去吧！现场离不开你！"

"有空儿我再来看您！"

孙主任蹬车离开后，李一泓批评说："素素，你刚才太没礼貌啊！都高二了，那可不好。"

素素则埋怨道:"爸,你也是的!等我嫂子怀孕的孩子一落地,你都是当爷爷的人了,还逞什么强啊!"

素素搀扶李一泓进入小院。小院里摆满了东西:几架老旧的纺车、老旧的独轮车,口边沿缺损的缸,摇篮、摇椅之类……

素素抱怨说:"你看你们文化馆的人啊,我中午放学,前脚进院,他们后脚紧跟着就来了,接着就往院里搬进这些古怪的东西,说是你让他们搬来的!"

李一泓轻叹一口气道:"是爸爸让他们搬来的,没想到他们这么快。"说罢,点数着那些古怪的东西。

素素也叹了口气:"咱家又不是你们文化馆的仓库,你倒是让他们把这些没人要的破烂搬咱家来干什么呢?"

李一泓的表情认真起来:"在寻常人眼里是破烂,在文物专家眼里可都够得上是宝。"

素素一撇嘴:"也就是在您这样的专家眼里吧!"

"你刚才说我逞强来是不是?"

"你就逞强嘛!"

李一泓严肃地说:"你对你爸的看法是完全错误的!十几年前,有几位市领导要把文化馆给取消了,说老百姓有电视看那就行了呗!电视什么文化都有了,文化馆已经完成了历史使命。当年的老馆长一怒之下跟他们拍了桌子,这才使文化馆保留下来了。我现在当了文化馆的副馆长,能不竭尽全力……"

"又来了,不听不听,以后再也别跟我说你们文化馆那点破事儿!"

素素双手捂耳,一转身跑进屋了。

"你敢说文化馆的事儿是破事儿?你给我出来!"

李一泓猛地往起一站,竟没能站起来,腰疼得他倒吸冷气,人和小凳一块儿倒下去了……

他住了一天医院。

出院那天,李一泓刚迈进自家小院,就听到屋里传出一阵哗啦哗啦的金属之声。

"素素,你干什么呢?"

素素没出来,龚自佑倒从他家屋里出来了,手拿一个锈迹斑斑的铜算盘,像小孩儿玩拨浪鼓似的举着摇晃。

"哎呀我的老哥,别摇别摇,千万别给我摇散了!"

李一泓抢前几步,夺下算盘,又喊:"素素!"

素素这才现身,诧异地说:"爸,你怎么自己回来了呀?龚大爷正要陪我去接你呢!"

说罢,她咬了一口拿在手中的黄瓜。

李一泓将算盘交给素素,吩咐说:"拿屋去,要放在碰不着的地方。"

素素接过算盘进屋后,李一泓瞪着龚自佑极为不满地又说:"老哥,你又不是小孩子,玩什么不好,非玩我那宝贝。"

龚自佑那天情绪特好,仿佛中了彩票大奖,一副喜不自胜的样子。他以手指凭空拨弄了几下,摇摇头感叹地说:"自打我在废品收购站当过几年会计,对算盘这东西还是很有感情的。刚才我用那算盘替你算了一下,你猜你这屋里院里的破烂加在一起,我给你估算的是多少钱?"

李一泓不爱听,皱眉道:"我那都不是破烂,其中有不少宝贝。"

龚自佑笑道:"姑且不论是破烂还是宝贝,你先猜猜嘛。"

李一泓摇摇头:"猜不到。你给我估算的是多少钱?"

龚自佑伸出了三个指头……

"三千?"

龚自佑一板脸说:"你倒狮子张大口,敢往多了说。以我专业的眼看嘛,也就值二百来元。屋里那些铜钉铁钉的东西,还能卖几个钱。院里这些,废品站都不收。"说着,朝一架旧纺车踢一脚,"现如今谁还纺线?废品站收这么个破玩意儿干吗?"

李一泓一跺脚,生气地说:"不许踢,再踢别说我跟你急!你刚才那些话,出了我这院门,也不许对别人说! 让你的嘴一宣传,不是破烂也成破烂了!"

这时素素探出头大声问:"爸,你倒是进不进屋啊? 我龚大爷还有喜事向你报告呢!"

二人进屋后,李一泓催促道:"快说,我有什么喜事儿,自己还不知道,倒被你老哥先知道了?"

龚自佑却说:"不是你的喜事,是我的喜事。"

李一泓大睁双眼:"你……你找老伴了?"

龚自佑也皱起眉来:"你别哪壶不开提哪壶!"

正在自己小屋里写作业的素素听了,也不出屋,大声就说:"爸,龚大爷的档案问题解决了,下个月他就可以领退休金了,以前欠的还答应给他补上。"

"会是这样?"

李一泓根本不相信。

龚自佑肯定地点头:"正是这样。"

"快说快说,怎么一来,就会是这样了?"

龚自佑却反问:"你先告诉我,医院把你那腰彻底治好了没有?"

李一泓说,没有,一起一坐的,还是有点儿疼。不过自己操心文化馆的工作,也没忘他龚老哥的事儿,所以开了几贴膏药就急着出院了。龚自佑则让李一泓躺到屋里去,说是要从今天开始,每天都来给李一泓推拿推拿,也算是一种报答的方式。

李一泓迫不及待地说:"我不用你报答啊! 你快说你那事儿,结果怎么就急转直下了?"

龚自佑固执地说:"你不让我报答报答你,那我就不告诉你,让你干着急。"

李一泓问他会推拿吗? 他说不但会,还消除过不少人腰腿肩背伤痛的痛苦。

李一泓拗他不过,半信半疑也是半推半就地进了自己睡觉的屋,乖乖伏在床上,任凭龚自佑在他身上施展能事。

龚自佑一边在行地推拿一边说:"想当年我也没白坐几年牢,在监狱里学会了这么一手。"

李一泓一听,又不干了,说:"得了得了,我还是信不过你。别被你三弄两弄,反而加重了。"

龚自佑则按牢他,不许他乱动。李一泓任他推拿了一会儿,觉得还受用,也便渐渐老实了。

龚自佑问:"怎么样?"

李一泓说:"还行。"

龚自佑说:"还行算是什么意思?舒服就干脆说舒服,不舒服就干脆说不舒服。"

李一泓说:"舒服。"

龚自佑这才告诉李一泓关于他档案的事儿,是劳动局主动让街道通知他。他一去,所有见到他的人都对他客客气气的。劳动局的人说,丢失的档案肯定没法找到了,但劳动局可以给他开一份证明,帮他恢复国营退休工人的身份。说接待他的人,还请他一定要给李一泓带到话,邵局长因为那一天闹的那场不愉快,真心诚意地向他也向李一泓作检讨……

"老哥,你越说我越糊涂。你说了半天,也没说明白怎么会这样!"

李一泓丈二和尚摸不着头脑,更加迫不及待。

龚自佑也急了:"你怎么还不明白?要不是你当上了政协委员,我的事儿能这样吗?"

李一泓这才想起齐馆长告诉他,老馆长郑讯推荐他当政协委员的事。

他嗫嚅地说:"这话你也别到处乱说,八字还没一撇呢。"

龚自佑说:"八字还没一撇,情况就不同了。有了那一撇以后,你想替老百姓帮点儿忙时,不是更有资格了?"

李一泓说:"我还没决定当不当。我怕开会。"

龚自佑赶紧说:"要当要当!千万别犹豫。你当了,我们老百姓沾光!"

李一泓说:"我就不是老百姓了?"

龚自佑说:"我说错了,是咱们老百姓。一泓啊,咱们老百姓和老百姓说几句悄悄话。若真能当上,干吗不当啊?看来政协委员并不像有些人说的,仅仅是花瓶,是摆设。经由我这一件事,我信政协的作用了。对于咱们老百姓,代言人不是越多越好吗?"

李一泓沉默半晌才说:"你的事,明明你有理。各个厂、劳动局都没有什么理。如果老百姓谁摊上了这类事儿,都非得政协委员、人大代表出面给争理,我看这个社会也不太对劲儿。"

龚自佑说:"急不得,慢慢来。咱老百姓的话,急中有错嘛!你那天把我惊着了,从没见你发过那么大火。以后真是政协委员了,那么参政议政,那么代言,水平可就低了点儿,是不?"

李一泓说:"是啊!我也挺后悔的。你如果再去劳动局,也别忘了替我向邵局长说几句检讨的话。这跟是不是政协委员没关系,人还是以有修养为好。"

龚自佑说:"你这话我爱听,那一定。一泓啊,咱俩是老街坊了,还有些话,我也要劝劝你。你亮给我你的真想法——你认为自己退休前,还有什么晋升的机会吗?"

李一泓笑出了声:"瞧你老哥问的,我又不傻,又不痴,怎么会做那种梦呢?"

龚自佑停止了推拿:"那我就不理解了。再混几年该退休了,还折腾自己干什么呢?那班,每天可以晚去一点儿了,可以早走一点儿了,估计不会有人严格要求你了是吧?隔三个月五个月的,去医院开张病假单,休上几天,在家里闲在闲在,那多么好。医院里不少医生护士,都是跟你学过太极拳的,开张病假条还是难事儿吗?再说了,人到了你这种年龄,哪儿还不检查出点儿毛病来啊!即使在班上,什么工作,你也有资格动动嘴,指使年轻人去干就得了嘛!你看你,整天就骑辆破自行车,东跑西颠的,今天这里当评委,明天那里当指导,后天又当什么教练!连饭也顾不上吃,不但把家里院里搞得像废品回收站,还把腰闪了!老百姓……"

李一泓纠正道:"群众。"

"一回事儿!总而言之,别人倒是高兴了,可你又是何苦来的呢!谁也不是天生为别人活着的!你整天地瞎忙,很有成就感?"

屋里传出素素不平的声音:"我爸爸那也不是瞎忙,那是他的职责!"

龚自佑严厉地说:"大人说话,小孩子别插言!"瞪着李一泓又问,"你自己说。"

李一泓说:"我是觉得整天忙得很有成就感。"

"嘿!算我白劝,算我多余,我这是何苦呢!"龚自佑嗓门大了,"该告知的事,我已经告知了。该表示一下感谢,我已经表示了。我走了!"

等李一泓从床上起来,穿上上衣,龚自佑已不在屋里了。

他喊:"老家伙,你给我回来!撇下几句不三不四的话就走,你这算干什么?"

龚自佑在院里也大声嚷嚷:"你给我听着,别以为我心里只有对你的感谢,还有意见呢!我对你意见大了!我平静的生活遭到了极大的破坏,你李一泓就是直接干系人!只不过碍于情面,我不上法院告你。如果告你,你罪责难逃!"

等李一泓走出屋子,小院里早已不见龚自佑的踪影。

屋里传出素素的声音:"爸,我给你煮了一碗面!"

李一泓撑着腰往屋里走,一边自言自语:"我什么时候破坏了别人平静的生活呢?"

他们的房间布局是并排三间——一边是素素的房间;一边稍大一点儿的是李一泓的房间;中间是客厅。在客厅的一角,是开放式的厨房。

一张旧的方的桌子既是餐桌,又是待客喝茶的桌子。

李一泓一脚门里,一脚门外,但见屋里的地上也摆满了东西:有的装在大小盒子里,有的摆在报纸上,有的直接放在地上,无非是洗衣板、棒槌、鞋拐、鞋楦子、漆食盒、糕点模子、纺线锤子之类的……

李一泓小心翼翼地躲着满地东西,走到桌前坐下,端起碗来狼吞虎咽……

"爸,我给你打进一个鸡蛋,好吃吗?"素素站在一旁问道。

"我小女儿给我煮的面,当然好吃了!"李一泓咽下一口面,又问,"我回来前,你龚大爷对你说什么没有?"

"没有哇。他一来,就盯上那只铜算盘,哪儿还顾得上跟我说话呀!"

"我怎么想,也不可能破坏到他平静的生活呀!"

素素从后搂住了他的脖子:"你就快吃面吧!他的话你还当真啊!"其实,素素挺希望爸爸能把龚老爷子劝他的话听进心里边去,有时候她也想那么劝劝爸爸,可是不敢。

下午,李一泓忍着腰疼,和素素一块儿把院子里那些物件都放进了两间空房子里。

忙完了,李一泓穿背心短裤躺在床上,手摇蒲扇:"素素……"

"哎!"

"过来一下。"

"就来。"

素素走进他的房间,蹦上床,问:"爸,有何吩咐?"

李一泓反问:"帮爸爸干那么多活,累了吧?"

素素调皮地一笑:"累也幸福。"

李一泓也笑了:"你这张小嘴呀,能把大人哄死。"

素素说:"有一位叫刘心武的作家教导我们——快把好话说出口!良言令人三月暖,恶语使人六月寒。人人快把好话说出口,有利于构建和谐社会……"

李一泓不同意女儿的话："得了得了,和谐社会那也不能光靠人人耍嘴皮子。"

素素一背身："说我耍嘴皮了,我不理你了!"

"你看,这就是你不对了吧?听到一句不同意见的话就生气,这社会怎么和谐呀?"

"你有保留你不同意见的权利,但是你没有仗着自己是爸爸,动不动就讽刺别人的特权!"

"好好好,我收回我那句话,来,帮爸爸把这贴膏药换上。"

素素替李一泓换罢膏药,问："爸,你是政协委员了吧?"

"你怎么知道?"李一泓很奇怪。

"还用得着对我保密呀?我中午放学时碰到杨校长了,她让我给你捎个话,向你表示祝贺!"

"她消息可真快。"

"她是政协常委嘛!兴许你适合不适合当,她的意见还特别重要呢!"

"想当然!在政协,常委们都是平等的。"

"但统战部长是她的学生啊!再说,不少人都知道,你和我们杨校长关系不一般。"

"我们关系怎么不一般了?你一个小孩子怎么知道那么多不该知道的事?"李一泓敏感地坐了起来。

"爸,你紧张个什么劲儿啊!"

"我没紧张,说!"

"你紧张了!统战部长是我们杨校长的学生,那也不是什么秘密嘛!有一年我们开校庆,统战部长还出席讲话了呢!"

"别说统战部长了,说我和你们杨校长!我们关系怎么就不一般了?"

"反正……反正你们……不一般就是不一般,当我是傻子呀?我们同学都认为，杨校长她不但喜欢我，还偏向我。认为她偏向我的原因，就是和你的关系不一般。"

"她偏向过你吗？"李一泓诧异问。

"也不能说一点儿不偏向。但我也是一名品学兼优的好学生呀。爸，坦白坦白，你和我们杨校长关系怎么不一般了？"

"素素，你给我认真听着——学生，那就要以学为主，不许往头脑里装些和学习不相干的事。你一个高中生，懂那么多杂七杂八的事干什么？"李一泓皱眉，表情严肃得像庙里的关公。

"那不能说是杂七杂八的事，那是人际现象，高中也要突出人际……"

"胡说八道！我和你们杨校长的关系，那是很普通的关系！我怎么不知道我要当政协委员了？尤其这一件事，你不许跟任何人多说一个字。如果有人问你，你就这么回答——爸爸自己从没对我说过。记住没有？"

"记住了。"素素怯怯地答道，她快哭了。

李一泓又躺下，从枕下摸出一份报纸递给素素："爸的眼镜忘在单位了，给爸读读第四版。"

"先读哪篇？"

"当然先读采访你们杨校长那一篇，采访我的有什么值得读的！"

素素抹了一下眼泪，开始读报："狠抓教学质量，打造名校名牌——采访我市重点中学杨亦柳校长。本月某日，我有幸采访到了市重点中学的杨亦柳校长。她刚刚开完市政协常委会。杨校长兴奋地说，市重点中学高中部今年又有多名学生考上了全国重点大学，又有多名学生在全省乃至全国的各项学习比赛活动中出类拔萃，名列前茅。她强调，市重点中学，提高了本市在全省各市中的知名度，已经成为本市耀眼的亮点。所以，市重点中学在本省各中学重点地位，不能稍有动摇，只能继续确保……"

"读完了。再读采访您那一篇吗？"素素读得口干舌燥。

侧身而睡的李一泓没有反应,素素放下报,伏下身子一看——爸爸早睡着了。

素素将被单盖在爸爸身上,悄悄溜下了床,回到自己的房间,叹了口气。这些天她老在想:爸爸不但对自己有太多的要求,对她的要求也很严。他虽然根本没有什么地位可言,可是骨子里却自标清流,企图做人做到这么一种程度——不给别人留有任何非议自己的理由。人这么活着,岂不是太累了吗?

第二天,李一泓来到了文化馆。昨天的一堆砖瓦,都快没有了,齐馆长和小刘等几个同事站在砖瓦堆旁……

齐馆长问:"老李,听说你昨天把腰闪了,怎么不在家躺着?"

李一泓说:"一想到这种情况,我躺得住吗?"

"是啊,我理解。昨天文化局那边怎么答复你?"

"还是一个字:搌。"

"你怎么来的?"

"慢慢走来的。这怎么回事儿?"

"有人在夜里把砖瓦都偷走了,还能用的一些木料木板也偷走了。怨我,应该派个人值班的。"

"别后悔了。已经发生了的事后悔也没用。"

文化局的大王推着李一泓的自行车走过来,老远就喊:"李副馆长,你的自行车,我给你送来了啊!我们科长说,你借他那二十元钱,也让我带回去……"

"我要当面还他。"

"行,行,反正我把话捎到了……"大王急欲脱身,转身便走……

齐馆长把他喊住了:"你站住。"

大王站住了,自辩道:"其实,我……我心里对你们的困难也……"

"别冲他发火,他说了不算。"李一泓朝大王挥挥手,示意他可以走了。

一旁的小刘提醒道:"馆长,咱们该走了。"

齐馆长说:"今天上午,政协要为咱们老馆长开追悼会。按照他的遗愿是不开的,可许多群众感激他、怀念他,有强烈的要求。经和家属协商,家属也同意了。是咱们的老馆长,咱们的同志当然要去追悼他。你腰闪了,情况特殊,就别去了……"

李一泓听了直摆手:"我去。我也想去。"

参加追悼会的人很多,有许多是百姓,包括老人和学生。齐馆长、李一泓等人走进灵堂,默默地向遗像三鞠躬。李一泓鞠一下躬,皱一下眉……

轻微的哀乐中,悼词播放如下:"郑迅同志,在两届政协委员任期中,一贯密切联系群众,深入了解广大人民群众的实际困难和各种疾苦,不为名,不为利,积极献策,热忱代言,为群众办成了许多实事、好事……"

李一泓等人从遗像前退开时,其后进行追悼的是几名少先队员,他们献花,敬队礼,接着做动作整齐的手语,李一泓忍不住站在一旁看。

齐馆长小声地说:"我们市的聋哑小学,是在老馆长不懈的努力下才创办起来的,解决了二百多名聋哑孩子的上学问题……"

走出来时,他们碰见一些拄着手杖、相互搀扶着踏上台阶的老人。齐馆长望着他们的背影说:"不用问,准是市化工厂退休的老工人们。"

"化工厂不是由于环境污染严重关闭了吗?"李一泓沉声问。

"但毕竟是国企,对工人应该有合理安顿,否则不公平啊!老馆长一位市一级的政协委员,不但把情况反映到省里,还把情况一直反映到中央有关部委,当时不少官员认为他……"

"认为他怎么样?"李一泓追问道。

"不说那些了吧。走吧,一块回馆里去,我还有重要的话问你呢。"

回到文化馆,两个人都进了齐馆长的办公室,隔着桌子,对面而坐。

"老李,现在你给我一个郑重的回答——你到底愿不愿意当一位市一级的政协委员。今天我也必须替你给有关方面一个明确的回答。"齐馆长又提起了昨天未完的话题。

李一泓低头沉思。齐馆长掏出烟,递给他一支。

齐馆长注视着李一泓说:"你不会是内心里轻视一位市政协委员的角色吧?"

李一泓摇头不语。

"谅你也不会。实话告诉你,每次换届,挖空心思,千方百计想要当上市政协委员的人多着呢。我也想当啊,可老馆长临终前向政协推荐的是你,不是我。我想也白想。所以政协很重视这件事,准备增补你。"

"好,我现在就给你一个郑重的回答——我当。"

"这还像句明白话。你放心,虽然我自己想当当不上,可我这位正馆长绝不嫉妒你,以后我会尽力支持你当好政协委员的。咱们文化馆能继续有一位市政协委员,对咱们文化馆有好处。"

"现在你也郑重地回答我——当年,有些官员认为老馆长他怎么样?"

"非听我说不可?"

"非听你说不可。"

"当年,有些省里的官员,认为老馆长是在为难他们,越过他们向更上一级反映情况是告他们的状,甚至认为他是在怂恿群众向政府部门施压。"

李一泓大口大口地吸烟,陷入沉思。

"你想知道的,我也如实告诉你了。现在,你说不愿当了还来得及。"

"我还是那句话——当定了。不过我有个请求。"

"什么请求?"

"我希望有一套完整的、老馆长当三届政协委员以来的提案材料。"

"这不难,我给你准备齐——小刘!"

小刘应声而至,齐馆长问:"你能开始记录不?"

"能。"小刘将小录音机和记录本放在桌上。

"你就坐我这儿，就在我办公室里开始，我这儿不受干扰。"说着，齐馆长起身把座让给小刘坐下。

李一泓不解地问："怎么像审问我？"

齐馆长笑了："政协要一份你的材料，比简历详细点儿的，好替你建档，对谁都如此。你说，小刘替你记录、整理。没烟了吧？烟也给你留下。"说罢，放下烟向外便走，边走边自言自语，"如今，像我这么没有嫉妒心的人，不多了啊！"

门关上以后，小刘问："可以开始了吗？"

李一泓摇头："我得缓缓神儿。"

小刘笑了："你就当是和我闲聊。"

李一泓说："那，开始吧。"

他又吸着一支烟，集中精力，慢条斯理地说："本人，李一泓，五十三岁，汉族，农家子弟。有幸读到高中。毕业后，响应党的号召，又回乡成为农民。曾经是团员，也曾申请入党。'文革'前，党认为我还有差距；'文革'中，我认为党走的是弯路；'文革'后，家庭生活不稳定，妻子体弱多病，要求入党的心情就不那么迫切了。现在，五十多岁了，就想争取做一个对人民群众有益的人，没入上也就没入上吧……"

"同事们都认为，你是一个被党误关在门外的好人。"小刘停下笔道。

"这可是你说的，不是我说的，千万别写上。"

小刘笑着说："放心，当然不会写上。"

杨亦柳刚走出院门，就看见从文化馆回来的李一泓，正若有所思地朝这边走来。

"一泓，干什么去？"

"我来找你，想跟你聊聊，你干什么去？"

"今天周末，学校没什么事儿，正想到公园散散步。"

"那……"

"那什么啊,来吧。"

李一泓随杨亦柳进入院门。和李一泓家的院子相比,杨亦柳家的小院极小。她住两间平房,一间卧室,一间客厅,独门独户。

杨亦柳家哪哪都干干净净、有条不紊。杨亦柳请李一泓坐下后,为他沏了一杯茶,也给自己沏了一杯茶。

"我让素素带话给你,她带到没有?"杨亦柳问。

"她说了,谢谢。"

"统战部长向我了解你,猜我怎么说?"

"怎么说?"

"我说——无论从哪方面来讲,李一泓同志都有资格做一位市政协委员。"

李一泓惭愧地说:"这么说多不好。"

"有什么不好,实事求是嘛。举贤不避亲。"最后一句话一说完,杨亦柳不禁窘了一下,掩饰道,"喝茶呀,好茶。"

李一泓也有点儿不好意思,低头喝了一口茶,把手伸入兜里想掏烟,可犹犹豫豫的,忍住了没往外掏。

"想吸烟,就吸吧。"

"不吸了,你讨厌烟味儿。"

"那也分吸烟的是谁。"杨亦柳起身找来烟灰缸,摆在桌上,"这可是专为你这个吸烟的人买的,市政协的领导们,一般也不在我家里吸烟。"

"那是。他们的儿女有没有出息,全靠你怎么打造嘛。"

"没错,所以连他们也得敬我三分。"杨亦柳说得很自豪。

李一泓终于还是掏出了烟,但不吸,放在鼻子底下闻了闻,说:"我来找你,是想向你请教,怎么当一位政协委员。"

杨亦柳从李一泓手中拿过烟,也闻了闻,说:"请教不敢当,但有资格回答你的问题——看你想怎么当了,当'两手委员',很容易。"

"什么叫'两手委员'？"李一泓是真不懂。

"开幕闭幕拍拍手，见到其他委员握握手。领导不出席，他总不到场。领导一出席，他就抢话筒。这样的委员，经过训练的猩猩都能当。"

"我不当那一种。我要当一位像我们老馆长那样的政协委员。"

"要当好，那又不简单。我认为，政协委员是政府的复眼和重耳，人口多，问题也多，单靠政府一双眼睛一双耳朵，看不全面那么多问题，听不全面那么多民间声音。所以，需要有一种特殊的渠道，帮助政府把方方面面的问题看得更清楚一点，分析得更全面一点，将人民群众对政府的意见，归纳得更具体一点，呼吁得更响亮一点，既要善于拾遗补缺，又要勇于监督批评。当好一位政协委员首先需要无私。可有的人，恰恰是在当了政协委员以后，反而学会了见风使舵、逢场作戏了。"

"我向你保证，决不会那样。可政协委员和人大代表，角色有什么不同呢？"

"你这么认真，我相信你一定能当好。我们已经是一个更加法制化的国家了嘛！人大不举手通过，政府的一切法律和大政方针就没有了合法性。但人大举手通过的事政府要把它一项项做好，那也不容易。有时候还很复杂，这就要有识之士建言献策。有识之士往往都是个性很强的人，所以往往可能没被选成人大代表。请进政协，是智力整合。于党于国于民，都有好处。所以党中央才特别重视政协工作嘛！"

"我也是个性很强的人，却不是有识之士。"

"不要紧，慢慢来。有识之人，并无'士骨'，那也还是够不上有识之士。我觉得，你是个有'士骨'的人。我指的'士骨'，就是从骨子里对老百姓有感情。"

这时李一泓的手机响了，他小心地捂住接听，悄悄对杨亦柳说："素素打来的，她姐来了。我不想说我在这儿，得防止她小小孩儿在同学间有一种特殊的自我感觉。"

杨亦柳笑了："随你怎么说。"

"素素,爸爸在街上呢。告诉你姐耐心等着,我马上回去。"

李一泓一进屋门,就见素素和春梅正在做饭,春梅包馄饨,素素坐在小凳上摘菜。

"姐,爸回来了!"

春梅手里捏着一个馄饨,也不放下就迎上前来,关心地问:"爸,把腰闪了?"

"贴了两贴膏药,好多了。包馄饨?"

素素抢着说:"我姐说,你最爱吃她包的馄饨。"

"是啊,好几年没吃过你姐包的馄饨了。一样的面,一样的馅儿,不知为什么,就是觉得你姐包的好吃。"李一泓边说,边洗手。

素素拿腔拿调地说:"爱心呗。"

"素素说话我真爱听。"春梅又对李一泓说,"爸,昨天在马路上,我们的车险些撞了你,我连车也没下,你没生气吧?"

李一泓也走过去包起馄饨来:"大马路正中,你能下车吗? 你坐的谁的车?"

"还能坐谁的车,我们公司老板的车呗。"

"你们来干什么?"

"来考察考察,公司的房地产准备往咱们市投资。"

"那对咱们市是好事啊。"

"爸,我想把咱那两间空房装修一下,公司替我出钱。以后一段日子,我住回来,天天有空陪你,好不好?"

"当然好,可那两间屋,存放着文化馆的东西呢。"

"让他们拉走。再过两年就退休,别为馆里的破事儿操心了!"

春梅开始煮馄饨,素素开始切菜。

李一泓没再说什么,忙着擦桌子,摆碗筷。素素将几盘拌凉菜和馒头也摆上了桌子,最后摆上一瓶酒。

"你姐捎来的？"

"还用问。"

春梅为李一泓端上了一碗馄饨，问："爸，你当政协委员了？"

李一泓抄起筷子说："有这种可能。"

春梅转身又去端馄饨，并说："趁早别当那个！如果你当的是省里的，我祝贺你。如果你当的是全国的，我更加孝敬你。可一个市里的政协委员，那有什么当头啊，能给自己带来什么实际的好处呢？"

李一泓不悦地说："别说了，当着素素的面，你净胡说什么！"

春梅又端来一碗馄饨，放桌上，嘘着指尖说："我说的都是大实话。无利不起早，现而今，人人都这个活法。"一边说，一边为李一泓斟满一盅酒。

"不见得。"李一泓端起酒盅，一饮而尽。

素素见状，默默地去为自己端来一碗馄饨，看看爸爸，看看姐姐，带着几分不安，低头吃起来。

春梅显然并没太在意父亲的表情反应，也许是因为她跟父亲直言直语惯了。她又为父亲斟满一盅酒，也为自己斟满了一盅酒，端起来说："爸，好久没和您同桌吃饭了，我祝您身体健康，长命百岁！"说完一饮而尽。

李一泓没有喝，有点陌生地望着春梅。

春梅见李一泓没喝，就说："爸，我知道您的酒量，干了吧。"

李一泓端起来，沉吟一下，饮了。

春梅仍直来直去地说："爸，我这次回来，还负有特殊使命——省里一些干部的儿女，要么是留过级的，要么是毕不了业的，要么是问题少年，他们的爸妈犯愁死了，真是没辙又无奈。所以呢，就想一块儿把儿女转到素素他们学校去。素素他们学校虽然是市里的重点，可哪一年的高考比例在全省都数一数二。转过来，在严校里加以重点辅导，将来不是好歹能考上一所大学吗？"

"你承诺了？"

"我打保票包在我身上了，都是司局以上的大干部，何况还有我老板的女儿，这事儿办成了，谁都欠我一个大人情，以后准都得记着报答我。他们都是操权握柄不知什么时候就用得着的人，这么好的机会，我干吗不抓住呢！"

"素素，你先到院里吃去。"李一泓的脸色有些不好看，"春梅，你怎么能大包大揽这样的事儿呢？你杨阿姨是多么讲原则的人，你又不是不知道。"

"那她也不是铁板一块。她给过面子的官员还少吗？这年头哪还有讲原则讲成铁板一块的人啊？那就不叫讲原则了，叫死性！叫榆木疙瘩脑袋，花岗岩脑袋！这种人总有一天会众叛亲离的……"

李一泓轻轻拍了下桌子："不许你这么讲你杨阿姨！"

院子里，素素端着碗，闪在门旁偷听。

"爸，您别跟我拍桌子，更别跟我吹胡子瞪眼的。反正我已经大包大揽了，您想帮也得帮我，不想帮也得帮我，您得亲自替我去求杨阿姨，要不我非坐蜡不可！"

"如果我不呢？"

父女二人眈眈对视。

春梅忽然一笑，起身走到父亲身旁，撒娇道："爸，求您啦！"

李一泓沉着脸说："这个忙，我帮不了。"

春梅的脸也顿时沉下来，咬了咬嘴唇："爸，我可是专为这事儿……我真的求不动您啦？"

李一泓拉住了女儿的手："春梅，我的好女儿，爸爸现在已经是一位政协委员了呀！你杨阿姨她是政协常委！我们可都是反对不正之风的人啊！我们这样的两个人，如果那样做……那……那成什么了嘛！我们的眼睛不能只盯着别人进行监督啊……"

春梅挣脱了手，激动地说："亏您还没正式当上呢，就不替亲生女儿着想了？狗屁使命！"说完，从挂衣钩上取下小包，拎着冲出门去。

素素端着碗在院子里喊："姐，你别这样……"

春梅却已经冲出院子，素素回头向屋里望去，见爸爸又擎起一盅酒，一扬头饮了下去。

李一泓红着脸说："把你姐给我追回来！"

素素追出院门，看见姐姐向她老板的车走去，她大喊："姐，姐，爸叫你回来！"

春梅没有停步，径直坐进车里走了。

第四章

重点中学放暑假了。因为姐姐和爸爸闹别扭,素素的心情受到很大的影响,学期考试成绩不理想。老师还在班上点了素素的名,说是素素学习开始退步的一个信号,要求素素在暑假多做一套数理化复习题。

素素和几名女同学走在校园里,她的同桌袁静安慰她:"素素,别太在意了,不过就是一次学期考试!"

王雨星说:"更别把老师的话当成一回事! 去年咱们市的高考状元,还根本没出在咱们学校呢!"

郑叶丽也说:"是啊,搞得杨校长大丢面子,不管在什么场合,一有机会就说,那是偶然的现象。"

素素仍闷闷不乐:"我不是得比你们多做一套数理化复习题嘛! 本来按我的想法,假期要回到农村去,帮哥哥干些农活。我的愿望肯定落空了……"

"素素!"

素素和同学们循声望去,男生周家川正趴在一个窗口朝她喊:"素素,你回不回咱们眺安村?"

"回去!"

"千万别告诉我爸妈我没考好,更别告诉他们我被扣在学校补考了!就说我自己想要留在学校用功的……"

"明白!"素素觉得有些不可思议,这家伙的学习成绩以前挺好的,可这学期明显退步了,期中考试的平均成绩竟没过七十分。

周家川从窗口消失了,接着传来几句他郁闷的歌唱:"你问我何时再相见,我想大约是在冬季……在冬季……"

后一句高音没唱上去,嘶哑尖锐而又走调……

素素的表情顿时也郁闷了,仍呆呆地望着那窗口……

那一幢小楼是住校男生们的宿舍。一中因为是重点学校,和别的学校不一样,有一条不成文的规定——一般学校的记分法是六十分以下才算不及格,而他们学校七十分以下就算不及格。还不许学生对外说,说了的就要以泄露学校机密论处。

王雨星扯一下素素的衣袖:"走吧,还愣愣地看着人家宿舍窗口干什么呀?"

袁静同学眨眨眼睛,玩笑道:"咱们素素,是不是……也开始那个了呀?"

郑叶丽好奇地问:"开始哪个呀?"

"你们别瞎说!都正经点儿好不好?"素素赌气撇下几个女生,径自朝校外走去。刚走出校门,她就碰到了姐姐春梅。

"素素,是不是今天放假了呀?"

素素点头,对赶上来的同学说:"你们先走吧。"

春梅又问:"怎么一脸不开心的样子啊?我猜到了,没考好是吧?"

素素咬着嘴唇将头一扭,落下泪来。

"多少分?"春梅重视地说。

"平均才……八十四分……"素素哽咽着说。

"吓我一跳,我当考得多差呢!"春梅舒了口气,掏出手绢替素素擦眼泪,"别难过了,下学期力争上游就是了嘛!"又从拎包里掏出二百元钱塞在素素手里："拿着,上次回去,姐也没顾上给你买点儿什么。放假了,看看电影什么的……"

素素不接："我不要……"

春梅硬把钱塞给她,说："姐给你的零花钱,有什么不能要的!"

素素接了钱,说："姐,别生爸的气……"

春梅摸了素素的头一下："他光是你爸,就不是我爸了? 我还没多少机会向他好好表示孝心呢,能真生他的气吗!"

"姐,那你今天晚上回家去! 你那天赌气一走,爸一直闷闷不乐,我怎么逗他开心都没用。你最好在家里住一夜,睡我那张床上,那样爸就会高兴了……"素素红着眼睛,见姐姐沉吟着不说话,又说,"姐! 我也有好多悄悄话想要跟你说。"

春梅笑了笑："今天可不行。过两天吧,姐向你保证。快回家去吧,我到你们学校还有重要的事情办。"

"找我们杨校长?"

"你知道她在不在学校里?"

"在。"说完,素素又对姐姐摇头。

"又说在,又摇头,你什么意思?"

"姐,你别为你那事儿去找她。"

"你呀,跟爸单独生活了几年,都被爸带得像他了。大人们有大人们之间的社会关系,有大人们之间的相互利益,这些你现在还不懂……"

"我懂。"素素不愿被当成不懂事的小孩子。

"懂也懂不了多少,所以别跟着瞎掺和意见。可你得记住,回到家里,不许告诉爸我到你们学校来过。"

"你让我说谎?"

"该说谎不说谎,那就是傻。这年头,凡是不傻的人,都觉得撒谎也不是什么可耻的事。关键是,虽然说谎了,但是却能使别人以为你并没有说谎,那叫本事。"

素素瞪着姐,沉默不语。但从她的表情可以看出,她对姐的教诲很不以为然。

"快回家去吧!"春梅轻轻推了素素一下,转身快步走入校园。

素素望着姐姐的背影,若有所思。自从春梅成为住在省城的人以后,素素和爸爸见到她的时候比以前少多了。素素能感觉到,在爸爸看来,姐姐变了。有时候素素也觉得,姐姐确实变了。可她又认为,姐姐有理由变,一个人生活在省城里了,不可能还像以前一样。

素素走在回家的路上,碰到了几个和她打招呼的男人女人。

"素素,放假了吧?你爸爸怎么好些天没去公园里教太极拳呀?"

"我爸爸把腰闪了。"

"噢,怎么搞的?他干重活了?"问话人吃惊又关心地问。

"不是。他舞狮子那天把腰闪了。"

"嗨,都快五十多的人了,可别亲自挂帅那么激烈的活动了,只在公园里教教我们太极拳就行了呗!告诉你爸爸,他的一个弟子祝他早日把腰养好了,继续教我们。"

素素很有礼貌地说:"好的。叔叔再见。"

一个骑自行车的女人停住了自行车:"素素,告诉你爸爸,我们光明路街道居民委员会的同志都祝贺他啊!"

"阿姨,祝贺他什么呀?"

"祝贺他成为政协委员了呀!消息上网了!你都不知道?"

素素装出刚听说的模样,摇了摇头。

"这孩子,对你爸爸的事儿一点儿都不关心!告诉你爸,过几天我们要向他征求对街道工作的意见!"

素素点点头:"阿姨再见!"

望着女人骑车远去的背影,素素有点儿自责:明明知道,为什么要装模作样地摇头骗那位阿姨呢?

素素满怀心事地走在通往自己家的那条小街巷中……

素素走进家院,听到屋里传出爸爸和齐馆长的说话声,不由得在屋门前站住了。

"老齐,你……你醉了,不许再……再喝……喝了。"

"我这是……酒……不醉人、人……自醉……老李,你……听我把话……说完啊! 你,不让我喝……喝酒,又,不让我……把话说完……那、那我心里,还是……不、不痛快……"

"我……我……洗耳……恭听……"

"虽然我……比你……小两岁,但……我……是正的,你……是副的,老馆长偏偏……举荐你……我心里……有……想法! 嘴上说……没有,这心里……有! 就,窝在这儿! 你……摸摸! 摸着……没有? ……"

"摸……摸着了! 真……有! ……"

素素生气地一下子把门推开,迈进屋去。李一泓看见素素,立刻把手从齐馆长胸口那儿缩回去了。

"我……女儿回……来了,结束! 结……束……" 李一泓舌头虽然很大,却没完全喝糊涂。

素素将书包往椅子上一扔,双手叉腰,抗议道:"齐叔叔,我对你有意见! 好久不来了,来一次,就在我家喝醉了,还把我爸也灌醉了,你们成什么样子! 不就是一个市级的政协委员吗? 你要是心里太不平衡,我命令我爸让给你当好啦!"

"可……可以! 可……以……" 李一泓表现得很乐意。

齐馆长打了个响嗝,一挥手:"那怎么行! 还是你爸当……群众更……拥护! 老李,跟你把话……说开了……我心里……痛快……多了! 你再……摸……什么都……没了……"

李一泓一只手摆个不停:"不……用,再摸……我相信已经……没……没了。"

齐馆长站了起来:"素素,扶……扶叔叔……出门……"

素素一扭身,扯起书包,奔入自己屋里去了。

"我……我……扶你……"李一泓站起来,二人相互搀扶,摇摇晃晃刚走到院子里,齐馆长一弯腰"哇"地吐了。

天黑了,素素手握一条塑料管子在冲浇院子中央的盆花。关了水龙头,素素蹲下,凑近一盆盆花吸鼻子:"花呀花呀,要是有心谢我呢,就开得更美丽吧,啊?"

李一泓走到了院子里,羞愧地说:"女儿,爸爸以后再也不喝酒了。"

素素直起腰,表情很认真:"能做到吗?"

李一泓一摸后脑勺:"试试吧。"

素素皱了皱鼻子:"自己没有把握做到的事,就不要那么去说。都是政协委员了,以后说话更要注意点儿。否则你非把你已有的好名声断送了不可!"

李一泓赶紧表态:"我女儿批评得对,我接受,我接受。可是,你也要理解大人们之间的关系。本来应该你齐叔叔当的……"

素素打断他的话:"又是大人们之间的关系!我们孩子身上的一些毛病,都是让你们那种讳莫如深的大人们之间的关系给影响坏了的!"

"我们素素有思想了!"李一泓立刻刮目相看。

"我都高二了,一年以后就该考大学了,还能连点儿思想都没有啊!"

"我没想到你齐叔叔会喝醉,而且那么会吐,全吐在咱们这些花上!"

"别光说别人,你也醉了,也吐在花上了!"

"坏事有时候可以变成好事,就当给花上了一次肥吧。这是辩证的思想方法。"

"这是巧言狡辩!"

李一泓在一只小凳上坐下了,又说:"你也要理解我们大人,在许多单位,人大代表了,政协委员了,常是第一把手当仁不让。你齐叔叔嘴上尽说没意见的话,但心里边毕竟有想不通的地方。他心里边想不通不去对别人发牢骚,直接找我来发牢骚,这是坦诚的表现。对待坦诚之人,也当以坦诚待之。"

"那就得一块儿醉是吧？再说,宪法上明确规定好事都得先尽着第一把手吗？"

"这是政治。不跟你小孩谈政治了。去,把口琴找来,爸爸要露一手！"

素素拿着口琴走出来,李一泓到水龙头那儿洗了手,重新坐在小凳上。素素搬了另一只小凳,坐在爸爸对面……

李一泓一边擦口琴一边自言自语:"这把口琴还是你姐姐参加工作后,用第一个月工资给我买的。素素,爸爸算不算一个多才多艺的人啊？"

素素注视着爸爸,由衷地说:"算。"

"现在的年轻人,会吹口琴的不多啦！"

李一泓叹口气,吹起了《十五的月亮》……

虽然不是八月十五,月亮却很圆。月光如水,洒满小院,此情此景,特别温馨、美好……

素素双手捧腮,欣赏地望着爸爸。

咣当一声,小院的对开门被撞开了——龚自佑肩扛铺盖卷闯了进来。

"老哥,你这是……"

龚自佑没好气地说:"借宿。"

"你的意思是……今晚要住我家？"

"正是。"

素素一听,本能地起身,挡在了屋门口。

"接把手儿,我累了。"龚自佑将铺盖卷朝李一泓一递,挥动几下胳膊,赞道:"花养得真不错！"

"老哥,不可以这样吧？"李一泓犹犹豫豫地接过铺盖。

"哪样了？"

"你就是借宿，也该预先打声招呼啊！"

"是你把我逼到这种地步的，还跟你预先打招呼？"

素素抢先说道："龚大爷，我爸爸从不做危害别人利益的事，他怎么逼你了？"

龚自佑一撇嘴："好心办好事儿，有时候也会危害别人的利益。是你爸爸把一对弹棉花的小夫妻招引到我隔壁住下的！起初他们还只是白天弹，嘭嘭，嘭嘭，现在连晚上我也睡不成觉了！哎，一泓啊，你既然是个善良人，当初为什么不把那一对弹棉花的招引到你这儿住下呢？"转头又问素素，"素素，你说龚大爷不来你家借宿，去哪家借宿呀？"

李一泓和素素父女俩都张张嘴，无言以对，素素默默从屋门旁闪开了。

"一泓，我可不是成心刁难你啊！那两间屋不是空闲着吗？我住哪一间都行。"

"那两间屋放满东西了！不信你看……"

李一泓用腰间的钥匙打开屋门，说："连床都没有。要是有床，当初我也不会帮那一对小夫妻在你隔壁住下嘛……"

"看来我只有在你家做几天不受欢迎的客人了！"

"老哥，我可只有两间住屋。素素住一间，我住一间。我那屋也只有一张床！"

"我和你睡一间屋，一张床，我能将就。你当政协委员了，政协委员有义务急人民群众之所急，何况我的困难你有责任！"龚自佑从李一泓手中抱过铺盖卷，自己进屋去了。

李一泓和素素对视一眼，无奈地也跟了进去。

龚自佑进了李一泓的屋，乐了："我当你睡的是张单人床呢，这不是张双人床嘛，挺好，挺好！"说罢，放下铺盖，将李一泓的枕头移向床里，铺展开自己的被褥。

素素急了:"这不是双人床,仅比单人床宽一尺!"

龚自佑却坐在床沿脱起鞋来,还说:"我困死了,困死了……"

"你这、这……" 李一泓跺跺脚,转个圈儿,一转身出了家门。

"爸!"素素也跟了出去,"爸你要干什么去呀?"

"你别管!"

素素提醒他说:"爸,你可千万别找什么人去发火,别忘了您现在是政协委员了!"

李一泓没好气地说:"那我也不能被剥夺了发火的权利!"

一间单薄而废弃的小木板房里发出"嘭嘭、嘭嘭"的声响,纱窗上糊满了棉絮。李一泓推开门,扑面飞出一片恼人的棉絮。李一泓和素素退后一步,各自挥开扑面棉絮。

弹棉花的声音停止了,从屋里走出一个头戴无舌白布帽、面罩大口罩的人,浑身棉絮,连眉毛也变白了,口罩上有两个呼吸造成的黑点。摘下口罩,是个二十多岁的小伙子。

"李大叔,有事儿?"宋春树诧异而热情地问。

李一泓心软了:"啊,没事儿没事儿,和女儿出来散步,顺便来看看你们。"

宋春树的妻子也从屋里走了出来,摘下口罩说:"李大叔,多谢您啊!要不是您帮我们在这里安顿下来了,我们就只有流落街头了。现在我们已经攒下些钱了……"

"大叔,家里要是有什么想要弹的甭客气。哪天拎过来,我们抽空儿就给您弹了。"

李一泓连声说:"没有,没有。"

素素忍不住语带责备地说:"这么晚了,你们还弹呀!"

宋春树的妻子解释道:"不晚,还不到九点。一过九点,旁边人家的一位老爷子就会过来大声嚷嚷,非命令我们停。可我们接了养老院一批活,合同上写明期限的,不加夜班做不完啊!超期了人家不给工钱怎么

69

办呢？"

宋春树憨憨一笑："大叔,养老院的许多老人睡不惯软褥子。他们要求睡不软不硬的,用弹过的棉花做的褥絮子挺受他们欢迎的。再有五六天,我们弹完了这批急活就回家了,临走一定和您告个别……"

走在寂静的街巷里,素素抗议："爸,你等于什么都没说。"

"叫爸爸怎么说呢？你也看到了,有些人挣点儿钱多么不容易！何况,过几天人家就走……"

李一泓和素素还没进屋,就已经听到了鼾声。一进屋,鼾声更加响亮。

"我的天,可算领教鼾声如雷了！"素素听得直摇头。

李一泓的屋子里,龚自佑和衣而眠,四仰八叉,几乎占据了整张的床。李一泓探头看了一眼就退了回来,颓坐在椅上,呆呆地望着素素,那意思是——这便如何是好？

天亮了,院子里,李一泓盖着一条线毯睡在躺椅上,听到开门的声音,他睁开了眼睛。

龚自佑从屋里迈步出来,奇怪地问："咦,你怎么睡这儿？"

李一泓哼一声,离开躺椅,把线毯抱进屋,又蹑足走进素素房间,坐在床边,见素素睡得特酣,但一边耳朵上塞着棉花。李一泓轻轻将棉花从素素耳中扯出,替素素盖了盖线毯。

李一泓搭着毛巾,拿着牙缸从屋里走到院子里,见龚自佑拿着牙具,也正要到水池那儿去刷牙洗脸。

"一泓,你先请。"龚自佑特绅士。

李一泓也不客气,接了水就刷牙洗脸。等他离开水池,龚自佑走近水池刷牙,漱嗓子,闹出很大的动静。

李一泓突然说："嗨,你！"

龚自佑受惊,一口漱口水咽下去,愣愣地看着李一泓。

"你刷牙就刷牙呗,弄出那么大动静干什么？我素素还睡着呢！"

"不闹动静了,不闹动静了!"龚自佑轻手轻脚起来。

李一泓回屋再出来时,已经换上了那身白色的练功服,左手拎着拎包,右手拎着录音机。

龚自佑弯腰细看李一泓的裤腿:"白裤子上来那么几个小黑点儿,好样式。一泓,你也赶起潮流来了? 能赶,抓紧赶吧! 到了我这把岁数,再想赶可就晚啰!"

"白天你愿上哪儿上哪儿……"

"我哪也不去,就在你家待着了! 你家好,看着哪儿都顺眼,心里边怎么就觉着那么温馨……"

李一泓警告说:"那你可得安静点儿,不许闹出什么怪声音,影响素素学习!"

"哪能呢,哪能呢! 你就放心走吧!"

李一泓出院门时,龚自佑还送客似的相跟了几步,说:"慢走,不送……"

公园里,李一泓又在教人们练太极拳。练太极拳的人数显然大增,阵容相当壮观。杨亦柳、姚局长等一些熟面孔仍在其中,但新面孔增多了。新面孔们还没有学会,有的只不过心不在焉地瞎比画……

李一泓更加意气风发,他因为人多了心里高兴……

音乐停止,李一泓刚一收势,许多人立刻围向他,七言八语:

"李老师,李老师,我有事跟你说……"

"老李,我也有事要说,我是代表好多人的……"

"求求你们大家了,先让我说行不行? 我家住得远,我还得回家做早饭呢!"

李一泓一脸迷惘:"同志们同志们,亲爱的同志们,我怎么听不太明白大家的话呢?"

姚局长挤上前,挡在李一泓面前,展开双臂,训斥道:"你们这是干什么？干什么！成什么样子！一些个鸡毛蒜皮的事,跟李老师在这乱嚷嚷什么？"

人们一时肃静,一个膀大腰圆的汉子挤上前,瞪着姚局长喝问:"你又是干什么的？你算他妈老几？你又凭什么跟大家伙咋咋呼呼的？李老师现在不但是太极拳教练了,还是政协委员了！我们有问题向他反映理所当然！要不他就干脆别当！"一边说,一边不停地推姚局长的胸。

姚局长见汉子鲁莽,怯怯地闪开了……

李一泓终于明白大家为什么围他了,劝说道:"哎哎哎,这位兄弟,骂人可不好,动手就更不好了。今天对不起大家了,我还要赶去单位呢,我们文化馆也正面临烦恼的事啊……"

汉子一把握住李一泓的腕子:"你们文化馆的事我不管,我的事你却必须管,你政协委员有这个责任……"

李一泓有些生气了,暗使内力,一反腕将汉子搡得连退数步,若不是被人墙挡住,肯定跌倒无疑。

"那你也要有话好好说！"李一泓走到石桌那,从拎包里取出了笔和小本,"好吧,排队,一个一个说。"

汉子又挤上前来:"我那个鲜肉摊,凭什么再不许我摆了？不许我摆,我一家人吃什么?!"

李一泓正色道:"你怎么总往前挤,还拨拉人家老人,后边排着去！"

汉子一愣,一边闪开一边嘟哝:"都说他有求必应,我怎么看着不像呢？"

姚局长和杨亦柳站在不远处,面色各异地望着此情此景……

姚局长问:"你怎么看？"

杨亦柳反问:"你指什么？"

姚局长朝李一泓那儿翘翘下巴:"连文化馆的副馆长,也能当政协委员了！"

杨亦柳不冷不热地答道:"谁能不能当政协委员,那可不完全是以干部级别的高低来论的,这点常识你局长大人也应该清楚。"

"像李一泓这样的政协委员如果再多起来,我们当公仆的肯定更不好当了!"

"现在什么人好当啊?我当校长的就好当吗?又要当公仆,又要公仆好当,以后不会再有那样的事了!等着吧,李一泓让你们公仆心烦的日子还没开始呢!"

"我怎么听着,你有点儿幸灾乐祸似的?"姚局长觉得杨亦柳的话有点不是味。

"我不是幸灾乐祸,是为中国的民主进程感到欣慰。"

"我忘了,你是政协常委,和他一样的角色,都是瞪大眼睛时刻准备挑我们碴儿的!"

杨亦柳笑了:"你错对了。不是挑碴儿,是促进工作。今天我们政协常委还要开议案会呢!"

"上午是吧?也要求我去听取意见。"

"那我们就别在这儿充当观察员和评论员啦!一块儿走吧,正好我可以搭你的车。"

周家川骑着自行车驶来,在不远处刹住车,望着李一泓那儿现场办公似的情形,犹豫了一下,调转车头走了。

等人们散去了,李一泓收起记了密密麻麻数页字的小本,吸一支烟,想起了杨亦柳的话:"当'两手委员'很容易,一年参加一次例会,开幕闭幕拍拍手,见到其他委员握握手……"

"李副馆长!"小刘蹬着平板车来了。

李一泓没听到,小刘又喊:"老李!"

"小刘,你这是……"李一泓扭过头,走过去奇怪地看着小刘。

"哎呀,你可把齐馆长急死了,怎么给你打手机也打不通!馆里其他同志都下街道去了,齐馆长考虑到你腰还没养好,现借了这一辆平板车,派我这个女同志蹬车来接你!你一人坐这儿发的什么呆啊?"

李一泓苦笑:"没发什么呆,歇会儿。找我有什么急事儿?"

"市政协的一位副主席,还有文化局长什么的上午要到馆里来,指名必须有你在……"

李一泓狐疑地问:"这几天我也没再到文化局去惹他们烦啊……"

小刘催促道:"别再耽误时间了,快上车吧!"

文化馆剩下的砖瓦已被码成了矮墙,齐馆长站在矮墙内望见平板车出现,迎上前去。两个人来到办公室里,刚一落座,齐馆长就开口问:"老李,你从网上给市委发了一份帖子?"

"没有啊!"

"现在没外人,你可要对我说实话!"

"真的没有!那种事儿,我要做也会预先跟你商量……等等,我明白了,准是我家素素干的!他见我为咱们小仓库的事儿着急上火,替咱们文化馆愤愤不平,几次怂恿我以政协委员的名义给市委写信。我连委员证还没见着呢,你说我能听她一个孩子的吗?可这孩子,胆子也太大了,怎么敢瞒着我……"

"别说了,肯定就是那么回子事儿了!也不知她都写了些什么混账话,我看咱俩今天肯定是凶多吉少了!唉,老李啊,你可不能因为素素是小女儿就宠惯她!"

李一泓恼怒地说:"我回去一定教训她!"

"来了!"小刘探进头来报信。

李一泓和齐馆长同时站起,齐馆长小声叮嘱:"可千万别说是素素发的帖子,那更糟。你得挺直腰杆自己扛……"

一见面,市政协的蒋副主席打量了李一泓一眼,说:"李一泓同志这身衣服很显精神嘛!"

李一泓笑着说:"清晨在公园里教太极拳来着,没来得及换下。"

齐馆长介绍道:"我们李副馆长是太极传人,他祖父曾是太极高师。"

林局长刮目相看地说："以后也收我做徒弟如何啊？"

李一泓连想都没想就回答说："没问题。"

蒋副主席哈哈一笑："听，多痛快。"

齐馆长说："我们李副馆长见了领导不太会说话，两位领导千万别见怪。"

蒋副主席说："我们也没见怪呀。齐馆长，是不是你自己见了领导太会说话了啊？"

齐馆长不好意思了，其他人都被蒋副主席的话逗乐了。

蒋副主席问："林局长，还没到文化馆来过吗？"

"我刚接任不久，今天头次。"

"老实说，我也只来过两次，上次还是被他们老馆长拖来的。咱们先不忙着议事，先参观参观？"

林局长笑着说："好啊，听您的。"

于是，齐馆长和李一泓陪着参观，小刘作介绍："我们文化馆，从前是县衙门。刚解放时，市委市政府在这儿办过公……"

蒋副主席说："院子倒是还不小，但屋子都太破旧了，下雨天漏不漏雨啊？"

齐馆长说："除了我那间办公室不漏，其他屋子都漏！"

林局长说："这要彻底维修起来，那可得一大笔钱。"

蒋副主席点点头："是啊，你文化局长肯定是给不出那么多钱的。"

来到办公室里坐定了，小刘给大家沏上茶，齐馆长习惯地拿笔在手，翻开了本，并暗中踢了踢李一泓的脚。李一泓也赶紧从拎包里取出笔和小本，学齐馆长的样子。

齐馆长说："请两位领导作指示吧！"

林局长对蒋副主席谦让道："您先请。"

"不是作什么指示，我是来协商的。咱们好好协商，共同解决问题，啊？"蒋副主席文质彬彬，平易近人，说话很是和气，"李副馆长，你现在是政协委员了,政协常委会通过了对你的补选,我把证书给你带来了。"

"谢谢,谢谢。"李一泓接过了秘书双手递过来的红皮证书,心里激动不已,忍不住问自己:这么就成市政协委员了?

蒋副主席喝了口茶,说:"你们文化馆的问题嘛,就呈现在那儿,谁也不能说那不是个问题,更不能说那些问题不解决也行。一泓同志,你给市委办公室写的信,市委领导们很重视,虽说措词尖刻了些,但领导们并没有不满。情况通告给政协了,所以我和林局长今天就来了。解决你们的问题,没钱不行。现在已经是下半年了,各级政府部门财政都很吃紧,我和林局长想当面听听你们的意见,你们希望怎么个解决法呢?"

齐馆长暗地里捅了捅李一泓,李一泓会意,说:"无论如何,恳请领导们批给我们一笔钱,让我们好歹把小仓库再盖起来"。

林局长试探地问:"那,你们的意思……多少才够呢?"

李一泓鼓了鼓勇气:"两万!"

蒋副主席看了眼林局长,林局长面露难色。

齐馆长看在眼里,接口道:"那就一万五! 实在给不出,一万也行啊! 领导们既然来了,总不能让我们空欢喜一场吧?"

蒋副主席的手虚空按了按,说:"同志,别急,别急。"

林局长说:"我来之前问过财会部门的同志了,文化局账上钱是不多了。"

齐馆长和李一泓交换了个失望的眼神儿……

蒋副主席接着说:"不管你们信不信,反正我信林局长的话。前任局长上半年手指缝太松了,把钱花冒了。哎,我说两位,别给我们脸色看嘛! 我的话还没说完呢。解决问题,有几种办法。东凑西凑,给你们凑点儿钱,把你们的小仓库马马虎虎再盖起来,这只是办法之一。既然有几种办法,为什么不再大胆点儿,想想另外的办法呢?"

齐馆长情绪化地说:"大胆点儿就大胆点儿,把我们这文化馆彻底翻修一新,也是办法。可一万两万都乞求不到,我们还能指望哪方面批给我们二十万、三十万吗？"

蒋副主席又喝了口茶，说："为什么就不能有这种指望呢？"

齐馆长和李一泓你看我，我看你，再一齐看蒋副主席，不明所以……

蒋副主席说："我们这个省，是个经济欠发达的省。我们这个市，在全省又是个经济欠发达的市。这就使我们的某些领导同志，对发展经济和关怀群众日常生活之间的关系，形成一种长期的错误观点，他们成天在那里发誓——让我们把蛋糕做大，让我们把蛋糕做大。言下之意那就是，等他们把蛋糕做大了，自然就会回过头来满足老百姓的种种诉求。道理是这么个道理，但任何道理都应该具有灵活性，否则说是僵理了。GDP 的增长是件较复杂的事，既要坚持科学发展观，又要把蛋糕做大，那很不容易。对于一个经济欠发达的市，也许需要十年二十年的时间，那么这十年二十年里，老百姓既普遍又一般的愿望，就都有理由因为一般而不理不睬了吗……"

齐馆长和李一泓都忘了记录，听呆了。连小刘倒完水后，也在一旁听起来……

蒋副主席继续说："据政协许多委员反映，节假日无处可去，文化生活单调，也是市里群众抱怨之声颇多的事……"

林局长插言道："有资料显示，他们文化馆在几乎没有什么经费支持的情况之下，那还是人人尽力而为了的。"

齐馆长说："我们文化馆老李最辛苦，为丰富群众文化生活做的事情也最多。"

蒋副主席说："一泓同志，所以咱们政协常委会上，全票通过增补你为委员啊！那么，你能不能就你这二十几年来做群众文化工作的体会，向我们谈谈你的思考呢？"

李一泓显得还是有点局促："这……其实我也没形成过什么成熟的思考……"

齐馆长又急了："嗨，你这人！你别这样啊！领导让你谈，你还犹犹豫豫的干什么？你经常跟我说的那些话,就都是你对群众文化工作的思考嘛!"

蒋副主席说:"一泓同志客气,你先谈也行啊。比如,他平时都跟你怎么说的啊?"

齐馆长可不怯场:"他经常说你们在市里当领导的,太脱离群众,太不了解群众,太不懂群众,太让群众失望了!老李,这些话你平时都说过的嘛!你这会儿怎么就不说了呢?"

林局长不自然起来:"我刚调来……"

蒋副主席一笑:"我已经久经考验了,比这更让我难堪的话也当面听到过。能微笑着听,那也是咱干部的素养。林局长,你说对不?"

林局长说:"对,对。"

李一泓说:"好,我谈谈。刚才齐馆长说的那些话,我是都对他说过的。有的领导听到了肯定会发火,但我有我的道理,所以那不完全是牢骚怪话。比如群众文化工作吧,有的市领导就不了解,我们这一座城市的百姓,一半以上二十几年前都还是农民。对于他们,光看电视是不行的。电影票价又太贵,他们舍不得花二三十元看一场电影。他们身上,还保留着农民们对文化娱乐的需求习惯,比如逢年过节要耍龙灯、舞狮子、扭秧歌、跑旱船、赛歌、唱地方戏、设雷台比武艺,等等。他们的生活里还得有这些。如果没有,他们就会觉得生活太没滋味儿了,年没年劲儿了,节没节劲儿了。我们文化馆的工作,就是要给群众的日子里加进那些。可前几届市领导中却有人说——电视里那么多频道,还整天看不够哇?那些都过时了,太土了!文化馆的存在没必要了,多余了!还不如拆了,卖地算了!招商引资才是正事!这样的领导干部根本不理解,我们这个城市里的百姓,不但要文化娱乐,还要在户外进行的,集体的,有声有色的!他们是些有活力的百姓!"

蒋副主席轻拍桌子:"说得好!我完全同意!"

林局长也说:"我也同意。谁要是再打算把文化馆拆了,把地卖了,我首先反对！"

齐馆长说："当年要拆文化馆，我们老馆长气得大病一场！"

"你们二位馆长，为什么就不敢提出把文化馆彻底翻修一下呢？要敢嘛！有些事，要有人敢想，那才有希望变成现实啊！"蒋副主席的话语重心长。

李一泓摇摇头说："那恐怕需要四五十万啊！"

齐馆长也说："还是不敢指望，不敢指望。"

林局长说："你看你们，蒋副主席为你们指点迷津，你们反而这么不开窍！"

蒋副主席笑了："四五十万要想让市政府现在拿出，门儿都没有。但今年不行，还有明年嘛！既然是纳税人的钱，不是谁个人的，怎么花，先花在哪儿，为什么不可以征求征求老百姓的看法呢？四五十万的投入，能使群众节假日有个较好的文化场所，很值得嘛！所以我建议你们，小仓库就先别盖它了。砖瓦码在那儿像堵墙，就暂且当成一堵墙吧！一泓委员，希望你呢，利用以后小半年的时间，在群众之中广泛征求征求意见，如果有广大群众支持翻修和扩建文化馆，你就正式写一份调查报告，到明年的政协大会上去宣读！"

李一泓连连点头："行，行！"

林局长说："蒋副主席，这是你教他们的啊，跟我可没什么关系。"

蒋副主席说："怎么跟你没关系？文化馆在文化局直接领导之下，不是在政协领导之下！我也是在为你局长大人思前想后！"接着又对齐馆长和李一泓说，"你们可别让他袖手旁观，建言中也给他来一段，就写得到了他多么多么坚定的支持！"

林局长笑了："得，这就把我拖上你们政协的船了！"

蒋副主席也笑了："人民的钱，为人民花，怎么花，就看谁最能代表人民的心愿，谁的嗓门高，谁的影响力大嘛！你们一直没记录，更没搞录音，很好。咱们有言在先，就算我什么也没说，林局长什么也没听到，好不好？否则，财政局长见了我，肯定跟我掉脸子！"

文化馆的同志们和两位领导合影后，蒋副主席朝李一泓使了个眼色，于是李一泓跟他走到了一旁。

蒋副主席说："一泓同志啊，委员证发给你了，从今以后，你可就是一位正式的委员了啊！"

李一泓连说："明白，明白。"

蒋副主席又说："政协委员，一非官员，二无实权，之所以有资格参加议政，靠的是中央越来越重视，也靠品行好、修养好，你说是吧？"

李一泓又连连点头："是，是。"

"关于你的品行，你们老馆长已对你有了定评，市政协相信他的眼光。"

蒋副主席的话说得特别诚恳，李一泓不知该再怎么说，只有孩子般难为情地笑。

蒋副主席也微微笑了："那，人家劳动局邵局长已经向市政协主动检讨了，你李一泓委员，是不是也该对人家有种姿态啊？"

李一泓闹了个大红脸，保证地说："您放心，我会的。我一定会的。"

齐馆长、李一泓和小刘将领导们送走，相互望着，都满怀希望地笑了。

齐馆长长舒一口气："蒋副主席这个人真可爱，我爱死他了！"一手落实地按在李一泓肩上，又说，"老李，咱们文化馆能不能旧貌换新颜，全靠你啦！"

李一泓踌躇满志："既然领导们都支持，那没问题！"

小刘插嘴道："新调来的林局长也不错。"

齐馆长一脸羡慕地看着李一泓："素素这孩子可立了大功了，老李你回家千万别训她了！"

李一泓说："这我不能听你的，该训还是得训！不训，以后那还了得？"

傍晚,李一泓家桌上摆着饭菜和碗筷,素素却面对墙壁站在墙角……

在素素屋里,桌上摆着作业本、课本,李一泓在看笔记本电脑。看完那条帖子,李一泓大皱其眉,腾地起身,跨出屋,大步走到素素身旁,在素素背后踱来踱去。

"我问你,什么叫不达目的,誓不罢休? 这是威胁领导的话嘛! 你爸爸我是口中会说出那种话的人吗? 还上下不和,虽安必危! 你瞎转什么呀你? 不就是倒了一间小屋子,不就是暂时没讨要到一笔盖起它来的费用吗? 就上下不和了? 就虽安必危了? 太夸大其词了吧? 你的做法,是会给我惹出大麻烦的!"

龚自佑从外面进屋来,一脸愕异:"这是怎么了? 我出门时,你们父女俩还嘻嘻哈哈的,我离开没多会儿,你怎么就罚她站了?"

"她她她,她居然瞒着我,敢以我一位政协委员的名义给市委办公室发帖子! 而且什么词都敢用!"

"我当什么事呢,那事啊! 素素跟我商议过,我支持她! 市委办公室既然设了一个网站,没人去利用,他们不是等于白设了吗? 那他们也会觉得没面子啊! 你整天长吁短叹的,为那件事发愁,素素不也是想为你排忧解难吗? 我看,大方向上,她是对的。至于哪个词儿用得妥不妥,你鸡蛋里挑骨头干吗? ……"

"您甭替她辩护! 我李一泓已经不是从前的李一泓了! 已经不是普通人了! 我是一位政协委员了! 我的一言一行,那以后也就都带有政治的性质了! 政治,现今而论,那是需要很高艺术性的事,连我都半懂不懂的,你们一老一小,打着我的旗号瞎掺和什么? ……"

龚自佑绕着李一泓转起来:"嚯,嚯,不是普通人了? 哪儿不普通了? 我怎么一点儿没看出来? 是政协委员了,自以为了不起了? 政协委员是促进和谐的你懂不懂? 可你这是制造不和谐! 协你个头哇你! 素素,别理他,过来吃饭!"

李一泓一跺脚:"敢! 我不许!"

"在家里搞专制？人家素素一白天认认真真地写作业,在你下班前把饭做好了,摆在桌上了,让你回家吃现成的。你不但为一件自以为严重的事训人家,罚人家站,还不许人家吃饭！一泓,街坊十几年了,我竟然从来没看出你有这么霸道的一面！"

"这是在我家！我今天非霸道一次不可！你龚老爷子也请别掺和我家的事！"

"不让素素吃饭,我也不吃了！"

"你不吃了,省我家粮！那我就自己吃！"李一泓赌气坐下,一个人吃起饭来。

"那我连药也不吃了。"

"关我什么事儿！"

"我刚才出去买的药,专治睡觉打呼噜的药。你省你家粮,我还省我的药呢！"龚自佑慢条斯理地说完,转身往李一泓屋里走去。

李一泓放下碗筷,急忙起身扯住他,央求道:"老哥,老爷子,药嘛,既然买了,那就得吃呀！省什么也别省药啊！刚才我在气头上,哪句话不中听,您别跟我一般见识……"

"别拉拉扯扯的,今儿不管谁说什么,我也不会吃那药了！"龚自佑说完,走进屋去往床上一躺……

李一泓又求素素:"别站这儿了呀！快去劝劝他呀！"

素素抹抹眼泪,一声不响地走到那屋门口,温柔地说:"龚爷爷,饭,还是要吃的。"说罢,一声不响地走到饭桌旁,坐下了。

龚自佑这才从屋里出来,走到饭桌旁,也坐下了。

两个长辈看着素素,仿佛她是大人,自己才是孩子,素素不动筷子,他们不敢动筷子似的。

素素忍不住扑哧笑了:"都看着我干什么呀,吃呀！"

两个长辈互相看一眼,也都不好意思地笑了……

李一泓对龚自佑说:"别客气啊……"

第五章

李一泓、齐馆长、小刘等文化馆的人充当起了泥瓦匠,正用小仓库的旧砖瓦砌成一道矮墙。他们砌得还不错,最上一层还砌出了瓦檐。

"还挺美观的是吧? 今天就到这儿吧。"齐馆长拍了拍手上的土。

"那我可就先走一步了,还有另外一些事等着我去……"李一泓也收了工。

"明白明白,你先走吧。哎,你那辆自行车还能骑吗?"

"没问题,我把后带换了。"李一泓到水龙头那儿洗把手,推上自行车走了。

齐馆长望着李一泓远去的背影,说:"老李的剩余精力,可算又有新的内容体现了! 人人都说清闲是福,这话对他不适用。"

小刘说:"我看啊,要是搞竞选,没准他都能当市长。"

其他同事附和道:

"那是,冲着他那股子办起什么事儿来的执着劲儿,我一定投他一票!"

"哎,今后咱们要是遇上什么事儿,通过老李是不是会解决得容易点啊?"

齐馆长却瞪着小刘说:"当古代的县官好当,今天的市长那么好当的? 光有群众缘儿,就有资格当市长了? 这就是你的民主思想水平? 幼稚!"又瞪着附和小刘话的同事说,"他当政协委员,我不和他争。要是老百姓都选他当市长,我就做坚决的反对派!他懂经济吗? 他有领导经历吗? 他有从政经验吗?"

那名同事嘿嘿一笑:"干吗冲我来呀,我也没说什么呀我!"

"哼,你们呀,不要跟谁好,谁就好成了一朵花,好像从前被埋没了似的!人都有角色加身的新鲜劲儿,也都有新鲜劲儿过去的时候!老李也不例外!你们把这地儿清理干净了!"齐馆长言罢转身便走,想想回头又加了一句,"谁要是想通过老李解决什么事儿,得先跟我打声招呼!我有责任替咱们李委员考虑他的时间和精力!"齐馆长走到水龙头那儿洗洗手,回他的办公室了。

小刘嘀咕道:"我怎么听着还是有点儿酸溜溜的呢!"

街上围着不少人在看两户人家吵架,这两家大人孩子齐上阵,狮吼虎啸的,看架势就快动手了:

"你再指点我? 我扁了你!"

"你较劲是不是? 你较劲是不是?!"

"当家的,你别熊,你上我也上!"

"爸,有我呢!打就打,他家尽女流之辈,咱家吃不了亏!"

围观者中有人忽然发现了什么,喊道:"都别吵了,给你们双方解决问题的来了!"

李一泓和一个中年男人骑着自行车出现在街巷中,李一泓说:"都那阵势了,你今天不来不行吧?"

中年男人的自行车前轮碾上一块小石子,轻跳了一下。他说:"他们两家闹了几次了,我来了也解决不了!"

"双方有矛盾好好协商,好好协商。我把房管所的苗翠山也同志请来了。"李一泓下车,抹了把脸上的汗水。

A 家的男人警惕地看着他:"你是谁?"

"我是政协委员李一泓。"

"哪儿凉快哪儿待着去,拿着鸡毛当令箭! 法院都拖着没法儿判的事,用不着你来管!" A 家的男人对李一泓很不屑。

"你别这么说话啊,我可不是吃饱了撑的专爱四处管闲事!" 李一泓接着对 A 家的女人又说,"那天在公园里,我教完太极拳后,是不是你扯住袖子不放,非求我来帮你们解决矛盾?"

A 家女人开始往家里推她男人,并打男人的背:"滚家去! 狗嘴里吐不出象牙来! 人家李委员是我诚心诚意请来的!"

"我既然来了,也是想诚心诚意帮你们双方化解矛盾的。"李一泓很真诚地说。

B 家的女人一扯 B 家的男人:"咱们回家去,都回家去! 他家请来的,必然为他家争理!"

"别走别走,我说你这位弟妹啊,也太心急了点儿吧? 我这儿还没开口呢,你怎么就知道我必然为他家争理呢?" 李一泓赶紧喊住他们,这家人要是回家去了,他还调解啥,白来了。

B 家的男人和女人站住了。

"你们双方矛盾的起因,我已经向房管所的同志了解过了。他家当初盖这间小屋时,因为要直接借你家这面山墙,你家不同意。他家当初补给了你家两千元钱,算是利益侵占的补偿费,你家收了钱,终于同意了。你们双方还立了字据,除你们两家各保存一份,房管所也留了一份备案,对吧?"

"我们当初那是给他家面子,哪承想他家后来……" A 家的男人越说越气愤。

"什么面子不面子的,还不是被我们的两千元钱打动了心啊!" B 家的男人毫不示弱。

李一泓可不想听他们再吵下去："又吵，又吵，你们想不想解决问题了？再吵，我怎么来的，可以怎么走！宪法上并没规定，政协委员一定得管你们这类事！"

苗翠山在一边吸烟，跟一个看热闹的嘀咕："难，难管啊！我看这位李委员，今天非落个里外不是人不可……"

见双方都安静下来，李一泓这才接着说："后来呢，你家老人病了，瘫在床上了，为了方便给你家老人洗澡，你家把这小屋隔了一下，一边改造成了洗澡间。而这么一来呢，借用他家那面山墙，由于长期受水淋，就有反应了。反应的结果那就是，他家屋里那边墙皮受潮了。你们双方，我说得对吧？"

一个带着蓝布帽、蓝口罩扫街的人扫到这儿不扫了，闪到一边，默默旁观事态的发展……

A家的女人抢先说："李委员，你到我们家去看看，墙在我家那边都起毛了！"

B家的女人不甘示弱："可我家那边又抹了一层水泥，你还叫我家怎么办？"

李一泓不说话了，踱向一旁，双方立刻又安静下来。

李一泓走回来耐心地说："你们不说了？你们不说，我接着说。想当初，你家盖这间小屋子时，如果不直接借用他的山墙，自己再砌起一面墙来，那么今天的问题就不会出现了，是吧？"

B家的女人："我们当初本打算那样的，可是房管所不允许呀！"

"苗同志，您过来一下。"李一泓朝苗翠山招招手。

苗翠山有几分不情愿地走了过来。

"苗同志，请您替他家解释一下，当初为什么不允许他家那样？"

"这……不妥吧？"苗翠山将李一泓扯到一旁，小声说，"李委员，有些内情，还是不抖搂的好吧？"

"那也算不上什么阴暗面，说说吧。要相信群众能通情达理嘛！"

"引起什么不良影响怎么办？"

"但说无妨，我负责。"

"那，我就说。大家都知道的，他家去世的老爷子，是咱们房管所的老员工了。几十年如一日，从没向单位提出过什么要求。他家人口多，以前住得很窄巴，这一点大家也都是有目共睹的。老爷子突然去世，所里的领导都觉得有些对不住他了。可房管所是管理房子的，不是盖房子卖房子的，也没现成的房子补给他家呀。于是就形成了一个帮他家就地扩建这么一间小屋的决定。但市里有文件，不许私盖房屋。怎么算私盖呢？文件规定也比较具体——四堵墙起架，面积超过十五平方米，即算违反条令。咱们房管所就钻了个空子，借用他家一面墙，不就是三面墙起架了吗？面积呢，也限制在十五平方米以内了。这就不同于建了，只不过是接出了。市里有关方面呢，睁只眼闭只眼的，也就马马虎虎地批准了。现在可好，起先本是两厢情愿的事，一闹到法院去，撕破脸了，就僵了。而且你们两家把房管所也卷到官司里了，后来又干脆把一切责任都推给房管所，不但搞得我们好心没好报，连市里有关方面也陷于被动，法院当然不好判了。想想看，你们要是那位法官，怎么判呢？"

"您说完了？"

"说完了。"苗翠山又欲转身躲开。

"您先别离开。刚才说了那么一大番话，多谢了。吸我支烟，放松放松……"李一泓递给他一支烟，自言自语道，"是啊，我要是法官，也不好判。"

B家的女人忽然扑入男人怀里，哭开了："这要是闹到最后，把我们这间小屋又给拆了，让我怎么安置孩子他奶奶呢？孩子他爷啊，你为什么走得那么早啊！"

B家的男人吼道："别哭，哭什么？只要我还活着，看谁敢拆咱们小屋的一砖一瓦！"

"都说了半天，也没个人说明，怎么解决我们家那边墙体受潮的问题！我没工夫听些扯淡的话了！"Ａ家男人不耐烦了，说罢又欲转身离去。

李一泓严肃地说："站住！你想好了，你要是走，以后你和你的家人再遇到任何需要别人帮助进行调解的事情，都休想来找我李一泓！我就不信居家过小日子的老百姓，谁家能永不陷于矛盾纠纷！"

Ａ家男人毫不示弱："那我找法院，不找你一个半老不老的政协委员，何况你也只不过是个市级的！"

"那好吧，你就接着找法院去吧！或者你们两家，人脑袋打出狗脑子来！我一个市级的半老不老的政协委员，还真不愿操这一份闲心啦！苗同志，咱们走！"

李一泓拔脚便向自己的自行车走去，苗翠山正中下怀地跟随其后。

Ｂ家两口子不干了，赶紧追上去，男的说："哎哎哎，李委员，您千万别走哇，我们保证，愿意服从您的调解……"

女的说："李委员，他那人，就那驴脾气，我们邻居多少年了，轻易不跟他一般见识，您怎么跟他一般见识呢！"

Ａ家的女人也凑上来说："李委员，他可不驴脾气呗！您见谅，您见谅！"转身指着他男人训斥，"你给我少说两句！听人家李委员讲出个调解的意见行不行？人家还没进行调解呢，你就几句混话把人家气跑了，不是明明有理的事也变得没理了吗?！"

众人也七嘴八舌批评Ａ家男人：

"就是，总得先听听人家怎么调解呀！"

"人家刚才强调了，宪法并没规定人家一位政协委员非得调解这类事儿不可！"

"这年头，谁愿多事啊，躲事儿还来不及呢！"

"还瞧不起人家是市级政协委员！省级的，全国的，管你们这类破事吗？街道主任也不爱管呀……"

Ａ家的男人自知表现恶劣，闪一旁不吭声了。

"多谢诸位对我的理解！广告词说,人类没有联想,世界将会怎样？我在此要说一句,老百姓之间缺乏理解,社会将会怎样？"李一泓伸手把苗翠山也拦下了,"苗同志,您也别走了。您要是把我一个人撇在这儿,那不是太不仗义了吗？"

"哪儿能呢！哪儿能呢……"苗翠山只好把自行车重新支好。

李一泓问:"当初这间屋子是三面墙起架的,又经过了有关部门的特批,是不是仍算合法呀？"

苗翠山答道:"当然,当然。"

"既然是一间具有合法性的屋子,它的主人如果在这间屋子里再加厚哪一面墙,应该也不算违犯吧？"

"这……我觉得,肯定不至于就改变了是三面墙起架的事实……"

"有你明白人这句话就行。"李一泓转身问 B 家两口子,"听到苗同志的话了吧？"

B 家两口子连连点头,李一泓又问:"那你们两口子,谁当家做主？"

B 家女人一推丈夫:"还得是他呗！"

李一泓将 B 家男人扯到了一旁:"你那洗澡间里,再加一砖厚的墙,他家那边不是就不反潮了吗？矛盾不就平息了吗？"

"那可不行！"B 家男人反对。

"怎么不行？我了解了,再加一砖厚的墙,你家那洗澡的地方还有五六平方米大小呢,不妨碍给老人洗澡嘛！"

"不是大小问题。当初行,现在不行。那面墙已经贴了瓷砖了,我们不是又得破费？"

"你家那面墙的瓷砖已经掉了不少了,早晚不是还得破费？"

"你怎么知道？"

"我既然调解,该预先了解的情况,我当然要了解清楚。法院的同志告诉我的……"

B 家男人对李一泓有点儿刮目相看了……

"我介绍你到一家建材商店去选瓷砖,不管选哪一种,一律以出厂价卖给你。那可等于打六折! 这对你家是占便宜的事儿! 而且有人来为你家免费干活儿,怎么样?"李一泓趁热打铁。

见 B 家男人半信半疑,李一泓又说:"你别不信。我一位政协委员,会诓你吗? 那老板跟我学了多年太极拳,算是我一名长久弟子。我已经跟他讲好了,他还高兴有一次回报师傅的机会呢!"

"五折!"B 家男人很会过日子地说。

"亲爱的同志,得寸进尺就不好了吧? 五折我跟人家开不了口。"

B 家男人犹豫了一下,果断地说:"好! 你痛快,我也痛快! 你实诚,我也实诚! 就照你说的办。"

"一言为定?"

"一言为定!"

"绝不反悔?"

"绝不反悔!"

"击掌为誓。"李一泓伸出了一只手。

"成交!"B 家男人拍了一下他的手。

李一泓笑了:"我又不吃回扣,成的什么交呢? 达成调解协议罢了!"

B 家男人也不好意思地笑了。

李一泓又走向 A 家两口子,同样问:"你们两口子谁当家主事啊?"

A 家男人说:"当然我主事。但这件事例外!"

"那么贤弟妹,请单独谈。"李一泓彬彬有礼朝 A 家女人做了个请的手势。

二人走开几步,李一泓说:"他家同意再加一砖厚的墙,而且中间做防水层,那样你家那边墙上肯定不再反潮了。你们还有什么要求?"

"就那么就算完事儿了?"A 家女人故意矫情。

"还要怎样?"李一泓不温不火。

"明摆着,我家已经受了危害。反正不能就那么就算完事儿了!"

"再把你家那边的墙,给重新刷一遍。不,把你家那间屋子,整个给重新刷一遍,怎么样?"

A家女人犹豫了,李一泓开导她:"邻里邻居的,该退让就得退让。把别人往没法办的地步上逼,自己不也落到那地步了吗?能够化解的矛盾,偏要进一步激化它,那明智吗?过后再让他家送你家两瓶酒,算是表示主动和好的姿态,行不?"

见A家女人仍犹豫,李一泓又说:"你想想,如果你还不满意,我转身把他家打算怎么怎么讲一遍,再把你家的态度怎么怎么难沟通当众宣告一遍,众人会怎么看你家?不就那么一点事儿吗?能咬住理让他家赔你家几根金条?那也得他家有……"

"我也没说非得赔金条……"A家女人分辩道。

"我知道你心里的想法。他家人口多,日子过得紧巴,又有多年瘫在床上的老人,你就好意思开口再要几百块钱?多那几百块少那几百块,你家日子就不一样了?远亲莫如近邻,干吗非得把近邻变成仇人似的?"

A家女人不由得回头朝B家两口子望去,那两口子也在满怀希望地望着她。

"他家的态度已经很明确了,也是主动的。即使再闹到法庭上去,法官也不会把理全判给你家吧?"

"那……那我给你李委员一个面子……"A家女人终于答应了。

李一泓笑了:"这么看就对了嘛,我领情了!"

李一泓和A家女人走回人们跟前,说:"街坊邻居们,党中央号召咱们构建和谐社会。在咱们中国,大的社会关系怎么个和谐法,我李一泓人微言轻,也没那么高的水平,讲不出个所以然来。但咱们老百姓和老百姓之间怎么和谐,我还是多少有点儿发言权的。咱们中国古人说得好,'一言而有益于仁者,莫如恕',还说'无恻隐之心,非人也;无羞恶之心,非人也;无辞让之心,非人也'。这其实也都是些大白话,无非就是说,人和人之间,要有一些互相原谅的涵养,要有一些同情心,讲一些人情世理,彼此宽容……"

周围的人,连苗翠山也鼓起掌来。

那个扫街的人,蓝口罩上方的一双眼睛,定定地望着李一泓,目光有深意……

李一泓骑着自行车来到"马家鲜生肉"小铺子前,刚下自行车,手机响了。

肉铺里传出一个男人大嗓门的声音:"哎,我说姓李的委员,你怎么还不出现在我面前啊! 我不是和你约好的吗? 你他妈的怎么不守时啊……"

李一泓对着手机说:"我已经在你的铺子外边了。"

铺子里,膀大腰圆的胖男人出现在窗口,看见李一泓就在外面,尴尬地笑了。

李一泓推门进了铺子。铺子里,案上空无片肉,只有一把大刀剁在案子上。

胖男人叼着烟,东踢一脚,西踢一脚,骂骂咧咧:"今天,咱们就把我的问题解决解决吧! 把我营业执照给没收了,我已经半个月没开张了,他妈的还讲理不讲理了? 叫我一家喝西北风去呀?!"胖男人拔起大刀,复又使劲剁在案上。

"我进门之前,你他妈的骂了我! 你刚才又说了一句'他妈的',你如果不向我赔礼道歉,那么我和你这种人就没什么好谈的!"

李一泓一副不可冒犯的样子,坐在一把椅子上。

胖男人瞪着李一泓,眨巴着眼睛呆住了。

"在这个市内,走哪儿,我李一泓也是个受人尊重的人,尤其受老百姓尊重。孔夫子说他弟子三千,贤者七十。我李一泓教出的太极弟子,算起来也差不多是那个数! 你一点儿都不尊重我,我为什么还要帮你解决你的问题？我看你是个……"李一泓成心不往下说。

"你看我是个……是个……啥？……"胖男人还等着他的下文呢。

"你不是个啥。啥是指东西而言的。我看你是个刁民，还没彻底的刁民。如果我本着惩前毖后、治病救人的态度，你还有几分可能再变良民。不彻底的刁民嘛！如果我看你已经是一个彻底的刁民了，我才不跟你在这儿啰唆呢！"

胖男人又眨巴眨巴眼睛，忽然嬉皮笑脸起来，作揖打拱："哎呀，我的李老师，李委员，我这人有眼不识荆山玉，您宰相肚里能撑船，您可千万别不管我的事儿！我刚才那不是骂您……"

"你也坐下吧。"

胖男人坐下了，哭唧唧地说："当小老百姓，难啊！再加上我脾气不好，人缘儿也就不怎么好。一摊上倒霉事儿，人人都看笑话，没一个帮忙的……"

"兄弟，对于你，恐怕还要加上一条——德性也不怎么好。我问你，你为什么要卖注水肉呢？"

"我冤枉啊，那肉，我一上来就是注水的嘛！"

"那你为什么要从非法屠宰者那儿上肉呢？你不会不知道销售那种肉也是非法的吧？"

"不是……不是图便宜嘛……"胖男人倒是实话实说。

"你这儿便宜了，别人那儿吃着放心吗？哪怕有一个人吃出病来，你就是倾家荡产也负不起那份责任！"李一泓的语气严厉起来。

"没有没有！没有吃出病来的！"胖男人眼睛睁到最大，好像这样更能证明他的话。

"那是你侥幸，也是别人万幸。你还屡教不改，不吊销你的营业执照吊销谁的？你认错吗？"

胖男人低下了头："认，认。"

"认错就好，证明我并没看错你。只对我认错不行。你要好好写一份认错书。"

"写,写。"感觉到事情有转机,胖男人有点激动。

"我为你写好一封信,是写给工商局长的。你哪天可以去求见他,带着我的信,连同你的认错书。他也正跟我学太极,估计会给我一次薄面……"

李一泓将信交给胖男人,胖男人如获至宝,感恩戴德的样子:"多谢多谢,真让您费心了!"

李一泓起身向外走,边走边说:"你要清楚,我李一泓可是在用自己的人格为你担保!"

"清楚,清楚。"胖男人现在可乖多了。

李一泓走到外边,转身抬头,望着牌匾又说:"那几个字也写得太差劲了!过几天我给你写了送来。我的字虽不敢自夸,但肯定比那几个字强。你要请人好好再做一块匾,牌匾是店铺的脸面嘛!"

胖男人大喜:"一定,一定。"

望着李一泓骑上自行车驶远,胖男人也抬头看匾,自言自语:"可别先给我一甜枣,随后狠敲我一竹杠!"

李一泓神情倦怠地回到家里,龚自佑正扎着围裙,老厨师似的在灶台那炸丸子。龚自佑擦了擦脑门上的油汗,说:"回来啦?今儿挺早。"

"你还真把我家当成你自己家了!吃不惯我女儿做的饭菜了?"说着,李一泓坐在一把椅子上,脱鞋脱袜子。

"素素说她想吃素丸子,我又闲着没事儿。"

"素素!"

正在自己屋里写作业的素素应声而出:"爸,我今天一口气完成了好多作业!"

"不许那么突击啊!给爸爸端盆温水来,我要泡泡脚。"

龚自佑关了火,边用围裙擦手边走过来,端详着李一泓问:"看你样子,还挺累的。"

"累。累心。"

"你不是成了政协委员了吗?"龚自佑坐在李一泓对面,不解地说:"这就怪了。政协委员我也认识几个,人家都当得感觉良好,风光八面的。不过有时候这儿开开会,那儿视察视察,很滋润人的一种角色嘛!怎么偏偏你才当上几天,就把自己搞得挺累的呢?"

"那要看怎么当了。"

龚自佑刨根问底儿:"那你怎么当的?"

"我笨啊,反正还没学会别人那种当法。"李一泓将双脚浸入盆中,舒服地吐出一口气。

素素走到李一泓背后,一边替他按摩,一边说:"爸,你不是说你有当年当过生产队长的经历垫底儿,当好一位政协委员不是什么问题吗?"

"爸哪儿承想,一当上政协委员,会招惹得那么多人因为那么多事儿来找我啊!都是些猫扯线团狗滚糖浆的事儿,可摊在他们身上,又好像都是些日子过不下去了似的大事。有心不管吧,都找你头上了;——去替他们排忧解难吧,他们一个个还尽跟你犯矫情!现在的人,相互之间一点儿小亏都不肯吃,都寻思着怎么尽量让别人多吃点儿亏,尽量让自己多占点儿便宜!爸当年那种老经验,如今派不上用场啰!"

"一泓啊,看来我得给你支一招啦!你可千万别梦想充当一位当今的及时雨——宋江。宋江活在今天,也得学滑头,把自己那'及时雨'的绰号公开宣布废止了!今天,再有人求你,让你帮助解决什么困难,你也用不着说不帮。你这人,对求到你头上的人,'不'字说不出口。你呢,还可以满口应承帮他,但别真帮。你越真帮,找你的人越多。你不真帮,几次没帮成,以后找你的人自然就会少。"在这白吃白住,龚自佑感觉有必要帮帮他。

素素听出来了,说:"您这不是在教我爸爸耍两面派嘛!"

"他不会,我不教他行吗?两面派也有区别,我在教他做合情合理的两面派！"龚自佑一副倚老卖老的架势。

"老哥，不用你教。我想，等我那些社会关系都为别人启动过了，后来的人再找到我头上，那我也就真的爱莫能助了！"

"爸，那些社会关系可是宝贵的资源，千万别尽为他人用完了啊！那咱们自己以后遇到难事儿求谁呀？"

"听听，素素考虑得多长远！"龚自佑递给素素一个赞赏的眼神。

"小孩儿，别学得心眼那么多！"李一泓一边训素素，一边擦脚，研究地看龚自佑，忽然说："我差点儿忘了，老哥，我也在为你操着份儿心呢！"

"你为我操的哪门子心啊！我用不着你为我操心！"

"我把你安排进养老院怎么样？院长是我高中同学。"

龚自佑一听就火了："休想！李一泓，我跟你往日无冤，近日无仇，不就是在你家住了几天吗？你怎么心肠这么歹毒？想要把我往那种地方送？"

"你火什么嘛！养老院又不是火坑！"

"拉倒吧你！我……我不在你家住了！我卷铺盖卷儿走人行不行？！"言罢，龚自佑起身便要进屋去卷铺盖卷。

李一泓趿着鞋拖住了他："好好好，算我没说，算我没说！素素，摆碗筷，吃饭！吃饭！"

"爸，你也真是的！你这不是瞎操心吗？"素素埋怨他说。

三人吃饭，龚自佑问："素素，我炸的素丸子好吃不好吃？"

"好吃。"素素吃得眉开眼笑。

"再给龚大爷盛碗粥。"龚自佑把碗递给素素，动作自然得不能再自然。

素素盛粥时，龚自佑自言自语："咱们一家三口，其乐融融，多好哇！"

李一泓说："你呀，你啥时候和我们成了一家三口呢？"

龚自佑不禁一愣，哑口无言，低下头……

"爸，你今天怎么总是破坏别人情绪！"素素白了老爸一眼。

吃过饭,龚自佑坐在床沿服他那种止鼾声的药片,李一泓趴在床沿吸烟。

"我怎么觉得床宽了?"李一泓奇怪地问。

"我加了一块板。"

"难怪。老哥,我饭前说的事,你再考虑考虑。你看你呢,孤身一人,无儿无女,无亲无戚,快七十岁了,哪天病在床上,谁照顾你呀?"李一泓老调重弹。

龚自佑脱鞋上床,背对着李一泓躺倒下去,边说:"车到山前必有路,现在说现在。现在,起码我一人住着一屋一厨。"

"养老院虽说两个人一间屋,但不必你自己整天捅炉子烧水做饭呀!人家养老院冬天有暖气,夏天有空调,每个房间都有卫生间,天天可以洗澡,我看强过你那一屋一厨。"

"你是替某人惦记着我那套房子吧?还是你自己惦记着?"

"瞧你,一想就想歪了!你那套房子一租,我再求院长照顾照顾你,足够你入院的了。你每月的退休金,零花花不完,多好啊!"

龚自佑却猛地扯灭了灯,没好气地说:"睡觉!"

李一泓探身将烟头按灭地上,也躺下了。

黑暗中,鼾声响起。

灯亮了,拉亮灯的是龚自佑,鼾声响亮的却是李一泓。

龚自佑坐起来,徒唤奈何地瞪着李一泓,嘟哝:"干脆,也给他服片药!"龚自佑找到药盒,才发现一片也没了,他只得轻推李一泓。

李一泓睁开了眼睛:"不睡觉,开灯干什么?"

"睡,睡……"龚自佑又将灯扯灭了。

黑暗中,李一泓翻个身,又鼾声渐起。

李一泓到底还是把龚自佑劝进了养老院。比较而言,那是他解决得最为容易的一个问题,他因而又多了一分成就感。

素素坐在养老院水池的边沿上观鱼,一条大红鲤鱼从容不迫地游着,游到哪儿,十数条黑鲤鱼就追随到哪儿。

黄院长办公室里,李一泓在与黄院长交谈。

"那老哥是我十几年的老街坊了,和我关系一向很好。否则,我不操心他这一件事。"

"理解,太能理解了。"

"那么,拜托了。"

"放心,小事一桩嘛!一泓,从今往后,你我二人的关系,要比以往更加亲密才对。你我都是政协委员了嘛!在政协,咱们可要互相支持,互相帮助……"

李一泓笑笑,表示同意。

"我听人说,你有一个小本子,群众有什么问题反映到你那儿了,你协调化解了什么问题,都记录在小本子上?"

"你怎么知道?"

黄院长反问:"政协的会你还一次也没开过吧?"

李一泓点点头。

"你可能还不知道,咱俩在一个区分在一个委员小组里,社会问题组。由于你是新委员,某些老委员很关注你的言行,包括我。实不相瞒,有人还对你颇有微词呢!"

"嗯?"李一泓感到意外。

"你过问的那是些什么破事儿?鸡零狗碎的!政协委员,主要使命是参政议政,建言献策,能力和水平要体现在提案方面。以后别再管那些民间的破事儿了,你管得过来吗?管多了,有人还以为你是在迫不及待地取悦群众,另有所图,起码是想成为委员明星!"

"这可就太误解我了!"李一泓分辩说。

"不过你是免不了的,以后我指点你,那你就会慢慢找到正确的角色感觉了。给你看样东西……"黄院长起身走到办公桌那儿,拉开抽屉,取出一叠装订了软夹的文件纸,递向李一泓,"这是我写的一份报告式提案。打印了多份,这一份归你了。"

"我一定好好学习。"李一泓虚心地说。

"来,看看我的志向!"黄院长走到窗边,踌躇满志地看着外面。

李一泓走到黄院长身旁,也站到了窗口。

黄院长指指点点地说:"前边那一大片开阔的农田,我想从农民手里把它买过来,目前正在集资。买过来以后,我要办全省第一流的养老院,挣富人们的钱,富人们也有老人的嘛!"

黄院长送李一泓下楼,继续说:"我的提案正式递交前,你可一定要带头签名!贷款、批地,都是很难的事。我需要有人帮我向政府施加影响,你不带头支持我谁带头?是吧?"

李一泓笑了:"你也太心急了,我还没看啊!"

黄院长送李一泓走出楼,还在说:"没法不心急呀,一万年太久,只争朝夕!这是一个利益至上的时代,谁紧紧抓住了机遇,使自己的利益最大化地获得了实现,谁就是时代英雄!"黄院长的手,同时狠狠在空中抓了一把,握成一只拳。

李一泓的眉,不易被察觉地皱了一下。

见两人出来了,素素迎上前。

"素素又长高了,也漂亮了,出落成大姑娘了!"黄院长笑着夸奖道。

素素害羞地笑了。

李一泓对素素说:"咱们该走了,你龚大爷呢?得跟他告个别呀!"

素素指着不远处说:"在那儿!两位老人在下棋,龚大爷和另几位老人在围观,龚大爷大呼小叫地支招呢。"

李一泓欣慰地说:"我说这儿适合他嘛!"

黄院长看了眼龚自佑那里,说:"我看就别把他叫过来了,我代你说几句告别的话得了。"

李一泓点头:"素素,跟叔叔再见。"

素素乖巧地说:"叔叔再见!"

李一泓和素素走向养老院大门,在大门口,李一泓回头朝龚自佑那边深情一望……

第六章

从养老院回来,李一泓和素素拎着些东西走到门前,却见一扇院门半掩半开,李一泓一抚脑门:"坏了,咱们走时忘锁门了吗?"

素素想了想,说:"锁了啊,准是我姐来了。"

李一泓抢先进院,大步走向放着他那些宝贝的两间屋子,见门锁未有异常,又隔窗向屋里看——一切东西都安然无恙,才放心了。

素素已进入家中,朝院里大声说:"爸,我说是我姐来了嘛!"

李一泓进家门,却未见女儿春梅,只见桌上除了素素拎回来的东西,另外又多了些盒盒袋袋。

"你姐在哪儿?"

素素朝他的屋子努嘴,并悄声说:"爸,不许又跟我姐耍脾气啊!"

李一泓放下手中的东西,走到自己的屋门口,见床上已换了崭新的床单,春梅正在往枕头上套新枕套,他张张嘴,没说出话来,遂轻咳一声。

春梅头也不抬地说:"没听见!"

李一泓学京剧老生,又咳:"嗯……哼!"

素素进屋来,将姐推得向爸爸正过身去:"和好吧,和好吧,和为贵!"

春梅将套好的枕头放床上,问素素:"姐这身衣服好看不?"——她身穿一身橘色的西服套裙。

素素说:"好看,特时髦!"

李一泓却摇头说:"样式好,颜色不好,你穿着太怯了!"

春梅一转身:"不好别看!"

素素扯了扯李一泓:"爸,你就跟我姐认个错嘛!"

李一泓一脸严肃:"我跟她认错? 她难为我,我拍桌子,对错各一半的事,凭什么要我先向她认错? 我这儿还正等着她向我认错呢! 我是她爸!"

素素又劝道:"您就高姿态一点嘛!"

"这是原则问题。原则问题上我从不让步!"李一泓转身离开,去整理东西,并大声说,"素素,来帮我整理东西,咱们早点儿走!"

春梅和素素一块儿从屋里出来了,春梅也默默帮着收拾东西。

春梅说:"这是我给我哥买的酒。"

"没听到!"李一泓扭头整理另一边的东西。

春梅又说:"我嫂子正怀孕,不给她买衣服了。这是给她买的蛋白粉和维生素,很贵的。她体质弱,自己和胎儿都需要加强营养。"

素素插嘴道:"爸,你是盼个孙子呢,还是盼个孙女呢?"

李一泓头也不抬:"都行。"

"这是肠和烧鸡,我哥我嫂子都爱吃的……"

"不带!"

"你们是俩小孩呀?"素素被他们俩给逗笑了。

"爸,归根结底,还是你的错更多!"

"怎么就我的错更多?"

"谁叫你从我小时候就宠惯我,把我惯出现在这么任性的毛病来!"

"横说竖说都是你的理,我打你!"

春梅一歪头,往前凑:"给你打吧,打吧!"

李一泓举起的巴掌反而放下了,叹道:"唉,要是舍得就好喽!"

三人互相看看,忍不住都笑了。

素素要回农村去看望哥哥嫂子,李一泓向文化馆请了几天事假送素素。齐馆长说就当他是到农村去进行考察了,不扣他工资。素素嚷着说,当政协委员带给一个人好处,终于在爸爸身上也有所体现了。

在长途汽车站等车的时候,李一泓问春梅:"还是决定不一块儿回去了?"

"爸,我真的忙。"

"你哥哥嫂子很想你啊!"

"我也想他们啊!爸你跟他们说,过几天我一定回去多住些日子……"

长途汽车行驶在郊区公路上,左右两边在风中伸胳膊攥拳的庄稼,顶着毒辣的日头,在地上纺织出成片的绿波,裹挟着农民们在其间劳作的身影,汹涌地朝车后扑去。

车内,李一泓问跟他并坐一排的素素:"素素,你准备考什么样的大学?"

"非清华,即北大!"

"好大的口气,有把握吗?"

"老师们和杨校长都认为,我要是能一直保持目前的学习状态,八九不离十!他们盼着我为我们学校再添光彩!"

"可你们杨校长告诉我,你这一次考得并不太好。"

"这一次许多同学考得都不好。再说良马失蹄,纯属偶然。哎,爸,你什么时候又和我们杨校长见过面了呀?"

李一泓一笑:"她一直在跟我学太极拳呀!我们大人之间见面,还用得着向你小孩子请示汇报呀?"

"当然不必啦!"素素又话中有话地说,"我不是也挺关心您的个人问题吗?"

李一泓一愣:"再说一遍!"

素素一吐舌头:"别瞪眼睛,我瞎操心,跟您学的。"

在村路上，李一泓显得心事重重，素素忐忑不安地问："爸，你是不是……反对我考北京的大学啊？"

"北京是首都。北京的大学，几乎都是一流大学。你学习好，若能考上，爸也光彩啊！但，在北京读大学，花费必然高，爸那点儿工资，有些力不从心啊！"

"我姐说了，供我上大学，一切包在她身上。"

"唉，你姐……她是我一块心病啊，都二十六了，也不着急成家……"

这时，素素拢嘴朝一处坡地上喊："嫂子，我回来啦！"

一个年轻女人丢了锄，向二人跑来。

李一泓急忙对素素说："快叫你嫂子别跑，看摔着！"

放下包包袋袋，素素迎着嫂子跑去，边路边展开双臂，摆开了拥抱的架势。

秀花却闪开了，笑道："我可不跟你搂，怕挤着我肚子里的宝贝儿！"

素素嘻嘻一笑："我成心吓你呢！"

李一泓望着姑嫂二人亲昵的情景，欣慰地笑了。见秀花要拎东西，他心疼地说："你别拎，让素素拎。"

秀花笑着问："爸，您身体还好吧？"

"还好。"

"瘦了。"

"近来，忙了点儿。"李一泓又责怪地说，"你看你，还干活，还跑，你要在意才行嘛！这个李志，怎么就不知道关心人！"

秀花笑了："他挺关心我的，是我自己闲不住。"

素素拎着东西凑过来说："嫂子，告诉你件好事儿，我爸是政协委员了！"

秀花又喜笑颜开："是吗？这下咱家可好了，以后有撑腰的人物了，看那些村官敢不敢欺负咱们家！"

李一泓批评素素:"嘴快!"又半开玩笑半认真地问,"怎么,村里的干部们还会欺负咱们家吗?"

秀花气愤地说:"那可不!什么好事儿都轮不到咱们家,什么白出工白出力的事儿都落不下咱们家!"

素素拎着沉甸甸的东西喊道:"哎呀,嫂子,有什么委屈到家再诉行不行?"

三人一边往村里走,秀花一边喋喋不休地说:"修这条路,说是家家户户都得出劳力,李志出了三天的劳力。后来又维修小学校的校舍,还找李志!我说,李志修过路了,修校舍该找别人家出劳力啊!爸你猜村长怎么说?他说,别人家壮劳力不是都出远门挣钱去了吗?这是什么话呢?难道我们李志没出远门去挣钱,就该着村里白使唤起来没个完吗?"

李一泓的儿子李志家,是一户看起来日子过得挺有信心的农家小院。地面干净,院墙根种着花。

李一泓坐在正屋里喝茶,素素在另一间屋里向秀花摆看带来的东西,秀花被面前的东西弄花了眼:"你姐对我真是没说的!"

素素挑理说:"我和我爸对你就不好了?势利眼!"

秀花轻轻打她一下:"又挑理。"

"秀花,过来一下……"李一泓在正屋里喊。

秀花放下东西,走了过去,为李一泓杯里添了些水。

"怎么不见李志啊?"

"我光顾高兴,忘了告诉您了,李志在前村参加培训呢。"

"嗯?培训什么?"

"这几年大米价格看涨,全乡几乎所有的农户,又都不种麦子了,一窝蜂地改种稻子了。可种惯了麦子,种出来的稻子脱出来的米,瘪瘪糟糟的,卖不出好价钱。就来了一批人,这村那村地推销一种机器,叫什么……米质神速提升器……"

"嗯?"

"挺简单个东西,价格也很便宜。一经加工,那米还就是不一样了。也白了,也亮了,也显得粒儿大了!直接在家家户户就灌袋儿了。人家义务培训,到家里来收。按优质米的市场价,就在自己家里成交,一手钱一手货,多省事啊!"

"咱家也买了?"

"都争着买,咱家能不买吗?想多挣点儿,那就得多投资啊!"

秀花把李一泓带到小偏房里,指引导一台机器说:"爸,人家这东西别看造得挺简单,还两用呢!装满一袋儿,把袋口在这一过,一下子就封上了。"

李一泓研究地看着"米质神速提升器",微微摇头:"就它,能把次等的大米加工成优等的大米?"

"是啊,把米往这斗里一倒,再加上点儿那种精华粉,一开闸,就搅拌起来了,约莫半点钟,出来就是好大米了!那个白!那个亮!"

李一泓走到盛精华粉的盆边,用两指捏起一点儿里面的白色粉末,仔细端详,又闻了闻:"你管这叫什么粉?"

"精华粉,来进行指导的技术员们都那么叫,说其实是珍珠粉,人经常吃点儿养胃,还养眼,总之可有好处啦!"

"珍珠粉那是很贵的东西,半盆半盆地提供给你们?"

秀花愣了愣:"大概……也还掺兑了别的什么粉吧……"

李一泓追问道:"别的什么粉?"

"这……我也不太清楚,大概……李志能知道……"

李一泓走到另一边,从案子上的一摞塑料袋中拿起一只,但见其上赫然印着两行字——"绿色粮食,养生保健"。

这时,院子里传来一个男人的声音:"素素回来了?干什么呢?"

"哥,我淘米做晚饭呀!"

李一泓走出小偏房,见儿子大步走到小女儿身旁,又问:"取的哪儿的米？"

"就是东屋袋子里的米呀！"

"别淘那种米！跟我来。咱们自家做饭,要用米箱里的米。"李志从素素手中夺下盆,将米倒进垃圾筐。

"哥！你怎么这么浪费粮食？多可惜！"

"浪费就浪费了吧,没什么可惜的！"李志伸手将素素扯进屋去。

"那袋里的不是好米吗？"素素歪着小脑袋问。

"好米卖给城里人吃,咱们种粮的只配吃次米！"李志用盆撮了些米,朝素素一递,"我看够了！"

素素接过盆一转身,发现父亲站在屋门外,她不悦地说:"爸,你看我哥,莫名其妙！"

李志这才看见父亲,强作一笑:"爸,你也回来了？"

"嗯。"

秀花出现在李一泓身后,说:"就春梅没回来了,要不咱一家在农村大团圆了！"

"她没回来也好,还能给我留个在城里大团圆的指望。"李志说完,一转身进了另一间屋。

秀花看一眼李一泓,嘟哝着:"又不知在哪儿窝了股儿火,回家来撒气！"

李一泓皱起了眉……

没有闪耀变幻的各色霓虹灯,没有嘈杂纷乱的夜市人流,除了几丝机器的声响,唯有偶尔的几声犬吠诉说着别样的单纯与宁静……农村的月夜清澈温婉如涓涓溪流。

李家四口人在吃晚饭,桌上摆着炒菜和带回来的鸡啊肠啊鱼罐头啊,挺丰盛的。

秀花对丈夫李志说:"酒都开盖了,你怎么不陪爸喝一盅？"

李志默默将自己面前和父亲面前的酒盅里斟满酒,擎起:"爸,我陪你一盅。"

李一泓也擎起了酒盅,父子俩默默一碰杯,各自一饮而尽。素素端着碗停止了往口中送饭,目光忧郁地看着他们。

李志兄妹三人,春梅已经成了城里人,而且还是省城的人。素素呢,将来考上大学,毕业后也会成为城里人的,甚至有可能成为北京人。就李志一人的根还扎在农村,还是农民。他因为自己将要一辈子是农民而内心不平衡,对李一泓是很有些隐怨的。

往两只酒盅里斟满了酒,李一泓主动说:"李志啊,有些事,爸爸觉得挺对不住你的,可爸当年有爸的难言之隐……"

"爸,过去了的事,咱就不提它了吧!一提,心里又都不痛快。"

李一泓擎起了酒盅:"那,这一盅,算爸陪你!"

李志擎起酒盅,二人再次相碰酒盅,又都一饮而尽。

"儿子,对你们进行培训的,那都是些什么人?"

"是省城的什么……农业科研所的……"

"他们有证件吗?"

"兴许有吧,有我也没看到过。就是让我看我也不看,什么人想搞份假证件还不容易?看那干啥?"

"那,不明不白地,就去接受培训?"

"也不能说不明不白。次米一加工,一装袋,价格翻上去了,这一点我们农民心里还是明白的,农民又不个个都是大傻蛋。"

"儿子,咱家的米,再别那么加工卖了,啊?"

"为什么?"

"那么做不对。"

"有人来培训,有人来指导,有人提供机器,有人统一收购,即使有什么问题,那我们农民也不负什么直接责任,有什么不对的?"

"你别强词夺理。不对就是不对,怎么说也说不成对。爸想到了你们今年手头肯定更紧了,给你们带来了五百元钱。"李一泓将一个信封隔着桌子递向儿子。

李志不接,郑重其事地说:"爸,我已经是一个顶门立户的男人了,不需要爸可怜我。"

秀花拍了丈夫一下:"你看你这人,真不识好歹!"

李一泓遂将信封递向秀花:"他不接,你接着。"

"爸,这……这我多不好意思的……"秀花嘴上说时,已麻利地将信封接了过去,揣入兜里。

李志白她一眼,放下还有半碗饭的碗和筷子,语气不冷不热地说:"爸,我不吃了,不太饿。您慢慢吃啊!"说罢站起,回他们夫妻的屋里去了。

素素啪的一声将筷子拍在桌上,追到那屋门口,叉着腰抗议说:"哥,你太不像话了! 不就是当年爸没让你上高中,只供姐姐上了卫校吗? 这事儿你还记一辈子啊?"

"素素!"

素素扭头看着李一泓说:"我看不惯嘛!"

"住口! 你再多说一句,你也不是我好女儿!"

素素哼了一声,一转身,背对父亲和嫂子,一屁股坐门槛上。

李一泓为自己斟满一盅酒,满得都溢出来了,猛一仰脖子,一饮而尽。

由于李志家没那么多房间,李一泓和素素父女俩只能睡在一个屋里。黑暗中,李一泓仰躺着,大睁双眼睡不着,往事总是不堪回首,每每却又总遮拦不住——

妻子劝正在抹眼泪的李志:"儿子,爸妈知道你爱上学,爸妈也知道你学习好,要考就一定能考上县高中,可爸妈没那个能力供你们两个都继续读了呀!"

素素还是个小女孩,她一脸严肃地看着家中这一幕。

少女时期的春梅走到了李志身旁，流着眼泪说："哥你别哭了，我不考卫校了，让爸妈供你一个上高中还不行吗？"

"滚开，用不着你装好人！"李志一推，将春梅推得坐在地上，春梅也咧嘴哭了。

李一泓正巧从外边回来，将锄头立在门后，赶紧拽起春梅："乖女儿，别哭，别哭。"转而训斥李志，"又闹是不是？你再怎么闹也没用！这家里，我还做得了主。你和你大妹的事，就那么决定了！"

李志猛起身，哭着跑出屋，跑出院子去了……

村里传来的机器声打断了李一泓的思绪，他坐起来，看一眼素素，欲下床，双脚垂落之际，却犹豫起来，坐在床沿发愣……

李志小两口屋里，李志躺在床上，叹了口气，愤愤不平地说："在农村，多数人家都是重男轻女，偏偏咱们家邪门了，爸他重女轻男。要是当年供我上高中，我现在早大学毕业了，说不定已经进了政府机关，熬成国家干部了，那我们李家沾多大光，借多大力？"

"那咱们也就不是两口子了。"

"心情不好的时候，一看到爸，就更加气不打一处来了。"

"反正你吃晚饭时不对。说说，今天怎么又心情不好了？"

"我心情能好吗？那伙搞培训的人真不是东西！起初说，那什么什么机，还有那什么什么粉，都是免费提供的。今天又变卦了，又说都得算钱，都得从欠咱们农民的米钱里扣！他妈的什么都觉得咱们农民最好欺负了！"

秀花一下子坐了起来："那……那到头来，咱们农民不还是赚不了多少钱吗？"

李志也坐了起来："尽快把咱家的米加工完，夜长梦多。不趁早了结这事儿，恐怕会吃更大的亏！"

"可，爸不是不让咱们……"秀花犹豫了。

"能听他的吗？听他的，本来应该占便宜的事儿，到头来那会变成吃亏的事儿。现在咱们面临的就是已经吃亏的事儿,所以得听我的。"

秀花的心似动非动,说:"还不至于那么肯定吧?"

"等你都觉得肯定了,那可太晚了!"李志一骨碌爬了起来,穿上衣服进了小偏房。

打开灯,启动了机器,李志开始往机器斗里倒米,秀花端着那半盆精华粉在一旁说:"再多倒点儿嘛!"

"多了怕转不动。"

"没事儿呀!"

李志就又往斗里倒了些米,秀花接着往斗里掺放精华粉。

"哎,你别掺那么多!"

"我才不心疼!爸说得对,珍珠粉半盆半盆地提供给咱们?屁粉!"

"我扳闸了啊!"

看着机器斗旋转起来,李志忽然说:"这么做,心里是挺不安的……"

"心里不安,还要继续?"

小两口一回头,李一泓已经站在他们背后,板着脸,表情严肃得不能再严肃。

秀花尴尬地说:"爸……扰醒您了?"

李一泓将闸一扳,机器斗渐渐停止了转动。

"爸,你听我解释……"

"儿子,这明明是在做坑人的事啊,你还有什么可解释的?"

"其实,也算不上是坑人。往最严重了说,也只不过算是蒙人。"

"坑人,蒙人,二者有什么区别?"

"爸,区别还是有的。我们农民也都不是二百五,该起疑的事儿,我们也会起疑心的。我们逼问过了,他们承认,那粉是些滑石粉,再掺一定比例的骨粉。经这么一加工,大米的成色不就好看多了嘛!他们让我们只管放心,说绝对吃不死人的。他们说,说,点豆腐有时候还用滑石粉呢,说壮骨灰不也是骨灰吗?"

秀花纠正道:"骨粉! 说哪儿去了! "

"对对,壮骨粉不也是骨粉吗? 城里人还要买了孝敬老人呢! 说滑石粉掺上骨粉,还有清洁胃肠的作用呢⋯⋯"

"那你们自己为什么不吃?! "

"爸,你别生这么大气。我们⋯⋯我们一个月享受不了几次荤腥,胃肠里本来就少油水,用不着清洁⋯⋯"李志说得没一点底气。

"儿呀⋯⋯"李一泓一时不知该说什么好,掏出烟来,递给了儿子一支,自己也叼上一支。李一泓吸着烟,也给儿子把烟点上了。

"李志啊,要不咱听爸的吧。"秀花怯怯地说。

"你别多嘴! "

秀花不再说话,放下盆,拿起笤帚扫起地来。

"儿子,你也听听爸的解释。有件事爸还没来得及告诉你,爸已经是市政协委员了⋯⋯"

李志不屑地说:"那,政协给了你个什么官儿? "

"我并没说我是政协的什么官儿。但每一位政协委员,都是要有强烈的社会责任感的。否则就不配是! 别人觉得事不关己高高挂起的事,不好,不对,丑陋,即使听说了,都有责任去了解,去调查核实! 一经核实,那就必须反对,必须向政府有关部门去反映! 何况不好的事是我亲眼所见的事,而且是我儿子在做着! "

李志冷笑道:"社会上不好的事儿多了! 你一个小小的市政协委员管得过来吗? 更坏的事也多了,你又管得了吗? 我明摆着先被别人坑骗了,我为什么就不可以替自己的利益着想,别使自己的利益受损失呢? 我已经是顶门立户的人了,我对我自己做的事情负责任,不牵连你那政协委员的身份受影响,行了吧? 你不就是在乎这个嘛! "

李一泓大声说:"我在乎的不仅仅是这个! "

李志也大声说:"可我在乎的仅仅是我的利益! "

"李志! "秀花在一旁扯了扯李志的衣服。

李志将烟一丢,狠踩一脚,合了电闸,当他想弯腰扳闸时,李一泓狠狠扇了他一耳光。

李志捂着脸,不屈服地说:"你就是管得了我,你管得了全村人吗?你就是管了全村人,你管得了别的村的人吗?实话告诉你,方圆百里,二十几个村,凡改种水稻的,成百上千的农户人家都在这么干!次米这么干,好米也这么干,加工和不加工,看起来就是不一样!卖的价钱就是不一样!不信你在村里各处走走、听听!你要是坏我们农民的事,你就是大家伙的公敌!"

李一泓张张嘴还想说什么,却一句话也没说出来。他指点了儿子一下,猛转身大步腾腾地走出小仓房,走出院子。

李一泓在村中这儿走走,那儿站站,听听。这儿那儿,东南西北中,远远近近的,似乎哪一个方向都有机器转动的声音传来。

回到李志家时,所有房间的灯都熄了。李一泓发现了院子里的自行车,他从小偏房里拎出一袋子加工过的米,夹在自行车后座上,推车就走。车子没动,锁着呢。

李一泓站在院中高叫:"秀花,自行车钥匙!"

秀花摸着黑走到院子里,声音怯怯地说:"爸,您要自行车钥匙干啥呀?"

"回县城!"

"爸,都半夜三更的了……"

"别管!"李一泓从秀花手中掠去钥匙,开了车锁,推车就走。

素素睡觉的屋里的灯亮了,素素推开窗,探出头来哀求道:"爸,别走……"

"你睡你的,别放进屋蚊子。"李一泓头也不回地推着自行车出了院门。

月光下,农村小路上,淡淡的月光照出李一泓骑着自行车的身影,孤独而又执着。

土路上净是坑坑洼洼,那袋米从车后架上颠掉了,李一泓却未觉察。他骑车出了一身汗,一手解开了衣扣,衣襟被风向后吹起。

在自己院门前下了车,李一泓撩衣襟擦擦脸和脖子上的汗,这才发现后架上已没了那一袋米。他跺了一下脚,回头张望来路的路面上,并无一物。

他奇怪地发现院门并没有上锁,想了想,他轻轻拍门,叫道:"春梅,春梅,是你在家吗?"

良久,院子里传出开屋门声,接着传出春梅的声音:"爸,是你吗?"

"是我。"

"都后半夜了,您……怎么又回来了?"

"啰唆,快开门!"

门开了,李一泓把车停稳在院子里,转身便往屋里走。

春梅忽然拦在前面:"爸,先别进屋……"春梅拢了拢披散的长发,不好意思地说,"屋里……还有外人……"

"什么人?"李一泓疑惑着从门前默默退开了。

"是……我老板……他来找我谈工作,谈晚了……我……我就请他住咱家了……"春梅走近父亲,撒娇道,"爸,要不,委屈您一下,反正您连屋还没进,干脆先到附近的小旅馆去住一宿?"

李一泓表情已变嗔怒,春梅央求道:"爸,求您了!"

他轻轻将女儿推开,低声然而坚决地说:"岂有此理! 你打发他走!"

屋门一开,四十多岁,略显发福,然而相貌堂堂的唐老板走了出来,矜持地说:"您是李秘书的父亲吧? 幸会,幸会……"他丝毫没注意到,他的上衣扣错了一颗扣子。他站在屋门口一砖高的台阶上,居高临下,向李一泓伸过一只手来。

李一泓没跟他握手,他尴尬了一下,那只手收回后伸入兜里,掏出烟盒,恭敬地说:"听我秘书说您也吸烟,来一支?"

李一泓隐忍地摇摇头。

唐老板自己吸着烟,吐一缕青雾,抬头望月:"好圆的月亮,今晚夜色真不错。"又望着李一泓说,"听我秘书说,您是刚补上的政协委员了。今后有用得着您的地方,还望多多关照啊!"

"爸,我记得我告诉过你了,我们老板他姓唐。要不,都别在院子里站着了,一块儿进屋说会儿话吧!"

"我没什么想和唐先生说的,唐先生,您请离开我家吧。春梅,你要留下!"

春梅看看父亲,看看老板,为难地说:"爸……这三更半夜的,我不能让我老板一个人就这么……"

李一泓打断她的话:"那你也走。"

唐老板自然明白该走的是谁:"我走我走,还是我一个人走好。您别误会,其实……我和您女儿只谈工作来着……"边说边退出了院子。

春梅望着父亲呆愣片刻,亦羞亦恼,冲入屋中,拎着小包走出来,看着李一泓说:"爸,那你快睡下吧,我们走了。"

小院里顿时只剩下李一泓一人,他呆愣了一下,轻轻插上院门,缓慢地走入屋里。

走入自己房间,李一泓站在床前——换了新床单新枕套的床上,春梅和唐老板同床共枕的迹象明显,唐老板的领带还搭在床头柜一角。李一泓一下子将床单扯了下来,带到了地上一只枕头。他捡起枕头,却将枕套撕掉了。

第七章

第二天上午,姚局长夹着公文包走在市工商局的走廊里,亲切随和地与下属们打着招呼。姚局长又遇见了一位年轻的女同志小李,端详着她:"改发式了？好看,我欣赏,更年轻了！"

"本来就不老嘛！局长,您办公室里已经有客人在等着您了。"

"我自己还没进过办公室,你们就随便把人请进去了？"

"不敢不那样,是您老师啊！"小李说罢,匆匆下楼去了。

"我老师？"姚局长推门进入办公室,见坐等他的是李一泓。

"你坐你坐,别起。我下属说是我老师在等我,我当真是我的大学老师从省城来了呢！"

李一泓笑道:"我可没有自称是您的老师啊！"

"你当然不会。可我的下属们,几乎都知道我在跟你学太极拳。在他们眼里,你自然算我老师。喝茶不？哦,已经替你沏上了,替我招待得还挺周到。"

姚局长一边说,一边摘下帽子挂了,又顺手浇了浇办公室里的花,话一说完,人也就在办公桌后坐下了。一身制服的他,在自己的局长办公室里,和在公园里跟李一泓学太极拳时,神态姿态大不一样,判若两

116

人了。

他双手交叉桌上，望着李一泓，亲切而又强调身份地说："在我局里，我可不能像在公园里那样称你老师了。这一点，还要请你原谅啊。"

李一泓自谦地笑笑："叫什么都行，随您便。"

"可要是叫你李副馆长呢，有点拗口，就称你老李吧！"

"你我之间，我可担当不起一个老字，您年长我六七岁呢！"

"别担当不起。我要是叫你小李，我不是等于在暗示自己，我已经老了嘛！"姚局长苦笑了一下，"找我有事？"

"是的，想来想去，还非首先找您不可……"

姚局长做了一个手势打断李一泓："老李，对不起啊——姓马那个卖肉的，拿着你的信来找过我了，我也吩咐下边给办了，总得给你一个面子嘛。但是这类事，不能一而再，再而三啊。那样，年终述职时，下边就该给我提意见了，明白？"

"明白，我找您，是因为……一件更重要的事……"

"更重要的事？老李，你可别给我出难题啊。进人啊，谁提职啊，违反管理条例批执照啊，那类事我是爱莫能助的……"

"姚局长，我不是为个人的私事。我是来向您举报一个情况的。"

"嗯？"姚局长来了兴趣。

"非法加工大米的事，该咱们工商局管吧？"

"对。咱们工商局有市场监督管理科。一切非法营销之事，都在咱们的监督管理范围以内。可大米……什么大米？就是咱们吃的大米？"姚局长疑惑不解，"如果自己种了稻子，自己在家庭里采取什么办法脱壳了，然后到市场上去卖，那应该不算违法的事。"

李一泓喝了一口茶，放下杯子说："可他们的米如果是次米，通过一种加工的方式，往米中掺些粉剂的东西，将次米变得像优质米似的，看上去米粒大了，饱满了，更白了，还显得光亮了……"

"等等，等等。你说掺些粉剂的东西，什么粉剂？"

"滑石粉,骨粉,也许还有别的成分,合成的一种粉剂。"

姚局长起身了,绕过办公桌,坐到李一泓对面的沙发上,重视地说:"老李,慢慢说,越详细越好!"他见李一泓的一只手伸入兜里,又说,"想吸烟?吸吧吸吧。我不吸烟,我的办公室也禁烟。但对你可以破例。"

"谢谢。"吸着烟后,李一泓心情沉重地说:"我儿子在农村。我昨天回去了一次,亲眼看见,我儿子就在家里那么加工次大米。我一问,他说村里许多人都那么干。还说,不少村子都那么干。我想,即使我是一名普通公民,我也应该向有关部门举报。何况,我已经是一位政协委员了……"

"你自己不说,我倒忘了。老李,啊不,李委员,您反映的这个情况,确实很严重,这已经不仅仅是合法加工还是非法加工的问题了。这件事的性质如果属实了,那就是坑害消费群众的性质了。"

姚局长对李一泓"您、您"相称,显示敬意了。当然主要不是因为李一泓的责任感,而更是由于李一泓政协委员的身份。

"我是连夜赶回市里的,还用自行车带了一袋儿。"

"太好了,在哪儿?"

"半路掉了。那袋子上还印着:绿色食品,养生保健。"

姚局长显得有些亢奋,搓着手说:"一泓委员……嗯,这称呼还挺顺口。一泓委员,是这样的,我们工商局,为了将职责履行得更好,对举报极为重视。您反映的情况如果属实,非同小可……"

"别的村我目前还不敢肯定,起码我儿子住的那个村里,情况是属实的。"

姚局长起身又走到办公桌后,拉开抽屉,取出两种纸张展示给李一泓看,一种纸页上印着红色的格子,一种纸页上印的是绿色的格子。

"一泓委员,您请看。一般同志的举报或情况反映,我们用绿色表格登记。人大代表和政协委员们举报或反映的情况,我们用红色表格登记。我们对人大代表和政协委员的监督、建议包括批评,那一向是持特别虚心特别欢迎的态度的。我现在就叫人来把你反映的情况记录在案。"

"不必了吧,该说的我已经说了。我这就走,别耽误你工作。"

"那怎么行！您坐着别动,程序是很重要的！"

"小李,立刻到我办公室来！"姚局长打完电话,搓着手,兴奋地说,"老李,啊不,一泓委员,我代表工商局感谢您。这件事要是核实了,我们就抓得太及时了。我们会防患于未然,把它办得漂漂亮亮。下半年我们的工作汇报和总结,那也有值得大书特书的内容了。"

李一泓面带微笑,心不在焉地看了看手表。

这时小李进来了——就是姚局长在走廊碰见的那一位年轻的女同志。

"小李,这位李同志向我们反映的情况特别值得重视。你要认认真真地记录、整理,我去监督管理科布置任务！"姚局长言罢匆匆离去。

"李同志,我再给您续点水吧！"小李刚拿起李一泓的水杯,姚局长又探进头来:"我又忘了。要用红色表格登记,他可是一位政协委员！"

李一泓反倒被搞得十分局促,连说:"刚是不久,刚是不久。"

文化馆门前停着一辆经过一番"打扮"的卡车,车帮上挂着一条红布,白纸剪的字组成一句醒目的标语——"捐书助农,体恤农民兄弟,关爱农村孩子！"

齐馆长正在车下指挥同事们往车上搬鼓啦锣啦麦克风什么的,一转身,见李一泓在身边下了自行车。

"咦,你怎么来了？我不是给你假了吗？没回农村去看儿子？"

"把素素送回去了,我又连夜赶回来了。"

"为什么？"

"不为什么,想到了点儿事儿。你们这是要干什么去？"

"秋收过了,又到农闲的季节了,按每年做法把车开到广场上,发起向农村捐书的活动。"

"我也去。"

"你脸色可不太好,没病吧?"

"昨天赶回来都后半夜了,没睡好。让车等我。"

卡车缓缓开到了广场中心,文化馆的同事们在卡车上敲锣、打鼓。早已有些市民拎着成捆的书等在广场上,见车停住,拥上前来,争先恐后地捐书,十分踊跃。

齐馆长手持麦克风,在车上鼓动说:"老少市民们,公民们,我们征集捐书的活动,已经由街道委员会发出通知了,也登过报纸了。感谢大家的热忱,我们文化馆代表农民兄弟和农村孩子谢谢大家……"

一老太太大声问:"要不要衣服啊?"

"衣服也要!但如果是脏的破的,您就直接当破烂卖了吧!农村可不是破烂集散地。"

"看你说的!"老太太不高兴了,将一包衣服拎到车上,解开说,"这是脏的吗?这是破的吗?我在农村生活了大半辈子了,在城市才住了几年,我对农民有感情,能把脏的破的往这儿捐吗?"

李一泓在车上弯腰对老太太说:"大娘,别生气。他跟您开玩笑呢!他这人,总爱开玩笑!"

"你这位同志说话我爱听。"老太太转身向些老头老太太招手,"不光要书,衣服也要!你们都拎过来吧!"

齐馆长手执话筒,越说越起劲儿:"公民们,向农村捐一册值得一读的书,那就等于将科学知识送给了农民兄弟和农村孩子,就等于送的是文化思想,就等于送的是……"

说到这,他忽然将话筒递给了小刘:"没词儿了,你快接着说两句!"

"这……"小刘为难了。可再为难,也得把领导交代的事办好呀!她急中生智,接过话筒说,"为了感谢大家的参与热情,我给大家唱支歌……"

"您是政协委员李一泓同志吧?"说话的是个瘦削的男人。

"我是李一泓。"李一泓正帮着人们往车上拎成捆的书和成包的衣服。

"能跟您说几句话吗？"

李一泓将一捆书放到车上，郑重回答："能啊！"

瘦削的男人左右看了看，说："这儿不太方便，我们到远点儿说去，行吗？"表情特别恳切。

李一泓犹豫了一下："行。"

走到僻静处，对方站住了："你认为，光凭你们文化馆的几个人，每年搞一次那样的活动，意义很大吗？"

"我……有点儿不明白你的意思。"

"我这里有一封信，希望你这位政协委员能认真看一看。"瘦削的男人将拿在手中的信递向李一泓。

"什么内容？"

"你看了就知道了。"

"我看过以后呢？"

"如果你觉得有必要和我联系，信上写明了联系方法。"

李一泓疑惑地接过信，低头看信封——信封上一个字也没有。当他抬起头时，对方的背影已在远处了。

晚上，李一泓正在家中独饮，院子里传来养老院黄院长的声音："一泓在家吗？"

李一泓听出了是黄院长的声音，闷声闷气地答道："在！"

黄院长推门而入，笑了："嚯！有个性，一人在家自斟自饮！"

李一泓头也不抬地说："这算个性？这是借酒消愁！"

黄院长大大方方地往李一泓对面一坐，又笑道："连不知愁是何滋味的李一泓都借酒消愁了，那天下还不已有一半人愁死了？"

"你怎么就能断定我这人不知愁是何滋味？"李一泓说罢，饮尽一盅酒。

"我还记得,当年我们这样一些农村青年,凭着头悬梁锥刺股一般刻苦学习的精神,鲤鱼跃龙门似的,好不容易考入了咱们市的重点中学,也一鼓作气升上了高中,离大学的门近在咫尺了,却不料赶上了'文革',又得回农村握锄杆,当农民。同学们那个绝望啊!有的同学连寻死的念头都起了,是吧?却唯有你老兄,面对现实,达观坦然,还曾作诗一首,分送给同学们。让我想想,头几句好像是这样的:云涌星驰宇宙宽,闲庭信步学从容。自古人生多磨砺,乐观须存在胸中……"

李一泓打断他:"得啦得啦,别臊我了。那配叫诗?那是顺口溜!"

黄院长拿起桌上的烟,吸着一支,注视着李一泓,又说:"我陪你几盅?"

"这行。"李一泓起身又找来一只小酒盅,为黄院长斟满了酒。

和黄院长喝完一盅酒,李一泓也吸着了一支烟,关心地问:"龚老爷子在你那儿怎么样?"

"快活!整天乐呵呵的,脾气也温和多了。"

"那你来干什么?"

"你这是什么话啊!你是政协委员,我也是政协委员!你不过是文化馆一小副馆长,而我是民营企业家,是有一千多万个人资产的人,你当我只是来汇报的啊?我是来点拨你的!"

"又点拨我!你总爱点拨我。好吧,点拨吧,我洗耳恭听。"

"你是新政协委员,我是老政协委员,何况咱俩又是老同学,我有义不容辞的责任引导你。现在跟你谈正题——你向工商局反映的情况,有结果了。"

"嗯?"李一泓表情顿时严肃。

"正如你所反映的,不止一个村的农民在那么干,许多村的农民都在那么干。但是奇怪的是,工商的同志们却并没有在市场上发现大量那种伪劣的袋装米。他们把全市的大小商店商场篦头发似的篦了一遍,仅没收到了几袋。经过化验,证实米的外层的确粘裹了一层骨粉和滑石粉的混合物,含有多得惊人的病毒和细菌……"

"奇怪,那都销到哪儿去了呢?"

"那咱们也就别操那么多心了吧,由工商的人继续操心吧!我想指出的是……你的命好哇,一泓!"

"跟我的命好不好有什么关系呢?"

"当然有关系喽!太有关系喽!命好之人,如果不知自己命好,那么也就会忽视命里注定的好机遇。比如咱俩,我都快当满一届委员了,却一份重要的提案也没有贡献过。不是不想,是重要的情况严重的事件,它偏偏不给我发现的机会。而你呢,刚增补没几天,一下子就给你抱了一个大金娃娃!"

"大金娃娃?你的意思是,我会因为这一件事,发了?"李一泓莫名其妙。

"我不过打个比方。你可能还没意识到,根据你反映的情况,再补充点儿其他材料,思想分析水平上拔高拔高,措词尖锐一点儿,那肯定就是政协本年度内反响最大的一份提案。可是,我估计你这个大忙人,也没有太充分的时间和精力来落实到文字上。一份好提案,对政协委员在政协的威望如何那可是至关重要的……"

"奇怪,那都销到哪儿去了呢?"李一泓没听进黄院长的话,满脑子"大米"。

"对写一份好提案,我太有经验了!一泓,我替你写?"

"工商方面不会因为仅没收了几袋大米,就不深入追查了吧?"李一泓的思想还在开小差。

"我刚才问你话呢!"

"你问我什么了?"

"写提案,我有经验,有水平,你没时间,没精力,我帮你完成一份高质量的提案,行不行?"黄院长有些不悦。

"行啊!怎么不行?我应该感谢你啊!"

"那,以咱俩的名义?"

"好啊!"

"来来来,我再陪你几盅!"黄院长高兴了,反客为主,给自己和李一泓都斟满了酒。

黄院长走时已有几分醉意,他得意地说:"你别以为我整天待在养老院的院长办公室里,心里只装着自己那一亩三分地,其他什么事就都不关心啦!我眼观六路,耳听八方,每天掌握的信息多着呢!官场的,商场的,本市的,省里的,乃至北京的,中央的,巨细无遗,丰富多彩,应有尽有!"

"你啊,累不累啊?"

"累,当然累!我和你不一样的累法!胡适知道吧?他说过:'要收获什么,那么就去栽!'至理名言,至理名言啊!"

"够了够了,别教导起我来没个完!今天的课到此结束!路上好好走,别摔跤!"李一泓将黄院长送出院门,将院门插上,反身寻思,自言自语:"奇怪……"

杨亦柳家的客厅里回旋着老电影插曲《花儿为什么这样红》的旋律,她戴着精致的花镜在看一份简报——《本校应届高考学生成绩摸底》。

电话响了。

"一泓啊?我今天碰到了齐馆长,他说你脸色不太好,我这儿惦记了一白天。没事儿就好。哦?我们市的农村发生那种事情?!想不到,太想不到了,我很吃惊……"

"我猜测,那一批伪劣大米很可能会以秘密的方式集中起来,避开我们本市执法部门的监管,寻找机会,大摇大摆地运出市境,销往外地。那么,不但必然危害外地购买人群的健康,还会严重影响到我们市甚至我们省的总体形象。亦柳,我担心得有道理吧?"

"当然有道理啊!而且,很可能今天晚上就是他们的一次机会呢。

一泓,你就直说吧,想要我怎么做?"

"亦柳,你和姚局长关系比我熟,你说话也比我有分量。那么你能不能也给他打一次电话,或者明天亲自去见他一次,把我刚才的担心提醒他。要不,我今天晚上可能都睡不着觉。而我昨天晚上整夜没睡,现在头都大了,困得要死……"

"你自己为什么不给姚局长打电话呢?"

"我这个人你还不知道嘛,除非万不得已,否则我是不习惯和官员们言三道四。刚是政协委员就那样,我怕人家官员们会觉得我这个人未免太把政协委员的身份当回子事了……"

杨亦柳笑了:"一泓啊,以后你还真得习惯于和官员们直接打交道。也当然应该把自己是政协委员的身份当成回事。如果连我们自己都不把自己的政治身份当成回事,那又凭什么要求别人重视我们的建言呢?我的感觉是,大多数官员对政协委员们的意见是很认真对待的。你的顾虑实在是多余……"

她看一眼墙上的挂表,见已九点半多了,又说:"你放心,这一次电话我一定替你打。一会儿就打。你呢,踏踏实实地睡个好觉,明天给我变回那个一向充满活力、精神抖擞的李一泓来,啊?"

打完电话,李一泓戴上花镜看那个瘦削男人交给他的信。

"政协委员李一泓同志,我是本市农村的一名小学校长。在您还不是政协委员的时候,我们就见过。几年前我们农村的一些中学校长到市里到省里请愿过,我是发起人。结果我因为那件事犯了严重的错误,被开除党籍,也由中学校长降职为小学校长。我们那些人被集中在你们文化馆接受过思想教育,你还主动劝过我……"

李一泓放下信,摘下眼镜,用手轻揉着太阳穴,终于想起了那个人是谁——

市文化馆院子里,一些人坐在砖石上,皆低垂着头。而一名干部模样的人,踱来踱去,挥动手臂,声色俱厉地进行训斥。李一泓驻足一旁,看着,听着。

一个瘦削的男人猛地站起,扬长而去,李一泓也跟随他离开了。他将瘦削男人引入齐馆长的办公室,却将齐馆长推出去,掩上门,两个人坐下,开始促膝相谈……

李一泓戴上眼镜继续读信:

"当时要不是您及时劝我,我连小学校长也不当了,干脆下决心当农民了!李一泓委员,我市农村中小学,尤其小学的现状,用一个词来形容,那就是:苦不堪言。教学环境和条件极差,师资严重流失。我市经济发展落后,教育经费长期短缺是一个原因,但绝不是唯一原因。另外的原因那就是——某些领导干部,头脑中根本没有什么长远的教育规划,却极端热衷于将教育事业当成标榜自己成就的政绩工程来抓。前者高升,后者照学。于是我市农村中小学成了姥姥不疼舅舅不爱的'孤儿学校'。而对于我们担负农村教育责任的人们的呼声,又是那么麻木不仁,置若罔闻……"

李一泓再次放下信,点上一支烟,接连吸了几大口,继续看信:

"特别是,市重点中学的杨校长成为政协委员和教育委员会主任以后,利用自己优势的政策影响力,不遗余力地为市重点中学争夺有限的教育经费,加剧了我市教育年年锦上添花、不屑雪中送炭的局面。据我了解,近三年来,市重点中学所占我市的教育经费,连年都在百分之十五以上!而我们农村的某些中小学,教室是危旧房,有的没有操场。市政府在工作报告中,却又连年直接引用重点中学杨校长每年述职报告中的数据——无非又有几名学生考入名牌大学,高考升学比例又上升了几个百分点,完全是一副誓与几所省重点中学一比高下的架势。已被列入省级重点中学了还不甘心,还要在省级重点中学中也争得独头老大的地位!这种一枝独秀、一花独放、企图靠一白遮百丑的现象,再也不应该继续下去了!"

灯熄了,黑暗中,床头柜上的小表,磷光指针指向十一点多。李一泓却辗转反侧,难以入眠。

这时电话响了,李一泓起身,跑出屋去接电话:"素素,你怎么还没睡?"

"爸爸,我睡不着。我哥我嫂子,他们也都睡不着了。"素素的旁边,李志和秀花也在屏息聆听,"爸,你还在生我哥的气吗?我哥和我嫂子,他们让我……代他们向您认错。他们不但认识到自己错了,还劝村里其他人家别再做那种事了呢!爸,爸!你在听我说的话吗?"

李一泓低声说:"让你哥接电话……"

素素默默将话筒递给李志,李志张了几次嘴才说出话来:"爸……我……我也是上当了啊!他们管那叫精华粉嘛,还说主要是珍珠粉的成分,对人身体有好处的……"

"儿子啊,知错就好,改了更好。你这人啊,像爸一样,有时候太实诚,所以我相信你起初也是上当了。但是,后来你明明知道那是在做坑骗人的事,却还要做下去,不就是知法犯法、自私自利到家了吗?儿子啊,爸自己并没想当什么政协委员,可不是既成事实了嘛!那,有些事,爸就非管不可了呀……"

一声刺耳的"哗啦"声从他手里的话筒中猝然传出,李一泓急切地问:"你们那边怎么了?什么声音?"

李志家一块玻璃碎了,从外边飞入的半块砖恰恰落在桌上。李志拿着话筒目瞪口呆。

素素夺过话筒,推开哥哥嫂子,自己也躲闪一旁,对着话筒说:"爸,受惊了吧?那大花猫简直疯了,上蹿下跳地逮耗子,把一只罐子蹬地上了。"

又一块玻璃碎了,又半块砖飞入家中。

"爸,不能多说了,大花猫要闹翻天了……"素素放下电话,被哥哥拉着,和嫂子一块儿猫着腰跑到了院子里,蹲在小偏房墙根下。

李一泓疑惑地放下电话,重新上床,却更加难以入眠。

信中关于杨校长的那段话,又浮现在李一泓的眼前:"特别是,市重点中学的杨校长成为政协委员和教育委员会主任以后,利用自己优势的政策影响力……"

灯亮了,李一泓坐起来,戴上眼镜,又展开了那一封信……

第八章

今天早晨的天气很不错,重点中学校园里,确切地说,是在二楼的露天走廊上,舒缓的太极拳伴奏乐声中,穿一身浅红色运动服,脚蹬一双白色运动鞋的杨亦柳在打太极拳。尽管她的动作不太能令人称道,但她的神情却是那么专注和自信。

一只小小的录音机摆在走廊的水泥护栏上,护栏还贴了瓷砖。校园环境优美,有树,有花。每一幢楼都挺新,显然翻修不久。而操场上,地面被掘起了一半,分明也将进行改造。总而言之,这一所重点中学给人的印象是,很像发达大都市中的一所"贵族中学"。

校园里此时特别安静,除了音乐在回荡,再无其他声音。而除了在阳台上打太极拳的杨亦柳,也再不见第二个人影。

杨亦柳"仙鹤展翅",不料脚下不稳,身子一晃,急忙一手扶住护栏,同时,她发现了站在一扇门旁正看着她的李一泓。

杨亦柳嗔怪道:"你这个人,怎么也不赶紧上前扶我一下啊?"

李一泓微笑道:"我这不是没来得及嘛!"

杨亦柳略带点撒娇的语气,说:"教练,我的动作怎么样?"

李一泓刚欲开口,杨亦柳又说:"不许评论最后那一式啊!"

李一泓又微笑了,随即收敛笑容,郑重地说:"不错,进步很快。'仙鹤展翅'两臂要同时展平,否则身子就会不稳的。"

"我展平了呀。"

"你没展平。"

杨亦柳成心斗嘴:"我明明展平了嘛!"

李一泓不知是计,较真儿地说:"你明明没展平嘛!你这个同志呀,要实事求是嘛!"

杨亦柳命令:"那你做给我看,从头做,不多看你做一遍,我以后还做不好!"

李一泓迟疑了一下:"我看,这会儿就免了吧!"

杨亦柳执拗地说:"不行!你都给姚局长吃了那么多次小灶,我也强烈要求吃一次小灶。"

从以上对话中可以看出,杨亦柳表现得几近于一个小女孩儿。一位未婚的中年女性对一位单身的中年男人那一种喜爱之情,既内敛又溢于言表。然而李一泓似乎忽视了这一点。也许,在他们的关系中,他对这一点早已习以为常了吧? 总之,他竟没有任何特别的反应。

他有几分无奈地稳了稳神,暗吸一口气,打起了太极拳,直至"仙鹤展翅"一式。退至一旁的杨亦柳抱臂观看,目光极为欣赏。

李一泓收了"仙鹤展翅"的架势时,杨亦柳大鼓其掌,并说:"就喜欢看你打太极拳,迷人,有魅力!"

李一泓不好意思起来,指着操场,成心岔开话:"同志,你那儿怎么又开工了啊?"

杨亦柳走到护栏前,兴奋地说:"趁着假期,改造操场!开学那一天,我要再给学生们一个惊喜!"

"原先那操场,不是挺好的吗?"

"好上加好嘛,跑道要铺成塑胶的,中间呢,要围出一块网球场。至于篮球场,转移到教学楼后边去。后边有一块闲地,我亲自跑了几次,终于把合法占用的批文拿到了!"

"这么一折腾,又得花不少钱吧?"

"怎么能说是折腾呢? 这叫能力。钱不是问题。国家的教育经费,用在人民的教育事业上,谁能力大,谁当然申请下来得多。现在国家重视教育,高帽子给官员们一戴,请求特批点儿教育经费还难吗?"杨亦柳看看李一泓又说,"何况不少官员的儿女都在这儿上学,他们不给我点儿面子那可不行!"

"你啊,亦柳,难怪人人都说你是女强人!"

"我怎么觉得你话中有话啊? 有什么人在你面前贬损我了吧?"

"没有,你多心了。"李一泓掩饰地把手伸进兜里。

"没带烟吧? 那你就只有忍着啰。有人贬损我也不在乎。市重点中学不是我杨亦柳的私立学校,它是本市政府的教育产业。反正我是一心为公,荣辱不惊。"杨亦柳伏在了护栏上,望着校园,深情地说,"二十五六年前,我从省师大一毕业,就分到这儿来当教师——全校最年轻的一位女教师。我把这所学校当成我的第二个家。那时,它只不过是一所普通中学。一个破败的院落,几排老旧的砖房,自从我十几年前当上了校长,整天为这所学校多思少眠,几乎操碎了一颗心。没有我杨亦柳,它哪儿有今天这规模、这面貌……"

李一泓看着她,沉思了一下,也扶在护栏上,低声地说:"对你有意见的人,也不会当着我的面说啊……"

他转脸看杨亦柳,杨亦柳也正扭头看他,二人目光相遇,都不禁微微一笑……

"真的。"

"得啦,别解释了,我信你。其实,我也不是没有私心杂念……"

"私心杂念?"

"我不甘只当市政协常委啊! 我还想当省政协委员,甚至,全国政协委员……"

"噢……从来没想到,你会有……那么……"他斟酌一番,说出了这么几个字,"特别的……想法……"

杨亦柳也较真儿地说:"我猜,你原本是想说古怪的想法吧?"

"亦柳,我要是那么说了,你会生气不?"

"你呀,作为文化馆长,你做的实事已经很多。作为政协委员,你想的问题还是太少了。"杨亦柳伏在护栏上,自言自语,"我们正处在一个分配利益的时代。改革开放二十几年了,改革成果厚实了一些,国家财富这一块蛋糕比从前大了许多倍,那么各种各样的眼睛就都盯着它,心里就产生了期待进行二次分配的要求。这一要求是正当的。一味积累,不分而共享,创造和发展的积极性就不可持续,甚至会丧失。但分配却不可能是十三亿多人都伸出手去自行切割,所以要有分配的代言人。我希望自己能在更高的层面成为分配代言人……"

"那么,你想代表谁呢?"

"我们市在全省是个穷市,如果我能获得在省一级平台上发言的机会,我当然要代表我们这个市的利益。我们省,在全国又是个经济欠发达的省,如果我能成为全国政协委员,我当然要为一切经济欠发达的省份说话。所以,我一定要把这一所重点中学,打造成全省的第一重点中学。省里对我们这一所重点中学刮目相看了,不能不重视了,我杨亦柳也就突显在他们的视野之内了。多少事,从来急,天地转,光阴迫啊!一万年太久,只争朝夕。一泓,你能理解我了么?"

李一泓点头。

"看我,逮着个话头,在你面前就表白起来没个完了。都忘了问你了——嘱咐你要在家睡个懒觉,你却不,一大清早跑到我这儿来有何公干呀?"

李一泓笑了:"我能有什么公干呢,要到馆里去,不知不觉地,却把车骑到这儿来了。"

杨亦柳也笑了:"那证明你想我了!"

李一泓不好意思,摸后脖颈,想说什么,杨亦柳一把拉起他:"别解释,有的事越描越黑。想就是想了,要求别人实事求是,你自己也要实事求是。走,陪我到办公室喝杯茶。"

来到办公室里,杨亦柳接了个电话:"他就在我这儿……你为公家省点儿电话费吧,我替你转告……"

放下电话,杨亦柳问:"你猜谁打来的电话?"

"谁?"

"姚局长。要说老姚这位工商局长,人家当的还真就是称职。昨天夜里,人家亲自率领市场督察人员堵在公路收费站那儿,结果还真被他们堵了个正着。满满四卡车伪劣大米被扣住了,可惜四个押车人跑了三个,只逮住一个……"

李一泓如释重负:"这我就放心了!"

杨亦柳转移话题,又说:"一泓,有件事儿也闹得我整夜整夜地失眠,你也得像对别人一样,必要时为我排忧解难。"

李一泓诧异:"嗯?你还需要我排忧解难?"

杨亦柳叹了口气:"省里对我们安庆一中也很重视。全省排名第一的重点中学,无论如何不能总让一所私立中学占着吧?那主管教育的官员多没面子,所以省里批给了我们安庆一中两千多万元,要求我们一中在各方面都朝着全省排名第一的重点中学努力。你想这对我是多大压力?那样一所中学,不是单靠升学率就能被承认的,教学环境也是重要标准。可偏偏咱们市政协里,有些人莫名其妙,一次次阻拦着不许那两千多万元划到我们账上……"

李一泓转脸看杨亦柳,听得很认真。

杨亦柳说:"反对的意见,归纳起来,无非这么几种声音——教育公平啊,锦上添花啊,一枝独秀啊……一枝独秀就一无是处了?最起码提升了安庆市的知名度吧?你可要在政协支持我们一中……"

李一泓忽然推一下杨亦柳,指问:"那怎么回事?"

窗外——在一幢小二楼那儿，正有几名男生顺着用床单结成的带子坠下来。

"这几名男生简直太难管教了！"杨亦柳看得直摇头。

"他们干吗那么下楼啊？"李一泓挺奇怪。

"都是这学期考试不及格的学生，被延迟放假，扣在学校里加强补习。怕他们还不用功，跑校外贪玩儿去，我就下令把楼道门锁上了……"

"那……他们上厕所怎么办呢？"

"楼道有厕所。一日三餐，食堂的师傅给送上去。中午和傍晚，还开两次锁，让他们到操场上活动活动。这还不够人性化吗？还想咋样？"

杨亦柳走到了露天走廊上，大声又严厉地喊："你们想造反啊？！"

几名男生抬头望了她一眼，竟雄赳赳气昂昂地朝这一幢楼大步走来。

杨亦柳回到办公室，生气地说："居然还敢大模大样地来找我，不严加训斥，那还了得。一泓，一会儿他们进来了，你千万别插话，看我怎么调教他们！"

轻轻的敲门声，听起来挺有礼貌。

"进来！"杨亦柳的声音却夹带着恼火。

门几乎是无声地开了，却是那种完全的敞开，五六名男生鱼贯而入，顿时站满了一屋子，半大小伙子们，一个个不卑不亢，脸上皆呈叛逆表情。

为首的正是周家川："杨校长……"

杨亦柳冷冷地说："都进来了就要把门关上，这么点儿起码的礼貌还需要我提醒吗？何况我这儿正有客人。"

半大小伙子们的头，齐刷刷地转向李一泓。李一泓冲他们微微一笑。周家川把门关上了。

"你们为什么要以那么一种不寻常的方式离开宿舍？"杨亦柳责问。

"因为我们要来找您，而楼层的门上着锁。"

"什么事儿,说吧。"杨亦柳的语气平和了些,但仍板着脸。

"我们不必说……"

"不说我怎么知道什么事?"

"您看了就知道了……"周家川掏兜,没掏出什么来,掏遍所有的兜,还是两手空空,他急了,嘟哝,"咦,怎么不见了呢? 哎,是不是不在我这儿啊!"

于是每一个男生都掏起兜来。杨亦柳耐心地等,转着指间一支笔。

"在我这儿!"一名男生叫起来,上前一步,将一页折了两折的纸放在桌上。

杨亦柳看着那名男生:"展开,这也是礼貌。"

那名男生默默将纸展开,推向杨亦柳面前。

杨亦柳并没拿起,斜瞥目光看了一会儿,站起,绕过桌子走到男生们跟前,扫视他们,踱来踱去,男生们一个个站得腰板更直了。

杨亦柳的脸色很不好看:"你们来这套,谁的主意? 要挟吗? 周家川,你是不是主谋?"

周家川镇定自若:"这又不是阴谋,是光明正大的权利,所以没什么主谋不主谋的。"

一名男生附和说:"对,没有谁是主谋,是我们不谋而合且众志成城的事。"

李一泓起身走到桌前,拿起纸来看——"转学申请"四个字赫然入目,纸下方是男生们各自字体不同的签名。

李一泓放下纸,转身面对窗外,背对男生们和杨亦柳。看得出,他陷入了沉思……

"转学那也得有理由,而且得有充分的、正当的理由。说说你们的理由吧,一个个说,谁先说?"杨亦柳的声音从背后传入李一泓的耳朵。

"我们的理由是共同的,已经写在上面了,您为什么不看?"还是周家川的声音。

"我当然是要认真看的,但是当面听取你们的陈述,那也是有必要的。"

一名男声高叫:"我们受够了?"

"受够什么了?"

另一名男生已经在喊了:"受够这所鬼中学了,受够了这里对学生的一切管制方式了!"

李一泓缓缓向学生们转过身,见杨亦柳恼怒地:"你居然把我们这所重点中学说成是鬼中学吗?在你们看来,学校对你们的严格管理那是管制吗?这一所中学每年都有学生考入国家名牌大学,这一所中学有好几位老师拥有省教育系统颁发的特级教师证书!"

"校长,对不起,他刚才的语言表达不准确。"周家川又开口了。

"那么你来说。"

"我认为,准确的表述那就是——这里简直是一所魔鬼中学!我们在这里受到的不仅是管制,还是统治!"

"你!……周家川,你也太放肆了!"杨亦柳连连用手指点他。

"校长,您愿意知道这所中学对我们最有害的那一种教育是什么吗?"周家川的声音充满冷傲。

杨亦柳张了一下嘴,却什么话也没再说出来。

"请您听清楚,这里对我们最有害的教育那就是——时时刻刻提醒我们,只有考上名牌大学才能成为不普通的人,而考上了普通大学的人只配一辈子过普通人的生活,连大学都考不上呢,那人生简直就没有了任何希望可言。多谢您下令幽禁了我们这些日子,使我们几个有机会在一起深入地讨论人生问题。现在我们已经统一了思想,我们认为,凭我们的学习情况,转到任何一所中学去,考上一所普通大学是根本没有什么问题的。我们都是普通老百姓的儿子,我们不在乎将来过普通人的生活,更不怕过普通人的生活。恰恰相反,我们还很尊重过普通生活的普通人。中国有十三亿多人口,过不普通生活的人连万分之一都不到。我们将来能成为受过高等教育的普通人,已感到万分的幸运。对此我们无怨无悔——以上便是我们一起要求转学的理由……"

一名男生性子很急:"我说同学们,我们还在这儿啰唆什么呀?都收拾东西回家吧!"

周家川向杨亦柳深鞠一躬,率先转身离去。顷刻间,几名男生全走光了,最后走出的同学,还没忘礼貌地将门轻轻关上。

办公室只剩下了杨亦柳和李一泓,杨亦柳显然已经忘了李一泓的存在,她呆呆地站在那儿,喃喃自语:"太放肆了,太放肆了!"

李一泓转身看她,低声说:"我看,也许是因为你和他们之间平时的沟通太少……"

杨亦柳这才注意到李一泓的存在:"他们刚才那么放肆地对待我,你怎么能始终一声不吭坐在一旁听着、看着?为什么连一句维护我尊严的话都不说……"

李一泓一怔,随即苦笑:"亦柳,可是你自己不许我说话的呀!再说,我也不是老师……"

门忽然被推开,闯入一个莽莽撞撞的男人,鼻子不是鼻子,脸不是脸地喊:"哪位是杨亦柳?我是施工方的,这都开工几天了,合同也应该签了吧?"

从校长办公室出来,李一泓踏下楼前台阶,走到自行车前,双手放在车把上,却没立刻翻身上车,心事重重地站在那儿。周家川等几名男生停止打篮球,都从远处望着他。

他终于骑上了自行车,可没骑多远,又下了自行车——自行车的链子掉了。他蹲下身,卡上链子,掏出手绢擦手,那一封农村小学校长写给他的信从兜里带出,掉在地上,他却并未觉察,重又翻身上车,骑出了校园。

李一泓骑车来到文化馆院门前,小刘等几名同事在往卡车上装成捆的书。他下了车,问小刘:"小刘,什么时候送?"

小刘边装书边回答:"上午装好车,下午两点动身。齐馆长亲自开车,我跟去。"

李一泓一边停车一边又问:"齐馆长他人呢?"

"买烟去了,一会儿就回来。"

李一泓又说:"我也去。"

李一泓走入齐馆长办公室,放下手拎包,站在一面墙前,看着本市的地图,并在图上指点着,然后用铅笔在一页白纸上画出某村到某村的路线图。

做完这些,他坐在桌前,又陷入沉思,掏兜,却没有掏出那封信来。他翻手拎包,翻了个底儿空,还是没发现那封信。

齐馆长刚好进来,见状奇怪地问:"丢什么了?"

"一封信,很重要。"

"来前去哪儿了?别急,抽支烟,慢慢想一会儿,兴许一下子就能想起掉在哪儿了。"

李一泓心烦意乱地接过烟,紧锁眉头地吸着。

"听小刘说,你也要去?"

李一泓仿佛没听明白,怔怔地瞪着齐馆长。

"你脸色不好,何必非辛苦一趟呢?趁我们下去了,馆里没什么事,你在家好好休息几天……"

"我去,我一定得去——我好几年没到过远点儿的农村了。"说罢,李一泓猛地站起,按灭了烟,拎上他的包就往外走。

李一泓一脚门里一脚门外,回头嘱咐:"多带一桶汽油。我下午两点准时过来,千万等我!"迈出门去,走了几步,他转身又大声说,"必须等我!"

骑着自行车回到重点中学校园,直至到杨亦柳办公室那幢楼前,李一泓才急刹住。他三步并两步地奔入楼里,来到杨亦柳办公室门前,敲门,室内没有人应。轻轻推门,推不开。看来杨亦柳已经出去了,他失望地转身离开。

李一泓推着自行车走在校园里,碰到了拎着抱着各种东西撤出宿舍的周家川他们:"同学们,请站一下。"

他们站住了,默默地用叛逆的目光看着他。

"你们,在校园里捡到一封信没有? 牛皮纸信封,信封上一个字也没有……"

他们纷纷摇头。

"如果捡到了,请还给我,那一封信对我很重要。"

他们还是摇头。

"那么,如果此后捡到了,请通知一下文化馆好吗?"

他们不再理睬他,一个个冷漠地从他面前走过。

"周家川!"李一泓忽然喊。

他们站住,却没有谁回头或转身。

"你转过身来!"李一泓指着周家川。

周家川缓缓地转过了身。

"我见过你,你不就是我小女儿李素素的同学,眺安村周福楼的二小子吗?"

"我也见过你,你不就是新增补的政协委员李一泓吗?"周家川反问。

"别跟我提那事儿。你对杨校长说的话,也许有几分道理。可你当时那种态度,很不像话。她不但是你们的校长,还是长辈,和你父母同岁数的人! 一个孩子,什么话,没轻没重的,张口就对长辈说,那能算什么出色的表现?"李一泓目光严厉地从这些男生的脸上扫过,"如果你是我儿子,我非当场命令你向杨校长认错不可!"

"很遗憾,可惜你不是我父亲。"周家川说罢,一转身走了。其他男生相跟而去,李一泓站在原地望着他们背影。

李一泓在杨亦柳家门前下了自行车,见院门上挂着锁。

一个抱着孩子的妇女走来,问:"是文化馆的老李吧,找杨校长?"

"是啊,想问她点儿事。"

"住院了。"

李一泓愣住了。

"听说心脏病犯了,是被学生气的。刚才到家不一会儿,救护车就开来了……"

在狭长的小巷里,李一泓推着自行车的背影,走得很慢,很慢……

用防雨布罩住书捆的卡车从文化馆门前开走,日西时分,开到一所农村小学校前——没有围墙,没有校门,并排三间低矮的土坯小屋,再加一小块平地而已。平地的边上,有一排光溜溜的拐杖似的树干,看上去立在那儿有年头了。平地上再无一物,情形萧瑟而又孤寂。

李一泓、齐馆长和小刘从驾驶室跃下,一名中年男人和一个二十来岁的姑娘迎上前来。中年男人真诚却又有几分诚惶诚恐地说:"辛苦,辛苦!"转身吩咐那姑娘,"敲钟,让同学们出来列队,举行欢迎仪式!"

于是,那姑娘去敲挂在树干上的铁锨头。

齐馆长说:"不必欢迎,不必欢迎,您是……"

中年男人回答:"我算是校长,她算是老师。"

李一泓奇怪地问:"怎么说算是呢?"

中年男人咧嘴一笑:"嘿嘿,我们这儿,也没个人搭理,都没经过市里的正式承认嘛!我们不过是在乡亲们的要求下,自说自话地办了学校……"

随着"钟声"响起,从教室里跑出些大小学生,一个个穿得不像孩子样,在女老师的指挥下列好队。

女老师喊:"立正,唱国歌!"

齐馆长急忙制止:"哎哎哎,校长同志,国歌咱就不要唱了,太郑重

了,太郑重了……"

校长说:"不唱国歌了? 那好,依您。那,听我们学生念一首欢迎的诗吧,他们专为欢迎你们写的。你们如果连听都不听,他们心里会难受的……"

齐馆长看李一泓一眼,李一泓点点头,二人走到那些神情木讷而又卑怯的孩子们面前。

于是,孩子们齐声朗诵:

欢迎你,送书的人!

书就是灯——文化的灯,知识的灯,文明的灯……

欢迎你,点灯的人!

除了书,别的我们也要!

一支铅笔,一块橡皮,一本作业本……

给我们吧,快快给我们吧……

在孩子们的朗诵声中,小刘一手拎一捆书走了过来,却不知该将书放在哪儿。

校长说:"就放地上吧,没事儿。"

小刘将书放在地上,又从卡车上取下两捆书,拎过来放在地上。等孩子们朗诵完毕,李一泓三人与孩子们互相摆手,转身向卡车走去。他们似乎听到了什么,又一齐向孩子们转过身去——书捆已然散开,孩子们在争夺所喜欢的书,一个孩子在争夺中咬另一个孩子的手,另一个孩子狠狠地打了他一巴掌,校长和老师将两个孩子拉开,分别训斥着……

卡车行驶在一条土路上。驾驶室里,三个人的表情都很沉郁。孩子们的声音,似乎追着卡车,传到他们的耳朵里:

"点灯的人啊,欢迎你,

为了你带来的每一样东西,

我们感激,我们敬礼!

如果正赶上下雨,

你的鞋子沾了这里的稀泥,

我们还要轻轻地说

对不起……"

齐馆长按一下开关,驾驶室响起女歌星宣泄般的歌唱,歌声压住了孩子们的朗诵。

坐在中间的小刘心烦地将播放系统关了,孩子们的声音似乎又响起:"一支铅笔,一块橡皮,一本作业本……

除了书,别的我们也要……"

齐馆长显然也很烦,再次按一下开关,于是女歌星的歌唱又响起……

小刘似乎对齐馆长说了一句恼火的话,齐馆长似乎回了一句恼火的话。李一泓也恼火起来,也大声吼了一句什么话,齐馆长和小刘安静了……

天空中有乌云悄悄聚集着,墨黑的云朵堆叠成山峰,翻滚成大河,挤压成铁幕……就像一本不断被风一页页掀动、内容变幻的大书。一阵风打过一声招呼,大滴的雨水热情地扑坠下来,拖曳出一道道闪亮的轨迹,把能看到的一切都织进一片迷蒙中。雨中的卡车甲壳虫一样在泥泞的土路上前行,遇到坑洼,每每碾飞出四处飙溅的泥水……

天黑下来的时候,卡车停在了一所中学的校园里。同样的一排平房,只不过是砖的。从窗子里,可见烛光点点。

雨,仍下着……

一间教室里,几十个男女中学生坐在座位上,几捆书已摆在讲台桌上,但捆书的绳子已解。

一位中年男老师在向李一泓他们解释:"村里经常有人拖交电费,结果呢,我们学校就受牵连。一停电,我们就得点蜡烛……"

李一泓三人湿淋淋地点点头,表示理解。

老师说:"让我们再次以热烈的掌声,感谢市文化馆的同志冒雨给我们送来了这么多书!"

学生们机械地鼓掌,然而表情都那么漠然。

等掌声停歇了,老师接着说:"现在,从这一排开始,按顺序到前边来挑书。每人只能挑一本。挑了就回宿舍继续学习。"

一名女生小声说:"那,我们的蜡烛呢?"

老师微微一顿,说:"谁的蜡烛,谁自己带走。"

于是一名男生首先上前,一手秉烛,一手挑书,翻来覆去地挑了半天,他问小刘:"有物理方面的高考参考书吗?"

小刘犯难了:"这……我不知道……"

老师训斥:"你挑起来有完没完?"

那名男生失望地摇摇头,一本书也没拿,走了。

接下来的一名女生,如获至宝地挑走了一本《英语学习窍门》,下一名女生挑走了一本《高考政治题大全》……

一名男生无奈地挑走了一本《唐诗三百首》。教室外传进那男生的话:"真倒霉,这种书对我有什么用? 给你吧!"

"我才不要,哪儿有时间看!"是一名女生的声音。

李一泓三人互相望望,表情都不自然起来。

似乎,那些书中再难挑出对学生们有用的了,有几名同学扫一眼便走了。

见李一泓三人表情尴尬,老师赔笑道:"学生们的学习压力都很大,希望你们能理解……"

齐馆长语气沉重地说:"理解,理解。下次我们一定送些同学们真正需要的书来……"

"拿一本,考上大学以后想看,不是省得自己买了吗?"老师对一名男生命令道。

男生却说:"大学里有图书馆,书多着呢!"

老师竟拽住了他:"图书馆是图书馆的,不是你自己的!"

男生无奈,只得随便拿起一本书走了。

最后一名女生也秉烛离去后,教室里只剩下了一支烛,分明是老师的。而桌上,剩下的书仍很多,重叠相压。

老师不好意思地说:"齐馆长,委屈你们,今晚只能让你们和学生挤在一块儿睡了。"

三个人都默默地点了点头。

简陋的学生宿舍,一套被褥紧挨一套被褥,齐馆长和李一泓躺在大通铺的一端,离他们最近的窗台上,一小截蜡烛在燃着。

"老李,睡着了吗?"

"没有,几点了?"

齐馆长从枕下摸出手表,细看后说:"快一点了。这些学生,怎么还不回来睡觉,玩命啊!"

"你记着,明天走之前,把咱们三个人身上多余的钱都留下吧,让老师给学生们买些蜡烛分分……"

"行。"齐馆长答应得很痛快。

第二天早晨,齐馆长和小刘在水龙头前你接一捧水我接一捧水地洗脸。

"小刘,身上还有钱没有?"齐馆长问。

"我就带了一百多元钱,路上给咱们三个买水花了十几元……"

"那剩下的都给我。老李的意思是咱们面对贫困,那也不能无动于衷是不是?"

不料小刘生气了:"谁无动于衷了?剩下的钱我已经分给我那屋的几名女生了。她们家里穷得都舍不得花钱买蜡烛,捡别人不用的蜡烛头,烧化在小铁盒里……"

小刘激动得哽住了,猛转身离开,留下不知道说什么好的齐馆长。

告别时,老师对李一泓说:"允许我说几句没原则的话啊,虽然,他当年受处分了,但我们贫穷农村这些教书的人,心里还是挺尊敬他的。当年,他那也算是带头为民请命啊,只不过,没能获得有些人的理解……"

李一泓从内兜掏出张纸,展开了递给老师,问:"按这么走,能去成不?"

老师看了看,说:"能,也只有这么一种去法。"

外面雨小了点,却仍未停。一间破败的农村小学的教室里,曾经给过李一泓一封信的那个瘦削的男人——苏根生在上课。

他居然用塑料绳将一块白色的塑料布扎在衣服外,因为他头上方的屋顶,瓦片残缺不全,透天,漏雨。雨滴落在他头发上,落在他披的塑料布上,发出扑扑的响声,溅湿了他身后的黑板——而黑板是抹在墙上的一片水泥,刷黑了而已。他却激情不减,踱来踱去,大声地讲解着杜甫的诗:"两个黄鹂鸣翠柳,一行白鹭上青天。'同学们请看——黄鹂、翠柳、白鹭、青天,黄鹂鸣,白鹭飞,多么丰富的色彩,还有美妙的声音……"

学生们认真地聆听着,他们的头上方也四角拴绳悬着一大块白色的塑料布,而且已接了不少雨水。

"'窗含西岭千秋雪,门泊东吴万里船。'窗口窗口,所以诗人用了一个含字……"苏根生忽然停住不讲了——他发现在残破的玻璃窗外,站着李一泓等三人的身影。

而就在此时,"哗啦"一声,学生们头上拴塑料布的绳子断了两根,教室里顿时一片混乱。苏根生不得不让同学们放学,最后,教室里只剩下一个少女和一个更小的男孩儿了。

苏根生问:"你怎么还不走?"

少女哭了:"我的课本和作业本都湿了……"

"别哭,有我呢。"苏根生解下塑料布,扎在少女身上,"快回家吧,遮着你弟点儿,别把他淋病了!"

少女用塑料布遮着弟弟,抹了一下眼泪也离开了教室。

苏根生对李一泓他们说:"她爸在城里打工时,工伤死了,没上保险,也不懂那回事儿,只获赔了不多的钱,两三年就花光了。她妈有精神病,她只得带着弟弟来上学……"抹去顺着头发流到脸上的雨水,他脸上带出一丝微笑,"她学习很努力,她是我最喜欢的学生,是我的希望。"

李一泓和齐馆长怔住了,小刘猛转身冲出教室,贴墙而立,双手捧着脸,分明是哭了。

齐馆长讷讷地说:"我们车上已经没书了。什么都没有了。可我们老李同志,坚持要来这里亲眼看看。"

苏根生的目光转向了李一泓,李一泓也讷讷地说:"苏校长……"

"别叫我校长了。只剩我一个人了,最后一位老师也打工去了,我成光杆司令了。"

"可这所小学,怎么会这么惨?"齐馆长的眉毛拧到了一块儿。

"市里指示过乡里,乡里派人来视察过,说这村总共才三十几个孩子,这所小学完全没有存在的必要。想上学的孩子,可以转到一个大村的小学去,那所小学条件好些……"

"那他们为什么不?"齐馆长追问。

"三十来里地呢,这些个孩子,每天怎么来去?说得轻巧!"

"那所小学,不能住宿吗?"

"能,但早都住满了。一年只能腾出十几个床位,住校得托关系,走后门。这村的孩子,谁家也没后门可走……"

苏根生掏出烟叶袋,想卷烟,李一泓递给他一支烟,替他点燃,随后自己也吸着了一支:"你的信,我看了,认认真真地看了好几遍。"

"那你替我转了?"

李一泓摇头:"没有。"

苏根生大失所望:"那你来干什么?只是,来看看,算是给我一种感情安慰?"

李一泓吞吞吐吐地说:"我来亲眼看看,那也是必要的……"

苏根生不愿再说什么,把头扭向了一旁。齐馆长见状,默默退了出去。

在教室外,齐馆长对小刘说:"老李坚持还要再多看几个穷村里的小学校……如果你不想跟着了,那就陪到此为止吧。"

小刘瞪着通红的眼睛:"你怎么知道我不想跟着了?"

"怕你心太软,受不了。"

"我受得了!"小刘又要流泪了,头一扭,望向别处。

突然,两头猪崽儿不知从哪儿跑来,后面跟着一个拿树枝撵赶的女人。猪和女人在院子里兜圈子,两头猪崽东奔西走,女人顾此失彼,一不小心滑倒在泥泞中。一头猪崽冲进了教室,把李一泓吓了一跳。女人追进教室,发现了李一泓,一时自惭形秽,竟呆住了,有点儿不知如何是好。

"我妻子。在教室后边弄了个猪圈,打算靠它们,明年把瓦补全了。"苏根生对妻子埋怨道,"你怎么搞的,还让它跑进教室里来,吓了李委员一跳!"

女人听丈夫叫李一泓"李委员",搞不清李一泓究竟是什么了不起的身份,更加手足无措。

李一泓耐住泪,说:"没什么,你们堵住门,我来抓。"

三人通力,李一泓终于将小猪崽抓住,交给苏根生的女人抱着。

女人对苏根生说:"那一只不知跑哪儿去了……"

"那么,李委员,我就不奉陪了……"

卡车又上路了,一条泥泞的路。泥泞的路都是不好走的,卡车终于陷住了。

李一泓和小刘下了车,跑到后边推车。他们忽然发现身旁多出一双沾着泥水的手,骨节突出,皮肤粗糙——苏根生的手。

满是泥水的土路滑脚,三个人在后面用力推车,沾满泥水的鞋子直往后滑,三个人干脆光了脚,忙了半天,卡车终于摆脱了泥坑。

"前边岔路多,我想,我还是应该给你们带一段路。"苏根生一踢腿,从脚上飞出一片泥云。

"那,请您坐驾驶室里!"小刘攀跃到车厢里。

"谢谢你带路,但我不能让她一个人坐在后边!"李一泓也跃入车厢,用防雨布将小刘和自己罩住。

齐馆长打开了驾驶室的门,对苏根生说:"请上来吧。他俩都很犟,你争也没用的。"

卡车依旧行驶在雨中,只是多了一位乘客。

第九章

　　天终于放晴了,卡车停在公路边一家小小的饭馆前,李一泓三人在露天的、简陋得不能再简陋的餐桌周围吃面。看得出来,他们一个个并无胃口,都一副不吃饿得不行、吃又吃不下多少的样子。他们的衣服都脏了、皱了,小刘的头发都快成缕了,李一泓和齐馆长的头发乱蓬蓬的,脸上都长出了黑黑的胡茬。

　　齐馆长看小刘一眼,说:“实在没胃口,别吃了。再有一个来小时,就回到市里了。”

　　“心里总有点儿堵得慌。”小刘干脆放下了碗筷。

　　“对不起两位了啊,这七八天,辛苦你们了!”李一泓说完,将剩下的几口面,胡乱挑吞而尽,连汤都喝光了。

　　“你倒不浪费。”齐馆长看着小刘又说,“学着点儿。这七八天,对你们年轻人,那也是一种教育……”

　　小刘光火地说:“少说两句,没人把你当哑巴卖了!”

　　齐馆长看着李一泓又说:“你看她,我一路成心逗她开心,她还一路总对我发火!”

　　“我开得了心吗?”

齐馆长也将碗中的面胡乱吃光,用手抹抹嘴,嘟哝:"想卖我,那也得有人买。"

"行了,你就别跟她斗嘴了,走!"

三人刚一站起,就见一辆警车驶来,在公路上调个头,停住了,下来一名佩带警棍和手枪的年轻警官。

警官打量着他们,走上前,问:"请问,你们是不是市文化馆的同志?"

"是。我们都是。"齐馆长首先回答。

警官又问:"哪位是李一泓同志?"

"我,我是。"

"请出示您的政协委员证件。"

"这……为什么?"

"为了确认一下身份。我在执行命令,请您配合。"

"可我没带在身上。我还不习惯。我……我触犯了什么法律了吗?"

"我是市文化馆馆长。我证明,他确实是我们的副馆长,市政协委员李一泓!"齐馆长边说,边掏出工作证递向警官。

小刘回过神来:"同志,是不是发生什么误会了啊?"

警官将工作证还给齐馆长,然后向李一泓一转身,"啪"地立正,敬礼,说:"李委员,我们奉领导之命,前来迎接您回市里,请吧!"

开警车的警官这时也下了车,打开一扇后车门,等待李一泓走过去。

三个人困惑了,一头雾水。

"这……我绝对没有提出过这种要求,还是发生什么误会了吧?"李一泓莫名其妙。

"没有发生什么误会。据我们公安部门掌握的情况,可能会有人策划对您进行伤害。我们有责任保护您的安全,快请上我们的警车吧!"警官伸臂请李一泓上车。

"这……那,小刘,陪我一块儿坐警车!"李一泓一个人坐警车不习惯,想把小刘也拉上。

小刘直往后躲:"我才不! 保护你,又不是保护我!"

警官笑了:"后座空着,你们一块儿的,当然也保护你!"

李一泓硬拖着小刘走向警车,齐馆长望着他们,失落地说:"看来,就我一个不受保护了……"

警车在前,卡车在后,驶在公路上。卡车驾驶室里,齐馆长听着音乐,自言自语:"也知足了,警车给咱开一回道!"

李一泓家小院儿里,墙上多了几串挂晒的辣椒、蒜、老玉米,墙根下摆着倭瓜、地瓜、土豆,有点儿像农家小院了。

素素正在屋子里背对着家门择豆角,旁边盆里是削好的土豆。听到门响,素素一转身,刚好看到李一泓走进家门。

"爸……"素素很意外,仅仅是意外而已,脸上竟没有高兴。

"你这孩子,怎么才在你哥家住了几天就跑回来了?"李一泓也觉意外。

"我嫂子也来了。"

"嗯? ……"

素素走到李一泓面前,偎在他怀里,搂抱住他。

"多大了,别这么撒娇! 快,给爸倒盆水。兑不成温的,凉的也行。爸这双鞋里都是泥沙,脚都磨起泡了……"李一泓怜爱地抚摸着素素的秀发。

素素低着头,刚好看见爸爸脚上的鞋快变成一双被干泥巴糊住的泥鞋了。

"有热水,刚烧的……"素素转身去倒水。

李一泓坐下,脱掉鞋袜,双脚伸入盆中,身子舒舒服服地往后一靠。

"爸……"从里屋里传出秀花的声音。

"秀花啊,爸欢迎你来住啊。你要是喜欢住大屋,那就让素素陪你住我那一间大屋。你要是喜欢单独住小屋呢,那咱们就在中间这屋加张临时床,委屈素素几天。"见素素低着头,默默走进大屋,他又说,"看来你俩是商议过了,想占领我的房间喽? 哎,你们猜,我是怎么回来的? 坐警车回来的! 市里派了一辆警车在路上接我,说是为了保护我的安全……"

李一泓不免得意起来,哈哈笑了两声。

"爸,别说了……"素素的声音里带着一种不同寻常的意味。

"爸,我对不起您……更对不起李志。"屋里传来秀花的哭声。

"你们……发生什么事了?"

秀花的哭声大了,听来那么伤心。

"素素,出来!"

素素出来了,泪汪汪地看着他。李一泓也瞪着小女儿,厉声说:"告诉我!"

"嫂子她……她流产了……"

李一泓呆住了。

"你那天晚上和我们通话时,有人用砖头……砸碎了哥哥家的窗子,一次接一次,玻璃全碎了,屋里的镜子也碎了……嫂子受惊吓,当天夜里就……"

李一泓听到这,霍地站起。

"我们不敢在村里待了,哥哥就把我和嫂子送回来了……"

"你……你哥呢?"

"我哥他……觉得全怪自己,不敢见你,到省城打工去了……"

李一泓又颓然坐下去。

"我打电话告诉我姐了……我姐回来了一次。她很气愤,就找市里去了……"

"你们……当时为什么不告诉我?"

"当时,怕你担心……第二天,就只想着赶快离开村子了……"

李一泓呆愣片刻,一脚将洗脚盆挑得飞出老远,哐当而落,水洒了一地。他光着脚站了起来,瞪着素素半天说不出话。

素素哭了:"爸,要不,你别当政协委员了……也没……给咱家带来什么好处啊!"

"住口!"李一泓猛地一声大吼,素素吓得一哆嗦。

他几大步走到他那间屋的门前,伸手想推开门进去,但又犹豫了。就在他缩手之际,门开了,秀花出来了:"爸,李志身上没带多少钱,万一他一时找不到工作……你得去省城把他找回来呀……"秀花倚着门,又哭了。

"别哭!谁叫你们两口子卷入那种……"他把到嘴边的话强咽下去,转身对素素说,"扶你嫂子躺下休息……"看着素素扶儿媳进入屋里,李一泓又颓然地坐在椅子上。

晚饭时气氛很显沉闷,李一泓头也不抬地说:"听着,以后你们都不许再说谁对不起谁那一种话了!已然发生了的事情,就要当它过去了。要论内疚,我们最应对孩子感到内疚。他本可以顺利地降生到这个世界上,成为我们家族中的一员的。但是……从今而后,我们也只有把他彻底忘了……"

素素和秀花默默点头,李一泓拿起一只尖椒,也不蘸酱,大口大口地吃起来。

夜阑人静时分,李一泓在素素的小屋里端坐桌前,放下那份《政协委员参政议政事迹汇编》,脚步轻悄悄地走到小院子里。

今夜明月当空,几点疏星睡眼蒙眬。李一泓交抱双臂,抬头望月,长叹一口气:"老馆长,老委员,我多想成为像你那样的一位政协委员啊!可是,有些事,我究竟又该怎么做呢?"

稳定了一下心神,他在月光下,在小院里,打起太极拳来。

第二天上午,春梅来了。

"爸,这件事要是不认真对待,那么我哥和我嫂子,以后没法在村里待了!您已经不是一个普通的人了啊!您是一位政协委员了啊!这不是一般的报复行为,是政治案件!"春梅两只胳膊交叉环胸,一副不罢休的模样。

李一泓、秀花和素素,或坐或立,像是在开严峻的家庭会议。

"我什么时候说过,我不打算认真对待?"

"那您就应该以政协委员的政治身份,对市里提出强烈的要求。第一,要求早日破案!第二,要求严办作案者!第三,要求经济赔偿!一条小生命呢,赔他们个倾家荡产才解恨!作案者们赔不起,那就要求市里赔!甭跟他们客气,几十万那是少说!有了几十万,我哥和我嫂子以后的日子不用愁了!素素上大学的学费也不用再替她攒了!而第四,您也要吸取教训,那类破事儿,您以后少管!政协委员有各式各样的当法,您一个三钱半两的市政协委员,干吗非要充当……"

坐在椅子上的李一泓一拍桌子:"够了!你有完没完?一进门就哇啦哇啦的,当着你嫂子和你妹的面,你那是净说些什么话呢!"

春梅缄口了,看看嫂子,再看看小妹,意思是——我哪一句说错了?

就在这时,院子里传入一个礼貌的声音:"请问,李一泓同志在家吗?"

李一泓起身,走到屋门口,见一个年轻人站在院子里。

"您就是李委员吧?我是市委的秘书。曾给您寄过一份通知,请您今天到政协开会。领导们见您没有到会,派我随车来接您。"

李一泓回头看素素,素素怯怯地说:"我……我忘了告诉你……"

市政协会议室的一面墙上悬挂着政协会标,两旁是胡锦涛总书记关于加强政协工作的语录和中共中央关于政协工作的摘要。蒋副主席坐在会议主持者的位置,他两旁是市委书记和市长、养老院的院长、重点中学的杨亦柳以及其他四五位委员,还有工商局的姚局长、公安局的同志围桌而坐。

蒋副主席说:"诸位不要急啊,接李一泓同志的车已经派出了,一会儿他就会到……"

市委王书记笑着说:"蒋副主席,你也不要有什么不安啊!李一泓同志刚回到市里,你想让他休息一两天,这也是情理之中的考虑嘛!"

李市长也说:"我和王书记,是既来之,则安之。上午讨论不完,下午还可以接着讨论。我和王书记都决定了,今天的时间完全属于政协的这个会议室。"

派去接李一泓的秘书将门推开——李一泓出现在门口,他见坐了一屋子人,一时有那么点儿怯场的意思。

蒋副主席和书记、市长同时站起,并迎上前来。蒋副主席介绍道:"一泓委员,这是李市长,这是王书记,你和黄院长共同写给市委市政府的报告,他们很重视。今天,他们亲自到咱们政协来,想当面听听看法,和大家共同商议出几条解决问题的方案……"

双方握手之后,各自落座。

李一泓的目光不禁望向黄院长,黄院长朝他扬了扬手中的材料,面有得意之色。

杨亦柳起身换座,坐到了李一泓旁边。

"你病好了?"

"你怎么知道我病了?"

"那天,我离开学校以后,又到你家去了一次,邻居说你被那几个学生气病了。"

杨亦柳矜持一笑:"怎么会!我是放假前那一段时间太累了……"

蒋副主席清了清嗓子,说:"同志们,我们开会吧!最近我们市发现了伪劣大米,幸而,并没有被成卡车地运往外地。因为卷入这一恶劣事件的主要群体成员是我们市的农民,所以处理方式须格外慎重,以防形成对立情绪。李市长和王书记,自然非常希望当面听听各位委员的看法。下面,哪位委员先发言?"

黄院长迫不及待而又当仁不让地高举起手。

蒋副主席点点头:"黄院长,请吧!"

黄院长扬了扬手中材料:"看法基本都在其中了,也早已分送给各位了。事情,是李一泓委员发现的。刚才蒋主席说'幸而',我认为千幸万幸,首先是'幸而'李一泓委员偶然发现的,否则,后果将是很严重的。但,某一件恶劣的事,发现是一回事,认识是另外一回事。这就需要认识水平高的人,进一步总结出深刻的思想来!"

杨亦柳在材料背面写了几个字推给李一泓看,并在他耳边悄语:"真受不了!"

李一泓见她写的是"又开始冒充思想家!"他下意识地用手捂上了那一行字,并下意识地看左右两边的人们,却没谁注意他和杨亦柳的小动作,每一个人都看着黄院长,颇认真地听他的率先发言。

黄院长很有激情,侃侃而谈:"那么,伪劣大米的事件,能给予我们什么启示呢?我认为,第一个启示那就是——我们对农民太心慈,太手软了!诸位,我们今天在市场上还能买到多少种吃起来放心的食物呢?饭店,我们各自家里的饭桌,已经成为损害我们健康的陷阱了!食品安全问题,已经成为我们中国人普遍担心的大问题。可哪一级政府采取过什么一劳永逸的措施吗?需要理由,需要采取铁腕和强有力措施的理由!现在,对于我们这个市,理由终于有了!李一泓委员的儿子的家被非法加工伪劣大米的农民们报复性地捣毁了!这还了得!李一泓同志不是一般人嘛!是我们政协的一位委员啊!所以我建议,抓住理由,重拳出击!政府、公安、法院,三方面形成合力,采取组合拳,教训教训那些刁民,给他们点儿颜色看看,以儆效尤!我抛砖引玉,先说到这儿。"

"黄院长,你因为盖养老院和被占地农民之间的关司了结了吗?"杨亦柳突然问。

"还在打呢!我就不信,最终我黄礼学会输给那些刁民!"

"难怪你一谈到农民气不打一处来!你刚才的发言未免太过于情绪化了吧?"

黄院长尴尬地说:"你看你,往我那件事情上扯什么呢? 别扭转大方向啊!"

这时委员甲说:"我也谈谈我的看法吧,李一泓同志,你能确定,砸窗子的那些人——姑且允许我认为是一些人吧——他们肯定都是农民吗?"

李一泓正在用铅笔涂杨亦柳所写的一行字,而且已经涂成了一只黑黑的猪崽儿。听了对方的问话,他望着对方摇摇头。

委员甲接着说:"那么,我想,我们最好还是把伪劣大米的事件分解为两件事来看待的好。第一件事是,在我们市,不少村子里的农民卷入了一桩加工、销售伪劣大米的事件。对于这一件事,我个人的态度是,重在教育,而不要动不动就主张教训。我们政协委员向政府提出建议时,包括怎样对待民众的恶劣行为时,都尽量不用'教训'这样刺激性的词句为好。第二,有人砸了李一泓同志的儿子家的窗,这件事怎么处理好,我看我们首先应该听听李一泓同志的想法……"

众人的目光都望向了李一泓,黄院长又扬了扬材料:"他的想法能和我的想法有什么不一样呢? 这上边署的是我们两人的名字,我刚才的话,那也是在为他伸张正义,讨一个公道嘛!"

"黄礼学委员,少安毋躁。大家都想听听一泓委员发言嘛,他到现在还一言未发呢!"杨亦柳把目光转向市长和书记,"李市长,王书记,也包括您两位吧?"

李市长和王书记点头,同时都微笑着将目光望向李一泓。

李一泓说:"那,我就也发发言。这会儿我头脑里挺乱,可能也理不清个条理。李市长,王书记,我们是第一次见面。我是新委员,比起他们诸位,新得不可能再新。再加上我思想认识水平低,话语中有什么不当之处,还望两位领导多多包涵……"

李市长望着他说:"作为本市长,我也够新的,才来了三个多月,咱俩彼此彼此。"

李一泓看了看众人，说："这几年，对于我们市，我一直有点儿困惑。按说，我们市是一个穷市。我想，穷市嘛，它所需要的一把手，那更应该具有一种扎根的精神，脚踏实地干满一两届，才能为一方百姓留下某些福祉是吧？可情况恰恰相反，有人来了，没当多久市长，做了一两件雷声大、雨点儿小的事，一拍屁股，走了。据说高升了。有的人来了，没当多久书记，也那样。好像我们这个穷市，成了一个专供当干部的人'锻炼一下'的地方。当干部的人上进心强，这我理解。可作为一个穷市，它也有它的上进心，那么谁来理解它的上进心呢？而它的上进心，其实就是人民群众的愿望。所以，市长、书记，我斗胆相问，你们要在本市干多久？你们要是也和前边的人一样，我想，那我下边的话说不说都没意思了……"

气氛顿时凝重，市长和书记对视一眼，他们都从对方眼里读懂一句话：这个李一泓可不简单！

王书记说："问得好。趁此机会，我也给各位委员交个底儿——李市长来时，省委组织部门是找他谈过话的，要求他必得连任两届。如果他有负众望，一届任满，下届干脆落选，另当别论。我调来之前，省委组织部门也找我谈过话了，要求我至少把五六年人生固定在此地。为了改变这个市的落后面貌，我们都是写了决心书的。李一泓同志，你下边的话，可以继续说下去了吧……"

李一泓满意地说："那，我接着说。昨天我回到家里，刚一坐稳，我的小女儿就告诉我，她嫂子由于受到惊吓，流产了……"

会议室里一阵沉寂，李一泓接着说："今天早晨，我的大女儿来到了我家里，对我砰砰嘭嘭来了一通，说的话和礼学同志的话差不多，我是政协委员不是普通人啊，对于刁民要给点儿颜色看看啊，甚至还说，谁家的人砸了她哥家的窗，惊吓了她嫂子，那就得让谁赔得倾家荡产……我训斥了我大女儿。现在我也要向大家声明，礼学同志的材料，到会场以前，我还没看到过呢。虽然署着我们二人的名字，但是其中某些对我市农民的看法我并不同意。礼学,你刚才的发言,我也基本上……不赞同。我倒是挺同意杨校长的话,你刚才的发言太情绪化了……"

"一泓,你、你怎么这么说话?"黄院长抗议道。

"礼学,请你再别打断我啊!在这种地方,这种场合,我才这么说话。我在平时别的场合,跟别的人们,一向还不这么说话是不是?这不正是一个应该有话明说的场合吗?昨天夜里我只睡了几个小时,想了些问题。我这人以前睡眠情况很好,头脑也比较简单,不想那么多与己无关的事。可自从我当了政协委员,觉得有些问题开始与自己有关了,想要不想都不能够了。除了这一点我觉得我和以前不太一样,其他方面我没觉得自己不普通了。有些人,当政协委员以前就很不普通,有些人,当政协委员以后才变得似乎不普通了。我呢,肯定是一个当了政协委员以后也还是很普通的人……"

听了李一泓的这番话,每个人脸上的表情都很严肃,又都很想听李一泓继续说下去。

"我想得最多的还是我们市的农民问题。省城的人常说,他们三代以上都是农民。而我们这个市里的人,十之六七两代以上就是农民。二十年以前,市里不过才十几万人口。现在呢,八十余万了。还不都是由农民变成的城市人口?我们说我们市穷,穷在哪儿?就城市论城市,不比全省别的市的面貌差多少,还不是穷在农村,穷在农民?一个市,一个省,一个国家,如果说富了,那得连农村和农民的生活都富裕了,才算真的富了。我们国家有八九亿农民呢,闭上眼睛,假装看不到一些贫穷农村的贫穷农民过的究竟是什么日子,那样的政协委员、人大代表,再多又有什么作用呢?我们市,就是一个长期以来很不关心农村和农民情况的市!从前是,连土地上该种什么,都要由干部说了算。一级一级往下压,不听话就不是好农民。被认为不是好农民了,不是就要大加教训吗?教训而又不服,不是往往就要给颜色看的吗?后来呢,分田到户了,土地上种什么,农民自己可以做主了。可有的干部,还不习惯于让农民做主,还习惯于指手画脚。结果呢,到了秋季,收成不好,农民不干了,说当初你们动员我们种的,干部和政府就成了被告。现在呢,干部们倒是吸取教训了,大撒手,干脆不闻不问了。起码的关注都没有了,更谈不上关心了。所以,连离我们城市不远的农村,农民忽然不种麦子了,改种水稻了,许许多多的干部都看在眼里了,都知道的,却没有一位干部提出疑问——那里的土地适合种水稻吗?认为农民的事,概由农民自己负责了嘛!但如果党中央和中央政府也这么想的话,还会提出城乡反哺农村的问题吗?还会把建设社会主义新农村写入最新的五年计划吗?这难道不是感情差距吗?正因为存在着这一种差距,伪劣的水稻种了就流贩到我们市的农村去了。农民买了,种了,上当了。接着唯利是图者们又来了,教农民们怎样怎样,次大米也可以变成好大米。于是,许多农民兄弟,就卷入到伪劣大米事件中了……"

"一泓,不是我又打断你,你这么说就不情绪化了吗?照你说来,他们反而很无辜喽?完全是受害者喽?不知道他们的做法是在坑人喽?你是不是因为你儿子也卷入了才这么说啊!"黄院长插嘴道。

"不错,我儿子也卷入了。我儿子,他不呆不痴,不至于别人怎么教就怎么信。他后来当然也清楚他的做法那是骗人坑人。可是在我的批评教育之下,他认错了。和别的那些农民比起来,他不好也不坏。如果他还算不上是什么刁民,别的那些农民也不是。既然他经过批评教育承认自己错了,我相信别的农民也会认错的。所以我最后的态度是——伪劣大米事件,这是一个对农民进行教育的机会,而不是一个教训的机会。"

李市长问:"你认为,以什么方式进行教育才好呢?"

李一泓摇摇头说:"这我没有经验,说不到点子上。但我认为,教育者首先要是关心者。希望两位市里的领导,首先要以一种方式向我市农民作检讨,承认以前对他们的关心不够……"

黄院长趁机又说:"一泓,农民加工伪劣大米,差点儿给我们市的形象造成难以挽回的影响,而你却想让市里的领导们反过来向农民作检讨?你脑子进水了吧?"

杨亦柳说:"黄院长,不许挖苦人啊!"

委员乙说:"我们市的上几任领导,眼中只有市城,忽略了对农村的关注和对农民的关怀,几乎完全没有对农业生产履行过什么指导、引领和教育的责任,这也确是不争的事实!"

委员丙反驳说:"我反对,也不能出了什么不好的事,都把责任往领导们身上推!"

委员丁则说:"领导们不是家长,不是幼儿园阿姨,农民们也不是小孩子!遵纪守法那是小孩子们都明白的道理嘛!"

杨亦柳想了想说:"即使不负全部责任,但是应不应负一定的责任呢?我觉得李一泓同志的发言有值得我们认真思考之处!"

会议室里的人们顿时七言八语,激烈争论起来,蒋副主席、李市长、王书记也在交头接耳……时间在一片争论声中悄然滑过,墙上的挂表由十点半而十一点半而十二点半。

蒋副主席拍手道:"诸位,到吃饭时间了。李市长和王书记认为,今天这次会开得好,他们要请各位委员吃午饭。饭后,常委们留一下,我们继续再议一议……"

李一泓骑着自行车回到家门口,见门口停着一辆帕萨特,黄院长正站在他家院门外吸烟。

李一泓下了车,笑着说:"怎么,饭桌上和我争论不够,还想到我家里继续呀?"

黄院长没好气地说:"李一泓我告诉你,我对你恼火得很!"仿佛他是主人,一脚踢开门就进了院子。

李一泓摇头苦笑,推着自行车也进了院子,等他支好车,黄院长已进了他家屋。李一泓一进屋里,黄院长一手叉腰,一手指他,急赤白脸地指责:"你那是什么表现?"

"我的表现怎么了?"

"有你那么发言的吗?那可是一次正式的政协会议!"

"政协委员在政协会议上的发言,不是要坦诚吗?不是要知无不言,言无不尽吗?"

"你倒坦诚了,可你置我于何地?我在政协的会上从来没有丢那么大面子!你出卖了我!"

"礼学,你先坐下。"

"我不坐。"

李一泓也生气了,严肃地说:"随你便,爱坐不坐。我也只不过表示了不赞同你的某些话,那就等于我出卖你了?农民,刁民,这两个词能在一位政协委员口中混淆而说吗?别说两代以上,二十几年前,咱俩自己就是农民!你怎么能一旦离开农村,就从感情上讨厌起农民来了呢?"

"农民中没有刁民吗?"

"有!那又怎样?古今中外,刁民处处有。兴许你一会儿离开我家,路上就碰到了一个,可他并不是农民!你对农民们的所作所为那就对吗?你当初修建养老院,征用人家农民土地的时候,是不是红口白牙承诺给他们解决工作的?你为什么不兑现承诺?"

"合同上没那么写!"

"合同上没写,说话不算话就良心安定了吗?那你就是成心欺骗农民没有经验!你的做法比那些加工伪劣大米的农民好不到哪儿去!"

"你!……李一泓,李一泓,挺漂亮的一件事儿,你我双赢,都得分。你却偏往减分的结果搞,却偏把咱俩多年的老同学关系搞到这么不愉快的地步!……有你后悔的时候!"说完,黄院长恼羞而去。

李一泓呆立片刻,一转身缓缓坐在椅上,见素素和秀花不知何时,相依相偎地站在一旁。

"爸爸,别生气了……"素素走过来,蹲在他跟前,将头伏他膝上。

秀花怯怯地说:"爸,你就……不可以不当了吗?"

李一泓眼睛直视屋外,缓缓说道:"也不是不可以,而是,我还非当好不可了……"

第十章

晚上,素素和秀花姑嫂二人躺在床上说话。

"爸到哪儿去了?"秀花问。

"准是又到我们杨校长家去了,他一有心事就到我们杨校长家去。"

秀花坐了起来,看看素素,略带疑问地说:"他们……好着呢?"

"不是一般的好。"

"你瞎说!人家杨校长那是什么人物?人家可是手眼通天的女人!"

素素也坐了起来:"我爸就不是人物了吗?!报上都登了,我爸那也算是一位文物专家。要是论到太极拳,全省谁敢跟我爸相提并论?现在,他俩差距更小了。"

"怎么就更小了?"

"还用问啊?都是政协委员了嘛!"说完,素素心事重重地轻叹了一口气,又直挺挺地仰倒下去。

秀花愣了一会儿,也缓缓地躺下了。

"嫂子……"

"嗯?"

"你说,你说要是……"

"说呀!"

"要是我们杨校长哪一天成了我的后妈,你什么态度?"

秀花又猛地坐了起来,定定地看着素素。

"你快说啊!"素素催促道。

"归根到底,他是你爸,只不过是我公公。我可不掺和你们李家的事儿!"

"谁叫你掺和了?我只不过问你一种态度。"

"我没态度。公公的事儿,我做儿媳妇的还是少说为好。"秀花若有所思,又躺下了。

"你倒挺狡猾的!"

秀花打了素素一下:"你怎么说你嫂子呢?!以我想嘛,那也怪好的。那你们杨校长,不就成了我婆婆了吗?我和你哥也能借不少力、沾不少光呢。你爸那人,我和你哥能指望上他点什么呢?连当一位政协委员,都当得乱七八糟的!"

杨亦柳穿着睡衣躺在床上,正陷于思考。手机响了,她起身找手机——终于找到,刚一拿在手中,手机又不响了。

李一泓站在杨亦柳家小院门外,失望地揣起拨不通的手机。他弯下腰,从清洁的地面上捡起两个烟头,用纸包起,转身再望一眼紧闭的院门,心有不甘地走了。

刚走几步,他的手机响了。

"一泓,你在哪儿啊?"手机中传来杨亦柳的声音。

"刚从你家院门前离开没几步。给你打电话怎么也打不通,只好打你手机……"

"那,你就给我回来吧!"

李一泓刚回到小院门前,门开了,他推门入内。穿着睡衣、拖鞋的杨亦柳闪在门旁说:"我穿这身可不好意思出院门……"

杨亦柳将李一泓请进屋里,首先把烟灰缸摆在茶几上,接着为李一泓沏茶,说:"过几天政协要组织一次关于教育工作的讨论,我在写发言稿,所以就把电话关上了。"

李一泓歉意地说:"本不想来的,怕打扰你,都到你家门口了,还是有点不敢按门铃。"

杨亦柳将一杯茶放在茶几上,嗔道:"毛病!我这儿还是什么大干部家?"从沙发上扯过一件衣服披在身上,又说,"反正你也不是外人,我不换衣服了啊!"

"你穿旗袍好看!"

"少来!这是旗袍吗?这是睡衣。土老帽!"

"今天下午,我一直犯嘀咕……"

"因为上午的会?"

李一泓点点头。

"怕自己的发言给领导留下什么不好的印象?"

李一泓又点点头。

"还想知道,饭后,领导留下我们几个又讨论了些什么?"

李一泓点点头又摇摇头,苦笑:"唉,我怎么忽然变成这样?你觉得我很可笑是吧?"

这下轮到杨亦柳摇头了。

"我自己都觉得自己可笑了。要是违反什么原则,那就不要告诉我……"李一泓心里有些没底。

杨亦柳笑了,她亲昵地轻轻拍了拍李一泓的手臂,温和又友爱地说:"你也不要自己觉得自己可笑,这很正常。我刚当政协委员的时候,多少也有过你这种心理。我这人你还不了解——直通子,心里怎么想的,没轻没重,全然不管领导们的感受,只图一时痛快,咚咚咚就说了。一说完,自己倒痛快了,可一瞅人家领导们,脸色不好看,自己心里又后悔。不少人刚当政协委员时也多少都有过这种情况。而且呢,我还要告诉你,以前曾有过这样的事：某位领导恼火了，说哪个人素质太低，下一届不许他当了。结果下一届，那个人就不是了。兴许不是人家素质太低，人家不过说了几句他领导不爱听的话而已——很可能还是不无道理的话。是他当领导的素质太低，听了几句自己不爱听的话就以权否定……"

"你这种话，在政协敢说吗？"

杨亦柳庄严地说："怎么不敢说？如果连这种话都不敢说，那一位政协委员，还剩下多少敢说的话了？"

李一泓怀疑地笑笑，掏出烟来，吸着一支。

"你不信？"

"有点儿。"他端起杯子，饮了一口茶。

"凉了吧？"

"正好——心里燥热。"

杨亦柳又笑了，拿起烟盒："我也陪你吸一支。"

看着口中吐出的一缕烟，杨亦柳又说："只吸过两次。一次是在师范的时候，毕业前，究竟要不要到中学教书，思想很矛盾，也是觉得好玩儿。还有一次，就是知道得了癌症以后……"

李一泓扭头看她，从她手中拿去烟，欲按灭。杨亦柳扯住他，说："别，浪费了多不好！"

李一泓将两支烟都按灭了，柔情地说："听话，我也不吸了。以后我在你这儿也不吸了，不能让你受二手烟的危害！"

"一泓，你一定要相信，政协还是一个话语权比较宽松的平台。你想嘛，大多数人既然能够当上政协委员，那就证明他的素质，已经经过了多年的社会检验和评价。在政协委员中，非党人士占一定比例，平常话语表达方式都挺个性化。让人家当政协委员，不就是希望经常听到不同的声音，促进国家民主进程嘛！党中央越来越重视政协的作用。各级领导干部们，也越来越虚心了。我刚才说的，那是个别现象，以前的事。那样的领导干部，极少了。你呢，也大可不必谨小慎微的……"

"我并不在乎下一届还是不是。但是,我很在乎自己这一届当得好不好。"

"你当得很好啊! 从上午的发言就看得出来,你进入角色很快。实话告诉你吧,书记、市长、咱们的蒋副主席,对你的印象都很好,对你发言的评价也很高。四个字: 坦率、真诚……"

"那,伪劣大米的事,他们究竟打算怎么处理呢?"李一泓急切地问。

"我就猜到了,你心里最放不下的其实还是这一件事。对于那些既愚弄农民,又唯利是图的人,那还是必须一查到底,追究法律责任的。食品安全,确实已成为危害人们健康的大患。这一点黄礼学他说得倒一点没错。但是对于卷入的农民,则要区别对待。那么多户农民都卷入了,不讲政策是不对的……"

李一泓由衷地说:"你……越来越像领导干部了。"

杨亦柳亲昵地推了他一下:"去你的,我这叫成熟!"

"中午黄礼学堵在我家门口,跟进了屋,冲我发了一大通火,要不我心里也不会有什么不安的……"

"哦? 黄礼学这位同志啊,叫我怎么说他好呢……你们感情很深?"

"可以这样讲吧。当年我们是高中同学,又是农民子弟,自然很谈得来。他比我早从农村调到城市两年。我也抽调到城市以后,他对我挺关照的。后来,都忙了,也就逢年过节两家还走动走动……怎么,你对他有什么成见吗?"

"他呀,太聪明,又小心眼儿。比如上午的会,伪劣大米事件,明明是你举报的,他却搞出一份什么所谓的'详尽材料',把他的名字署在前面,还要抢先发言。没有领导到场的会,他发言从不那么积极。这就太过聪明了。因为和某些农民的官司,他一说到农民,动不动就是刁民刁民的,这就未免太小心眼儿了……"

李一泓一笑:"聪明的人都有点小心眼儿,好比……好比学校里,近视眼的学生,写的字都比较小……看人,还是要多看长处。他办养老院,毕竟是一件对社会有益的事。"

"你的比喻有意思——近视眼镜的度数越高,笔下写出的字越小,却忘了别人并没有戴着有放大效果的近视镜。"杨亦柳一笑,又说,"我是不是太尖刻了呀?"

李一泓也一笑:"有点儿。"又喝了一口茶,放杯时,望到了门上的表,"哎呀,都十点多钟了,我得走了。"说罢站起身来。

"我忘了告诉你,可能明天王书记还要单独再和你谈一次呢。"杨亦柳边说边往屋外送李一泓。她被门槛绊了一下,险些跌倒,幸好被李一泓扶住。李一泓扶得很艺术——一手扶住她左边的胳膊肘,一手从右侧揽住了她的腰,如同跳交谊舞的那一种扶法。

"这该死的门槛,绊了我好几次了!"

"太高了! 哪天我来给你换道低点儿的。"李一泓欲收回双手。

"别……"

二人目光相对,杨亦柳满目醉人的深情,李一泓不禁柔情地轻呼:"亦柳……"

"有时候,我真想强迫你娶了我……"

"用不着你强迫,我满心里都是愿意!"

"可我,是个患绝症的人……"

李一泓将她拥抱在胸前:"亦柳,你不知道我内心里有多尊敬你。你是个好样的女人——顽强、乐观、热爱生活,也热爱事业……"

杨亦柳的一只手轻放在李一泓的嘴上:"一泓,抱我一会儿吧……"李一泓遂更柔情地拥抱着她。

这一夜,杨亦柳失眠了。不经意间,她想起了一段医院里的时光……

李妻望着窗台上的鲜花说:"真羡慕你,有那么多人轮番来给你送花……"

"除了老师们,多数是学生——在校的,工作了的……"杨亦柳说。

"桃李满天下的人，真幸福啊！我活了这么多年，还从来没有一个人给我送过花呢！"

"我也羡慕你啊！你丈夫他人多好啊！天天都来看你，不但想方设法给你送来你想吃的，有时候还读书读报给你听，对你那么体贴，那么有耐心……"

"我这一生，就一个福分，那就是有缘成了他的老婆。他年轻的时候，那才叫多才多艺，还发表过诗呢！一下子又回村当农民，那也一点没沮丧。第二天扛起锄头就下地。年底你猜怎么着？结算下来，全队工分他挣得最多！隔年大伙选他当队长，操心多了，工分反而挣得少了，那他也不抱怨。这几年，让我的病拖累得他什么心思都少了，笑也少了……"

"谁说我笑少了呀？"随着话音，李一泓进了病房。他一手拎包，一手拿着一大簇花——不是花店里卖的鲜花，而是一簇自己搭配的野花。

"看，你丈夫不是也给你带花来了吗？"

"他带来的花，怎么能跟别人送给你的花比呀?!"

"那是不能比。可我知道，你心里最喜欢看到的，是咱们村后那山上开的野花。这可是我趁昨天是星期天，骑自行车回到村里，亲自上山为你采来的。"李一泓笑着说。

正巧小护士进来，接过花说："我去找个瓶子插上。"

李一泓从包里一一往外取东西："这是你吃的韭菜鸡蛋馅饺子。这季节买不到韭菜，春梅在省城买到了，托人捎回来的。我来之前，和素素现包现煮的。这是你洗换的内衣袜子……杨校长，前天我来，听说你想吃豆腐脑，我路过一家小饭店，正巧有卖，就给你买来了。肯定还热着。你不是说想读《战争与和平》吗？我也为你借了一套……"

他将盛豆腐脑的杯子和四卷书放在杨亦柳的床头柜上。

杨亦柳对李妻说："我不仅羡慕你，简直还嫉妒你了！"

李一泓笑了。

"你看他一听别人夸他，笑那傻样儿！"

"他笑得挺有味的嘛!"

小护士进来,将插在瓶子里的野花摆放在窗台上。李一泓掏出口琴,问小护士:"允许吗?"

小护士点点头:"当然允许。我们院长说了,像你这样能经常给病人带来快乐气氛的家属,医院是非常欢迎的!"

于是,李一泓倚窗吹起了口琴,一脚还踏着拍子。李妻和杨亦柳,一个吃着饺子,一个吃着豆腐脑,都愉快地看着李一泓。而病房门口,其他病房的患者也被吸引来了……

终于有一天,李妻的病床空了,李一泓坐在床边,如呆如痴。

杨亦柳看着他,下了床,无声地走到他跟前:"老李,你要节哀啊!"

李一泓双手捂住脸,双肩耸动。杨亦柳不由自主地将他的头轻轻地搂入自己的怀里……

窗台上的鲜花和野花,都仍开得那么美……

翌日,李一泓来到市委。秘书小莫把他引领到办公室的门外,推开门说:"王书记,李一泓同志到了。"

王书记迎上前来与李一泓握手,之后将李一泓请入里间。秘书分别为二人沏好茶,退出之际,王书记说:"小莫,别让人打搅我们。"

王书记掏出烟摆在桌上,指着敞开的窗子说:"在我这儿吸我的,我预先已经把窗子敞开了。"

李一泓实诚地说:"行。"

"一泓同志,请你来,就是想和你继续谈谈伪劣大米的事情。我是代表市委市政府来和你进一步协商的。我们也更广泛地征求了一下政协其他委员和人大代表们的意见,大家比较一致的看法,首先是食品安全问题,确乎非同小可。各级政府一旦发现加工、制作和销售伪劣食品的现象,就一定要顺藤摸瓜端掉窝点,严肃查处。该惩办的,必须惩办,不可姑息。这一点基本上达成了共识。不知道关于这一点,你是不是另外还有什么看法？"

"王书记，您也许误解了。我前天会上的发言，并不是要主张姑息的意思。"

"我向你保证，多数同志并不认为你就是那么一种意思。至少，我和李市长、和政协蒋副主席不那么认为。"

"那，我赞同你刚才的话。"

王书记欣慰一笑："很好！我很高兴我们也达成了共识。你那天的发言，给我和李市长都留下了很深的印象。我们这个市，因为是一个目前仍较贫困的市，所以，干部队伍反而很不稳定。某些人被发现是一位好的干部苗子了，上级常常就会习惯性地考虑，安排他到一个穷困的市锻炼锻炼。这是一种思维定势。锻炼锻炼，时间自然不会太长。一批又一批，我们这一个贫困的市就似乎成了干部轮训基地了。这对于一个市，尤其是一个贫困市的可持续发展，自然是非常不利的……"

李一泓连连点点头："对，我主要就是这么一种意思。我是一位新增补的委员，第一次开有那么多干部参加的会议，心情一急切，表达上就不那么清楚了……"

"据我们了解，以前还没有人对这个市的发展提出过问题。你是一针见血，把问题捅到根子上了。'政策和策略确定以后，干部就是决定的因素。'毛主席的这一句话，看来至今还是对的。所以，我和李市长、蒋副主席都很感谢你。我们已经指示工作人员，把你在会上的发言整理一下，经你过目同意后，将呈交省委省政府。我们省的贫困市不仅这一个。你指出的问题，应该引起省委省政府的高度重视……"

"王书记，你们……你们想得太周到了，真叫我不知道该说什么好……"

"接下来我要和你协商的问题是——关于怎样教育我市农民的问题。我们也多方面了解了一下情况。各方各面证实，我们这个市虽然比较穷，但农民们却又比较传统、朴实、本分。人们对我市的农业食品加工基本上还是放心的。多年来,没有发生过重大的伪劣事件。细细想来,那么多农民也是被区区小利所利用了。说明什么呢?说明原本比较传统、朴实、本分的农民,如果放松了对他们的关怀、教育、引导,使他们感到自己的存在是被漠视的,那他们也肯定会变的——变得不那么传统、不那么朴实、不那么本分了。我们的党,对领导干部几乎天天都在进行教育和引导,有的干部还是经不住各种各样的诱惑,于是变了。凭什么认为,农民就该是天生不会变的呢?"

李一泓认真倾听,表情极为庄重,不时点点头。看得出,他与王书记的心,一下子贴近了。

"当然,也该说明,在关心农民、教育农民、引导农民方面,我们以前做得不够、不好,致使一些唯利是图的不法分子,几乎就在我们的眼皮底下,把许多原本朴实、本分的农民拉过去了,加以利用了,变成了他们的合伙人。这是一个教训。我想,这也是你那天发言中的一个意思吧?"

"对,对!"李一泓听得有点激动起来。

"你看,咱俩越说越一致了是不是?"王书记又欣慰地笑了,"所以,我们市委常委会决定,由一名发言人,代表市委市政府,就伪劣大米事件,以某一种方式,向我市农民作一次公开检讨,检讨我们以往对农民关怀得不够,教育得不够,引导得不够。同时提出我们的希望,而将我们的批评,中肯地体现在检讨式的话语中。"

见李一泓摇头,王书记诧异:"这你又不同意了?我们这可是采纳了你发言中的建议……"

"我是不赞成什么发言人。一个市,又不是国家的大部委,搞什么发言人呢?老百姓会认为不诚心诚意,反而会取笑市委市政府的。"

王书记的表情一时不自然了:"是啊,在老百姓眼里,我们也只不过是九品芝麻官嘛!那依你呢?"

"最好,您自己就是发言人……"

王书记沉吟了一下:"你的意思是,要我这位市委书记,亲自代表市里的两套领导班子,向本市农民作一次公开亮相时的检讨?"

李一泓点点头。

王书记从烟盒中抽出一支烟,动作缓慢地燃着,吸了起来。

"王书记,我了解了一下您的经历。您曾是一位很有能力的团的干部,怎样在青年中树立威望,您肯定比我有经验。但是,论到农民,我也许比您更熟悉他们……"

王书记默默地看了李一泓一眼,那意思是——你倒很自信。

"请您相信我……"

"不是不相信你比我更熟悉他们,而是——即使这个市对农民的工作很薄弱,那也是我前任的问题。一般而言,继任的干部,没必要承担上届的责任。因为,再薄弱,那与我也没有直接关系吧?"

"可是,与党在农民之中的威望,有直接关系。"

王书记注视着李一泓,慢条斯理地说:"你,很懂政治嘛。"

"农民们即使有时狡猾,本质上却是朴实的,尤其我们市的农民,他们对实实在在的干部,往往最有好感……"

"我看这样吧,咱们今天先谈到这儿好不好? 你刚才的建议,对于我太突然,我还没想那么具体,容我再考虑考虑……"王书记说着站了起来。

李一泓也只得站起来,他意识到了自己的话逆王书记的耳,表情也有些不自然。

"对我的话,您也不必太认真。我那不过是心里怎样想的,嘴上就怎样说出来了……"

"哪能不认真呢?! 不认真,以诚相待不就是一句空话了嘛!"王书记在门口与李一泓握了握手,在李一泓离开后,他又缓缓坐下,深吸了一口烟,沉思起来。

李一泓骑着自行车来到文化馆。刚一下车,小刘也骑着车来了:"李副馆长……"

"小刘,休息过来了吗?"

"缓了两天,够了。齐馆长让我把这次送书下乡的所见所闻总结一下,说不定什么时候对你会有用。"

"老齐真好!那就太谢谢你啦!哎,那两头小猪,你也带上一笔……"

一辆小汽车驶来,停在他们不远处。王书记的秘书小莫从车上下来,叫他:"李一泓同志……"

小莫把李一泓请进车里,说:"您刚走不一会儿,王书记就叫我务必再把您请回去。我追出市委大院,您已经没影了。我以为您回家了,就要了辆车赶到您家。您女儿说您并没有回去。我一想,您肯定到文化馆来了……"

李一泓和小莫来到市委办公室的时候,王书记已经迎候在办公室门外。

"一泓同志,对不起,转眼又把你请回来了啊!"王书记亲切地挽着李一泓进入办公室。

二人落座后,王书记单刀直入地说:"一泓同志,我决定照你说的那样做。"

李一泓孩子般地笑了。

"可还有些细节,我要再次当面向你请教——那就是方式问题。印成文件发到各村,即使署上我市委书记的名字,由村干部读给农民听,效果那也不见得会多么好。村干部再一发挥,也许就走样了。登在报上,完全可能流于形式,农民们看不到。我也不太可能一个村一个村地亲自去宣讲,那我一个时期内不用做别的工作了。你替我想想,什么方式好?"

"我已经替你想过了——上电视的方式最好!"

"上电视?我一个九品芝麻官,中央电视台不会轻易给我机会,连省台也不会……"

"上咱们市里的电视频道就行了!"

"可目前电视频道那么多,天上的,地下的,节目丰富得很,能有多少农民收看咱们本市的电视频道呢?"

"咱们市的电视台有一个节目是《和农民兄弟拉家常》,主持人是位年轻姑娘,本市人。她的节目在中午、晚饭前重播一次。在咱们市的农民中,她比您的知名度高多了,人气也比您旺多了。咱们市的绝大多数农民每天必看她的节目,中午错过了,晚上一定补看。您上她的节目,让她就伪劣大米事件采访您,您不是就能通过和她的对话,把您想要表达给农民们听的话都表达了吗?"

王书记犹豫地看看李一泓。

"她很漂亮。"李一泓忽然说。

"漂亮不漂亮,倒不在我的考虑之中……"

"红花也须绿叶衬。"

"我当她的一片绿叶?"

"她当你的。让她采访时,穿绿的!"

二人默默对视片刻,忽然都扑哧笑了。

"好,你把我彻底说服了。就这么决定了!一泓同志,你呀你呀,别人都说你为人严肃,我觉得你挺有幽默感的嘛!"

"我的幽默感,那也不是一般人的幽默水平能够欣赏的啊!"

二人又哈哈笑了。

在楼梯口,王书记握着李一泓的手,郑重嘱咐:"一泓同志,我支持你回村里去一次,也能为市委市政府的态度做做深入的思想工作。我会指示齐馆长,让文化馆的同志帮你把儿子家的门窗修好。公安方面的同志,也会预先作一些必要的部署,确保你和亲人们的安全。"

"放心,农民是不会加害我李一泓的。"

"那你也不能太大意。对某些唯利是图的不法分子,还是心里有些提防的好。你李一泓委员如果受了伤害,我这位市委书记心里那将多么内疚？"

"谢谢王书记。我明白。"

卡车停在李志家院外，驾驶室里首先走下来了李一泓，接着下来了齐馆长。二人对视了一眼，李一泓率先走入院子。

李志家屋子的玻璃全碎了，散落在地上，夹杂着数颗大小不一的砖头，一片狼藉。他用目光四处寻找，发现扫帚，走过去，操起扫帚，将玻璃碎片往一处扫。齐馆长捡起一块块半砖，扔向一个角落。

秀花和素素从车厢里跃下，接了小刘递给她们的包袱、袋子，拎着抱着走入院子。

小刘和文化馆的两个年轻人小心翼翼地从车上往下卸玻璃。

秀秀和素素先后迈进家门。家中几乎被搬空了，大小门柜敞开着。素素眨眨眼睛，一脸的不可思议："连盘子饭碗都给偷光了！"

秀花转身对李一泓大声地说："爸，我和李志的日子没法过了！"往门槛一坐，边哭边骂，"谁偷了我家的东西不得好死！又砸又盗，真是一伙歹徒啊！你们出门非一个跟斗摔死不可啊……"

李一泓停止了扫动，厉声训斥："不要哭！乡里乡亲的，骂的什么话呢？！"

秀花停止了骂，却还在哭。

齐馆长走到屋门前，朝里看了看，生气地说："是太不像话了！李志的家这一下损失惨重。老李，我看，你真得替他们向有关方面讨要损失。"

李一泓摇头："李志他参与加工伪劣大米，坑害别人，这又该怎么说呢？"

"馆长，闪一下。"齐馆长闪开，馆里的两个小伙子搬着玻璃进入屋里。

素素用衣襟兜着米，在院里"咕咕"唤叫着撒米喂鸡，鸡们从四处跑来。

素素逮住一只,对李一泓说:"爸,鸡饿得剩下一把骨头了!"

"喂几天就胖了。"

"滚!看什么看!"素素没好气地对几个在院外探头探脑的孩子大声骂道。

李一泓责备她:"不许这样!"

屋里,两个小伙子在清理窗柜上的碎玻璃,开始比量着镶新玻璃,小刘则在打扫屋子了。

李一泓对儿媳妇说:"秀花,别坐在门槛上生闷气了,啊?和小刘一块搞搞卫生吧,要不咱们今晚怎么住下?"

秀花不情愿地站了起来,和小刘打扫卫生去了。

天黑的时候,李志家的窗子都镶上了明亮的新玻璃。

三个人吃着简单的晚饭,秀花说:"还好,铺的盖的没给咱偷去……"

素素端着碗问:"爸,从谁家借的盘子碗?"

李一泓没抬头:"随便进哪家,张口就借。"

秀花问:"他们……就愿意借给你?"

李一泓放下碗和筷子,严肃地说:"秀花,我出生在这个村子,长大在这个村子,在这个村子里当过生产队长,我可从没做过一件对不起村里人的事。你和李志做过吗?"

秀花摇摇头。

"就是了。我们李家在这个村子里是有良好的群众基础的,对这一点,我李一泓非常自信。你们也要有自信,明白吗?"见秀花和素素都点头,他接着说,"错了的绝对不是我李一泓,而是别人。我这次回来是有任务的,那就是要使市里的领导干部们相信,做了错事的农民那是能够改正的。也要首先使咱们这个村的农民相信,对农民和农民的责任一推六二五,那不是我们党的政策。党不但心里有农民,而且,还会努力使农民们过上较好的生活!"

第十一章

也许太累了,李一泓在夜晚居然睡得很香,发出轻微的鼾声。素素忽然闯进来,用力推他,惊恐地喊:"爸,你醒醒,醒醒……"

李一泓醒了:"素素,你怎么还不睡?"

"爸,你听……"

扑通——好像重物沉入水塘的声音……接着,又是一声……

一阵话语声传来:

"还没沉!"

"用杆子捅!"

"你慌什么,我来!"

秀花也过来了,在门框那儿说:"爸,有人在往房后的大水塘里沉什么东西……"

李一泓已坐起来穿好,刹紧腰带,对秀花和素素说:"你们好好待在屋里,别出门,我出去看看怎么回事。"

又一阵对话的声音:

"不行,上半截还露着呢!"

"再捅,这一眼就能发现!"

"都是李一泓把咱们逼的!"

素素担心地拉住李一泓:"爸,别出去,我怕。"

李一泓摸摸她的头,一笑:"别怕,没什么可怕的,我都听出来了,有冯二愣的声音嘛。"

"爸,冯二愣那小子你还不知道吗? 那是个浑起来玩命的人。"秀花一听有冯二愣,吃了一惊。

"没事儿,我听他这会儿的声音一点儿都不浑。"

"爸,要不你带上这个!"秀花将顶门杠递给李一泓。

李一泓接过,双手轮换着掂掂,又立在门旁了:"我带顶门杠干什么!"

"要不你把手电带上!"素素将拿在手中的手电朝爸爸一递。

"这行。"李一泓接过手电,迈出家门,大步向院外走去。

李家房后的大水塘那儿,有人已经下水了,岸上还有人在用竿子往水底捅什么。

李一泓走过去,用手电照在冯二愣脸上,塘中的冯二愣水没腰际,光着上身,一颗秃头,样子刁蛮。

"二愣,你们往塘里沉什么呢?"李一泓手电光一扫,照在露出水面的铁斗上,心里明白了。

"你别管,都是你他妈的惹出的事儿!"

"二愣,你怎么说话呢? 乡里乡亲的,我可是你叔叔辈的人,你敢再说一遍,别怪我当着老少爷们用竿子狠狠教训你!"

有人劝道:"一泓,你千万别跟他一般见识。我这里替他跟你赔不是,可别把事儿闹大了。"

李一泓把手电光照在对方脸上:"村主任也在啊,我只不过好奇嘛,谁叫你们惊醒了我……"

露出水面的铁斗,忽然一沉,冯二愣的身子随之一歪,没入水中,只有脸仰在水面,大叫:"哎哟哎哟,我脚被压住了,疼死我啦!"

村主任慌了："那是谁,还拿竿子乱捅,快下去把他拖上来呀!"

一个男人往后缩："我也不会水呀……"

人们你推我退之际,李一泓却早已穿着鞋就下了塘,蹚到了冯二愣身边,蹲下身一用力,铁斗又露出了水面："还不快上去!"

冯二愣连滚带爬地上了岸,人们立刻围住他。

水中的李一泓又运了几次力,竟将那加工伪劣大米的"加工器"推近了塘边。

李一泓上岸,关心地问:"二愣,要紧不? 用不用上医院?"

村主任将手电还给他,说:"上什么医院! 这么丢人现眼的事儿,只压破点儿皮,回家洗干净,上点药就行了。王栓,把他背回家去。"

叫王拴的人背起冯二愣走了。

一个人推着手推车走了过来,车上是两台加工器。那人把手推车停放好:"村主任,又推来两台。"

村主任不高兴地教训他:"你村主任村主任地叫什么呀,怕人不知道我在这儿呀。"

李一泓的手电光又照在推车人脸上:"哟,韩宝呀,够卖力气的啊。"

韩宝听出是李一泓的声音,明白情况有变,躲到暗处蹲下了。

李一泓手电光一一照在农民们脸上,又扫到加工器上:"是够丢人现眼的,不光丢你们自己的人,还丢你们老婆孩子的人和咱们这个村的人,再往大了说,你们的所作所为,还给'农民'两个字丢人。"

有人嘟哝:"你儿子李志也有份儿。"

"我就是连他一块儿说的。"

"一泓,吸支烟……"村主任递过一支烟。

"我才不吸你的烟! 你跟他们又不同。你也给'党员'二字丢人!"李一泓一点也没给这位村主任留情面。

村主任尴尬万分,无地自容地说:"一泓,这事儿,你看,它原本是这样……当初他们那样了,我明知不对,那也不敢反对,不敢报告呀。我要是和你一样,还不有人照样砸我家窗呀! 现在他们要焚尸灭迹……"

有人抗议道:"我们没杀人,什么焚尸灭迹的!"

"我说错了我说错了,一泓你看,我都急得胡说八道了。现在他们怕了……他们都要这么做,那我也还是拦不住啊,全村就剩我一个党员了,他们人多势众,我势单力薄呀!"村主任一个劲儿为自己辩解。

又有人揭他的短:"别只拣好听的说,是你怕上边下来人追查,叫我们得把这些铁证处理了! 铁的家伙怎么处理?"

村主任恼怒了:"闭上你那鸟嘴,什么时候显着你了,一张破嘴你就闲不住。"

李一泓又用手电照住了手推车上的加工器,左看右看:"好歹也算是一台机器,沉到塘里,发动装置一报废,那不变成废铁,太可惜了吗? 韩宝,车上的'铁证'是谁家的,给谁家送回去。就说我李一泓说的,我保证挨家挨户上门去义务改修一番,都能变成农户人家用得上的东西。"说罢,倒背双手,走了。

村主任看李一泓背影,又看人们,一跺脚:"嗨,你们呀你们,这一气儿给我惹的这些麻烦,叫我说你们什么好,呸!"啐了一口,他也气哼哼地走了。

人们一时你看我,我看他,没了主意。

"他说上门替咱们改装,还是义务的,对吧?"

"没错,是听他这么说的。"

"哎! 我家的在塘里了,他说发动装置一报废,就成废铁了,你们得再帮我弄上来。"

"是你求我们帮你沉到塘里的,你自己弄上来吧。"

"幸亏我家的还在韩宝车上,韩宝,省你力了,我拉回家去了。"

一群人闹哄哄地走了,只有求人的人望望别人的背影,看看水中的加工器,懊丧地直拍大腿:"嗨! 这事儿……"

清晨,李一泓在小院里打太极拳,素素在屋里擦窗子。村主任走了进来,李一泓背对着他,村主任没敢贸然上前,蹲在院门旁吸烟,一副心烦意乱压力很大的样子。素素撇撇嘴,不屑理睬,继续擦窗,装没看见。

其实李一泓也从窗子的映像中发现了村主任,他也装没看见,若无其事地打他的太极拳。

李一泓终于收住套路,村主任凑上前来,搭讪道:"一泓,拳是越打越好了啊!"

"噢,村主任啊,谢谢夸奖。一早到我这遭劫的院子里来,有什么指示呀?"

"别开我玩笑,别开我玩笑,先吸支烟。"村主任一边赔笑,一边递烟。

"我早饭前不吸烟。"李一泓推开了他的烟。

"吸支嘛。吸烟是享受,分什么饭前饭后呢。你每次回村,不是常吸我的烟吗?"

李一泓一笑:"你恰恰说错了,我每次回村,是你经常吸我的烟。"

"唔?"村主任想了想,一拍脑门,"可不么,我说错了,我说错了!"

"我接你这一支烟,但是先不吸行吧?"李一泓接过烟,夹在耳上。

"一泓啊,听说,你现在是政协委员了?"村主任试探地问。

"不假,是的。想跟我协商什么事儿吗?"

"想,想,咱兄弟俩是得好好协商协商。"

"别兄弟不兄弟的,关系扯得太亲了,不是就都不好意思协商了吗?"

"好好好,不扯兄弟关系。我知道党和政协之间,不兴拉关系。我问你,就是那大米的事儿……"

李一泓纠正他:"制造伪劣大米,坑人害人的事件。"

"啊,啊,就是那事儿……上边会不会派人来,把我的党籍给开了呀?"村主任紧盯着李一泓,支棱着耳朵,生怕漏过他的话。

"咱们进屋说。"

村主任往屋里望了一眼,看见素素隔着玻璃把头一扭。

"就在这儿说吧,进屋去说,小辈儿们听了,我多没面子。"

"你还很在乎党籍吗?"

"在乎,在乎啊! 全村就剩我一个党员了,物以稀为贵嘛。我不正仗着是党员,才是村主任的嘛! 党票没了,我怎么能习惯呀!"

"你说的也是。"

"我……我求你,帮我向上边反映反映我的实际情况。我不是不想代表党的那个先进性,但是,我在村里很孤单,连党费都要跑到别的有支部的村里去交! 人一孤单,不是就胆小怕事,先进不起来了嘛。"

李一泓听了他的话想笑:"好了,别说了。总之我听明白了,你还是很在乎党籍的……"

村主任连连点头:"对,对……"

李一泓将一只手放在村主任肩上:"村主任啊,那你愿不愿意有悔过的表现呢? 也好将功折罪啊。"

"愿意,愿意,那我太愿意了!"村主任头点得像小鸡吃米。

"你听好,亲爱的村主任同志,你通知全村,今天中午,家家户户都要看《和农民兄弟拉家常》,市委王书记要在那个节目里和农民兄弟说说心里话……"

"行,行,你放心,这事儿包在我身上了! 今天谁家要是敢不看,我断他电!"村主任正拍着胸脯打保票,忽然想起一件事,附在李一泓耳朵上小声说,"噢,对了,还有个重要的情况我得向你汇报。是冯二愣那坏小子砸你家窗的。他趁你家没人,偷了你家东西,凡是我知道的,都记在小本上了。"

"嗯……"

秀花出现在屋门口,故意大声喊:"爸,吃饭! 用不着跟些假惺惺的人说起来没完!"

村主任讪讪道:"那我走了啊!"走到院外,回头又大声说,"我刚才的汇报,那也得算是悔过表现啊!"

村主任急匆匆往回走,冯二愣一只脚缠着花布,挂着拐棍在家门口和他打招呼:"村主任,早!"

"早什么早,还没事儿人似的,以后跟你算账!"

冯二愣自言自语:"跟我算账?轮到他跟我算什么账啦!"

村主任回到家里,他女人正往桌上摆饭,问他:"一泓他态度咋样?"

"挺好,挺好!"

"我说嘛,从小一块儿长大的,关键时刻怎么能不帮忙呢?"

"那是,他一口一句,直叫我亲爱的村主任同志!"村主任言罢,端起碗粥,稀里哗啦就喝。

"烫!你喝那么快干什么呀!"

"喝完我得到村部去!"村主任含糊不清地回答。

村主任打开村里一间上了锁的屋子,那锁显然生锈了,开得很费劲儿,窗子上的玻璃也灰蒙蒙的。终于打开了锁,村主任进了屋,屋里显然很久没进过人了。他朝麦克风吹了一口气,吹起一阵灰,呛得他直咳嗽。

半天,他也没能把广播器鼓捣出声音来,失望地说:"好好的东西,闲在这儿,全村这么多人,没一个心疼公共财物的!"

冯二愣家的杂物棚下面,李一泓将铁斗从加工器上卸了下来,接着研究加工器。

"李叔,你怎么愿意义务给大家进行改装啊?"

"讨好乡亲呗!要不,怕再有人砸李志家的窗。"

"你知道是谁干的吗?"

"总会知道的,二愣,你看这样行不行,让我省事儿点,给你改成个小麦脱壳机吧,咱这儿的土地,种水稻那不是追风嘛!"

冯二愣心不在焉地说:"行,行,随便叔怎么改都行……"

这时,村中传出了金属敲击声和村主任的喊声:"各家各户听着,今天中午,不分男女老少,大人孩子,都要收看《和农民兄弟拉家常》节目!

市委王书记,要在节目中和咱们说说心里话……"

冯二愣试探地问:"叔,和大米的事儿有关吧?"

"不清楚,八成吧。"李一泓仍在低头研究。

"听说,市里要大造声势,一律严办,还要逮起来一批。"

"中午自己看电视,不就知道了。二愣啊,有些事儿,不能只听别人怎么说,要学会自己判断是非对错。现而今,凡事怎么说的都有。听了就信,那一个人还要自己的头脑有什么用。"

"叔说得在理,在理。"嘴里这么说,冯二愣心里七上八下。

李一泓背着装维修工具的袋子走在村路上,迎面碰到村主任。村主任左手拎一口薄铁锅,右手握把大铁勺,对他苦笑:"你看我这,这……"

李一泓没说话,径自走了过去。村主任看看左手的锅,右手的勺,自语:"这就对了?"

走到院门口,李一泓碰到韩宝推车而至,车上装一台加工器。

"推回去,推回去,我宁可上门!"

"那何必呢!"韩宝硬要往院里推车。

李一泓拦住他,正色道:"我叫你推回去。这不是我的家,别再给秀花心里添烦。"

韩宝只得怏怏地把车推走了。

李一泓走入院子,见院中已摆着两台加工器了。正在喂鸡的秀花满脸不高兴:"爸,你看你,这不是多事嘛……"

李一泓发窘地说:"秀花呀,别埋怨爸啊。要说多事儿呢,确实是多事儿。要说不多事儿呢,那也不能完全算是多事儿。"

素素走进屋,接过工具袋子,也责怪地说:"我嫂子说得对,爸你就是多事儿。别狡辩了!"

李一泓走到水龙头那儿洗手,素素跟到身旁,又说:"爸,老孙家的人,把咱家电视给送回来了!"

"唔,我正愁中午到谁家去看电视呢。"

"他家人说,见咱家没人了,怕被别人偷去,好心替咱家保管着。"

"那你没谢谢人家。"

秀花插言:"谢个屁。"

素素也说:"就是,说得怪好听的。谁信?"

"你看你们,这么想就不对了,你们又怎么能断定,人家就不是一番好意呢?"

"又怎么能断定? 就他家人,路过别人家菜地,瞅没人还扯两把呢!"秀花说着直撇嘴。

"反正,人家又把电视给咱们送回来了,这就是一种和谐的愿望表示,你们说句谢谢,于咱们和他们双方面,和谐那就多了一份。你们要是认为和谐是好的,那多一分不是就比少一分强吗?"

"和谐好,跟他们和谐不好。我这心里边还恨着呢!"秀花言罢,悻悻地进屋去了。

"素素啊,你嫂子她因为流产的事还耿耿于怀,你要多替爸劝劝她。人生在世,有的事摊上了,那该宽恕还得宽恕。记仇对别人、对自己不是一件好事!"

"既然你这么会劝,你自己劝!"素素也扭头悻悻地进屋去了。

李一泓摸后脖颈,好不无奈。桌上摆好了饭菜,却没人吃。

中午,李一泓和秀花、素素都在看电视。电视中,女主持人在对王书记进行采访:

"王书记,您刚才谈到对农民的教育问题。据我了解,不但农民,目前大多数老百姓,一听到'教育'两个字,心里特烦。您怎么看这种现象呢?"女主持人的嗓音像黄鹂一样清脆。

王书记说:"我觉得'教育'是一个很好的词,我们中国人千万不要烦它。广大人民群众,尤其是农民,为什么又特烦它呢? 那是因为,长期以来,在我们中国,教育者和被教育者,关系往往被固定化了,仿佛谁是领导干部,谁就是合法的教育者。仿佛是老百姓的人,就永远只能是被教育者。我要是一个老百姓，我当然也烦。烦，意味着逆反啊！逆反意味着心里边在发问——凭什么？但我们也应该看到，以上情况，在中国几乎天天都在改变着。给领导干部提意见的群众越来越多了，这就是群众教育领导干部的一种体现，人大、政协的代表们、委员们，给各级领导干部提的意见那就更尖锐了。不瞒你说，我曾经参加过一次省里的会议，是省一级领导干部听取政协委员们的意见的会议，有几位政协委员，当场指名道姓地对某位领导干部严加批评，搞得那位领导干部脸红脖子粗的。可那批评是对的，所以批评者才敢于义正词严，这不也是一种教育吗？"

女主持人问："毕竟是少数现象吧？"

王书记回答说："但也毕竟正在逐渐形成趋势啊！党教育党的干部和广大党员，广大人民群众也同样有权教育从政为官的人。政协和人大，也是履行监督职能的。监督不是教育吗？"

女主持人点点头："是，我同意。"

王书记接着说："政府有义务教育农民，不教育农民那也证明对农民的关怀不够。这是我们市一位叫李一泓的政协委员的观点。他同时认为，政府教育农民的前提应该是关怀农民。同时关怀，同时教育。如果只有教育，没有关怀，那就是没有切实落实好党和国家的农村工作政策。如果既缺乏关怀，也缺乏教育，那么农民做了错事，不好的事，领导干部也有责任……"

女主持人又问："请问王书记，您今天的角色，究竟是教育者呢，还是被教育者呢？"

秀花拍手道："问得好！看他怎么回答！"

"安静，别说话！"李一泓眯着眼，正看得入神。

电视中的王书记一笑，坦诚地说："这么回答你的问题吧——我来之前，就如何处理伪劣大米事件的问题，和李市长共同听取了部分政协委员的意见，包括李一泓委员在内的委员们，从如何进一步关怀农村和农民的思考角度,对我们提出了批评和一些很好的建议。那时,我是受教育者,现在,我是教育者。我们的某些农民兄弟的所作所为,毫无疑问是自私自利的,缺乏道德意识的,绝对错误的。我身为市委书记,有责任,有义务,借此机会对农民兄弟们进行教育。以后,市委和市政府,也要真心实意地欢迎来自农民兄弟们的批评,做真诚的受教育者!"

"他也太会说了!"秀花对王书记的话不感冒。

"还说话!"李一泓又大声制止。

女主持人问:"那么,对于卷入制造伪劣大米事件的农民,市委市政府究竟打算怎么惩办呢?"

王书记的表情严肃起来:"我再强调一次,我们此次惩办的对象,绝不会是农民,而首先是那些利用了农民以达到目的的不法分子。对于卷入事件的农民,市委市政府希望他们吸取教训,自己教育自己。我们千万不要忘了,自己教育自己,也是我们社会所应倡导的教育之风……"

女主持人很风趣地说:"刚才我还以为您要说千万不要忘记阶级斗争。"

王书记笑了:"你的话很幽默啊!"

女主持人也笑了:"谢谢王书记,谢谢电视机前收看的观众,尤其是农民观众……"

"就最后几句话还有点儿听头!"秀花往起一站,走到吃饭的屋里,大叫,"饭菜都凉了,吃饭,吃饭!"

素素关上电视,起身去掩上了门,然后将小凳挪到爸爸对面,双手托腮,两肘支膝,极其认真地问:"爸,你觉得王书记的话,说得怎么样?"

李一泓认真地反问:"你觉得呢?"

"他有些话颠过来倒过去的,我听不太明白。"

"你呀,连那么明白的话都听不明白,证明你语文学得不怎么样。"

"错!我语文成绩挺好的。我的作文还经常被老师当成范文在班上读呢!他谈的是政治,我听不太明白,那也只能证明我对政治的理解水平可能是差了一点儿。"

"你呀,这不是强词夺理吗?我觉得他的话挺好,不,是很好。我年轻的时候,眼里的官是老头儿,半老头儿。现在,我也是半老头儿了,中国的官员却一代比一代年轻了,这也是一种进步。中国的希望,也体现在这一点上。"

"爸,你也开始满口政治了。你是不是因为市委书记称赞了你几句,心里挺受用的呀?"

"是呀,心里很受用。我也是人,我也爱听称赞的话啊!现在我才有切身体会,知道领导干部们为什么都爱听颂扬的话了!"

秀花的声音传来:"哎,你们老小,到底还吃不吃这顿饭啦?"

李一泓刚往起一站,素素扯了他一下:"再问几句,就几句。"李一泓只得又坐下。

"爸,你以后,也敢当场指名道姓地批评哪一位领导干部吗?"

"政协既然给了我这种权力,我当然敢。但也要照顾到人家领导干部的面子,尽量别把人家搞得下不来台。政协委员,那也不等于是人家领导干部们的老师啊!"

"爸,我可不许你得罪领导干部,那不光会给你小鞋穿,我和哥哥、嫂子,以及我们的下一代,都可能没有好日子过的。"

李一泓摸摸她的头:"没你说得那么可怕。采访到此为止,吃饭,吃饭!"

父女二人来到桌旁,李一泓看着饭菜,双手叉腰说道:"我不想吃了。"

"嫌我做的饭菜不好吃了?"秀花不满而且委屈。

"那倒不是。"

"胃不舒服了?"素素问。

"胃没什么毛病。孩子们,没想到我也参起政来了。而且呢,这一把政,我自认为参得还不赖。算对得起'政协委员'这四个字了!现在,我只想美美地睡上一大觉,你们吃你们的吧!"李一泓得意地说罢,转身进屋睡觉去了。

秀花和素素各自口中含着饭菜,对视了半天。秀花使劲儿咽下饭菜,喝一口汤顺顺嗓子,半翻白眼瞪着素素说:"我看,你爸有点儿……那叫什么'奋'?"

"亢奋!不会说就别说,吃饭呢,你'奋、奋'的!"

"你爸是不是有点儿亢奋?"

"他光是我爸呀?我看你公公还有点儿飘飘然呢!"

李一泓的声音传来:"放肆!不许你们贬损我!"

秀花和素素都掩口笑了。片刻之后,李一泓睡觉的屋里就传出了震天的鼾声。

秀花忽然发现,冯二愣拄着拐站在门外,向屋里探头探脑。她放下碗,走到门口,冷冷地说:"到我家院子干吗?有什么事儿?"

冯二愣吞吞吐吐地说:"秀花,我……我想找我李叔,跟他好好协商协商……"

素素指着屋里,大张口形,却小声说:"我爸睡了。"

"这儿只有一个人是李一泓,是我公公,是她爸,没听说还有谁的什么叔!走吧走吧!"秀花脸带不屑,抬头看天。

"那,我后半晌再来。"冯二愣拐拐地走了。

秀花半倚着门框,说:"连那号人也要找你爸协什么商,你爸这位政协委员也太没分量了吧?"

素素一瞪眼,放下碗筷,起身进屋去了。一会儿,秀花也进来了,蹬掉鞋,上了床。素素将身一翻,背对着她。

"别生气了,小姑奶奶,我不是说着玩儿的嘛!"

"一个儿媳妇,总当着小姑的面贬损公公,你还有没有做嫂子的样儿了?"

秀花叹口气,躺下,自言自语:"我不是心里郁闷嘛,孩子已经没了,家又被盗了个一干二净,你哥又流落在外,你爸却还没事儿似的,我对他意见大了,只不过碍于他是长辈,不好当面数落他!"

"嫂子,想我哥了是不?"

"也想,也惦着,你哥那人实诚,别人怎么说,他怎么信,等觉出不对来了,也上了贼船了。一心想趁早下来,却又不知该怎么下,要不我两口子也不至于落这么个下场……"说着就哭了。

素素又一翻身,轻轻搂住嫂子,安慰道:"嫂子别难过了,陪我睡会儿午觉吧。"

两个农妇,各自挎着个大包袱鬼鬼祟祟地走入院子,来到窗前偷偷往里望,见李一泓睡着,又来到另一个窗前偷偷往里望,见素素和秀花睡着,她们对视一眼,其中一个对另一个摇头,于是她们又溜出了院子。

院中树影偏斜了,素素在床上醒了,发现冯二愣的头正在往屋里看,吓得尖叫一声。

秀花也醒了,惊问:"怎么了素素?"

素素大口地喘着气:"那个拄拐的又来了,往屋里偷看!"

秀花下了地,几步冲到门口,厉声指斥:"好你个不要脸的冯二愣,青天白日的,你偷偷摸摸溜入别人家院子,还偷看女人睡觉,你这叫耍流氓!"

冯二愣受了不白之冤,委屈地说:"嫂子,我不是……乡里乡亲的,我哪儿会耍流氓到你家院子里来嘛!"

"怎么回事?"李一泓从屋里出来了。

"他偷看我和素素睡觉!"

"叔,我冤枉!我已经来过一次了,你正睡着,我是想来和你协商的。我想,我想……我想我们的关系,怎么样能和谐一点才好不是吗?"

李一泓跨到了院子里,不动声色地说:"我们的关系怎么不和谐了啊?"

"叔,我实说了吧,李志家窗子是我砸的……"

"我早知道了。"

"叔,你早知道了?"冯二愣笑了,"那咱们今天,就算正式把事儿了啦?"

"就这么了啦?"李一泓忽然狠狠扇了冯二愣一耳光,很响亮。

冯二愣捂着半边脸:"我可是主动来认错的……"

李一泓又扇了他一耳光。

冯二愣把整个脸都捂上了:"你都是政协委员了,还随便打人啊! 打人可是犯法的!"

"那我就先犯了法再跟你协商。你小子知道吗? 就因为你砸窗,秀花怀的孩子流产了!"

冯二愣顿时愕然,弃掉拐,扑通一声跪下了。

"冯二愣,你个不得好死的,我今天非撕巴了你不可!"秀花状若疯狂,怒不可遏。

李一泓横身挡住冯二愣。素素出了屋,李一泓向素素使眼色,素素好不容易把嫂子推进屋里。一进屋,秀花就哭开了,哭她没出世的孩子,骂冯二愣不得好死。

李一泓将门关上,说:"凡事得讲公平。我不扇你两耳光,对我儿子和儿媳妇不公平。"捡起拐,递给冯二愣,又说,"起来吧。"

冯二愣撑着拐站起,流着泪说:"叔,我罪过,我该死,我那天夜晚喝了点儿酒……"

李一泓伸手制止:"别说了。现在,那事儿算过去了。以后,只要你冯二愣愿意跟我们李家和谐,我保证我们李家的人也会诚心诚意地跟你和谐。现在我问你,我给你家改造的那机器,还好用吗?"

"就是……就是总卡住……"冯二愣两颊红肿,说话都不方便了。

"那准是有的部件没拧紧,走,我再到你家看看去……"

冯二愣一边往外走,一边说:"叔,我这心里,我哪承想会……"

李一泓站住,训他:"不许再说那事儿了!"

那天晚上,李志家可热闹了! 来的人都没空手。有的送来的是李志家的,有的不是,是人家把自己的东西送来了,怕他们一时缺这少那的。而那些拿了李志家东西的,都说是替保管的。唉,真是好心替保管的人,肯定也是有的吧。有的还主动提供线索,让李一泓向有关部门汇报,好把那些应该严办的人追查到……

第十二章

开学了。重点中学的学生,尤其高三学生,又尤其是女生,那一份良好的虚荣是要付出很大代价的,个中滋味,唯己自知。真是欲说还休,欲说还休,却道天凉好个秋。

一双双穿雪白胶鞋的脚,迈着整齐的步伐走在土红色的塑胶跑道上。嘹亮的队号骤然响起,随之是一阵急促的鼓点。一排排穿着校服的女生,一律扭着头,在鼓号声中,以接受检阅的步伐走过。

素素正在对着麦克风朗读讲演稿:"同学们,亲爱的同学们,看啊,我校的乐团和仪仗队走过来了,他们正走在我校红色的塑胶跑道上。在这建校五十周年纪念日,在这新学期的开学典礼上,同学们肯定已经发现,我们的教学楼又翻新了,我们的操场又扩大了,我们的校园更美丽了。那红色的塑胶跑道,正象征着我们的人生跑道,我们要像奥运赛场上的运动健儿一样,向清华,向北大,向全国一切重点大学,冲刺,冲刺!"

临时搭起的检阅台上,站立着杨亦柳和几位嘉宾,其中有蒋副主席,他就站在杨亦柳的身旁。李一泓也在,站在最边上,他朴素的衣着与别人的西服领带反差强烈。

杨亦柳与蒋副主席低语着什么,杨亦柳显得很兴奋,蒋副主席时而点头。

李一泓望向对着麦克风朗读的素素,望着一排排从面前走过的学生,他听不到素素的声音,也听不到鼓声和号声了——在农村所亲眼看到的那些中小学校破败不堪的情形不断刺激着他,淹没、占领了他的脑海,在他的眉心挤皱出个小疙瘩。热闹的校庆场面一点也激不起他的热情,反而让他想逃避开。

当杨亦柳望向李一泓站立的地方时,那里已没有了李一泓的身影,杨亦柳觉得奇怪,却没有多想,今天所展示的正是她一手打造的风光,她是今天的主角。

文化馆里,齐馆长正在接电话:"你找的李一泓委员,他此刻在重点中学参加校庆活动。对,他当然还是我们文化馆的人,而且还是副馆长呢。他家的电话? 对不起,我没有权利随便告诉您。他的手机我不知道。我? 我是他的同事。您有什么必要知道我的姓名吗? 投诉我? 投诉我什么呢? 哎,你别骂人啊! 你才混蛋呢! 你他妈的!"齐馆长啪地摔下电话,瞪着电话运气。

电话又响起来。"什么东西!"齐馆长干脆将电话连线扯了下来。

齐馆长一转身,见李一泓不知何时站立在办公室门口,目光忧郁,充满歉意地看着他。

"你看这,我招谁惹谁了。说着说着,一不高兴,就张口骂人!"齐馆长生气地坐下了,从桌上抓起烟,叼了一支。

李一泓拿出打火机,按着,伸了过去。齐馆长牵怒李一泓,一扭身,连他也不理了,从兜里掏出自己的打火机点着了烟。

李一泓松指灭了打火机,也坐下,望着齐馆长,低声说:"家轩,对不起。"

"我看啊,你李大委员,应该有专门办公室,专用电话,还得给你配一名百问不烦的秘书小姐!"齐馆长还在气头上。

"最好再配一辆车。"李一泓苦笑。

"你想得倒美！"

"每天多骑几趟自行车我倒不嫌辛苦。可心事一多，注意力就差了，到馆里来的路上，差点儿被一辆汽车撞了，而且是辆超载的卡车……"

齐馆长立刻关心起来："摔着没有？"

"没有，幸亏我是个机灵人。哎，刚才是什么人呀？"

"神秘兮兮的一个男人，口口声声找李一泓委员，要和你探讨中国向何处去、世界向何处去的问题，还说配合他共同探讨的人不多，他想给你这种殊荣。"

"也许，是个精神病患者。"

"我觉得也是。"齐馆长非常赞同。

"那你还生这么大气？"

"我……我不是烦嘛我，自从你当上了政协委员，我都快成了你的专职接话员了。每天，我这电话一响，差不多一半是找你的，我真有点不明白了，全市还有那么多政协委员、人大代表，怎么偏偏找你的人这么多呢？"

"是啊，我也在想这个问题。"

"你自己想明白了？"

李一泓摇头。

"我看是你自己没起好头儿。你要是仅仅把政协委员当成一种荣誉，对有的人有的事儿，该推就推，该搪就搪，该不理就不理，兴许就不会像现在这样了。"

"仅仅当成一种荣誉，那肯定不对。那样的委员，我不当。你说我们这个市文化馆的群众文艺工作者，有什么特别的荣誉要求吗？我们没有啊，是吧？我们身上有的只不过是最普通的荣誉感，就是想做好人的那一种，是吧？"

齐馆长点头。

"我想，还是我没摆正一种关系，那就是政协委员和本职工作的关系。你看我近来像什么样子了，几乎都忘了自己还是文化馆的人了。我是副馆长啊，咱俩是有分工的啊。我有我的一摊子本职工作，我倒好，快变成甩手大爷了，对馆里的工作不管不问，全撂给你一个人了，人家一请，还跑去站台上了。那种事儿，非得是我也赶去往台上一站吗？这不公平，太不公平了。"

"老李你也别这么说自己，言重了。近来，你一有空儿还是到馆里来过几次的。"

齐馆长说着，扯起电话线要往电话上接，却被李一泓止住了："别别，先不忙接上它，咱俩不受干扰地说会儿话。我已经决定了，明天在咱们文化馆的网站上贴一份个人宣告——该找法院的不要找我，该找政府部门的不要找我，该找街道委员会的不要找我，该找学校、老师和家长的不要来找我，该找的地方都找了，该管的人却不管，这样的事才轮到找我。而且，星期一到星期五也不要来找我，我要做好本职工作。本职工作都没做好，还当什么政协委员呢？星期六和星期日可以来找我，我拿出半天的时间，在家里或在馆里恭候。而且，我还得让人们明白，无论他们的事对于他们个人是多么急、多么冤、多么烦、多么不公平，那也别指望我充当包公。我也只能代为反映、申诉、督促该管的人管一管而已。只有和许多人的利益发生关系的事，我才要当成使命和责任。家轩，你认为我这么决定对不对？"

齐馆长轻轻一拍桌子："对！你这么着就对了！你呀，是个好人不假。可是，如果'好人'二字成了你的心理包袱，希望给一切求到你头上的人都留下好印象，那就等于没有自知之明。你还真要好好向咱们老馆长学习，哪些事才是一位政协委员参政议政的使命和责任，老馆长头脑里那是很清楚的。"

李一泓点头，又说："那今天不是公休日，现在是上班时间，有什么工作是我副馆长应做的吗？请你馆长安排吧！"

"这就开始了?"

"这就开始。"

齐馆长笑了:"你自己这么主动,我还真不好意思给你安排。老实说,近来我一个人都有点顾此失彼,忙不过来了。"说罢,起身打开柜门,抱出一尺多高的一摞夹子放在桌上。

"这全是咱们市剪纸大赛的获奖作品原样。你忙,有时候我也逮不着你。前天我组织些人当评委,把各项奖都评出来了。交给你的任务是,给每一幅作品写几句评语,怎么样?"

"没问题。"

"除了我这儿,其他屋也不安静,你是就在我这儿写,还是抱回家去写?"

"我在这儿影响你,我还是抱回家去写吧。"

小刘进来了:"馆长,老李也在呀,那我交给你。"将一份加了塑料软皮的材料放在李一泓面前。

"什么?"

"就是咱们下乡去送书,回来后馆长嘱咐我替你整理的见闻材料啊,馆长说你也许用得着。"

李一泓感动地说:"家轩,小刘,谢了。"

齐馆长冲他摆手:"对我、对小刘、对咱们文化馆都是应该的。但愿对你能有点儿用。咱们看也看到了,听也听到了,不能一点儿都不走心,要不人还要心干吗?"

"你们放心,咱们共同看到的、听到的,我时时刻刻都记着呢!"说完,李一泓抱着那一摞夹子走了出去。

回到家,李一泓把一尺多高的那一摞剪纸作品和小刘整理的那一份材料,放在中间屋的吃饭桌上。他坐在那里愣愣地看着,忽然将剪纸作品往旁边一推,拿起了那一份材料——显然,他想先看材料,但竭力克制着。他轻轻叹口气,他又将材料放在桌角,并用那一摞剪纸作品压住了。

他双肘横在桌上,坐端正,闭上了眼睛。那些破败学校的情形,那些眼神儿木讷的孩子以及表情漠然的老师,一幅幅美丽的剪纸图案,交替、重叠地在他的头脑中闪现……剪纸画面越叠越快,越叠越多,终于将学校、老师和学生们的画面覆盖住了。李一泓睁开了眼睛,毫不犹豫地拿起了一份剪纸作品。

屋里的灯亮了,李一泓呆呆地看着那一份材料。他终于拿起了材料……

李一泓双手拿着口琴,举在嘴边发呆。他想起了今天齐馆长的话:"但愿对你能有点儿用,咱们看也看到了,听也听到了,不能一点儿都不走心,要不人还要心干吗?"又想起了和那位农村小学校长的对话:

"你替我把信转了?"

"还……没有……"

"那你来干什么?"

"那你来干什么?"

"那你来干什么?"

……

院门响了,素素拎着书包回来了,书包看上去很沉,她很倦怠。

"怎么回来这么晚?"

素素拖长音调说:"有——事——啦!"

"开学第一天,能有多少事儿? 疯玩儿去了吧?"

不料素素挥舞手臂一声嚷:"冤枉人!"手一松,不管书包了,摇摇晃晃走向李一泓,李一泓起身迎向素素,素素倒在他怀里,接着,身子往地上滑去。

李一泓搂住她,吃惊地问:"你醉了? 你什么时候开始喝酒的?!"

素素喃喃道:"我……没喝酒……我……头晕……"

李一泓低下头闻闻她的口鼻,叼着口琴,将她抱起来,走进屋去。

"中午没吃饭,对不对?"

"早上也没吃。"

"活该!"

李一泓将素素放在椅子上,素素随即伏在桌上。李一泓从锅里盛了一碗米汤,放进糖,用小勺搅搅,端给了素素:"新煮的粥,这是米汤,喝了。"

素素喝了一口,眼睛一亮,接着双手捧碗,如渴汉饮水,咕嘟咕嘟喝光。喝完米汤,素素双手按着桌面,忽然大叫:"我饿!饿死了!我要吃东西!吃好多好多东西!我……"

两片夹蜂蜜的馒头堵住了她的嘴,她愣了愣,接过来狼吞虎咽。

李一泓心疼地说:"慢点儿,别噎着。"

素素吃完,又说:"还吃!"

"饭菜都在锅里温着呢,先这样吧,待会儿再吃吧。"李一泓将素素抱进她屋里,放在床上,坐床边,摸了她的脸一下,批评道,"自从你上了高中,你血糖就开始低了,你自己要重视这一点,不管学习压力多大,都要按时吃好三顿饭。"

"爸,我记住了。"素素撒娇道。

"告诉我,为什么又没吃早饭?"

"书上说,半空腹的时候唱歌,发声最好。我想,我九点钟就要上台朗读,道理肯定是一样的……"

"半空腹不等于空腹,那,为什么中午也不吃?"

"学校出了件大事,爆炸性的,闹得许多同学和老师都没吃饭。"

"嗯?说说。"

"校庆刚一结束,还没送走嘉宾们,我们班的同学周家川就跑上了台,抢去话筒,代表几名男生发表了一通转学声明。忽然他们的家长也出现了,都要打他们,追得他们满校园跑。结果呢,又有几名同学受了影响,也抢去话筒,声明转学。杨校长就号召我们一些好学生和老师分别做他们的思想工作。"

"结果呢?"李一泓追问。

"他们情绪都很激烈,好难劝。有几个被劝得回心转意了,但最后,学校还是不得不给周家川他们几个办了转学手续。接着一些男生女生就跟他们告别,有的还相互抱头痛哭,情形挺悲壮的。老师们认为那些跟他们抱头痛哭的学生是立场问题,都被留下来批评教育……"

"其中就有你?"

素素点头:"放暑假那天,周家川被扣留在学校补课,他让我给他家里捎话儿,我因为哥哥家里出了那种事,忘了,觉得挺对不住他的。"

"就是咱们村东头老周家的儿子?"

素素点头。

"连你哥哥都卷入了那么不光彩的事,他家却没有。我对他家人有好感,估计周家川也是个不错的孩子。"

"本来就是。"

"你喜欢他?"

素素不好意思地说:"也就是喜欢,没别的。"

"素素,你对你们重点中学的感觉究竟怎么样?"

素素有主动说的欲望了,坐了起来:"听真话还是听假话?"

"当然听真话。"

"压抑。"

"为什么?"

"同学关系虚伪,师生关系势利。"

"太偏激了吧?"

"本来就是。一名学生,如果连续几次考试名列前茅,他在老师眼里,就如同导演发现了明星苗子,不管他的品质多么成问题,那么他也是好学生了,连他的自私自利,都成了个性鲜明。可他如果接连几次考试成绩又下来了,那么他在老师眼里又没希望了,老师的注意力又被其他成绩好的同学吸引过去了,同学之间,那一种学习竞争的劲头不正常,挺邪性,暗中较劲儿,都有种'既生瑜何生亮'的心理作祟。哪名同学要是有本新的复习教材,谁要借,那个难! 可谁要生了病,或者家里出了什么不幸的事,他的学习对手就会心里暗喜。学习上的互相帮助在我们学校就是一句空话,有的同学甚至发毒誓,不考上清华北大,毋宁死……"

"你们学校还有不少干部家庭的孩子吧?"李一泓皱了皱眉头。

"嗯,每班都有几个,省城和省里别的市的都有。市里干部家庭的孩子,在我们学校是小干部的孩子。大官的儿女,都有负责提高学习成绩的老师,为他们制定专门的学习计划。即使他们的成绩到头来还是不行,那也没什么大关系,毕业时学校会给他们开一份证明,证明他们是什么什么特长生,使他们顺利地进入本省的几所大学……"

李一泓听到这陷入了沉思。

"要不我们学校会那么受宠吗? 听老师们喜滋滋地说,明年方方面面还会有好几笔款项拨给学校呢。"

李一泓又摸了摸素素的脸一下:"稍微眯一会儿,啊?"

起身走到院子里,他发现了素素的书包,拎进屋去,却见素素已睡着了。

他拿起小刘替他整理的那一份材料,沉思良久后,抓起电话,连拨两次,却没人接。

李一泓来到杨亦柳家门前,门口停着两辆奥迪,两名司机正在吸烟,见李一泓站住,都拿眼打量他。

李一泓问:"杨校长家有客人?"

一名司机反问:"你问这干吗?"

李一泓说:"我是杨校长的朋友,想找她聊点儿事。"

另一名司机看一眼手表,不耐烦地说:"过一小时再来吧!"

李一泓看了看两辆车的车牌,问:"从省城来的客人?"

一名司机本能地挡住车牌,另一名司机不高兴地说:"你怎么这么大好奇心,走吧走吧!"

"问问就惹你们不高兴了,对不起。"李一泓倒退两步,转身走了。

李一泓回到家里,仰躺在床上,难以入眠,他想起了在公园门外,杨亦柳帮他擦脸上的黑点时的亲昵情形……

公园里,学太极拳的人们刚刚解散,杨亦柳和姚局长在说话。

"我侄女那事儿怎么样啊,杨校长?"

"我还真有点儿为难呢,我那口子不能开得太大呀!"

姚局长脸色不好看了。

"这样吧老姚,你编个说得过去的理由,去找市里的领导给批一下,或者找政协的蒋副主席给批一下也行,他们一批,我对同事们也好解释……"

"杨校长!"她循声望去,见李一泓在石桌石凳那儿等她。

"老李那儿叫我,你侄女的事儿,你就照我说的做吧,啊?"杨亦柳边说边向李一泓走去。

姚局长嘟哝道:"看人下菜碟啊!"

杨亦柳走到李一泓跟前,欣赏地说:"就爱看你穿着一套白色的练功服。"——他俩的服装一红一白,对比鲜明。

"我想跟你聊聊。"

杨亦柳看了看手表:"好啊,才七点多,到我家去吧,陪我吃早饭。"

李一泓说:"我吃过了,就在这儿吧。"

杨亦柳见四周已无他人,说:"行啊,听你的。"走到石桌旁就要往下坐。

"别坐。"李一泓从拎包里掏出块布,把石凳石桌都擦了一遍。

杨亦柳坐下后,笑道:"你这包里,怎么什么都有啊?"

李一泓坐下,笑道:"布是包录音机的,录音机摔坏了,也没工夫修。"

"聊你的素素?她昨天又挨批评了,老师向我汇报,说她对几名非闹着转学的学生深表同情,那几名学生你在我办公室见过的……"

"亦柳,有一件事,我一直没告诉过你,我成了政协委员以后,一位姓苏的农村小学校长给过我一封信,信中对你和重点中学谈出了自己特别尖锐的看法……"

"重点中学是市里的公立学校,不是我杨亦柳办的私立学校,如果连这一点都不首先分清楚,那样的信,我看也不看。"

"你想看也看不成,我弄丢了。"

杨亦柳轻拍一下李一泓的手背:"一泓,别替我担忧,我是在为市里打造名牌中学,这是值得呕心沥血的事,什么样的攻击我都不在乎。"

"可……可我并不认为写信的人是在对你进行攻击,我非常同意他在信中所表明的观点,在我看来,你的重点中学……"

杨亦柳愠怒地说:"我再说一遍,不是我的!是国家办的!"

"对不起,不是写信人的说法,是我自己说得不对,你不要生气……"

"你究竟什么意思?快点说!"杨亦柳将头扭到一边,"听别人的反对之声还听不完呢,又得当面听你的!"

李一泓也愠怒了:"你必须听,不高兴也得听!"

杨亦柳呆呆地看着李一泓,不认识了似的。

"对于市里的重点中学,锦上添花,一点儿没错;对于市里那些贫困农村的中小学,雪中送炭,是句空话。要不是党中央国务院免了学杂费,那些孩子们就更可怜了。十几年了,市重点中学多吃多占,你杨亦柳运用你的能量,一大块一大块地切走市里的教育经费,这是不对的。一花独放,一枝独秀,你们于心何忍?!"

"李一泓,你把话说清楚,我们是谁们!"

李一泓站了起来,激动地说:"是杨校长和那些大官小官,他们为了他们的孩子,取悦于你,你为了你那膨胀的虚荣心,利用他们。市里的头头脑脑,尤其是负责教育的人,也在利用你,打造他们的政绩工程。党中央国务院,离我们这儿迢迢千里,可是总书记总理的眼,也分明望到了此市此地那些穷困农村的中小学。而你们这些人,抬抬脚,坐上辆车,两三个小时就也能亲眼去看一看,为什么你们都不去? 不去就等于那些情况根本不存在了吗?"

杨亦柳缓缓站了起来,针锋相对地说:"李一泓,你教训我还没有资格,恕不奉陪!"转身便走。

"你别走,这是一位政协委员和一位政协常委之间的正式谈话。"

"那你也得问我有没有工夫!"

"亦柳,对不起对不起,我太激动了,我向你认错。有些想法,让我李一泓接连几宿睡不着觉,就算我请求你,听我把话说完行不行?"

"不行,我也要说对不起,因为我此刻没工夫。"杨亦柳拔脚便走。

李一泓拽住她:"亦柳……"

"别拉拉扯扯的!"杨亦柳一甩手,扬长而去。

李一泓留在原地,只有呆望着她背影的份儿。

杨亦柳停住脚步,转身冷冷地说:"李一泓委员,政协委员要光明磊落,嘴里说一套,做一套,那就是两面派。我希望,我以前不是看错了人。"

在市政协蒋副主席的办公室里,蒋副主席在看小刘整理的那一份材料,李一泓坐在他对面,目不转睛地看着他。

蒋副主席放下材料,沉思。

"材料,我还要拿回去补充一下,之后,您看替我转给哪方面好?"李一泓问。

蒋副主席抬头看他,不动声色地说:"暂时哪儿都不要转的好。"

"转,是我的正式要求。我认真学习过政协章程了,我有这一权力。"

"你当然有这一权利,可是,一泓同志啊,你使我大为其难!"

"您有何难呢?"李一泓不解。

"因为……我的小女儿,也在重点中学。当初,也是我亲自求的杨校长……"

蒋副主席站了起来,走到窗前,背对着李一泓……

李一泓望着他背影,低声说:"您这一说,我想起来了,我小女儿,也在重点中学,也是我求杨校长,把她从普通中学转去的……"

"咱们新上任的王书记,他的女儿,也从别的市的中学转到咱们市的重点中学来了,又是我找了杨校长,她才给开了绿灯。我们政协常委中,不少人的儿女在重点中学,据我所知,凭成绩考入的没几个,人大方面,同样如此,更不要说还涉及一些省里的领导。重点中学这种情况,只谴责杨校长一个人是不公平的……"

"我明白了。"

"一泓同志,你和我都是既得利益者啊,怎么做更妥当,这里也有一个体现你我道德怎么样的问题啊,我们的做法如果不妥当,那你我成了什么人了?"

"我……我还真没想这么多。"

蒋副主席转身,走回来坐下,又说:"杨亦柳是一位好同志,她身患癌症,你知道吧?"

李一泓点头。

"她为打造重点中学,呕心沥血,功不可没,这一点你承认吧?"

李一泓又点头。

"最近,对重点中学以及她的批评之声、否定之声,逐日增多,学校里也发生了令她烦恼的事,在这种情况之下,我们更要冷静,更要讲求方式方法。你说呢?"

"那,依您看,究竟该怎么做呢?"

"作为你个人,像你刚才说的那样,你有权向任何方面反映你所认为的问题。而且,我和你一样,认为我市教育经费的分配确实存在应当引起重视的问题。但我又认为,这件事太敏感,最好先压一压。所以,你自己转,我不阻拦,要求我以政协副主席的名义或政协机构的名义替你转,这我还要慎重考虑。"

"我希望获得支持,你将考虑多久?"

"不一定,先压压再说,先压压再说。"

"因为太多的人成了既得利益者,就集体失语?"李一泓站了起来。

"同志,你也不能理解成那种意思嘛!"

李一泓目光定定地看了蒋副主席片刻,失望地转身离去。

蒋副主席在他身后喊:"哎,这材料……"

李一泓回到文化馆,捧着剪纸作品一进办公室,就见小刘在流泪,齐馆长手拿一支笔在纸上乱画。一屋子人表情都很沉郁……

李一泓问:"你们……怎么了?"

"他……他死了……"齐馆长沉痛地说。

"谁?"

"就是……就是那个……咱们见过的那个……"齐馆长说不下去,起身跨到门外,背对众人。

"苏根生?"李一泓问小刘。

小刘点点头。

李一泓手中的剪纸作品一下子散落在地,有的同事要帮着捡,他大吼:"都出去!"

办公室里只剩下李一泓、齐馆长和小刘,小刘抹抹眼泪说:"有一个流蹿贼,偷他们学校那两头小猪……他发现了,追对方,对方捅了他几刀,没送到医院,血就流光了……"

李一泓一边听一边捡地上的剪纸作品,小刘的话说完,他也捡完,将剪纸作品放在桌上,他缓缓在齐馆长的椅子上坐下。

齐馆长转身说:"他老婆打来电话,说他死前,还惦记着一封给了你的信,说你要是还没给转,那就算了,把信退给他们就是了。"

李一泓听到这,又一胳膊将剪纸作品扫到地上。

晚上,李一泓在桌上摆了一溜小酒盅,有的已空,有的还有酒。李一泓又端起一盅,刚欲饮,电话响了。李一泓放下酒盅,去接电话。

"李一泓,你说的那一封信,你没丢。你的做法,很卑劣!"杨亦柳的话语里充满愤怒,然而更多的是失望。

"亦柳,到目前为止,我自认为没做任何对不起你的事。我仍很尊敬你……"

"你不笨,自己上网去看看——看我们市的政协网……"

李一泓放下电话,走进素素房间,打开电脑。他终于找到了杨亦柳让他看的东西——"一个穷困村的小学校长写给政协委员李一泓的信"。

李一泓震惊、生气,捧起电脑,欲摔。但他毕竟是个有足够理性的人,没舍得摔,反而又轻轻放下了。

"爸爸,你太不应该了!"他一抬头,见素素回来了。

素素将书包往床上一甩,哭开了:"你怎么能那么做啊,那多伤害我们杨校长啊!"

"那不是我,不是我干的……"

"你撒谎!老师、同学,每一个人都认为是你干的,大家都同情杨校长,瞧不起你的做法,还认为我是小内奸。"素素哭着扑在床上。

李一泓火了:"就算是我干的,那又怎么样?那些内容都是事实!"

"那我还怎么在学校上学,我明年就该考大学了你知道不知道啊?"

"不能在重点中学待下去了,那就转学。"

"我不!你自私,你沽名钓誉,一点儿都不为我想一想!"素素离开床,哭着,说着,将李一泓推出了门外,并插上了门。

李一泓瞪着门呆立半晌,在素素的哭声中,走到桌前,端起一盅酒,一饮而尽,然后将酒盅狠狠摔在地上……

第十三章

素素病了,满嘴是泡,嗓子肿了,连话都说不出来了。李一泓也变了,整日里眉头紧锁,闷声不响,似乎连对素素也顾不上关心了。那几天里,他好像变成了一名即将面临高考的高三学生。

这天晚上,李一泓穿着圆领背心,戴着花镜,手持蒲扇,扇着凉,不停地拍打蚊子,坐在台灯下阅读文件。他放下的一份文件,首页上印着《市政协议政材料汇编》,接着拿起了另一份材料,首页上印着《市政府年终工作报告》。

素素又咳嗽了,李一泓放下文件,走到素素的房间门口,探头问:"素素,要不要喝水啊?"

躺在床上的素素不理他,将身子一背。李一泓从门前退开,兑了一杯蜂蜜水,用小勺搅动着。这时,院子里有人问:"李素素在家吗?"

李一泓放下水杯,走到屋门口,见是素素年轻的女班主任曲老师和一个他不认识的男人。

"哎呀,是曲老师啊,请进,请进。"

曲老师进屋后,表情不冷不热地向李一泓介绍:"这位是我们的李副校长。杨校长听说李素素同学病了非常关心,特嘱咐我们来看看她。"

李一泓伸出了手："咱们初次见面,幸会! 请你们回去一定替我和素素感谢杨校长。"

李副校长不得已似的跟他握了一下手,立刻怕被蛇咬似的缩回了自己的手,轻咳一声,庄重地说:"我既是代表我们杨校长来的,也是代表我们重点中学来的。杨校长和我们校方的态度是这样的——你们之间的矛盾,那仅仅是你们两个人之间的事情。你对我们重点中学声誉的诋毁,那也仅仅是你个人应负什么样责任的问题,我们校方当然保留追究法律责任的权利。但这一切,都应该看成是与李素素同学没有任何关系的事情。我们认为她还是我们重点中学的一名好学生,我们对她的良好品质决不会因此而产生任何怀疑。所以,我们代表校方以及杨校长前来表示对她的关心。"

李一泓听得一愣一愣的,不自然地笑道:"亲爱的同志们,事情好像也没有那么严重、那么复杂吧? 其实直到现在,我对你们杨校长也是非常尊敬的。我只不过对你们重点中学……"

"我看,我们不辩那些话题好吗? 我们毕竟不是来听你解释什么的,我们是来探视我校学生的。"曲老师插话道。

"这……那两位请吧……"李一泓将曲老师和李副校长引到素素屋子的门前,为他们挑起了门帘,"素素,曲老师和李副校长看你来了。"

曲老师和李副校长进入屋里,门帘从李一泓手中徐徐垂落,他被隔在了屋外。屋里传出曲老师的声音:"素素,杨校长让我和李副校长来看看你。"素素看着自己的班主任,忍不住哭出声来。

李一泓走出屋去,站立在花树前,愣怔片刻,缓缓仰头望月。素素的哭声和辩白之声传到他的耳朵里:"老师,我不是小内奸……"

李一泓叹口气,一转身走出了院子。

公园里,古树间。李一泓在打太极拳。没有音乐,没有第二个人,只有他独自一个人。他的动作依旧潇洒、飘逸,举手踢足都蕴含着高手风范,但是他收招后的身影却是那样孤独,淡淡的忧愁因为他而徘徊在林间……

文化馆图书室里的书架之间有一张小桌子,李一泓正坐在那儿写东西。齐馆长来到了他跟前,李一泓抬起头,惭愧地说:"家轩,看来我跟你说大话了……"

"写吧写吧,你也没必要非把本职工作和参政议政角色分得那么清。"

"在工作时间做本职工作以外的事,我心里总是有点儿不安。"

"我们的李委员在这么一种地方写议案,我心里也有点儿不安啊!我来是转告你,政协那边打来了电话,通知你下午务必去参加一次会。"

李一泓苦笑:"我觉得,我好像一个兵,还没受训过,忽然一下子就被推到了阵地前沿似的。"

"老李,这会儿没外人,你告诉我句实话,网上那封信,究竟是不是你贴上去的?"齐馆长忽然问。

"那怎么会是我李一泓的做法呢?"李一泓坦然面对齐馆长询问的目光。

"我也认为那不是你的做法。"

"而且那封信,也不是苏校长请求我转的那一封信了。"

"那些措词激烈的言词,简直像是在声讨重点中学了。那就太极端了。反正这件事对你的声誉很不利,其后贴了不少骂你的言论,认为你是在炒作自己。"

李一泓平静地说:"咱们老馆长生前不是也有过类似经历吗?"

"说点儿高兴的吧,那些剪纸作品的获奖者,对你为他们写的评语都很满意。"

李一泓立刻冲他挥手,齐馆长说:"撵我?那我只好走啰!"笑着离去了。

放下笔,李一泓思考一会儿,起身到书架前找书,抽出一本很旧很旧的书——《陶行之文选》……

下午,政协办公楼前,蒋副主席和杨亦柳边说边走着。

"请您放心,我是常委,不会情绪化的。"

"你能那样最好,那我就放心了。"

李一泓走来,打招呼:"蒋副主席,杨校长,感谢你让曲老师……"

杨亦柳看也不看他,对蒋副主席说:"那我先上楼去了。"说罢,转身进入楼里。

蒋副主席责备地说:"我不是跟你说过了,先压一压为好嘛!"

"可我并没有擅自做什么事啊!"李一泓很委屈。

"现在,倒是亦柳常委反过来强烈要求开这一次会了。而且呢,强烈要求通知你参加。一泓同志,你可要三思而言啊,千万不要搞得我们政协内部唇枪舌剑的。"

"我这人一认真,那可就常常目中无人了。有什么言差语错的,那也只好请大家多担待了。"说罢,李一泓也撇下蒋主席,独自进楼去了。

蒋副主席正在寻思李一泓的话,却发现身边没人了:"哎,一泓同志……"

会议室的圆桌后加了两排椅子,坐满了人。多了一个话筒台,旁边有一张桌子,蒋副主席就坐在那儿。

蒋副主席照例来了段开场白:"各位常委、委员、同志们,在杨亦柳常委的提议下,今天将诸位请来,咱们开一次关于我市教育事业发展现状的讨论会。关上门,一家人。现在门已关上,还是由我主持,老传统,自由发言,不限时间,可以插话,允许调侃,谁讽刺谁几句,被讽刺的人也不要在乎。对发言者只有一条要求,摆情况,亮观点,有态度,有立场。当然喽,政协的会上,不打棍子,不扣帽子,不抓小辫子。这种老生常谈,还是要谈。每谈一次都是一次民主承诺嘛!啊,哪位先发言?"

大家有看报的,有沉思状的,有交头接耳的,杨亦柳在翻看小笔记本……没有人主动要求发言,一时似乎有点儿冷场。

蒋副主席见没有人主动发言,自己说道:"我先说几句,利用一下特权。我认为,教育的问题,在中国是与以下国情分不开的:第一,人口众多。第二,经济发展不均衡。第三,国家总体投入的教育经费还是太少。第四……"没等他说完,杨亦柳站起身,径直走到了话筒台前。

"亦柳同志要发言?那么我打住。"

"您说您的,我就近听,同时占地方。您一结束,我正好开始。"

"我那也是老生常谈了,你干脆干始吧。"

杨亦柳不客气地说:"好,我开始。近两三年,正是我们市重点中学爬坡的阶段。网上新统计出来的数据表明,我校的高考升学率名列全省第三,而我校考入重点大学的学生人数,其实已是全省第二。诸位,我们这座城市只不过是一个地级市啊!这算不算是为我们市争了光呢?"

李一泓在画杨亦柳的速写,画得还很像。

门开了,养老院的黄院长闪了进来,吸引了一些人的目光,他向大家一抱拳,表示因来晚了而歉意。

"可也正是在我们重点中学爬坡的这一个阶段,否定之声渐多。什么一花独放一枝独秀了,什么锦上添花好大喜功了,什么多吃多占了,漂亮的孩子穿名牌没模样的孩子没衣穿了,什么把一部分孩子的幸福建立在另一部分孩子的痛苦之上了。别人怎么看,我不在乎。可是我们政协内部的委员怎么看,我作为教育委员会主任,则不能不重视。有一件事,大家肯定已经知道了,那就是三天前,李一泓委员将一封别人写给他的信公布在网上了。这一封信,可以说是把我们重点中学的存在意义说得一无是处,抹得一团漆黑……"杨亦柳显然作了充分的发言准备,一句紧接一句,虽然克制,但还是听得出那语势的咄咄逼人。

李一泓停止了画她,镇定地望着她。而所有人的目光都集中在李一泓身上,确切地说,是投射在他脸上。

蒋副主席匆匆写了一张纸条递给杨亦柳,杨亦柳看后强作一笑:"蒋副主席告诫我控制情绪,我刚才的发言情绪化了吗?"

黄院长大声地说:"没有。"

李一泓朝黄院长转过脸去,黄院长居然冲他若无其事地点头微笑。李一泓也笑笑。

杨亦柳问李一泓:"一泓委员,您曾对我说,网上的信与您无关,您收到的原信丢了,是这样吧?"

"是的。"李一泓很平静。

"我对我们之间相识的过程和相互尊敬的关系作了一番细致的回忆,这使我没有理由怀疑您的话。我对你说了几句气愤的话,现在我正式向您道歉。"

"那没什么。如果你现在跟我说话不再您您的,我就更觉得没什么了。"

蒋副主席听到这,倒是欣慰地笑了。

"接受。可你当面跟我说过,对于那样一封信的内容,你是很有同感的,对吧?"

"对。但我指的是原信。"

"原信和网上的信差别很大?"

"差别是有的,但基本观点和立场一样,主张和呼吁改革成果共享,教育优先,扶植农村,雪里送炭……"

"因而在有些人和你那儿,我们市重点中学,就成了你们攻击的靶子?"杨亦柳打断了他的话。

"也不能说是攻击吧?难道有些情况不是事实吗?"

杨亦柳从话筒台那儿退开了,并向李一泓做了一个"请"的手势。

李一泓犹豫了一下说:"我……非得在这种场合之下说不可吗?"

杨亦柳坚定地说:"只要你的观点能说服得了我,我就帮你说服别人。而我们大家如果达成了共识,就会以教育委员会的名义进行建言,达到良好的目的,这是我们政协委员的责任。"

"那,我就在这儿说也行。"

蒋副主席朝他招手:"到这儿来,到这儿来,有话筒干吗不利用呢?"

李一泓只得起身走到了话筒台那儿,杨亦柳回到了自己座位那儿坐下去。

众目睽睽之下,李一泓感觉并不是那么自然,调整了一下状态,说:"我就谈一点儿事实,加上一点儿感觉吧。不久前我和文化馆的同志们送书下乡,亲眼目睹了某些穷困农村里中小学校的凄惨状况,那使我们异常震惊。这使我联想到另外两件事。一件事是,有一位北京的文物收藏爱好者,曾到我家里来做过客。他对我说,一路深入各地农村,希望收集到一些令他惊喜的东西,可他没获得惊喜,却受了震惊……"

"一泓,你扯远了,大家的时间是宝贵的!"

不用看李一泓也知道谁在说话,他循声向黄院长望过去。

黄院长又说:"这不是一次文物收藏专题报告会。"

李一泓没理他的茬:"他因为他所看到的贫穷景象而震惊。他以往只不过来去于各大城市之间、国内国外之间。贫穷的地方离他都很远,他以前从没去到过,没亲眼看到过,心里就没装进去过,当然,他在电视里还是看到过的,但那与亲眼看到有区别,转而就忘,并不给他留下深刻的印象。另一件事是大家都知道的,这一届党中央和国务院,在执政治国的开局之年,就颁布了减免农业税的法令,接着颁布了免去农村中小学课本费的法令。党中央和国务院也同样在北京,也同样离穷困的地方很远,但胡锦涛总书记和温家宝总理都亲自去过那些贫困的地方,所以装在他们心里了。老百姓有句话说得好,孝不责盲儿聋女,他们看不到,听不到,那就不能用孝不孝来责怪他们。我们这个市,至今还有很穷很穷的农村,但那些地方离我们并非千里万里那么远啊! 即使骑辆自行车,出了城,半天的时间,那也就会去往一处地方,亲眼看到。我记得我从一本杂志上读到过一篇外国人写的文章,他认为中国在许许多多中国人心里其实是很小的。侥幸生活在北京上海的某些中国人,中国的概念对于他们,渐渐地似乎就变成一座北京、一座上海了。而我要说,对于我们这一些生活在城市里的人,甚至连我们这个市的概念都变得很小了。我们的眼,我们的耳,似乎连城市以外的事情都看不到了,连城市以外的声音都听不到了……"

"那是你,不是我们!"又是黄院长的声音。

一位委员扭头望着他,生气地说:"你就不能先听人家把话说完吗?"

"我打断得正是时候!因为他在说我们,而我们和他不一样。我和在座的各位,我们都到农村,包括很贫困的农村去视察过的,对不对?"黄院长说完走到了话筒台那儿,装出彬彬有礼的样子,"我可以先说几句吗?就几句。"

李一泓笑笑,闪到一旁。

"我和一泓是老同学关系了,所以我敢这么无礼。一泓委员他刚才的一大番话,似乎想要向我们证明,他是一个非常富有同情心的人。同情心我也有啊,在座的委员们都有啊!连点儿同情都没有,那还配当政协委员吗?但国有国情,市有市况啊!改革开放二十余年来,国力大大增强了,所以如今才有城市反哺农村的前提,对不对我亲爱的同志,我们市又是一个什么情况呢?一个经济欠发达的市,许多事心有余而力不足啊!所以,请不要用你所看到的贫困现象指责任何人、任何方面。说得不客气点儿,你那就等于用你那一种所谓的社会公平意识,来向市委市政府施压。而我认为,这有违一位政协委员对自己的自觉要求。在我看来,贫困在你所去过的那些农村,是一种必然的存在,并且还将继续存在下去。我们每一位政协委员,都有责任告诉那里的人们,那里的老师、校长,包括那里的孩子们,他们还应该更具有耐心地等,也只有等,必须等,等到有一天,像我这样一些人士,帮助市里的领导们,把本市这一块经济蛋糕做大,再做大!这就是我,一位本市政协委员参政议政的基本立场。而且,我认为,这才是一种正确的立场!"黄院长说完之后,将始终握在手中的一卷报纸盛气凌人地往话筒台上一摔,大步走回原位。

掌声——只有杨亦柳一个人拍出的掌声,她见没人应和,只拍了几下就不拍了,向落座的黄院长亲切地一笑。

黄院长却又站了起来,绕到杨亦柳身边,俯身低语:"想开点儿,别和他一般见识。"说罢,径自出去吸烟了。

一位委员说:"一泓同志,你的话还没说完呢,请继续说下去。"

蒋副主席也说:"一泓同志,咱们政协开会,有时候就这样啊,你可要习惯。"

李一泓就又站到了话筒台那儿,笑笑说:"刚才黄院长的一番话,使我联想到了《列宁在十月》里的两句台词。一句是瓦西里对妻子说的:'面包会有的,牛奶会有的,都会有的。'另一句是列宁的台词:'等,等,总而言之就是一个字,等。'而我想就黄院长关于'蛋糕'的比喻提出一个问题——'蛋糕'究竟做到多大才算够大?才可以考虑切给那些贫困农村的中小学校一小块儿?"

他从兜里掏出了一卷纸,展开,接着说:"让我来读一些相关的数字,都是我从发给我的材料中抄下来的:一、与上世纪八十年代初期相比,即使我们这个经济欠发达的市,经济增长率也翻了二十余倍。可本市教育经费的支出,却几乎没有增长过,近年还有所下降。二、近十年来,本市教育经费总额的十分之二左右,逐年拨给了市重点中学。而本市内,除了重点中学,还有二十几所普通中学、二十几所小学。近十年来,那些中小学几乎没享受到教育拨款,或只象征性享受过。而那些中小学的环境情况与重点中学相比已经差距甚大。三、在本市农村,目前有一百余所规模不等的小学、十几所名不副实的中学。那些中小学的状况,无人问津,处于自生自灭之境。四、重点中学新铺了一条塑胶跑道,造价十二三万元,足够较全面改造两所贫困农村的小学校目前凄惨的面貌……"

"那不是市政府拨款,那是自筹资金。"杨亦柳为自己辩解道。

李一泓看了杨亦柳一眼,继续说:"据我所知,那些钱也只不过是与某类学生家长的交易款。名牌效应,确实使重点中学名利双收。且看近年来我市政府工作报告中谈到教育状况的文件话语——'重点中学又有三名学生考入清华,两名考入北大,重点中学的升学率又上升了零点七个百分点,重点中学的升学率在全省中学的排名又前移了一位,全年共有二百余人次,包括省一级领导干部,前来我市重点中学参观、视察'。除了以上话语,很难再寻找到其他关于我市教育工作的话语。综上所述……"

走廊里,正在吸着烟的黄院长的手机响了。

"喂,是我……"黄院长走开几步,小声说,"正在开着,哦?有这等事儿?"

他又走开几步,更小声地说:"确实吗?这我就有点儿搞不懂他了……千真万确?好极,好极,你告诉我真太是时候了。"

他合上手机,内心既激动又兴奋,狠吸几口烟,一下按灭了,正正领带,大步向会议室走去。他轻轻推开门闪进来,看见杨亦柳正瞪着李一泓,欲起复坐,想打断李一泓的话又强忍着。

黄院长又凑近杨亦柳耳语:"别忘了你是常委,无论如何别失风度。"

李一泓已在读稿了,声音也变得响亮而又坚定不移:"作为市政协委员,我强烈要求市委市政府考虑我的如下意见:第一,暂时取消包括市委市政府、人大及政协办公楼翻修扩建工程在内的十一项建设工程。我不否认那些工程的必要性,但是比起一所所小学校对于一群群农村孩子们的必要性,前一种必要性并不同时具有急迫性。第二,我强烈而坚决地反对市政府拟在明年再拨专款给重点中学,为支持重点中学创建本市的所谓重点小学。目前本市的人民大众并不需要有一所和重点中学一样的重点小学。个人投资创建,另当别论。第三,我主张,对市重点中学的财务进行清查。市重点中学既然是政府的中学,其多年来所收方方面面各种名目的赞助费,当也纳入市政府教育财务,充作本市教育基金……"

杨亦柳终于按捺不住,猛地站了起来,大声指斥:"李一泓,你太过分了！你也欺人太甚了！"

"杨校长，我不是在主张对你个人进行经济审查，我对你的清廉毫无疑心。我只不过认为，市政府对重点中学每年收受了多少赞助费，有权过问，并有权提取、支配。"

"你简直将我们重点中学视为眼中钉、肉中刺了！我告诉你李一泓，我杨亦柳虽然是女人，但也是有脾气的！"

"让他说下去！"黄院长说。

"让他说下去！"

"对，听他把话说完！"

"说啊！刚才你说到了第三。"

众人七言八语，李一泓看蒋副主席，那意思是——还允许我继续说下去吗？

蒋副主席显然有点儿不知如何是好了，勉强说："一泓同志，你占的时间已经太长了，尽量简明点儿，啊？"

"第四，从明年起，我市应该制定出扶植贫困农村教育事业，尤其是小学校的计划。我国卓越的教育家陶行知先生说过：'对于一个国家，教育的根本在小学。'我理解这句话的意思，那就是政府要尽量给予孩子们相对平等的受教育的权利。而最后我想说，我李一泓也是有脾气的。我的脾气之一那就是倔。从现在起，我将为我如上的主张锲而不舍。如果在座的诸位中，有人支持我，那么请在我这一份提案上签名。"李一泓离开话筒台，将提案轻轻放在桌角。

一位委员扫了一眼，往旁边一推，另一位委员也将提案向旁边推去。

有人迫不及待地起身，手拿笔说："给我，我签名！"

李一泓落座后，发现杨亦柳目不转睛地瞪着他，他垂下了目光。

黄院长响亮地拍手。于是一切人，包括李一泓和杨亦柳，都将目光望向了他。黄院长起身走到话筒台那儿，轻咳一声，环视人们，大声说："我和李一泓是高中同学，他当年是学生会宣传部长，吹拉弹唱，无所不能,还写过诗,喜欢朗诵。所以,在我看来,他刚才的发言,只不过是一次演说秀而已。他自己在我们政协的会议室过了一把痛痛快快的演说瘾,同时大大地愚弄了我们一次。"

人们都很诧异,有人摇头,表示不同意他的看法。

李一泓霍地站了起来,严肃地说:"黄礼学,你什么意思?"

"我的意思很明白,是在批评你哗众取宠,沽名钓誉,不择手段,实行攻击,出卖友情,以达到迫切捞取政治资本的目的。"黄院长咄咄逼人。

"你这才是攻击!! 你要讲出事实来!"

"一泓,非要我讲? 我可是不太忍心当众戳穿你。"

李一泓愤怒已极:"黄礼学,你今天非讲出事实来不可!"

蒋副主席也说:"黄院长,虽然我预先说了,允许调侃,但是并没有也说允许攻击。你要是不能讲出事实,那对于一泓同志是不公正的。"

"既然蒋副主席也要求我讲出事实来,那么我只有从命了。否则,对亦柳委员也是不公正的。而事实是,就在不久以前,李一泓还通过自己大女儿去求杨校长——交给杨校长一份学生名单。那些学生的父母,都是省城方方面面的干部。他们希望自己的儿女成为咱们市重点中学的住宿生。而杨校长,碍于和他李一泓的友好关系,将那些学生照收了。"

一石激起千层浪,黄院长的话顿时引出一片哗然之声。杨亦柳和李一泓显然都很出乎意料。

"一泓,你敢说没有此事?"黄院长逼问。

"不可能,这不可能……我不会,我怎么会……事实是我批评过我大女儿……"李一泓简直不敢相信自己的耳朵。

黄院长一笑:"一泓,你呀你呀,还嘴硬! 杨校长她可就坐在你对面啊! 你求人家,又反过来把人家的工作实绩和重点中学的形象抹得一团污黑,这不符合起码的做人道德吧?"

李一泓的脸缓缓转向杨亦柳,杨亦柳猛地往起一站,匆匆走了。

"你看,你明明做过的事,却不认账,杨校长除了一走了之,另外还有什么办法呢？"黄院长一脸替李一泓不齿的表情。

李一泓的脸又转向了黄院长。他已听不到黄院长在说什么了，只见黄院长的嘴唇在翻动。

一位委员将提案轻轻往桌上一拍："一泓同志，我可刚署上自己的名字。究竟怎么回事，你一定要跟我解释清楚，否则我现在只能声明我的署名作废……"

李一泓清醒过来，看到了正在离去的人们，看到了蒋副主席呆愕的脸，看到了黄院长微微冷笑的脸。他身子一晃，一手按住桌子，喷出一口血，染红了桌角的提案……

医院长廊里，李志走几步跑几步，连撞数人，终于找到了李一泓住下的病房，刚想进去，一名护士恰巧出来了。

李志急切地问："护士，我是他儿子，我爸的情况怎么样？"

"他身体素质很好，只不过受到了太突然的刺激，肺部有几条小血管破裂了。这会儿你可以进去看他。"

李志轻轻推门进入，低声喊："爸……"

李一泓正半卧半坐，闭着双眼，闻声睁开眼，拍拍床边。

李志走过去，坐在床边，握住了父亲的手难过地说："爸，都是我们做儿女的不好，尽给你惹是生非……"

"春梅她太不应该了啊！她居然自作主张，还守口如瓶，对我一瞒到底。我从没遇到过今天这么无地自容的情况，丢人啊！"李一泓的泪流了下来。

"爸，我和春梅是都做得不对。可你要是不当那个政协委员……爸，听我一句劝，咱不当了，啊？当也没给咱们带来半点儿好处啊！"李志的眼圈也红了。

"我还非当不可了。除非他们不让我当了，把委员证收回去。"

"爸，你和杨校长的关系已经闹成那样了，我怕我妹她在学校的处境……"

"是啊。接下来,肯定会是一波未平,一波又起,你小妹难以再是重点中学的学生了。我这么着急让你来一下,就是要跟你说这事儿,刚才我已经和六中的常校长联系过了,他同意你小妹转过去。"

"我小妹现在念高三了,明年夏天可就该高考了。"李志心有忧虑。

"是啊,我正是考虑到这一点,心里才焦急,还是早作决定好。"

"那,不用和我小妹商议商议了?"

"她一个孩子,哪有我们替她考虑得多。她愿意的话得转,不愿意也得转。这件事听不得她的。你既然已经来了,今天下午,就把这事儿办了吧。要不,我怎么能在医院躺得住呢?"

李志从病房里出来的时候,正好碰上春梅,兄妹互相看着,都站住了。

"爸怎么样?"春梅问。

"他身体一向好,护士说没事儿。"

"要不要我托个关系,让医院多加关照,起码给安排一间单人病房?"

李志冷淡地说:"不用你操心,我爸现在住的就是单人病房。我妈当年在这儿住过院,我爸给这儿的医生护士留下过很好的印象,他们对他很关照。"

"哥,你怎么这么跟我说话?"春梅跟李志走到长椅那儿,"我承认那件事儿我瞒着爸,做得不对,可你就没惹爸生过气吗?"

"但我从没让我爸像昨天那么丢人过!我爸刚才还亲口说,你使他无地自容!"

"你张口你爸,闭口你爸,他就不是我爸?我瞒着爸那么做,光是为了我自己?我不也是为了我们李家多结交点儿权力关系,将来在世面上个个都沾点儿光吗?"

"春梅,你给我听着,我们从小到大,我爸对你,比对我这个亲生儿子要疼爱得多,可你给他惹的麻烦,也比我多得多!自从你进了省城,除了还姓李,你越来越不像我们李家的人了!"

春梅张张嘴,欲说什么,却没说出口。

"以后,你只操心你自己就是了!李家人在世面上会怎么样,不劳你考虑。你最好现在也不要进病房,我爸还在气头上。就这话!"李志说罢,转身便走。

春梅坐在长椅上,呆住了。

课间,重点中学的学生们都在操场上玩,男生打球,女生跳绳、踢毽子什么的。素素单独坐在远处,心事重重地看着这一切。

李志发现了她,走了过去。素素也看见了哥哥,站了起来。

"哥,爸怎么样?"

"爸没大事儿。"李志拽着素素便往楼里走。

"哥,你干什么呀?"

"咱们转学!"

李志拽着素素来到校长办公室门口,素素挣扎着喊:"哥,我不同意!"

"爸说了,这事依不得你!"李志推开门,将素素拽入办公室。办公室内,几名行政人员见状愣住了。

李志对一位行政人员说:"我是李素素的哥哥,她得转学,转到六中去。请现在就给我们办手续!"

素素哭了:"我不!我就不!"

李志举起手要打素素,却被吼住了:"不许打我们的学生!"不知什么时候,杨亦柳出现在门口,冷脸看着李志。

"我不想转学!"素素求援地望着杨亦柳。

"给李素素办手续吧。"杨亦柳说完,转身离去。

望着杨亦柳消失在门外的背影,素素绝望了,哭声更大了。

上课铃响了,而这铃声再也不属于素素了。此时她正背着书包,由李志拽着手腕走在空荡荡的校园里,她的脸上还留着未干的泪痕,一步三回头……

第十四章

六中的常校长是位文质彬彬的中年男人,他和素素走入教研室,几位男女老师都不约而同地站了起来,以亲切而又带有点儿研究意味的目光望着素素,素素不由得低下了头。

常校长对一个女老师说:"刘老师,李素素分到你们班吧。"

这位刘老师跟杨校长的年龄差不多,她笑了:"没意见。重点中学转来的学生,我有一个要一个,不嫌多"。

一位年轻些的女老师说:"你当然没意见啦,学习好的学生哪个班嫌多啊!"

一位老年男老师说:"我有意见。校长,也不能把学习好的学生都往一个班塞吧?"

常校长解释说:"我可不是偏向刘老师啊,把李素素也分到刘老师班上,让她有个伴,尽快适应新的学习环境嘛!"

素素对校长的话敏感起来,抬头看着校长。

刘老师离开桌子,走到素素跟前,一脸严肃地问:"李素素,你上学期的考试,排名第几?"

"我们已经不搞公开排名了。"

"这我当然知道,我们六中也早就不搞公开排名了。现在哪个学校还搞公开排名呢?但一名学生的成绩名次,那是一种事实存在,不排也必然有名次,第几?"

"上学期我考得不太好,才第九。"

"全班,还是全校?"刘老师对这个问题很关心,两者的差距谁都明白。

"全校。"

刘老师满意地点头:"那,你打算报清华北大的志向,现在改变了没有呢?"

"您……怎么知道?"

"我想知道,当然就会知道。回答老师的话。"

素素摇摇头。

"好,很好。只要你自己没有改变志向,老师就有能力帮你实现它,明白?"

素素机械地点点头。

那位年轻些的女老师说:"李素素,刘老师和你们重点中学的曲老师、杨校长是师范同学。你们杨校长也是老师的时候,有次和刘老师一块儿参加省里教学专家进行的教师水平考试,刘老师的名次还在你们杨校长、曲老师前边呢!"

"打住。在学生面前说那些,没意思。所谓人生,有时只不过是关键处的几步。我那几步没走好窝在六中了,那只能怪我自己。"刘老师想是得意时分,竟没注意到措词。

校长皱眉道:"刘老师,在学生面前说这种话,不就更没意思了?咱们六中怎么了?市里要是一视同仁地重视我们六中,给予我们和重点中学一样的招生自主权,那我们六中……"话还没说完,上课铃响了,校长的话只得停止。

铃声一停,校长马上又说:"刘老师,我再对李素素说几句啊!李素素,以后你说到重点中学,不要再'我们校、我们校'的了,啊?从现在起,六中就是你的高中母校了。将来你考上了清华北大,学历档案之中,那也还是要填写六中才是你的高中母校。这一点将成为你的历史,明白?"

素素连连点头。

"除非你过几天又转学了。"刘老师添了一句。

素素赶紧摇头。

"那你以后在校内说到六中,就一定要说'咱们校'了;在校外和别人说到六中,也一定要说我们六中……"

刘老师插言道:"校长嘱咐你的话,是为你好。如果你改不过口来,同学们会对你有看法的。记住了?"

"记住了。"

"刘老师,那就这样吧。"

刘老师也将一只手搭在素素肩上:"走吧,跟老师到班上去。"

在走廊,刘老师忍不住说:"刚才在教研室,别的老师说的话是千真万确的事。"

"哪些话?"

"就是教师水平考试时,我的名次在你们重点中学曲老师和杨校长前边……"

素素纠正她:"是他们重点中学。"

素素跟着刘老师走进高三某班教室,她一眼就发现了单独坐在后边一排的周家川。其他同学不屑的、研究的、有敬意的、冷漠的……各种各样的目光投射在素素身上,让素素很不自在。

周家川在大白纸上用粗黑笔画了一个简略笑脸,向素素一举。

刘老师向大家介绍:"同学们,李素素同学也是从重点中学转来的,校长也将她分在我们班了,让我们大家用掌声来欢迎她!"

一阵掌声后,有个名叫王连举的男生上前,将一枚六中校徽别在素素胸前,并夸张地伸开双臂要拥抱她,把素素吓得直往后退。

王连举故作严肃地说:"这可是欢迎仪式的一部分!"

素素询问地看刘老师,刘老师笑了,问同学们:"这我也不清楚,是吗?"

同学们齐声说:"是!"

"等等!"周家川走上前来,对王连举说:"可你把咱们的校徽别倒了呀!"

素素低头,果然别倒了,字朝下了。周家川摘下校徽,替素素重新别在胸前,对王连举说:"我干脆连欢迎仪式的最后部分也替你完成了吧!"

于是他也不管素素乐意不乐意,大模大样地拥抱素素,居然还贴了贴素素两边的脸颊。

下面的同学们一阵起哄,王连举大声说:"你狗尾续貂,没有后边这一部分!"

素素抗议:"我不是貂!"

周家川对素素说:"你原谅他,他语文不好。我刚才那叫移花接木!"

一名男声忽然大叫:"偷梁换柱!"

另一名男声则喊:"篡位夺权!"

刘老师制止大家道:"好了,都别闹了。人家不愧是重点中学转来的,连眼睛也比你们尖。校徽别倒了,怎么就人家坐在最后一排反而看到了,你们那么多双眼睛都没看出来?"

周家川说:"老师,我会障眼大法。"

王连举自认倒霉:"遇到了高手,那我就没什么好说的了。"故作怏怏地归座了。

"周家川,正好你旁边空着一个座位,李素素和你同桌吧!"

"坚决服从!"周家川乐不可支,拉着素素的手走向座位,素素却甩开了他的手。

下课后,在走廊里,周家川又拉住了素素的手,素素又甩开说:"你别烦我好不好？"说完,加快脚步走掉了。

周家川一笑,显出挺郁闷的样子。一只手拍在他肩上,他一回头,见是王连举和四五个男生,从他们表情看得出来,周家川已经和他们打成一片了。

王连举说:"近水楼台,有时不一定先得月。"

周家川问:"怎讲?"

王连举故作高深地说:"那种飞檐吊角的楼台,反而把月影挡住了。"

另一名男生也说:"明月无常圆之心,变成月牙的时候,更容易被飞檐吊角挡住。"

周家川指着他们:"你们六中……"

王连举纠正他:"咱们六中。"

周家川笑了:"咱们六中男生,行啊! 一个个都口吐莲花嘛!"说完跟他们亲热地勾肩搭背地走了。

素素独自伫立在校园的一处僻静地方发呆,周家川、王连举他们远远地望着她。

王连举问:"你转到六中来的原因,我们已经知道了,可她为什么转来啊?"

周家川忧郁地说:"我俩情况太不一样了。我是我自己坚定不移地要转出重点中学,而我的父母几乎因此不认我这个儿子了。她却是一向以自己是重点中学的学生为荣,但受了两个人的牵连,迫不得已。"

其他几个男生议论开了:

"因为他父亲在网上公布的那一封信对不对? 我们都上网看过那封信了……"

"那封信是正义书,我们都是他父亲的网上支持者!"

"另一个牵连了她的人是谁?"

"还用问吗? 当然是那封信的始作俑者了!"

周家川听了摇摇头,王连举问他:"那是谁?"

周家川却说："天机不可泄露。我觉得,我们市似乎要因而刮起一股教育风暴……"

市委王书记办公室里,王书记、李市长在和蒋副主席谈话,气氛显得很是压抑,相互之间的话语不时擦出火花。

王书记说："这个李一泓,这不是无事生非嘛!要求所有通过关系把孩子转入重点中学的干部,再都把自己的孩子转出重点中学,这……这不实际嘛!我和李市长,我们能那么不给省里的领导们留面子吗?"

李市长说："除非我俩别想当书记和市长了!"

王书记又说："反正我是不会同意让市人大讨论这么一份政协提案的。何况我和李市长的孩子也转来了。"

蒋副主席沉思了一下说："我的侄女也在市重点中学,也是杨校长特批的。咱们先带个头儿,一块儿把咱们的孩子转出重点中学?"

王书记生气了："这根本不是带头不带头的问题!带了头又怎么样?带了头就能把面子找回来了?你呀,我的春晖同志,你根本就不该主持召开这么一个会!那么多社会问题,那么多社会现象,讨论点儿什么不好,非得讨论教育,教育的问题是哪一个市怎么样就对、怎么样就不对的问题吗?是我们市发展过程中最突出的问题吗?最突出的问题,那还是一个财资紧缺的问题,还是一个穷的问题!"

蒋副主席为自己辩护道："王书记,首先我得声明,召开这次会并不是我头脑发热的想法,是常委杨亦柳同志的要求。当然,我个人也认为,政协召开一次关于教育的研讨会也有必要。诚如您刚才所说,社会问题很多,现象很多,都值得政协研讨研讨,发表发表看法。但教育公开与否的问题,在我们市确实是一个相当突出的问题,山里山外两重天,锦上添花花更红,雪中送炭盼无期,已经成了老百姓的普遍看法。以前,我们总是用'先把蛋糕做大'这一种借口和稀泥,压着,束之高阁。但到底压到哪一天是个头呢?党中央国务院提倡发展和谐社会、共享改革成果、体现社会公平,你们二位也得同意,有些成果不是那么容易共享的吧? 有些公平不是那么好体现的吧? 相比而言,教育公平,那还是具有一些可操作性的吧?"

王书记拍了拍提案:"那你蒋副主席也不应该在这上署名! 上级还没任命主席呢,你这位副主席现在就等于是正的。你都署上了名,还作为一份政协的正式提案送来,不是将我们的军吗? 你们政协叫我们市委市政府如何是好?"

李市长也说:"我同意王书记的话。政协要帮忙,不要添乱!"

蒋副主席张张嘴,一时说不出话。

这时门开了,秘书小莫走进来:"网上的言论全都下载下来了,重复的合并了,也按百分比分类了。几位领导现在要不要看?"

王书记一声不响伸出手,小莫交给他几页纸,退了出去。

王书记看了片刻,生气地往桌上一拍:"你们那个会的情况还抖搂到网上去了! 七八位省里各级领导的名字被曝了光! 你们这究竟是在干什么嘛! 唯恐那些个网上的大嘴寂寞?"

蒋副主席一听,神色不安起来:"这……我会后还一个一个打电话告诫过,坚决不许往网上捅……" 他刚欲伸手拿那几页纸,被李市长手快拿了过去。

王书记问:"会不会是那个李一泓干的?"

蒋副主席摇头:"我想不会,他在医院里。"

李市长指着一页纸说:"在网上,他那一口血,使他似乎成了英雄!"

王书记问蒋副主席:"你对那个李一泓,了解多少?"

蒋副主席没反应过来:"什么意思?"

王书记挑明了问:"他是一个品质怎样的人?"

蒋副主席回答:"我敢保证这个人的品质是良好的,民间口碑颇佳……"

李市长撇撇嘴:"民间口碑,只不过是民间。如果一个人政治上不成熟,动不动哪壶不开提哪壶,经常添乱,那么这样的人,越是在民间有好口碑,反而越不适合进政协。"

蒋副主席不软不硬地顶了一句:"李一泓同志成为政协委员,是一位深受我们尊敬的老常委去世前郑重举荐的,是经过统战部门调查了解,多方面征求了意见的。据他所言,到目前为止,他除了参加了政协的讨论,作了有准备的发言,其他什么暗中的小动作也没做过……"

王书记问:"这一点你也敢担保吗?"

蒋副主席愣了愣,不言语了。

王书记又说:"就在我这间办公室,因为伪劣大米那件事,我和他谈过一次话。老实说,他当时给我留下的印象也不错,我当然宁愿继续对他保留有那一种好印象。但是,一方面他通过自己的女儿为省里几位干部走杨校长的后门,一方面又煞有介事批评我们市的教育公平问题,这种做法可就不怎么样。"

李市长放下那几页纸:"如果不是黄院长当面向我们汇报,我们还真不相信你们政协居然开了那么一次糟糕的会,真是多此一举。"

蒋副主席谨慎地说:"我想,真相也许不是这样的。"

王书记说:"与事实相比,'也许'是没有说服力的。我看这样吧,这份提案,还是要压一压,暂时不转给人大方面的理由,也只能还是那样一句话——等我们把蛋糕做大。组织一些可以信任的人士,以绝对正面的看法,将网上那些自由主义言论冲一下,使其大事化小,由小而了,以不了了之为好。李市长,你认为呢?"

李市长说:"同意。我们要对省里各级领导的面子负责。至于我市山里某些农村学校的实际情况,我认为我们要信任农民们的承受能力,不能说他们目前已经没有心理承受的空间。"

"那,咱们就算达成共识了吧。"王书记转头对蒋副主席说,"对了,蒋副主席,请你让人送一份有关李一泓的个人材料来,我和李市长都希望对这个人多掌握一些情况。"

蒋副主席面无表情,一声不响地站起来就朝门口走。

王书记和李市长不禁相互对视了一眼。

蒋副主席在门口站住,也不转身,也不回头,低声而语调缓慢地说:"如果我不在那一份提案上署名,那我以后在许多政协委员心里,也就一点儿威望都谈不上了……"说罢,推门而出。

李一泓在病房里给几个穿病员服的孩子表演魔术,蒋副主席披件白褂子出现在门口,李一泓跟几个孩子说:"改天再给你们变,啊?"

孩子们都懂事地离去了。

李一泓和蒋副主席走在医院的院子里,走到了葡萄架下。

"那天会上,我真失态。我没想到自己的心理承受力会那么差——一点儿小尴尬就吐血,太可笑了!"

"那也不能叫失态,更不可笑!起码我不认为你可笑。"

"我李一泓还从没在品质方面被人当众指责过,而且还被指责得哑口无言。"

"真是黄院长说的那么回事?"

"不完全是那么回事。我小女儿李素素当年是走了杨校长的后门进入市重点中学的,这事不假。我大女儿李春梅有一天来看我,也确实带了一份名单,说要帮几位省里的干部把独生子女转入到咱们市重点中学来。她央求我替她去求杨校长。我当时拒绝了,还严厉地批评了她,结果她赌气离开了家。那天您还没亲自带给我政协委员证呢,但我确实已经按一位政协委员的言行标准要求自己了。"

"这我相信,可你当时为什么就不这么解释一下呢?"

"我想,肯定是我大女儿她背着我,又打着我的旗号去求的杨校长,而杨校长办理了那一件事。无论我当时怎么解释,对杨校长不是都太不公平了吗?所以我当时没法解释,只有哑口无言的份儿。"

"据我所知,你和杨校长,你们关系一直很好,她就没告诉过你?"

"她那人,帮了别人什么忙,自己从来不会主动讲的。让我生气的是我的大女儿,我们后来又见过一面,她居然也只字不提。这件事我实在难以原谅她。"

"一泓啊,我们开会的情况上了网了,不是你搞上去的吧?"

李一泓很意外,摇头否认。

"那……会是谁呢?不瞒你说,王书记和李市长都很不满。站在他们的立场想想,那也能理解。"

"蒋副主席,我李一泓以人格向您保证——除了在会前我和杨校长交流过看法,除了那一天到会发言,我没背着政协和您做过任何事。"

"那一位农村小学的苏校长给你的信,也不是你弄上网的吗?"

李一泓摇头:"会上我已经解释过了,那封信我丢了。"

"是啊,你当时是解释过了。"

"你也不相信我的解释?"

"我是相信的,当时就相信。你们文化馆的老馆长,留下了一封对你的品质极为肯定的举荐信,所以不管别人怎么看你,我是不会轻易在品质方面怀疑你的。可现在,偏偏有人对你的品质提出了质疑。"

"如果我给政协和您本人造成了什么不良影响,那么我可以主动提出,不当了。"

"你误会了。我的意思是,以后一定要牢记,政协委员虽然不是官职,但角色要求也是多方面的。政协是一个平台,以后你的参政意识,还是要以在政协这个平台上来充分体现为好。政协委员信托政协这个平台和渠道建言献策,这是与民间网上随随便便的自由言论完全不同的性质。这你也得明白啊!只明白不当'两手委员'是不够的。"

"蒋副主席,谢谢您这么爱护我。"

"我也在你那份提案上署了名。我们是一根绳上拴着的蚂蚱,你得罪什么人,我也是得罪了的。"

"这……"李一泓有点儿不知说什么好了。

李一泓的手机响了,他走到一旁去接手机,是春梅打来的:"爸,是我……你气坏了吧?"

李一泓声音很低,然而很严厉:"你还好意思叫我爸!你竟然对我只字不提那件事!"

"爸,我想去看你,可又不敢。"

"我明后天就出院,你不必来。来了我也不愿见你!"

"爸,我怎么也没想到事情会变成这样……"

"你不要说了,我现在不愿和你谈。"

"爸,那我再问你一句话,只一句——我和你是什么关系?"

"嗯?"

"那……你是我亲爸吗?"

李一泓一愣,春梅又问:"我是你亲女儿吗?"

"你东拉西扯,莫名其妙,我不跟你再说下去了!"李一泓合上了手机,他转身再看蒋副主席时,蒋副主席已不在了,站在那儿的是护士。

"领导走了,你该回病房打针了。领导让我转告你,政协明天会派车来接你出院的。"

放学了,周家川、王连举等男生左右簇拥着素素,往一排自行车那儿走,周家川无话找话地说:"哎,素素,虽然他和《红灯记》里那个出卖了李玉和的叛徒同名,可他特有正义感,我们已经是好朋友了。"

王连举点点头:"希望以后你和我们几个都成为好朋友。"

素素指着周家川说:"我郑重声明,我和他也不是什么好朋友。我们只不过曾是重点中学的同班同学而已。"

周家川说:"是啊是啊,从初二就是同班同学。现在都成了六中的学生,不但仍同班,而且还同桌了。可以说我们之间的关系发生了历史性进展。"

素素不再说话,飞身上车,向校门骑去。周家川们你看我,我看他,王连举对周家川埋怨道:"你跟她提叛徒不叛徒的干什么呢!"

胡之详说:"放心,我觉得她根本没看过《红灯记》,不会影响你在她眼中的现实形象的。"

王连举恼火地说:"叛徒王连举也不是我的历史形象!"

许如风幸灾乐祸似的说:"反正一笔写不出两个王,八百年前你们肯定是一家!"

周家川提议:"好了,都别闹了。六中不是重点中学,离她家远了。不少重点中学的学生也把她当成叛徒了,咱们护送她一段路怎么样?"

几个男生点点头,都骑上自行车驶出校门,向素素回家的方向追去。

骑行在一条街巷中的素素发觉了尾随其后的男生们,一足点地,停住自行车,调了个头,向几个男生骑去。

"你们盯梢啊? 讨厌!"素素在他们跟前停住自行车,冷冷地说。

几个男生尴尬了,面面相觑。周家川说:"我们只不过是想……"

素素打断他:"谁管你们怎么想,不许再尾随我!"调转自行车,快速而去。

在另一条街巷中,素素迎面碰到了杨亦柳,二人不约而同地下了自行车。

"杨校长……"素素心情复杂地哭了。

"素素,对新的学校还适应吗?"杨亦柳和蔼地问。

素素点头:"还行……"

杨亦柳叹口气:"你爸爸,怎么样了?"

"他不许我耽误学习去看他……杨校长,我……我对不起您,我爸爸,他更对不起您……"

"素素,你没什么对不起我的,你一向是咱们重点中学的优秀学生。我听曲老师说,她给你写的转学鉴定那也是很好的。至于我和你爸爸……你千万不要因为我们大人之间闹矛盾,就影响了你的学习劲头,啊? 你的高考志愿,没有因为转到六中去而改变了吧?"

素素点头,低着头抹眼泪。杨亦柳欣慰地说:"这我就放心了,快回家去吧!"

望着素素骑上自行车驶远,杨亦柳也骑上了自行车。

回到家,杨亦柳吃完药后,倦怠地坐在沙发上,看一眼电话,按下了收听留言的键:

"杨校长,我是省教委刘主任的秘书小薛。刘主任很关注你们学校那边发生的情况,他希望你能主动给他打一次电话,向他汇报一下。"

"杨校长,我是省财政厅阎副厅长的爱人。老阎让我问问你,网上的名单究竟是怎么回事?那事有没有什么背景?他很不安,也很生气。他不便亲自给你打电话,希望你往家里来一次电话,预先跟我通个气,也好让我们心里有个数。"

"杨校长,我是徐安江。你的手机为什么一直关着呢?我们省台对宣传你们市的重点中学一向是不遗余力的。现在你们这么搞,我女儿还能安心在你们那儿读书吗?"

杨亦柳烦恼地按了一下停止键,叹一口气,将头往后一仰。

门铃声响了,杨亦柳不情愿地起身,走到院子里,隔门问:"哪位?"

"是我,黄礼学。"

杨亦柳开了门,淡淡地说:"稀客,请吧。"说完,径自转身往屋里便走。

进屋后,杨亦柳淡淡地说:"坐吧。"

黄院长刚一坐下,杨亦柳又说:"有何贵干,说吧。"显然,她并不因为黄院长在会上替她鸣不平而对他心生好感。

黄院长将礼品袋往起拎了拎,又放下,微微一笑,故作拘谨地说:"也没什么给您带的,朋友从美国寄来的保健药品。我一想到您是更需要的人,就没舍得吃,您可别卷我面子,来个拒收。"

"好,我收下。我这人,从不拒绝别人的好意。"

黄院长笑了:"那天会后,我心里一直不安。李一泓他对您太那个了……我怕您想不开。我将来要给政协提意见的,也不能随随便便什么人都给个政协委员当当……"

杨亦柳打断他:"李一泓成为政协委员,那是经过统战部门和政协双方面进行了资格审查的,不像你说的那样是随随便便的事情。"

黄院长表情不自然了:"那是那是,但也不能只看重民间口碑,还要看政治素质对吧?他那种人,哪儿有什么政治素质可言呢?"

"黄院长,咱们不谈李一泓好吧?你就说你的事吧。"杨亦柳有些不耐烦。

"好,好,那我就开诚布公。亦柳同志,今年年底明年年初,咱们市一级政协就该换届了。我呢,算这届已经当了两届政协委员了。我知道,一般而言,像我这种情况,连当三届的可能是较少的。除非我下一届能够成为常委,才有机会继续保留在政协里,是吧?"

杨亦柳不动声色,听着而已。

"您看,我该怎么办呢?我跟别的委员不一样。有些委员,他们连续当了两届,参政议政的热忱就消退了。可我相反,我参政议政的热忱,却与时俱进,更加高涨了……"

"你想在下一届进常委?"

黄院长并不正面回答,从包里取出一份软装订的纸,双手向杨亦柳呈交:"这是我的一份个人总结。我当两届政协委员以来为促进和谐社会所做的一切事情,以及我的所有提案,包括……假如我下一届还是的话,我对自己的一些自我要求。"

"给我干什么?"

"也不只是给您,每位常委都给了一份。希望你们大家对我的积极愿望,能有种超前的了解。不,仅仅了解是不够的,还希望给予理解。"

杨亦柳接过去,看见首页上赫然打印着"政协委员黄礼学个人总结汇报"。

"你还够认真的。"杨亦柳随口说了一句。

"我当然认真啊！亲自校了两遍,敢保证一个错别字都没有。"

"几位副主席,你也都送给他们喽?"

"对,都是我亲自登门送的。"

杨亦柳放下他的汇报,看着他说:"黄院长,我也想开诚布公地问你一个问题,如果你不便回答,也可以不回答。"

"您问,只管问,没有什么便不便的。什么问题,我都愿意毫无保留地回答。"

"你是怎么知道李一泓的女儿那一份干部名单的?"

黄院长愣住了,他实在是没想到这个女人会有这么一问。

"不错,你在会上揭发的是事实,是有那么一份名单。但,这一件事,在咱们市里,除了我自己清楚,再没有第二个人知道。我也只不过批准了那些干部子女入学,但连他们的班主任也不知道他们父母是些省里的干部。"

"这……"黄院长语塞了。

"不可能是李一泓或他的大女儿告诉你的吧?"杨亦柳的目光紧盯着他。

"那倒不是,那倒不是。"

"难道是那些学生中某一个的家长?"

"也……也……"黄院长支支吾吾。

"也不是?不便回答,那就算了。我并不是非要知道才可,只不过心里有点儿纳闷罢了。"

"我……我当初揭发,那纯粹是冲着李一泓去的！他那么攻击您,我看不过去。"

"他那也不能算是攻击吧?看法不同,观点不同,相互激烈地争论,那不是政协常有的事吗?"

黄院长不自然了:"是啊是啊,但我可是出于维护您……"

这时门铃又响了,黄院长趁机起身,巧妙地掩饰了尴尬:"您别动,我替您去开门！"

来的是曲老师和李副校长，二人进屋后，杨亦柳对黄院长礼貌之至但是不冷不热地说："你看，我的同事们来了，我们还有工作要商议，就谈到这儿？"

黄院长只得拿起自己标志性的公文包，连连点头："行，那……我的那个、那个……您多……啊……"

杨亦柳将他的汇报放入抽屉，同时对曲老师说："曲老师，请你替我送送我这位客人吧！"

曲老师回到屋里时，杨亦柳和李副校长已都坐下了。曲老师也坐下后，杨亦柳皱着眉，大不以为然地说："中国的汉字，真是多义啊！我上中学时，'跑'字没现在这么多的意思。难怪有人跟我抱怨，现在当语言学家更不容易了！"

曲老师和李副校长不由对视一眼，曲老师说："校长，咱们重点中学的学生和六中的学生打起来了！"

杨亦柳吃惊地问："怎么会发生这种事？双方有受伤的吗？"

李副校长说："曲老师没说清楚，不是相互之间的身体攻击，是在网上展开了口水大战。咱们重点中学的学生，当然都全力捍卫本校的光荣，可越来越寡不敌众。其他中学的学生，几乎都站在六中一边攻击咱们重点中学，咱们一些学生和老师都气哭了。"

杨亦柳松了口气："曲老师你吓我一大跳！"

"我看参战的不光是学生，形形色色的大人也不在少数，今天一天点击率就翻了几倍……"曲老师拿出了厚厚一摞纸，念道，"我市重点中学，好比古代帝王的爱妃宠妾，金屋藏娇，御林护美，红烟罩之，紫光环之……校长您听听，这能是学生的语言方式吗？"

杨亦柳轻叹一口气："是啊，不太像学生话。可也不一定，现在的学生，都爱在网上转。"

李副校长说："也许我们的某些同行也参战了。他们看着咱们学校突飞猛进的发展变化气不打一处来,这也不是一天两天的事了。校长你看咱们该怎么办呢? 不采取些措施会失控的呀!"

杨亦柳想了想,果断地说:"这样吧,你们马上回学校去,第一,暂时关闭我们重点中学的校园网;第二,李校长你负责一下,明天通过有线广播向全校师生颁布纪律,要求不参与论战,不接受采访,不在校园内谈论此事,更不许与外人谈论此事!"

李副校长还是有点担心:"仅靠几条纪律,恐怕也限制不住啊!"

杨亦柳说:"那就考试! 隔一天考一次。非常时期,非常策略,每天考一次也行。不研究了,就按我说的办吧! 我也不多留你们了。"

李副校长和曲老师双双站起来,杨亦柳说:"曲老师,你把那几页纸留下,我要认真看一看。"

晚上,穿着睡衣的杨亦柳坐在床上翻看曲老师留下的厚厚一摞纸。她摘下眼镜,揉眼眶,揉了一会儿,自言自语道:"李一泓啊李一泓,你呀你呀,你看你把事情搞到了什么地步!"

又看了一会,手机响了。杨亦柳从床头柜上拿起了手机。

"一泓? 你在哪儿?"她很意外。

"我在往家走的路上。估计现在已经十一点了,不愿让你下床接电话,就试着给你打一次手机。怕回家后再给你打,让素素听到不好。"此时,李一泓正孤零零走在路上。

"你怎么会在路上?"

"我留下个纸条,偷偷出院了。亦柳,我对一切表示深深的歉意。但我的观点并没有改变。如果我哪一点做得不对,那也不是因为别的,仅仅是因为我不愿做'两手委员'。我希望在这一点,你仍是最理解我的人。我现在觉得很孤独……"

"我现在更觉得很孤独。太晚了,你快回家吧,我困了。"

她放下手机,刚拿起那一摞纸,电话响了。心烦意乱地放下那一摞纸,她不想接,可电话响个不停,她只得离开卧室去接电话。

电话另端隐隐传来一个男人愤愤的声音:"杨校长,杨亦柳同志,有你这么办事的吗? 你在搞什么名堂? 你要是不同意接收我儿子转学,那你可以明说嘛! 为什么生米做成了熟饭,现在又要把我的职务和名字公布在网上?"

杨亦柳嗫嚅道:"那,那不是我干的……"

"不是你会是谁?"

杨亦柳生气了,大叫:"你问我,我问谁?! "

她啪地摔下电话,还不解气,又将电话线拔了。做完这些,她再也忍不住,双手捂脸,无声地哭了。

李一泓已走到家门口,他又一次怀着希望按手机,还是不通。他仰脸看看夜空,深吸一口气,揣起手机,推开了家门……

第十五章

素素在自己的小屋里上网,网上一阵阵枪林弹雨,一处处短兵相接,使她不由得联想到了"黑云压城城欲摧,甲光向日金鳞开""城头铁鼓声犹震,匣里金刀血未干"之类诗句。而素素则是,哪个对李一泓出言不逊,哪个就是她的网上之敌!她已经无暇思考对与错,也不管谁是六中的谁是重点中学的,更不管谁是学生谁又可能是师长!那天晚上她是豁出去了,想讽就讽,想骂便骂——谁叫他们侮辱她的父亲呢!

目不转睛地盯着显示器屏幕,素素脸颊上都淌下汗来了,汗珠无声地砸落在键盘上。

素素甩了甩双臂,双手相互抻了抻手指,又快速地敲击键盘,屏幕上出现一行字——"坚挺李一泓!骂他的人都是猪!野狗!癞蛤蟆!"

以上字转眼消失,另出现一行字——"对不起,网站已关闭!"

素素大叫:"混蛋!"

她听到有人叹了一口气,回头,见父亲已不知何时站在她身后。

李一泓摇头,不赞成地说:"女儿,你这又是何必呢!"

素素起身,扑入父亲怀里,哭了:"爸,你以前从没招人骂过!别人骂你,我心里难受!"

李一泓轻拍着她的后背说:"你要相信一点,爸爸并没做什么不光彩的事!"

素素将李一泓推开:"可你做了!"

"那你还帮我?"

"因为你是我爸爸!"

"那你就不对了。"

"就你对?你看你搞出了一场多大的事!你不是政协委员吗?政协委员不是应该促进社会和谐的吗?这就和谐了吗?"

李一泓在素素的床边坐下,掏出烟说:"有些不公平的事,需要有人把它指出来。人人装聋作哑,视而不见,听而不闻,那是虚假的和谐。"

素素劈手将烟夺去,撕破烟包,扔进纸篓。

李一泓反而笑了:"我不吸,只不过闻闻。以后,我真的戒烟了。"

"爸爸,你消失几天吧!有些明星惹起了风波,都用这一招。"

李一泓又笑:"我又不是明星。"他将素素拉入自己怀里,"再说,我也不认为我惹起了什么风波,别替爸爸担心,没那必要。"

他将素素抱起,放在床上,替她脱了拖鞋,盖上了线被:"太晚了,明天还要上学呢,就这么睡吧,啊?"

"爸,听说你吐血了,我、姐、哥哥和嫂子,我们都吓坏了。"

"我这不是好好的吗?没事儿,只不过使爸爸对自己有了进一步的认识——看来我还不像自以为的那么有涵养。乖女儿,闭眼睛。"

素素听话地闭上了眼睛。李一泓起身拔了电脑连线,合上电脑,关了灯,悄悄退了出去。

坐在床上,李一泓戴着花镜,又在看老馆长的事迹材料。老馆长曾经说:"经常有新委员问我——我们政协委员,究竟应该起什么作用呢?我认为,我们首先对党和政府所应起到的作用是拾遗补缺。"

早晨,素素骑着自行车驶在上学的路上,被几名重点中学的男生用自行车拦住了去路。

一名男生斜眼看着素素:"李素素,久违了呀!转到六中去,更是一块宝了吧?"

另一名男生幸灾乐祸地说:"听说你那个是政协委员的老爸吐血了?好悲壮,我们有没有幸参加他的追悼会啊?"

"你们想干什么?"素素虽然很生气,但是也有些慌了神。

第三名男生不怀好意地说:"干什么?!你总爱穿白色的衣裳,我们看不顺眼,帮你染染!"

于是几名男生同时从车筐里拿起射水枪,一齐朝素素射击,素素吓得急忙捂脸抱头,她好像听到了周家川、王连举等六中男生的声音。

那几名男生跑掉后,素素低头看自己的衣裳,已是黑点红点黄点绿点乱七八糟的一片片点子,她气得流泪了。

周家川几人过来了,周家川一边脱自己的上衣一边说:"你看,非常时期,对你实行重点保护是必要的吧?"

……

同学们在静候老师来上课,素素穿着周家川的宽大上衣,表情还是很委屈。而周家川坐在她旁边,只穿着红色的圆领背心。

刘老师走入教室:"对不起同学们,迟到了几分钟。老师们刚刚开完一次全体教师会议,现在我宣布会议决定的几条严格的纪律——第一,我六中学生,一律不得再在重点中学的网站发帖子,参与所谓'一泓风景'。"

王连举幸灾乐祸地说:"他们的网站已经不得不关闭了。"

另一名男同学以胜利者的口吻说:"是在讨伐的声浪中被迫关闭的!"

刘老师听到了他们的话,批驳道:"你这么说是错误的!那是人家高姿态的体现。所以我们六中,也要姿态更高一些。我知道我们普通中学的学生,看到重点中学年年受优待,操场又扩大了,铺上塑胶跑道了,校舍又翻新了,校门改建得更气派了,心里有些不平衡。但在网上对人家进行攻击、辱骂,那是素质很低的行为。所以,第二条纪律是,凡我六中学生,也不得在我们六中网站上继续那一种行为。"

"老师,我们的网站不关闭?"周家川问。

"全校教师会议认为,没有关闭的必要。非但不闭,也该支持同学们照常发表对教育现状的各种看法。"

同学们一齐鼓掌,刘老师示意大家静下来,接着说:"但大家的言论,应该是理性的,摆事实讲道理的。同时,老师们认为,我们六中应在网上发表一封致重点中学同学的公开信,对我们已既成事实的非理性言论,向重点中学的同学们进行真诚的道歉。老师主动将这件事揽下来了。现在,哪一名同学愿意承担写公开信的任务?"

同学们你看我,我看他,没有人主动站出来。

素素在沉默中犹犹豫豫地举起手,周家川扯了她一下,她反而将手举得更高了。

市委,王书记正在主持会议,李市长、蒋副主席、杨亦柳等十来人在座,气氛很凝重。

王书记的秘书小莫在看着几页纸汇报:"第四种情况,没什么特别值得说的,无非是些攻击、恐吓、辱骂性质的言论。重点中学和其他普通中学双方都有这一类言论,约占言论总量的十分之一左右。"

杨亦柳说:"我们学校的网站上不会再有了,因为我们已经将网站暂时关闭了。"

王书记赞许地点头:"听说你们政协有一句流行语是'关上门,一家人'是吗?"

蒋副主席笑了:"那是我的口头语。说的次数多了,别人就也学了。"

王书记说:"你们那个李一泓,他也有句口头语,是'亲爱的同志'对吧?"

杨亦柳点头:"他是爱这么说。"

王书记说:"现在呢,咱们这个会议室的门也关着。我和李市长初来乍到,都说新官上任三把火,我们还一把火也没来得及烧呢,你们政协就给我们惹出了这么大麻烦。"

蒋副主席微微苦笑,杨亦柳低下了头。

王书记说:"事件的性质虽然不能说有多么严峻,但是,太讨嫌了。有好几位省城里的干部给我和李市长打电话了,质问我们这个市想干什么? 人家说,无非就是孩子转学问题嘛,那还算不上什么腐败吧? 我和李市长被质问得哑口无言。"

李市长和王书记对视一眼,说:"我和王书记,我们二人已经命我们的孩子速速转回他们原来的中学去了。所以,大家可以畅所欲言,不必有什么顾虑了。"

"在座都是政协的常委同志,我把统战部长也请来了。"王书记把胳膊伸向微笑着的女统战部长,又说,"亲爱的同志们,这一件事,如果我和李市长置之不理,显得我们多么闭闻民声。如果要让我们代表市委市政府也给出一种态度、一种立场,我们又确实不知道该怎么办。诸位都是在参政议政方面很有经验的人士,那么,就都为我们建建言、献献策吧。"

一位委员(就是第一个在李一泓的提案上署名的,我们姑且叫他"某委员"吧)看着王书记说:"王书记,恕我直言,我不太同意您刚才的几番话。首先您把事情说成是事件,这种说法不妥。其次您说'太讨嫌'了,我个人认为,'太讨嫌'的肯定不是李一泓委员。如果几位省城里的干部并没有把他们的儿女转到我们市的重点中学来,那么他们现在也就根本不会陷于什么面子不面子的烦恼。至于他们的做法算不算是腐败,我和您也有不同看法。我认为,凡是假公权而济私的行为,都是不良的权力行为,起码也对公权构成不同程度的腐蚀。"

李市长不悦地说:"亲爱的同志,我们不在词句上做文章了行吗?"

某委员正色道:"这并不是词句问题,是公权意识问题。"

蒋副主席轻咳了一声："我说两句吧。作为我市政协的主要负责人，这几天我一直睡觉不踏实。我想了几个问题：一、可以说是我们将李一泓同志请进政协的。那么，我们是否错了呢？他不是教授，不是专家学者，不是'海归'，只不过是我市一个文化馆的副馆长。但他是一个和人民群众有着密切联系的人，他对人民群众具有想当深入的了解。而且，他的口碑很好，是群众比较信任的一个人。既然我们政协出于广泛代表性的原则，将某些文艺界人士也都请入了政协，那么我个人认为，我们使李一泓同志成为政协委员并没有错。"

蒋副主席将目光望向了统战部长，统战部长说："我同意蒋副主席的看法，李一泓确实是一位好同志。"

蒋副主席说："我想的第二个问题是——李一泓做错了什么事没有？有一个他以前并不认识的农村小学校长，写给他一封信，信中反映了农村中小学的一些状况。而他呢，利用文化馆送书下乡的机会，亲自去看了几处农村的中小学。这证明他作为一位新增补的政协委员，是有责任感的。回到市里后，他先找了杨亦柳常委汇报。是这样吧，亦柳同志？"

杨亦柳说："对，是这样。当时我对他的话反应太敏感了，很情绪化，结果我们不欢而散。"

蒋副主席继续说："之后他又来向我汇报，希望政协召开一次会议，听他汇报汇报他的想法。倒是我作为政协副主席，心中当时产生了种种私心杂念，说了些企图打消他念头的话。我认为他当时也接受了。从以上过程来看，他本人实在没有做错什么事。过了两天的那一次讨论会，是亦柳同志坚决主张召开的。综上所述，我们不能因为一件事使几位领导干部不痛快了，我们就对一位新增选的政协委员耿耿于怀，好像非要拿他问罪不可似的。李一泓他毕竟提出了一个以前没有提出的问题，即一个经济欠发达的省份的某一个地区，以及市一级政府，如何落实党中央国务院提出的建设社会主义新农村、共享改革成果、均衡发展教育的问题。在经济这一块蛋糕确实还不够大，甚至仍可以说还很小的情况下，政府是继续对农民说请你们再耐心等呢，还是蛋糕虽小，城市经济反哺农村，依然可以反哺得有情怀、有行动……所以，我在他的提案上署了名。"

统战部长说："王书记、李市长，我理解你们二位的烦恼心情。事实上政协已经开始做了不少化解事态的工作，政协通过许多委员，又经由他们通过许多民主党派的人士，在全市各校发挥了很好的影响。名校的校长老师，都没有推波助澜。杨亦柳还有进一步的主张，是否也可以在此议一议？"

杨亦柳说："我来之前，有几所中学的校长主动给我打电话，希望联名召开一次大讨论，题目是——《贫困农村对你是一个什么概念》。我觉得，现在的初中生、高中生也实在需要这样一种情怀教育。对网上的炽热对立，是不是一种降温、一种引导呢？"

王书记问："什么时候？"

杨亦柳说："如果两位领导同意，那就定在今天晚上，在我们学校。届时各校网站全部开通，形成现场和网上的互动。"

王书记和李市长对视一眼后说："我只有一条要求——千万不要让那个李一泓到场了！"

李市长也说："我也是这个意思。他是焦点人物，以回避为宜。"

李一泓像小学生一样，坐在自家桌子那儿聚精会神地听老馆长的录音，并不时在小本上作记录：

"……站得越高，看得越远。但看得越远，是不是就意味着看得更分明呢？那也未必。从太空看地球，高倒是高了，但芸芸众生的日常生活，在遥感摄影的图片上是看不到的。我们有些领导同志，他们终日里很忙，基本情况是忙在上边。倒不一定是他们不愿意接近群众，而是他们的职务将他们牢牢地拴在上边了。人民大众和人民大众的实际生活，在他们那儿只不过变成了图表、数字和公文，所以他们在认识上就有局限了。有局限的认识，就是有所遗、有所缺。我们政协委员是来自方方面面的。我们经常能够很近很近地接触到社会现实，所以拾遗补缺就成了我们的责任之一……让我来举一个例子——十月革命以后，列宁的夫人克鲁普斯卡娅参与过教育工作。有次，一位年轻的女教师请她看一幅图画作业，那是以'快乐时光'命题的图画。半页皱巴巴的纸上，画着有破碎齿纹的三角形，其内是一个圆，像古怪的几何图形。两个大人都不明白，一个孩子的'快乐时光'和那样的一幅图画有什么关系。于是他们决定共同了解一下。结果是，那孩子的父亲在十月革命中牺牲了，母亲奄奄一息地病在床上。母子俩住在一幢成了残垣断壁的楼房的最顶层。在寒冷的冬季他们没有木材取暖，几天才能领到一小块黑面包。三角形开窗是破的，下雪时雪花落进来。而当太阳移到开窗正中央时，那时候便是那孩子的'快乐时光'。克鲁普斯卡娅于是指示工作人员为母子俩安排了一个好些的住处，给他们送去木材、面包和土豆，还派医生为那母亲治病。后来卫国战争爆发了，那母亲将自己唯一的孩子送上了前线。她说：'当年苏维埃爱护过我们，我现在舍出我的儿子保卫它。'克鲁普斯卡娅，不但对一个孩子的图画敏感了，还去调查了解了，还力所能及地去解决了，而且向列宁进行了正式的汇报，并建议苏维埃政权即使再困难，也要尽量为那样的一些孩子和母亲做些事情。全苏少年儿童救助委员会，就是这样产生的。我想政协委员在党、政府和社会现实这三者之间，也正是要起到那样一种作用……"

这盘放完，李一泓起身又换了一盘磁带：

"但我们政协委员的职责，又不仅仅是拾遗补缺。我们还要反对身为领导干部的人的错误做法，还要对他们的错误的思想习惯提出批评，有时还要批评得十分尖锐。而有私心做不到这一点，没勇气也做不到这一点。我家住在一条小街，只不过五十多米长的一条小街，和一条大马路形成丁字路口。修那条大马路时，仅沿两条人行道在小街的路口里换了几块新的路沿石。我曾问修路的领工,为什么不顺便把那五十多米豁牙断齿的路沿石也换一换啊? 他们回答说上级认为没必要。我又去建议那上级,他回答说:'领导的车根本不会往那一条小街里拐!' 他们宁肯命令工人们再将那些剩余的路沿石装上卡车运走。运到哪儿去了呢? 后来我发现,都卸在一处建筑垃圾堆那儿了。那条小街虽然短,可也住着近百户人家呢! 那些人家怎么看这件事儿呢? 他们说:'多损啊,一丁点儿好处的光都不愿让老百姓沾到! 这还沾的不是他们家的光。' 各位新委员有所不知,修益民公园时,临马路这边儿,花啊,草啊,搞得漂漂亮亮的。可不临马路的那一面,紧挨老百姓住家的那一面呢,连道砖围墙也不砌。下雨天,泥水淌下来,老人孩子常滑倒。我就又去找有关方面负责人,期望能把背面也修修。他们怎么答复呢? 他们说:'外国人经过马路看不到背面!' ——当时,有一批外国游客将到我们这一座城市来访古。往往,有些事做与不做,做得怎样,并不是财力的问题。有时候,某些事,最终变成了仅仅为上级而做。估计着领导的脚走到哪儿,目光能看到哪儿,就决定做到哪种程度。这一种思想习惯,更需要我们政协委员来反对。不反对,以人为本,就成了以领导为本。习惯的都是很顽固的,我们反对起来就很吃力。而凡吃力的事情,就更需要讲究方式方法。发乎善意,是我们政协委员一切方式方法的根本立场……"

听完磁带,李一泓走到了院子里,呆呆地看着树、花,脑袋里依旧盘旋着老馆长的话。他想起了从文化馆运来的收藏品,打开了那两间屋的锁,点数、观看那些收藏品,他不时拿起这个,放下那个。

六中放学了,周家川骑着自行车赶上了素素。

"素素,我有事跟你说。"

"你那几个同党呢?"

"我要跟你说的是机密事,把他们甩了。"

两个人将自行车停在河边,周家川坐在沿江石栏上,素素站在他对面。

"说吧,这里绝不可能有人偷听到。"

周家川嗫嚅地说:"素素,你老爸他……确实是被冤枉了!"

"但愿能有人证明这一点就好了。"

"我能!"

"你? 你怎么能? 快说呀!"素素激动地眨着大眼睛,心情迫切。

"因为,是我把那一封信弄到网上去的。"

素素瞪大了眼睛:"你……逗我?!"

周家川摇头:"真的,素素。刚放暑假时,你父亲把那封信丢在校园里了,恰恰被我捡到了。他回到校园找,见了我,还问我捡到没有,我骗了他。后来我就将那一封信添油加醋了一番,以你父亲的名义发到网上去了。"

"可……你为什么要那么做?"

"上学期我家盖房子,我父亲累病了,我的学习也大受影响,老师们似乎就对我失去了信心,这使我压抑、郁闷。还不许我按时放假,非把我扣在学校补习不可! 我要求转学那天,看到你老爸坐在杨校长办公室里。我知道你老爸和杨校长关系好,所以心里的火,也就迁怒到你老爸身上一些了,成心给他这一位新政协委员制造风波。"

"那你现在打算怎么办?"素素怒视着周家川。

"我也不知道……"周家川低下了头。

"你等于陷害了我父亲! 你使他树敌多多,有口难辩,招致了网上那么多重点中学的学生和家长骂他、恨他,你却说你也不知道该怎么办?"素素说的时候眼里已经有了泪,父亲受了太大的冤枉,背了太难听的骂名,而且还导致了自己转学、被污辱。

"是啊,我真的不知道该怎么办。"周家川的头低得更低了。

"你起码要在网上来个声明,承认你的卑鄙行径!"

"那我可没那个勇气,我也只有勇气当面向你承认。"

素素扇他一记耳光,一转身气咻咻地骑上了自行车。

周家川捂着脸,喊:"素素!"

然而,素素的身影已远去了。

素素一进屋,就见李一泓在上网。

"回来了? 饭热在锅里呢,我已经吃过了。"

"爸,你别亲自上网跟别人理论了,好吗? 网上没大小,还有不少流氓、痞子,你何必再招惹他们呢?"

"我没跟谁理论什么,我是在进行网上拍卖。"

"拍卖? 咱们一户清贫之家,有什么值得你拍卖的?"素素奇怪了。

"我在拍卖我收藏的那些文物,而且你老爸已经拍卖到国外去了! 女儿,快过来给老爸翻译翻译,看这几行英文什么意思?"李一泓指着电脑屏幕问。

素素走到父亲身后,将下颌抵在父亲肩上,看了看,问:"你还自己传过去照片了?"

"照片都收在盘上了,传过去有何难,他怎么说?"

"他说,对照片上的线锤很喜欢,先寄五百美元订购一个。"

李一泓站起,兴奋地搓手:"太好了,太好了! 咱们有几十个线锤呢! 文物局那帮家伙,居然还从不承认我的收藏算文物!"

素素也高兴起来:"爸,他问还有什么?"

"替我告诉他,好东西不少! 有一架纺车是雍正年间的!"

素素坐下,飞快地敲打键盘。

李一泓却发起愁来:"可怎么给他弄到国外去呢?"

素素也兴奋了:"爸,他说他愿意亲自到中国来找你,看看那纺车!"

"素素,老爸要成阔人了!"

素素离开电脑,扑到父亲身上,双腿夹住父亲,笑逐颜开:"爸,千万可别跟人说。对谁也别说,免得引起红眼病! 如果钱真够多,咱们买楼房住吧!"

"那不行。我是要为那些山区的穷困农村筹钱盖学校,否则我舍不得拍卖我那些宝贝!"

素素从他身上滑下,往后退坐在椅上,呆看着他。

"咱们父女俩住这么三间房,还带一个小院儿。明年你考上大学了,平时就我一个人住,不是很不错了吗?"

"爸,你那么做,对于中国,没什么特别的意义。"素素不理解父亲的做法。

"但是对于我亲眼看到的那些孩子和那些老师,肯定是有意义的。"

"可那更是政府的责任!"素素有些生气。

"对,你说得对!所以我要修改我的提案,要坚持我的观点!"

"爸,你已经背上一口黑锅了,别再背上第二口。"

"黑锅不假,挺沉,有点儿压力。但我已经想开了——我背的那不能说是黑锅。经济欠发达地区也要考虑城乡如何共享改革成果的问题,说我这种观点是什么颜色的都可以,就是不能说它是黑的!"

素素闭上了眼睛,捂住了耳朵。李一泓虽然意犹未尽,但是也只得不说下去了。

"阿Q!"素素冲入自己屋里,赌气地仰躺床上。

李一泓跟到屋门口:"为什么说我是阿Q?"

素素猛地坐起:"你说的那些我不懂!我一个高中生也不想懂!但是我的同学周家川已经向我承认了——那一封你丢了的信是他捡到的,也是他添油加醋搞到网上去的,可你就是无法拿出确凿的证据来洗清自己的冤枉!你不是阿Q精神又是什么呢?"

"我不感到冤枉,因为我同意那一封信的基本观点!"

"但别人认为你无事生非,是麻烦制造者!就在今天晚上,重点中学要开学生辩论会,目的就是要肃清你引起的舆论流毒!"

李一泓一愣。电话响了,李一泓转身接电话——是蒋副主席打来的。

"一泓同志,你女儿一定跟你说过了,晚上在重点中学要开一次由学生们主持的会,社会各方面去感受情况的人肯定不少,我们的意思是,你可千万不要去。你现在是风口浪尖上的人,最好沉寂一个时期。"

"你们是谁?"

"王书记、李市长、我、亦柳同志和几位政协常委……"

李一泓拿着电话,沉吟不语。

"说话呀。给我个保证,别使我为难好吗?"

"这……那,我保证……"

李一泓缓缓放下电话,缓缓走到镜前,呆望着镜中的自己,心里黯然:"想我李一泓,爱国爱人民,什么时候说过半句对社会不利的话? 现在,有人却怕我在大庭广众面前开口说话了! 老馆长,老馆长,不知道你遇到这种情况是怎么做的。"

这天晚上,素素一下没看住,李一泓溜出了家门。素素猜到他准是去学校了,又气又急,推出自行车也赶往学校。

快到重点中学校门口,素素下了自行车,望着一批又一批学生进入校园,素素却不敢向前了。

一个人不敢进入自己的母校了,那一种忧伤的心情真是难以形容。

阶梯大教室里,一名女生正在发言:"贫穷离我很遥远,就像银河离我很遥远。不要问我对贫穷有什么印象,无论我有什么印象,贫穷的现象还在那儿贫穷着。我的人生信念只有一条,那就是千万使自己将来别成为一穷人。人穷志也短,贫穷总归是不幸!"

一些学生喊:"实在!"

另一些学生喊:"鸟话!"

还有一些学生喊:"滚下去!"

一名男生大摇大摆走上前,夺过话筒,煞有介事地说:"公民们! 我同情贫穷的人。每一次义捐活动,我都不是旁观者,不能多捐,还可少捐。除此之外,我们一名学生,还能做什么呢?"

王连举走上前,拍前者肩膀:"这位公民,发扬发扬风格,我就说一句,一句!"

对方愣了愣,将话筒递给了他。

王连举大声说:"我说诸位,都说什么呢?我只想请问重点中学的同学们一个问题——你们操场上的塑胶跑道花了多少钱?哪儿来的钱?"

他的话引起一阵嘘声和呵斥:

"你也滚下去!"

"你是中纪委的吗?"

"别有用心!"

主持人喊:"同学们,同学们,大家都不要激动!下面读一个条子——能给我个机会吗?——李一泓。"

主持人话音一落,大教室里顿时一片肃静。

主持人四下观望,寻找李一泓。李一泓正趴在窗台外。他轻盈地跃入教室,走上台去:"我理解主持人的意思,是允许我发言。"

一名女生尖厉的声音突然响起:"他是李素素的父亲!"

"不错,我女儿李素素,曾是重点中学的学生,她还不至于是一名令人讨厌的女生吧?"李一泓从容反问。

又是一阵肃静。

一名男生指斥道:"别作秀,有话快说!"

王连举大声教训那名男生:"放肆!他和你父亲一样年龄!"

一个大西红柿飞向李一泓,他手疾眼快地接住了。

李一泓看着西红柿说:"这么好的西红柿,又大又红,熟透了。"掂了掂,又说,"三两多。想用它打我的肯定不是农家子弟。现在这个季节,只有大棚里还能结出这么好的西红柿。农家子弟知道自己父母靠卖西红柿挣钱不容易,会舍不得出手。在我们这一座城市里,菜市场上的平均价是一块五一斤。一般老百姓的孩子也不太会舍得用这么大一个西红柿打人。加一个鸡蛋,炒一盘菜呢!谁会用它打我,我不明说了。"李一泓将西红柿又掂了掂,揣入兜里。

他抬起头环视着学生们,话锋突然一转,语气强硬起来:"但是我要告诉某些学生,你们还真得少跟我来这一套!我女儿当年进入这一所重点中学,那也还是因为学习成绩在那儿摆着,你们凭的又是什么?把不正之风的事情都做下了,还不许别人在网上批评批评吗?我李一泓也是有脾气的,惹我倔脾气犯了,宁可不当政协委员,也要给你们的老子更大的难堪!看支持你们的人多还是支持我的人多!"

门外,杨亦柳在不安地走来走去,她在小声地打手机:"是的,他居然来了,正在训学生。我觉得,有些话,我们当校长当老师的那是不便像他那么说的。有他这么个人,跑来训训也好。蒋副主席您放心,我就在门外观看着局面呢,我完全能掌控得了的。"

教室里,李一泓的话锋又一转:"孩子们,你们都是独生子女,每一个家庭,无论干部家庭还是平头百姓之家,想不以你们为中心,那都不知究竟该怎么去做。谁不希望自己的儿女将来有点儿出息呢?天下父母,皆同此心。所以我又认为,事情本来没什么大不了的,不值当谁非得小题大做,口诛笔伐。网上那一封对你们重点中学言词尖刻的信,根本不是我发上去的。还有那一份新转学过来的学生和家长的名单,也不是我发上去的。我去过一些山里的农村,亲眼看到了那里的学校是怎样的一种惨状,所以我想呼吁政府予以重视,这是我的责任!如果我不这样做,难道反而更配是政协委员了吗?"

"李叔叔,您丢的那一封信被我在校园里捡到了……我……我当时不还给您实在是不对。也是我添油加醋把它弄到网上去的,让您背黑锅一直背到今天。我错了……我公开向您道歉……"周家川终于还是鼓起勇气,承认了自己做的事。

大教室里再次响起掌声,那是对一个勇于承担责任的年轻人的肯定。

"赌气、转学,现在后悔不啊?"李一泓问周家川。

"不后悔！我一定要证明以往人们对于重点中学的升学率只不过是一种迷信！把学习好的学生和教学好的老师集中在一所中学,强化填鸭式的应试教育,升学率那能不高吗？可这样一种升学率,对于提高中学总体教学质量,又有什么示范的意义呢？"

周家川的话又博得了一阵掌声。

教室外面,推着自行车在楼外聆听的素素发现杨亦柳走到了跟前,刚欲开口,杨亦柳对她做了一个嘘声的手势,一手搂着她肩,小声说:"听你爸爸接下来说些什么。"

"大多数同学都鼓掌了,说明大多数同学有同感,我也有同感。中学是义务教育,重点中学凭借重点优势,凭借工资以外的高奖金,也就是隐性工资的巨大吸引力,将其他中学富有教学经验的老师挖走,这是不正当竞争。以前我因为自己的女儿也是重点中学的学生,我决不讲这种话。别人讲,我还要替重点中学说上几句辩护的话。"

"那么请问,你现在说这一种话,是不是一种'反水'行为呢？"提问的竟是曲老师。

"曲老师,您是教语文的。我理解'反水'就是背叛的意思吧？您和重点中学,对我的女儿都是有教育之恩的,我不背叛恩情。但是现在的我,一定要背叛从前的我。从前的我是一个什么样的人呢？凡是接触过我的人,都认为我基本上是一个好人。而我自己更了解自己。从前的我其实是一个事不关己,高高挂起,明哲保身的人。在我看来,重点中学的教学也有很值得忧虑的方面。让我来举一个例子——有一次我女儿和她的几名同学,在我家里开他们校刊的编委会,在讨论到一名同学的投稿时,一致的态度是不予采用,原因是没有文采。那名投稿的同学是一名来自农村的同学——他的稿件题目是《父亲的眼泪和雨》。内容是写农村遇到了旱季,作为菜农的父亲心急如焚,徒唤奈何。后来不得不花了一百元,请人用抽水机抽水浇地。可是上午刚刚浇完,下午就下起了大雨,父亲又不得不赶到地里去挖埂排水。一百元是白花了。一百元对于是菜农的父亲的意义，等于满满一手推车的豆角，而且还得推到集市上去顺利地卖完。'我'，也就是那一名同学，看见浑身泥浆的父亲回到家里，脸上还在流着雨水。他感到淌在父亲脸上的不仅是雨水，肯定还有汗水。倏忽间，他觉得心里疼了一下。他以前是很不尊敬自己身材瘦小的父亲的，因为自己的父亲只不过是菜农，命里注定将永远是菜农。那一天，他第一次感到了自己以前对父亲的不敬是罪过的。这么一篇投稿，在包括我女儿李素素在内的几名学生编委看来，简直一无是处，什么词汇量应用少啊、简单啊、没有新意啊、浅薄情调啊。同学们，我闹不懂了，我也是高中毕业文化的一个人啊！当年就在这一所学校，我也做过校刊主编啊！这怎么就反而成了浅薄情调呢？那在你们看来，什么反而是不浅薄的情调呢？那些无病呻吟的流行歌曲，用词量就反而大了吗？其情其调就不但不浅薄，反而很厚重了吗？老实说，那一天，我从旁望着我的小女儿，听着她和那几名编委的话，我觉得我的女儿陌生了。几年前她还是一个农村女孩啊！她的哥哥嫂子现在还是农民啊！在重点中学，以及别的中学，除了分数，还有没有人也关心你们的情愫和情怀是什么水平呢？"

教室外，素素仰脸看杨亦柳，杨亦柳正听得聚精会神。

"杨……杨阿姨，我想先走了。"

杨亦柳这才低头看她，说："别急着走，你陪我听听。"

"李叔叔，那一篇投稿是我写的。"说话的人竟然还是周家川。

"家川，如果六中也有校刊，那你就再投！说不定六中有你的知音！"李一泓勉励地望着周家川。

掌声又响起来，有的同学巴掌拍疼了，拍完后一个劲在揉手，但是表情仍很兴奋。

李一泓又说："孩子们，总而言之，我看到了某种教育的现象，但我这几天心里所想的，其实更是这么一个问题——在我们这样一个经济欠发达的地区、省份，城市经济要不要反哺农村？怎么反哺？从哪方面反哺是当务之急？这本不是我应该对你们说的事情,说了你们也不懂,也不感兴趣!"

同学们大喊:

"懂!"

"感兴趣!"

"那我也不占用大家的时间了,我得回家了!有些人包括我女儿,是反对我今天晚上来说什么的,我是偷偷跑出来的。"李一泓的话引起了一片笑声,同学们起立相送。

"杨阿姨,我必须走了。"素素话一说完,骑上自行车便朝校门骑去。

杨亦柳回到家,立刻给蒋副主席打电话:"对,散了。我刚回到家。"

"这家伙!他对我下假保证,他骗了我!他没有胡说八道吧?"蒋副主席在另一头说。

"实事求是地讲,他没有胡说八道。尽管,有些话我听了还是不太顺耳,但我们重点中学的学生们却还为他鼓了几次掌。已经很久没有什么人能在我们的学生中获得掌声了。我觉得,这个李一泓,他变了……"

"我们政协,一向就是个改变人的地方嘛!"蒋副主席看一眼手表,又说,"他没胡说八道就好。今晚,我们都睡个踏实觉吧!"

第二天上午,李一泓来到了蒋副主席的办公室。他掏出委员证,恋恋不舍地看看,放在桌上,说:"我昨天晚上欺骗了您。我到重点中学去了,而且还公开说了几大番话。也许我还不适合做一位政协委员。委员证是您亲自发给我的,我也亲自向您归还。"

"想不当就不当了?太随便了吧?"

"那,还要开除我不成?"

"你已经是了,开除你也不那么简单啊!"蒋副主席拿起委员证,绕过桌子,走到李一泓跟前,将委员证揣入他兜里,"一泓同志,你得把你的思考再梳理梳理。明天上午,省政协主席,将专为听你的想法到我们市里来。"

李一泓愣住了,他感到除了意外还是意外……

第十六章

小车驶入省委大院,省政协吴主席走下车,在省委书记秘书的陪同之下,匆匆走向省委书记办公室。

秘书推开省委书记办公室的门:"思毅书记,政协吴主席到了。"

省委书记刘思毅面前摆着一份简报,其上用宽道笔涂红了几行。刘思毅点着简报说:"你们二位到来之前,我又认真看了一遍,有些初步的想法,却又举棋不定,希望听听你们二位的看法。"

吴主席说:"刚才我还在车上看,新华社驻省的记者们动作可真快啊!"

纪委苗书记说:"名字上简报的干部们惴惴不安,生怕拿他们当典型,从严论处。某些人已经启动了自己的官场关系,替他们向纪委方面说情了。"

刘思毅说:"替他们向我说情的人也不少啊。我要求新华社驻省记者站的负责人,在我们省里还没作出反应之前,暂缓将这一份简报纳入内参报道。他们对我的态度表示尊重。但接下来的问题,那就是我们究竟应该作出什么反应呢?网上炒得沸沸扬扬,据最新统计,点击率已经超过了四百万,我们的安庆市一下子在全国出了名。我们省的新闻单位,我们自然还可以下个指示,不许他们轻举妄动。但外省市的新闻单位哪里会听我们的呢? 报道别的省市的干部们的不正之风,他们可来劲儿了。如果在那之后我们省里才作出反应,我们就太被动了。"

纪委苗书记说:"安庆市的市长和市委书记,是两名赴任不久的干部。他们已将他们的孩子从重点中学转出去了。尽管如此,他们的压力肯定也是很大的……"

吴主席点头说:"肯定也同样不安。"

纪委苗书记说:"我向组织部了解了一下,组织部的回答是,此前他们的一贯表现足以证明他们还算是两名好干部。我推测,他们现在是慌乱了,等着接受处分。在我们省里没有作出反应之前,指望他们会有什么积极的做法大概是不可能的。事关省里几位干部及其子女,他们就是有心想做什么,那也不知该怎么做啊!"

刘思毅说:"不像话,令人恼火。既然是好干部,就更应该珍惜自己是好干部的形象嘛! 刚上任,就把自己搞得灰头土脸的,那还怎么受拥戴地执政一方? 如果事涉严重腐败,一举拿下就是。但仅仅因为将儿女转入重点中学这种事儿就遭到声讨,让上级领导都替他们叹息。没有反应,等于怂恿;护着,等于护短,连上级领导的形象一块儿跟着受损;惩处吧,又于心不忍。党培养一名干部不容易,那要经过多年考虑和种种考验。惩处是要入档案的,那一名干部以后还有前途吗?"

纪委苗书记也说:"是啊,档案里一清二白的干部多多,一批一批地等着被委以重任。档案里一旦有惩处记载,差不多也就等于被搁置起来了。"

吴主席说:"听你们这么一说,我也不安了,似乎都是我们政协惹的祸。"

三人相互看看,不由得都笑了。

刘思毅说:"我对你们政协可没有抱怨的意思啊! 你曾经是大学里的社会学教授,主要是想听听你的看法。"

吴主席说:"那好,我谈谈我的想法,供你们参考。我认为安庆市出现的事情,最好将它分解成三部分来对待。我们省里的几名干部,包括安庆市新上任的市委书记和市长,还包括安庆市的一些干部,他们利用职权将儿女转入一所重点中学去,又由于网上出现了一封信和一份名单,于是引起了广大民众的不满愤怒,这是事情的一部分。安庆市政协有一位新增补的委员,叫李一泓。他对于本市教育事业的发展有意见,说是长期以来偏爱重点中学,形成一花独放、一枝独秀的情况。而贫困农村里的教育现状令人担忧,市里却基本没有做过雪中送炭的事,甚至长期以来也没形成过什么想要积极改变的思路,这是事情的第二部分。事情的第三部分那就是我注意到,简报上有这么几行字……"

吴主席拿起简报,看着又说:"思毅书记,您已经划上红道了,证明您也注意到了——经济欠发达的地区乃至省份,有没有一个也要以城市经济反哺农村的问题? 若也应该有,怎么反哺? 有没有一个也要使农村和城市共享改革成果的问题? 若也应该有,怎么共享? 而现在的情况是,有些官员似乎习惯了以经济欠发达为借口,根本没把反哺农村放在心上,他们的心理是,我们经济欠一块蛋糕还不够大,要反哺,要共享改革成果,那么国家从国家的大蛋糕上切下来送给我们好了。否则,我们没办法。在这一种等、靠、要的心理的主宰之下,贫困的农村无论多么贫困,似乎都是怪不得他们的。这么一来,党中央国务院提出的反哺农村、共享改革成果、建设社会主义新农村等国策,既成为空话了,他们又心安理得了。"

刘思毅说:"我亲自向记者询问了一下,证实不是记者笔下生花,而确实是那个李一泓的一些想法和看法。我对他的想法和看法很感兴趣,在常委会上念了这一段。"

苗书记说:"问题提得很尖锐。以往我们还没太听到过这种言论。以往一谈到共享改革成果,我们政协和人大人士们的发言,主要是针对国家大盘子的分配问题的,听来听去,总有点儿隔山放炮。现在,这个李一泓的炮口,却分明是对准各级地方政府的。"

刘思毅一笑:"所以我才很感兴趣。"

吴主席接着说:"第一部分问题,关于党纪严明,关乎廉政建设。但我个人认为,不正之风毕竟不同于贪污腐败。金无足赤,人无完人。心有不安,便是知错。自我纠正,便是改错。知错改错,可以从宽。从社会心理学的层面看,老百姓的眼所能观察到的,更多是不正之风。不正之风见得多了,口口播传,那就容易产生一种对腐败的无限想象。而搞不正之风的干部,其行为如果不受到及时警告,那就容易产生一种隐蔽扩张。隐蔽扩张的不正之风,已离腐败相去不远。所以不正之风对党的执政形象危害也是相当大的,我来这之前,和几位政协常委通了一下气,我们的具体建议是——由省纪委就子女入学问题专门下发一份党内文件,可以考虑在报上分开发表,作为对安庆市引起的民众声音的一次反应。仅仅这样还不够,我们省政协方面,还建议对全省重点中学以及省内几所同样的大学进行一次财务审查。教育领域并非一块不会产生权钱交易的绝对净土。倘果有权钱交易,亦当公示于众,接受党纪国法的处理。"

吴主席说完,苗书记看着刘思毅问:"思毅同志,你有什么指示?"

刘思毅说:"先听径太同志说完。"

吴主席说:"第二部分,其实是相当普遍的现象。跑官是一种屡禁不绝的现象,跑各种经费也是不争的事实。粥少和尚多。我当副省长时主管教育,每年找我求爷爷告奶奶打躬作揖的校长们不在少数,重点学校校长们自然捷足先登。有限的发展经费,还没等考虑到农村呢,往往在各市这个层面就被瓜分光了。得到了钱的欢天喜地,得不到的背过身去就骂娘。而我后来看出了规律……"

刘思毅问:"什么规律?"

吴主席说:"越是贫困地方的校长们,反而很少找我。他们见副省长这么大的官,需要鼓起很大很大的勇气。而在市里、县里,我们有些干部职务比我小,架子却一点儿都不小。而且,他们敷衍塞责的经验丰富。

希望解决问题的校长们找了他们几次,希望落空后,再就不找了。他们认了。他们心想,既然你不把我当成是亲生的,那我就只有把你当成一个偏心的后娘好了。于是他们以后连争也不争了。公共利益对于他们,渐渐就形成了盲点。有一位贫困农村的中学校长给我写信,只要求拨给他们一万元,为扩招的学生添些课桌课椅,我批了。可后来一问,钱根本没拨下去,被另一所中学的校长抢先一步要去了,而且是三万,而且是为了添电脑。那边连课桌椅都没有,哪个急,哪个缓,明摆着嘛。可我的手下们说,副省长,人家要走三万的那一位校长,说是您的大学同学,还是您的入党介绍人,叫我们怎么办?"

刘思毅和苗书记对看一眼,都不禁笑了。

在安庆市委王书记办公室里,王书记、李市长、蒋副主席坐着,王书记的秘书小莫站在一旁。王书记在勾改两页纸,另外三人默默看着他,气氛很不寻常。

王书记将两页纸递给小莫,沉着脸说:"按我改的赶快打出来,复印。字体大点儿,限制在两页以内。"

小莫小声问:"复印几份?"

王书记看李市长,李市长说:"省委常委每人一份,再加上省委组织部、省政协、省人大的常委们……复印五十份吧。"

"咱们请省政协吴主席带回去。"王书记又对小莫说,"快去吧,我和李市长就等在这儿署上名。"

小莫退了出去。蒋副主席看手表,也小声地说:"吴主席快到了。"

王书记问:"蒋副主席,你估计吴主席此次从省城来,究竟会……怎么样呢?"

蒋副主席说:"这……我也没法儿估计。快到中午时,他秘书与我通了一次电话,说吴主席代表省委书记刘思毅同志,下午起程到咱们安庆市来,让我召集政协的常委们,晚上要和大家开一次会。"

王书记又问:"就这几句?"

蒋副主席说:"对,就这么几句。"

王书记交叉双手,不安地说:"省委办公厅给我打电话,也是就告知了这么几句话。"

李市长问蒋副主席:"蒋副主席,你认为我和王书记的检讨,态度算不算认真诚恳的?"

蒋副主席说:"我觉得,态度是认真的,是诚恳的,即使自我检讨,我也反对无限上纲。无限上纲,无论写检讨的人还是看检讨的人,都会觉得别扭。"

王书记说:"你目前是市政协的负责人,我想你的看法,是完全能够代表市政协方面的。有了你的话,我们也就心安了几分。另外,我和李市长的意思是——你能不能说服那李一泓,也让他赶快预备一份检讨呢?"

蒋副主席愣了愣,困惑地问:"让他检讨什么呢?"

李市长说:"你们政协,经常说'帮忙,别添乱',现在,就为孩子转学这类小事,使一大串省里的干部陷于尴尬,总不能说是帮忙,不是添乱吧?"

蒋副主席说:"但,恐怕非要说是添乱,那也很难服人吧?我觉得,李一泓是不会写检讨的。"

王书记说:"我们相互通过气的,不允许他前天晚上去参加重点中学的会。可他怎么样呢?还是去了,对吧?"

蒋副主席说:"对。他骗了我。"

王书记说:"你看,连你也承认他骗了你……"

蒋副主席说:"可重点中学的杨校长,就是政协常委杨亦柳同志当天晚上向我汇报,说李一泓对学生们讲的几番话,效果是好的。昨天所有中学的网站又都开启了,偏激言论不是一下子少多了吗?"

王书记说:"关于不正之风的偏激言论是少了,可关于什么共享改革成果啊,体现社会公正啊,城市反哺农村啊,这些方面的自由言论却又多了!"

李市长说:"尤其像我们这样一个经济欠发达的省份,经济这块蛋糕究竟该怎么切才算共享改革成果了,才算体现社会财富分配的公正性了,这是很高端的问题,也是很复杂的问题。他一名刚增补不久的市政协委员,在公开场合信口开河地干什么呢?"

蒋副主席皱眉道:"市长同志,我不太同意你的话,不认为他是信口开河。如果一名政协委员连那样一些问题都不可以想、不可以公开表明自己的看法,那么留给政协委员的思想空间和话语权都未免太小了吧?"

王书记摆摆手说:"好了,不争论了吧。但情况是,吴主席代表省委书记,说到就到了。你能确定,李一泓的言论肯定不是省里将要批判的言论吗?我和李市长,我们有错,我们把检讨主动预备下了。那个李一泓,让他也预备下一份检讨,以防万一,有什么不可的呢?"

蒋副主席低头不语,掏出烟吸起来。

李市长又说:"王书记,要不我看这样吧,非让蒋副主席劝李一泓预先写份检讨,以备应对,蒋副主席显然觉得为难,我们也就不要勉强了吧。蒋副主席,你看你能不能趁吴主席还没到,赶快给李一泓打一次电话,严肃地批评他几句,这也等于是作为了吧!吴主席若真的责问起来,你不是也有话回答吗?我这可完全是为你好啊!"

王书记也说:"是啊,同志!政协捅了不小的娄子,连省委书记都派特使前来了,而且来得这么快,政协方面理应……"

这时小莫进来了,将厚厚一摞纸摆在桌上,小心翼翼地说:"王书记,改好了,也如数复印了,装订了。"

王书记掏出笔:"拿过来。"

小莫又将那摞纸摆茶几上,王书记拿起一份,看了看,署上自己的名,然后递给李市长,李市长也署上了自己的名。

"五十份呢，你们先签着，我别在这儿影响你们，我先出去走走。"蒋副主席说罢站起来，走出门去。

王书记和李市长一时你看我，我看你。电话突然响了，小莫接起电话，听了听，捂住话筒对王、李二人小声说："吴主席已经到了市委接待宾馆了。"

王书记和李市长二人来到市委接待宾馆院内时，吴主席已站在台阶上。他们快步上前与吴主席握手，王书记说："吴主席，欢迎您来安庆市指导我们的工作。"

李市长说："也欢迎您对我们进行批评帮助。"

吴主席笑了："都是熟人了，就不说这些客套话了吧！"

在宾馆套房的客厅落座后，吴主席说："也不管你们工作忙不忙，刚一到就把你们请来，是因为思毅书记有几句捎给你们的话，嘱咐我一定要当面转告你们。晚上的会你们还要参加，有些话最好在会前单独和你们说。现在我说的是代表思毅书记、代表省委常委的话。开会时，我面对的就主要是政协的同志了，那就是另一话语体系了。"

王、李二人表情恭敬，翻开小本子，持笔在手，准备做记录。

吴主席冲他们摆手："你们不必记录，记在心里就是了。思毅书记和省委常委，对于发生在安庆的不正之风，是予以关注和重视的……"

王书记从公文包里掏出一份检讨，双手呈送给吴主席："这是我和李市长的检讨。我们刚一上任，就卷入尴尬事件，陷自己于被动，同时使党的执政形象受损，我们感到很惭愧。"

李市长也说："这一份，请您转给思毅书记。还有四十八份，也想麻烦您走时带上，回到省里替我们转给有关领导。您当副省长的时候，我和王书记都在市里工作。您是我们的老领导，想必我们也让您失望了。"

王书记接着说："我们已做好了接受任何处分的思想准备。"

吴主席说："言重了，你们千万不要背上思想包袱。你们的检讨我一定亲自替你们转给思毅书记，至于另外那些，我看我就不必带回去了，建议你们发送给政协的、人大的常委们,岂不更好? 毕竟,他们更是代表社会方方面面对干部负有批评责任的人士,对他们有一种主动的姿态是很必要的。"

王、李二人对视一眼。

吴主席说:"思毅书记也是这个意思。他让我跟你们讲,无论他本人还是常委班子,依然认为你们是两位好干部。但他也让我告诫你们,好干部更要珍惜好干部的形象。既是替自己,也是替党。现在,人民群众的民主意识提高得非常快,不但痛恨腐败,也憎恶不正之风。有些事在我们某些干部看来,是小事一桩。而在人民群众看来,是官本位现象,是公权私用现象。我们的某些干部认为,以权谋私那个私当然仅仅指的是钱财实物,这是错误的认识,起码是有局限性的认识。在人民群众看来,谁要是利用职权出了一次国,或者出了点儿名,那都明摆着是公权私用。在这一点上,我们的干部们的认识如果远远地落后于人民群众的民主认识,那么即使是我们的好干部,也注定将会在人民群众眼里失去好形象。人民群众内心里不买干部的账了,一名干部还怎么能很好地执政为民呢? 我以上的话,基本上是思毅书记的原话。思毅书记还举了一个例子——他在另外一个省当书记时,有一位市委书记,爱好书法,到处发表书法作品、参展、获奖、题字,结果在党代会上没能连任,落选了。组织部门很替他惋惜,又推举他当市长,结果在人大方面也落选了。书法又不多么好,干吗总送去参展啊? 干吗非要那个书法奖啊? 这就叫'不惜一指,于是难操弦器'。意思是你既为乐师,那么你就得自己处处爱惜自己的每一根手指。哪怕你仅仅因为一根手指有了毛病,那你就有可能当不成一位乐师了。这种时候,别人也就爱莫能助了。"

王书记郑重地说:"请您转告思毅书记,我们会牢记他的告诫的。"

吴主席点点头,说:"那么,我此行的一项重要使命,就算完成了。啊,对了,晚饭你们就不要陪我了,没必要讲那套礼节。但是,我要请一个人来共进晚餐。"

李市长问:"谁?"

吴主席说:"李一泓。思毅书记嘱咐我代表他单独见见李一泓,我自己也想在会前认识他一下,你们最好派车去把他接来。"

王书记说:"没问题。"

宾馆餐厅门口,西服革履的黄院长在东张西望,见吴主席在秘书陪同下走来,黄院长迎上前去,亲热地喊:"吴主席!"

吴主席站住了,打量黄院长。

"您肯定不认识我,但我认识您。我是市政协委员。我在省委党校学习时,曾听您讲过一堂参政议政的课,受益匪浅。听说您来了,我在这儿等着见上您一面。"黄院长边说边向吴主席递名片。

吴主席接过,看了一眼,转递给秘书:"先替我收好。"又问黄院长,"黄委员找我有事吗?"

"也没什么事。就是,希望能有机会单独和您聊聊,当面聆听您的教诲……"

"对不起黄委员,吴主席请的客人马上就要到了。晚餐之后,紧接着就要开会了。"一旁的秘书接过了话茬。

"真抱歉。"吴主席也说。

"那……吴主席,我有一个小小的请求,能不能允许我晚上也参加会啊?虽然我不是常委,可真想再有幸听到一次吴主席的报告。"黄院长小心地说。

"我不是来做什么报告的。我是来传达省委刘思毅书记近来的一些工作思路的。思毅书记认为他的某些想法还很不成熟,所以希望传达的范围小一点儿。"

黄院长还想说什么,秘书忍不住制止:"同志,就让吴主席进餐厅吧!"

"抱歉,实在抱歉。"吴主席走入餐厅入口后,转身又说,"请你跟你们蒋副主席去说。他如果同意,我这儿不成问题。"

黄院长望着吴主席和秘书的背影，快速转身踏下宾馆台阶，走向自己的"马六"车，这时他发现市委王书记的车驶入院子，同时发现吴主席的秘书走出楼来。

王书记和李一泓同时从两边下了车，吴主席的秘书迎向他们。王书记给双方作了介绍以后，吴主席的秘书对李一泓做了一个"请"的手势。

二人入楼以后，王书记上车，车开走了。

黄院长坐在自己车里，一脸嫉妒……

在餐厅一间小小的单间里，李一泓见到了吴主席，两人落座后，李一泓主动说："王书记一听说我正要吃饭，急了，亲自赶到我家去了。"

"那他肯定急啊！一泓委员，你小女儿转到六中以后，情绪现在稳定下来了吧？"吴主席问。

"您……好像什么都知道了。"李一泓不觉地瞪大了眼睛。

吴主席一笑："这么说吧，对于你，我想知道的，确实都知道了。"

"我……我不是自己非想当政协委员的……"李一泓有点不自然。

"这一点，我当然也知道。你们老馆长，起初也不是自己非想当。"

这时，服务员将菜单呈给吴主席。"给这位，得这位点。"吴主席指指李一泓。

李一泓有些诚惶诚恐了："您点您点！"

"客气什么啊！我点，那就变成你请我了。那就得你买单了。我有话在先，这儿的菜可贵。"

李一泓窘窘地说："我……我没带钱……"

"那不得了嘛！那就快点吧！"

李一泓随便点了几样便宜的菜，吴主席微笑道："你倒挺替我省钱。"又问女服务员，"你们这儿，还那么宰人吗？"

女服务员干脆地回答："我们这儿从来不宰人。"

"是啊，你们这儿从来不宰外人，专宰像我这样的自己人。认为宰的反正是公款买单的人,不宰白不宰。"

服务员也不意思地笑笑,转身离去了。

吴主席小声说:"我是替省委书记刘思毅同志请你客的。你点得这么便宜,我替他领情了。"

"他……他为什么?"李一泓张大嘴巴。

"因为你提出的某些问题啊!咱们政协,包容着方方面面的人。有些人成为政协委员,政协并非不要求他做多少事。政协里有他,那就是他对政协的一种存在意义了。但这种人不能多,多了政协本身就没有什么意义了。而对另一种人,政协是非常倚重的,比如像你们老馆长,一届委员两届常委,十五年里,提案并不多,但桩桩件件,都提得有理、有节、有度,还有解决办法。"

"您认识他?"李一泓意外地问。

"岂止认识,还特别尊重。他那样的委员,是政协的魂魄。缺少了他们,政协的意义就大打折扣了。一泓同志,你能不能给自己下一个结论?"

"什么结论?"

"你是一个有思考习惯的人吗?"

李一泓想了想,自信地说:"算吧。"

"平时都喜欢思考些什么事呢?"

"社会现实,为什么这样,为什么那样。"

"好,这一点你像你们老馆长。那我问你一个问题,为什么世界上许多国家管钱的机构,都叫财政部?"

李一泓被问得张口结舌。

服务员端上菜来,吴主席示意李一泓:"吃,吃。吃完了,还要开会。"

李一泓拿起筷子,忍不住又问:"为什么?为什么都叫财政部?"

吴主席看一眼手表:"先吃,会上再回答你。"

"我也得参加?"

"你必须参加。"

"可……不是常委们才……"

"你例外。刘书记的意思。"

李一泓疑惑了。

晚上参加会议的人较多,主席台上三把椅子,话筒摆在正中,长条桌上摆着三只茶杯。吴主席、王书记、李市长三人礼让着步入会场,有些人与吴主席握手。

三人走到台前,王书记说:"我和李市长就不上去了吧?"

李市长也说:"对,我们坐在第一排,行不行?"

吴主席说:"随你们,我也经常陪坐在台上,不是什么好感觉,还不如坐在台下自在。"

王书记连声说:"理解万岁,现解万岁。"

吴主席独自登上台,坐下,开讲了:"诸位,安庆市最近出了点儿不同寻常的响动,市政协和市委、市政府领导们的关系似乎微妙了。省委刘思毅书记于是让我代表他来一下,传达他本人以及省委的看法。行前,思毅书记和我深谈了一次。我们谈到了一句大家都很熟悉的古诗——'横看成岭侧成峰'。思毅书记说,横在这句诗里就是指正面。好比各级党和政府的官员们看问题的角度,执政的角色,决定了他们站在正面的位置。而岭,还是那个岭。从侧面看,有时就成了峰。他说,政协的角色,往往决定了看问题的角度,没有人提出侧面看法,正面看法往往就会僵化为经验主义。一旦形成经验主义,别人再指出那个岭其实也是峰,自己往往就不爱听了。自己爱听不爱听,从侧面看的人是会感觉得到的。结果呢,从侧面看的人也会奉行起附和主义来。一正一侧,看得才全面。否则,从侧面看的人一味附和,说哪里有什么峰呢? 那岭,怎么看怎么都是岭,根本就没有也是峰的一面,那站在正面的人,还需要你站在侧面那儿干吗呢?"

下面传来一阵笑声，有人跑上台，将小录音机放桌上。

吴主席笑着说："谁想录，就录吧。反正我主要传达的是思毅书记的思考。他说他不怕犯什么错误。他都不怕，我更不怕。"

他的话又引出一阵笑声，更多的人跑上台放录音机。

吴主席说："思毅书记是很习惯于思考的，我们政协的同志都要向他学习。他还举了一个更形象的例子，进一步说明我们政协参政议政的重要性。他说二战时期，英国皇家空军仅仅因为改变了一下战斗机组的编队形式，那就使损失减少到了很小的程度。怎么改变的呢？无非就是改变了一下僚机的位置，给僚机以更宽的侧面观察的视野。我听你们蒋副主席说，在座有的同志不解，怎么一位新近增补的委员李一泓的一些说法，就引起省委书记同志那么重视的态度？原因很简单，因为思毅书记和省委常委也在思考这么一个问题——经济欠发达的省份，如何落实党中央国务院提出的统筹城乡社会协调发展，尽量使城市和农村共享改革成果的国策。当然，这就关系到各级政府改变财政分配思路的习惯了。会前，我问过李一泓委员一个问题——为什么世界各国管钱的机构都叫财政部？现在我回答这个问题。只对钱的收支进行数字统计，自然叫财会。财会人士高级化，就是财务总监了；替一个国家管钱的，那就是财政部长了。财和政联系在一起，同志们，是很耐人寻味的。管理得好，促进政通人和。管理也包括分配。共享就是合理分配，尽量体现社会公平。我们省的经济利益分配，是不是已经体现了温家宝总理在《政府工作报告》中提出的社会公平原则呢？是否已经做得特别符合胡锦涛总书记提出的构建和谐社会的大目标了呢？刘思毅书记和省常委班子，在开始自觉地省思这个问题了。而我们的李一泓委员，也从我们安庆市政协这个平台上提出了同样的问题。当然，他仅仅还是根据自己亲眼所见的某些现象提出问题的，是一种印象式的提出而已。但是，这起码证明，横看者和侧看者，都看到了问题所在。"

……

　　会后,李一泓坐在小车后座上,仍在想着会上吴主席的话,没有注意到已经到了家门口。司机下了车,替他打开车门:"李委员,请下车。"

　　李一泓这才中断了沉思,难为情地说:"不好意思,还让你替我开车门。"

　　一个街坊家的男人好奇地走过来,看着车牌……

　　"李委员,那我回去了。"

　　"快走吧,快走吧!"

　　小车眨眼就不见了。

　　那个街坊家的男人问:"开会去了?"

　　"旁听了一次会。"李一泓不自然地说。

　　"行啊老李,一混成政协委员,有专车了!"

　　"哪里,是人家市委王书记的车。"李一泓更加不自然了。

　　"嚯,市委书记的车把你送到家门口,牛啊! 什么时候搬家啊?"

　　"搬家? 往哪儿搬啊?"李一泓不解地问。

　　那个男人酸溜溜地说:"哪儿好你往哪儿搬啊! 和市委书记都搭上亲密关系了,还不趁热打铁,给自己搞套好街区的楼房住啊?"

　　"老弟,你乱开什么玩笑啊!"对方的话显然使李一泓反感,他急欲脱身地说,"不跟你闲扯了,我这儿还憋着一大泡尿呢,我得赶紧进家院解决了它!"说罢,推开了半扇院门。

　　那个男人也转身走了,边走边嘟哝:"政协政协,多嘴多舌;东会西会,整天开会! 开会的地方都有高级厕所,却憋着尿回到家里来撒,二百五一个!"

　　李一泓猛转身,严厉说:"你给我站住!"

　　对方站住了,转过身,看见李一泓一脸怒容地向自己走来,他不安地后退,却被一面墙挡住,没了退路,只得贴墙而立。

　　李一泓走到他跟前,怒视着他:"你再说一遍我听听?"

　　"大哥,李大哥别生气……我、我那不是顺嘴瞎咧咧嘛! 你还认真啊你？"

李一泓揪住了他的衣领："我认真！"

"大哥，大哥你可别忘了你是政协委员，政协委员可不兴跟老百姓这样！"

"你也别忘了，没有政协替老百姓呼吁，咱们这一条街是全市最脏的街！整条街连个公共厕所都没有！抽粪的车都开不进这一条街里来！"

"那是，那是……"

"哼！"李一泓终于松开了对方衣领，转身再往家走。

没走几步，他听到那个男人又在嘟哝："那也不是你的功劳！"

李一泓猛转身瞪他："嗯？！"

"本来就是嘛，那会儿你还没当上委员……"

"那我也不爱听！"李一泓又朝他走了过来。

"你……你这人怎么……反而变得这么不和谐了呀？我什么都不说了行吧……"说着，那个男人赶紧开溜。

李一泓望着对方背影，摇摇头，笑了，自言自语："我这是干什么呢……"

李一泓进入家院，向屋门走去时，听到素素在屋里哭着说："姐，求求你，别再喝了，你从来不往醉里喝酒的……"

"我就是要喝醉。醉了好，醉死……更好……"

"姐，爸一回来，见你这个样子，更生你气了！"

"我不管！他……不是我……亲爸……我……也不是你……亲姐……"

李一泓一掌推开门，跨入屋去。桌上放着半瓶酒，还有一小碟咸菜，春梅一手握着酒盅，已喝得伏在桌上了，而素素在一旁看着她哭。

"姐，爸都回来……"

春梅抬起头，晃了晃，叫了声："爸……"

"你这是什么样子！你越来越不像话了！"说罢，李一泓在椅子上坐下，生气地瞪着春梅。

春梅撑着桌子站起,走向他,走不稳,素素不得不搀扶她。

春梅扑通跪在李一泓面前,流下泪来:"爸,我没出息,我总惹您生气,你要骂就骂,要打就打,我该受的。但是……你得给我……一个明白! 我……我究竟是不是你的……亲生女儿?"

李一泓举起了巴掌,素素立刻抱住他胳膊。他一抡胳膊,素素退后数步,坐在地上,呆呆地看他。

李一泓的手掌使劲儿在两椅之间的条案上拍了一下,大吼:"你给我起来!"

"爸你别吼,我起,我起……我不是……成心气你……"春梅费劲儿地站起,身子一晃,又向李一泓倒下。

李一泓急忙抱住她,再看时,春梅已闭上眼睛,醉睡过去了。

犹豫一下,李一泓将春梅横抱起来,走入自己屋里。素素赶紧站起,跟了进去。

李一泓将春梅轻轻放在床上,素素替她脱去了鞋。

"去,用热水拧一条毛巾来。"

素素转身出去了,李一泓看着春梅,将一缕头发从她脸上撩开。素素拿着毛巾走进来,递给李一泓,李一泓用毛巾细心地擦着春梅的脸。

服侍春梅躺好后,李一泓走回中间的屋子,坐在椅子上:"素素,拿酒来。"

素素流泪道:"不。你们不能一个醉了,另一个跟着醉……"

李一泓低声说:"就一盅,啊? 爸这会儿需要点儿酒。"

素素看看桌上的酒,还在犹豫。

"我小女儿最理解爸爸,听话,啊?"

素素只得倒了一盅酒,双手呈送给他,李一泓接过来一饮而尽,放下酒盅,说:"今晚你和你姐睡。要预备一杯水放床边上,她半夜会渴的。如果她吐了,叫醒我。"

素素依在了他怀里,问:"爸,我姐到底是不是我亲姐?"

"是,当然是。她那是醉话……"李一泓紧紧将素素搂住,也流下泪来。

"她还说……说我们重点中学杨校长,过几天就要接受审查。也许,还会被双规、判刑。爸,杨阿姨的问题有那么严重吗?"素素仰起俏脸问。

李一泓不由得一下子将素素从怀里推开:"你姐她听谁说的?"

素素摇头:"不知道……"

"她那……也是醉话,你关灯,去睡吧。"

素素张张嘴,还想问什么。

"没听明白我的话吗?"

素素只得关了灯,走入李一泓的屋子。

李一泓绝对没有料到,当上了政协委员的他,自己的一个举动会引起那么大的连锁反应。他一定和素素一样,觉得太对不起杨校长了,或者,他因为自己是政协委员了,和素素的感受不一样了。谁知道呢,素素已经不能像从前那么容易理解他了……

第十七章

　　早晨,李一泓心事重重地在院子里修剪花树,素素背着书包走出屋门,一边推自行车一边悄声说:"爸,我上学去了。"

　　李一泓心不在焉地"嗯"了一声。

　　"爸,我姐已经是大人了,你给她留点儿面子行不行?"

　　李一泓留止剪动,以不同意的目光看着素素。

　　"难道在你眼里,我姐……她就不可救药了吗?"

　　李一泓朝屋里看一眼,低声然而不悦地说:"我从没那么说过。"

　　"但你心里边,也许就是那么认为的。"

　　李一泓像小孩子吵架似的说:"我没有!"又说,"别瞎掺和,快上你的学去吧!"

　　素素张张嘴,没再说什么,她刚一转身,听父亲叫道:"等等!"

　　"爸今天中午要出差,也许……半个多月都回不来。"

　　素素急了:"那你怎么现在才告诉我?!"

　　"昨天晚上,我……我不忘了嘛。"

　　素素快哭了:"那、那我怎么办啊!"

　　李一泓放下剪刀,走到素素跟前,爱抚她的头:"让你一个人在家,我当然不放心,我会要求你姐和你一块儿住的。"

"要是我姐她……不呢?"素素流下了眼泪。

李一泓掏出手绢,替她擦眼泪,安慰道:"那怎么可能呢!她会的,会同意和你一块儿住到我回来的。"

"可是一会儿她醒了,你要是训她,她受不了,又像上次一样赌气走了呢?"素素还是担心。

"爸向你保证,一会儿她醒了,我不训她行不行?哦,对了,你也得向爸做一个保证——无论是同学,还是老师,总而言之是一切人,如果有人问你杨校长什么事儿,你都要一概说不知道……"

"我本来就什么也不知道嘛!"

"所以我才嘱咐你啊!好了,乖女儿,跟爸爸说再见。"

"爸爸再见。"

看着素素推自行车走出院子,李一泓又操起了剪刀,他的心事分明又多了一重,竟一剪刀剪下一簇花骨朵,心疼得他直咧嘴。

素素在六中校门口下了自行车,周家川、王连举他们看到她,也同时下了自行车。

周家川小声对王连举说:"你问。"

王连举却说:"你问。"

周家川摇摇头:"她已经恨我了,我不敢。"

王连举推着自行车快走几步,与素素并肩时,试探地问:"素素,问你点儿事……你爸没对你说,重点中学的杨校长她……将会被怎么样吧?"

"别问我这类事儿,我什么都不知道——就是知道也不告诉你们!"

素素把车推进车棚,锁好车,转身便走,头也不回。

周家川和王连举你看我,我看你。

许如风说:"听她那话的意思,好像真知道些什么。"

胡之详摇摇头:"未必,我听着倒仅仅像是气话。"

王连举说:"反正我没骗你们!把省政协主席都惊动来了,那能没事儿吗?"

周家川问他:"连举,你的消息到底是从哪儿来的?"

王连举悄声说:"好吧,实话告诉你们,我爸是市教委副主任,我听到他昨天晚上开完会回到家里,悄悄跟我妈说,省里也许会拿咱们市的重点中学开刀。"

胡之详问:"你爸也参加昨天晚上的会了?"

王连举说:"列席,接受省政协主席质询。"

周家川不满地说:"可你从没对我说过你老爸是什么教委主任!"

王连举连忙说:"副的,副的而已。"

周家川接着说:"那你也不该瞒着我!"

王连举说:"这话说得,你也从没问过我爸是干什么呀!"

"有些事,在好朋友之间,那是根本不需要一方问另一方的,哼!"周家川赌气走了。

"哎你……这家伙,他生气得毫无道理嘛!"王连举左右看看其他的男生说。

许如风说:"我看也是。"

胡之详说:"你爸说的是也许。也许,只不过是也许。"

许如风说:"连举,我有点儿搞不明白你,更搞不明白你老爸了。既然你老爸是教委副主任,那你干吗不去当重点中学的学生?那多有面子啊!"

王连举叹气道:"我老爸,当时也不是没为我去找过杨校长。可杨校长非要把我小学三年级到六年级的成绩册调去亲自看一看,看后给我老爸打了一次电话,在电话里说'您如果非把您儿子塞到重点中学来,那我认为您绝对不是一位人性化的父亲'。我老爸呢,就一劲儿安慰我,说儿子咱宁做鸡头,不做凤尾。做凤尾,那多不幸啊!"

"可你在咱们六中,也从没做过鸡头啊!"

王连举又叹气:"我又怎么能想到,竞争着做鸡头的学生也不少呢!"

在教学楼走廊里,周家川快走几步赶上了素素:"素素,我,我想不到事情会变成这样。"

素素站住,瞪着周家川,鄙视地说:"你认为,你还有资格跟我说话吗?"

"你认为,如果你连这么一点儿资格都不给我,你就对吗?"

"请你以后再别纠缠我好不好?"

"可我已经当众向你老爸道歉过了!"

素素大叫:"事情不只影响到我父亲!"言罢,快步往前便走。

教员室的门开了,拿着教材正要上课的刘老师迈出,看见素素,叫住了她:"素素,到教员室来一下。"

素素跟刘老师走入教员室,周家川走到教员室门前,贴耳倾听。

"同学,你这是什么行为啊!"

周家川一回头,见是常校长,不好意思地说:"校长,我……我不是在偷听……"说完,讪讪离去。

刘老师将一把椅子搬到自己的椅子对面,坐下后,亲切和蔼地对素素说:"素素,别拘束,你也坐下吧。"

素素坐下,瞥视四周,正看着她的老师们赶紧将目光转移,装出并不注意她的样子。

刘老师说:"素素,老师只不过想问你几个问题,很随便地问问,没什么目的性,好奇而已,你别多心,知道点儿什么,就告诉老师点什么,啊?"

素素点点头。

刘老师问:"你爸爸,昨天晚上参加了一次什么会?"

素素又点点头。

"那,他回到家里以后,跟你说了些什么没有? 比如,关于重点中学的话啊,关于杨校长的话啊……"

素素摇头。

"一句也没说?"刘老师追问。

素素不说话,还是摇头。

常校长已不知何时进来了,抱臂站在门口。

"那,你觉得他情绪怎么样?比如,是显得挺高兴呢?还是显得不那么高兴呢?比如,通常我们叫作,有心事的那一种情绪?"刘老师看来是想通过蛛丝马迹来自己作判断。

"在家里,我不太注意我爸脸上的表情,我没看出他和往常有什么不同。"素素终于开口了。

刘老师张张嘴,不知再该怎么问下去,她将目光转向常校长,常校长也朝她摇头。

一位男教师忽然问:"你爸昨天晚上喝酒了吗?"

"喝了"。

"嗯?在什么情况下喝的?快说说。"男教师眼睛一亮。

"因为……因为我家的私事,他只喝了一小盅。"

男教师和其他几位教师都显出失望的样子,常校长说:"诸位老师,该准备上课去了。"

刘老师对素素说:"素素,老师没什么想问的了,你上课去吧。"

素素起身,走到门口那儿,礼貌地说:"校长好。"

素素离开教员室以后,常校长说:"当下吾国,真是叫人爱也不是,烦也不是啊!"

众老师将目光投在常校长身上,刘老师问:"领导这话是什么意思?"

常校长说:"从前年代,哪些人开了一次什么会,不该知道的人,过了几年都不知道。现在可好,头天晚上的事儿,第二天消息就不胫而走了。"

刘老师说:"杨亦柳毕竟是我大学同学,她如果栽了,我就会有兔死狐悲的感觉。"

常校长吸了吸鼻子："可我怎么觉得,这空间里似乎充满了幸灾乐祸的气味儿呢?"

"我早就想跟你认真谈谈了。"李一泓坐在条案那儿的椅子上,看着春梅说。

"我也想。"春梅手拿木梳,低头梳发。

"首先,我要问你几个问题,你必须如实回答我。"

春梅抬起头,抵触地说:"我也想问您几个问题,我也希望您能如实回答我。"

李一泓严厉地说:"我是你爸!我问完了,你再问。"

春梅低下头,不言语了。

"你从省城带来的那份名单,除了那些干部和他们的孩子,还有多少人知道名单上的具体名字?"

"我和我老板,您和杨校长。"春梅拨弄着手里的梳子说。

"我没把那份名单上的名字公布在网上,杨校长自己当然也不会。那么,在你和你的老板之间,是谁干的?"

"反正我没那么干。"

李一泓审视地瞪着她。

"爸,你别那么瞪着我。你不帮我,我只得自己去求杨校长。人家杨校长给足我面子了……"

李一泓打断她:"不是她给足了你面子,是你利用足了我的面子。"

"你非要这么说也行。总之人家把事情给办妥了,我干吗过后非来那么一手?而且还化名,搞得方方面面都被动,急赤白脸,你猜疑我,我猜疑他的呢?我究竟图的什么呀我?现在这么个结果,我落了个里外不是人,把原本挺有价值的一些关系都搞得糟糕透了,我的怨恼又跟谁说去呢?"

"那么,肯定是你老板干的喽?他想达到什么目的?"

"你也别无凭无据的冤枉我老板行不行？他女儿也在名单上,他有毛病呀他？我也一直在翻过来调过去地分析,我想,会不会是你那个表面上跟你挺好的高中同学？"

"你是说,养老院的黄院长？"李一泓站了起来,背着手来回踱步。

"他上赶着要跟我老板合作,可他们最近谈一次崩一次。他说我老板是白眼狼,我老板说他是作揖狗。"

"什么乱七八糟的,说明白!"

"白眼狼就是老狼,喂给多少肉吃都喂不亲,瞅冷子还是要吃小孩子。作揖狗,靠四处低声下气摇尾作揖,乞讨别人扔给块骨头那一种狗。"

"你老板也打算投资养老事业？"

春梅一撇嘴:"我老板才不感兴趣。我老板是看中了养老院那一大块地皮,在公路边上,离城市很近,将来可以开发成一大片高档别墅区。"

"当年,上一届领导批那一块地的时候,黄院长和市政府是有协议的,在那一块地皮上,只允许动工兴建社会福利性建筑物,养老院、医院、学校、居民小区什么的。要是盖别墅,那就属于暴利的商业行为,那任何一届市政府就都有权收回。黄院长难道不提这个茬儿了吗？"

"他俩都清楚。当年的协议,制约着黄院长,使他实现不了自己单独搞的野心。但是那个协议也有它本身明显的漏洞,它没有写明不允许黄院长转卖那一块地,也没有写明谁二手买去了,仍必须受到那份协议的限制,所以他们想共同钻那个空子。"

"黄院长卖,你老板买。你老板成了养老院的主人以后,再由他把养老院平了,盖成一片别墅？"

春梅点头,她已梳好发,起身收拾屋子,拿块抹布,擦擦这儿,擦擦那儿:"黄院长欠着一屁股债,急着向我老板要现金,还要暗股。我老板也得四处集资,给不了他太多现金,也不打算给他那么多暗股。所以我想,黄院长他极有可能搞点儿小动作,给我老板个眼罩戴戴。当然,也有可能同时发泄发泄对你的不满。可这么一来,省里一些干部很生我老板的气。我老板以为是你干的,很生你的气,有时候也迁怒于我。我才真冤死了呢,我比窦娥还冤。"

春梅不擦了,站在某处哭了,也不管手里拿的是抹布,顺手就用来抹眼泪。

"那是抹布!想闹眼睛啊!"李一泓从春梅手中夺下抹布,扔在桌上,绞了一条手巾递给春梅,"别哭,坐下,我的问题还没问完呢。"

春梅又乖乖地坐下了,李一泓说:"你劝劝你老板,不要和黄院长合起伙来钻那个空子。这一届市长、市委书记我都见过,他们是挺有个性的人,一旦认真,你老板会落个竹篮打水一场空。"

"这一点我老板倒不担心。咱们市当年那一届市长,现在是副省长了。当年黄院长把那块地弄到手,给了他不少好处的。黄院长和我老板一块儿去找过他,他们答应还给他……"春梅说到这就不说了。

"还给他不少的好处?他也答应他们,到时候帮他们的忙,使他们买方和卖方都如愿以偿,是不?"李一泓替她说道。

"我并没那么说。"

李一泓也又坐下了,望着春梅,忧郁地道:"你呀,你对你爸都开始防一手了!"

"因为你,我老板对我都开始防一手了。以前他可不防我,还常对我说,我是他最信任的人。有些事,他防他老婆都不防我。"春梅一腔幽怨地说。

"先别扯你和他的事儿。我还有话问你,你听谁说的,杨校长要被审查?"李一泓皱眉道。

"不告诉你。"春梅将脸一扭。

"不告诉就算了,我也不多问了,尊重你对我的戒备之心。"

"你现在和从前不一样了,我不戒备你行吗?不戒备你,我还端得稳饭碗吗?刚才跟你说了那些,我现在都有点儿后悔了。"

"那你也用不着后悔。我是你父亲,你是我女儿,什么时候,我也会为你的饭碗考虑。现在我问你最后一个问题,你和你老板究竟怎么回事?"

"你说我们怎么回事?"春梅叛逆地说。

李一泓轻轻拍了一下条案:"我在问你!"

"我就没明白你的意思。"

"我的意思那么难懂?你是一个未婚的大姑娘,他是一个有家室的男人,你为什么要和他把关系搞得那么不清不楚的?春梅,我是你父亲啊,我是为你好才不得不跟你说这些啊!"李一泓苦口婆心。

"我更是为我自己好!"春梅不领情。

李一泓又轻拍了一下条案:"你这是什么鸟话!"

春梅也轻轻拍了一下桌子,刚想说什么,李一泓却发怒了:"放肆!"

"别生气,别生气!我放肆,算我放肆行了吧?"春梅倒了杯茶水,端过去,放在条案上,又坐下,"我一个地级市卫校毕业的小女子,凭什么给一家省里有头有脸的公司老板做秘书?我要不是有幸给人家做了秘书,凭什么在省里买得起房,养得起车!"

李一泓打断她:"你起先又不是没工作!你为什么要放弃了好端端的护士工作,非要跑到省城里去不可?"

"好端端的护士工作?每月才五六百元的工资,好在哪儿?端在哪儿?现在我每月三千多!我要是丢了秘书工作,我那三居室的房子就交不起按揭了!我那车就得卖了!房子的首付款是我老板白替我付的,车是我老板奖励给我的!人要有良心,要知恩图报!女人尤其要善解人意!正因为我没结婚,我才有我现在这一种女人的自由!不错,他是有家室,但我也没逼着他闹离婚啊!我们都是有情又有义的男人和女人,我们是文明又现代的男女关系!我们并没危害什么人!我们只不过偷点儿双方都很需要的小幸福、小快乐!"

"住口!"李一泓霍地站了起来,指着春梅,手臂抖抖地说,"春梅,亏你大言不惭说得出口!你替你爸着想过吗?这世上有不透风的墙吗?

哪一天你们的事一旦……那时你爸这位政协委员,还有脸指责他人批评时弊吗?"

春梅有点儿玩世不恭地笑道:"说了半天,根子上你还是为自己好。爸,您别谆谆教导了,我保证,我决不再惹您生气了,也决不会使您因为我和我老板的关系丢人现眼的,这总该行了吧?"

"我要的不是你这一种保证!我要你以后摆正你和你老板的关系!"李一泓说罢又站起身,跨到春梅跟前,双手叉腰,俯身瞪着她。

春梅直视着他:"爸,你参政议政的时候,也敢这一副样子吗?我是大人了,你以后就别再为我操心了。如果你以后能渐渐学着摆正你和当局的关系,那我做女儿的也省心多了。"

"混蛋!"李一泓高高举起了巴掌。

春梅仰起脸,一闭眼,那意思是给你打吧!

李一泓的巴掌僵在了半空中,他无计可施地猛一转身,背对春梅,一屁股坐在椅子上。

"爸,你问了这么半天,审了这么半天,也该轮到我问您一句了吧?"

"说!"李一泓压了压火。

"还是那一天我打你手机时问过的话,我究竟是不是你亲女儿,你究竟是不是我亲爸?"

李一泓又猛地朝她转过身:"你刚才还口口声声叫我爸,你说我是不是你亲爸!你莫名其妙嘛你!"

"那我哥有天跟我说'我爸当初就不该把你捡回家来'!他这话什么意思?他没来由地说这种话?"

"那是因为……因为你们小的时候,我和你妈处处偏向你,他心里憋屈,我和你妈就骗他说你是我捡回来的,捡回来的孩子身世可怜,所以我们得多疼爱你一些。这话说多了,他从小记住了,当然现在一生气就冲口往外乱讲了!你哥他有时候缺心眼,你还不清楚吗?"

"那,我怎么哪哪儿都不像你和我妈?"春梅说出了自己心里的另一个疑问。

李一泓愣愣地看了春梅一刻,猝然站起,也将春梅扯起,拽着她走到了镜子前。

镜中的父女二人,确实没多少相似的地方,李一泓却偏偏要指点着大声说:"你说,哪儿不像? 我看哪儿都像! 瞧你这脸形,这眉眼,这鼻梁,这嘴唇,这下巴! 还有你这么好的一头头发,不是都很像我嘛! 都是我和你妈给你的! 你却疑心不是我们的亲女儿! 你自己说,哪点儿不像我们!"

春梅望着镜中的父女二人,受了李一泓的话的影响,似乎越看越觉得像了,她忽然小女孩儿似的笑了。

"你气了我半天,你这会儿还笑! 刚才我没舍得打你,现在我非打你不可!"他用胳膊夹住春梅双手,另一只手打春梅屁股。

"爸,饶了我吧,不敢再气你了!"春梅夸张地喊。

李一泓刚一住手,春梅一下子抱住了他,将脸偎在他胸前:"爸是亲爸的感觉真好。"

李一泓也情不自禁抚摸着她的头发:"你妈,她也是你亲妈!"

春梅点头,仰脸说:"爸,我以后再不胡思乱想了! 咱们父女俩,今天算正式和好了吧?"

李一泓推开她,认真地说:"还不能算。还有两件事,你必须做到。"看一眼手表又说,"一个多小明以后,我得出差去,大约十几天后才回来。今天你就要搬来陪你妹妹住,不管你公司里有什么事,你都必须这样,能做到吗?"

"爸你放心,我保证一直陪我妹住到你回来。"

"我这就要出门去见个人,等我回来了,你必须把我的行装打理好。就像你小时候我出差,你所做的那样,啊?"

春梅点头,接着说:"家里没烟了吧? 我也出去一下,给你买几条烟?"

"烟就免了,爸已经戒了!"李一泓一边说一边走出了院门。

杨亦柳家院门的半扇门敞开着,她穿着那套红色运动服在小小的院子里打太极拳。李一泓在门口默默地看着,杨亦柳直到收了拳路,才发现李一泓,她也默默看着他,不主动开口。

"我……我一会儿出差,我想出差前,我怎么也得来看你一次。"

杨亦柳不说话,仍定定地看着他。

"省政协吴主席,让我跟他一起走。"

杨亦柳还是不说话,李一泓极不自然了,只得继续说些杨亦柳也知道的废话:"省委书记,让吴主席亲自组织各级政协委员到农村去考察。"他看一眼手表,嗫嚅道,"我的时间很紧了。"

杨亦柳终于开口,低声说:"那你就快走吧。"

李一泓没料到她会这么说,呆了一会儿,问:"你……你还好吧?"

"我没什么不好。你已经看到了,我刚刚打完一套太极拳。"杨亦柳的神情稍微有点落寞。

"你……"李一泓摸摸后脖颈,言不由衷地说,"没什么要问我的吧?"

杨亦柳又不说话了,只点头。

"真的?"

杨亦柳又点点头。

二人一个院里,一个院外,一时都沉默了。在那沉默中,李一泓显然觉得难堪,而杨亦柳却分明是有意使他倍觉难堪。

"那……我……我就走了。"这样的难堪使李一泓坚持不住了。

杨亦柳还是点头,李一泓恼火了,转身就走。

望着李一泓远去的背影,杨亦柳一动不动地站了一会儿,走到院门口,似乎想迈出去,迟疑了片刻,还是默默地将敞开的那扇门关上了。

快步走在回家路上,李一泓越想越不是滋味,他停下脚步,猛转身大步腾腾地又走回杨亦柳家门前。他站在门口,伸手欲按门铃,就在手指将要触到门铃的时候,犹豫了一下,伸出去的手又缓缓垂下了……

市委王书记的车停在李一泓家院门外，司机不时地看表，表情焦急，春梅也在一旁陪着焦急。一个抱孩子的妇女和几个老头老太太在闲看着李家门前的情形，就像在看暴发户门前的什么情形，脸上有隐隐的羡慕，也有隐隐的不屑。

"师傅别急，我爸他肯定会踩着点儿回来的，绝对误不了时间，哎，我爸回来！"春梅老远就看见了李一泓。

司机望见李一泓走来，松了口气。李一泓却一脸阴云，看见车，极不高兴地说："我不是说了我不需要派车送嘛！我这么大人了，我连火车站都不认识了吗？"

"我只不过是个开车的。领导叫我送谁，我就准时送谁，别跟我发火。"司机尴尬地说。

"那也犯不着派市委书记的车来！"

"正是市委书记亲自派我来的。我已经说了，别跟我发火。"

春梅这时已把拎包从家里拎出来了，指责父亲："爸，你又哪儿来的无名火啊？你跟人家司机师傅发火毫无道理嘛！"

奔驰的列车上，吴主席和李一泓面对面坐在软卧车厢里。

"其实，我坐硬座也可以。"李一泓不安地说。

吴主席安慰他："别浑身不自在了。不过多花百八十元的事，政协花得起。你坐软卧，没谁会批评政协委员特殊化。就是我省政协主席陪你坐硬座，也不会有谁表扬我一通。再说，即使表扬，那种表扬也没什么意义。"

一对青年男女勾肩搭背地拉开了包厢门，男青年说："对不起，走错门了。"

门关上后，吴主席又说："软卧他们都坐得，你也坐得。你在基层的时间太长了，以后有些待遇，该习惯就习惯。一个人配不配是政协委员，标准在别的方面，不在使你现在不安的这些方面。"

"吴主席,你给我谈谈我们调研小组的情况吧。"李一泓恢复了常态。

吴主席笑了:"嗯,这才对。从现在开始,更要进入角色。你们组,算你,加上司机,总共四人。另外两位都是女同志。一位是全国政协委员,传染病专家,始终关心全国'三农'问题。在农村医疗政策改革方面,多次提出过很好的建议,受到党中央国务院的重视。已经六十四岁了,自己主动要求下一届不再担任全国委员了,省政协常委批准了她的要求。她自己身体并不太好,有心脏病,一路上你可要负起责任来照顾她。另一位是省政协委员,和你一样,是新委员,留过学的,社会学博士。我也只见过她几面,比较年轻,才三十四五岁吧。和你一样,参政议政的使命感很强,给公仆和政府提起批评意见来,也基本上没什么顾虑。"

"您的意思是,我们还都不够成熟?"

"你们当然还都不够成熟,但我认为对成熟有两种理解。一种成熟,可以直接就说成是圆滑。圆滑的人哪儿都有,政协也不例外。成为政协委员之前,也许还不多么圆滑。一旦当上了,觉得对自己有些好处了,就要保住政协委员这一种身份了,于是就渐渐变得圆滑了。假话空话套话,渐渐地也学着会说了。他又没什么大毛病,时时处处显得挺懂事。不能仅仅因为他变得圆滑了就不让他当了。水至清则无鱼嘛。一泓同志,希望你永远不要学这一种成熟。我们政协不是老好人协会,不是套话俱乐部,不是国家级拉拉队。如果圆滑的人太多了,有参政议政使命感的人就会感到氛围窒息,精神上就会感到痛苦。我们要求一位政协委员应该具有的成熟,是指识大体、顾大局的意识,是指善于调查研究的能力,还指要遵守政协章程的自觉。这最后一点很重要。一位政协委员,不管他的主观愿望是多么良好,也不管他自以为是多么了不起的人,如果他根本不尊重政协这个参政议政的平台,那么他建言献策的作用一定会大打折扣的。"

吴主席看了李一泓一眼,接着说:"省委书记刘思毅同志,对你们这次的调研寄予厚望。我们省究竟有多少贫困农村?贫困到何种程度?

贫困的原因各自是什么？影响到多少农村人口的生活水平？农民要求政府在现有条件下先为他们做什么实事？解决什么困难？都是调研组此次的任务。省委书记同志强调，除了具体数据，还希望看到感性的文字说明。仅仅有数据是不够的。何况某些数据，有时仅仅成了一种报喜不报忧的游戏。我给你举一个例子，两年前，由一些省里的知识分子牵头，也直接为省委搞过一次调研，省里拨了一大笔经费呢！可成果一呈送上来，省委书记同志看了大光其火。其实按照那一调研成果，省委书记可以高枕无忧了。他就把负责人找到他办公室，指着失业率一组数据问：这是怎么来的？事先，他已经将那一组数据与全国其他省的失业率统计作了一番对比。对比的结果是——我们这一个经济欠发达的省份，失业率反而是全国最低的。省委书记又不弱智，当然不信喽！对方就告诉他，是采用西方最新的调查方式统计出的数据。就是如果一个被调查者，他在刚刚过去的一个星期内，累积工作达到了八小时，他就不算一个失业者。这是开国际玩笑嘛！在西方某些国家，就比如美国吧，人家往往得按小时来计算工资的，人家有法定的最低小时工资标准，我们中国有这一种法吗？以人家的最低小时工资来算，一个人只要累积工作达到了几小时，他的报酬所得，确实就可以维持他一个星期的起码生活。我们中国是这样的情况吗？比如我们一个进城打工的农民兄弟，他有多大可能性只干一个小时就可以拿到一小时的工钱？他倒完全可能在一个星期内东干几天西干几天累积干了几十个小时的活计，却一文工钱也没拿到，那么他还不算是一个失业者吗？这样的数据对于政府有什么实际的参考价值？那天我正巧也在省委书记同志的办公室里，亲眼看到了他大光其火时的样子，总之是一反往日亲切和蔼的常态。但是呢，转而想想，我们某些知识分子，也有可以理解的方面。他们想做事，做事需要钱。他们做的事，商家不感兴趣。于是他们就想到了政府，政府自然支持。而他们呢，拿了政府批给的钱，就会自然而然地产生这么一种心理，我可别哪壶不开提哪壶，人家高兴，下次还会批给我钱，我还可以干点儿事。

但我们政协委员和政府的关系,不是给钱才做事的关系,更不是哪壶不开别提哪壶的关系。只要对人民有利,对国家有利,哪壶不开又非提不可,即使有人捂着按着不许提,我们也还是得提。否则每年花纳税人那么多钱,各级政协经常开会干什么呢?"

......

吴主席所说的另外两位政协委员,一位是徐大姐,一位是陆地。徐大姐还带着博士研究生,陆地仍是单身。为他们驾驶面包车的,是省公安厅的张铭。张铭未婚,他同时负有保卫三位委员的责任。

他们这一调研小组四名成员,当天在省城相互熟悉了一下,第二天就出发了。李一泓坐在张铭旁边,徐大姐和小陆坐第二排。

面包车在一处有水渠的地方停住,张铭说:"大家下车活动活动吧,我也得给车加点儿水。"他下了车,打开后厢盖,拎着小桶走向水渠。

李一泓也下了车,打开车门,搀扶徐大姐和小陆下车。

小陆笑着说:"大姐,咱们组长一路表现得很有绅士风度啊,是不是?"

徐大姐说:"是啊,我在日记中都这么写着了。"

李一泓笑道:"你们两位,一位是专家,一位是博士,却偏偏由我来当组长,我惭愧,不敢不绅士。"

"听,多会说话。"小陆打趣道。

"大姐,小陆,我心里边一直有一个问题,始终想不太明白,得请教你们。"

"难怪你在车上一直沉默,我俩唱歌,你那么好嗓子,却连嘴都不张一下。"徐大姐恍然大悟。

"请教不敢当。但值得讨论讨论的话题,那我还是愿意奉陪的。"小陆回答得既直接又符合他的身份。

"一个和谐的社会,首先当然应该是一个公正平等的社会。法律要公正,这不需要解释。法律面前人人平等,这也没谁会有异议。但如果体现在社会财富的分配方面,何谓公正,何谓平等呢? 我怎么觉得,那平等是根本没法儿体现的啊!"

"你这么觉得就对了呀,在社会财富的分配方面,平等从来都是一句空话。除非到了共产主义,但共产主义离我们太遥远了。"小陆回答得很轻松。

李一泓不禁愕然地看着小陆。

徐大姐说:"小陆每有高论。老实说,我也没太往深了想过这个问题,只有愿意听端详了。"

张铭加好了水,背靠车头,趁空点了支烟。

小陆对李一泓小声说:"想听高论,那得奉献一支烟来。"

"我戒烟了,管小张要。"李一泓拿下巴朝张铭一点。

"小张又没请教我。谁请教我,谁替我去要。"小陆"很原则"地说。

张铭听到了,走到小陆跟前,默默敬上一支烟,并按着打火机替小陆点着了,搞得小陆很不好意思。之后,张铭又从车上取下几瓶矿泉水,一一分给大家。

"小张,刚才忘表扬你了,你也很有绅士风度。"小陆笑着夸道。

小张笑笑,又走到车头靠车站着了。

小陆说:"我们的汉语中,有不少词是近代以来从西语中译过来的。某些西语本身是多意的,我们的汉字往往也是多意的。多意转变为多意,其多意性就更一言难尽了。不深想,似乎人人都明白,一认真,又似乎不那么明白了。公平就是这样一个词,按我们社会学者的理解,它是公正平衡的意思,而不是公正平等的意思。一个社会在它的财富分配方面,首先要公正。公正就是反对以权谋私等等不择手段的敛财行径,平衡才是社会财富分配的国家原则。'朱门酒肉臭,路有冻死骨',这就是不平衡的现象。不平衡还不改,那就非得靠革命来改不可了。'遍身罗绮者,不是养蚕人',这是不平等现象。这种不平等,还会继续下去。哪儿来那么多罗绮,连养蚕人身上也常穿呀!

"这世界上还没有一个国家社会财富分配方面是平等的。最低工资标准恰恰证明不平等的存在。但是连最低工资标准都没有的话，那就更没平等可言了。平衡的思想不是推广平等的思想，而是怎样提高平衡机制的思想。穷人不可以任其贫穷下去，任其贫穷下去，平衡就倾斜了，社会就不稳定了。富人不可以任其富者通吃，那样一来穷人更多了、更穷了，平衡也不可持续了，社会也不稳定了。有些人，别人一讲公平，他就跳，就指责别人要搞平均主义，要回到吃大锅饭的老路上去。这种人，不敢说有一个算一个，却十之八九是社会财富分配不平衡情况下的既得利益者。养蚕人整天穿罗绮，就养不了蚕了。但养蚕人如果衣裳补丁连补丁，如果他们的孩子也一年以头只能穿破衣烂衫，而且上不起学，而且全家如果有个人病了，以后的日子就天塌地陷了，他们在城里看到那些遍身罗绮者一掷千金，又怎么能不归来泪满襟？党中央国务院出台一项项三农政策、低保政策、东西部大开发政策，就是要使伤心流泪人再不归来泪满襟。我们的任务，那就是为省里出台同样的政策拿出可行性报告，徐大姐，李组长，你们说是不是？"

"是啊，要不我六十多岁了，下一届也不当政协委员了，还离开省城跑这么远来干什么呢？"

李一泓点点头，没有说话，他沉思着。等小陆吸完烟，大家钻进面包车又上路了。

半天后，面包车驶入一座县城。县城边缘地带车辆塞杂，摊床遍设，情形混乱。除了张铭，其他三个人不是睡着了，就是在静静地看着窗外。等面包车驶入县城中心，街道及街道两旁的商家店铺倒也有模有样起来。

面包车停在一家饭店前，李一泓四人下了车，被侍迎小姐拉客似的请了进去。

"我们不要包间，随便给我们安排一张四人桌，我们吃顿饭还要赶路。"李一泓这位组长说。

"对不起,我们这儿都是包间,没有散桌。"跑堂的客气地回答。

李一泓四下看看,果然没有散桌:"包间不加价吧?"

"哪儿的饭店包间不加价呀!全县城属我们这儿包间最便宜了,我们这儿的人不在乎加价高低那点儿钱。"

"那就包间。"

四人被引入包间,各自坐下后,李一泓说:"小陆,小张,点菜还是你俩的事儿,我和徐大姐随你们。"

"小张,那咱俩别客气。"小陆接过菜谱,点了几样菜,将菜谱递向小张。

小张接过菜谱,正在翻看,猛听楼上有一个女子的声音在叫喊:"放开我!我不做了!救命!救命呀!"

李一泓、徐大姐和小陆都吃惊地愣住了。小张一下子站了起来,习惯地将一只手探向腰后……

第十八章

包厢外走廊里传来男人的骂声:"怎么了？都脱光了还不许摸摸呀！老子的钱不能白花！叫你们管事儿的来！"

女子的哭叫声:"那你也不能哪儿都摸！你干脆把我当众强奸了算啦！"

"我去看看怎么回事。"

张铭刚欲往外走,跑堂的急忙将门掩上,挡在门前,皮笑肉不笑地说:"几位安坐,几位安坐,常有的事儿,喝花酒哪儿能不经常闹出点儿这种事呢！"

"臭婊子！你敢血口喷人！你知道他是谁呀你！"

啪！啪！传来扇耳光的声音。

女人哭嚷:"你们不是人！你们不是人呀！"

"常有的事也得有人管管！"李一泓站了起来。

"会有人管,会有人管,哪会没人管呢！"跑堂的依旧堵在门口。

张铭不动声色然而威严地说:"你躲开。"

徐大姐和小陆也都站了起来,跑堂的不得不躲开了。

张铭刚一打开门,见两个男人从门外跑过。

"几位别发火，别发火，千万别发火儿。不就是没服侍好几位嘛，那也犯不着发火儿。这姑娘新来的，不太懂事儿，我再替几位选个懂事的姑娘行不行？"一个男人的声音传来，"还不把她弄走！"

张铭忽然一下子来了个大转身，李一泓也一下子从门前退开了。徐大姐和小陆看到一个几乎全裸的姑娘，怀抱着衣服，被另一个男人推着从门前匆匆而过。

跑堂的又将门关上了，赔笑道："没事儿了，没事儿了，这不是没事儿了嘛，几位接着点菜吧！"

李一泓等四人的目光，不由得一齐投注在跑堂的身上。跑堂的并不慌张："真对不起，让几位受惊了。请坐，都请坐吧！"

李一泓等四人疑窦丛生地坐下，小陆问跑堂的："你刚才说，喝什么酒？"

"花酒。花姑娘的花，啊不，花朵的花，祖国的花朵那个花。"

"那酒度数很高，一喝就容易醉？"徐大姐问。

"度数嘛，这个……这个你们女客一问，我还真有点儿不好说了。"

"小张，继续点菜！"李一泓在一边说，他似乎对所谓的花酒并不关心。

吃完饭后，四个人又继续上路。面包车已经出了县城，李一泓忽然对张铭说："停车！"

面包车靠路边停住了，李一泓头也不回地问："徐大姐，陆博士，我想……我想把花酒搞清楚是怎么一回事，不知你们两位同意不？"

"同意！"小陆立马表态。

"我也有这想法。"徐大姐也同意。

"小张，那又给您添麻烦啦。"李一泓又对张铭说。

"您别客气。我的任务就是为你们三位委员服务，我听你们的。"张铭把面包车调转个头，又向县城开回去。

几个人在县城内找了家宾馆住下，李一泓在阳台上打手机："春梅，你一直陪你妹住吧？好女儿，那爸就放心了，我们今晚要在一个县城过夜。"

"素素很乖，有我陪着住，爸一切都放心吧！我哥我嫂子也来过一次，他们也挺好的，和村里人的关系也恢复正常了。"在安庆市某饭店内，春梅在接手机，她老板唐之风和黄院长静悄悄地看着她。

春梅听着手机，起身走开了，一边说："杨阿姨她……爸，我还是告诉你实话吧，重点中学确实已经在接受财务审查，但暂时对杨阿姨还没怎么着。以后，那就谁都难说了。"

唐之风和黄院长对视一眼，黄院长望着春梅的身影，心猿意马地说："我老同学这大女儿，还真有足了女人味儿！"

"就是个性太强。"

李一泓合上手机，站在宾馆的阳台上发呆。这时，外面传来敲门声。李一泓走去开了门，门外站着那个弹棉花的年轻人——宋春树，穿一套杂役制服。

二人都愣住了，宋春树惊喜地说："李大叔！"

"怎么会是你？"李一泓把宋春树让进房间关上了门，奇怪地打量着他。

"总台说，您这房间马桶滴水，吩咐我来弄弄。"

"那不急，待会儿再弄。你怎么会在这个县城里？"

"我……我……我好惨啊我！"宋春树一下子贴墙蹲下，双手抱头，哭了，却又不敢大声哭，压抑的哭声更加使人不忍听。

"别这样，别这样。摊上什么难事了，跟我说说。"李一泓将宋春树扯起，引到沙发那儿，让他坐下。接着，扯了几张纸巾递给他。

宋春树用纸巾胡乱擦眼泪，脸上沾了几小片纸片儿，李一泓替他轻轻将纸片儿揪下来。

"说说，咱俩也算有点儿交情关系了。只要是我能帮得上忙的事，我愿意帮你。"

"我呀,是来找我妹妹的呀!"宋春树长叹道。

"论起来咱们还是邻村人,你妹妹跑这么远的县城来干什么?"

"来挣钱。可是,挣那份钱,跟卖身也没什么差别呀!我这当哥哥的,不能不来把她找回去呀!"宋春树又泪汪汪的了。

又有人敲门,李一泓起身去开门,是徐大姐。

"怎么,刚住下就有客人了?"徐大姐问。

"不是,他给我这房间修马桶。你进来吧大姐。"

徐大姐进入房间,宋春树赶紧从沙发上站起,侧转身,又用手里的纸巾擦眼,惹得徐大姐疑惑地看着李一泓。

"没想到他是熟人,他正讲他到此地来找他妹妹的事。"李一泓解释道。

"我、我还是先修马桶吧!"

李一泓拉住他:"不,那不急。你坐下,你先讲。她是自己人,你但讲无妨。"

宋春树不敢再坐,李一泓将他按坐下去。

"大姐,您坐沙发,我坐床上。您陪我听他讲,也许是我们都该了解的事。"

徐大姐款款地坐在沙发上,目光温和地望着年轻人。

"陆博士呢?似乎她也该来听听。"李一泓问。

"她呀,精力过剩,挎着录像机逛县城去了。小张给车加油去了。"徐大姐目光转向宋春树又说,"小伙子,有什么难事儿,就说吧。或许我们能一块儿帮上你点儿忙。"

"我妹她,不知从哪儿看到了一些小广告,说此地招'陪酒女郎',挣不少钱。我妹从小就喝过酒,而且是白酒,连喝几盅没事儿。我家人天生那样儿,她就觉得自己能当'陪酒女郎',瞒着我和她嫂子,偷偷跑来此地。头几个月,还给我们寄过钱。后来,不但不寄钱了,连音讯也没了。再后来,我就听说,这地方专有一类女孩子,是靠陪男人喝花酒挣钱的。"

301

李一泓不禁和徐大姐对视一眼,徐大姐示意李一泓给宋春树倒杯水。

李一泓倒了杯水,递给宋春树:"喝口水,别急,慢慢讲。"

"我怕总台那儿嫌我耽误的工夫太长。"宋春树担心地说。

"放心,在我们这儿,不会有人责怪人。"徐大姐安慰他说。

"我记得,你是吸烟的。"

"我兜里有,在你这儿,不敢吸。"

"没事儿,想吸就吸吧。那我陪你吸一支。"

宋春树掏出了烟:"次烟,烟摊上最便宜的那一种。"

二人各自吸着一支烟,李一泓呛得几乎咳嗽起来,但强忍住了。

"喝花酒,究竟是怎么回事?"徐大姐忍不住问。

宋春树吸了两口烟,情绪平静了些:"就是让一些年轻女子和一些女孩子,脱得……脱得赤条精光的,陪些个男人喝酒作乐,任凭他们调戏,任凭他们羞辱,还得笑,装出乐意被他们那样,图的是他们能多给些小费。有的女子,其实都已经结婚了。有的女孩子,才十四五岁。"

李一泓狠狠把烟按灭在烟灰缸里。

"你说的是真事?"徐大姐先是不可思议地瞪大了眼睛,继而皱起了眉头。

"我要是骗你们,天打五雷轰!"宋春树指天赌誓。

"我不信。十四五岁的女孩子…这怎么可能。"徐大姐摇头。

"我妹妹,也才十六岁多一点儿。"

"我还是不信。这怎么可能,这怎么可能呢?"徐大姐活了这么多年,还从未听说过这种事情,一时间接受不了。

"全县城,谁不知道喝花酒是怎么回事啊!县城里,县城边上,但凡是个店,都隔出喝花酒的单间来。以前,晚上才兴喝花酒。现在,白天窗帘一拉,也兴起来了。"

"就没有人站出来说,这个风气很……很……很……"李一泓蹙着眉沉思了半晌,开口问道。

"全都习惯了,觉得也没什么。这是三省交界地的一个县城,天高皇帝远。而且这儿的人们,思想很开化,很现代。"

"你说,很现代?"徐大姐的口气像是在怀疑自己来这之前是不是一直生活在古代了。

"另外两省的男人,一到周末,也开车到这县城来喝花酒呢! 他们说,这县城很开放。"

"他们,都是哪路男人?"徐大姐又问。

"哪路都有。"

"也有当干部的?"

宋春树冷笑:"他们就不是男人了? 他们说,花酒为这个县立了大功了,形成了情色文化,创新了一种民俗,还拉动了什么屁。"

"GDP。"徐大姐帮他把"屁"纠正过来。

"对,就是那个屁。"宋春树抬头看着李一泓问,"那究竟是个什么屁呢?"

"不说那些了吧。说说你自己的事,还没找到你妹妹?"李一泓担心小女孩出什么事。

"刚打听到点儿线索,一去找,又离开了。我猜,是有人控制了我妹,不让我找到。我带的钱,也被偷了。幸亏这家宾馆有人同情我,介绍我在这儿干杂役,要不我就流落街头了。反正我下了决心,不找到我妹,我决不一个人回去。"宋春树忧愁地垂下了头,没有注意到指间的烟已快烧到手了。李一泓默默从他指间拿下烟,按灭了。

李一泓看着徐大姐刚想说话,房间里的电话响了,李一泓接起电话,是总台打来的,他回道:"对,还没修好,修好了就让他走。"

"那,我得赶紧修马桶了!"宋春树立刻站起,走入了卫生间。

徐大姐走到阳台上,向李一泓招手,李一泓也走到了阳台上。

"你很了解那小伙子?"

"也算,比较知根知底吧。怎么,大姐不太相信他的话?"

"要说不信,咱们吃午饭的时候,不是也看到发生了那么一件事吗?可要说全信,又觉得太离谱了。难道这里就不是中国的一个地方了? 这里的干部,就不是中国共产党任命的干部了?"

"是啊,我也有点儿想不明白。"

宋春树从卫生间走出来:"小毛病,压阀链儿断了,接上了。"

"砰! 砰! 砰!"很急促的敲门声传来,宋春树主动去开了门,门外站着一个姑娘,身穿另一家酒店女侍的服装,问:"有姓李的住这房间吗?"

"我姓李。"李一泓从阳台走到门口,徐大姐也跟到了门口。

"什么事儿?"

姑娘看看年轻人,迟疑着不说话,宋春树识趣地说:"我走了。"匆匆离开了。

"从省城来的?"姑娘问。

李一泓看着她点点头。

"叫什么?"

"李一泓。"

"对,找的就是你!"姑娘从兜里掏出一个纸条递给李一泓。

李一泓轻轻展开,看罢,惊问:"这家酒店怎么走? 你能不能带我去?!"

"不远。我就是那家酒店的,可我不能带你去,你自己打听吧。"姑娘刚欲转身,又叮嘱道,"你可得快去,免得你们的人吃亏!"言罢,扭扭搭搭地跑了。

徐大姐不安地问:"怎么,是小陆惹麻烦了?"

李一泓将纸条递给徐大姐,从衣架上扯下上衣穿上。

徐大姐接过来一看,纸上潦草的字写的是:快来亨德酒店救我!

"大姐,如果小张回来了,我们还没回来,让他到这家酒店找我们!"

徐大姐抓起了电话:"我要给他们市委打电话!"

李一泓按住了徐大姐的手:"情况不明,我看先不必。"

李一泓走到街上,拦住行人问明了亨德酒店的所在,急匆匆寻去。

亨德酒店并不远,李一泓很快就找到了,抬头看清牌匾后,他大步走入这家酒店,向一个门口的女侍问了问,举步就要上楼,旁边一个酒店里的男人抢前一步拦在楼梯口,不许他上。

李一泓一掌将对方击得倒退数步,压倒了一张椅子,他快步奔上楼去。

也不知道小陆在哪个房间,李一泓索性就推开房门一间一间地找,探头一看不是,就接着往下找。形形色色鬼混的男女都被他吓了一跳,甚至有男人奔出房间辱骂。

有几个房间的门推不开,里边传出调笑之声,李一泓困惑了。被他一掌击倒的那个男人奔上楼来,李一泓怒指他,对方惧怕地呆立在楼梯上。

这时一个房间的门开了,从里边走出一名保安,李一泓发现小陆抱臂站在墙角。

李一泓大步往那房间里走,那一名保安想阻拦他,也被他一掌推出老远。

"老李!"看着李一泓走入房间,小陆一下子镇定了。

"小陆,没受欺负吧?"李一泓关切地问。

"他们摔坏我的录像机了。他搜我身了,他还打了我一耳光。"小陆委屈地抚着脸说。

李一泓看到小陆坏的录像机放在桌上,还有她的钱包、委员证。

"你没声明你是政协委员吗?"

"他们认为我是冒充的,认为我的委员证是假的。"

李一泓一步跨到桌前,伸手想拿小陆的委员证,一个是保安头目的人抢先一步,推开他,挡在桌前。

"你们凭什么搜身、打人、扣押她？"李一泓冷冷问道。

"你问她自己。"

李一泓扭头看小陆,小陆嗫嚅道:"我……我只不过偷拍了他们这儿大天白日喝花酒的情形。"

"我们这儿不是黑店,是县城里的模范经营单位,来的都是有头有脸有身份的客人,她偷拍就是侵犯人权。侵犯人权就是犯法!"保安头目振振有词。

"那你们是保护人权的了? 你们打人就不侵犯人权了吗?"

"那是因为她不许我们搜身。我们的职责就是保卫酒店安全。她可疑,我们就要搜她的身!"

说话间又走进来两名保安,和屋里的保安一起,将李一泓团团围住。

"请把你们负责人找来。"李一泓用眼角微微扫视着他们。

"我们老板白天不到酒店来,晚上才来。"

"老李,不跟他们啰唆了。东西他们爱扣就扣,咱们走!"小陆见对方人多,怕李一泓吃亏,想先离开再说。

"走? 没那么简单吧?"保安头目冷哼一声。

"那你们还想怎么样?"李一泓盯着他问。

"罚款五千。没带也不要紧,写下欠条。"

"敲政协委员竹杠?"李一泓被气笑了。

"我怎么知道她是真的假的?"

"那就请你再仔细看看她的证件。"

保安头目蛮横地说:"我不看,看过了。现如今,假证件做得和真的一样,我再看也看不出真假来。"

李一泓掏出自己的委员证,亮给对方看:"我们两个不可能都是冒充的吧?"

"那可不一定!"

"你! 你给你们县政协打电话,让他们派人来!"小陆在一边有些急了。

"你让我打我就打？你犯在我手里了，我倒听你命令？你就是真的又怎么样？政协委员更应该懂法，知道什么是隐私权不？我再说一遍，来我们这儿的，那都是有头有脸有身份的！"

门"砰"地开了，张铭闯了进来。

"小张，要冷静。"李一泓说。

"你俩都别说什么了，我来解决。谁是头儿？"

"我。你又是干什么的？"保安头目趾高气扬，面带不屑地看着他。

"我干什么的，你一会儿就知道了。"张铭一把揪住对方衣领，"咱们出去说话。"

其他保安见状开始围向张铭，张铭厉喝："滚开！"保安头目被他的气势搞蒙了，张口结舌地被拖出。留在屋里的保安也有点儿蒙了，面面相觑。

李一泓趁机拿起桌上的钱包和委员证，替小陆揣入兜里。

"你那录像机，还要不要了？"

小陆小声说："得带走，要不我白拍了。"

张铭和保安头目又进来了，保安头目完全没有了刚才的蛮横，变得一副卑恭相："让他们，啊不，请他们走。两位，对不起。我是端人家饭碗的，不得不那个点儿，两位千万担待。"他的模样变得很可怜，倒仿佛李一泓和小陆就是他的顶头上司。

保安们散开，张铭示意一下，李一泓和小陆率先离开。

李一泓和小陆回到宾馆，都进了李一泓的房间。李一泓舒了口气，到阳台上去了。

小陆坐在床边，摆弄她的录像机，嘴里嘟哝："完了，没有修的价值了。"她悻悻地从录像机上取下录像带，用手绢包好。

坐在沙发上的徐大姐批评道："小陆，你怎么可以擅自采取那么一种行动呢？那多不安全啊？多让我们三个担心啊！"

小陆却不在乎地吃起橘子来，还说："现在才知道，小张他不仅仅是为咱们开车的，难怪我觉得他身上有那么一股不同寻常的劲儿！"

徐大姐严肃地说："我说你呢，没说小张。"

小陆辩解道："大姐，我没有功劳，还有苦劳吧？总之我把想拍的情形拍下来了，冒了点险也值得。"

李一泓从阳台上走入房间，也坐在沙发上，板着脸对小陆说："陆委员，请你把橘子放下。"小陆听话地乖乖把橘子放下。

"虽然，你是位博士，还留过学，我只不过是一个文化馆员，才高中学历。虽然，你是省政协委员，我只不过是市政协委员，但我是组长，你必须尊重我，以后你单独行动前要告知，要获得同意，否则就是违反纪律。我请你记住这一点。"

"不是有惊无险的一件事吗？你至于就这样子训我吗？"小陆不服气地说。

"我这是客气的。再有第二次，你别怪我太不给你留面子！"李一泓的口气强硬起来。

小陆猛地站了起来："老李，你干什么你？你是组长不假，但你别忘了政协委员之间首先是平等的！"

"我怎么不平等了？对你宣布纪律就是不平等了？"

"你早干什么了？你马后炮！马后炮证明你……"

徐大姐打断她，严厉地说："小陆！"

小陆又悻悻地坐下了。

"平等那也不等于完全没有纪律意识。我们都不是小孩子，有些事还用当组长的耳提面命？"

"当然用！他起先没说，我怎么能想得到会闹出那种事！"

"你刚才想说我马后炮证明我失职，对吧？好，我承认我失职了，现在我当面向你们二位检讨，但我也要求你必须对你单独行动的错误作出检讨。"

"那,我检讨,行了吧?"

"口头不行,得书面的。"

"我看,书面的就免了吧。"徐大姐怕闹得太僵,打圆场。

李一泓固执地说:"不行。非书面的不可。"

"你怎么不书面的? 这平等吗?"小陆反问。

"我话没说完,我也书面的。咱俩都书面的,交换看。都看过后,给徐大姐保存,调研结束,还给我们。你看这样,我俩平等了吗?"

"好吧,那我服从。"小陆显得很无奈。

"那盘带子,由我组长保管。"

小陆赌气起身,拎起录像机走出去了。

李一泓和徐大姐一时都沉默了,过了一会儿,李一泓说:"大姐,我太过分了吗?"

"有点儿。其实你也不必这样,一会儿我回房间去劝劝她。她和你一样,也刚当上政协委员不久嘛,又是第一次参加调研,你批评得对,那也要好言好语的。"

"你不知我去时情形对她多么不利。即使我到了,那帮人也还是很蛮横的。这里是三省交界之地,万一她出了点儿事,我怎么交代?"

"是啊,多亏吴主席考虑得周到,派一位公安小张给我们当司机。这儿喝花酒的不正常现象,它怎么似乎就成了一种正常现象了呢? 实在难以理解。"

"您看我要不要再找那个我认识的小伙子,进一步了解了解情况?"

"这我支持。但你可要避开人眼,别咱们刚一走,人家接下来受什么打击报复。"

"您提醒得对,我会注意的。"

门开了,张铭侧身让入一个三十多岁的男子。

"他说,他是县政协的,奉命而来。"张铭说完,走到了阳台上。

那名三十多岁的男子毕恭毕敬地说:"李委员好,徐委员好,我是县政协办公室的,县政协韩主席让我来看望看望你们。"边说边向李一泓和徐大姐递名片。

徐大姐看看名片说:"噢,乔主任。"

李一泓起身让座:"请坐,请坐。"

乔主任说:"我就不坐了。就几句话的事儿,我说完就走,别耽误你们的时间。我们韩主任让我来打个招呼,他晚上要陪你们几位吃饭。"

徐大姐看李一泓一眼,和蔼地说:"我们好像都没有惊动过你们呀。"

"徐大姐的意思是,我们才住下不久,你们怎么这么快就知道了呢?"

"不是闹出了点儿不愉快嘛,可不一下子方方面面的就都知道了呗。韩主席也是要代表方方面面,晚上给你们压压惊。"

"我们又都不是胆小的人,倒也没受什么惊。再说,事情已经解决了,过去了。我看就免了吧。一泓,你说呢?"徐大姐扭头看李一泓。

"我听大姐的。"

"哎呀,免不得,免不得。你们要是不答应下来,我也没法儿回去交差呀。"乔主任看着李一泓又说,"李委员,我们韩主席说,他和您还是校友呢。你们都是安庆市重点中学的。"

"荣幸,荣幸。请转告韩主席,下次我再有机会路过这里,一定去拜访他。"

"李委员,省政协的调研组到了我们县里,不和政协最基层的同志见见,聊聊,双方就都有点儿失礼吧?"

李一泓不由得又看徐大姐,徐大姐说:"乔主任的话也有些道理。组长,我看那咱们就别使乔主任为难了,你说呢?"

李一泓还是那样一句话:"大姐,我听您的。"

徐大姐说:"乔主任,那么你可以回去交差了。"

"谢谢两位前辈,谢谢两位前辈。"乔主任如释重负,用手背抹了一下额上的汗。

徐大姐笑了,拍他一下,同情地说:"这小伙子,都急出汗了,参加工作几年了？"

"才两年。"

"两年就当上主任了，证明你很上进嘛。"

"我是研究生，领导们都挺厚爱我的。在县城，研究生少，提升得相对快一点儿。"

"记住，晚上可别叫我们前辈了啊！叫我们徐大姐、老李最好，啊？"

"记住了，记住了。"

徐大姐一边说着话，一边将乔主任送到走廊。等徐大姐再回到房间，张铭已从阳台那走进屋："两位委员，晚上我就不参加了吧。"

李一泓说："那怎么行！总之你不是也得吃饭嘛。你可以不喝酒，不说话，吃饱了就走，但一定得参加。你也是我们调研组的成员嘛。"

徐大姐也说："小张，你要是不参加，大姐心里都觉得不落忍。"

"既然你们这么说，我服从。"张铭居然"啪"地立正，敬了个礼。

徐大姐笑着往外推他："数你最辛苦，快回房间去补一觉吧！"

张铭走了以后，徐大姐和李一泓落座在沙发。

"一泓，我啊，总不忍心看到刚参加工作不久的年轻人为难。何况，又是在我们政协工作的年轻同志。我们不能使他们觉得，政协委员一个个都是不近人情的人，对吧？"

"我看出您的想法了，所以才说听您的啊。到这会儿我也没想起来，我那位姓韩的同学是哪一个。"

"一泓，我得嘱咐你几句啊，晚上可千万别跟县政协的同志抬杠。我想他们一定是受命如此的，咱们多听他们介绍介绍这个县的情况就是了。即使话不投机，也没必要在饭桌上抬杠，啊？"

"大姐放心，我不会的。"

傍晚，李一泓四人在电梯口等电梯，小陆将一个信封朝李一泓一递："给。"

"什么？"

"书面检讨。你还当是情书啊？"

李一泓笑了："拉倒吧，我当时那是在气头上，随口一说，现在我不生气了。"

小陆不依了："大姐你看他！他随口一说，我就得认真对待！现在他又说他不生气了，连接都不接了！"

"好好好。我接！"李一泓接过信封揣入兜里。

小陆伸出一只手："你的！"

"我的什么啊？"

"你当时说，你也得写书面检讨的！"

李一泓摸摸后脖颈："我还没来得及写啊！"

小陆使劲捣了他一拳："你这家伙！耍赖可不行啊！"

"电梯来了！"李一泓一边抢进电梯，一边感谢电梯来得及时。徐大姐和张铭都笑了，跟小陆也进入电梯中。

四个人来到宾馆餐厅包间，却发现前来陪他们吃饭的，竟只有县政协韩主席一人，气氛并不是那么热火。

寒暄客套过后，韩主席举起了酒盅："来来来，老同学，你终于想起我是谁来了，咱们为这，也得干一杯吧？"

"不是一班的，想起来了，印象也模模糊糊的。"

"那也是有印象了，让他们三位说，这一杯能不干吗？"

徐大姐三人礼貌地笑笑，默默地看着他们俩，李一泓只得与韩主席干了一杯。

徐大姐问："韩主席，我想，这顿饭一定不只是礼节性的接待，还另有原因吧？"

"徐大姐说对了。"韩主席看着小陆问，"下午闹那场不愉快，是不是因为你拍摄了什么啊？"

"我拍了喝花酒的情形。但我得趁此机会解释一下，我也不是成心去偷拍的。我在那家酒店对面的茶馆喝茶,酒店一个包厢的窗子敞开着,里边的男人女人就那么不在乎地喝着闹着。我发现了,就拍了。我正要走,他们的保安就到了,夺下我的录像机就摔。"

"我差点儿忘了。"韩主席把一个包装袋放桌上,推向小陆,"酒楼赔你一个录像机,同样的牌子,保证是正品。"

李一泓四人相互看着,心里不约而同地想:戏要开场了。

"陆委员,你拍下那盘带子,它还在吧?"韩主席又问小陆。

"在,由我保管着。"李一泓接过话头。

"一泓,那带子,你们能不能别带走它,把它交给我啊?"

李一泓等四人又相互对视,用眼神交流了一番。

"为什么?"李一泓问。

韩主席点上一支烟,赔笑道:"你们是省政协派出的调研组,悄悄地就来了,还住下了,我们县里哪一方面都不知道。"

李一泓摆摆手说:"我们只住今晚一宿。我们路过哪儿都这样。"

"那方方面面的,就更不安了。"

徐大姐明知故问:"为什么?"

"大姐,这不是明知故问了嘛。那样的情形,不但让你们拍下来了,居然还让你们把带子带走了,方方面面的,心里能不打鼓吗?"

"我猜,拍下来的那些喝花酒的男人,都不是一般人吧?"徐大姐问。

韩主席看张铭一眼,犹豫不言。

"韩主席,谢谢您的招待。我吃好了,我先回房间了,你们慢慢聊。"张铭起身走了。

"现在都是咱们政协委员们了,我就实话实说吧。陆委员,你拍下来的,有咱们县某部门的干部,也有邻省的干部。这三省交界之地,邻省邻县的干部之间,走得都挺近便,人家特意过来喝顿花酒,咱们的干部也不能不陪一下是不是?当然啰,下午也是他们不好,闹得过了点儿,倒是别开窗呀,倒是拉上窗帘啊!"

"韩主席,听你的话的意思,要是别开窗,要是拉着窗帘,一切就稀松平常,是没什么事了?"小陆的话里包含着露骨的深意。

"有什么没有什么,那要看从哪个角度说了。"韩主席滑头地说。

徐大姐严肃地问:"韩主席,你是从哪个角度来看的呢?"

"我嘛,这事儿,那就得从头说了。前两年,不知怎么一来,县里有的地方,就兴起喝花酒的风气了。说是跟日本学的,日本兴那样。"

小陆反驳他:"我常去日本,日本并不到处都那样。"

"这……我至今也没轮到一次出国考察的机会。人家日本究竟怎样,我也没有发言权。总之在咱们这儿,先是从些小店黑店兴起的,一下子就都跟着学了,生意就都火了。那能不火吗?县城里有点儿规模的饭店、酒店,也不甘落后啊!就这么就普及了。政协、人大也提过意见的,结果就扫黄,一扫,两税那边收缴额刷地下来了。后来呢,县里就组织讨论,一讨论,就说什么的都有。有的人士认为,这不过就是一种情色商业的现象,世界各国的原始积累时期都有过的现象,既然拉动了 GDP,何必大惊小怪。有的人士认为,足疗的地方有没有黄?按摩的地方有没有黄?在大都市里,那些地方不是都有色情交易吗?不都是睁只眼闭只眼吗?何况我们此地,喝花酒也是有规矩的。"

李一泓冷冷地问:"什么规矩?"

"盯着看可以,一般不能动手动脚的呀!有些女孩子,靠陪花酒这一职业,每月不少挣嘛!现如今,什么事儿,一牵扯到地方的 GDP,谁还没有点儿地方保护主义心理呢?"

"因而包括你们县政协,也都睁一只眼闭一只眼喽?"徐大姐表情庄重。

"大姐,当真人不说假话,我们县政协,在这个县里起的作用,那实在是很有限的。"

徐大姐又问:"我看,和你这样的政协带头人不无关系吧?"

韩主席竟自斟自饮了一盅,一脸无奈和不争气地说:"我身体不好,一有压力,头就疼。再过两年,我该退了,当公仆的谁不希望能安全着陆呢? 那些开饭店的、开酒家的、开洗浴中心的,在县里那都是有背景的。谁断了他们的财路,谁就成了红黑两道的公敌。也不仅仅是一个'怕'字作怪,还有这儿——"指指太阳穴,"这儿整天打架,有点儿混沌了。别人一说,当年日本,靠牺牲几代女性的身体才有了今天,就信了。"

小陆不由得拍了下桌子:"那都是胡说八道! 是以其昏昏使人昏昏! 稍微了解一点儿日本历史的人,才不会那么人云亦云!"

韩主席反问:"那泰国呢? 西班牙呢? 人妖现象就不色情了? 可那保证了人家的 GDP,人家就很想得开。斗牛不人道,那么多别国反对,可那也保证了人家的 GDP,所以人家我行我素。我们这儿,这个喝花酒现象,是功是过,谁能说得清楚? 就是今天自以为说得清楚,以后回过头来再看……"

小陆忍不住又一拍桌子:"够了,我才不愿听你这些! 失陪了!"起身便走,边走边说,"竟有这么混事儿的政协主席,匪夷所思!"

"她,她说什么? 我耳朵也不太好。"

李一泓冷冷地说:"她说,怎么竟有你这么混事儿的政协主席。"

韩主席苦笑:"不混事儿,到了我这年龄,姥姥不疼舅舅不爱的,还能怎样? 哎,她走了,那带子……"

"放心,我已经说过了,带子在我这儿。"

"这就好,这就好。徐大姐,我们小乔主任一个劲儿说您善良,理解人的难处。一泓,你呢,又是我校友。你们能不能也理解我一下,也对我发发善心,就把那盘带子给我吧! 我如果连这么一件小事都处理不好,那我这政协主席,当得就太惭愧了。"

李一泓看着韩主席,一脸鄙视。徐大姐小声说:"一泓,你还能听我一句吗?"

李一泓看着韩主席,不动声色地说:"大姐请说。"

"把那带子取来。"

"我有思想准备,带在身上。"

"那,给他。"

李一泓从兜里掏出带子,放在桌角。

韩主席伸手就抓,也顾不得碰倒了酒瓶子,一抓在手里,如获至宝,连说:"我的任务完成了,我的任务完成了。"

徐大姐站了起来:"韩主席,我作为一位政协的老委员,劝你这位政协主席几句,希望你参考。第一,以后,要多加强学习,提高素质。只有那样,才不至于人云亦云,没有了主见。第二,你既然身体不好,那还是打一份报告,正式申请退下来吧。这样,无论对你自己,对政协,都是有益的。一泓,咱们走吧。"

李一泓也站起来,面色不善地说:"韩主席,我代表我们调研小组,谢谢你的盛情。"

韩主席却不理会二人离去,拿着带子松了口气:"任务完成了。"

第十九章

翌晨,在宾馆大厅里,张铭将一张纸条交给宋春树,郑重地说:"有什么紧急的事,给县公安局这个人打电话。"

宋春树接过纸条,往兜里一揣,感激地说:"谢谢,谢谢。"

"揣好了,别丢了。"

"是,是,丢不了。"

张铭转头对宾馆负责人说:"我们可把他托付给你们照顾了。你们是县政府办的宾馆,你们要对三位委员负起责任来。三位委员来时还要向他了解情况,到那时如果居然找不到他了,我可向你要人!"

"放心,放心,哪儿能连这么一点儿信任都辜负了呢。"宾馆负责人笑脸盈盈。

"他如果有个三长两短,那也是你辜负了信任。"

"那是,那是,怎么会呢!"

张铭将一只手轻轻放在宋春树肩上,嘱咐他:"你要暂且安心在这儿干着。以你现在的情况,这是最好的处境了。如果我们回来以后,你还是没有找到你妹妹,我们都会帮你找的,啊?"

宋春树默默点头,又是难过又是感激,眼睛红红的像是快流泪了。

张铭张张嘴,似乎还想嘱咐更多的话,但却仅仅说了四个字:"就这样吧!"

"走好,走好。"宾馆负责人一边毕恭毕敬地往外送,一边说。

张铭刚一坐定在面包车驾驶座上,徐大姐即问:"交代妥了?"

张铭边发动车边回答:"该交代的交代了,该嘱咐的嘱咐了。"

"但愿我们回来的时候,他已经找到了他妹妹。"李一泓望着窗外说。

小陆一扁嘴:"一想起那位县政协主席的话,我就生气。"

徐大姐长叹了口气,面包车缓缓开动,随即两旁的景物越来越快地往后掠去。

"张铭同志,从现在起,我们都不叫你小张了,行吧?"李一泓说。

"那叫我什么呢?"

"你本来就不仅仅是为我们开车的。"

"你才明白过来呀?我第一天就看出来了。"小陆的手指不停地在窗玻璃上画圈。

"陆委员眼力还真厉害,你看出什么来了呢?"张铭开着车问。

"气质,无言自威。我就猜,这人准是干那一行的,果然被我猜中了。"

"我和徐大姐比你年长,我俩叫你小张。小陆嘛,那你就得叫张铭同志老张了。"

"他才比我大几岁啊,我才不叫他老张。"小陆不同意。

"那你叫他什么?你要是非叫他小张不可,我也没办法。"

"我要叫他——张大哥!"

"好啊!这叫得更亲了呀!"

徐大姐看着他俩说:"瞧你们俩,像小孩儿似的,也不怕人家张铭同志笑话!"

张铭呵呵一笑:"只要你们不拿我当外人,叫什么,随你们便。你们有你们的使命,我也有我的使命。我的使命那就是——第一为你们开好车,第二保卫你们的安全。"

小陆调皮地眼睛一转,唱了起来:"张大哥,我问你,你的家乡在哪里?"

张铭也唱了起来:"我的家,在山东,靠近海边的小村里。"

徐大姐和李一泓都面带微笑,听两个人唱问唱答。

面包车停住了,前边有一座桥,桥中央斜横一辆卡车,前窗一片撞击的裂纹,但并没碎。卡车旁有三个农民,或蹲或站。张铭下了车,向桥上走去。李一泓三人没有下车,在车内欠身往外望。

"老李,徐大姐,趁张铭同志这会儿不在,我得把心里话说出来,我对你们二位有意见。"

"因为我们把那盘带子给出去了,对吧?"李一泓眼睛仍注视着车窗外面。

"对。为什么要给出去?那是证据。"

"我一路也在想,给出去究竟对不对。但大姐说给吧,我就给了。徐大姐,我想您一定有您主张给的道理。"

徐大姐却摇摇头:"我同样一路也在想,给出去究竟对不对。"

"老李,你敢发誓你同意给,一点儿私心杂念也没有吗?"小陆追问李一泓。

"我会有什么私心杂念?"

"那位韩主席,他说他是你中学校友。"

"我发誓,我没有半点儿讨好他的心理。事实上我很不喜欢他那个人。我就想不明白,一个人又迷恋职位,又只不过打算混着干,那到底混得有什么意思?我尤其想不明白的是,像他那么样的一个人,怎么还能混到那么一种位置上去?但我还是刚才那句话,相信徐大姐一定有她的道理。"

"大姐,老李可一个劲儿地在往你身上推啊!您不给我个说法不行吧?"

徐大姐和蔼地说:"看来,小陆你是在将我的军喽?当时我想,第一,我们是省政协派出的调研小组,对方是最基层的政协机构的领导人,我们不应使对方陷入为难之境。如果我们对于他本人,哪怕对于这个县的政协作用都有异议,那最得体的做法,当是回到省里以后,将我们的异议反映给省政协、省委,而不是当场对立。第二,我们毕竟不是公检法办案人员,也不是纪委的调查人员,我们政协委员,除了依靠政协这个平台参政议政之外,作为我们每一个个人,其实都是普通公民,我们并没有被另外授予任何权力。如果我们握有那样一盘带子非不给对方,在法权理念上,我们的做法是否无懈可击,老实说,我不太自信。"

"照您这么说,我根本就不该带录像机了? 带了,拍了,谁一要就得乖乖交出去,那还拍个什么劲儿? "小陆反对得毫不含糊。

徐大姐开导道:"那要看拍什么,谁向我们要了。如果我们拍的是环境污染场面,是贫穷落后的情形,谁向我们要,无论是逼是求,我想我们都可以不给的。但如果我们拍的是人,那就是两回事了,因为我们不是记者。"

"那要是碰到人欺负人呢?"

"那就要挺身而出,见义勇为! 小陆,现在大姐一说,我觉得大姐的考虑那还是周到的。"

"哼,你可算有一个大姐了,一路上大姐大姐叫得那个甜! 你这个组长,已经开始变得唯大姐之命是从了! "小陆"哗"地拉开车门,蹦下车去。

"这个小陆呀,心直口快,在政协的各种会上发言也这么态度鲜明,你可别往心里去啊!"

"怎么会呢大姐,我喜欢她这种性格的人。"

张铭走回来了,说:"一个女人躺在桥边上,卡车司机也没看见,速度挺快地就开到桥上了。不成想那女人突然站了起来,拦在了桥中央,司机倒是及时把车刹住了,可是自己一头撞在前窗上,晕了,被人用平板车拉到镇里的卫生所去了。"

"那女人想自杀？"小陆来了兴致。

"他们说那女人疯疯癫癫的，转眼不知跑哪儿去了。"

"那也不能把卡车就停在桥中央啊！为什么不开走。"李一泓问。

"我也是这么问的。可他们说他们都是装卸沙子的，不会开。我又问那我替他们开离桥上行不行？他们说行是行，得给他们钱。"

"岂有此理！帮他们忙，反而还要给他们钱？"小陆说着，鄙视地看了那几个农民一眼。

李一泓又问："多少钱？"

张铭伸出三个指头。

"三十？不能耽搁在这儿，给！"李一泓边说边掏钱包。

"是三百。"

李一泓愣住了。

小陆望着墙那边，愤愤地说："刁民！这是刁民行径，我跟他们讲理去！"言罢，拔脚便走。

李一泓一把扯住她："他们不买小张的账，估计也不太会买你的账。"

"你跟他们亮警官证啊！"小陆对张铭说。

张铭苦笑："我亮了。和县城里那些保安不相信你的政协委员证是真的一样，他们也不相信我的警官证是真的。也许他们并不是不相信，是故意那么说。这真成了黑色幽默了，打假打得真的也被非说是假的了，而且搞得你还发不得脾气。"

"我已经很久没碰上过刁民了，想不到在这么一处地方碰上了。"李一泓不由得看徐大姐。

"一泓，你也不要凡事都唯你徐大姐之命是从啊！"

李一泓看着钱包说："大姐，所以我并没又说听你的。你就是说给，这一次我也不听你的了。尽管我管钱，钱包里的钱是政协的，但既然碰到的真是刁民，那我决定，一元钱都不往外掏！"

张铭又说："我问他们，另外还有没有一座桥，他们说没有。"

　　"那我们怎么办？"徐大姐的眼光从桥那儿延伸到远处，好像非要再找出一座桥来不可。

　　"他们说另外倒是有条坡路，那里水很浅，是沙滩，他们愿意把我们的车带过去。"

　　徐大姐收回目光："这么说，他们倒也不算刁民。"

　　"但也不肯白带路，得给一百元钱。我给了。"

　　李一泓三个不由得瞪视张铭，小陆嘴快地说："还是刁民！"

　　"一百元是三百元的三分之一，这个账我还是算得过来的。我知道你们经费有限，为你们省二百是二百。"

　　"真是好同志！公私分明，不能让你破费！"李一泓嘴上这么说着，却将钱包揣入了兜里。

　　徐大姐说："你看你，把钱包往兜里揣干什么呀？现在就把一百元给人家小张啊！"

　　小陆说："就是，别一转身忘了，让我张大哥也不好意思要。"

　　"对对，一堵在这儿，我脑子都有点儿乱了。"李一泓又要往外掏钱包。

　　"过后再说，过后再说。"张铭朝桥上的三个农民招手，"嗨，我们决定了，从桥下过，你们带路吧！"

　　一个农民在桥下悠悠搭搭地走，面包车缓缓跟在后边。张铭一边开车一边说："也不能说他们就是刁民。我们办案，有时碰上的刁民那才叫刁，比杨志碰上的牛二还刁蛮。人家毕竟还真给咱们带路，只不过贪小利，有那么点痞而已。"

　　带路农民走到了一段下河的坡路那儿，闪到路边，河里的水果然很浅，一大片沙滩，连到河彼岸。

　　张铭将头探出车窗，问："那片沙子，不会陷住车吗？"

　　"不会吧？"

　　"说肯定点儿嘛！"

"八成不会。"

张铭缩回头,将车缓缓开下坡路,驶入河中。

那个农民蹲下了,掏出烟来,点着了边吸边看着车往河里开。

面包车在河里停了,车轮被沙滩陷住了。

张铭跳下车,察看了下车轮,冲到农民跟前,吼道:"你不是说不会陷住车吗?"

农民仰脸看他,清白无辜地说:"我说的是不会吧?"

"可我叫你说肯定点的!"

"那我说的也是八成不会。我这人实诚,从不把话说满,被逼着也不把话说满。说出的话,泼出的水,要负责任的。剩下两成可能性,偏偏让你摊上了,我有什么办法?"

张铭又急又气,原地转圈。李一泓三人也下了车,走过来。

张铭瞪着那个农民:"他、他……嗨,我也大意了,干吗信他的呢!"

李一泓安慰他:"别急,别急,总会有办法的,不怨你。"

农民站了起来,还是那么清白无辜地说:"这位先生说的才是明白话,急有什么用处呢? 还是得咱们共同来想办法,解决这个问题。来,先吸支烟。"

农民向张铭敬烟,张铭一转身:"去你的!"

"你有什么办法?"李一泓问那个农民。

"沙子下面是卵石,陷住了怕什么呢? 咱们有这么多人,咱们有锹,挖一挖,车就开过去了嘛!"

"对,你说得对,快把你们的人叫来,把锹也带过来!"

于是那农民朝桥上喊:"有活干了! 过来!"

而桥上,另外两个农民,正伏在桥栏杆上,观风景似的望着面包车被陷住的情形。听到喊声,他们扛了锹,悠悠地走下桥。

带路的农民迎着跑过去,接过一把锹。三个农民三把锹,拄着锹柄,锹头齐齐插入沙中,一字排开地站在李一泓等人面前。

"你们,是要租锹呢,还是要雇人呢?"

"什……么?!"李一泓张大嘴巴傻了眼。

带路的农民说:"租锹的话,一百元一把。看你们这几个城里人都挺面善的,对我们也不太自大,优惠你们,再给二百元就行了。我带路算白带。雇人的话,那也不多要你们的,再给二百八,图个吉利。"

"唉,你们呀,亲爱的农民兄弟呀,叫我说你们什么好呢? 在车上,我还对他们三位说你们不是刁民。"张铭说话时,亲热地拍了拍三个农民的肩。

"我们当然不是刁民啦。"带路的农民问另外两个农民,"我们是刁民吗?"

另外两个农民同声说:"不是!"

带路的农民问李一泓:"你们是邻省的? 过来喝花酒的吧?"

李一泓张大嘴,冲着三个农民的脸依次哈了三大口气:"有半点儿酒味吗?"

三个农民互相看看,都摇头。

带路的农民又说:"既然并不是过来喝花酒的,那再优惠你们八十元,给二百就行了。"

另外两个农民中的一个打量着李一泓、徐大姐和小陆,蛮有把握地说:"妈、儿子、孙女,三代三口,跨省旅游。"又打量着张铭,接着说,"还雇名私家司机,你也兼做保镖吧?"

"没错,比试比试?"张铭向他伸出了手。

带路的农民很有自知之明:"不了。看你就是会两招的,估计我们三个一块儿上也不是你的个儿。"又打量面包车,自言自语,"一个中国字也没有,进口的,准是好车。"

他走回到自己两个同伙跟前,对他们说:"明摆着,富有的城里人,成心穿得朴朴素素的,他们不该是我们的优惠对象。"

李一泓抗议道:"我们谁都不富有!"

"富有就富有嘛！不诚实,这可不好。"主张"优惠"他们的农民向李一泓捻动着手指,"租锨,还是雇人? 快作决定,咱们两不耽误!"

李一泓张口结舌,不知如何回答。小陆小声对张铭说:"亮出你的警官证,威慑威慑他们!"

"那不好吧? 他们又没逼迫我们。"

小陆冲李一泓发脾气:"你倒是跟他们僵着干什么呀? 我的态度,一不租锨,二不雇人! 我就是用双手挖,也能挖出一条车路来!"她一说完就蹲下,真的用手刨起沙来。

"看到了吧,越富越抠,该花的钱都不花,掉钱眼里了,咱们走!"三个农民扛起锨,扬长而去。

李一泓急了:"哎哎哎,别走!"

带路的农民回过头来:"租锨,还是雇人?"

"照你最后说的,雇你们挖,再给你们二百元!"李一泓掏出钱包,抽出二百元钱,塞入对方兜里。

徐大姐拉起了小陆,冲着李一泓和张铭说:"咱们上车!"

等四人上了车,带路的农民发话了:"干活!"三个农民挥动铁锨,飞快地挖起沙来。

"即使他们这样,我还是坚持认为,比起我所遇到过的真正的刁民,他们一点儿都不刁。他们毕竟在为咱们出力,也算是按劳取酬吧!"张铭坐上驾驶位,点上一支烟吸了一口说。

"给我一支烟。"李一泓接住张铭递来的烟,也点上了。

徐大姐悄悄问小陆:"我看上去有那么老吗?"

小陆扑哧笑了,对徐大姐耳语:"心里别犯嘀咕了,您白捡了一个儿子、一个孙女,占大便宜了!"

徐大姐不由得摇头苦笑。

李一泓却情绪低落:"如果我们的调研也是为了他们,我们何苦呢?"

"当然也是为了他们。"徐大姐坚定地说。

"如果我告诉他们,我们是三位政协委员,我们是为了他们的利益才出现在这里的,那他们会怎么样呢?"李一泓叹着气吐出一口烟,竟然是个圆满的烟圈儿,被他一口吹散了。

"也许他们会溪落和挖苦我们。"徐大姐苦笑着叹了口气。

"就像林肯面对的尴尬那样。美国南北战争时,林肯视察前线部队,对一名黑人士兵说:'我是为了改变你们的命运才进行这一场战争的。'不料那个黑人士兵回答:'假如你也是黑人,我才相信你的话。'"小陆觉得就心情来说,他们三个政协的人现在都"很林肯"。

"我有点儿寒心。"李一泓感觉从来没这么累过,他迷茫了,怀疑自己做的一切到底是为了什么。

徐大姐起身坐到了他身旁:"别寒心。我同意小张的话,他们看上去并不是刁民,他们那样对待我们,正是我们更要替他们代言的理由。"

李一泓不解地转脸看小陆:"小陆,关于公平一词是怎么解释的?再说一遍给我们听听。"

小陆无精打采地说:"公就是公正,平就是平衡。正就是世间道义,衡就是稳定状态。没有公平,没有和谐。一个和谐的社会,一定是本能地促进公平的社会。"

"行了。这会儿你没情绪多说,那就不劳你多说了。你的话,使我联想到了孔老夫子的名言——'三人行,必有我师焉'。"徐大姐忍不住一反身,看着小陆,"小陆你知道我最欣赏你话中的哪一个词吗?那就是'本能'两个字。"她将身子坐正了,又对李一泓说,"一泓啊,小事一桩,别寒心。因为,我们就是要做社会那一种人格化了的本能,不为名不为利,就是为了促进社会的公平。比如他们三个农民,中国有九亿多农民,谁能有那本事,在短时期内使他们都过上和富有的城里人一样平等的生活呢?谁也没那本事。"

"他们正是拿我们当富有的城里人看了!"李一泓深深地望着外面

的三个农民。

小陆说:"所以他们内心里不平衡嘛!"

徐大姐说:"他们心理不平衡,首先是由于城市和农村的发展太不平衡。虽然政府已经免去了农业税,实行了种粮补贴政策,还免去了他们孩子上中小学的学费,但他们的实际生活水平,可能还是没有明显的提高。我们就是要通过调研,将他们的实际生活水平反映给政府,替他们诉说他们最迫切想要解决的困难。等到有一天,他们生活的农村变成社会主义新农村了,他们的儿女也能享受到较好的教育了,他们病了也有医疗保障了,他们不必再为晚年生活担忧了,他们的心理也就会平衡许多了,社会也就多了几分和谐。连动物都会因为公平与不公平而习性好一些或者习性不好一些呢,何况人啊! 一泓,如果这么看问题,你还寒心吗?"

李一泓不说话,依旧默默看着车外三个挖沙的农民,有两个已经脱光了膀子,第三个正在脱衣服,脱掉后一卷,扔在沙上,往双手手心啐口唾沫,又挥锹大干起来。他们已晒黑的赤背上冒出滚滚的汗珠。

这时,桥上传来了汽车发动声,不知何时,有人在开那辆卡车了。

带路的农民走到了面包车旁:"是我们的人来开车了。你们怎么个意思? 是退回去,再从桥上过呢? 还是不退回去,等我们挖好一条通车的沙道?"

李一泓正在犹豫,小陆已经开口了:"我们不走回头路!"

张铭跳下车,说:"你歇歇,我替你一会儿。"

李一泓也跳下了车,默默拍一个农民的肩,夺过了他手里的锹。

徐大姐探出身招呼三个农民:"来来来,辛苦了,都喝瓶水吧!"

她分矿泉水给三个农民,三个农民高兴了。带路的农民说:"老太太,儿子相貌堂堂,孙女漂漂亮亮,好福气呀!"

徐大姐应酬道:"过奖,过奖。"

另一个农民说:"儿媳妇和孙女婿怎么没陪着呀?"

"他们呀，都忙。"

"都是有出息的吧？经商呢，还是当官啊？"

"普通人，我们几口子，都是普普通通的人。"

"瞧您老太太不普通，多好的气质呀！"

徐大姐不好意思地理了一下头发："又夸起我来了？三瓶矿泉水就使你们的嘴变得这么甜啊！"

李一泓、小陆、老张听了偷偷一笑。

面包车又开动了，三个农民衣服各自搭在肩上，双手拄着锨柄，一字儿排开在河岸上，像接受检阅的士兵。

面包车从三个农民面前缓缓驶过，徐大姐在车内向他们微笑招手。

三个农民浑厚粗犷的声音在河上回荡：

"老太太，一路平安！"

"寿比南山！"

"晚年多福！"

车内，小陆对徐大姐说："大姐，我记得有一次在政协开会，一位副主席叫您老太太，您还很不高兴呢！"

"当然不高兴啦！"

"那怎么他们叫您老太太，您就满脸笑开了花儿似的？"

"和为贵嘛！人家有主动跟咱们和的意思，那我当然高兴啰！我是为和而高兴。目的既已达到，还计较人家叫什么呀！"

"怎么样？我说他们不是刁民嘛！"张铭接口道。

"三百元钱，三瓶矿泉水，虽然是一种损失，但事情的结果转化为和谐了，也值。"李一泓吧嗒吧嗒嘴。

徐大姐诲人不倦："一泓，你错了。"

"我怎么又错？"

"第一，刚才那结果，不叫和谐，叫和气。双方面，几个人之间，由态度僵持到一团和气。双方面，往往并不难。只要有一方主动一点儿，姿态高一点儿,也就和气了。第二,三百元钱,三瓶矿泉水,给了他们,不能叫损失。他们为我们出力了,流汗了,三百元是他们应得的报酬。矿泉水是供人喝的,所以不能说是损失,是人对人应该具有的情怀。第三,世上的许多事情,是要付出成本的,连谈恋爱都要付出时间的、精力的成本,和气也不例外。但是要求得整个社会的和谐,那成本就巨大得多,动辄必然几十个亿,几百亿,几千亿。既想要一个和谐的社会,又不愿对许多生活贫困的人民群众付出成本,对于这样的人,和谐社会就只不过是顺口一说的四个字而已了。党中央和中央政府是懂得这个治国道理的,也开始采取大举措来实践了。遗憾的是,有些官员似乎还不明白。这不是一个智商问题,而首先是一个情怀问题。以前国力不济,另当别谈。现在国力增强了,他们还是不那么情愿把钱花在切实解决民生问题方面。"

小陆说:"政绩工程、面子工程、时尚工程、盛世工程、交卷工程,他们更愿意把钱花在这些方面,花起来出手阔绰,铺张浪费,毫不心疼。他们大笔一落,支配的是国家的政府的钱,心里想的却是能给自己带来什么好处。"

李一泓说:"他们那么一想,当然就不愿意把钱花在切实解决老百姓的民生问题方面。他们管那叫……"

张铭突然言道:"打水漂儿!上级看不到钱究竟花在哪儿了,似乎对他们升官也加不了多少分,所以他们不愿意。我也算去过不少城市了。有些城市,一到年节,那简直就是满城尽带黄金甲,可在仅仅离城市一二百里的农村,农民住的房子却是披麻戴孝挂拐棍,可他们明明知道,但麻木不仁!"

徐大姐又说:"有不少人问我,你都当了两届政协委员了,你能不能用自己的话语概括一下,你是怎么当政协委员的?我说当然能啊,怎么不能呢?无非就是走走,看看,听听,想想,写写,说说嘛!人家又问,有的作家也这样啊,那你跟作家有什么区别啊?我说那可太不一样了。作家往哪儿走,全凭他自己的兴趣。而我们往哪儿走,是政协委员对社会的责任的促使。比如这里,快到省界边儿上了,是省里的官员不常来的地方。所以我们一定要来。他们常去的地方,我们倒不见得也去了。他们来到这样的地方,就会看到他们不太经常看到的情况。官员听到不高兴的话,会大皱眉头的话,因为那也许正是最真实的民间声音。然后我们就得想,就得梳理、归纳、分析,就要写提案,就要大会小会地说,总之是一有机会就要说,哪怕也说得官员大皱眉头,脸红脖子粗,甚至拂袖而去,也要说。一泓啊,小陆啊,大姐的体会是,说是很考验委员本色的,每每的,官员往那儿一坐,尤其大官,还一脸严肃、官威十足的样子,有的委员就明哲保身了,就话到唇边留三分了,甚至就顾左右而言他了,就不由自主地唱起赞美诗来了。这是一种积年累月形成的惯例,既影响官员,也影响我们,不被这种惯例所左右,有时还真需要一点儿无私无畏的精神呢。"

面包车突然紧急刹住,一个衣衫褴褛的年轻女子拦在车前,蓬头垢面,臂弯挎着布包袱,一手拿着半个馒头,欲吃未吃的样子。

车里的四个人都呆愣住了,那女子从车头前走开,走到车的一侧,脸几乎贴着车窗向车里看。她看完后不知为什么径自摇头,似乎很失望,默默退到路边说:"对不起。"

"真悬,差点儿把她撞了。"张铭说着,将车开走了。

小陆一反身,伏在车后座上,只见那女子竟又追起面包车来。

"停车。"小陆喊。

面包车停住,李一泓和徐大姐也都一反身,同时伏在靠背上往外看。

李一泓说:"小张,把车倒回去。"

徐大姐也说:"要慢点儿,别使她害怕。"

小陆想想说:"准是三个农民说的,那个疯女人。"

此时那名女子闪到了路边,面包车缓缓退到了她身边。李一泓下了车,向女子走去,女子后退,一转身想跑。

李一泓柔声喊她："别跑，大妹子。"

女子站住了，回头看李一泓，还是很不安。

"别怕，我们不会欺负你的。你，想搭车是吗？"李一泓指指车，"如果想搭车，我们愿意让你上车。你看，车上也有两个女人。搭我们的车，你没什么可害怕的。"

女子摇摇头，咬了一口馒头，嚼着。

"那你有什么需要我们帮助你的吗？"

"能……给我点儿水吗？"

"能，能。"李一泓一转身走到车旁，小陆拉开了车窗。

"矿泉水。"

小陆起身打开了装矿泉水的纸箱："就剩四瓶了，给她两瓶怎么样？"

张铭说："我路上不再喝了。"

徐大姐也说："我也是。"

小陆说："那，都给她怎么样？"

李一泓点点头："对，都拿来。"

李一泓一手两瓶，拿着矿泉水走到女子跟前："你把包袱放地上，解开，我替你把矿泉水都包起来，行吗？"

女子手中的馒头这时已吃光了，正干咽着，听了李一泓的话，点点头，顺从地将包袱放在地上，解开，里面除了一条脏毛巾、一双旧布鞋、一把牛耳刀和一些零钱，再什么也没有。

李一泓蹲下，奇怪地问："你带把刀干什么呢？"

女子愣了愣，一言不发，从李一泓手中夺下矿泉水，放在包袱里，拎起就走。李一泓愣住了，呆呆地望着她的背影。

"等等！"小陆喊。

女子站住了，回过头。

小陆一手拎塑料袋，一手拿着徐大姐的披肩，快步走到女子跟前，将塑料袋朝她一递，女子刚一接过塑料袋，小陆已将徐大姐的披肩一抖，披在女子身上。接着,从女子手中要过包袱,放地上,打开了。

小陆仰脸看着女子,说:"毛巾太脏了,都有味儿了。咱不要了,啊?"说着,将脏毛巾一团,远远一抛。

小陆对张铭说:"张大哥,车里搭着我一条新毛巾,拿来。"低头看了看女子的鞋子,"你看,这双鞋都快脱底儿了,咱也不要了,啊?"说着,把鞋也扔了。

有一只鞋,竟打在拿着一条新毛巾走过来的张铭身上。那女子愣了愣,跑去捡鞋。

"你没见她光着脚嘛!那是她仅有的一双鞋!"李一泓略带责备地说。

不料小陆生气了:"你别管!张大哥,再到车上把我那双皮鞋拿来!"

女子把鞋拎回来,放包袱里,要自己包。小陆严厉地说:"别插手!乖乖站一边去!"说着又把那一双破布鞋扔了。

女子求助地看李一泓,李一泓赔笑道:"你听她的吧,啊?她完全是为你好。"

张铭把小陆的皮鞋拎过来,放在地上。小陆往地上一坐,脱下自己脚上的运动鞋,接着换上了皮鞋,之后仰起脸,将运动鞋朝女子一递,"我看咱俩的脚也差不多大小,穿上。"

女子默默接过运动鞋,小陆又说:"塑料袋里有面包、饼干、肠,还有一包奶,小心别挤压破了。毛巾呢,你要经常在有水的地方洗洗。"

小陆站起来时,女子已将运动鞋穿好,也站了起来,感激地看着小陆。

小陆对李一泓说:"掏出钱包。"李一泓默默掏出了钱包,小陆又说,"给她二百元钱,记我名下。"

李一泓默不作声地抽出了两张百元钞,小陆一把夺去钱包:"你没脑子啊!"她自己从里面抽出了两张五十的、三张二十的、四张十元的纸币。

小陆卷好钱,不知如何是好,因为女子的一身破衣服,分明已没有一个兜可以装钱。女子解开一颗衣扣,翻开衣里,露出一个有别针别着的内兜,小声说:"揣这儿没事儿。"

小陆帮她取下别针,将钱装好,再把别针别上。

女子又小声说:"谢谢。"

"你家在哪儿啊?如果你想回家,我们愿意把你送回去。"

女子看着李一泓,脸上没有反应,仿佛根本没听明白李一泓的话。李一泓将小陆扯到一旁,低声说:"你哄哄她,把她包里那把刀扣下来。"

不料女子耳朵很灵,听到了,一弯腰从地上拎起包,飞快地跑了。

回到车上,李一泓对小陆发脾气:"我让你把她那把刀哄下来,你为什么不?"

"她不是一听你这么说,拎起包袱就跑了吗?"

"那你帮她整理包袱的时候,为什么不把刀偷偷扣下来?"

"我……我认为那把刀对她也是有必要的!"

"你说我没脑子,你才没脑子呢!"

"你!我不想跟你说话了。"小陆赌气坐到后排去了。

"那你就再也不要跟我说话了!"

徐大姐劝道:"够了,李一泓你少说两句行不行?"

李一泓不再说话,张铭开了收音机,开动了面包车。

李一泓忽然听到音乐声中夹杂着小陆嘤嘤的哭声,从车内镜中他看到,徐大姐也坐到了后排去,搂着小陆,在低声哄她、劝她。

李一泓转过了身,训斥道:"怎么,说两句就哭啊?也太娇气了吧?你是博士有什么了不起?你是省政协委员有什么了不起?那我这个组长就不可以说你几句了?"

徐大姐也火了:"你有完没完?你说那种话太没有水平了吧?"

李一泓忍着气坐下,扭头望着窗外,嘟哝:"我本来就没水平,高中文化嘛,有什么水平。"

张铭一扬手臂,半包烟落在他身上。

天黑了,面包车行驶在路上,前方一片漆黑,不远处,有两点红色的光亮,使人感到奇异而诡异。

李一泓问张铭:"小张啊,你没开到错路上吧?"

"肯定没有,咱们必须去的地方,我怎么会错呢。"

李一泓奇怪地说:"我记得,前边那个村子是通了电的呀。"

相互靠着睡的徐大姐和小陆醒了,徐大姐望着窗外说:"有电线杆,一泓,你去过那个村子?"

李一泓掩饰说:"没,没去过。我来这种地方干什么呢!"

等车驶近了,他们发现那两点红色的光亮原来是两盏红灯笼,道路两侧各一盏。

张铭放慢了车速,一位六十多岁的老人和一个小伙子挑着红灯笼迎车走来。面包车停住了,老人问老张:"车上,坐的是省城来的人吗?"

"对,您是。"

"我是双墙村村主任,接他们来的。"

这时张铭认出了那小伙子就是带头敲诈他们钱的那个农民。

"老弟,不是又搞什么鬼花活吧?"张铭怀疑地问。

小伙子无地自容地说:"是你们?"

"你……见过他们了?"老人诧异地问。

"见过见过,他帮了我一个很大的忙。"李一泓说着,起身下了车。

老人走向他,将红灯举高,照着他的脸:"一泓,是你吗?"

李一泓看着老人,愣住了。

老人又说:"想不到,你成了个人物了。"

第二十章

双墙村村民李家柱挑着不大不小的红灯笼,引领徐大姐和小陆走上自家的二楼,将她们请入一个房间。

李家柱扯了一下灯绳,屋顶一盏度数不大不小的灯亮了。这是一幢新落成的小二层楼,然而屋里除了两张很旧很旧、支架特单薄的单人床,几乎再没有其他东西,然而床上的铺盖却是新的。

李家柱将红灯笼挂在墙上的钉子上,那一排钉子显然是为挂衣服而钉的:"这灯笼也点着吧,要不,亮度太暗了是不是?"

"你省截蜡,把灯笼吹了吧,我们有点儿亮就行。"徐大姐说着,和小陆各自坐在床上,放下东西。

小陆问:"这既然是一个通上了电的村子,为什么晚上还四处漆黑呢? 如果农民过日子还都节省到舍不得开灯的地步,那不是白给农村通上电了吗?"

李家柱在一只小凳上坐下,无奈地苦笑道:"不节省,不行呀!"

徐大姐也问:"这个村子的农民,生活还很贫穷?"

"那倒也不是。我们这村以前是种粮食的,那时家家户户的日子都过得很苦。尽管政府对粮农给了好几项优惠政策,还是改变不了一个穷字。山区地少，收不了多少粮食的。现在我们这个村都种茶了，家家户户的日子比以前强多了。我这不是都盖上小楼了吗？"

"你还是没回答我的问题呀。"小陆说。

"是啊是啊。你们要是半个月前来到，这村子一到晚上，东西南北中，家家户户的窗子都挺亮的。现在我们农民，为了享受眼前的亮堂，交电费那还是情愿的。"

小陆没好气地说："看来你是打定了主意就不正面回答我的问题。"

李家柱狡黠地眨眨眼："我还没回答吗？"

"对，你还没回答。"

"是不是供电方面给你们出什么难题啊？"徐大姐猜道。

李家柱连连摇头："不是不是，不关人家的事儿。"

小陆还想问什么，李家柱忽然站了起来，急欲摆脱地说："我给你们烧开水去，烫烫脚，睡得舒坦点儿。"言罢，匆匆出去了。

"嘿，这家伙，让咱们白问了。"

徐大姐笑了："你以为，咱们下车伊始，开口一问，人家就竹筒倒豆子，一股脑儿全往外说呀？我们一厢情愿地和人家拉近便，人家还不见得信任我们呢！"

楼下另一个房间里，张铭用打火机点着了窗台上的一小截蜡，接着吹灭了同样挂在墙上的红灯笼，拉灭了电灯。

李家柱端着一盆热水走入屋，困惑地问："怎么……"

"我寻思了半天，搞不清楚究竟是开着灯用电便宜呢，还是点着你那红灯笼便宜，一转身发现了这一小截蜡，今天晚上我只靠它就行了。"

"那怎么行，那怎么行！那我心里也太过意不去了。这屋的灯亮，还是开着吧！"

他放下盆，要去拉灯绳，张铭拦住了他："我说行就行，听我的。"

"那，你快坐下烫烫脚吧！"

"你为我端来的洗脚水？"

"是啊,不是为你是为谁呢?"

"那我可不客气了啊!"张铭坐在床上,脱去鞋袜,将双脚泡入盆中,"好舒服。"

"你睡这床,我睡那床,咱俩睡一屋,你能将就我吧?"

"那我很荣幸啊!按咱们中国古代的礼节,和主人对床而眠,是对客人最高规格的接待嘛!"

李家柱递给张铭一支烟,张铭接过,叼在嘴上。李家柱按着打火机,替张铭点了烟,之后自己也吸上了一支。

"嗯,这是好烟!"张铭吸了一口说。

李家柱往自己床上一坐,颇得意地说:"当然是好烟,中华。"

"你吸中华?"

"我败家呀我吸中华!被褥、床单、枕头、中华烟、脸盆洗脚盆,这都是我到乡里去领出的招待费买的。你们还没到,乡里的电话通知就到了这个村,说有几位政协委员,估计会到这儿来视察,不得怠慢,不得对你们胡说八道。"

张铭笑道:"那你这话,算不算胡说八道呢?"

李家柱一愣,也狡黠地笑了:"那就看你,忍不忍心出卖咱一个老实巴交的农民啰!"

"别多心,我跟你开玩笑,何况你也没说什么不该说的话嘛!以后几天,肯定会给你添很多麻烦啊!我代表这两位委员,先谢了啊!"

"甭谢。我还得谢你们。乡里说了,你们一走,所有买的东西都归招待户。我占大便宜了!冲这么多东西,好几户抢着招待你们呢!你们城里人怎么说的?机会属于能抢的人对吧?"

张铭呵呵一笑:"不是你这么说的,机会属于有所准备的人。"

"一样的意思。有所准备,那还不就是准备着抢?世上的好机会已经不多了,不抢还有份儿?要像老鹰抓鱼那样,水皮儿稍稍一动,一个俯冲,快速反应,啪一爪子,逮着了就不松爪子!"李家柱边说边做着形象

337

生动的手势。

张铭笑了:"你很有语言表达的天赋嘛!"

李家柱自负地说:"有些人还认为我有思想。"从兜里掏出了二百元钱,看着,摩挲着,问张铭,"我要是把这二百元退给你,你是不是会对我印象好点儿?"

"不退给我,我对你印象也挺好啊!安心收着吧,那是你们的劳动所得。"

"那我可就不退给你了。哎,你在城里经常洗脚吧?"李家柱真把钱收了起来。

"当然啊,洗脚是良好的习惯嘛!"

"我指的不是在家洗脚,指的是在那专门洗脚的地方,有女孩子给揉捏脚丫子的那一种地方。"

"你说的是足浴嘛。"张铭犹豫了一下,点点头,"我去过,但是次数不多。"

李家柱从床栏上抽下一条新毛巾,扔给张铭擦脚,问道:"舒服吧?"

"那是,解乏!"

李家柱身子往床上一躺,大声说:"我恨你们城里的些个臭男人!你们每次就出他妈的二十元三十元,就把你们那男人臭烘烘的大脚丫子往我们农村女孩子的膝上一放,闭着眼睛享受那一种捏啊、揉啊、按啊的舒服劲儿,一个不满意,还嫌服务得不好,还要赖不给钱。"

张铭不由得停止了擦脚,看着仰躺在床上的李家柱,反驳说:"不能这么看问题吧?足浴是有中医学道理的,是为别人服务。而且呢,是一种正当的职业嘛!"

李家柱一动不动地说:"你们城里人的女孩子如果把那当成一种职业,你们做父母的情愿吗?你知道我们农村人,如果知道自己的女儿是那么挣钱寄回家里的,心中什么滋味儿?"

"你这不是抬杠嘛!城市人家的孩子现如今有几个考不上大学的?

大学女毕业生怎么也不至于沦落到那么一种地步。"

李家柱倏地坐起,针锋相对地说:"你的意思是说我们农村人的孩子天生笨啰? 我们的孩子从小在什么样的学校里上学? 你们的孩子从小在什么样的学校里上学?"

张铭被问得一愣一愣的。

"乡里没交代我连洗脚水也要替你们倒,自己倒去。"

"不劳侍候,我根本也没想让你……"张铭很有情绪地往地上一站,一脚踩翻洗脚盆,水流了一地。

李村主任家是一幢老旧的房子,李一泓和李村主任共同躺在一张大床上。

随着时代的发展变化,当初的"村长"已经改叫"村主任"了。

"我可没跟另外两位委员说,这个村我来过多次,还认识你这位村主任。"

"我也没想到,来的人中会有你。"

"你们村里有人见过我,你得和他们打声招呼,让他们装出不认识我的样子。要不,我还得费口舌和另外两位委员解释。"

"那也得明天了。"一翻身,李村主任哎哟一声。

"怎么了?"

"一入秋,腰腿疼总犯。"

"你趴着,我给你按摩按摩。"李一泓一边给李村主任按摩,一边问,"还一个人呢?"

"嗯。死了心了,不考虑了。轻点儿。"

"也别死心,遇到合适的,该考虑还应该考虑。晚年了,还是有个伴儿好。"

"不说我了,说说你女儿春梅吧!"

"她就不是你女儿了?"

"是你把她从小抚养大的,当然是你女儿。"

"可你才是她的亲生父亲。"

"这个问题也不讨论了。咱们永远也不讨论了。我和你不是外人,我问你,你这个政协委员,究竟能管多大的事?"

"这……到现在我也不清楚。应该说,什么事也管不了。但我们有反映事情的权力,有监督政府的权力。我想,还有点儿像特权。"

"那另外两个女的呢?"

"尽管他们一个是省里的,一个是全国的,估计在权力方面,和我差不了多少。"

"一泓,我摊上难事了。"

"嗯?说说看。"

"也不是我一个人的难事,成了我们全村的难事,最近,把我愁得是吃不下、睡不着。按说,我这年纪,不该再当村主任了。可又被选上了,没办法,我们村的小学校,那还是'文革'前盖的,快四十年了,根本不像个小学了。年初我们听说中央拨了一笔钱给省里,省里又拨了一部分给县里,是专门为改建农村学校拨的。我们就四处找关系、求人、请客、送礼,还召回几名在外打工的青壮年,为县教育局义务装修办公楼,为局长的老娘义务修坟。这么着,县教育局总算同意了批给我们二十万。六七月份,虽然还没见到钱,虽然夏茶长得好,我们也顾不上采茶了,男女老少齐上阵,把小学校的破教室推倒了,重建起来了。可到县教育局去要钱时,他们却不认账了。磕头作揖,求爷爷告奶奶的,最后才开恩似的给了三万元。可我们垫花了三十几万啊!这下一摊,家家户户都背上了几千元的欠债。村里有些年轻人气极了,集体到县教育局去讨说法,结果还说他们聚众闹事,抓起来了几个。我这当村主任的,又得挨家挨户收钱,找关系、求人、请客、送礼,为的是尽快把他们赎出来。现在,小伙子们差不多全走了,年轻女人们也不在村里摘茶了。一些个夫妻成双成对的,把孩子也都带走了,发誓说就是男的卖血、女的卖身,也要让自己的孩子成为城里的小学生！可悲我们村里几个花季的姑娘,为了替家里还上那一笔均摊的债,竟到县城里去做花酒女。"

"别说了！"李一泓跳下床,在屋里大步走来走去。

李村主任坐起来,看着他说:"你要是帮不上什么,我也不会怪你。"

"你敢发誓,你说的属实?"

"句句属实。倘有半句虚假,我不配再见到你李一泓。"

李一泓定定地看了李村主任片刻,转身往外便走。李村主任在他身后问:"黑灯瞎火的,你去哪儿?"

"你别管！"李一泓大步走出屋去。

李村主任以为他要上茅房:"茅房在屋后,拎上门口的灯笼,别掉茅坑里！"

李一泓提着红灯笼走在暗夜中,那灯笼播撒出一片朦胧的光,随着他的脚步移动,周围影影绰绰。

李家柱家的小二层楼每一扇窗都是黑的,李一泓提灯呆呆地站着,犹豫不决。他索性将红灯笼挂在树枝上,深吸一口气打起了太极拳。起夜的李家柱提着裤子从楼后转出来,发现李一泓,一愣,却没惊动李一泓,悄悄地进了楼。

李家柱走到张铭床前,推醒他,指指窗外。张铭提鞋走到窗前,看见在红灯笼迷蒙的光照之下,李一泓在打太极拳。

"他有夜游症?"李家柱好奇地问。

"胡说八道！"

"那他这是干什么?"

"你说是在干什么?他在打拳你都看不出来啊?"张铭两眼一瞪。

李家柱不以为然地说:"深更半夜的,他明明住在村主任家,却到我家楼前来打什么拳,他没有道理呀！"

"他自有他的道理。"张铭提上鞋,披上衣服,出屋去了。

李一泓还在灯笼下打太极拳,张铭站在楼门那儿,默默看着。

等李一泓收住了架势,张铭轻咳一声,向他走来。

"李委员,怎么还没睡?"

"八成我这一夜都难以入睡了。"

"不管什么事,明天早上再说也不迟是吧?"

"是啊。我这人还是不够老练,心里装不下事儿。本想找徐大姐和小陆委员说说的,走到这儿了才意识到,时间太晚了。"

"我陪你回村主任家去?"

"不用。我心里一有事,要么吸支烟,要么喝盅酒,要么打套拳,你可别见怪。你快睡去吧!"李一泓说完,摘下红灯笼,伴着摇晃的灯影走了。

第二天早晨,李一泓在鸡啼中悠然醒来,李村主任已经不在床上了。

李村主任的家屋在一处缓坡上,李一泓一迈出他的家门,差点被眼前的一片茶绿扑倒,茶垄中有采茶的人影在移动,远处草木葱茏的山岭幽远而宁静。看着眼前仿佛从图画里拓印出的美景,李一泓长舒一口气,胸中的郁垒稍微消解了一点。

李村主任站在茶垄前摘茶,他的动作已经不那么灵便了。李一泓走到他身旁,学他的样子摘茶。

"起了?"李村主任偏头问。

"你怎么起得这么早?"李一泓反问。

李村主任举手环指道:"全村的人,不都起得这么早吗?"

李一泓扭头四周望望,见摘茶的都是老人,问:"村里就剩些老人了?"

"是啊!小学校的事,伤了年轻人们的心了。"李村主任叹了口气,神色黯然。

"怎么才能采得快一点儿?"

"你得想象满眼看到的都是钱。"

李一泓一边笨手笨指地摘茶,一边又问:"一角的,还是五分的。"

李村主任笑了："你呀,尽想美事儿! 秋后的茶叶,不值钱喽! 一斤才七角多钱。我嘛,老了,眼手慢了,从天刚亮采到天色黑,最多也就采个十来斤。那,你得想象,一分钱劈五半儿,像朵花儿,你就一个花瓣儿一个花瓣儿往下摘吧! 摘多摘少,看你的本事了!"

李一泓将兜在衣襟里的一点点茶叶倒入李村主任的茶篮,挽袖子,捋胳膊,搓手掌,深吸气,似乎要大有作为。

李村主任奇怪地问："你要干什么? 要在这儿打拳啊?"

"不,我要为你搂钱!"

李村主任退开一步,悉听尊便地看着他,那意思是——看你一把能搂多少钱!

在李一泓眼里,茶树上长出了一枚枚一分钱的硬币,它们渐渐绽放五瓣儿的钱花,在阳光下闪闪发光。李一泓舞动双手轮番摘去,摘了几次,低头看看,摘到手的却都是老茶叶。

"得了得了,你别摘了。像你这么个摘法,过不了几天,茶树的叶子就被摘光了,那茶树就死了。你摘下来的老叶,茶商也不会收的。"李村主任挥挥手无奈地说。

这时,徐大姐和小陆走过来,两个都用衣襟兜着茶叶。

徐大姐问："一泓,摘了多少啊?"

李一泓惭愧地说："多乎哉,不多也,也就值几分钱吧!"

小陆把茶叶兜到李村主任面前："村主任,看我摘的这些,值多少钱呀?"

李村主任看一眼,说："也就半个馒头吧!"

"那我这些呢?"徐大姐雀跃地问。

"你俩摘的加起来,够买一个馒头了。"

李一泓、徐大姐和小陆,一时你看我,我看她,样子都很沮丧。

"可你昨天晚上不是说,村里的地自从改种茶树了,家家户户的收入都多了吗?"李一泓问。

"是这样的啊。我们这个村,人多地少,种粮食只够自家吃的,种蔬菜离县城太远,卖点儿菜来回得一天。有一届县里的领导说,那就种果木吧,而且下了红头文件,必须改种果木。农民们得服从啊,侍弄得那个精心,做梦都盼着果树结果。三年后,盼来了个大丰收。可怎么个卖法呢?没人来收购,农民自己雇不起车,花不起运费,果子从枝上掉在地上,全烂在果林里了。县里只命令让改种,根本不管卖的事儿。有些农户,赔得倾家荡产。农户干脆什么都不种了,每家只要能出去打工的,全出去了,让地就那么荒着。这省界地区左右几十个村子,都有同样的经历。"

李一泓三人一边听李村主任说话,一边跟着李村主任往他家走去。

"四年前,从省城也来了一个政协派出的考察组,其中有几位农业方面的专家,认认真真地考察了一番,建议这一带的农村种茶,帮着贷款,帮着引进优良茶秧,还办了几期种茶技术学习班。这么着,这一带的农民才对好日子有了点儿盼头。可现在,这盼头又死灭了。"

李一泓不由得站住,问:"怎么回事?"

李村主任抬手一指山岭后面飘过来的黑灰色烟云:"你们看那儿!"

"我和小陆早已看到了,以为那边起山火了呢。"徐大姐皱着眉头说。

"山那边办了个化工厂,那烟是有毒害成分的,不仅危害几十个茶村里大人孩子的健康,而且连茶树也被严重危害了。茶商已经放出话来了,明年就不收我们这一带的茶了。"老村主任的眼睛红红的,声音有些变调,分不清是因为出离了愤怒,还是因为老实巴交的村民们顶风冒雨的辛劳却总是换来多舛的命运。

李村主任用大瓷碗倒了一碗碗的白开水招待李一泓他们:"不给你们沏茶了。喝我们的茶,还不如喝我们的白开水。以前,县里乡里来检查工作,访贫问苦,呼啦啦带着些记者说些虚头巴脑的话,我们也说些虚头巴脑的话,哄他们高兴,图的是他们以后还送点儿东西来。我们昧着良心给他们沏茶,偏不告诉他们这茶被污染了。现在,他们知道情况了,挺恨我们的,认为我们没安好心。其实,他们喝了一两碗有毒的茶,没事儿的,没那么大的毒性,他们太小心眼儿了。"

"既然县里知道几十个茶村的茶全都被污染了,为什么不帮你们解决这个严重的问题啊?"徐大姐一脸严肃地问。

"为什么非帮我们解决?"李村主任竟然反问。

"他们是公仆,他们有这种责任!"小陆激动地说。

"责任?几十个村子联合起来,派人找过他们啊!他们说,是公仆不假,但是全县人的公仆,不是你们几十个村的茶农的公仆!你们的事儿,等我们研究研究吧。一研究,就研究到猴年马月去了。再说,他们也有他们的难处,确实解决不了。"

"他们的难处是什么?"李一泓喝了口水问。

"山那边是邻省。化工厂在邻省界内,那些个县里的官儿,哪里管得了人家邻省的一个厂?"

"那他们起码有向本省反映情况的责任!"小陆红着眼说。

李村主任低头沉默片刻,看着李一泓低声说:"一泓,你出来一下。"说罢,起身走到了外边。

李一泓看徐大姐,徐大姐点头,李一泓随即也走到了外边。

"一泓,对你我是信任的。你是我亲生女儿的养父,冲这种关系,我相信你无论在任何情况下,也不会两面三刀出卖我。你敢不敢担保,对她们两个,我也是完全可以信任的?"

"敢。怎么不敢?你有多么信任我,就可以多么信任他们。"

"有你李一泓这一句话就行。"李村主任说完又进了屋,李一泓跟在后面。

李村主任掏出纸卷烟,李一泓递给他一支烟:"别卷了,省点儿事吧。"

"老李,到底破戒了?"小陆问他。

"是张铭那半盒,吸烟可以压住脾气。有人告诫我,当政协委员得有好脾气,是一种修养。"

二人都吸着烟后,李村主任低着头说:"我们县长的小舅子,在邻省那个化工厂里有股份的,那我们还能指望谁向省里反映情况呢?邻省厂里那边,经常有人过来,到县城里去喝花酒。县里的头头脑脑的一迎二送,陪吃陪玩儿,还都是公款招待。而县里的干部们,也经常到邻省去,那边同样也是一迎二送,陪吃陪玩儿的。不但不能指望他们反映情况,就是我这个村主任,那也不敢反映情况啊!他们在基层干部会上讲过,农民该作出牺牲,就必须作出牺牲。牺牲精神是社会主义新农民的觉悟,谁要是胆敢胡说八道,破坏了两个省的良好关系,别说他们对谁不客气!你们倒是想想,我们这些个在乡里村里当基层干部的人,谁还没点儿毛病?谁还没点儿把柄?就比如说我吧,平时牢骚话很多,几大筐都有了!要是哪天有人想收集一下,我的党票还能保得住吗?我虽说只不过是个卑微的村主任,可我入党都快四十年了啊!我……我这个村主任,我当得憋屈呀我!"李村主任无声地哭了。

徐大姐摸摸他的手:"李村主任,请你说下去。"

"明摆着,明年茶叶也是采不成了。我们家家户户的一亩三分地,不是又得荒着了吗?党中央国务院的政策是好的,免了这个税,又免了那个税,我们心里感激。可……对于我们这一带的农民,不是只剩下了靠儿女出外打工这一条活路了吗?一亩三分地虽然少,但那是我们农民的根啊!有地没法种,不是和没有一个样了吗?没有了土地这个根,我们在外打工的农家儿女,就像鸟儿没个窝啊!我们农民天生是必须有窝的鸟啊!落叶归根这句话,起先是我们农民常说的一句话啊!是后来被你们文化人偷去的。"

"我不是文化人,我只不过是文化馆的人。文化馆是没有多少文化的人待的地方。"李一泓闷声说。

啪!小陆把一只大瓷碗摔在地上,霍地站了起来,冲着李一泓大吼:"老李你他妈的扯什么文化啊!我有文化,留美的,博士!我没偷过劳苦大众任何东西!"她指指自己太阳穴,"我不只这儿有文化!"又指指心口窝,"我这儿还有良心!"

李一泓三人吃惊地看她,她又从李一泓手中一把掠去那半包烟,拔脚往外便走。

徐大姐对李村主任说:"您别介意,她不是冲您。"

"我这个脾气不好的人,一劲儿暗劝自己别发脾气,忘了劝她,她倒摔起东西来了,还不是得我赔。"李一泓边说,边将碎碗捡到一起。

"我们农民要像她这么大脾气,那我们早就没法活了,也会把不是农民的人闹得活不好。"李村主任摇摇头猛吸烟。

"你把你刚才的话再重说一遍。"徐大姐突然说。

李村主任一愣,警惕起来,不禁疑问地看李一泓。

徐大姐又说:"我觉得你刚才的话说得挺好,我要记下来。一泓,你住这儿,给我找纸找笔。"

李村主任向李一泓暗暗摇头,李一泓说:"大姐,村主任他只不过是随口一说,我不觉得他的话值得一记,我看算了吧。"

李村主任连说:"是啊是啊,我刚才胡说什么话了?我自己都忘了。"

小陆回来了,一手拿笔,一手拿本儿,面无表情地说:"我已经记下来了。"

李村主任不安地看着小陆手里的本儿:"你看这,这,你们只说随便聊聊,也没说还记录啊!"

李一泓向小陆伸出一只手:"给我看看你记得对不对?"

小陆将本交在李一泓手里。李一泓扫了一眼,将那一页纸扯下来,撕了个粉碎。

"你怎么可以这样!"小陆生气地质问。

"李村主任不愿让咱们记,咱们就别记嘛。要记,记心里。"

小陆还想说什么,徐大姐扯了她一下,拍拍她坐过的小凳,和颜悦色地说:"一泓同志说得对,听他的,啊?"

李村主任则从李一泓手中将那些撕碎的纸片一把全都掠过去了,连掉在地上的一片也捡起,揣入兜里,并且还说:"我这个人,说话不走心,你们听的，也不必过心。过过耳，哪说哪了，最好。一泓告诉我，你们是完全可信任的。还说，你们可以帮我们排忧解难。"

"我说的是也许可以。"

"对对，你是说的也许。邻省那个化工厂的事儿，我们不指望谁帮我们解决。大不了我们有地不种，撂它几年荒了就是了。靠儿女出去打工，家家户户都还能活。但我们小学校的事，县教育局扣下我们十七八万元钱的事，希望你们都为我们主持点儿公道。"

徐大姐站起来，问："李村主任，现在能不能就带我们去看看小学校啊。"

毫无疑问，这是一所修建得不错的小学校，有校园，有操场，然而空空荡荡，不见一个小学生的影子。李村主任引领李一泓三人走入一间教室，课桌、课椅和黑板都是新的。

李一泓摸着崭新的课桌，说："这么好的一所小学校，你们村的孩子却偏不在这儿上学，太可惜了。"

"不是我们的孩子不在这上学，是谁家的孩子都不敢来上学啊！"李村主任话语里的无奈和感慨像旱时黄河裸露出的河床，让人无言以对。

小陆手持录像机转来转去地不停拍摄，把她见到的这里的一切框进镜头。

"在你家里，你说是赌气不来上学，我能理解。现在你却又说是不敢，我反而糊涂了。"徐大姐紧盯着村主任苍老的脸庞。

"也是赌气，也是不敢。你们看到了，课桌、课椅、黑板都是新的。我们是照着三十万盖起这一所小学的。盖得是好了一点儿，大了一点儿。"

"大也不算太大，好也不算太好。实事求是说，过得去而已。"李一泓的目光从第一排课桌延伸到最后一排。

"可在这一带，就算很好了。我们的想法是，既然教育补贴经费有幸被我们这个村申请到了，那我们何不盖得理想一点儿呢？二十万是盖不下来的，村里家家户户，宁肯奉献出十几万集资，为的是使附近几个村的孩子们都能来上学。我们还盖了三间宿舍、一间食堂,使离家远的孩子可以住宿。天地良心,我们当初真是这么想的。"李村主任的嘴角抽动了一下,他脸上躲在皱纹里的凄凉被掀了出来,泅红了他的眼圈。

李一泓和徐大姐频频点头,没有说话,也许只有实实在在地做些什么才能抚平他们此刻的心情。

李村主任发现小陆在拍摄自己,猛地退一大步,生气了:"你拍我干什么呢! 不说了,不说了!"

小陆连连道歉:"好好,不对着你拍了,我不对着你拍行了吧!"

"小陆,先一块儿听听,啊?"李一泓对小陆说。

"李村主任,别介意。请说下去。"徐大姐期待地望着他。

李村主任这才接着说:"现在,二十万教育补贴经费只给了我们三万,我们村的人里外里垫上了三十几万,一座大山呀! 别的村的人们,怕和我们一块儿背上债,谁还敢送孩子来上学呢?"

"原来,是这么个怕法。"李一泓轻轻点点头。

"我们一定替你们讨个公道。"小陆热血沸腾。

"那你们可就是恩人了! 县里的人批评我们盖得太好了,太大了,还说什么,太奢侈了! 可难道只许他县里花三千多万盖一座县委大楼,我们花三十几万盖一所小学校就成罪过了吗?"

"多少? 三千多万?"徐大姐吃惊地问。

"这话你们可别说是我说的,我也是听别人都这么说。你们还是应该再到县里亲眼去看看,眼见为实嘛!"

李村主任引领李一泓三人走入住校宿舍,但见双层铁架子床也都是新的,每张床上都有新被褥、新枕头。

"现在我这当村主任的又多了一件事,得经常找人帮忙,所有的被褥都得晒。"

正在说着,张铭来了。

徐大姐问:"小张,你一大早去哪儿了?"

张铭说:"我想洗洗车,又不愿费老乡的水。听李家柱说附近有条河,就让他带我去。可近前一看那一条河,哪敢用河水洗车呀!"

小陆拿着录像机,拉着张铭说:"走,去看看。"

李村主任及李一泓四人一字排开地站在一条河边上——那是一条被污水严重污染了的河,水面泛着厚厚的黄色的泡沫,散发着令人作呕的恶臭。

"怎么被污染成这个样子?"徐大姐掩着鼻子问。

"还不是从邻省那个化工厂排过来的污水污染的!"李村主任语气里透出掩饰不住的怨气。

"我拍这河,行吧?你也不能什么都怕我拍啊!"小陆掏出了录像机。

李村主任退后一步说:"拍吧。拍河我管不着你。唉,以前我们这一条河,那叫个清。傍晚,我们村爱干净的孩子,都是在这河里洗完了澡才回家睡觉。大姑娘小媳妇,也爱到河边来洗头洗衣服。现在,我们顾不上这条河了。就是有那份顾惜它的心,我们又能怎么办呢?"

"一泓,我认为,我们三个,该开次会了。"徐大姐表情严肃,语气郑重。

"我也是这么想的。村主任,我们就到你家去开会行不行?"

李村主任沉吟了一会儿:"这……不妥吧?万一你们……那我家成了什么地方了?"

小陆嚷嚷开了:"别说了,别说了,咱们到李家柱家开去,我看他绝不是那种树叶掉了怕砸头的人!"

李家柱正在门前削土豆,见李一泓三人到来,笑呵呵地说:"中午给你们炖土豆和豆角,行吧?"

徐大姐笑了:"我们吃什么都行,你怎么省事怎么来。"

"李房东,我们要在你家开次会,请你给我们烧点儿水。别为我们沏你那茶了,我们喝白开水。"小陆直白地说道。

李家柱停止了削土豆:"开会? 你们要开什么会?"

李一泓安他心道:"也算不上开会。只不过,就是在一起交换点儿看法,研究点儿事情。"

李家柱放下手中的土豆和削刀,站了起来,谨慎地问:"交换什么看法? 研究什么事情?"

"其实就是把我们看到的、听到的汇总一下。"徐大姐简单解释道。

不料李家柱坚决地说:"那不行! 绝对不行! 我可以做饭给你们吃,我可以给你们端洗脚水,我也可以为你们当向导。但是,你们不可以在我家里谋划什么事。你们拍拍屁股,抬脚一走,被你们招惹了的人如果来找我茬儿,给我眼罩带,我怎么办? 我的家让你们住是乡里吩咐过的,可没有人跟我说你们可以……"

"我们都是政协委员,不过在你家里研究点儿事,谁敢找你茬儿?"小陆满不在乎地说。

李家柱还是摇头:"不行不行。你们是什么员我不管。那你们怎么不去村主任家?"

李一泓恼怒地说:"够了! 走,我们干脆去小学校!"

李一泓拿着钥匙跟那把大锁较了半开劲,那锁还是铁头铁脑地挂在小学校铁栅栏门上,死活不开口。

"真是邪了门儿了!"李一泓边捅边抱怨。

"不要急,慢慢来。这种事,是急不得的。"徐大姐在一旁安慰他。

李一泓一用力,钥匙断了,他傻眼了。

"你躲开,看我的。"小陆不知从哪儿找了一块石头,拿在手里。李一泓赶紧躲到一边。

小陆用石头砸了两下锁,没砸开。李一泓指导她:"你得加大力度。"

小陆一撇嘴:"你说得轻巧,我有那么大劲吗我?"

张铭默默将小陆推开,接过小陆手中的石头,掂了掂,扔了,四处看了看,相中了一块更大的石头。

张铭抱起来运了运劲儿,猛砸下去,锈锁应声落地。推开门,张铭说:"砸多大的锁,那就得用多大的石头。"

四个人走进学校,找了一间教室,张铭留在教室外,靠着门框吸烟,像是给委员们看门站岗。

"徐大姐,陆委员,我想,我们是不是也应该到邻省去看看那一家化工厂的真面目啊?"李一泓说。

"支持!"小陆首先表态,看着李一泓又补充道,"组长,听清楚啊,我说的可是支持,是比同意更进一步的态度。"

"我也正有此意。"徐大姐压低声音又对李一泓说,"你应该把小张请进来。毕竟等于是到邻省去了,得听听他的意见。"

不等李一泓开口,小陆已经喊了:"张大哥,你进来一下。"

张铭扔掉烟,一脚踏灭,走进屋里说:"我听到你们的打算了。只要是三位委员为了调研想去的地方,我都无条件服从,并且绝对保障你们的安全。"

李一泓拉着他说:"小张,你也坐下嘛。"

等张铭坐下了,李一泓又说:"徐大姐,我还想,您是否应该跟省政协通一次话,请他们务必帮助核实一下,省里究竟拨给这个县一笔教育补贴款没有?如果确实拨过,数目到底是多少?这一点是必须搞清楚的,对吧?我们政协委员了解民情民意,发现问题,指出问题,代为老百姓呼吁请命,要有真凭实据,不能捕风捉影,道听途说,人云亦云,是不是大姐?"

徐大姐赞许地点头。

"小陆委员,你的任务就是拍摄,只要没有人不许、抗议,只要你自己认为应该拍下来的,那就只管拍。小张同志,你的任务是要寸步不离地跟着小陆委员。谨慎一点儿为好。"

"明白。"张铭干脆地答道。

"我和这个村的关系比较特殊,在中老年人中熟人多,我要利用下午时间走家串户,多听听当地人民的苦楚首先是什么,最想解决的问题是什么。小陆委员,徐大姐,你们的事做过以后,找我。我们一起听。小张同志,你还要备好车,晚饭后,咱们出省界。"

"老李,你和这个村,和村主任到底什么关系？你路上只字未提,如果可以,能不能讲讲,要不我和徐大姐纳闷儿。"小陆奇怪地看着李一泓。

"可以。"李一泓看了看手表,"但不是这会儿,时间宝贵,在车上告诉你们吧！"

第二十一章

素素和春梅姐妹二人站在围观者中,呆呆地望着一名公安人员在往杨校长家院门上贴封条,那公安人员上了警车后,警车鸣笛开走。

蛋糕盒从素素手中掉在地上,素素一转身满脸是泪地跑了。

"素素,素素!"春梅从地上拎起蛋糕盒,追赶素素。

素素前脚跑入屋里,春梅后脚追入屋里,将蛋糕盒放在桌上。

"你还把蛋糕捡回来干什么?"素素叫嚷道。

"花钱买的东西,怎么也不能糟蹋了吧?"

"钱!钱!你心里只有钱!你整天琢磨着怎么样挣一大笔钱!"

"我整天琢磨着挣一大笔钱怎么了?有罪啊?犯法啊?我不想办法多挣钱,靠爸一个人,你考上了大学也供不起你!"

"我不用你供,也不靠爸供!我恨你!也恨爸!都是因为你和爸惹出了那么多事,杨阿姨才……"

"住口!"春梅狠狠扇了素素一记耳光,"谁贪污,谁受贿,谁早晚有这么一天!"

"你没良心!"素素连推带用头拱,春梅招架不住,跌坐在地上。

素素转身捧起蛋糕盒向春梅砸去。蛋糕盒散了,春梅满脸满身都是蛋糕,样子滑稽地瞪着素素。

素素一指屋门:"你滚!滚!这是我和爸爸的家!你的户口早不在这个家里了!要不是你瞒着爸搞了那么一手,杨阿姨会成为众矢之的吗?杨阿姨就是贪污了、受贿了,那也是被你这种人拖下水的!"

傍晚时分,面包车停在一条河前的沙土路上,路两旁高大的杨树,在黄昏的微风中抖出一片哗啦啦的清凉,送别被西山碰碎了一角的夕阳。

李一泓和张铭同时下车,李一泓指着面前的河说:"这是咱们第三次遇到河了。"

这条河水不深,河底的沙石历历在目,张铭感觉有点眼熟:"我觉得是同一条河。看来很浅,肯定可以开过去。"

"别冒失,天快黑了,陷在河当中便麻烦了,我蹚一蹚看。"

"还是我吧。"张铭弯下腰就要去脱鞋。

"谁还不一样呢!你看我穿的是布鞋,连袜子都没穿,省事儿。"李一泓已经麻利地脱下鞋,摆在河边,挽起裤筒,走入河中。

徐大姐和小陆也下了车,"这儿风光倒不错。"小陆举着录影机一通猛拍。

徐大姐吸吸鼻子:"什么味儿?"

小陆停止了拍摄,也吸了吸鼻子:"是有股怪味儿。"

张铭蹲下,撩起水闻了闻:"河水发出的。"

这时李一泓已走到对面河边,他向张铭招招手:"没问题,可以开过去。"

突然,河的对岸跑来一个女人,她连停也没停一下就跑入了河中。

李一泓怔怔地看着她跑到自己跟前,认出她是那个疯女人。

"救救我!求你救救我!"疯女人眼神凌乱,惊惶失措。

李一泓一时不知做何反应才好,愣愣地看着她。

疯女人见李一泓没反应,深一脚浅一脚地向河那边跑去,一路踩踏出一溜纷乱的水花,没跑多远跌倒在河中。

李一泓跑过去扶起她,她一下推开李一泓,起身往对面猛跑,溅了李一泓一头一脸的河水。

李一泓站在河中,望着疯女人跑上岸,徐大姐三人围住了她。

"大姐、小妹,求求你们救救我!"疯女人跪下哭求。

徐大姐扶起她:"快起来,慢慢说。"

"我没疯。我不是疯子!是他们造谣说我是疯子,我这一次要是再被他们抓住,就很难再逃出来了。"疯女人喘着粗气,泪流满面,不时惊恐地往来路看,几声猛厉的狗吠声传来,她打了个激灵,绝望似乎揪住了她。

李一泓站在河里转身望向身后,见五六个男人跑到了河边,其中两个人穿着保安服,一个手握橡皮棍,一个牵一条大狼狗,另外几个男人看起来是村民,一个中年汉子拎着一捆绳子,他是那疯女人的丈夫。

狼狗冲到河边,对着李一泓龇牙咧嘴地狂吠。李一泓转身又望向河那岸,徐大姐三人和疯女人已不在岸上,显然他们都上车了,面包车正缓缓开入河里。

牵狼狗的保安大喊:"哎,看见一个女人没有?"手故意一松,那条狼狗顿时挣脱了牵绳,疾冲到李一泓跟前,狗仗人势地朝李一泓吠叫不止。

李一泓弯腰从河底抓起了两块大卵石,等他直起腰时,那些男人已围住了他。李一泓呵斥道:"管住你们的狗。否则,可别怪我对它不客气!"

狼狗被控制住,终于不叫了。为首一个身穿名牌T恤的三十六七岁的男人,上下打量着李一泓,审问似的问:"再问你一遍,看见一个女人没有?"

"什么样的女人?"李一泓冷冷地反问。

对方们中另一个男人恶声恶气地说:"一个疯女人!"

李一泓轻蔑地摇了摇头。穿名牌T恤衫的男人捣了李一泓的肩胛一下:"你骗我们。警告你,敢骗我们的人可没有好下场!"

这时,面包车开到了李一泓身旁。张铭看也不看那些人,只探出头对李一泓一个人说:"老李,上车。"

李一泓丢掉卵石,上了车。此时的面包车,除了张铭那边的窗子,其他的窗子都关着,而且都拉上了窗帘。

狼狗冲面包车蹦跳着吠叫,牵拉着绳子直还往车厢上扑。

那个恶声恶气的男人目露凶光,恶狠狠地说:"那疯子准是在他们的车上!"

穿名牌T恤的男人伸展双臂,拦在车头前,不可一世地喝道:"不许开走!"

"你想怎么样?"张铭目光冷锐地盯着他。

"我们要搜你们的车!"穿名牌T恤的男人仍旧一副高高在上的逼人姿态。

"凭什么?"

"我们要抓的人也许在你们车上!"

"你们要抓的人?你们是些什么人?凭什么抓人?"张铭冷声问。

"你他妈别管我们是些什么人,说要搜你们的车,那就非搜不可!"穿名牌T恤的男人不耐烦了,骂骂咧咧,一副天老大他老二的架势,就差把霸道两个字写在脸上。

"好霸道,还骂人。"张铭掏出警官证亮了出来,"就是我这种执法的人抓人,那也得合法,何况你们!"揣起警官证,又将一盏警灯放在了车头上。

这时天色已有些黑下来,警灯亮了,甩出一圈闪烁的彩光,警笛也锐声响起。

"还非搜不可吗?"张铭镇定地问。

穿名牌T恤的男人心虚了,默默退开,转而对疯女人的丈夫发脾气,踢他一脚,恼羞成怒地说:"哑巴啦?你老婆肯定就在车上,朝他们要老婆啊！"

　　那个拎着一捆绳子的男人怯怯上前，张张嘴，却什么话也没说出来。他"嗨"一声，扔了绳子，蹲下，双手抱头，嘟哝道："我……我这是什么命啊我！"

　　一个男人往起拉他："裤子湿了！"

　　"窝囊废！"穿名牌T恤的男人又踢他一脚，将他踢得坐在河中。

　　绳子落在水中，在水里变幻着各种形状，趁人不注意的时候顺水漂走了。

　　李一泓小声对张铭说："开车。"

　　面包车鸣着警笛，缓缓向对岸开去。除了疯女人的丈夫坐在河中，其他人皆眼巴巴地看着面包车。

　　天已经完全黑下来，面包车顶上的警灯已取下，疾驶在山林之间的路上。

　　"大姐，咱们现在可是进入另一个省的地界了，要是遇到什么难以应付的事情，您可得多出面，多拿主意呀！"

　　徐大姐轻轻拍李一泓的手："放心，别多虑。不管哪一个省，还不都是中华人民共和国的一个省？不管在哪里发现了我们政协委员应该监督建言的事，我们都可以理直气壮地指出问题所在，并且提出我们的批评和建议。"

　　"同意大姐的话！"小陆起身走向最后排，疯女人已躺在那儿了，她在发抖，说胡话："我不是疯子！我没疯！我要告他们，告他们。"

　　小陆摸了摸疯女人的额头，吃惊地喊："老李，她在发高烧！"说罢，脱下外衣，盖在她身上。

　　李一泓也脱下外衣，反身递给小陆："给她多盖一件。"

　　徐大姐喊张铭："小张，停一下车。"

　　车停住了，徐大姐起身，打开放在空座位上的医药箱，拿出温度计、小手电和听诊器，也走向后座。小陆将疯女人扶起，使她靠在自己怀里，轻轻搂着她:"这样她会暖和点儿。"

徐大姐摸摸疯女人的额头:"不用测了,肯定在四十度左右。"又用小手电照着,翻开疯女人的眼皮,"她至少有三天没好好睡过一觉了。"

徐大姐戴上听诊器,凝神倾听疯女人的胸部,"严重虚脱,肺还有炎症。她这种情况,得进行输液。"

张铭回头说:"这个县的县城我去过,开快点儿,一个多小时就到。"

李一泓点点头:"开快点儿。安全第一,但也要速度!"

面包车又开了,不知过了多久,小陆忽然喊:"你们往左边看!"

李一泓和徐大姐同时起身,移坐到左边的座位往外看。

山凹间有一片灯光,李一泓思索了一下:"那里,一定就是那个所谓化工厂了。"

化工厂铁门内,灯火辉煌,一派庆典气氛。办公楼的二层,所有窗子都亮着,里边彩光摇曳,还有舞曲声传出。

突然,所有窗子都黑了,舞曲声戛然而止。在院中巡逻的一名保安,不禁抬头望向二层……

烛光在黑暗中灿然而现,映出了一块放在小车上的大蛋糕,大蛋糕车被人缓缓推向中央,《祝你生日快乐》的歌曲悄然响起。

灯又亮了,一个穿一身白西装的风度翩翩的男子手持话筒自命不凡地说:"诸位,感谢大家从四面八方来到这一处隐蔽的山沟,为我关某人的四十岁生日助兴。你们都是我的至爱亲朋,是我人生的隐形资产。没有你们诸位的帮助,我关某人至今还是会一事无成。现在,我可以欣慰地向大家汇报,我的事业,不,我们共同的事业,一帆风顺,财源滚滚!"

在红男绿女们的鼓掌声中,穿白西服的男人接着说:"我一向是一个低调的人。我们的事业,也特别需要我这一种低调的风格。所以我的生日,才避开省城里的繁华喧嚣,在这么一个荒野之地举行。但是我们这里的住宿条件还是很不错的,外简内精,不敢和五星级酒店的客房比,和四星级比,绝对不在其下。和情人一块儿来的,这里绝对保护隐私。"

他这一幽默的说法引得红男绿女们爆出一阵笑声。

"所以,诸位可以放心大胆地在这里吃喝玩乐,为所欲为。下面,我请诸位分享我的生日蛋糕。"

又是一阵掌声。人们拥过来,有人接过去话筒,有人递给他切蛋糕的刀子。

他的刀子刚划开蛋糕上柔腻的奶油,手机却响了,他退开去,笑盈盈地请别人代切。接起手机后,他脸上绅士而从容的笑容消失了。他匆匆踏上一层楼梯,穿过走廊,猛地推开董事长办公室的门,走了进去。

那个率人抓疯女人的穿名牌 T 恤的家伙站在大办公桌旁,很不安地看着自己的老板。

穿白西服的男人走到大办公桌前,抓起一支雪茄,点燃,深吸一口,冷冷地问:"说,到底怎么回事?"

"追到河那儿,在河中央碰到了一辆面包车,车牌是咱们邻省的,估计那疯女人躲到车上去了。"穿名牌 T 恤的家伙小心翼翼地回答。

"估计?"

"肯定!肯定。"

"那就把她从车上拖下来啊!"

"那……那是一辆警车。"

"警车?"

"我们是想搜那一辆车的,可就在那时,开车的把一盏警灯放在车顶上了,还亮出警官证给我们看。我们怕惹麻烦,没敢硬来。"

"这么说,那可恶的女人,是被邻省的一辆警车带走了?"

穿名牌 T 恤的家伙低下了头,穿白西服的男人吼起来:"说话呀!"

"是,是的。"

穿白西服的男人狠狠扇了他一记耳光:"怕惹麻烦?你们居然眼睁睁地看着她被一辆警车带走了,还敢跟我说怕惹麻烦!饭桶!白养你们了,还不如我养的一条狗有用!"

穿名牌 T 恤的家伙捂着脸分辩:"要是依我把那女人做了,不是早就省心了嘛!"

"住口!"穿白西服的男人跨到了他跟前,教训道,"你当我是黑社会老大呀?杀人者偿命你懂不懂?你动手杀的,到时候你也会拼命往我身上推。对你这种家伙,我太了解了。不是看在你哥手里那点儿权力的份儿上,我才不每月几千元白养着你这一种人!还让你当什么保安队长!你小子给我好好听着——要尽快给我打听清楚,那辆警车里坐的都是些什么人?他们到我们这个省来干什么?他们为什么对那个臭女人感趣?是一时的善良之心,还是另有什么目的?"

他一边说,一边将手中的雪茄朝对方的 T 恤衫按下去,T 恤衫冒烟了,对方龇牙咧嘴忍着烫疼。

"我……我怎么打听啊!"

"自己想去,让你哥帮着打听,滚!"

穿名牌 T 恤的家伙咧着嘴,大口大口地吸着凉气退了出去。

穿白西服的男人愣了片刻,坐在椅上,急急地翻通讯本儿,抓起电话打电话。

邻省某县城县医院台阶上站着三个男人一个女人,其中一个男人是该县政协主席庄飞,他在对着手机说话:"徐大姐,我们一切都安排好了,你们一到,病人就可以进急诊室。"

那个女人忽然指着一辆面包车说:"那是他们的车?"

果然是张铭开的面包车,缓缓停在医院台阶前。

县政协主席庄飞率领台阶上的三人踏下,迎向面包车。

李一泓他们下了车,徐大姐、李一泓和张铭迎向该县政协的人,小陆帮医护人员把疯女人弄上担架,跟着陪送至急诊室门外才收住脚步。

徐大姐跟庄飞笑着握了握手,介绍道:"这一位是这个县政协的庄飞主席,几年前,我们在政协工作的跨省经验交流活动中就认识了。这一位是我们省安庆市的政协委员李一泓同志。这一位是省公安厅的张铭警官,我们此行的保护者。"

李一泓和张铭都同庄飞握手致意。

庄飞也介绍道:"这位是我们县政协的薛秘书长。这位是我们县政协医疗委员会的主任肖华,正好也是我们县医院的副院长。这位是我们县公安局的赵刚同志。我想,对那个女人恐怕需要一定的保卫工作,所以我亲自给公安局长打电话,他们就将赵同志派来了。"

"我以党性保证,你们完全可以信任我。"赵刚郑重其事地说。

"庄主席,太感谢了。"李一泓激动地说。

"应该的。徐大姐打电话向我求助,我岂敢怠慢!你们的住处也安排好了,你们看是先休息,还是先交换一下情况?"

"如果方便,还是先交换一下情况吧。"

县医院肖副院长提议说:"可以到我们医院的会议室。"

小陆来了,徐大姐说:"刚才她不在,忘了介绍她了——她是我们的省政协委员陆地同志。大地的地,很男性的名字。"

小陆向对方点头致意,又对李一泓小声说:"组长,我认为,那个女人,她一定需要一个她信任的人陪她。我们是她信任的人,我今天晚上陪陪她吧!"

李一泓看徐大姐,徐大姐点点头:"小陆说得对。"

"我同意。"李一泓将小陆扯到一旁,又小声说,"从现在起,不许再生我的气。我没经验,没经验有时就会没主张,没主张有时难免就会犯急。"

小陆听着他的话,一低头,忽然笑了,李一泓被她笑得莫名其妙。

小陆指着他脚对张铭说:"张大哥,给他买双鞋,钱我出,算我送他的礼物。"

李一泓低头一看,原来自己光着脚。

张铭和赵刚在会议室门外一人一支烟,边吸边聊。

张铭掸了掸烟灰问:"你们省治安情况怎么样?"

"比前几年好多了。总的看,刑事犯罪有所下降,经济犯罪有所上升。刑事犯罪中,因为经济原因而发生的比例也有所上升。你们那儿呢?"

"也这样。小流氓少了,大流氓多了。小流氓鸡鸣狗盗,作案后很心虚,一看见穿警服的,往往撒丫子就跑。大流氓暗度陈仓,瞒天过海,还特喜欢往咱们穿警服的跟前凑,喜欢和咱们称兄道弟,喜欢和咱们套近乎。对小流氓那还是得加强法制教育。但是对大流氓我却不清楚该进行什么教育,因为他们一个个特懂法,是知法犯法。有次我奉命去抓捕一位董事长,他却瞪着我,不许我往他腕上铐手铐,还说'你当我是小流氓啊!'我说:'我知道你不是小流氓,你干的都是大流氓的勾当。但是我们中华人民共和国的法律,那可没规定只能给小流氓戴手铐,不许给大流氓戴手铐呀!'"

赵刚笑了:"小流氓没信仰,大流氓有信仰。他们的信仰那就是权力和金钱。我们这个时代,也得有人操心成年人的思想品德教育啊!"

张铭指指会议室的门:"那就得靠里边的人们多操心了。"

医院会议室里,李一泓率先说:"大姐,请您把我们过来的目的说说吧。"

"你说,你是组长嘛。"

"我怕我说不好。"

"没什么说好说不好的,能说清楚就是能说好,你能说清楚。"

"那,我说就我说。庄主席,我们省的省委,希望省政协牵头,对全省贫困县的农村进行一次调研,深入了解那些贫困农村究竟贫困到什么程度,究竟有多少贫困家庭,涉及多少贫困人口,他们最需要政府解决的是些什么问题,他们所面临的是哪些问题,等等。我们省的省委书记刘思毅同志,要求我们要像进行全国人口普查一样,一个贫困村一个贫困村地细细篦一遍。这样,我们省的政协就抽调了各级政协委员三十几人,又向社会方方面面借调了十几位热心人士,组成了十个调研小组。我们一行四人,是其中的一个调研小组。关于我们在本省的调研情况,我就不谈了,这里只谈两点和贵县有关的情况——我们了解到,贵县建在省界边地的一家化工厂,近年对我省省界边地的一个茶村,造成了严重的环境污染。首先是空气中的有害粉尘污染,还污染了我们县里的一条河。所以,我们过来了,想要亲眼看一看那家化工厂的庐山真面目……"

门开了,张铭一手拿烟,一手指烟,意思是问李一泓想不想吸烟。

李一泓问肖副院长:"可以吸烟吗?"

肖副院长笑了:"原则上不可以,但是姑且对你例外。"她起身找出烟灰缸,摆在李一泓跟前。

张铭进来把烟和打火机也放在桌上,悄语:"趁商店没关门,我去给你买双鞋。"言罢,退了出去。李一泓点点头,迫不及待地点起一支烟。

"你说得很好嘛。庄主席,你们如果有什么不清楚不明白的地方,只管问。"徐大姐笑着说。

庄主席说:"很清楚,很明白。只是,有点儿不自在。李一泓委员一脸严肃,使我觉得像是在受审。你们两个也是吧?"

秘书长和副院长都笑了。

"看来,我得作出一些必要的回答了。我们这个县的县委县政府对政协工作还是相当重视的。近一年来我们参政议政的能动性也比较高。以前,我们县确实有一些素质较差的干部、公务人员,常过到你们平德县去喝花酒。但现在这一股歪风邪气基本被刹住了。不能说完全杜绝,再有也是个别现象、偷偷摸摸的行为。以前岂止是过你们那边去喝花酒啊,简直是吃喝嫖赌,无所不为。哪个地方为歪风邪气开绿灯,喜欢歪风邪气的人就喜欢往哪个地方聚嘛。"

徐大姐对李一泓说:"听,人家庄主席又在审判我们了。"

李一泓说:"庄主席说的是一个事实,我承认。"

庄主席一笑:"徐大姐别误会啊,我可不是在成心抬杠。在我们这儿,正是由于我们县政协的监督、揭发、检举,县委县政府撤了好几名干部的职务,处分了好几名公务员。我们奇怪的倒是,为什么在你们的平德县,对喝花酒的歪风邪气至今没有采取过什么禁止的措施似的?"

徐大姐郑重地说:"我们了解的情况是,据说县里的一二把手认为,可以带动餐饮业的繁荣,拉动 GDP 的增长。"

李一泓不屑地说:"目的还不是想要不择手段地搂钱,有了钱赶紧干出点儿给上级看的政绩,于是早点调离,爬向高位。"

庄主席接着说:"至于那一家化工厂的问题,主要责任确实在我们县这一边。我们县政协也罢,人大也罢,以前都没太注意那一家化工厂的存在。因为它是在邻省注册,由省里有关方面批准的一家化工厂,而且建在省界,建在山沟里。但是现在,我们县政协和人大,已经开始注意到它不太正常的存在了。比如,一家化工厂建一个大烟囱干什么?比如,它究竟生产过一些什么化工产品,也没人听说过。关于这一家化工厂,我们县政协已经开始秘密调查情况了。你们不是外人,有些情况,现在就可以告诉你们。薛秘书长,你接着说说。"

薛秘书长清清嗓子说:"据我们了解,化工厂的法人代表,似乎有着什么权力背景。再细了解,又了解不到任何具体的线索。更多的资讯是道听途说而已。但又正是种种的道听途说,使那个人变得莫测高深,谁也不知他究竟是何方神圣。正因为如此,我们县的领导们,对那家化工厂的态度基本是保持距离,维护相安无事的局面。要说他们根本不重视环保,好像也不对。有一个事实是——年初他们还向省里讨要了一百万环保投资补贴。省里给了七十万,指示我们县给三十万。我们县及时给了。一家私营化工厂,凭什么向省县两级政府讨要什么环保投资补贴呢?尤其我们县,从没收过他们一分钱的税。我们觉得钱给得冤枉,但省里都给了,我们也不敢不给啊!这也是引起我们县政协和县人大怀疑的原因。目前大致就了解这么一点点情况而已。"

庄主席接着说:"徐大姐,李组长,你们来得正好。你们不过来,仅凭我们县政协,想要进到人家那化工厂的院子里去,那都找不到什么合适的理由。我是这样想的——你们这个调研小组,可否请你们的省政协,电传过来一份公文,责成你们代表你们的省政协,跨省调查化工厂造成环境污染的原因。我们县政协呢,明天就向我们的省政协汇报你们过来了的情况,建议我们的省政协协助你们调查。政协关于环境污染方面的调查,本就不应该受什么地界限制嘛!即使真是一个马蜂窝,真是一个惹不起碰不得的人物,我们也一道来惹一惹,碰一碰,怎么样?"

李一泓一拍桌子:"我正是这个意思!"

徐大姐点点头说:"我们的吴主席和你们的省政协主席很熟悉,他们每年在一起开好几次全国政协的常委会。我过会儿和我们的吴主席通一次话,让他向你们的政协主席打一次招呼!"

李一泓又吸烟,并且站了起来,激动地走来走去,大声说:"老百姓的怨言听也听到了,老百姓的苦恼看也看到了,那就必须调查个水落石出!否则人民还委我们的什么员?!"

众人一时都默默望着他,李一泓一瞪眼:"干吗都这么看着我?我说得不对?我这一路郁闷透了!不找个机会把憋在心里的话说出来,我心里不痛快!"最后一句话说完时,他在庄主席肩上使劲儿拍了一下。

庄主席吓了一跳,扭头看着他,矜持地笑笑,小声说:"对,你说得很对。"

徐大姐严肃地说:"你坐下,别走来走去的。"

李一泓没看出徐大姐的严肃劲儿,反道:"车上坐着,车下也坐着,我坐烦了,想走走。"

徐大姐更加严肃地说:"那也请你坐下,这是在开会呢。"

李一泓这才看出徐大姐很严肃,也意识到了自己有些失态,窘窘地坐在了庄主席旁边。

徐大姐不依不饶地说:"别坐那儿,请你回自己原来的座位。"

李一泓只得默默起身,走回自己原来的座位坐下。

徐大姐转头说:"庄主席,肖副院长,我们调研组的三位同志都认为,那个疯女人,我们姑且这么说吧,她肯定是一个和化工厂发生某种关系的人。所以,希望你们一定帮助我们,保证她的人身安全。"

庄主席说:"徐大姐放心,我们县公安的赵刚同志,将会二十四小时保护她。"

肖副院长则说:"我也会嘱咐我们医院的医护同志,时时关注她的情况。"

徐大姐这才转脸看李一泓,恢复了和蔼,低声问:"一泓同志,你还有什么要说的没有?"

李一泓摇摇头。

庄主席看一眼手表,征询地问:"时间不早了。那,我们送你们去住下?"

徐大姐说:"好吧,那就麻烦你们了。"

来到住宿的宾馆,送走庄主席三人,李一泓抗议道:"大姐,我对你有意见,刚才为什么那么不给我面子?"

徐大姐笑了:"看出来了。"推开自己房间的门,摆一下头。

李一泓走入房间,悻悻地坐在沙发上。徐大姐也款款坐在沙发上,望着李一泓,温和地说:"一泓啊,咱们出发之前,省政协吴主席要求我,一路上多和你们谈谈政协委员参政议政的经验。"

"我可是一路上都在虚心向您学习!"

"你当然应该向我学习,不向我学习,你就会成熟得慢,进步得慢。"

李一泓一愣。

"奇怪是不是?觉得徐大姐怎么一下子变得这么不谦虚了,是吧?一泓啊,到了二〇〇八年,大姐就再也不能当政协委员了。干部要年轻化,政协委员也要相应地年轻化。大姐都当了三届政协委员了,有些经验,是用教训换来的。所以呢,就特别希望你和小陆这样的新委员,不必再用教训换经验。大姐的教训之一,那就是以为自己既然是政协委员了,官员们就应该对自己另眼相看了。其实呢,满不是这么回事。官员也是人。是人,在接人待物方面,就有自己的好恶。你看你,双方议事那么郑重的情况下,你走来走去的,粗门大嗓的,还拍人家肩膀。你跟人家并不熟啊,你拍人家肩膀干什么?你知道人家喜不喜欢你拍人家肩膀?"

"拍他一下肩膀怎么了?他不也是政协的吗?又不是外人?他一个县政协的主席,还会挑我一位市政协委员的理啊?"

"你这么想,就更不对了。不拘小节,同样对不拘小节的人才没什么。而对于在乎小节的人,那不就是毛病了吗?人家庄主席是当过两届县长的人。他当县长时,对机关工作人员的小节要求,那也是出了名的严。这一点你不知道吧?"

"这……这我上哪儿知道去。"李一泓直挠头。

"对于有太多的官员,离职以后,摇身一变,又成了政协的、人大的领导,我是特别有意见的。记得我刚是政协委员那一年,无论大会小会,哇啦哇啦总提这一条意见。结果呢,换届的时候,不少曾是官员的政协委员就联名给省政协写信,说我素质不高,强烈反对我再是政协委员。我的意见没有道理?到现在我也认为,我的意见是对的。而且呢,我也从没停止过提这一条意见。但是,我提这一条意见的方式方法不同了。由小组会讨论时的意见,争取成大会发言时的意见了;由一般性的意见,提升为理论思想方式的意见了,那些反对我继续是政协委员的官委员们,就再也不敢说我素质不高了。一泓啊,我们政协委员,难免会在内心里对人家官员们评头论足,这没什么可改的。他们既身为官员,就应该经得起我们政协委员的看法。但是同志啊,反过来,他们心里对我们也常会评头论足的。我们省政协有一位年轻的女委员,每次开政协会,都打扮得花枝招展,见谁给谁名片,把政协会当成了交际会,这能怪人家官员们对她有不好看法吗?同样道理,你如果以后养成了习惯,和官员们对坐开会时也说站起就站起,想走来走去就走来走去,情绪冲动了,不管走到了谁背后都拍人家肩膀,人家会怎么看你这位政协委员？"

李一泓垂下了头。

徐大姐轻拍他手背:"不是所有的官员,都把我们政协委员真的当成一回事。有些官员,心里只有比他们大的官员的位置,对我们政协委员的态度仅仅是礼貌客气而已。"

"大姐,这一点我领教过了。"

徐大姐语重心长地说:"你那件事儿我听说了。领教过了,就更要反思。要求别人把我们当成回事,我们自己首先要把自己当成回事。有为,才有位,这个位,是民主的位。在我们中国这个目前还很官本位的国家,我们要为民主二字争取到它应有的位置,那就得委屈我们自己一点儿,对我们自己严格要求一点儿。包括在小节方面,有时候,小节不小。"

李一泓的手机响了,他起身走到窗前接手机:"我是爸爸,别哭,发生什么事儿了? 还哭! 我正在谈话,等会儿我打给你吧!"

他把手机关了,对徐大姐说:"我小女儿打来的电话,估计是想我了,撒娇。"

徐大姐站了起来:"那快回自己房间去,给宝贝女儿回电话吧。"

"我还想听大姐讲。"

徐大姐看出他显然已有了心事,往外推他:"快走快走,女儿想你都想哭了,还不快给她回电话!"

李一泓一回到自己的房间,便迫不及待地给素素打手机:"素素,素素啊,爸爸刚才真的在谈话,快告诉我,你杨阿姨她怎么了?"

"她被抓起来了。"素素手握电话哭着说。

"不可能! 根本不可能! 这是谣言,你不要听信谣言!"李一泓不由得提高了声音。

"不是谣言,是我和姐姐亲眼看到的。三天前是杨阿姨的生日,我和姐姐买了生日蛋糕去看她,在她家院门外,亲眼看到她被警车带走了。"

李一泓握着手机,跌坐于床沿:"你杨阿姨不会贪污的,不会受贿的,不会的,绝不会的!"他突然对着手机大吼,"她不会的!"

"这三天里,我一天给你打好几次电话,可你一直关机!爸你为什么一直关机啊!你给杨阿姨惹出了那么多事,难道你就一走了之了吗?"

"不,素素,不是你说的那样。爸心里一直关心着你杨阿姨的事。可、可我心里一有别的事,就会忘了开手机。"

"爸,我不打算考大学了,我也不打算结婚了。以前,我心里总有一个梦想,盼着哪一天你和我杨阿姨结婚了,我们三个人组成一个幸福的家庭。可现在,我的这个梦想破灭了。我把你们男人看清楚了——世上的男人没有几个是好东西!爸,这话不是我说的,是许多人在网上说的!即使杨阿姨罪有应得,你也难逃人们的谴责!网上骂你什么的都有,普遍的看法认为你是一个小人,骂你为了在政治上往上爬,不惜将和自己真心相爱的女人当筹码,该出卖时就出卖。"素素放下电话,伏在桌上哭。

"素素,素素。"李一泓激动地大喊,手机里却传出忙音。

敲门声传来,李一泓起身去开门,门外站着穿睡衣和拖鞋的徐大姐。

"一泓,家里没什么事儿吧?"徐大姐关心地问。

"啊,没有,没有,小孩子不听话,我训了她几句。"

"难怪我听到你大吼大叫的。对现在的孩子,要学会做他们的朋友。冲个热水澡,也早点睡吧。啊?"

李一泓乖孩子似的答道:"嗯,嗯。"

关上门后,李一泓看自己的赤脚,四处找房间里的拖鞋。

穿着一双简易拖鞋穿过人行道,李一泓走在异省县城热闹的街区,东张西望。他拦住一个行人,问明了附近的网吧,道声谢,匆匆走去。没多远,他终于看到了网吧的霓虹灯招牌,毫不迟疑地走了进去。

李一泓坐在网吧的电脑前,紧皱双眉,掏出烟盒,叼上一支,按着了打火机。

管理人员走来制止他:"不许吸烟。"

李一泓不情愿地看着打火机火苗,拇指一松,火苗灭了。

马路上,李一泓一手握酒瓶,进三步退两步,左摇右晃,犹自大喊:"她不会!她绝对不会!我不信!我不信!"猛然将酒瓶子摔碎在地上,又喊,"造谣!全是造谣!"

一辆带斗的巡逻摩托驶来,车头一横,拦在李一泓跟前……

第二十二章

"真讨厌! 这么晚了,谁还给你打电话?"

春梅身边躺着的男人伸手打开了床头灯,赫然是唐之风。他从枕下摸出手机,睁开惺忪的睡眼看了看:"不是我的响,是你的。"

春梅的手也伸入枕下,却没摸出手机来。手机响声还在继续,春梅朝沙发一指:"手机在我包里……"

唐之风领会了命令,蹦下床,从春梅的包里掏出了还在响着的手机,递给春梅。

春梅看了看手机,一下子坐了起来:"是我爸爸打来的!"

唐之风缓缓坐在床沿上,呆看着她,没说话。

"我接不接?"

"我……我说不好……"

春梅低下头,愣愣地瞧着响个不停的手机,一时不知如何是好。她将一直响的手机默默放在床头柜上,像瞪着一只小怪物似的瞪着它。

"我觉得,你还是接一下才对。"

"接一下? 怎么说? 在哪儿? 和谁在一起?"

"你也别什么都说啊!"唐之风抓起烟盒,吸起烟来。

"你还吸烟你!"

"那、那我该怎么样啊!"

春梅赌气,扯过衣服往身上穿。唐之风拿起她的手机,给关了。春梅猛转身,恼怒地问:"你怎么敢把它给关了?!"

"也不能听着它总响啊!"唐之风又怯怯地说,"是……是吧?"

春梅张张嘴,不知说什么好,甩手扇了他一耳光。

另一边,李一泓换了一只手拿手机,仍在贴耳聆听,一边起身来回走动,一边自言自语:"春梅,好样儿的你就一直别接……"

见自己的呼叫被关,李一泓恼怒了:"还真敢不接!"他想了一下又开始按手机。

春梅穿好衣服,拎起拎包就往外走,回头看了一眼唐之风,见他可怜巴巴地坐在床沿,又于心不忍了。她走回到那男人跟前,将他的头轻轻地搂在自己怀里,内疚地说:"对不起,别生我的气。这三天里,我杨阿姨的事,搞得我心烦意乱,吃也吃不下,睡也睡不着……"

"你走吧,我不生气。"

"我向我父亲保证过,他回到安庆市之前,我每天都陪我妹住在家里……"

"你说过了。走吧,我真不生气。我理解……"唐之风轻轻推她。

"我走后,你好好睡,啊?"

"恐怕,好好睡,也还是个睡不着……"

"那,我把安眠药给你留下。"她拉开拎包,取出安眠药,放在床头柜上,依依不舍地走了。

黄院长正在玩电脑麻将,电话响了。他抓起电话,用下颌夹着,双手仍不离开键盘,眼睛也不离开屏幕:"哪位,一泓啊!哎,你不是参加省政协的什么……那个那个调研组去了吗?你问杨校长的事儿啊,是啊是啊,听说一二百万呢!信不信由你啊,我也是听的小道消息。别不信嘛,中国这么大,死人的事那是经常发生的,贪污受贿的事也是经常发生的嘛！她一个独身女人要那么多钱干什么？这话别问我,该问你自己呀！她肯定是为你俩晚年的生活做打算啊！从前毛主席他老人家怎么说的？手中有粮,心中不慌,对不对？现在谁吃上口饭都不成问题了,现在是手中有钱才能心中不慌的时代！杨校长的可悲下场,那也是由于她爱你才导致的呀！爱情多可怕哟！别发火别发火,老同学之间,开几句玩笑嘛！"

电话听筒传出了忙音,黄院长看着听筒,幸灾乐祸地说:"想从我这儿寻找点儿安慰,找错了人啊！"

他放下电话,伸个懒腰,接着玩电脑麻将,并吹起了口哨,那调子应该是《老鼠爱大米》。

李一泓看着自己的手机,将手机狠狠摔在墙上。他仰躺在床上,与杨亦柳的过去飘涌脑海,仿佛就在触手可及的昨天……

李一泓在垂钓,穿裙子的杨亦柳坐在他身后,安安静静地看一本厚书。不远处,春梅在偷偷拍他们的照。

杨亦柳觉察了,扭头问春梅:"拍我呢,还是拍你父亲呢?"

春梅走过来,坐杨亦柳身旁,亲昵地耳语:"拍你俩呢!"

李一泓头也不回地说:"拍你老爸,想怎么拍怎么拍。拍你杨阿姨,我想她也没意见。但是要拍我们俩,那可得征得你杨阿姨的同意,决不许偷拍!"

"偷拍我也没意见。"

"听到了吧?我杨阿姨说她没意见!哎!杨阿姨,你和我老爸,刚才的样子特像保尔和冬妮娅……"

杨亦柳笑了,合上书,慢言慢语地说:"我是中学女生的时候,我的同学们确实都说过我像冬妮娅的话。可现在,头发要不染,都半黑半白了。节食、健身,还是没法儿像当年那么苗条了……唉,情怀渐觉成衰晚,鸾镜红颜暗惊换……"

"不是红颜,是朱颜。"李一泓纠正道。

"钱惟演是男人,我是女人,我引用他的诗说我自己,当然要改一个字。"

"又来了。求你们以后别当着我的面诗啊词啊的好不好? 搞得我一句都插不上嘴,不尴不尬的!"

"那你以后就要多向你妹妹学习。你问你妹妹钱惟演是谁,她准知道! 嗨,上钩啦!"李一泓朝后猛一甩杆,连自己也仰倒在草坪上,一尺多长的一条大鱼被甩在草坪上,那个蹦,那个跳……

"快按住!"李一泓起来喊。

三人连滚带爬,一起抓鱼。大鱼已经脱钩,终于被杨亦柳抓住。

"它嘴出血了。"杨亦柳拎着鱼说。

"鱼篓呢? 鱼篓呢?"李一泓问。

"哪有什么鱼篓,只带了个塑料袋!"春梅说。

"那也快找出来呀,别让你杨阿姨老拎着它呀!"

春梅转身去翻草坪上的布兜,嘟哝:"哪儿去了呢,哪儿去了呢,我明明记着带了呀……"

"来,交给我。"李一泓伸手去接鱼。

二人手递手之际,大鱼掉在草坪上,二人急忙又猫下腰逮。春梅终于找出了塑料袋,转身时,却见杨亦柳一扑,没扑到大鱼,大鱼又一蹦,蹦入河中,转瞬没了踪影。

杨亦柳就那么保持着一扑伏地的姿势,仰脸冲李一泓遗憾地摇头,李一泓赶紧上前将她拽起。

"我真笨。"

李一泓仍握着她双手,表扬道:"一点儿都不笨。你那一扑,姿势特优美!"

杨亦柳扭头问春梅:"真的吗?"

春梅更是倍觉遗憾,却连连点头,言不由衷地附和道:"对! 特优美！那要不是条鱼，是足球，肯定一片喝彩！"

"你们父女俩呀，一个比一个会哄人。"杨亦柳欲抽回自己双手。

李一泓却吃惊地说："哎呀，你手指破了！"

"被鱼钩刮了一下。没事儿的，放开吧！"

李一泓不放，吩咐春梅说："春梅，包里有创可贴！"

春梅转身去翻创可贴时，李一泓含住杨亦柳出血的手指，轻吮着，杨亦柳含情脉脉地看着他。

春梅找出了创可贴，转身见父亲和杨亦柳那样子，一时看得幸福，看得发呆。杨亦柳觉察到了，小声而又不好意思地："行啦，春梅在看我们呢！"

李一泓这才不吮了："看，不出血了吧？农村人以前都这样。唾液杀菌，有科学根据的！"

杨亦柳为了掩饰窘态，故作天真，又扭头问春梅："真的吗？"

"千真万确！"春梅又连连点头，将创可贴交给了父亲。

李一泓认真地用创可贴保护住杨亦柳手指，杨亦柳的目光又含情脉脉起来，同时也更加不好意思了，表情不自然地将目光转向别处。春梅也不好意思盯着看了，转过身去。

李一泓朝春梅看一眼，快速地在杨亦柳脸颊上亲了一下。杨亦柳轻轻打了他一下，这才发现自己丢了一只皮鞋："咦，我那只鞋呢？"

"在那儿！"春梅将鞋捡了回来。

杨亦柳伸手接鞋，春梅却不给她，递给了父亲。

"你扶你阿姨一下。"

春梅乖乖地扶着杨亦柳，李一泓蹲下，温和地说："亲爱的同志，抬脚。"

杨亦柳乖乖地抬起脚，李一泓认真地拂去杨亦柳脚底板的沙土，替她穿上鞋子。他们同时发现，素素一手拿两支雪糕，站在他们对面看他们。

李一泓又坐在河边钓鱼，杨亦柳不坐他身后了，坐他身旁了，手中仍拿着那一本书。

"孩子们呢？"

"别管他们，随他们玩儿去。"

"还能钓上来刚才那么大的吗？"

"估计小的也钓不上来了，怨你。"

"怨我？"

"你坐我身边，我分心，没耐性。"

"那我躲你远点儿！"杨亦柳作势要站起来。

李一泓拉住了她的手："那更钓不上来了！你坐近点儿，头靠我肩上。那样我就不分心了，也有耐性了。"

杨亦柳不禁四顾，见周围没人，挨紧李一泓的身体，将头靠他肩上。

李一泓享受地说："啊，这感觉真好。"

杨亦柳小声地说："我也是。"

李一泓干脆将竿一压，点了一支烟："你看的什么书？"

"《罗素文选》。"

"你怎么那么喜欢伏尔泰啊、卢梭啊、罗素啊……"

"因为我父亲的命运和他们的书发生了关系，所以连我的命运也和他们的书发生了关系。人对那些和自己命运发生深刻关系的事物，不管曾带来过好命运还是不好的命运，往往都会产生一种叩问心理。"

"叩问心理？"

"是啊，就是想从因为到所以的答案。"

"那，他们的书给你父亲带来的是什么样的命运？"

"一九五七年他成了右派。"杨亦柳幽幽说。

李一泓伸出一条手臂，搂住了杨亦柳，杨亦柳小声说："让别人看到……"

"那又怎么样？年轻人，人也。我们，人也。年轻人可以，我们为什么不可以？天赋人权。"

"又不说正经话了，我是怕……春梅和素素看见，我毕竟还是素素的校长。"

"我是在特别正经地说正经话。现在我很幸福，我的两个女儿都高兴看到我很幸福。你最好忘一忘你是什么校长。这会儿你只不过是一个和我心心相印的女人。接着讲，我想听。"

"我父亲是大学教授，而且是著名教授，还是他那所大学里民盟支部的负责人。教西方现代史是他的专业，他一讲伏尔泰、卢梭、孟德斯鸠和马拉，连大教室过道都站满了人。他面对学生们背《独立宣言》和《人权宣言》时，自己常常流下泪来，也常常会将学生们感动得流下泪来。新中国成立后，校方一直很肯定他的课，因为他讲的全都是后来无产阶级革命的理由，是无产阶级流血牺牲的追求。反右一开始，原本没他什么事。有好心的朋友暗中提醒他，不要再讲那些了，讲点儿别的吧。他没在意，照讲不误。接着他的一些同事、朋友纷纷成了右派。他就去找校领导，替那些人说情。《列宁在十月》你看过吗？"

"看过。"

"当年，我父亲就像高尔基闯入克里姆林宫为一些'好人'知识分子说情一样，也动不动就想为他的一些同事和朋友们说情。还记得列宁怎么批评高尔基的吗？"

"记得——这个世界上没有所谓好人，只有这个阶级的一分子，那个阶级的一分子，高尔基同志，把怜悯丢掉吧！"

"人家也那样教导我父亲，可我父亲没法把怜悯丢掉。他没法丢掉伏尔泰和卢梭给予他的那种民主和自由的思想，也没法丢掉雨果给予他的人道主义思想。结果有一天他在大饭堂里当众朗诵《人权宣言》，于是，就成了右派，而且被视为最恶毒的一个，被赶出了大学，被赶出了省城，在我们的县中，当了一名语文教师。我母亲此前已生过两个孩子，都夭折了。偏偏我父亲成了右派以后的第三年，我母亲生下了我。不久我母亲忧郁而死,我和我父亲相依为命。'文革'中,我父亲连中学也教不成了,我和我父亲一块儿被赶到了农村。"

李一泓缓缓使杨亦柳转过身来:"闭上眼睛。"

"为什么?"

"别问,照做。"

杨亦柳闭上眼睛,李一泓又说:"仰起脸。"

杨亦柳又听话地仰起了脸,李一泓猛将她往怀中一抱,吻上了她的双唇。杨亦柳本能地推拒了一下,随后也不由得用双臂搂住了李一泓的脖子。

伏在李一泓的怀里,杨亦柳的脸上洇开两团胭脂红。李一泓低头望着她,眉目间是藏不住的怜爱,嘴角上挂着在风中摇曳的柔情。

"你怨恨过吗?"李一泓柔声问。

"想通了。"杨亦柳的眼睛有如星空般深邃。

"想通什么了?"

"一个新政权,面临千疮百孔的新国家,这个国家刚从血泊和尸体中诞生,政权是通过暴力革命的方式夺取来的,那么它必然是一个心理紧张的政权,百废待兴使它倍感压力,国际敌对势力使它倍觉孤独,掌管它的主要成分又是工农革命家和革命者,他们有在夺取政权时团结知识分子的经验,却极为缺乏在掌握政权时处理好和知识分子关系的经验。新政权既面对自己的工农干部和自己的党内知识分子的新型关系,也面对自己的工农干部和党外知识分子的新型关系,还面对自己的党内知识分子和党外知识分子的新型关系。这几种关系细微、复杂、而又微妙,哪一方面都没做好思想准备,可以说,是我们这个国家的注定之疼,就像我们大多数人,是小孩时注定要出疹子。"

"那是没种牛痘的小孩子。"

"当时我们这个国家对民主这种牛痘还缺乏认识……"

"老爸,再来一次!"素素端着照相机,对准父亲和杨亦柳准备抓拍,而春梅在夸张地向他做搂抱和亲吻的姿势。

"你看,我两个女儿对我有强烈的要求,我不能使她们失望吧?"说完,不管杨亦柳乐意不乐意,搂住了就是一阵亲。

杨亦柳推开他:"让我喘口气儿……"

李一泓放开她,等了片刻:"喘好了吧? 刚才是为她们姐妹俩,这次是为我自己!"他又搂住了杨亦柳一阵亲。

"我来我来,别错过机会!"春梅从素素手中夺过相机,走近他们,连连拍摄。

杨亦柳又推开李一泓,轻打了他一下:"我说让我喘口气儿,你还没完没了的!"

"我理解你那么说根本不是反对的意思,而是让你做好准备。"

杨亦柳又打他:"贪嘴,你就该补种民主的牛痘!"

李一泓憨憨地笑了。

晚上,吃罢晚饭,春梅和素素在收拾碗筷,杨亦柳说:"我该回去了。"

"我送送你。"

月色溶溶,李一泓和杨亦柳手牵手缓缓走在小巷中,李一泓由衷地说:"真没想到,你对从前的事有那么一种胸襟,我更尊敬你了。"

"毕竟,这个国家在许多方面都改变了。市民盟动员我加入时,我说,我骨子里可继承了我父亲的基因,从我的嘴里不可能只说出歌功颂德的话。你们要是对这一点心存异议,那就拉倒吧。我成为政协新委员时,座谈会上不少人大谈感激和光荣,轮到我发言,我说,我爱国,我已经有一种当代人应有的思想基础;我爱老百姓,我心灵中已经有一种良好情怀;我爱教育事业,是一名优秀的教育工作者,我早已感到很光荣。不是我千方百计地非要捞取到'政协委员'这一种身份,是执政党所要推行的民主进程需要我成为政协委员。今天我既然和执政党达成了以后参政议政的严肃关系,那么我一定会认真对待'政协委员'四个字,那么执政党要感谢我。"

"结果呢？"

"结果统战部长站了起来，走到我跟前，拥抱了我一下，大声说，我代表统战部，感谢你坦诚的态度，也感谢一切积极参政议政的民主党派的政协委员！"

"因为他是你的学生嘛。"

"你错了。当年的统战部长并不是我的学生。没想到，有一位新委员，当场向我发难，显出很激动的样子质问我：你为什么只讲爱国，爱老百姓，爱教育事业，偏偏就是不讲爱党呢？"

"什么人这么自我表现？"李一泓好奇地问。

"就是你的同学黄院长啊！我说，自从一九四九年以后，工农商学兵都说爱党，爱党的话在中国说得太多太多太多了，对于一个执政党，半个多世纪以来，总听这种话，不论真实成分发生了变化没有，那都是没什么好处的。所以我在这个场合就不说了。多我一句，少我一句，毫无意义。我倒是认为，现在该轮到党多说说感激的话了。要感激人民一如既往的依赖，要感激知识分子的理解，要感激民主党派的同心同德。一个不知感激的党，必然会成为一个骄横的党。只有谦虚谨慎而又心怀执政感激的党，才会是一个尊重民主的党、大有作为的党。"

李一泓站住了，杨亦柳也停下脚步："当时委员证还没发到我们手上，我以为，肯定就不会发给我了。没想到，照样发给我了。我说的那些话呢，也照样登在了政协的简报上。"

月光下，李一泓也脉脉含情地望着杨亦柳，冲动地说："真想再亲你！"

杨亦柳却甩开了他的手："不许，这都快到我家了，万一让人看见多不好！"

李一泓将杨亦柳送到了她家门口，杨亦柳掏出钥匙开了院门，却说："院里黑，你替我把当院的灯开了吧。"

"开关在哪儿？"

杨亦柳情不自禁地偎入他怀中，喃喃地说："我今天真高兴，和你、和你的两个女儿在一起,我感到幸福。"

李一泓轻轻拥着她,吻了一下她的头发,也喃喃地说:"那就加入我们这个家庭吧。"

"给我时间。"

"你还顾虑什么?"

"我的病。"

"幸福的感觉能治病。"

"等我……把我们的重点中学,再推上全省名校的平台。"

"两件事并不矛盾啊!"

"可我,暂时顾不上自己的事。耐心等我,行吗?"

"那好吧。等,等,那些社会民主党人士,他们总说等。总之是要等!"

杨亦柳笑出了声:"小声点儿!"

……

李一泓吸了最后一口烟,从回忆中走出来,心事重重地把烟头按灭在烟灰缸里,离开沙发椅,打开宾馆房间里的灯。

他低头东看西看,捡起一半手机,又伏下身去,从床底下找出另一半手机,想把两半手机重新弄到一块,却没成功。

无声地长叹了一口气,李一泓将两半手机扔进纸篓,抓起桌上的毛巾,展开,往脸上一捂,缓缓擦下来。丢掉毛巾,稳定了一下情绪,他关了灯,重新躺在床上……夜已无声,心却未宁,黑暗中,他大睁着双眼,不停地默念:我不信,我就是不信……

亦真亦幻的缥缈朦胧间,李一泓和杨亦柳正在照相馆里拍结婚照。

照相师傅认真地说:"女士,挨近男士,头再向男士的肩偏一偏。好,你们两个都不要那么严肃,都笑一笑,很幸福地笑,对,对……就这个样子,保持不动。"

外面突然响起刺耳的警笛,紧接着,一辆警车随声而至,几名公安人员从警车上跳下来,大步闯入照相馆,当着目瞪口呆的照相师傅的面,往杨亦柳腕上铐手铐。

杨亦柳被带走了,她回头望着李一泓,内疚又求助地喊:"一泓……"

杨亦柳被推上警车带走了,李一泓在后面拼命地追赶着警车,撕心裂肺地呼喊:"亦柳!亦柳!"无奈与绝望苦苦萦绕在李一泓的心头,仿佛一个无边无际的黑暗深渊……

李一泓从梦境中惊醒,一下子坐了起来,喘息着扯亮了床头灯,柔和的灯光照出了他一脸的冷汗。他抹了一把额头,甩甩手,往后一仰,又躺下了,嘴里低低地念叨着两个字:"亦柳!"

早晨,宾馆餐厅里人不多,李一泓、徐大姐和小陆三人坐于一角,各自在用早餐。

"小陆,你脸色不太好,眼角都有血丝了。"李一泓关心地问。

"我天快亮了才回来。"

"那女人的情况怎么样?"

"还比较稳定。她确实没疯,精神很正常,医生和护士也这么认为。我从她口中了解到了一些情况。"

"大姐,咱们上午正式开一次会,听小陆讲讲她了解到的情况,决定下一步我们该做什么事、怎么做,你同意吗?"

"我也是这么想的。一泓,你脸色更不好,怎么了?"徐大姐发现李一泓脸色不对。

"没怎么,看电视看得太晚了。"

"你倒还有闲心看电视,什么节目那么吸引你?"小陆没好气地问。

李一泓搪塞地说:"球赛。我是足球迷。"

"球赛?哪儿对哪儿?我也是足球迷,我怎么一点儿信息都没得到?"小陆一听球赛来了精神。

李一泓支吾了:"这……睡一觉忘了。反正,特精彩。"

小陆怀疑地将目光转向徐大姐,徐大姐分明也怀疑,说:"开完会后,你们两个哪儿都不许去,也不许再干其他事,都给我好好补一觉。"

"咦,咱们保镖呢?"小陆好奇地问。

"当面叫人家张大哥,背后叫人家保镖,不好吧?人家小张同志起得最早,一个人吃完,办自己的事儿去了。"

李一泓看着手表,自语道:"惭愧,惭愧,都九点多了。"

三人走出电梯,却见庄主席和肖副院长已在走廊等他们了。庄主席迎上前说:"不得不这么早就过来,你们省政协的吴主席发过来了传真指示,要求及时转交给你们。"

李一泓说:"都请到我房间吧。"

五个人在李一泓的房间里坐定,显得有点儿挤。庄主席从文件夹中取出两页纸,递给徐大姐。

"先给一泓同志看,他是我们组长。"徐大姐把纸递到李一泓面前。

"大姐先看。"

"当然应该组长先看,你念给我和小陆听。"

李一泓只得接过两页纸,念道:"李一泓委员并徐春晖委员陆地委员:你们反映的情况,我已连夜向省委刘思毅书记作了电话汇报,现将刘思毅书记的指示转告你们。一、一切关系到人民利益和福祉的问题,都在你们的调研范围。二、一切危害人民利益和福祉的事情,你们皆有责任和权力予以过问,予以调查,提出解决建议;与当地党政部门协商后,能为人民群众尽快解决,最好;倘不能,详加记录,带回省里。三、以民情调研任务为主,但不回避所闻所见之官僚主义现象、铺张浪费现象、劳民伤财现象、好大喜功现象、欺上瞒下现象、对人民群众之疾苦麻木不仁的现象,以及各种各样以权谋私的现象。四、不回避不等于针锋相对。请同志们牢记,你们不是省纪委派出的调查人员,你们不是司法部门派出的办案人员,对于任何一级当地党政部门,你们也不是上级领导……"

小陆听得不高兴起来,一把掠过去那两页纸,接着念:"你们这一种没有任何实际权力的身份,肯定会使你们在想要积极主动地为人民群众排忧解难时感到力不从心。但我请同志们相信,你们的调研成果,你们的所闻所见,将会受到我本人及省委省政府的高度重视。你们所关心和忧虑的事情,交由我们来解决。肯定会更快、更有力度……"

小陆忽然不念了,抬头看李一泓和徐大姐。

"完了?"徐大姐问她。

"没劲。"小陆将两页纸塞给徐大姐,起身走到床那儿,往床上一歪。

徐大姐看了看说:"最后是主对咱们的几句叮嘱:不早下结论,更不多下结论,勿以钦差大臣自封,勿以微服私访自诩;受到欢迎,以诚相待;受到冷遇,敬而远之;受到误解,耐心解释;受到无礼阻挠,忍辱负重;要善于分析现象,逼进真相,区别对象;要将一切事实,都归纳在调研报告中。一份具有说服力的调研报告,胜过一时的正义冲动。"

徐大姐将两页纸还给李一泓,李一泓接过来说:"大姐,那我们现在该怎么做呢?"

徐大姐朝小陆翘翘下巴,李一泓转脸问小陆:"小陆,你说说你从那女人那儿了解到的情况。"

小陆在床上说:"她姓郑,叫郑秀娥,三十二岁。她的户口所在地是我们省的农村,因而她本人属于我们省的人。她丈夫姓王,叫王全贵。她们是在打工过程中认识的。庄主席,王全贵是你们县某村人,现在是那个疑点重重的'矿物研究所'的临时工。郑秀娥和他结婚以后,户口一直没迁过来。"

李一泓严肃地说:"陆委员,请你坐起来说,我们是在开会。"

小陆不情愿地坐了起来,徐大姐招招手:"小陆,坐回这儿来,啊?"

小陆坐回到坐过的地方去,接着说:"郑秀娥原本和她丈夫的感情挺好。去年九月份,一名采矿工失踪了。"

"采矿工?采什么矿?"李一泓敏感地问。

小陆说:"肖副院长说吧,你当时也听到了。"

肖副院长说:"据郑秀娥讲,所谓'矿物研究所'实际是在进行秘密采矿,究竟要的什么矿,从矿中提炼些什么,她也不清楚。所有临时员工都不清楚。失踪的采矿工是郑秀娥的同村人,还是她介绍来的。她怀疑那个采矿工不是失踪了,是在采矿时遇难了。多次询问矿主,矿主矢口否认遇难。所以郑秀娥就多方投信表示怀疑,结果信都落在了矿主也就是研究所所长手里,从此她开始上访,她的遭遇也就越来越令人同情。"

李一泓忍不住问:"毕竟事关一条人命,她寄出去的那些信,就没有引起过哪一方面的重视吗?"

庄主席忽然说:"我插一句,这个问题我更了解一些。事实上我们县里,包括省里方方面面,也都曾收到过她的信。省里还责成县公安局予以调查。县公安局一介入,其他方面就没有再关注。我们县公安局调查的情况是——那个研究所不是在我们省注册登记的,而是在你们省。只不过通过合法方式和途径,在我们省买下了那一处山地的开发权。鉴于郑秀娥的户籍所在地也属于你们省管辖,就将她的信郑重地转给了你们省的平德县。平德县也派人过到省界这边来调查过一次。结论是查无实据,不了了之。正是在这之后,郑秀娥被医院诊断为精神病患者。"

徐大姐问:"庄主席,知道是什么医院作出的诊断吗?"

庄主席说:"据我所知,就是你们省平德县医院。"

李一泓问徐大姐:"大姐,你是搞医的,一般县医院可以作出精神病诊断吗?"

徐大姐摇摇头:"不可以。精神病的诊断是很复杂的,只有专门的精神病院和大医院的精神病科,才可以提供有采信价值的精神病诊断。"

李一泓听完陷入沉思。

肖副院长说:"陆委员,郑秀娥告诉你的最多,你也再说说嘛。"

李一泓严肃地说:"小陆,你必须说,该说不说也不对。"

小陆只好接着说:"所长似乎对郑秀娥的丈夫还挺仁慈,非但没打击报复过,还把郑秀娥那一份工资也加在她丈夫身上了,另外每个月还开给他三百元慰藉金,总共两千一百元。他也不必上班了,让他专心一意看住他妻子,别让他妻子再到处去上告……"

李一泓打断她问:"对她疯了这一点,她丈夫信吗?"

小陆说:"据郑秀娥讲,起初也有点儿难以相信。后来,她逃出家几次,几次没跑多远就被抓了回来,她索性装疯,她丈夫反而越来越信了。再后来,她丈夫干脆就用锁链把她拴在家里了,手腕脚腕,勒出的伤痕至今难褪。"

庄主席说:"因为你们来了,我们县政协的同志们又开始关注这一件事了。今天早晨我一到机关,大家七言八语,有一种共同的顾虑……"

李一泓说:"庄主席请讲。"

庄主席说:"郑秀娥目前在我们县医院里,这是没法保密的,绝非长久之计。万一她丈夫带着一批人到医院里来要人怎么办?谁也没有权力不允许他把他妻子带走。"

李一泓、徐大姐、小陆三人对望了一眼,都没说话。

庄主席又说:"今天早晨肖副院长问郑秀娥,还愿不愿意和她丈夫共同生活下去了,她表示愿意。她还说她丈夫只不过是受蒙蔽了,她不恨他。我想,这就好。如果她丈夫也能明白自己受蒙蔽了,肯于拿她当正常人看待了,那不是就更好吗?这将有助于我们了解一些事情的真相啊!基于以上考虑,我已经吩咐我们县政协的同志,暗中去找一下她丈夫。一旦找到,立刻送到这里来。我们一块儿,在他见他妻子之前,先和他谈谈。因为怕行动迟了,处于被动,也没征得你们三位的同意,我们就这么做了,不知做得对不对?"

肖副院长的手机响了,她起身走到阳台上去接手机,一会儿捂着手机走回来,望着大家说:"找到了!"

李一泓和小陆将目光投在徐大姐身上,徐大姐小声说:"送他来。"

肖副院长对着手机说:"就说有几位政协委员,很关心他和他妻子,想见他。一定要耐心劝他来,不能有半点儿强迫。"

徐大姐说:"庄主席,太感激你们县政协所做的一切了!"

庄主席说:"一家人,不说两家话。我们县人大方面知道你们过来了,也让我们转达他们的态度——需要怎样配合,只管开口。他们还说,这个省那个省,这个县那个县,还不是都在中国。全中国政协和人大,归根到底,都是中国一双翅膀上的……"

小陆打断他的话:"请别说羽毛两个字啊,不爱听。会使我联想到'轻如鸿毛'这一个词,感觉太不好了!"

庄主席抱歉地一笑:"不是我偏不照顾你情绪,他们还真就说的是羽毛两个字。"

小陆做了一个苦脸,大家都笑了。

李一泓问:"一会儿郑秀娥的丈夫来了,面对我们这么多人,心理上会不会紧张啊?"

徐大姐点点头:"你考虑得对。我看,庄主席一定要在场。因为你代表当地干部,你的话对他的心理影响力更大。肖副院长也得在场,要使郑秀娥的丈夫相信郑秀娥没疯,医生的话才有说服力。我们这一方……"

李一泓插嘴道:"那就大姐吧,您比我有经验。"

徐大姐说:"你是组长,应该是你。我相信你知道该怎么说。"

肖副院长的手机又响,她接听一下,回头对大家说:"几分钟后就到了。"

徐大姐拉起小陆说:"小陆,走,到我房间等结果去。"

县政协薛秘书长和郑秀娥的丈夫王全贵一块儿被旋转门旋入宾馆,薛秘书长对郑秀娥的丈夫说:"你别太紧张,他们都是很随和的人,无非就是想帮助你和你的妻子嘛!"

"可,我不需要什么帮助,我老婆也不需要啊!"

"别这么说,你不希望你妻子的病好起来?"

"精神病那还有个好?好不了,我认命。"王全贵已身不由己地跟着薛秘书进了电梯。

李一泓房间的门打开了,王全贵胆怯地走了进来。他一进来,身后的门就关上了,他回头看一眼门,神色有点儿恓惶。李一泓三人站了起来,庄主席微笑着说:"王全贵,来来来,我给你们介绍一下——这位是咱们邻省的一位政协委员,姓李,李一泓同志。"

李一泓笑笑说:"叫我老李就行。"

"这一位是咱们县医院的肖副院长。至于我自己嘛……"

"他是咱们县政协的庄主席。"肖副院长替他说了。

"请坐,请坐。"李一泓拉着王全贵的手,将他引至空着的沙发前。

王全贵忐忑不安地坐下。李一泓看了一眼他的手,说道:"指甲发黄,肯定吸烟。来,请吸我一支烟。"

王全贵犹犹豫豫地接过了烟,李一泓赶紧按着打火机替他点燃,接着,自己也吸上了一支。

李一泓见王全贵满脸是汗,对肖副院长说:"肖副院长,劳您驾给咱们全贵兄弟拧一条湿毛巾来。"

肖副院长进入卫生间,李一泓又说:"其实咱们见过一面了,是吧?"

"我知道,你们是公安的。"王全贵怯怯地说。

"我可不是公安的,只有为我们开车的那人才是公安的。刚才不是介绍了嘛,我是政协委员。"

薛副院长拿着湿毛巾从卫生间出来:"快擦擦汗。"

王全贵放下烟,擦了把汗,之后拿起烟,吸一口,心里镇定多了,竟说:"不管你们是公安,还是委员,反正你们都没有权力审问我。因为我什么犯法的事也没做。"

"你看我们像是在审问你吗?"庄主席笑了。

"那你们非把我找来干什么?"

李一泓说:"兄弟啊,你问得好。根据我们省委的指示,组成了一个调研组,专门调研贫困落后的农村里,农民兄弟们有什么急需解决的困难。我们省委省政府呢,要依据调研报告,为改善贫困落后的农村的面貌,做更多的事情。这是好事吧兄弟?"

庄主席也说:"我们省也要组织调研组,也要为贫穷落后的农村做更多的事情。以后,全国各省都要这样。"

王全贵不禁点头。

李一泓说:"在我们省那边,我们看到一条河被严重污染了,一个茶村的茶农们,也因为空气质量的污染,种不成茶了。当然,是省界这边,你们那个矿物研究所……"

王全贵打断了他:"污染的事儿我什么都不知道,别跟我说那些事儿。我自己的事儿就够操心的了,操不了那么多心!"

"是啊是啊,我们知道你的情况,让你操那么多心没道理,你就是想操心那也肯定是心有余而力不足。污染的事儿由我们来操心。现在咱们就说到和你有关系的正题了。在我们省那边,我们见到过你妻子一次。当时她昏倒在桥上,差点儿被一辆卡车轧死。我们的车开往这边的时候,我们第二次见着了你妻子。当时她的样子有多可怜,不用我说兄弟你也想象得出来。她拦住我们的车,讨要吃的、喝的。我们当然给,还给了她一双鞋。等我们的车开过了省界,在河边又第三次见着了你妻子。她对我们说她不是疯子,哀求我们救她。你说我们能不让她上我们的车吗?接着你们就过来了,你手里拎着一捆绳子,别人还牵着大狼狗,好像你们在追一个逃犯。"

王全贵的头低低地垂了下去。

"你就不想问问,你妻子她现在在哪儿吗?"李一泓趁机问。

王全贵仍不抬头,鼻涕一把泪一把地问:"她、她在哪儿?"

肖副院长说:"她在我们县医院。"

李一泓又问:"你就不想知道,她现在情况怎么样吗?"

王全贵听话地又问:"她,情况怎么样?"

肖副院长说:"她情况很好。"

李一泓仍旧循循善诱:"你就不想知道,她的情况,究竟怎么个好法吗？"

王全贵机械地问："怎么个好法？那还能好到什么程度？"

庄主席将一盒纸递给王全贵，王全贵接过来不停地扯纸巾，擦鼻涕，扔了一地纸团。

李一泓笑起来："好得不能再好。"

王全贵缓缓抬起了头，脸上粘着纸巾，样子很古怪。他呆住，一时不能理解李一泓的话。

李一泓解释道："我的意思是——她的精神很正常。她确实不是一个疯子。"

王全贵缓缓站了起来，目光定定地盯了李一泓片刻，转向庄主席，再转向肖副院长，突然歇斯底里发作了："你骗人！她没疯难道我疯了?! 你们凭什么拿我开心?!"

第二十三章

徐大姐房间里，小陆坐在沙发椅上，心不在焉地翻一册《读者》："大姐，是不是累了啊？"

徐大姐放松地平躺在床，双手叠于胸，闭目养神："是啊，毕竟老了，精力不如你们充沛了，养养神。"

"也不知道那屋的事进行得顺利不顺利。"

"顺利，咱们下一步就按顺利去做；不顺利，再商议不顺利的决定。随它去。"

"您倒是挺沉得住气。"

"沉不住气又待怎样？我们一无权，二无职，三无尚方宝剑，万不可想象自己神通广大。凡事，能为，则为；不能为，建议别人为。别人也不为，我们就警告不为的严重后果。我们的作用，如此而已，仅此而已。"

"别人是谁？"

"当然是有职有权的人。"

"没想到大姐也说这么消极的话。"

徐大姐终于睁开眼，坐了起来，双手揽膝，庄重地说："不是消极，是明白。否则，给他们职给他们权干什么？我们既指出问题又解决问题，他们不就无事可做了吗？"

小陆点头，又问："您看过《列宁在十月》吗？"

"我当年是留苏的，这是应该我问你的话。"

小陆笑了一下，说："过了半点钟了。"

徐大姐看一眼手表，认真地说："你应该说，又过了半点钟了。"

小陆起身，走到阳台上，踱来踱去，不断轻轻用卷起的《读者》拍手。

"小陆。"徐大姐小声叫，又沙发椅翘翘下巴，"坐那儿。"

小陆坐回到沙发椅上，徐大姐兴师问罪道："我想养养神嘛，你偏跟我说话，搞得我躺不住了，你该当何罪？"

小陆又笑了："现在可是你主动跟我说话。"

"你看的什么杂志？"

"《读者》。"

"我也喜欢看《读者》。有次我们一些全国政协委员视察甘肃，还到《读者》杂志社去过。一个西部省份，十几名热心的编者，编出了一本发行一千多万册的杂志，是个奇迹。"

"我们搞社会学的，喜欢经常看看文化人士对社会的感受和议论，包括他们的语言表述方式，对我们有启发。"

徐大姐移了移枕头，又靠着枕头舒服地卧下了，接着问："你正好说到语言了，那我问你，你读省里发来的电传时，为什么那么不高兴啊？又为什么那么不愿听人家庄主席说出'羽毛'两个字啊？"

"我当然不高兴啦，当然不愿听了！我们不是钦差大臣，这我同意。可如果说我们也不是微服私访，那我就想不明白了。调研不就是访吗？再比喻我们是'羽毛'，那我更找不到感觉了。连感觉都找不到了，那还谈的什么参政议政呢？比如那屋进行的事，要是我们有特权，还用和郑秀娥的丈夫谈这么长时间吗？那不叫他怎么，他就得怎么呀？比如那个什么'矿物研究所'的真相，要是我们有特权，让张警官把警灯往咱们的车顶上一放，直接开去，我就不信明摆着的问题，不能查得对方一身冷汗！”

“说完了？”

“你不问，我不说，好歹我也是位省政协委员。该懂事儿，我懂事儿。情绪归情绪。”

“小陆，你当政协委员多久了？”

“反正比李一泓当的时间长。”

“长几年？”

“长三个月。”

徐大姐笑了：“那也还是新委员，参加过新委员学习班了吗？”

“本来下一期轮到我，临时又通知我，让我参加咱们这个调研组。”

“既然你说完了，那我也说说啊。吴主席叮嘱我们连微服私访的想法都不要有，我觉得是语重心长的。在古代，微服是相对官服而言的嘛。我们不是官员，当然就没有官服可脱。不管我们穿什么，都是微服。既不是官，又无特权，你就觉得找不到感觉了。我当了两届全国政协委员，某些时候，某种情况之下，也希望有点儿特权。有特权的感觉就是好嘛！小陆，现在要是可以给咱们一种特权，你希望要哪一种呢？”

“这……我没想过。应该视情况而言，有时候这种，有时候那种，倒也不必确定。”

“倒也不必确定，似乎你的要求还不高。那么，有时候我们要求有中纪委办案组的那一种特权，有时候我们要求有公检法的那一种特权，有时候我们要求有党政官员对下级的那一种拍板定夺的特权，都得满足我们吗？”

小陆张张嘴，没说出话来。

徐大姐接着说：“那，我们岂不是成了全中国最特殊的人了？”

小陆微微低下头，沉默了。

“依我看来，一个国家，有特权的人应该越少越好，应该少到不能再少才好。对于不得不赋予某种特权的人，其特权限制应该越具体越好，越明确越好,越大越好。这是我的一种社会学观点。我们想传达什么信息的时候,一般总是有渠道的。我们想反映什么问题的时候,一般总是被认真对待的。我们想提什么批评建议的时候,一般总是有回复的。与老百姓相比,我们已经很特殊了呀。"

小陆笑了。

"你笑什么?"徐大姐问。

"不说白不说,说了也白说。"

"那要看什么问题,什么意见,什么批评。对的,不一定是很快就能改的。明明很快就能改的,又不一定是看法统一的。那怎么办? 就不说了? 不提了? 白说也得说,该提还得提,为的是加深印象,有条件改的时候赶紧改。我的体会是,从大处看,改革开放二十余年来,我们政协什么都没白说。'三农'问题我们全国政协说了十几年了,现在中央政府有一定能力做了,不是就一项项开始做了吗? 低保医保问题、饮食安全问题、教育乱收费问题、教育资源公平问题、环保问题、经济适用房问题,举凡与老百姓权益和福祉相关的事,哪一方面我们政协没说过呢? 往往是,去年说,今年说,明年还说,年年说。我觉得我们大多数话没白说啊! 我们政协的、人大的许多共识,不是正逐步变成这个国家的理念吗? 我们政协不说,人大不说,'共享改革成果'这几个字,会白纸黑字写在温家宝总理的《政府工作报告》中吗? 比喻我们是羽毛怎么了? 我觉得这个比喻挺好啊! 单独的你、我、李一泓,我们又究竟能为老百姓做多少好事、实事? 究竟又能对这个国家的进步和发展起多大作用? 但正是我们这样的一片又一片羽毛,组成了政协这一只国家的翅膀! 如果不重视我们,省委书记刘思毅同志,连夜向我们三个无职无权的人传达指示?"

有人敲门,小陆起身去开门,张铭拎着两袋东西走进来。

"我保养车去了,稍带买些水果。已经洗过了,也没水果刀,带皮吃吧。"张铭从袋里拿出苹果递给徐大姐和小陆,自己也掏出一个。

小陆咬了一口:"嗯,很甜。"

张铭问:"你们在谈事儿吧?"

"徐大姐在批评教育我。"

"瞎说!我们在闲聊。"

"组长呢?"

小陆说:"在他房间里,和郑秀娥的丈夫谈话。"

房门忽然又开了,李一泓大步走进来,东张西望,发现了一瓶矿泉水,拧开,嘟咕嘟咕一饮而尽,将空瓶子扔入垃圾桶,说:"我房间里的冷水热水都喝光了,真想揍那浑小子一顿!"他也从袋里拿起一只苹果,往徐大姐床边一坐,吭哧咬了一大口。

徐大姐三人都默默看他,他却只顾吃苹果。

小陆忍不住了:"嗨,你这家伙,结果如何?说话呀!"

李一泓仍不开口,将一只苹果吃完,又去了卫生间。

卫生间传出哗哗的撒尿声,徐大姐说:"咱们就当都没听见吧。"

李一泓带着毛巾走出卫生间,擦擦手,又想拿起一只苹果。小陆将他的手打开,将装苹果的袋子拎到一边,生气地说:"还吃起来没完了你!"

李一泓指指嗓子:"我口干舌燥!"

徐大姐坐了起来:"难在什么地方?"

"我们一遍遍告诉他,他老婆并没有疯,他就是不相信。后来我们才猜到,他是不愿相信。"

"不愿相信?!为什么?"徐大姐想不明白。

"他觉得,只要她老婆乖乖待在家里,再也不四处去告状,给他找麻烦,他就每月不用上班都有两千多的工资拿着,不管他老婆真疯还是假疯,那挺好。他怕如果他自己也不承认他老婆有精神病了,每月就没有两千多元的工资白拿了。亏他还说他很爱他老婆,居然有这样的丈夫,你们说他多浑!"

徐大姐穿上鞋说:"那我接着劝他去。"

"不用了。现在他表示愿意把他老婆接回家,不拴着不绑着,当正常人好好对待了。"

"大姐你看他,兜这么大圈子,气死我了!"小陆拿起枕头就打。

李一泓边挡边躲,大叫:"那是因为我扇了他一耳光!"小陆这才不打了。

徐大姐批评他:"粗暴。"

"但是奏效。一耳光扇过,他又好像一下子什么道理都明白了。庄主席和肖副院长先回医院去通知郑秀娥了。他正在我房间里洗澡,还要求我们都得陪他去医院,说如果他自己去,怕他老婆不原谅他。"

徐大姐说:"那咱们别耽误时间了,都去。"

李一泓对张铭说:"小张,麻烦你去给他买一套衣服,包括鞋袜。我想,应该让他干净利索地去见郑秀娥。"

王全贵站在病房门外怯怯地问:"秀娥她……她肯定不会恨我吗?"

张铭为他正了正领带,李一泓则说:"那就全看你的表现了。"

徐大姐指点他:"你要是真忏悔,那你就要把你的忏悔说出来。"

"等等!"小陆捧着一大捧鲜花跑来,递给王全贵,呼哧带喘地说,"别忘了我们教你说的那些话!"

王全贵接过花束,还是缺乏直面妻子的勇气,本能地往后退。

"别往后缩,这是你和你老婆之间的事,你得打头。"李一泓拦住王全贵,推开了门,将他扯过来推了进去。

郑秀娥背对着门站在窗前,虽然穿着病员服和拖鞋,她的背景看去仍显得挺苗条。听到门的响动,她缓缓转过身,目不转睛地盯着她的丈夫。

不仅王全贵,连李一泓他们也出乎意外地呆住了——此时的郑秀娥与此前的疯女子判若两人,变成了一个俊气的小媳妇。她的面色还是有些苍白,嘴唇却分明涂了淡淡的唇膏。而头发,天生的就是那么黑,贴颊两缕,显然还卷过,微微弯曲并且对称,括弧似的括着她的脸。右鬓那儿,还插着一朵小红花。在病员服的里边,她穿的是一件高领的红色线衣。她脚上穿的也不是病房里的拖鞋,而是一双好看的绣花拖鞋。那一脸的哀婉,更是令人顿生怜花惜玉之心。

王全贵看得呆了,一捧花脱手落地,小陆立刻替他捡起,塞到他手里。

几人不禁你看我,我看他,最后都将目光落在王全贵身上,而王全贵却目瞪口呆地看着秀娥。

李一泓干咳了一声,说:"郑秀娥,你丈夫看你来了。"

郑秀娥脸上还是没有什么表情变化,徐大姐暗中捅了王全贵一下,悄语道:"说话呀!"

王全贵结结巴巴地说:"秀娥,我……我看你来了。"

郑秀娥却缓缓又朝窗子转过身去。王全贵不知如何是好了,求助地看李一泓他们。

李一泓恨铁不成钢地说:"别看我们,也不能什么都教你!"

小陆一推他:"笨蛋,快上前去认错!"

张铭对王全贵附耳道:"先说,我错了;再说,我恨我自己;第三句说,原谅我吧……"将王全贵推向前去。

王全贵一边接近郑秀娥,一边说:"你怎么还住上单间了?这一天得花多少钱啊!"

郑秀娥终于又转过了身,问:"花是你买的?"

"对对对,我挑了半天才拼成这么一大捧……老婆,献给你的。"

小陆在他背后小声嘀咕:"这王八蛋,倒蛮会撒谎的!"

郑秀娥接过花,低头闻了一下。王全贵色迷迷地看着秀娥说:"秀娥,你……你今天,真好看!"

郑秀娥问他:"你还愿和我做夫妻吗?"

"你看,你这不是说的疯话嘛!啊不对不对,我这狗嘴!我说错了,说错了。"王全贵他左右开弓扇了自己俩嘴巴。

李一泓朝几个人摇头："我可没教他这一套。"

徐大姐也说："也不是我教的。"

郑秀娥嗔道："行了,你也不是第一次说我说的话是疯话。"

"那、那不是以前嘛!我当然还愿意和你做夫妻啦!要不,我不早和你离了呀?"王全贵讨好地说,"那天没抓到,不对不对,我又说错了!那天没找到你,我可担心死了,每天晚上都睡不着,一闭上眼睛就梦见你,生怕你遇上个三长两短的!一听说你在医院里,我一颗悬着的心才踏实下来。他们又告诉我你并没有疯,我那个惊喜呀!看见你这么正常,又这么……这么美丽,那个,动人,我真高兴!我心花怒放,那个放呀,就像你手里这一大捧花儿。"

"这么说,你是信了?"

"信,信!我当然信!我这么俊气的一个老婆,怎么看怎么也不是疯子呀!"

郑秀娥转过身,嘤嘤哭了。

王全贵忙哄道："秀娥,秀娥,高兴的事儿,你哭什么嘛!"他想转到他老婆对面去,她却每一次都背对着他。

李一泓生气地说："这小子,怎么啰唆了半天,就是不说一句认错的话?真替他着急!"

张铭一幅释然的表情："现在我理解,你为什么扇他嘴巴子了!"

王全贵终于逮着个机会和秀娥面对面了,他抓住她双肩,说:"秀娥,你看看我的眼睛!我满眼珠子都是对你的爱呀!"

郑秀娥哭着说："你捋起我袖子,看看我的手腕。"

王全贵捋起了她的袖子——她手腕上有着一道道伤痕,他脸上终于有了内疚的表情。

"你再捋起我的裤腿儿,看看我的脚腕。"

王全贵弯了弯腰,伸了伸手,却没那么做。

"不敢看了？"

"秀娥，我……我……我错了……"

李一泓大喘气地说："我的天，刚说出第一句。"

郑秀娥用花束抽打着王全贵的头："你刚知道错呀你！"

"我……我恨我自己！"

郑秀娥继续用花束打他的头，王全贵跪下了，哭了——真的哭了，边哭边说："秀娥呀，打我吧，打我吧，原谅我吧！"

郑秀娥终于不打了，将花束扔了。王全贵抱住她的双腿，仰脸哀求道："老婆，我不是人！我该死！可我……我也是被骗了呀！你别舍不得打，打吧打吧！你打，我心里好受点儿。"从地上胡乱捡起花枝，硬往郑秀娥手里塞。

郑秀娥不接，她双手捂脸又嘤嘤地哭了。

张铭松了口气："教他的三句都说了，齐活儿！"

小陆一撇嘴："这家伙，还会这一招！"

李一泓猛一点头："别说，这一招顶事儿。"

还是徐大姐善解人意："咱们也别待在这儿傻看了呀！"

李一泓下命令地说："撤。"

四人从病房里"撤"出来，站在走廊上，有的仰脸，有的低头，有的望窗外，有的背靠窗台，各个若有所思。病房里哭声渐止，归于平静。

庄主席和肖副院长匆匆走来，庄主席问："情况怎么样？"

李一泓说："良好。"

肖副院长问："郑秀娥，她不过分吧？"

张铭说："就打了那么几下就住手了，够宽宏大量的了。"

小陆提醒张铭："肖副院长问的是，造型设计。"

徐大姐笑着说："很好，很好，完全变了一个人，肯定对她丈夫的视觉有很大的冲击力。"

李一泓摇头晃脑地点评道："不仅是视觉冲击，还有心理冲击。我想心理冲击应该更强烈一些。"

肖副院长谦虚地说："我正是那么追求的。要的就是令她丈夫意想不到、刮目相看的效果。可又缺乏专业经验，心里总怕过了，不符合病房这种特定的环境。要是脸上再扑点儿红粉就好了。"

小陆扑哧一声笑了："我怎么觉得我们不像是几位政协委员，倒像是一个戏剧班子了。"指着几个人说，"肖副院长你是化妆师，张警官你是服装员，咱们组长是导演，徐大姐是艺术顾问，我自己是场记，庄主席是协助单位的全权代表。"

大家互相看看，就都笑了。

庄主席好奇心不小，走门前踮起脚尖从门上方的小窗往病房里偷窥，然后向大家招招手，众人蹑手蹑脚地走过去，依次从小窗往病房里看。轮到身材娇小的小陆时，她踮起脚还是看不到，张铭将她抱了起来往里瞅。

病房里，郑秀娥已坐在病床上，她丈夫仍跪着，像个孩子似的，脸偎在她胸口；而她的双手，轻轻搂着他的头……他们如同变成了雕塑，一动不动。

李一泓感到莫名其妙："这我就搞不懂了，到底谁更应该安抚谁呀？"

庄主席说："其实都是受害者，互相安抚呗。"

徐大姐对小陆说："小陆，别总让人家张警官抱着了，看一眼就可以了，啊？"

小陆却没看够，孩子似的："我再多看会儿，要是再给点儿抒情的音乐就更理想了。"

李一泓拍拍小陆的肩，打趣道："是不是想赖着让人家张警官多抱你一会啊？"

张铭一下子松了手，不好意思地走到一旁。

小陆双脚一落地，转身便踢李一泓："讨厌，有你这么说话的吗？你看，你说得人家都不好意思了！"

"没有没有，我经得起别人开玩笑。"

李一泓指着小陆说："是你自己不好意思了吧？"

小陆就又踢他，徐大姐"嘘"了一声，指指病房，众人顿时安静下来。

徐大姐对庄主席说："你看他俩，高兴起来就成小孩儿了，你别见笑啊！"

庄主席笑了："哪儿能呢！你们这个调研组，老中青三代结合，关系多融洽啊！政协委员也是人，该严肃则严肃，高兴了就闹一闹，要不整天不苟言笑的，累。"

"闹也得分场合。这就不是逗乐开心的场合。我这个老的，有责任时时刻刻提醒他俩一下。"

庄主席赶紧往回找补自己的话："那是那是，徐大姐说得对。"

小陆瞪了李一泓一眼，李一泓不好意思起来，直摸脖颈。

肖副院长说："先别管他们夫妻俩了，都到我们会议室去坐一会儿？"

徐大姐点头，众人一起往会议室走去。

小陆边走边说："以前怎么也没想到，政协委员还管这种事儿。现在我可是找到了一点儿感觉，像妇女干部，像居委会主任，像法院的庭外调解员。"

李一泓说："那怎么办啊，摊上了，不能不管了呀。我还管过邻里纠纷呢！"

一名年轻的女护士匆匆走来，向肖副院长所告："院长，门口聚了很多人，说是替王全贵来要老婆的！"

"果然不出所料。"庄主席一边说一边走。

李一泓却站住了，猛转身往回走去。

王全贵已拥抱着郑秀娥站在病房的窗前："秀娥，我真恨他们。他们把我骗得好惨，把你害得好苦。"

"也不全怪你，我不该他们说我疯，我就干脆装疯，搞得你也真假难辨。"

"秀娥……"

郑秀娥仰起了脸。

"以后,我会像咱们刚结婚的时候那么爱你。"王全贵俯下头欲吻妻子。病房门"嘭"的一声开了,李一泓一脸严肃地瞪着王全贵走了进来。

王全贵和郑秀娥赶紧分开,王全贵不安地往后退,郑秀娥闪身护在王全贵身前。

"你闪开。我不会把他怎么样,我有话问他。"

郑秀娥默默闪开了。

"王全贵,现在你回答我,你老婆疯没疯?"

王全贵摇头。

"别摇头,我要听到你的话!"

王全贵蚊子般地说:"没疯。"

"大点声。"

"没疯。"王全贵的声音还是不大。

李一泓不满地说:"你没吃饭啊?"

王全贵突然大喊:"没疯!"

"你真爱你老婆还是假爱你老婆?"

"真!"王全贵大喊。

"真什么?!"

"真爱!真爱!我真爱我老婆!真爱我老婆!"王全贵喊罢,也瞪着李一泓,不甘示弱地说,"你想找我们麻烦?"

李一泓满意地说:"这才像个男人的样子。我不会找你任何麻烦,我们都是真心实意爱护你们的人,但是有人又想找你们的麻烦!"顿了顿又说,"全贵啊,我说兄弟,我们爱护你,那就是爱护弱势的人,就是伸张正义。现在,连党中央和中央政府,那都是爱护弱势群体,提倡社会正义的。"

王全贵与郑秀娥对视一眼,困惑地说:"明白,明白,这我明白。李委员,是不是改天,你再好好教育我? 您看这会儿,也不是个地方也不是个时候是不是?"

"我并不打算教育你,我也没有那种喜欢教育人的毛病。"李一泓将一只手拍在王全贵肩上,"可是现在,考验你的时候到了。你要是真爱你老婆,那么就应该由你亲自当众给你老婆正名!"

"我……我还是有点儿不明白。"

"医院门前来了不少人,都是你们那个什么所的。以你老婆的事儿作为借口,硬要往医院里冲!"

"你……你想让我出面去摆平他们?"

"不错。我是这么个意思。这种时候,你必须出面。"

王全贵反而坐在床沿儿了,嘟哝道:"我、我得考虑考虑。"

"你! 你小子怎么又不像个男人了!"李一泓急得跺了下脚,原地转了一圈。

"如果,我帮你们解围……"

李一泓恼怒地说:"放屁! 我们帮谁?!"

"你别急嘛! 政协委员骂人多不带劲啊! 我的意思是……这事儿,咱们不是好协商嘛。"

李一泓也坐在床边了,满怀希望地说:"还有得协商?"

王全贵正了正领带,充满义气地说:"我跟你们,那谁跟谁? 咱们那是一种什么关系? 当然有得协商!"

郑秀娥也跺了下脚:"你有什么主意,赶快说出来嘛! 你看人家李委员都急出汗了!"

李一泓脸上果然淌下汗来了,恳求地说:"对对对,快说!"

王全贵不慌不忙地说:"我这里里外外上上下下的一身衣服,你们打算怎么说?"

李一泓丈二和尚摸不着头脑:"你耍我是不是? 你扯你那身衣服干什么?!"

郑秀娥急了:"王全贵!你要是敢要李委员,我非跟你离了不可!"

"你住嘴!两个男人协商正经事儿呢,你老娘们儿别乱插言!"王全贵又对李一泓说,"李委员,咱们直来直去吧!我这一身,样子是样子,料子是料子,牌子是牌子,我合计了一下,便宜不了。我来探望我老婆,我老婆她也不会挑我的理!是你们自作主张替我买的,不是我求你们替我买的。我意思是——一会儿我出面摆平他们,但这身衣服,你们就白送我拉倒吧,不许过后再跟我要钱!"

"就这事儿?"

"就这事儿。"

李一泓猛地站起,拽着王全贵便往外走,王全贵大喊:"哎哎哎,不兴强迫啊,你还没给答复呢!"

李一泓扭头扔给他一句话:"不止你穿那身,还要再给你买一身,只要你一会儿表现得像个男人!"

望着二人出了病房,郑秀娥嘟哝:"摊上这么个男人,真是丢死人了!"想了想,她也跑了出去。

县医院台阶门前聚集了十几名"矿物研究所"的人,为首的又是那个带领人抓过郑秀娥的"T血衫"。

"把郑秀娥交出来!"

"你们凭什么关押别人老婆!"

"今天不交人就不行!"

庄主席、肖副院长、徐大姐、小陆和张铭一字排开站在台阶上,防范着对方冲入。

庄主席劝大家说:"大家都沉住气,谁也不要冲动,决不要给对方们胡闹的借口。"

肖副院长问:"要不要通知县公安局?"

庄主席说:"目前还没那个必要。"

徐大姐说:"张铭,你别暴露身份啊,免得激化矛盾。"

张铭点头答道:"明白。"

围观的人渐多,几辆被堵住去路的汽车的喇叭声此起彼伏。

庄主席严肃地说:"郑秀娥是在我们县政协的关怀之下住院的,谁要是说她被关押了,那就是造谣。造谣而且聚众闹事,是要负后果责任的!"

"T血衫"目空一切地踏上了台阶:"你是哪个庙的?我们为什么要信你的话?"

庄主席大声说:"我是县政协主席。"

"嚯,嚯,好大的招牌!一个县嘛,也好意思把主席两个字说出口!什么级?你站得再高,不就是一个处级吗?"

"如果你觉得我还不够级别跟你说话,那么我们当中还有一位全国政协委员。"

"哪位啊,请站出来结识结识吧。"

徐大姐不动声色地说:"我。咱们结识过了。郑秀娥是王全贵的妻子,你却带着些人冲击医院,你想要干什么啊?"

"老太太,先别管我想要干什么,我才不信中国那么大地方,一位全国政协委员会跑到这犄角旮旯的小县城来!游山玩水也不该往这儿游哇!""T血衫"转身问他带来的人,"你们说是不是啊?"

他带来的人哄然大笑。

"老太太,既然你当众说你是全国政协委员,那么请亮出证件来吧。亮不出来,你就是一个冒充的。"

小陆冷声说:"你不配看!"

"小陆,别这么说话。"徐大姐盯着"T血衫","你很有心机,看出了我没带在身上,所以刁难我是不是?而我只能这么回答你,我这会儿确实没带在身上。如果带在身上了,一定请你看。我们政协委员是有责任替老百姓说话的人,所以我们从来不怕让老百姓知道我们的身份。"

徐大姐说时,"T血衫"直劲挑衅地往前凑。张铭上前护住徐大姐,低声然而严厉地警告:"别再往前凑,小心我对你不客气!"

"他,他就是一名公安!""T血衫"转身问自己带来的人,"你们都见过他亮警官证是不是?还见过他们车上放警灯是不是?"

然而那些人的心理起了变化,都不再叫嚷了,静默了,仿佛也变成了观看者。

小陆得意地说:"大姐,你的话对他们起作用了。"

"T血衫"回头不满地冲他手下的人喊:"问你们话呢,都他妈哑巴啦?"

他手下的人中有一个壮着胆子说:"人家那老太太说得在理,郑秀娥是王全贵的老婆,又不是咱们大家伙的老婆,咱们跑这儿起的什么哄啊!"

"T血衫"恼羞成怒:"你他妈给我闭嘴!不想再干了呀?"

肖副院长说:"要不这样行不行,你们推举一个人跟我进去,看一看郑秀娥是在接受治疗,还是被关押着。"

"少来这套!""T血衫"一招手,"都跟我来!谁不跟着,回去开了谁!见着郑秀娥,别管三七二十一……"

一个冷冷的声音说道:"不管三七二十一,就要把我老婆怎么样啊?"

徐大姐他们闻声朝两旁闪开,王全贵搂着郑秀娥的肩出现在最高一级台阶上。

"T血衫"一个劲儿眨巴眼睛,张口结舌。他带来的人也都一个个看傻了,呆若木鸡。

李一泓闪到一旁。

"T血衫"从愣神状态缓过来了,讪笑道:"王全贵,全贵呀,你看你,这事儿办的。你来这儿,怎么也不打个招呼呢?"

"打招呼?跟谁打招呼?"

"当然是……"

"当然是跟你？"

"不止我，还有，所长，你不打招呼太不对了吧？"

"我来这儿找我自己的老婆，犯得着跟你们打个招呼吗？"

"你这话就太忘恩负义了！每次你老婆的疯病一犯，不都是我带伙人帮你抓回来的嘛！"

"呸！你老婆才是疯子呢！你们全家都是疯子！你们那几个坏人不得好死！天打五雷轰！我好端端的老婆，你们造谣她疯了。还从医院开出假诊断书骗我！还到处贴告示，让许多人都相信我老婆疯了。你捎话回去，老子不在你们那地方干了！"

"你！你你你……每月给你开两千多元钱，还不让你干活……"

王全贵打断他："那是因为你们心里有鬼！"

"你血口喷人！诽谤！你得退钱！"

王全贵踏下了一级台阶："退钱？老子一分钱都不退！你捎话回去，我还要告那个王八蛋所长！是他指使你这种坏人，出歪主意迫害我老婆！到时候你也逃不了干系！"

"T血衫"退下了一级台阶，王全贵跟着又踏下了一级台阶："他就是皇亲国戚，就是一跺脚地动山摇的人，我也非告他不可！"

"好小子，叫板！捋老虎须是不是？咱们先回去！""T血衫"一转身，愣住了——他带来的人，早已不知何时走光了。

庄主席这时也踏下了台阶，走到他跟前，不温不火地说："我也麻烦你捎个话给你们所长，明天或者后天，我将带着几位政协委员到你们那儿去视察。"

"我们那儿……我们那儿一向谢绝参观！"

"我没说参观，我明明说的是视察！"

"T血衫"张张嘴，不知说什么好。

庄主席又补充说："这是经过省政协批准的一次视察。"

"T血衫"终于明智地说："明白明白，请放心请放心。"

王全贵却亢奋地逐一大声问李一泓他们："哎,我够不够男人? 你们说我够不够男人? "

没人理他,王全贵颇觉兴味索然,讨个没趣,又搭讪地问他老婆:"秀娥,他们不说你说! 总得有人给我个公正的评价嘛! "

"评你奶奶个头! "郑秀娥一扭身跑回去了。

王全贵愣了一下,嘟哝道:"这年头,连从自己老婆那儿也难得一句公正话了——奶奶个头? 为什么不说爷爷个头? "

县医院会议室。

徐大姐说:"几次占用你们会议室了,真是给你添麻烦了。"

肖副院长笑着说:"大姐别客气,会议室嘛,就是开会的地方啊。"

桌上已摆着烟灰缸了,李一泓掏出烟来,惭愧地说:"庄主席,你有什么好法子能使人戒烟吗? "

"已经成习惯了,就别戒了,每天给自己规定个限量就行了。"庄主席又耳语道,"一个人吸,不好意思是吧? "

李一泓笑了:"有点儿。"

"我偶尔也吸一支,我陪你。"

李一泓赶紧递烟,并按着打火机,心怀敬意地为庄主席点着烟。

小陆对张铭悄语:"他俩都吸了,你想吸,也吸吧。"

"有女士在身旁,我不吸。"

"我不嫌烟味儿,以前我丈夫也吸烟。"

"你丈夫也是位博士吧? "

小陆淡淡地说:"嗯,学法律的。但我们离了。"

张铭不禁诧异地转脸看她,小陆又耳语道:"现在我看上咱们组长了,他那张脸挺有味儿的,是吧? "说完,望着李一泓一笑。

张铭的目光也不禁投向李一泓——李一泓在低头看自己的记事本,侧面确实很酷。

庄主席感慨地说："徐大姐,你看咱们全国政协委员、省政协委员、市政协委员,还有我们县政协的委员,都聚在一起了,这样的时候不多啊!"

"是啊,所以这会儿心里暖烘烘的。"

"大姐,向你作检讨。刚才也没征求你们的意见,我就把要到他们那儿去的事给说了。领头的那个人太嚣张了,我想煞煞他的蛮横。忍了几忍,一时没忍住。"

"你那么对他来两句,很有必要,我支持。反正咱们总是要去的嘛。一泓啊,你看咱们是明天呢,还是后天呢?"

李一泓吸了口烟:"听听大家的想法吧。"

小陆提议:"干脆明天上午就去吧。早去,早摸清情况。"

李一泓点点头:"那就这么定了。今天下午,咱们休息!"

散了会,小陆和张铭逛商场去了,张铭要买一只花书包。

"比省城便宜七八元钱,我不能空手回去,我女儿该换书包了。"张铭左挑右拣。

"女儿上学了?"

"都六级了,明年就是中学生了。"

"瞎说! 就你,会有那么大的女儿?"

"事实上就是有嘛!"张铭又对服务员说,"那个花色更好看,就买那个吧!"

小陆一副怅然若失的表情,呆呆地看着张铭。

买完书包,小陆拉着张铭到大露天茶棚喝茶。

"我以为,你还没结婚呢。"小陆涩涩地问。

"我是没结婚啊!"

"那你怎么会有女儿呢?"

"我女儿,她的生母,目前仍在监狱里服刑。那女人由于长期受丈夫虐待,把她丈夫给杀了。那个案子是我们省厅一位老警员破的。那女人入狱前,请示我们那位老警员替她去找到女儿,并且替她抚养成人。我们那位老警员居然答应了,我想这也是出于对那母亲的同情。我们公安干警有时对某些罪犯的心理是很矛盾的。我们也是人,不是司法机器的部件,能引起别人同情的,当然也会引起我们的同情。可当时那女人已经把孩子送人了,还是由第三方转送的,找起来那个难。比冉·阿让找柯赛特还难。同事们都帮着找,真找到了。"

一对少女走来,其中一个手持二胡,怯怯地问:"点歌吗?"

小陆摇头,一双少女离去,转向别的茶客去了。

张铭望着一对少女,忧郁地说:"如果找不到,不知我女儿的人生将会怎样。"

"那孩子,怎么就成了你女儿呢?"

"我们那位老警员,在一次执行任务的时候牺牲了。后来同事们就轮流抚养。那一年我刚参加工作,主动争取了一次抚养机会。我父母那一年还在世,二老可喜欢那孩子了。结果,就舍不得再让别的同事们领走了。这种事,你能理解吗?"

"能。"小陆不由握了张铭的手一下,低声问,"你女儿,叫什么名字?"

"欣然。"

小陆用手指在桌上写出"欣然"两个字,问:"这两个字?"

张铭点头:"我父亲给起的,随我的姓了。"

"那,你一离开家,谁照顾她?"

"让她住我姐家。我这一代,就我们姐弟两个。我姐姐也喜欢她。我女儿可懂事儿了。"他习惯地摸了一下衣兜。

"想吸烟了吧?"

"不能在女士对面吸烟。"

"你可真见外。"

"不是见外,是尊敬。"

"我就这么值得你尊敬？"

"对。"

"因为我是政协委员？"

"有这一种原因。"

"还因为我是博士？"

"也是原因之一。"

"那最主要的原因是什么？"

张铭定定地望了她片刻，忽然不好意思地笑了，摇摇头："不告诉你。哎，你这不成了审问我了嘛！"

小陆也笑了："不告诉拉倒！问你点隐私啊，你张大哥可别介意——你多大了？"

"这算哪门子隐私！三十二。"

小陆瞪大了眼睛："我靠！"

张铭因为她说粗口，也瞪大了眼睛。

"闹半天你比我还小三岁！我一路口口声声叫你大哥，叫得那个嘴甜劲儿的，我亏死了！"

"都因为我长得老呗！"

"我可没说你长得老！你小伙子很帅，警服一穿肯定更帅！我是觉得，你……给人的感觉太成熟了。尤其，会给我们女人那么一种印象。"

"可我的老同事们，还总说我不够成熟。"

"别听他们的，再成熟就'漏'了！你的成熟恰到好处，是我们女人都挺喜欢的那么一种。"

张铭又不好意思地笑了，小陆目光温暖地看着他；他一抬头，小陆也不好意思了，低下头去，掩饰地呷了一口茶。

二人缓缓走在一条僻静的小巷里，张铭轻声说："不管到了大城市小城市，我都喜欢寻找这样的小街小巷走走。"

"我也是。再问你个冒昧的问题啊，你有对象吗？"

"处过两个,都没成。搞得我对自己也缺少信心了。"

"别。那是她们没眼光。说来听听,想找什么样的?"

"一般人呗,能踏踏实实稳稳重重和我居家过日子的就行。"

"别含糊其辞的,说说形象要求。"

张铭站住了,打量着小陆:"你也想给我介绍对象了? 真荣幸。像你这样的我就心满意足了,但可千万别给我介绍一位女博士啊!"

"女博士怎么了?"

"压抑。别人我介绍的第二个对象,硕士还没毕业呢,就总是批评我没文化了。我怎么就没文化了? 我也是警官大学毕业! 还没处热乎呢,就开始催着我帮她把户口落在省城。"

小陆脱口而出:"我可不存在户口问题!"

张铭不由一愣,小陆害羞了:"开玩笑,开玩笑。"

张铭也憨憨地笑了:"你一害羞,再一笑,挺好看。和你这一位政协委员在一起,我不觉得拘束。"

两个信步走到了古玩街,小陆挑选了一枚玉石烟嘴,等她付完钱,一转身,不见了张铭。

"张铭大哥! 张铭大哥!"小陆叫了两声不叫了,她记起了自己的话,"闹半天你比我还小三岁。"看着手中烟嘴,发起呆来。

张铭来到她身旁,调侃道:"听到你又喊大哥了,我能把你丢了吗?"

"美得你! 看,我给你买了个玉石烟嘴儿。"

张铭接过去,看看,说:"喜欢!"就要往嘴上叼。

"别! 不卫生。先揣兜里,回宾馆好好洗洗再用。"

张铭将烟嘴揣了,说:"我也给你买了一只玉手镯。管它真玉假玉,戴着不凉快嘛!"

小陆却不接,伸出一只手,意思是让张铭给她戴上,张铭毫不犹豫地就给她戴上了。

原本阴沉的天终于耐不住了寂寞,淅淅沥沥地下起了小雨,把张铭和小陆赶到一处宽檐下避雨。

"陆委员,你那话真的假的?"

"哪句话?"小陆期待地看着张铭,想起了自己那句"我可不存在户口问题"。

"就是你说的,你喜欢上了咱们李委员。"

小陆失望了,甚至有些生气地:"当然是玩笑话啦!你连玩笑话也听不出不呀?"

张铭却一厢情愿地陷于"老大哥"的责任感中难以自拔,用手掌接着檐滴雨珠,爱情专家似的说:"喜欢上了一个男人起初不肯说出口,一旦暴露了心思又狡辩,说是开玩笑——不少女士在爱情方面都有这个心理过程,这在心理学现象上叫'自我抵抗规律',对爱和对死一样,我们大多数人都受此规律困扰过,女人尤其如此。我相信是博士是政协委员的女人也不例外。'张铭大哥'那也不能被白叫,做大哥要有做大哥的样子。所以呢,我决定做你和咱们李委员之间的红娘,有机会我替你试探试探他,调研成果和爱情成果那也可以是兼收并取的嘛……"

他一扭头,小陆却已独自离开,行在细雨远处了。

张铭愣了愣,跑步追上去,小陆自顾自地走,不理会他,他只好倒退着走在小陆身旁解释。在经过一处卖伞的摊床时,张铭很快地买了一把伞,又追上小陆,依旧倒退着走,却把伞撑在小陆的头上。

小陆赌气地将他推开,张铭韧劲十足地再次靠上来,小陆又将他推开……如是者三,小陆才罢了休。

第二十四章

宾馆房间里,徐大姐在看小陆电脑里那篇《关于我省贫困农村现状的调研报告及提案》的初稿,屏幕上出现几行标题:

一、教育问题

二、环境污染问题

三、家园留守农可持续的农业生产问题

四、地方不正当权力侵犯农民权益的问题

五、"反哺农村"不能仅仅成为口号

六、雪中急需送炭

窗外忽然传来口琴声,吹的是《十送红军》,哀婉的曲调中沉浮着一个峥嵘的时代,隽永着一种沉淀的深情,涌动着一份缠绵无奈的忧愁……

李一泓伏在阳台上吹着口琴,远处两省交界处的山峦笼罩在一片烟雨中,半截突兀的细长烟囱依稀呈现,只不过,不知为什么不冒烟了。

敲门声传来,他没听见,望着,吹着。敲门声又响了,他终于听到,离开阳台,打开了门。

"大姐,怎么没休息?"

"听到你吹口琴了,被吸引过来了。"

李一泓把徐大姐让进屋:"是我打扰您休息了吧?"

"那倒不是。我要是想睡,神仙都挡不住。"

李一泓指着远处的烟囱说:"您看,上午还在冒烟,现在不冒了。"

"很正常。觉得我们挺不好对付,暂时收敛一下。"徐大姐说着坐在沙发椅上,研究地注视着李一泓,"一泓啊,有心事吧?"

李一泓沉吟了一下,点点头。

"压力很大的心事?"

李一泓沉吟的时间更长了,然而,最终还是点了点头。

"我就猜到了。为公的,还是为私的?"

李一泓想了想,低下头说:"该算为私的吧。"

"能跟大姐说的事吗?"

李一泓抬起头,犹豫地看着徐大姐。

"要是可以跟大姐说,那就说说,兴许大姐能帮上点儿忙。"

"不太好意思跟别人说的那一种事儿。"

"跟大姐说别不好意思,我还会笑话你呀?"徐大姐微微一笑,指指另一只沙发椅,"坐下说。"

"要说,我干脆坐您对面说。"李一泓将口琴放在桌上,坐在床边。

"那么坐着多不舒服,还是坐椅子嘛。"

于是李一泓将另一只沙发椅移至徐大姐对面,坐下的同时,长长地叹了一口气。

"你给我的印象,可不是那种经不起事的男人。"

"大姐,您听说过我们市重点中学的杨校长吗?"

"杨亦柳? 你们市的政协常委,鼎鼎大名。不但听说过,还见过两次。"

"她贪污了一二百万元赞助费,被逮捕了。"

"嗯? 消息确实吗?"

"我小女儿打我手机告诉我的,她亲眼看见她杨阿姨……就是杨校长,被公安人员押上警车。我又打手机问别人,别人也说确有其事。"

"你女儿叫她杨阿姨?"

"嗯。"

"你们……关系不一般?"

"嗯。"

"我想起来了,她现在还独身吧?"

李一泓点点头。

"明白了。杨亦柳,她在你们市几乎是个家喻户晓的人。她要是腐败了,那还不满城风雨,街谈巷议?"

"现在正是这样。而且,连我的名声也受牵连了,网上骂我的话也不少。"

"这你又是怎么知道的?"

"我在县城里找到一家网吧,上网看了一下。"

这次轮到徐大姐沉吟不语了。

李一泓俯下身,双肘支着膝盖,抱着头:"我自己受什么影响,我倒不在乎。可我怕,因为我,因为她,使咱们政协……您想想,我是调研组组长,事情公开了,你们三个会怎么看我啊!咱们辛辛苦苦的调研成果,还会不会被认真对待呢?"

徐大姐没有说话,而是掏出手机,起身到阳台上去打电话。李一泓缓缓抬起头,默默地看着她。

"韩处长,我是徐大姐。我没在省城,在外地调研。身体挺好,谢谢关心……哎,大姐向你打听件事啊,就是你们市重点中学的杨校长,她是犯案了吗? 嗯,啊,啊……明白了……再见。"

徐大姐揣起手机,重新坐在椅子上,说:"我问的是你们市公安局的一位处长,几年前也像小张一样,陪同我们搞过调研的。他说你们市公安局根本没动过杨校长,也没什么理由动她。还说他们也听到了一些传言,也感到纳闷。"

"我还给重点中学打过电话,可他们含糊其辞。显然知道什么实情,却又不愿告诉我。重点中学几乎把我当成公敌了。"

"就因为你反对搞教育政绩工程,反对一花独放,主张雪中送炭,均衡发展教育事业?"

李一泓点头,徐大姐说:"你反对得有理。你的主张也是正确的。他们耿耿于怀,是他们的情绪不对头……"

李一泓打断她:"大姐,先不说那事儿,您认识的人多,求您再向省公安厅打听打听吧!"

徐大姐为难地说:"这……不瞒你,公安厅的厅长副厅长我也是认识的。但这种电话,大姐再不能打了。如果真是省厅直接抓的案子,冒失的做法,不就有干扰人家工作之嫌了吗?那不正像你所担忧的,会使我们政协委员的整体形象受损吗?"

"那,我求小张打听打听怎么样?"

徐大姐摇头道:"不是同样为难人家小张吗?再说,小张知道了,小陆委员可能也就知道了。咱们的调研任务还没结束呢,多不合适啊?"

李一泓就又俯下身去,抱住了头。

"我看出来了,你和那位杨校长关系很深。"

"我爱她。就是现在,我也没法要求自己不爱她。"

"除了你自己,没谁再有权利那么要求你。"

"我宁可政协委员不当了,也要等她刑满出来。"

徐大姐严肃地说:"一泓,你抬起头来。"

李一泓抬起头来,却看着别处。

"你看看我。"

李一泓缓缓将脸转过来,徐大姐语重心长地说:"一泓啊,如果大姐说,你根本不应该受困扰,那是大姐不对,也不算是句人话。人话在该有人味的时候,那是必须有人味的。但如果你被这一件事搞得魂不守舍,你还怎么继续当我们这个调研组的组长？咱们接下来还要去那个研究所一探究竟呀,回去还要一块儿整理调研材料啊,还要形成正式报告,还要一起向省委和省政协汇报啊!"

"大姐,替我给主席打个电话,说我决定把组长辞了!"

"我更不会替你打这种电话。"

李一泓伸出手:"那借我手机,告诉我号码,我自己打。辞了,我明天就去省城,我自己到省公安厅去问个究竟!"

"不借!"徐大姐坚拒,与李一泓互相瞪视着。

李一泓猛地站起,跺了跺脚,猛挥手臂,激动与压抑充塞着他的胸腔,他感觉沾惹一星半点的火花自己就会爆炸。

"你给我坐下。"

李一泓呆呆地看着她,极力控制自己的情绪。

"我叫你坐下!"

李一泓终于又不情愿地坐下了。

"糊涂! 胡闹! 我问你,你对杨校长,有多少了解?"

"没有我不了解的方面!"

"不见得吧? 每一个人都不要自以为对别人了解得很全面,很彻底,包括关系最亲爱的人之间也是如此。现在你听大姐讲讲我所了解的杨校长啊——我第一次见到她,是在你们市政协。那一次我带队,和几位全国政协委员、省政协委员到你们市视察古建筑保护问题,日程表上有两次市领导的宴请,一次郊区景点游览,还有一次民俗风情演唱会。在同你们市的几位政协委员座谈时,她最后一个发言。没想到,她把所有人都搞得很尴尬,面面相觑。我第一尴尬,你们蒋副主席第二尴尬。"

徐大姐娓娓道来,把李一泓的思绪牵引到了她两次与杨亦柳会面时的情景……

杨亦柳义正词严地说:"各位视察团的委员,首先我想说,不论全国委员、省市委员，还是县委员，我们都是平等的——也应该是平等的。我们的区别仅仅在于，在不同的平台上参政议政罢了。基于这种平等的原则，我要给你们视察团提几点意见：一、你们谁能说出你们要到郊区景点去游览的正当理由？是视察团，又不是旅游团，游的什么景点？要想游本地景点的，视察结束以后，自费再来。那时我愿意亲自给你们当向导。二、看的什么演出啊？这可是视察团领队提出的要求，不是我们市里的主动安排。二十来个人，专为你们演出一场，现在是市场经济时代，要为你们付场地费、演出费的！怕你们觉得冷清，还要专门动员些人、组织些人烘托会场人气！我们市委市政府市政协市人大的某些领导，还得出于礼节陪同观看！据我所知，他们最近都很忙，并不情愿。三、各位是前来指导古建筑保护的，我们市属地界内，古建筑物确实不少，非常需要专家的视察指导。但是我刚才从各位的发言中听出，你们中称得上内行的人也就几位，够不够得上是专家姑且不论。既不是内行，又不是专家，跟来干什么？你们讲的那些，常识而已，还不及我们本市的专门人士谈得有见地。我劝这样的委员同志，以后不要跟随某个团东视察西视察了，在自己所属的平台上有责任感有使命感地参好政、议好政，那就对得起'政协委员'四个字了。"

"亦柳同志，杨亦柳同志，现在到吃饭的时间了，你的意见……"蒋副主席抬腕指指手表。

"蒋副主席您甭打算制止我，又不是逃荒的，吃饭晚几分钟有什么关系？我最多再说一分钟——附带我也要给市里的领导们提一条意见。既然你们忙，干吗还要宴请两次？市委和市政府的宴请合为一次，取消一次行不行？最后……"杨亦柳从桌下拎起了一个大布袋，"这是准备送给视察团各位委员的，里面都是什么我也不清楚，钞票金砖肯定是没有了。但那也是三四百元的东西，二十来个人我们就得花六千至八千元。我劝诸位表个态，别要了，替我们市政协机关把这一笔招待费省下吧！我们省下了，可以捐给贫困农村的学校。"

不等她说完,有些视察团的委员已经离开座位走出去了。一位老委员边走边嘟囔:"岂有此理,这成何体统?!"

蒋副主席在对徐大姐说:"大姐,请您多多包涵。请一定要替我向视察团的委员们解释,我们这一位杨亦柳委员,她性格就是这么直,真拿她没办法。其实她本质上是一位很好的同志。"

徐大姐冷冷地说:"我带来的,也都是本质上很好的同志。虽然并不都是专家或内行,但都是出于对保护古建筑问题的关心才来的。"

"对不起,真对不起。这事儿闹的!"

"对不起的话就不必说了,类似的场面,我也不止一次经历了。你们市政协,有了个杨亦柳,我看你这位副主席以后难堪的时候多了。"

会议不宣而散,人们纷纷站起,一个个面无表情地往外走。徐大姐说完,也起身走了。

蒋副主席生气地喊:"杨亦柳,你给我过来!"

杨亦柳走到了蒋副主席跟前,若无其事地问:"主席,有何指示?"

蒋副主席光火地说:"你还想不想当了?!"

杨亦柳也生气了:"你这是什么话!当初不是我削尖了脑袋非要当的,是你们希望我当的!如果现在你们觉得我不太听话了,使你们反感了,那好啊,两便吧!你说打算什么时候收回委员证,我一定亲自来交!"

蒋副主席被噎得说不出话来。徐大姐不由得站住,半转身,冷冷地看着杨亦柳。两位不同性格、不同家庭背景、不同思想方式的女委员的目光对视了。杨亦柳毫不留情地说:"政协委员也不能是只善于批评别人、没有自省精神的人!"她边说边从徐大姐身旁走过。

另一次是个相当郑重的研讨会,一身西服的杨亦柳,从容不迫,镇定而又自信,不时地以手势加强她的语言影响力,与和李一泓单独在一起的那个杨亦柳判若两人:

"各位委员,最后我要强调指出的是——权力这一种人类社会的特殊之力，一经体现在那些甘为大多数人的幸福、合法运用它的人身上，那么便也体现出了权力的美感。故我认为，'权力美学'这一概念，像文艺美学的概念一样，是可以成立的。在此我想举几个例子——法国无产阶级革命的领袖马拉，虽曾掌握重权，可从没有运用权力为自己或亲人谋过半点私利。所以法国人民称他为'不可腐蚀者'。印度的甘地，也是因此而被获得诺贝尔文学奖的印度诗人泰戈尔誉为'圣雄甘地'的。一九四九年中华人民共和国的开国大典上，有一位身着当时最便宜的平纹布长衫、白须冉冉的老人，他便是中国民主同盟的第二任主席张澜先生，他曾被四川人民誉为'巴蜀圣人'。他也是我们中国的一位'不可腐蚀者'。他们使权力变美了，权力也使他们变得更可敬了。毛泽东同志当年曾当面心悦诚服地对张澜先生说：'表老，你很好，你的德更好。'本人认为，毛泽东这里所言之德，既指政治品德，也指个人修养品德。本人又认为，我们一向考察干部、培养干部的标准，有时未免只重前德，不重后德，甚至忽视后德。更甚至有一种错误的观点，觉得一名干部只要符合前德标准，那就肯定是一名全德干部了。但是须知，一个人如果没有后一种德来从人生修养上自己提升、自我完成，前一种德完全是可以伪装出来的。这样的干部，往往一跌跟头，便跌到金钱美女、纸醉金迷、吃喝玩乐这等人生修养的底线以下去了。所以我再一次重申我的观点，所谓政治表现，绝不可以代替一个人品德的全部实质。高尚健康的人生观之教育、私德修养的培养，在执政党内应该大力提倡。为了全中国人民都过上好日子，我们需要很多很多的'不可腐蚀者'！"

杨亦柳离开演说台时，响起了热烈的掌声，徐大姐也不由自主地鼓起掌。

会间休息，徐大姐走到杨亦柳跟前，主动伸出手："正式认识一下吧，我叫徐萌。"

杨亦柳有点意外，略一迟豫，握住了徐大姐的手，真诚地说："那以后我也可以叫您大姐喽？"

"是我最愿意听到的称呼。"徐大姐微笑着放开杨亦柳的手,"你的发言挺好。我也那么想过——古代的不说,就说近代吧,许多投身政治的知识分子,立场虽不一定是红色的,但在个人品德和修养方面,却不能不令人尊敬。而我们当今的官员,也许昨天在所谓政治平台上还红得发紫,明天一旦东窗事发,却原来生活方式堕落不堪,令人嗤之以鼻,马尾拴豆腐,提不起来了。"

"修身、治国、平天下的古训对他们影响很深。修身是第一位的,是对自己的首要要求。现在的某些人,讲的不是修身之本,而是政治上的修炼之术。"

徐大姐听得频频点头。

"大姐,我一直想找个机会当面请求您的原谅,上一次那件事我未免小题大做了。"

"那倒也不能说是小题大做。过去的事了,以后就不提了,啊?我问你,你们蒋副主席,他没制裁你吧?"

杨亦柳笑了:"怎么会呢,其实他对我很爱护,有的时候,简直还有点庇护。别看他生气起来对我怪凶的,暗中是我的保护神。"

徐大姐也笑了:"那就好。政协需要你这样的委员。我们政协,也不能成为谦谦君子委员会。该拍桌子的时候,得有人拍桌子。该不讲情面的时候,得有人不讲情面。所以我认为,你当然是特别需要爱护的。今后你要是受了什么误解,蒋副主席保护不了你了,就找我,啊?"

杨亦柳感激地说:"想不到大姐是这么宽宏的人,难怪许多委员说到您,都……"

"打住,别说了。再说,就是相互吹捧了。不过,也希望你能记住大姐一句话——批评是需要讲求方法的,批判更是需要讲求策略的。如果我没记错的话,连鲁迅都是这么主张的。"徐大姐叫住了一个人,"来来来,为我们拍一张照。"

在庄严的"反腐倡廉"研讨会之会标的衬托下,二人合了一张影。

杨亦柳说:"再来一张,再来一张,我眨眼了!"

……

"一泓,我讲的这些,你也了解吗?"

李一泓摇头:"连听说都没听说过。"

"我是这样想的——如果说杨亦柳在领导和管理你们市的重点中学方面,有什么发展理念上的偏差,有什么违反规定的地方,甚至有什么私心杂念,比如求功心切的思想,这我都能相信。我们也偶尔通通电话,她向我诉说过她的种种难处和苦衷。我觉得,她是有点儿把重点中学当成她的独生子女了,像望子成龙望女成凤的父母一样,新松恨不高千尺。这么一来,工作方面上独断专行,大概也是免不了的。这些都可能。但如果说她贪污、受贿,而且数额多达一二百万,我比较怀疑。"

李一泓的情绪已经平静了些,说:"起初我也怀疑,可是不知怎么一来,就深信不疑了。"

"她还骑自行车上下班吧?"

李一泓点头。

"我还知道一件事情,省城有位老板,要把女儿塞入你们市的重点中学。她亲自面试了那女孩子一番,认为很聪明,就收了,还破例免了赞助费。当爸的那个感激,一大方,买了辆小汽车,亲自开到你们市去了,打算赠给杨校长,结果反被杨校长狠狠训了一通。"

"这件事,我也听她跟我讲过。她说她对钱没感觉,就像盲人对颜色没感觉。"

"我挺相信她是这么一种女人。除非……"

"除非什么?"

"除非她……太善于做戏了,你认为她善于做戏吗?"

"大姐,我李一泓能深深爱上那样的女人吗?"

"这不得了嘛!网上既是一个无风不起浪的地方,也是一个谣言滋生的地方。在事实还不清楚之前,大姐劝你千万不要思想负担太重。咱们一回到省城,大姐一定替你侧面打探打探虚实,啊?"

"大姐,您说女人……会不会为了她所爱的男人,为了他们两个,一时糊涂……"

"我明白你的意思。当然会。但有一个前提,除非那个男人暗示过她。"

李一泓受辱地叫起来:"我李一泓怎么会是那种男人!"

"说得是啊!"

小陆和张铭大袋小袋地回来了,小陆进门就喊:"满载而归!大姐、组长,你们人人有份儿!"

张铭则将拿在手中的几支糖葫芦,分给每人一支。

徐大姐拿着糖葫芦说:"谢谢小张还想着我俩啊!"

"别谢我,是陆委员买的。"

"不是该吃晚饭了嘛,酸甜开胃。"

李一泓看看挺大个儿的头一颗山楂,一口咬下来,眉头皱了起来——从嘴里酸到心里。

四人来到饭厅里,李一泓说:"大姐,我想要一瓶啤酒。"

"要吧,我不反对。"

"小张,你也来一瓶,陪陪我。"

"好啊!"

"你们二位呢?"李一泓问徐大姐和小陆,两个人都摇头。

啤酒上来了,李一泓与张铭碰碰杯,各自一饮而尽,不过这酒下到肚里到底是什么滋味,就只有他们两人自知了。

徐大姐发现了小陆腕上的玉镯,问:"这玉镯颜色挺好,今天买的?"

"张铭买了送给我的。"

"不是叫大哥的吗?怎么又直呼其名了?"

"以后再也不叫他大哥了,他比我小。"

"嗯?"徐大姐认真地端详小陆,再端详张铭,"实事求是地讲,还是觉得你比她大。"

小陆笑了:"这话我爱听。"

"她只比我大三岁,一路提醒我以后叫她姐。"

李一泓一直在默默吃饭,显然根本没听他们在说些什么,不一会儿他的酒瓶空了,酒杯也空了。

"组长怎么了呀,心事重重的!"小陆忍不住问。

"我?没什么心事啊!尽瞎猜,不信你问大姐。"

"一个人有没有心事,只有他自己最清楚,别人怎么会知道。"

"叫你别乱猜,你还非乱猜不可啊!"李一泓烦躁地说。

徐大姐劝道:"一泓,闲聊天嘛,你认得什么真呢。"

李一泓却将筷子一放,起身道:"我饱了,不奉陪了。"

小陆也将筷子一放,几乎哭了:"大姐你看他!"

徐大姐安慰小陆:"你原谅他,下午我批评了他几句。"

李一泓回到房间,重重往床上一躺,刚躺下,有人敲门。

"进来!"

张铭进来了,说:"组长,你不对啊!"

李一泓坐起来,没听明白似的呆呆看着张铭。

"反正你那么对待小陆委员,就是不对。"

李一泓又仰躺下去了,张铭忽然说:"难道你就没有感觉出来,小陆委员她对你挺有意思的吗?"

"她对我能有什么意思?"

张铭被反问得一愣,自言自语:"是啊,我也没感觉出来……可她目前是一位单身女性,而且各方面相当优秀,你总不能回避这样一个事实吧?"

李一泓一个鲤鱼打挺站了起来,叉着腰说:"亲爱的同志,一瓶啤酒你就醉了?"

"我没醉。"张铭掏那个玉石烟嘴,往桌上一放,"小陆委员给你买的！"

李一泓看一眼："我收下，替我谢谢她。刚才也是我不对，替我请求她的原谅！"

"你应该自己谢她，也应该自己请求她原谅。"

"好好好，我自己。"李一泓往外推张铭，"我说亲爱的同志，我有点困，想要早早休息，你也回房间早点休息，啊？"

张铭望着关上的房门，自语："也是一个心理抵抗主义者。"

房间里，李一泓关了灯，又重重地往床上一躺，嘟哝："莫名其妙！"

第二天上午，去"矿物研究所"前，李一泓四个人分配好了任务：小陆主要询问环境污染方面的问题；庄主席询问一下对方们买下这一带山地的手续过程；李一泓问他们的研究内容；徐大姐想问什么就问什么，不想问，就听其他三个人问，听对方答，暗暗分析。

面包车正行驶在山间的路上，王全贵和郑秀娥突然出现在前方路边，面包车缓缓停住了。

李一泓探出头，问："你们在这儿干什么？"

王全贵和郑秀娥走上前来说："我和我老婆也跟你们去，如果他们骗你们，我俩可以当场揭发。"

小陆也探出头，问郑秀娥："肖副院长不是答应了，可以让你免费住几天院，好好恢复一下身体吗？偷跑出来的吧？"

郑秀娥点头，王全贵说："你们那么爱护我们，我们也想报答你们。"

郑秀娥也说："就让我俩也去吧！"

李一泓缩回头，征求徐大姐的意见，徐大姐问坐在身旁的庄主席："你看呢？"

庄主席说："事情挺复杂，最好先不要让两个弱势的百姓卷入进来。"

徐大姐向李一泓摇头，李一泓又将头探出车外："你们两个，一个都不要跟去。我们认为没必要，你们的好意我们心领了。如果我们需要你们的协助,一定会跟你们说的。王全贵,现在你服从我,把秀娥送回医院去。她偷跑出来,肖副院长找不到她,不着急吗?"

"他们最会瞎忽悠了! 如果我俩不去……"

"即使你们俩不去,我们也知道怎么对付最会瞎忽悠的人。别多说了,闪开,让车开过去。"

王全贵拉着郑秀娥的手,默默退到路边,面包车又向前开去。

面包车开到了"矿物研究所"的大铁门前,就见门两旁各站三个身材窈窕、穿艳丽旗袍的女郎。

小陆诧异地说:"难怪没在县城里看到漂亮姑娘,感情都被招这儿来了!"

众人下车,女郎们训练有素地鞠躬,问好。一位更靓的着西服套装的女郎快步迎上前来,笑容迷人地说:"各位委员辛苦了! 我们董事长已在会客室恭候诸位。"

众人跟随女郎身后向主楼走去。大家看到,门阶上方高悬着"热烈欢迎各级政协委员视察"的条幅;门旁也立着欢迎板,其上写的是:"支持政协工作,接受批评指导!"

关向辉还是穿着那一套白西装迎了出来,他说着"欢迎""辛苦"之类的话,与李一泓等人一一握手。引路女郎已将会议室的门打开,他彬彬有礼地将大家请了进去。

关向辉请大家就座,一人发了一张名片,自我介绍说:"鄙人姓关,关向辉。投资新的行业,没有经验,还请各位委员多多关照。"

引路女郎为众人沏茶时,关向辉也坐下了,一腿压一腿,很显派的一种坐法。

李一泓一一向他介绍了庄主席、徐大姐、小陆和张铭,关向辉像大领导干部一样矜持地点点头,先声夺人地说:"我们这里的雇工向我汇报,说是和诸位委员之间发生了一些小小的误会。诸位委员不是来兴师问罪的吧?"

李一泓客气地说:"董事长,我们只不过有些问题想当面请教您,还望您能使我们解惑。"

"可以,可以,我保证,有问必答。"

小陆问:"董事长,你们这个矿物研究所,是研究一切矿的所呢,还是只研究某一种或某几种矿的所?"

关向辉轻挠下巴,字斟句酌地说:"矿务研究所嘛,当然对一切矿都感兴趣了。但是目前,我们仅对几种矿感兴趣。"

"那是几种什么矿?"小陆追问道:

"这个嘛,各位须知,我们这是一个民营股份单位。你提的问题,涉及我们的研究机密。我虽然身为董事长,不经董事会授权,那也是不能随便泄露研究机密的。抱歉,抱歉。"

"但是你们这里,产生了严重的污染。污染了省界那边的河流水系以及空气质量。还致使省界那边的一个茶村的茶叶质量深受其害,再这样下去,茶农们没法种茶了。董事长,您认为你们对此应该负有责任吗?"

"这是表面现象。实际上,我们正在做的是有利于治理环境污染的好事。投资不小,至今一无回报。我们明明是在做着接近于公益的事,却还要遭到误解,有时候想想,真是自觉悲哀啊!"

"哦?这我就听不懂了,请您再加解释。"

"空气污染,我们当然看到了。河流污染,我们当然也看到了。但那是必需的。我们正在研发一种产品,将来它一经问世,这类污染那类污染,迎刃而解。而在此之前,先得有意制造点污染。好比要研发一种良药,先要往小白鼠身上注射病毒,必需的时候,甚至要往人体注射病毒。只有先验明了毒性的程度,才能接着验明解毒的效果嘛!"

"不用问,这也是你们的机密喽?"

"正是。"

"可凭什么让大小几个村的茶农无辜受害?他们又不是小白鼠。"

"是啊是啊,他们确实不是小白鼠。将来,我们会补偿他们的损失的。"

"将来是哪一天?"小陆紧追不放。

"我们研发成功那一天,我没法回答您一个准确的日子。"

"如果你们的研发不成功呢?"

关向辉又挠下巴:"这个嘛,但愿会成功吧。"

"我的问题是,不成功怎么办?"

关向辉油滑地笑了:"我觉得,不像视察,像审查了。"

"我们有责任为那些茶农代言,我个人也喜欢单刀直入。"

李一泓与徐大姐对视一眼,都暗自点头,庄主席则在小本上记着什么。张铭注视着小陆的侧面,不禁对她刮目相看了。

"果然落那么个结果,那谁也没办法了。"

"也就是说,茶农们活该倒霉喽?"

"那我们不也是哑巴吃黄连,有苦说不出吗?"

"现在已经被严重污染的河流,那也就只有由政府投资治理喽?"

"这个我们和平德县的领导们达成过协议的,到时候他们会替我们处理结局的。"

"白纸黑字?县里掏钱治理污染?县里也替你们掏钱补偿茶农?"

关向辉支吾了:"没那么具体,口头的,只不过一种意向。"

"你们是怎么达成的?"

关向辉又油滑地笑了:"您这么接二连三地一问,气氛太严肃了。大家用茶,用茶呀!"

小陆不吃他这一套:"最后一个问题,你们和平德县的官员们相互达成了什么承诺,怎么达成的,暂且不论。可一切内幕,几个村的茶农们知道吗?"

"气氛都被您搞得有点儿紧张了……"

"我可没紧张,我们其他几位委员肯定也不紧张。我在恭听您的回答。"

"那么,我的回答是——我们没什么必要直接去面对茶农,这是平德县领导们决定该怎么不该怎么的事。"

小陆向庄主席丢了个眼色,庄主席开口说道:"董事长,我接着请教几个问题啊。"

关向辉皱皱眉,有点儿不耐烦地说:"你们的陆委员刚才不是说,最后一个问题吗?"

"那是她问的最后一个问题,我们各有各的问题。我的问题绝不会使您感到多么严肃紧张,很轻松的问题——关董事长哪儿人?"

"北京啊!"关向辉掏出一只漂亮的打火机,啪的按出一声脆响,慢条斯理地吸着一支烟,见委员们都在望着他,洋洋自得地说,"我的家庭,也可以说是我的家族,那简直就是一个红色家族啊,够写一部长篇小说的了,而且肯定得分上中下三集才能写完。除了我,差不多都是政坛上的权力人物,或者曾经是权力人物。偏偏出了我这么一个不争气的,对权力一点儿都不感兴趣。所以我躲到这荒山野岭中来,一门心思想为中国的环保事业作出一份贡献……哎,各位委员,会吸烟的,你们也可以吸啊。"

"那么,董事长,你们这个所,在北京想必设有总部公司了?"庄主席接着问。

"当然。我们的总部公司,和国家各商业部委都有业务关系。一些当部长的副部长的,都是我祖父当年提拔起来的。"

"如果没什么禁忌的话,董事长可否向我们透露一下,您祖父曾是我们国家的哪一位早期领导人呢?"

关向辉轻蔑地看着庄主席说:"这有所不便吧? 你一位县政协主席,探听这一点干什么呢? 我要是说了,其他几位委员会怎么看我呢?"

"冒昧了。我一个县政协主席,是有点儿不配问。"庄主席微微一笑,话锋一转,"那么,你们这个所,究竟是在本省注册的呢,还是在邻省注册的呢？"

关向辉一愣，沉吟起来。

"据我所知，是在邻省注册的。有一点我挺纳闷，为什么你们这个所，在邻省注的册，却要到省界这一边占地建址呢？"

"因为，因为这个……这个……"

"能回答我们，你们圈占的这一处山地，是经由本省哪一个部门或哪一位领导批准的吗？"

关向辉更不耐烦了，皱着眉，欠起身，又坐下去，分明搪塞道："你问的这些，我没法回答你。你认为，我还会亲自去办理那些俗事吗？都是下边人办理的。我不关心那些俗事，所以没法回答你。"

李一泓等人互相交换了下眼色，这时关向辉反守为攻地说："各位，你们来到我这里，不就是因为那点儿误会引起的吗？"

"董事长，我们之间有什么误会吗？没有吧？"李一泓接口道。

关向辉终于忍不住站了起来，跨到李一泓跟前，居高临下地大声说："怎么没有？郑秀娥和王全贵两口子，我关某人待他们是仁至义尽的。郑秀娥精神有毛病，那也不是我关某人说有就有的！那是医院的诊断。你们没介入以前，我们这儿是很和谐的一个地方！"

他从李一泓跟前走到庄主席跟前，接着说："郑秀娥一犯病，工友们全都帮着王全贵去找！这说明了什么呢？说明了友爱关系嘛，说明了同情心嘛！我是以身作则的嘛！"

他又走到小陆跟前，质问："你们在我这儿随便打听打听，有谁不说我对他们两口子仁至义尽？"

小陆挖苦道："是啊，你每月给王全贵开一份工资，不必他干活，你还每月给他三百元补助。郑秀娥吃的那些治精神病的药，也是你无偿提供的。像你这么好的老板，当今实在是不多了呀。"

"原来一切关系都太太平平，又和谐又融洽。可是你们一介入，事情复杂化了。郑秀娥被当成正常人了，连王全贵也不承认他老婆有精神病了。我的善良被当成了驴肝肺！工友们的好心帮助被当成了为虎作伥，为鬼作祟。政协嘛，本该是促进和谐的嘛！"

李一泓说："您既然主动说到了郑秀娥的事，那我们还想了解一下，是哪里的医院诊断她有精神病的？"

"平德县医院啊，不信你们可去了解嘛！"

李一泓也站了起来，活动着腰身："最近总坐着，腰腿都酸疼了……"

关向辉见状，又倒退回位置那儿坐下去了，一时呆呆地看着李一泓。不料李一泓停止了活动，跨到他跟前，出其不意地说："请告诉我们那一位医生的姓名。"

"这，有必要吗？"

"有必要。"

"我……我也不太清楚。我再善良，毕竟也是一位董事长，我不可能专为一名员工的老婆跑医院！我刚才讲了，我们这里起先是很和谐的地方，人和人之间的关系那是很友爱的。陪着王全贵押着他老婆……啊，不对，我用词不当，送他老婆去医院看病的，都是我们这儿富有同情心的工友们。"

"明白了。可为什么不就近在本县的医院进行诊断，而要越省过界，到邻省那边的县医院去就诊呢？"

"这问我也是白问啊？也许因为，那边有关系，心里更托底吧？现在看病，不是都尽量去有熟人的医院吗？"

"董事长，谢谢你的回答。"李一泓退回座位，坐下了。

关向辉笑了："你们给我的感觉是来者不善，善者不来啊！"

小陆说："我觉得关董事长也非等闲之辈啊！我们呢，有时候只得做不受欢迎的人，敬要来，不敬也要来。来了就要问，问还就争取问个明白。"

"陆委员说话，真是绵里藏针啊！话赶话，既然赶到这儿了，那么我关某人索性打开天窗说亮话吧！您刚才说我也非等闲之人，还真叫您说对了。不过呢,我平时做人很低调的,不显山,不露水。但谁要诚心找我的岔子,那我关某人可也不是好惹的,什么政协委员、人大代表,我见得多了!如今是一个以和为贵的时代。和则顺。不和,我不顺,那找我岔子的人也别想顺。人整人,整死人!整你了,还叫你有苦往肚子里咽!撕破脸了,那接下来不就只剩下比权力背景了吗?比这个,我关某人敢和许多人比!但话又说回来,咱们双方,有什么必要互相伤和气呢?即使两败俱伤,那对咱们双方又有什么益处呢?所以,莫如交交朋友,也以和为贵,是不是啊诸位?"

庄主席感叹道:"真是指点迷津啊!"

始终沉默的徐大姐,此时终于开口了,她语调中立地说:"我说各位委员,咱们一坐下就开始问,轮番地问,想问的都问了。人家关董事长呢,能回答的也都回答了。不便问答的,人家也说了,那是企业机密,我看咱们也就不要再刨根问底了。咱们何不请关董事长带咱们在所里转转,参观参观呢?"

关向辉一拍膝盖:"这位老大姐的话我爱听!老大姐,您这话早该说啊!您早说了,我刚才那番话不就多余说了吗?"

关向辉亲自引领众人离开会议室,下楼时还殷勤地扶着徐大姐的手臂,并讨好地说:"论年龄,其实我该称您阿姨。老委员说出话来,又通情又达理,叫人听了,心里就是舒坦!"

徐大姐微微一笑:"年轻人,你很会奉承人啊!"

在楼外,徐大姐问:"据说,你们也做了些污染处理方面的事情?"

关向辉听了,精神为之一振:"对对,我先带你们看那儿!"他很绅士地做了个请的手势,李一泓随他走出了研究所的大铁门。

小陆发现张铭没有跟随着,回头一看,见张铭在和两名迎宾女郎说话。小陆气呼呼地喊:"张铭!"

张铭大步跟了上来,小陆白他一眼:"别一见了漂亮女孩子就迈不动步了!"

张铭笑笑,没说什么。

在关向辉的引领下,一行人走在山间路上,但见这里那里,到处是烧过的焦砟,还到处是挖出的矿石、矿坑——好端端的山林,被破坏得极为严重。

一行人来到了一处污水塘前,污水被一道小堤坝挡住了。

"各位委员,看,我们该做的,都做了。这一事实,那是任何人也否认不了的!"

"这起什么作用的?"庄主席问。

"先沉淀两天,再撒些漂白粉,然后放下去的水,颜色就不那么难看了嘛,难闻的气味也小多了嘛!什么叫环保意识,说白了,还不是为人的眼睛、鼻子、耳朵做点儿事儿吗?骗一个人很难,骗很多人容易!"

李一泓不禁目光严肃地看他一眼。

关向辉自知失言,尴尬一笑:"开玩笑,开玩笑……"

"你们以环保的名义,向有关方面讨要了二百余万就砌了那么一道小堤坝,再买上些漂白粉?"小陆面色冷峻地问。

"你们知道得还不少。哪儿能就做这么点儿事呢,当然还做了大量别的事。"

"那,也带我们参观参观?"徐大姐和蔼地问。

"阿姨,今天,就不便了吧?"

"董事长,据我所知,那二百余万,是我省某几位领导特批给你们的。能不能告诉我们他们的职务和姓名?"

庄主席的问题捅到了关向辉的敏感处,他一愣,随即否认:"没那事儿,绝对没那事儿!是社会各商企界赞助的,和领导干部们一点儿关系都没有!我关某人从不给领导干部添麻烦!"却显得心虚而紧张了。

小陆已不愿再听他说什么,将脸扭向一旁,她发现张铭独自蹲在远处,研究地看一堆焦砟,捏起一点儿闻闻,居然还放入口中尝尝。

就在关向辉引领李一泓他们一行人离开水塘那儿时,一名赤背的少年雇工从斜刺里跑出,却立即被拎着皮带的"T恤衫"追上,一脚踹倒,挥皮带就打,那少年雇工抱头跪在地上苦苦求饶。

李一泓怒不可遏地冲上前,推得"T恤衫"倒退数步,张铭上前扶起了那少年雇工。

此时大家有的怒视"T恤衫",有的则怒视关向辉,关向辉则狠狠扇了"T恤衫"一耳光,大骂蠢货。

李一泓等人心情沉重地回到会议室,无心再待下去,纷纷起身向关向辉告别。

"哎呀,怎么说走就走呢?我可是诚心诚意要和你们交朋友的,午饭都摆好了!"

"打扰许久了,我们的时间有限。"徐大姐说道。

"那,理解万岁喽!我预先为每位委员准备了一件礼物,还望诸位笑纳!"关向辉拍拍手,五名女郎各捧一个不大不小的盒子走了进来。

关向辉打开一个盒子的盒盖,里面装的是一只精美的仿古瓷瓶,他捧出瓷瓶,递给小陆:"请欣赏欣赏,很漂亮是不是?仿宋的。为什么要送给诸位仿宋的呢?因为宋代的花瓶有讲究,薄,轻,造型求雅,釉彩鲜亮,体现着那么一种……该怎么说呢,对啦,形式主义的美感。花瓶花瓶,主要是为了摆那儿好看嘛。不把花瓶当花瓶,那样的人不是太不知趣了吗?"

小陆瞪着关董事长,双手故意一松,花瓶落地摔了个粉碎,小陆冷笑着说:"真抱歉,光顾着听您讲形式主义美感了……"

第二十五章

树冠摇摆,山风乍起。天光阴沉,乌云聚集,一场大雨就要来临。

李一泓坐在返途的面包车上,表情严肃、凝重地摆弄张铭送给他的玉石烟嘴,紧皱双眉沉思着什么,也许是杨亦柳的事情,也许是调研过程中遇到的种种事情,谁知道呢?

徐大姐学李一泓的语调说:"亲爱的同志们,干吗都怎么沉闷呀?"她显然是为了调解气氛才说的,却没谁作出呼应。

徐大姐又说:"小陆,你也真做得出来。"

"大姐,你要是批评我,最好别是现在。这会儿谁批评我,我跟谁急。"

"我不是想要批评你,我是想要表扬你。你最后的做法,挺解气。"

小陆按捺不住了,转过身来望着徐大姐说:"那个关某人,也太厚颜无耻了,明明犯下了破坏环境、污染环境的罪过,却还要花言巧语、鬼话连篇地进行狡辩!还敢送我们花瓶,再说一翻屁话刺激我们!当我们三岁小孩,听不出来他话里有刺啊!"

"所以我认为,你维护了我们政协委员的尊严嘛!孔老夫子怎么说的?'七十而从心所欲,不逾矩。'本来应该老大姐那么做的,你替我做了,而且也不逾矩。所以说,希望在年轻人身上。"

"的确摔得好。不摔不足以平愤！"庄主席也说。

"你们都这么说，我心里还平衡点儿。"

"我这儿心里不平衡了。我只不过开会时拍了拍庄主席的肩，大姐就把我好一顿教育。小陆随心所欲，怎么反倒就该受表扬呢？要是我也可以随心所欲，那我早揍那个'T恤衫'了！"李一泓愤愤地把玉石烟嘴叼到了嘴上。

徐大姐看着李一泓说："政协委员参观时打人，那可就逾矩了。"

"你是组长，带队的人，当然不可以和我一样要求！"小陆见李一泓嘴上闲叼者玉石烟嘴，奇怪地问，"这烟嘴儿怎么到你这儿了？"

李一泓从嘴上拿下烟嘴，也奇怪问："不是你给我买的、让小张送给我的吗？"

"我什么时候让他送给你了？张铭，你搞什么名堂？"

张铭开着车说："对不起啊陆委员。我现在要注意力集中，不便和人说话。"

"岂有此理！"小陆从李一泓手中夺下烟嘴，"张铭，你到底还要不要了？不要我可扔窗外去了啊！"

张铭赶紧喊："要，要！扔了多可惜呀！"

李一泓嘟哝："宁肯扔了都不给我。这也够岂有此理的了！"

徐大姐笑道："庄主席，看到了吧？一都熟了，就原形大暴露了！"

庄主席也笑了："我们那儿也一样。现在政协也年轻化了，年轻委员一多，连参政风格将来都会大大改变的。您这一路和他们三个在一起，多开心啊！"

"这倒是。有时我看他们三个，就像老母鸡看小火鸡，还真有点儿拿不准谁应该向谁学习了。"

李一泓说："我可比他俩大多了啊！我愿意向大姐学习。"

小陆也笑了："真会溜须！"

面包车在宾馆前停了下来,下车后,庄主席说:"我就不陪你们吃晚饭了,我还要回机关布置点儿事。晚上的会,在宾馆的会议室开不太保密,我觉得还是在肖副院长他们医院的会议室开好。"

李一泓赞成道:"对,庄主席考虑得很全面。"

小陆平伸出手,看着天说:"掉雨点了,庄主席快走吧!"

晚上,张铭坐在县医院会议室门外在看一期《读者》,门开了,小陆探出头来:"哎,小老弟!"

张铭抬起头,小陆仍给他一小瓶东西。

"什么?"

"口香糖,少吸点烟!"

小陆缩回头,门刚关上,走廊那头走来了王全贵和郑秀娥。张铭起身迎了上去。

"真不知该怎么感谢你们。"郑秀娥由衷地说。

"你谁也不必感谢,都是我们应该做的。"

"还不知道您这位同志贵姓呢。"

"我姓张。"

"你怎么不进去开会?"

"我是为他们开车的,我坐里边不合适。"

"人家张同志是警官。要不是他那天亮出警官证,还把警灯往车顶一放,你现在不知怎么个下场了呢!"王全贵扯了扯老婆说。

"你还有脸说!"郑秀娥又对张铭说,"张警官,你和他们一样,也是一个好人。"

"这基本上符合事实。"张铭笑了。

"你这是又在给他们站岗?"王全贵低声问。

张铭又笑了:"政协委员们开会,从来没人站岗。我是等在这儿,开完会我不是还得送他们回宾馆嘛!"

"那我站门口去听听行不?"王全贵一脸好奇。

"那可不行。他们讨论的内容,也许会有些需要保密的性质。"

"你看你,刚才还说不是给他们站岗,这会儿又保密不保密的了!现在许多事,不是都强调人民大众的知情权吗?"

"对,那是的,可你们夫妻俩想要知道些什么呢?"

王全贵忧郁地说:"你们是好心。我老婆没精神病我也高兴。可我也帮你们解围过啊!我是由于你们才和他们彻底闹翻的,现在工作也没了,收入也没了,而且呢,他们那伙人肯定恨死我们两口子了。政协帮人……政协帮人是不是应该帮到底呢?"

"这个、这个问题嘛……"张铭不知说什么好了。

郑秀娥狠瞪她丈夫一眼:"怎么话一丛你嘴里说出来,就走味呢!什么叫你也帮人家解过围啊?人家被围攻又是由于什么?还不是因为咱们?"

"你会说,你怎么不先说?"

"同志们同志们,亲爱的同志们,不要吵。你们的顾虑,我能理解。王全贵公民,你看这样好不好,你还是先陪你妻子回病房去。心烦——现在对她的身体恢复是很不利的。至于你们的要求帮忙帮到底嘛,我替你们转告这一要求好不好?"

"张同志,别听他的,那是他的想法。我的想法根本不是那样的。我只不过想了解一下,几位政协委员是不是打算真的过问到底。"

会议室里,除了李一泓、徐大姐、小陆、庄主席和肖副院长等,又多了四五张陌生面孔,他们是庄主席召集来的县政协委员们,总计十二个人。

庄主席说:"刚才李一泓委员已经把情况大致说了一下。我认为,我们县政协的委员们,首先应该感谢他们到我们省来。不是他们这一次过来调查,我们县政协,也许还不会再次对山里边存在的问题足够重视。我们的省委省政协指示我们,要全力协助兄弟省政协委员们的调查。要我们怎么协助我们就将怎么协助,要什么材料提供什么材料,绝不得有任何隐瞒。不管调查涉及我们县、我们省的什么人,尤其是领导干部,都要打消畏怯心理。通风报信、趁机讨好卖乖的行为，一经发现，那是要受到严肃处理的。李委员他们希望我们初步协助调查的事情，一一打印在大家手中的纸上了。现在还需要保密，我们的委员同志们一定不要外传。"

在座的县政协委员们纷纷点头。

李一泓说："我们也预料得到，大家协助起来未必会很顺利。但是，为了将疑点多多的事情调查个水落石出，确实需要我们两省的各级委员同志携起手来。关乎省界两边百姓利益的事，我们把它调查清楚了，将危害根除了，是我们义不容辞的责任。可是我们考虑到政协在县一级的能动力有限，又不愿太过于使你们为难。总之，我们的心情是很矛盾的。"

一位县政协委员坦诚地说："顺利肯定是不会太顺利。正如李一泓委员刚才讲的，政协在县一级的能动力确实有限。但既然我们省委和省政协支持我们，我们就没什么好顾虑的了。"

另一位县政协委员说："刚才介绍情况的时候不是说，那个关某人在北京不是有很大的权力背景吗？如果我们将问题调查得一清二楚了，到头来奈何不了人家呢？或者，人家留下一堆烂事儿，拍拍屁股回北京了，那我们怎么办？这种结果也不是不可能啊！真那样，我们中谁又敢到北京去问责呢？"

"我敢。"众人的目光都集中到了徐大姐身上。

徐大姐严肃地说："北京既然是权力中心，那就更不可以藏污纳垢。不管案子靠的是一棵什么样的大树，他把危害人民利益的坏事做在那儿了，他就休想赖账。你们老大姐下一届就不是政协委员了，我要把解决好这一桩事，当成我在这届期间必须为老百姓讨回公道的事来做。如果我们调查出确有肮脏的权钱交易，你们老大姐就是搭上了这一条老命，也要把权钱交易的网给他撕破。我一个人势单力薄，但是我可以发动全国政协的许多委员。"

气氛因徐大姐的一番话而显得肃穆，会议室里的灯仿佛一下亮了许多。

小陆说："我也提醒一点，陪同我们的省公安局的张警官判断，山里可能在非法开采提炼硝酸，也就是我们通常说的碱。有些地区的土壤或山体先天富含硝酸，提炼出来的工业用碱，洗衣粉厂、肥皂厂也大量需要。非法开采和提炼，等于是无本生产。咱们姑且不论合法还是非法，但假如已经秘密开采多年了，那么有的山体恐怕已经中空了。秋雨季节眼看就要来了，万一……"

一声低沉的闷雷在天空中炸响，一阵风扑入会议室，窗帘被吹得飘了起来，挂历被吹得哗哗响。

刚关上窗户，说时迟，那时快，雨点已经噼里啪啦地打在窗上。

有人开玩笑说："陆委员成了赛诸葛了，你是不是能掐会算啊？"

会议室门外的走廊里，张铭还坐在那儿，但手臂垂落，《读者》掉在地上——他睡着了。一阵雷声将他惊醒，他捡起《读者》，走到会议室门口那儿，驻足倾听。听了一会儿，他又坐在椅上看《读者》。

会议室的门开了，李一泓他们走出，与庄主席和县政协委员们握手告别。

李一泓说："庄主席，明天千万不要送我们了，没那必要。"

庄主席说："哪能呢，再在一起开会的机会不多啊！"

张铭已站起，庄主席走到他跟前，跟他握手："今天可不是正式告别，明天才是。"

张铭说："还是听我们组长的，明天别送了吧。"

庄主席说："不能听他的。哎，我问你啊张警官，你怎么就能判断他们是在搞硝酸呢？"

张铭答道："我参与破过那么一起案子，也是由于非法采炼硝酸，造成了严重的环境污染。庄主席，你们可千万要关注山体变化的情况。"

庄主席点点头："放心，我们会的。"

调研组成员们望着庄主席的身影也在走廊尽头消失，只剩穿白大褂的肖副院长还和大家在一起了。

李一泓说："小张,跟我们一起去和那两口子告个别吧!"

肖副院长客气地说："这边请。"

回到病房里,郑秀娥躺在床上,王全贵坐在床边握着她一只手,心疼地说："瘦得手都小了!"

"谁的罪过?"

"也不全是我的罪过吧! 几位委员说了,我也是受害者嘛。"

郑秀娥将手抽回去了,一翻身,不再理他。

"你看,你怎么又不高兴了呢?"

"你一说出话来我就不爱听,不想和你多说了。"

王全贵站了起来,心烦意乱地来回走动,自言自语:"听说他们明天一早就走。我们把仇结下了,他们一走了之,我们怎么办? 我看,你也别什么都听他们的。到时候开出单子,管咱们要一大笔住院费,我哪儿弄去? 现在我也是无业游民了。这年头儿,人和人的关系那都是互相利用,有几个真替别人的处境考虑的,利用完了,就完了。"

郑秀娥猛地又翻过身来,指着门口:"你滚!"

王全贵又赔笑着坐到床边哄她,他手拿一颗葡萄,悬在郑秀娥嘴上方逗弄她:"吃吧,吃吧,心肝儿宝贝儿,你总得给你老公点儿面子呀!"

郑秀娥张嘴要吃,他却把葡萄移开了,嬉皮笑脸地说:"气了我半天,哪那儿容易就让你吃到啊!"将葡萄丢进自己嘴里去了。

"讨厌!"郑秀娥双手猛一推,王全贵一屁股跌坐在地上,那颗葡萄卡在他喉咙里,噎得他手捂脖子,直翻白眼。

郑秀娥吓坏了,蹦下床,慌忙帮他捶背:"快呕,快呕,有事儿没事儿啊? 要不要我去把肖副院长找来?"

这时门开了,肖副院长领着李一泓他们走了进来。

肖副院长问:"这是怎么了?"

"没事儿,他吃葡萄卡住了。"郑秀娥赶紧坐到床上,本能地将一双赤脚伸到被子底下。

小陆悄悄逗张铭说："别盯着人家脚看,看得人家都不好意思了。"

张铭瞪大眼睛无辜地说："我没有啊。"

徐大姐回头看小陆,小声说："大三岁也不可以总开人家小张的玩笑啊,再那么,我可要护着了!"

王全贵还坐在地上翻白眼呢,李一泓将他拉了起来。王全贵坐在床沿上,终于说出话来："哎呀妈呀,可算咽下去了,差点儿卡死我!"

肖副院长忍着笑说："李委员他们,明天一早,就要离开咱们县回去了。他们都来和你们告一下别。"

虽是王全贵和郑秀娥意料之中的事,但他们脸上还是呈现出了惶惶无依的表情,王全贵看了郑秀娥一眼,遂将脸转向李一泓他们,他的目光依次移向徐大姐的脸、小陆的脸、张铭的脸,喃喃道:"是这样啊……你们都怪忙的,其实,也不必……非告的什么别。"

"你不想跟我们告别,我们还想跟你们告别呢!"小陆跨到床前,对王全贵说,"走开!"

王全贵只好默默站起退开一步,小陆坐在床沿,拉着郑秀娥一只手,端详着她脸,欣慰地说:"气色好些了。"

李一泓把一只手按在王全贵肩上,嘱咐他:"以后,你可要好生对待她。别不知命好,这么好的老婆你还哪儿找去?你要是再不疼爱她,可别怪我们支持她和你离婚。"

王全贵心中有事,表面老实然而心不在焉地答道:"我一定牢记你们的教导,一定,一定。"

李一泓又对郑秀娥说:"秀娥啊,我们走后,你还得在医院里再住一两个星期。你的身体还很弱,需要调治调治。至于费用,你们两口子不必多虑,肖副院长已经承诺,医院替你们免一部分;另一部分,庄主席也保证了,县政协会替你们向本县的商企界募捐到。"

肖副院长说:"所以,你就安安心心地在我们这儿住院吧,啊?"

郑秀娥点点头,流下泪来。

徐大姐说:"王全贵,县政协的庄主席还答应了,会尽快再给你介绍一份工作。县政协委员中有一些是经商的,搞企业的,再给你介绍一份工作并不难。"

王全贵喜出望外:"太谢谢了,刚才我还在愁这件事儿,怕姓关的从中使坏,我和秀娥在本县再找到份儿工作都难了。"

徐大姐又说:"郑秀娥,你的工作,庄主席更会帮忙的。你是敢于与不良势力斗争的女子,庄主席他们对你很称赞的!"

小陆对郑秀娥说:"但你们对工作性质啊、工资啊,要求也不能太高,啊? 要求太高了,庄主席他们不是就为难了吗? 庄主席他们的能力,那也是有限的啊!"

"我明白。"郑秀娥扑入小陆怀里,哭出声来。

李一泓说:"还有,最重要的一点,你们各自有了工作以后,千万不要再和姓关的他们发生任何冲突,即使他们成心找你们的岔子,你们也要善于忍,善于避。凭你们夫妻俩,斗不过他们的,结束他们造成的危害,现在是我们的事了。你们暂时也不要起诉啊、索赔啊,好吗? 那会更加惹恼他们,等我们为你们创造一些起诉的条件再说。"

王全贵疑惑地问:"是不是,连你们也觉得,不一定惹得起他们啊?"

李一泓几人不禁相互对视,徐大姐说:"我们惹他们,现在话说,那是铁下一颗心,惹定了。当今中国,谁惹得起谁惹不起谁,不在势力,在法理。"

李一泓又说:"只要你们善于保护自己,你们的安全那是没有任何问题的,县公安局也已经把你们夫妻列为保护对象了,不信你问张警官。这方面的工作,是张警官协调的。"

张铭令人信任地点头,王全贵一时感激得不知说什么好,忽然端起一托盘葡萄送到张铭跟前:"张警官,请吃葡萄,都给我点面子,拿串儿,拿串儿嘛!"

李一泓他们笑了,包括肖副院长在内,每人都很给面子地拿起一串葡萄。

走出郑秀娥的病房,李一泓他们在走廊里和肖副院长告别。肖副院长感慨地说:"要不是被你们半道碰上了,郑秀娥现在不知会变成什么样子,说到底,这两口子还是够幸运的——受坑害的老百姓不止他俩,但可不是所有的都能受到这么多政协委员的关心。"

李一泓不由得又皱起双眉,长长地叹了口气。

回到宾馆,李一泓在走廊里低声叫住了徐大姐:"大姐,晚上你不用手机吧?"

"想借我手机用?拿去。"徐大姐掏出手机交给李一泓,低声嘱咐,"杨亦柳那事儿,要沉住点儿气。一回到省城,大姐一定帮你打听,啊?"

一进入房间,李一泓立刻掏出手机按号码,按了一通,没通上话,又按一通,又没通上话。

李一泓走到阳台上,呆呆地望着雨夜。暗夜里,闪电如狂蛇疾走,雷声如天公怒吼般一声紧似一声,雨也下得更大了。

电话响了,李一泓几步跨到桌前,特别激动地抓起了电话:"春梅?"

电话里却传出小女子充满诱惑的声音:"先生需要按摩服务吗?"

他失望地放下了电话,电话却又响,他恼烦地将电话线拔了下来。

而此时,春梅和素素坐在桌旁,素素拿着话筒,对姐姐摇摇头。春梅接过话筒,又拨了一遍号,听了听:"可能话筒没放好。"失望地将听筒放下,又说,"也许咱爸根本就不住在那一家宾馆。今天我见到杨阿姨以后,立刻就打咱爸的手机,打了都不止三十次了。也不知道咱爸的手机怎么了,一点儿声音都没有了。"

"丢了?"

"那也该有声音啊,咱爸倒是打过一次我的手机,可我……当时不便接,他肯定生我气了。"

"要是咱爸回来,一听说杨阿姨并不是被公安抓走了,不打我才怪呢。"

"谁叫你嘴那么快的。"

"我怎么知道咱俩亲眼看到的事还会说错了。"

"别洗漱了,趁早睡吧,明天还得上学,又该起不来了。"春梅拉起素素往小屋里推。在小屋门口她又说:"不许告诉咱爸,说我没在家睡过啊。"

素素伸着懒腰说:"偏告诉。"

春梅双手一叉腰:"你敢!"

第二天早上,李一泓四人和庄主席、肖副院长在县宾馆大堂里作最后的告别,双方已握过手,依依不舍地互相望着。

李一泓忍不住与庄主席拥抱在一起:"什么都不说了。"

庄主席猛点头:"那就别说了。"

庄主席忍不住也与张铭拥抱,嘱咐:"下这么大雨,你们还非走不可,路上当心。"

"我会的……"

徐大姐和小陆也忍不住与肖副院长拥抱在一起。

天下的宴席终究是要散的,何况这本就不是宴席。庄主席和肖副院长撑着伞,将李一泓他们送上停在门口的面包车,面包车缓缓启动,一头扎进了弥天漫地的大雨中。

由于雨大,县城的街上几乎不见行人和车辆。面包车披着一身的碎溅的水花,在雨中执着前行,小陆和张铭逛过的那一条小巷口,茶馆的招牌在雨中仍旧显眼。

小陆忽然喊:"停车!"

张铭将车缓缓停在路边,小陆翻出录像机,打开一扇车窗,对着那雾蒙蒙的巷口,把留恋和怀念轻轻拍了进去——雨中,小巷的深处似乎出现了一对身影,男人撑着伞,女人偎在男人身旁。

李一泓和徐大姐奇怪地看她,李一泓问:"你这能拍到什么呢?"

小陆仿佛没听到,依旧在拍。张铭从车前镜看着在拍摄的小陆,终于明白了些什么,目光变得温柔如水。

张铭突然说:"陆委员,想坐我旁边的位置不?"

小陆这才关上车窗,问:"为什么让我坐那儿?"

"我要是想说几句话的时候,小声就可以说了呀。"

小陆收好录像机,坐到副驾的座位上去了,但是却不看张铭一眼。

面包车驶出了县城,张铭发现公路边有人在招手,是王全贵和郑秀娥。

面包车停在他们身旁,李一泓拉开窗,大声问:"你俩跑这儿干吗来了?"

王全贵说:"堵着送送你们。"

伞下的郑秀娥什么也不说,大袋小袋地直劲儿往车里递东西。

李一泓说:"这怎么行!"

徐大姐却说:"都接着,别让他俩挨淋!"

郑秀娥手中的东西递光了,仍不说话,呆看着车里的人们,她脸上淌着的,也不知是泪水,还是雨水。

王全贵一手撑伞,一手搂妻子的肩,往后退了一步,他张张嘴,想说什么,却什么也没说出来。

李一泓将手伸出窗外,轻轻摆着。

张铭按了几声喇叭,面包车开走了。

郑秀娥偎在丈夫怀里,目送着远去的面包车……

面包车驶在山路间,张铭说:"再有五分钟,就进入咱们省了。"

李一泓说:"不赶,稳稳地开。"

张铭又问:"雨比刚才小了,要给你们放点儿音乐不?"

"下雨天,睡觉天。我不想听音乐,想睡觉。"小陆说罢,坐得更舒服些,闭上了眼睛。

徐大姐睁开眼睛:"你们不说话,我都眯着一小会儿了。"

"那都别说话了,都眯会儿。"李一泓也闭上了眼睛。

······

面包车缓缓停住了,李一泓睁开眼睛:"小张,干吗停车?"

"我怎么觉得不对劲儿。"

"别吓唬人啊!"小陆也睁开了眼睛。

张铭指指驾驶台上的弹簧动物——那东西在令人不安地颤抖。

李一泓又问:"车出毛病了?"

"不是。"张铭回头看着李一泓又说,"刚才我好像听到什么奇怪的声音,您还是叫醒徐大姐吧。"

徐大姐也睁开了眼睛,问:"怎么回事?"

"小张觉得会发生地震。"小陆说。

"我可没那么说。你们都系好安全带。"张铭脸色凝重。

"小张,不能把车停在这儿。"李一泓提醒张铭。

"明白,我得下车看看前边的路况,要不心里不踏实。"张铭下了车,走在前边拐弯处一看,倒吸一口凉气——一大段路面已经塌了,贸然开过去,车非翻下山崖不可。

回到车上,张铭镇定地说:"都别紧张啊,前边开不过去了。刚才经过一个岔路口,你们都下车,走到那儿去,我把车倒回那儿去。"

李一泓、小陆、徐大姐一时你看我,我看她,都没有动。

张铭急了:"快点啊!"

李一泓这才反应过来,哗地拉开了车门,跳下车,接着向车内的徐大姐伸出了手:"大姐,慢慢下。"

李一泓将徐大姐扶下车时,小陆也已下了车,还带下了一把伞。

张铭开始把面包车向后缓缓退去。

"小陆,你陪大姐往回走。都别急,反正咱们也不是在抢时间。"李一泓说罢,赶到面包车尾那儿,为张铭打手势。

面包车倒得快了,也倒得比较顺利,终于倒回到了岔路口——那是一条沙土路,两旁蒿草丛生。

李一泓称赞道:"行,驾驶技术比我高多了。"

"要不能派我来?在警校的时候,我是受过特情驾驶训练的。"

小陆扶着徐大姐走回来了,大家重新上了车。

张铭回头说:"各位委员,我郑重提醒你们系好安全带。"

徐大姐问:"张铭啊,你怎么就猜到前边路况出问题了呢?"

"说不清楚,一种直觉吧。"张铭探出头吸一口烟时,从后望镜中发现了更可怕的情形——一股汹涌的泥石流翻滚而来。

张铭大惊失色:"不好!都坐稳。"

面包车豹子似的向前蹿去,沙土路是一条下坡路,泥石流巨蟒似的穷追不舍追,所到之处,树倒草没。

面包车开到了一处河滩陷住了。泥石流也追赶到了那儿,但毕竟两旁开阔,泥石流迅速蔓延。

张铭跳下车,从外边打开车门,李一泓扶徐大姐下了车。张铭一转身,弯腰背起徐大姐,趟水向河对岸跑去。

李一泓和小陆也下了车,二人刚站稳,一股更猛的泥石流将他们同时冲倒。李一泓被冲出很远才站起,他已是一个泥人了。他看到小陆也在泥石流中爬起了,却不往岸边去,反而向面包车接近。

"小陆!干什么你!"

"调研材料……"

"别管了!"

又一股泥石流再次将小陆冲倒。李一泓赶过去,拉起她往岸边跑。二人跟头把式地上岸,张铭和徐大姐急忙扶稳李一泓和小陆。

四人站在岸边望向面包车时,面包车已被泥石流淹没了半截。

李一泓对小陆说："你还往车那儿去,不要命了!"

徐大姐责怪他说："一泓,这时候不许冲小陆大吼大叫的。"

小陆脚扭伤了,张铭背起小陆,李一泓扶着徐大姐,浑身是泥地在雨中前行。

"放我下来,不用你背。"小陆在张铭背上直挣。

"那你的意思是,非得让李委员背你了?"

"也不用他背,我自己能走。"

李一泓严肃地说："别嘴硬。"

徐大姐柔声劝她："小陆,这时候不许任性啊! 脚腕都肿成那样了还能自己走? 乖乖地让小张背着啊!"

小陆不再说什么,服服帖帖地伏在张铭背上。张铭背着小陆的背影登上一处高坡,一动不动,石雕般伫立着。李一泓也扶徐大姐登上了高坡。

居高临下望去,呈现在四人眼前的情形惨不忍睹——整个一个村子都被一股不知从何而来的泥石流冲毁了,房歪屋塌。远处树丛后边,小学校那一杆高悬着国旗的旗杆仍直立着,国旗在雨中静垂着。

"我的天! 双墙村!"李一泓难以置信地抚住了额头。

"小张,不幸被你言中了。"徐大姐摇头叹气地望着下面。

张铭说："算咱们走运,刚才碰上的只不过是一小股。"

小陆在张铭背上指着远处叫起来："看那儿!"

其他三人一起顺她指的方向扭过头去——远处高耸的大烟囱缓缓倾斜,无声倒下。有的山坡也开始塌陷了,更大股的泥石流从省界那边倾泻到河里,截断了河流,堆砌向省界这一边的河岸。

徐大姐看着李一泓说："一泓,咱们得到村里去,看看那里的老乡们的处境怎么样了。"

小陆还是不让张铭背着自己了,四个人泥猴般地相互搀扶着出现在村里。

村子里,这里是哭泣的孩子和妇女,那里是发呆的少年和老人,睁着一双双目光茫然的眼睛从四面八方望着李一泓他们。

李一泓不停地问:

"你们村主任呢?"

"看到你们村主任了吗?"

"你们村主任在哪儿?"

没人回答,只有人摇头。

小陆问一个孩子:"孩子,哪儿有水?"

那孩子和她一样,也满脸是泥点子,已看不出是男孩还是女孩,举手一指:"那儿。"

小陆扭头看去,孩子指的是泥地中的一汪水。小陆摸了孩子的头一下,又问:"阿姨说的是干净点儿的水。"

孩子回头看了看站在被冲倒的木栅栏旁的一位少女:"问我姐。"

那少女说:"我知道你们是谁,我家里还有水。"

两个孩子的家里是没被冲毁的家园之一,但是从门口直到外边,院子里遍布泥石流过后的泥浆,一只鸡和一只鸭被泥浆陷住了,只露出竭力伸长的颈和头,向人求救地"咯咯""嘎嘎"叫。

小陆问徐大姐:"大姐,想洗洗脸不?"

"脸洗不洗无所谓了,倒是想喝几口水。"

她俩相互搀扶着,蹚着没过小腿的泥浆往姐弟俩的家门走去。

一口猪陷在大泥坑里,张铭和一名妇女各拽一只猪耳朵,费劲儿地将猪拖出泥坑。他转身找委员们,却见小陆和徐大姐已经蹚到了那人家的门口。

"叔叔。"

张铭望向那个孩子。

"我想回家,我今天刚换上的新鞋。"

张铭的目光望向孩子的脚,那的确实是一双新运动鞋,已然被泥浆糊得看不出是新的了。

"我正在别处玩儿,刚听到动静,转身一看,村子就成这样了,我舍不得我的鞋。"孩子咧咧嘴想哭。

张铭一言不发,将孩子夹起来,往院子里便走,蹚过院子里的泥浆,将孩子放在家门内。

一名少女说:"叔叔,求你也救救我家的鸡和鸭吧!"

张铭又走过去,一手拎着鸭脖子,一手拎着鸡脖子,将它们拎起,也放到了屋里。

徐大姐双手捧着大碗饮罢水,将碗放在缸盖上。小陆洗了把脸,正用手绢擦,见张铭看她,就将湿手绢递向他,张铭默默摇头。

徐大姐问那孩子:"几岁了?"

"九岁。"

"几年级了?"

"没上学。"

"来,阿姨也替你擦擦脸。"小陆帮他擦了几下之后,露出一张眉清目秀的男孩的脸。

张铭找到了一把锹,将栅栏捅开一处洞,挖出一个排泄口,院子里的泥浆开始缓缓流出。

屋里,男孩子已脱下了鞋,在盆中刷洗。

小陆对徐大姐夸道:"真是好孩子。"

徐大姐问少女:"你几岁了呀?"

"十七了。"

"快是大姑娘了,初几了?"

"没上中学。"少女惭愧地蹲下,轻轻推开弟弟,替弟弟刷洗鞋子。

小陆忍不住问:"为什么?"

"爸妈都在城里打工,那年我弟还小,我得在家看我弟。"

徐大姐又问:"平时,家里就你和你弟?"

"嗯。爸妈过春节才回来一次,他们得挣钱盖新房子。我小姨嫁在村里了,一早一晚过来看看。"

张铭出现在屋门口,拄着锹问:"你知道村里有多少人遇难了吗?"

少女抬起了头,不懂地问:"啥?"

一个妇女慌慌张张跑来,一手扯起少女,一手扯起男孩,扯着往外便走:"这两个傻孩子,还没事儿似的待在家里,快去看看你们小姨!"

李一泓跟着李家柱深一脚浅一脚匆匆走在泥泞中,远处传来姐弟俩的哀号:

"小姨! 小姨你说话呀!"

"小姨你可别死呀!"

"爸、妈,你们回来呀!"

李一泓不禁站住了,李家柱扯他:"唉,一会儿再去那边看看吧!"

村中某坡地上,一块门板上躺着一个人,从头到脚被满是泥浆的被子盖着,周边或蹲或立地围着些老人。

李一泓看到门板上的情形,呆住了,继而双膝一跪,流下泪来:"老哥,我们不是说好了,你随我到安庆去……去认春梅吗?你怎么,就这么……走了呢?"

一位老人叹道:"唉,村主任他是为大家伙才把命搭上了,要不他不会……"

李一泓欲掀开被角看村主任的脸,一只老人的手挡住了他的手:"被山石撞烂了,别看了,看不得了……"

李一泓泪如雨下,无声地哭着喃喃道:"老哥,老哥啊,他们不让我看你最后一眼,我,我要握握你的手,再握握你的手。"

李一泓将老村主任的一只手从被子下拉出来了,村主任沾满泥浆的手里握着一个同样沾满泥浆的东西。他费了些劲儿,才掰开村主任的手指,将那东西拿在自己手里,用衣袖擦了擦,是一个小小的半导体收音机。

半导体收音机还在嗞啦嗞啦地响,李一泓拨了几下旋钮,声音大了也清楚了:"下面继续播报急灾情通报,下面继续播报紧急灾情通报——从昨天晚上至今天上午的雨水,引发两省交界处的多股泥石流,有两处山体塌陷,加重了泥石流的危害性,目前山体塌陷原因正在调查中。地处山间的'矿物研究所',已有十余名员工遇难,包括法人代表关某。我县多个山村被摧毁,邻省邻县那边也有村庄受到危害。"

"天灾,天灾呐! 老天爷怎么……"李家柱哭喊道。

"你住口!"李一泓恼怒地瞪着他。

"我说天灾怎么了?"

"我不许你说!"

"你算老几啊你跑这儿训人? 是个政协委员有什么了不起啊! 调这个,研那个,你们了不起,怎么没调研出来会发生这种事儿?"

"你!"李一泓一手揪住李家柱衣领,握着半导体的另一只手高高举了起来。

有人拨开了他那只揪住李家柱衣领的手——是张铭,身旁站着小陆。

张铭将李一泓推开,老人们也将李家柱推开。

一位老人劝道:"人家阻止得对嘛。天灾那是不能说的! 人越说天灾,老天爷越生气!"

李一泓看一眼手中的半导体,揣入兜里,又看一眼老村主任,忍心地一转身,问小陆:"你脚怎么样了?"

"小张为我按摩了一阵,轻多了。"

"徐大姐呢?"

"两个孩子的小姨砸死在屋里了,小的那个男孩哭背过气去了,徐大姐在为他做人工呼吸,估计没什么大事儿。"

李一泓问张铭:"你看,还会怎么样?"

张铭朝山那边望一眼,担心地说:"到季节了,这雨可刚开始下。咱们也亲眼看到了,河都快填平了。再来一场更大的山洪,那河这边就更惨了。"

"李家柱,你过来!"

李家柱悻悻地走到李一泓面前。

"通告乡里、县里没有?"

"电线杆子倒了,电话线断了,怎么通告?"

"你手机干什么用的? 这会儿还省话费啊?"

"我又没有手机,我一个乡下人买手机干什么?"

小陆叹口气:"我手机在车上。"

张铭默默掏出手机,递给李一泓。李一泓接了手机,问李家柱:"告诉我县委电话。"

"我不知道。"李家柱摇头。

"县政府也行。"

"不知道。"

"那么乡里的!"

"我……"李家柱想了想,生气地说,"不知道! 平时有村主任在,我一个普通村民,记那么多不相干的电话号码干什么呀!"

小陆扯扯他:"组长,他说得也是。"

李一泓无奈地将手机还给张铭,张铭没接:"你揣着吧,用时方便。"

李一泓不客气地将手机揣入兜里,又对小陆说:"陆委员,你和徐大姐留在村里,能起点儿什么作用就起点什么作用吧。"

"陆委员"三个字,使小陆听出了一种信赖的意味,她庄重地说:"起码,我和大姐能起到点儿安抚人心的作用。"

李一泓点头,又对张铭说:"小张,你得陪我到县里去。有时候,你的证言比我的证言还管用。"

"你说什么时候走,咱们就什么时候走。"

"没我事儿了吧? 那我顾自己家去了。"李家柱拔腿就往回走。

"你别走。"李一泓走到李家柱跟前，双手扳住李家柱肩膀，恳切地说，"家柱啊，村主任不在了，你看你们全村，老的老，小的小，再就是些女人了，只你一个是青壮男人了。这种时候，你得多起点儿男人的作用，啊？"

"那你说，让我干什么吧？"

李一泓一指小陆："凡事你要听她的，啊？现在最需要你做的事，是赶快找两辆自行车，什么样的不管，能骑就行。找不到两辆，一辆也行！"

一台手扶拖拉机驶在乡间路上，张铭在驾驶，李一泓蹲在拖斗里，双手撑着两边的斗厢板。

张铭虽然学过特情驾驶，但驾驶手扶拖拉机显然还不在行，手扶拖拉机在乡间路上扭秧歌。

手扶拖拉机刚驶入县城，就被一名交警拦住了。

张铭向交警急急地解释，给交警看自己的证件和李一泓的证件。交警做个手势，阻拦住一切车辆，单放手扶拖拉机通过，然后用步话机汇报了什么。

于是，手扶拖拉机经过几次路口，都有交警特例放行。

在一个路口，一名交警骑辆带斗摩托拦住了手扶拖拉机，交警一脚踏地向张铭警礼，将他们俩接上了摩托车。

带斗摩托车停在县委院子里，张铭和李一泓跳下来，却遭到警卫阻拦。张铭将警卫往旁边一推，指指交警。交警上前代为说明情况时，张铭和李一泓已闯入寂静悄悄的楼里去了。

秘书办公室里，一名秘书正在打电话聊天："给个面子嘛。今天晚上，我在家等你，家里就我一人儿，放心，只要你自己不带人来，没第二个人会知道。"

门突然开了，李一泓和张铭闯入。秘书看着面前两个泥人，手拿话筒愣住了。

"这位是市政协委员,他要见县委书记。"张铭说罢,将自己的证件和李一泓的证件放在桌上。

秘书缓缓搁下听筒,拿起一个证件看,又拿起一个证件看。放下证件,再次打量李一泓和张铭:"你们……请坐,请坐。"

二人扭头看看罩着雪白布套的沙发,都没动地方。

"县委书记出国考察去了。"

"那么县长呢?"李一泓烟熏火燎地问。

"县长在省委党校参加学习。"

李一泓一拍桌子:"那么副书记、副县长们呢?立刻给我们联系上一个!"

"这……不可以这么随便吧?今天是星期六,领导干部也是人,也有权休息一天吧?"

李一泓又一拍桌子:"有几个村遭受到了泥石流的危害,已经死人了!"

"别急别急,我这就联系!"秘书手指划着玻璃板下的名单,一通拨电话。

放下电话,秘书一脸无奈:"有位副书记的儿子恰巧今天结婚,其他几位领导都被请去做嘉宾了。"

李一泓挥了一下手臂,大喊:"在哪儿?"

饭店大堂里一派婚礼的喜庆气氛,那位自称是李一泓高中同学的县政协韩主席喧宾夺主地说:"诸位,由我一一来介绍主桌的贵宾们,我感到非常非常的荣幸。首先我要介绍的,当然是新郎新娘他们双方的……"

他突然愣住,因为他看到李一泓和张铭两个泥人大步闯向前来,几名保安紧随其后拖拖拽拽。

李一泓被拖拽得兴起,转身运一口气,使出了太极功夫——双手一推,但见几名保安连连后退,有两名保安撞在桌上,弄了个杯盘狼藉,引起一阵尖叫声和咒骂声,一片混乱。

主桌上的一位人物霍地站起,看样子是新郎的父亲无疑,他声色俱厉地说:"大胆!给我立刻通知公安。"

张铭正巧走到那儿,向他亮出了警官证:"您别激动,我是省厅的。"

李一泓已经踏上了婚礼台,新郎啪地砸碎一个啤酒瓶子,攥着手里的半截冲向李一泓,并骂:"操,敢到这场面来撒野,老子非教训他不可。"

幸而县政协韩主席拦腰死死抱住了他,小声说:"千万别胡来,他是政协委员!"

李一泓扫了新郎一眼,一手把住了话筒:"安静!"

那话筒效果特别好,将他的声音扩得极大,大堂里顿时鸦雀无声。

话筒的效果出乎李一泓意料,他愣了愣,随之将声音压得很低:"诸位,我知道我们如此这般地闯来,扰乱了一对年轻人幸福的婚礼是很不对的。但事出有因,事态严重,人命关天,我实在是不得不这样做。哪几位是县里的领导,请站起来一下。"

肃静中,没人往起站,连新郎的父亲也缓缓坐下了。

李一泓不禁又提高了声音:"哪几位是县里的领导?"

县里的领导……县里的领导……县里的领导……大厅里响着回声。

回声忽然变成马达声,从外面的天空传来。

天空中,一架直升机在远处盘旋,几个降落伞鲜花般绽放在空中。

第二十六章

美观的吊灯下，县宾馆大堂公开会客空间那儿，L形的两排大沙发上，李一泓和县政协韩主席各坐一排。他们仿佛两个互不相识的人，都在等自己要会见的人，而且都已经等得有些失去耐性了。

烟灰缸里插满了烟蒂，二人不约而同地将手伸向烟灰缸，都打算再次掐灭手中的烟，却双同时缩回了手，互相礼让。

"您先请。"

"还是你先。你是市里的委员，又是我的客人嘛！"

"您是主席，但我不是你的客人。"

韩主席苦笑："非跟我撇生，那我也没法子。"他掐灭了自己手中的烟。

"我这人说话，该咋的是咋的。"李一泓也掐灭了自己手中的烟，双臂交抱胸前，仰脸看吊灯。

韩主席向服务台那儿招手，两名女服务员中的一名麻利地过来，笑盈盈地问："领导有什么吩咐？"

"把烟灰缸换了，没点儿眼力劲儿！"

女服务员赶紧撤走烟灰缸，顷刻摆上一只空的，并用抹布擦了擦茶几。

韩主席显然满肚子的不高兴,迁怒到女服务员身上:"那么脏的抹布,也不说洗洗再用来擦,看着让人心里腻歪,去洗洗再来擦!"

女服务员低下头,怯怯退开了。

宾馆的门开了,进来几个男女,说说笑笑拉拉扯扯地向餐厅走去,餐厅门上方悬块大匾,上写"君子轩"三字。

李一泓无聊地闲看着那匾,韩主席说:"那是我的墨迹。"

"不错。"

韩主席又苦笑:"你就应酬我吧你。"

李一泓又看一眼,似乎认真地说:"实事求是,是不错嘛。起码比我的字好。"

韩主席借题发挥:"那透着文化,透着人格主张。中国人,不能整天拉帮结伙,到处吃啊喝啊的。非吃喝不可,那也应该吃有吃相,喝有喝相。'君子轩'倡导人人都来做君子。不像挂在吃饭地方的,像挂在书斋的,对不对?"

"对。"

"你就不够君子。"

"你认为我是小人?"

"那倒还不至于,但是肯定不够君子。我说请你到我家去坐坐,你一点儿都不给老同学面子,请不动你。那么好吧,我说我亲自来,请你们调研组一块吃顿饭,你这位组长挡驾,使我干脆见不着另外两位委员。我说见不着就见不着吧,就咱们两个老同学之间,叙叙旧也好,你却成心不让我进你的房间,在这儿应酬我!这是说知心话的地方吗?"

李一泓也笑了:"我们两个之间,没多少旧情可叙,没什么知心话可聊吧?"

韩主席闻言,表情大为不悦。

另一名女服务员走过来擦茶几,韩主席说:"怎么是你?"那名服务员被问得一愣。

"刚才那个呢？"

"她，临时有点儿别的事儿。"

"不对吧？生气了吧？连你们小小服务员领导都批评不得了吗?!"

"不是不是，领导您误会了。"

李一泓看不过去了："韩主席，你这是干什么嘛！"

韩主席挥挥手："别擦了，去吧去吧，端两杯咖啡来。"

服务员去后，李一泓不满地说："你心里有什么不痛快的，只管冲我来！你冲人家俩女孩子撒气就君子了吗？"

"我都坐这种地方了我，我还敢对你有什么不痛快的吗？"

宾馆的门又开了，进来的是一男一女两名少先队员，男少先队员捧一纸糊的募捐箱。他们原来是打算进入"君子轩"的，发现李一泓和韩主席，嘀咕了一阵，走了过来。

女少先队员向韩主席敬礼后说："敬爱的公民，我们两位少先队员是为上午……"

"打住，别说了，别说了。"韩主席掏出大皮夹子，抽出一张百元钞，二指夹着递向女少先队员。

"我们……我们没零钱找。"

"不用找。"

女少先队员喜出望外，将百元钞塞入募捐箱，又向李一泓敬礼。

韩主席一板脸："不兴这样！我给的是我俩的。"

"不不不，你是你，我是我。这种事儿，不能由别人替自己出。"李一泓掏出了钱包，也抽出一百元递向女少先队员，又说，"好孩子，我知道你们为什么募捐，我也不用找了。"

女少先队员敬礼后，两名少先队员转身离去。他们因为大有收获而显得那么高兴，女少先队员甚至笑出了声。

李一泓望着他们的身影，也微笑了。

服务员送来了两杯咖啡,李一泓端起了其中一杯。

"我以为,你连我要的咖啡也不喝呢。"

"干吗不喝?"李一泓咂咂嘴,品赏地说,"这咖啡味道很好,正。"

"量她们也不敢沏两杯冒牌的糊弄我。现在,假东西太多了。"

"来到你们这个县,更加领教这一点了。"

"你们市也不那么清白吧?伪劣大米事件,重点中学的贪污受贿案,不都出在你们市吗?"

"是啊,好在我们没捂着盖着的。"

"该捂一下,那就得捂一下。该盖一下,那就得盖一下。要是稍微懂点儿捂一下盖一下的艺术,那就不会伤及自己的亲爱者了嘛!是不是?"

李一泓低下头,轻吧一声:"是啊。"

韩主席看他一眼,放下咖啡杯,将身体移近他,拍拍他膝盖:"终于寻思过味儿来了?那我的一番良苦用心算没白费。我理解,你本人想立功。你们这个调研组全体,也想立功。"

"对,你说得不错。为维护人民大众的利益进行调研,而且还立了功,光荣。"

"但有时候息事宁人,同样也可以立功。什么叫和谐?息事宁人就和谐了嘛!县里是把一笔该补贴给贫困农村的教育经费挪用了——教育局门前的两只大狮子,每一只就用去了八九千元。但是你们如果真要奏本,上边真要派人来调查,那我们也会另有说法的。说法我们早就想好了,我们不打无准备之仗。"

"我们也不。"

韩主席瞪他一眼:"你看你,刚明白一会儿,又犯糊涂了。至于矿物研究所的事,我也不知道你们究竟掌握了多少情况。谅你们也掌握不了多少。现在连姓关的也死了,死无对证,你们又能奈何得了谁呢?还有什么喝花酒的风气,我们县的一些领导干部确实爱那风气。不瞒你说,我本人也经常凑凑趣。那么喝酒,感觉它就是不一样嘛。食色,性也。符合人性嘛。所有这些事,全看你们的调研文章怎么个做法了,你们干吗非不做一篇皆大欢喜的调研文章呢?"

"你刚才教我了,我也记住了。挪用教育经费的事,应该说成是农民自愿集资建校的可喜现象,对吧?泥石流的危害,那是百分百的天灾。县里的干部作出了快速反应,及时赶往灾情一线,与人民群众共同谱写了一曲抗灾胜利的凯歌。至于这个县喝花酒的风气,那纯粹是民间滋生的腐化风气。领导干部们那是拒腐蚀,永不沾的。非但不沾,还严加治理,于是好风气之先河大开。"

"跟你谈正经的呢,你别半认真不认真的。啊对了,我们也了解到,那个死了的村主任,他是你养女的生父。我们打算封他一个烈士称号,再特批一大笔抚恤金。他除了他女儿,再没什么亲人了。你愿意,可以替他女儿领,老同学,听我的劝吧。如果你偏不听劝,你们三位委员偏要一意孤行,那我可有言在先,我们也不是软柿子。你们一来到我们这个县,就以钦差大臣自居,所作所为完全是微服私访那一套封建官场的行径。你们陆委员明目张胆地侵犯我县正当经营单位的形象权,不听劝阻,大耍泼妇威风,和保安人员发生严重冲突。你呢,假公济私,与自己养女的生父串通一气,煽动当地农民群众对县委县政府的不满情绪,破坏我县稳定和谐的局面。你们那位徐大姐,以全国政协委员的特殊身份背后给你们撑腰。还有给你们开车的那个公安,他姓什么来着?"

李一泓极为平静地说:"姓张。"

"你们俩,开辆破手扶拖拉机,在县城里横冲直闯,冲县委,冲婚礼,所到之处留下极其恶劣的影响,使'政协委员'四个字,大蒙其羞。我县广大人民群众,自发联名,希望通过县委向上一级政协反映你们的差劲表现,并宣布你们为永远不受欢迎的人。"

李一泓伸懒腰、打哈欠、看手表,掏出手绢擤鼻涕,弄出一阵又大又古怪的响声,之后装出一副浑浑噩噩的样子问:"咱们,就到这儿怎么样？我困死了。"说罢，站了起来。

"到这儿就到这儿，我也不愿再跟你浪费口舌了。你们陆委员怎么还不下来？"

"人家刚才都睡下了。"

"你再催催她。我一位县政协主席求见一位省政协委员，不应该成为什么难事儿。"

"对对，那是的，我去让服务台催她，嘿，她来了。"

小陆走过来，不坐也不看韩主席，只看着李一泓，问："什么事儿？"

"韩主席有事找你。你怎么姗姗来迟？人家韩主席都有意见了。那，你俩单独说？"

"你别走，陪这儿。"韩主席说转过身又对小陆说，"陆委员，您先请坐。"

小陆将目光转向韩主席："喜欢站着。"

韩主席仍然竭力克制着自己的情绪，但是分明地，那已经是他底线上的克制力了，他也不看小陆和李一泓，而看着茶几，紧抿双唇，抿得腮上呈现出了很深的威严纹。他两肘架立在膝盖上，十指紧扣在一起，指尖深深地压进手背。仿佛不那样，双手就会发生抽搐。

李一泓和小陆也是谁也不看谁。李一泓又仰起脸望吊灯，而小陆在目不转睛地望着韩主席身后的一幅国画——画上是一只红冠彩羽、怒眼圆睁的大公鸡，翅膀半展不展的，如同在和画外的另一只公鸡"决斗"。

两名服务员似乎觉得这边马上就要发生什么不妙的事情，互相丢一个眼色，明智地悄悄离开了服务台，离开时还怕被发现，猫着腰。

韩主席身子朝后一靠，冷着脸，慢言慢语地说："喜欢站着，您就站着。我和您不一样，在哪儿，都喜欢坐着。尤其我说话的时候。没个座位给我坐，那我就不高兴。事情它是这样的啊陆委员——你们那辆车，我们给拖出来了。"

他说时，还是不看小陆一眼，双手垂放身体两侧，像某些大首长那种随意而又舒适的坐法。

小陆也仍不看他，冷冷地问："请问你们是谁？"

"小陆先别打岔，你耐心听韩主席把话说完嘛。"

小陆的脸缓缓转向了李一泓："我失去耐心了吗？"

"我们就是我们，相对于你们而言罢了，随你怎么想。车呢，我们给冲洗得干干净净，命令人检查过了，一点儿毛病没有。怕你们走的时候车里湿，命令人用热风机将座位吹干了，还给油箱里加满了油。我们为你们，在任何细节方面，都已做得无可挑剔。"

"太费心了，感激不尽。"李一泓貌似感动地说。

"老同学，别来这一套了。咱们今后会是一种什么关系，我心里有数了。既然你们有一定之规，那么我也当面奉告，我们也都是有一定之规的人。世界上怕就怕认真二字嘛，我们会认真对待你们的认真的。还接着刚才的话说，车内有些东西，我们到之前，已经不见了。天下那还是有贼的。我承认，我们这个县不是桃花源。陆委员数你丢失的东西最贵重，录像机、照相机、手机，我们一一给你买了，带来了，现在当面交给你。我们不能让你们进行调研的政协委员，在我们县既受了惊吓，又受了损失。"他向前一俯身，从茶几下拖出两个商品袋，拿起放在了茶几上。

"韩主席，如果说你第一次带给我的录像机我收下了，那是因为，我的录像机是在对方们极其无礼的情况下用暴力损坏的，而且是损坏者赔的，只不过请您转交一下。起码你当时是这么说的。但这一次的情况不同，毕竟是丢失的。我们不是旅游者，您也不是旅行社负责人。我并没提出什么索赔要求，你们岂不是赔得太一厢情愿了吗？"小陆话里的"你们"二字，带着特别强调的意味。

韩主席笑了："是啊，我们是一厢情愿啊。你接受了，不就两厢情愿了吗？"

"但是我不能接受。我接受了，就太没道理了。"

李一泓对韩主席说："你看，我说过她肯定不会接受的嘛。"

"看来,是让我怎么带来的,怎么带走啰?"

"只有那样。"小陆话一说完,立刻将脸转向李一泓,"组长,还有事吗?"

"别问我啊,又不是我找你,你问韩主席嘛。"

小陆将目光转向韩主席,却不说话。韩主席垂着目光,也不说话,腮上又呈现出了很深的威严纹。

"那我走了,我还要重新整理调研材料。"说罢,小陆转身一跛一跛地离去。

"她被泥石流冲倒时,脚腕扭伤了。人哪儿疼,脾气都不好,您别见怪。"

韩主席望着小陆的背影微微冷笑,缓缓将脸转向李一泓,眯起眼难以理解地看着他,仍不开口。

"老同学,我也失陪了。你也早点儿回家吧,啊? 东西可别忘这儿。"李一泓抱歉地笑笑,也走了。

韩主席掏出了烟,呆呆地吸着,刚吸两口,就将烟按灭了,掏出手机,对着手机大发脾气:"我! 听不出来呀? 废话! 还能干什么? 把车开过来,接我! 我在大堂! "

李一泓这次住的居然是套间,外间的客厅很大,一只大花篮和一只大果篮对称地摆放,显得格外抢眼。然而,罩在果篮上的塑料薄膜还是完好的。

徐大姐、小陆、张铭都在客厅里。徐大姐手拿遥控器在调转电视频道;张铭一边在为小陆按摩脚腕,一边也在看电视;而小陆在看一份报。

张铭说:"应该就是这个台。"

徐大姐点点头:"其实不用看也猜得到他们自己会怎么报道。"

门开了,李一泓走进来:"曜,怎么都聚在我房间里了?"

徐大姐笑了:"人家把最高级的套间安排给你住了,我们当然要沾你的光,享受享受啰。"

李一泓:"我床上还撒了花瓣呢,浴缸是有按摩功能的。"

徐大姐说:"你得承认,人家对咱们,是花了一番心思的。"

"所以偏不让他们所有的心思都实现了。"李一泓又问小陆,"小陆,他们的报上怎么报道的?"

"整版全是领导干部们在抗灾现场的动人事迹。"

"怎么写李村主任的?"

"只字未提。"

"他妈的!"

"听这一段啊,写到了你和张铭——一位姓李的政协委员在调研组司机的陪同之下,惊慌失措地前来报告灾情发生,而此时他们却并没有见到一位县级领导,因为县级领导们早已身在灾情现场了。"

"我可没有惊慌失措。"张铭直撇嘴。

李一泓看着张铭说:"他们,怎么可以这么写咱俩嘛?"

张铭笑了:"那你指望他们怎么写咱俩呢?"

李一泓张张嘴没说出话来。

徐大姐认真地说:"一泓,你那位高中同学,也很成问题啊!他简直成了被人利用而对我们进行游说的说客了。"

李一泓不屑地说:"恐怕还不仅是说客。"

张铭敏感地说:"我觉得有些奇怪,如果说陆委员的录像机、照相机、手机都是值钱的东西,丢失了有必然性,为什么那一档案袋调研材料也会丢失?而你们三位委员的钱包却都在车上?组长钱包里不是还剩不少钱吗?"

小陆"哎哟"一声缩回了脚。"对不起,我给你把膏药贴上吧。"张铭说着从兜里掏出几贴膏药。

"谢谢了。都给我吧,我自己贴。"张铭替小陆撕开一贴膏药,递给她。

李一泓将他们二人这一幕看在眼里,忍不住地对张铭耳语:"我的事儿你少操心,你需要我帮忙的时候说话。"

张铭不好意思地说:"你们谈正经事吧,我回房间去了。"说罢匆匆起身走了。

小陆不高兴地说:"你跟人家小张铭嘀咕什么了,把人家说走了?"

李一泓话里有话地说:"从什么时候开始,张大哥变成小张铭了?"拿起一个苹果,边削边说,"在大堂的时候,那位韩主席对我说,他们赶到的时候,那些东西已不见了。当时我心里就起疑。既然那些东西已不见了,他又怎么会知道车上有过哪些东西?"

徐大姐摇头道:"一位县政协主席,快退了,混着干,也多少有点儿可以理解的理由。可我觉得,他又不是在混着干,他已经是在昧着良心干了,变成一个毫无正义感的人了。"

李一泓又说:"我有必要提醒你们二位一下,也许,会有恶人先告状的事情发生。一旦发生了而又说不清楚,两位不要太委屈。"

突然,三人的目光同时投向电视里正在播的县电视台的晚间新闻报道:

"……今日上午八时至九时之间,几股强大的泥石流,突然自邻省那边的山上冲下,对河这岸我县的几个村庄造成了巨大危害。面对这一场天灾,我县领导反应快速,从容应对。一项项紧急措施果断而又适当,充分证明我县领导们头脑之中,早已树立起了防止突发灾情危害人民生命和财产的良好意识。正因为他们头脑之中有了这一种良好的思想意识,才使这一场天灾的损失降低到了最小。据初步统计,目前仅确定五人死亡。"

李一泓从徐大姐手中夺过去遥控器,将电视关了,愤怒地说:"五条人命没了,他们还说'仅'!那是人说的话吗?!还说是天灾!"

徐大姐一声叹息:"猜到了他们会这么定调子。"

"愚弄百姓,哎呀。"小陆一不小心弄疼了自己扭伤的脚。

"可耻!"李一泓狠狠将削好了还没吃一口的苹果摔进了纸篓。

徐大姐劝他:"你看你,这种脾气怎么能当政协委员?"

"决不吃他们买来的水果！我扔窗外去！"李一泓捧起果篮就往窗口走。

徐大姐大声制止他："你给我放下！"

小陆单脚跳到他跟前，接捧过果篮，放回原处，挑选了几个："水果就是水果。水果又没有错。你不吃我们还吃呢，大姐你吃吗？"

李一泓不是榆木疙瘩，想想也就偃旗息鼓了。

第二天，李一泓在宾馆大堂结账，值班的还是昨天晚上那两个女服务员，其中一个为难地说："韩主席再三交代，不许收你们一分钱。"

李一泓坚决地说："省政协的吴主席对我们调研组有严格的要求——到了地方上，绝对不许白吃、白住、白拿。"

另一个服务员小声说："省里的主席比县里的主席大多了。"

"对，你很明白。"

"反正我不敢收，要收你收。"那个服务员说完竟躲避地走掉了。

剩下一个服务员也为难起来："那，她不敢收，我也不敢收。"说完也想走开。

李一泓隔着柜台揪住了她："别走，你们这俩小姑娘。这样吧，我也不为难你了，替我找你们经理来！"

服务员给宾馆经理打电话去了，只剩下李一泓一个人站在总服务台那儿。大堂里突然放起了模仿原声态的粗犷男声唱的老歌《二月里来》，他倾听着歌声，耐心等待，手指在台面上敲点着歌拍。

过了一会儿，徐大姐和小陆从电梯里走了出来，包包袋袋的，还共同拎着果篮，她们也听到了这首老歌。

斯时《二月里来》正唱到最后两句："谁种下仇恨，他自己遭殃！"

"大姐你听，他们放的这是什么音乐！"小陆不高兴地说，"哪有宾馆放这种音乐的？今天还能找到有这一首老歌的音碟就不容易！这是有人故意让我们闹心呢！"

"你觉得闹心儿？"

小陆悻悻地说:"有点儿。"

"看你小心眼劲的。别那么联想,那么联想可不好。歌儿就是歌儿。正像你说的,水果就是水果。这歌挺好听的。"徐大姐笑了,随着歌声也哼起来:"二月里来,好春光,家家户户种田忙……"

李一泓发现徐大姐和小陆拎着果篮朝这儿走来,赶紧迎上去,拎过了果篮。

小陆说:"不许笑话我们啊,你打算连这份儿钱都交,那它就是咱们的,当然要带走。"

"说得对。"李一泓又小声说,"要是庄主席、肖副院长送给咱们的,才不算得这么清呢,和他们,"他做了一个划清界限的手势,"小葱拌豆腐,一清二白!"

徐大姐望着服务台问:"怎么没人?"

"俩女孩子都不敢收我的钱,说我那校友交代了,不许收。我让找她们经理来,就打电话去了,还不敢当着我的面打这儿的电话。"

小陆哂笑道:"他还真有权威。"

打电话的服务员回来了,痛快地说:"拿钱来吧,我们经理同意了。还让我转告他的话,祝你们一路平安!"

小陆嘟哝:"一祝我心里反而不安了。"

李一泓批评她说:"别胡说八道!"

徐大姐说:"挨批评了吧,批评得对。要是咱们人走了,你的话在当地传开了,影响多不好?"

小陆自知失言,转身望向外边,面包车已经等在宾馆门口了。

面包车开出了县城,迎向广袤的原野。小陆呼吸着新鲜的空气说:"在平德县城里心情压抑。现在一离开,心情好多了。"

徐大姐郑重地说:"平德县不是哪些人的,是人民的。有些人以为大权在握,似乎可以一手遮天,到头来总是会适得其反。"

李一泓拍了拍自己的头:"糟糕!我怎么把那个弹棉花的小伙子给忘了?"

小陆也说:"我觉得好像还有件什么事儿嘛!"

徐大姐问:"要不开回去找他?"

张铭忽然说:"不用开回去,过会儿你们就会见到他。"

面包车驶到一个丁字路口时,一辆警车出现在路口,一拐,驶在面包车前面,面包车尾随其后。

二车一前一后行驶了一段路,警车靠边停住了,面包车也停住了。

宋春树从警车上下来了,接着下来了一名和张铭年龄相近的公安人员。张铭下了车,走过去,和那名公安人员说着什么,那名公安人员将一个信封交给张铭,然后调转车头,顺来路开回去了。

张铭拉开车门,宋春树上了车,冲李一泓三人憨憨一笑,拘束地坐了下去。

李一泓严厉地问:"说,我们离开平德县以后,你是不是干什么坏事了?"

宋春树委屈而又慌乱地说:"没、没有啊!不信你问你们张同志!"

张铭也上了车,回转身将手中的信封递向李一泓,并说:"别冤枉他,他表现挺好的。"

李一泓接过信封,问:"这是什么?"

"你们的调研材料、陆委员的东西其实一样没丢失,都在平德县公安局呢,已经编了号,重点保管。他们公安的同志对某些事也是早就有看法的,他们在心里边支持你们,暗中把调研材料拷了一份。他们都是我的朋友,也都挺羡慕我有这样的机会。"

李一泓将信交给小陆:"你放着,千万收好!"又责怪张铭,"你这人也是,干吗不引荐人家过来见见?"

张铭笑了:"他说没那必要嘛。"

小陆对宋春树说:"刚才我们组长还惦着你,你怎么跑人家警车上去了？"

张铭接过话来说："他妹妹无意中看到了一些事情，并且受到了威胁，特别害怕，自己躲起来了。我想他等在那宾馆里也不安全，就让我的公安朋友们把他接走了。"

李一泓问："还没找到你妹妹？"

"张同志的公安朋友帮着找到了，现在已经回家了。我妹妹把她看到的一些事写下来了，我还在平德县等你们，就是要亲手替她交给你们。"宋春树从内衣兜掏出一个信封，递向李一泓。

李一泓愣愣地看着信封没接，宋春树不好意思地问："你们……不需要？"

"需要需要，当然需要！"李一泓劈手把信封夺了过去，迫不及待地抽出信纸。

徐大姐温柔地说："小张铭，你不言不语地，替我们做了不少我们想不到顾不上的事啊！"

小陆望着张铭的目光变得更加温柔，情不自禁地说："大姐，小张铭这小伙子可爱吧？"话一出口，自己先害羞了。

信纸展开了，上面的字在李一泓的脑海里形成了一个真实的场景：

某包间餐厅里，关向辉和"T恤衫"在同一个被他们称作"孔秘书"的男子划拳推盏。一个少女——宋春树的妹妹站在一边，身上已只剩下红乳罩和红短裤了。

关向辉和孔秘书划了几拳，满嘴酒气地说："孔秘书，你又输了，干了，干了！"

孔秘书指着少女，醉眼迷瞪色眼乜斜地说："她先脱，脱！不脱，我一口不……不喝……"

少女双手护胸，哀求道："几位大哥，求求你们了，我今天身体不舒服，下次再使你们满意吧！"

关向辉朝少女吹去一缕烟："嘴怪甜的，话儿也说得可怜见的，可你脱不脱,跟身体舒服不舒服有什么关系呀?"

"T恤衫"猥琐地问:"身体哪儿不舒服了? 说说看。"

少女快哭了:"来的时候,和那位大哥讲好的,他说可以不这样,我以前只陪酒,从没这样过。"她说"那位大哥"时,指了指"孔秘书"。

"T恤衫"嘿嘿一笑:"他说可以不这样? 他那是骗你呢!"

少女哭起来了,跪下了。

"脱,脱……"孔秘书犹自叫唤着,滑到桌子底下去了。

关向辉看孔秘书一眼,接着盯住了少女:"乡下女孩儿,竟也细皮嫩肉的,真是白里透红,红里透粉。你既然跪下了,我就开一次恩,免你再脱了。"

少女立刻站了起来,感激地问:"那我可以穿衣服了吗?"

关向辉按灭烟,挥挥手:"穿吧穿吧!"

"T恤衫"已将"孔秘书"扶坐起来,"孔秘书"在椅子东倒西歪,还在意犹未尽地"脱"个不停。

关向辉鄙视地冷笑着说:"平时跟在县委书记左右人模人样的。除了你我,再有几人有机会看到他这会儿的臭德性。"

"这他怎么能开车回去啊,干脆让他住这儿算了。"

关向辉摇头:"不行。他主子催我几次了,等他把这笔钱带回去呢。公众面前是公仆,公众背后是白眼狼! 晚几天都不高兴,好像我欠他们的。"

"那我开车送他回县城?"

"你喝得就少哇? 别给我惹麻烦了。让我司机开车送他回县城,你陪着。东西在这儿吗?"

"在,桌上那纸袋子里就是。""T恤衫"扶起"孔秘书"往外走,顺手去拎那纸袋子,却没拎着。

少女恰在此时穿好了衣服,取悦地说:"大哥我来帮你拎。"她刚一拎起纸袋子,纸袋子开底儿了,成捆成捆的钱钞散落一地。少女看着傻眼了。

关向辉劈手给了她一耳光:"谁他妈让你献殷勤了!"接着又冲"T恤衫"吼,"纸袋子是装这么多钱的东西吗?!"

"T恤衫"将"孔秘书"往沙发上一推,直扇自己耳光:"我该死,我该死,大哥千万别发火!"他赶紧蹲下去捡钱。

少女也蹲下去帮着捡。一捆捆钱被少女和"T恤衫"的手放在长沙发一端,不一会儿成堆了,而"孔秘书"已歪在沙发上打呼噜了。

少女从桌子底下爬出来,站起来将最后一捆钱放在沙发上。她发现关某和"T恤衫"都在冷冷地瞪着她,她忐忑地后退着连说:"对不起,对不起,都是我的错,可我不是……"

关向辉逼近少女,冷冷地打断她的话:"不是故意的?"

少女的身子已贴墙了,无可再退,害怕地点点头。

"我也没说你是故意的。有些东西,是可爱的,比如你,比如钱。美女多了并不可怕,钱多了有时候就可怕了。你这样的人,不配看到太多的钱,明白?"

这时,"T恤衫"也逼了上来。

"我本想怜香惜玉一次,但你自己运气不好,在特殊的地方,看到了可怕的事情。这就怪不得我了,不给你点儿颜色,你就不会懂得为什么有些事需要保守秘密。"关向辉的一只手突然捂住少女的嘴,把她往腋下一夹。

"T恤衫"上前帮忙,紧紧抱住了少女踢踹的双腿,将少女弄入套间里。

沙发上,"孔秘书"的脚一蹬,沙发旁的立架晃了一下,一只花瓶落地碎了。一枝插在里面的玫瑰掉落下来,"孔秘书"的脚一蹬,一大朵花儿碎成了一地凌乱的红瓣儿……

李一泓刚看完这封信就被小陆抢了过去,她看完又转到徐大姐手中。

小陆问宋春树："你妹妹敢肯定那个孔秘书,就是平德县委书记的秘书?"

"敢!后来我妹妹在电视中认出了他,跟在县委书记身边跑前跑后的。"他回答完小陆的话,又说,"我妹妹怕死他们了,可我恨死他们了!只要能扳倒他们,让我们兄妹俩怎么配合都行!"

小陆看着他眼中那两团跳跃的火焰,想起了《二月里来》最后两句歌词:"谁种下仇恨,他自己遭殃!"

"你妹妹也肯在法庭上指证吗?"李一泓问宋春树。

"这我得做通她的思想,毕竟她才只有十六七岁。"

面包车驶到村口,宋春树说:"我在这儿下车就行。"

李一泓说:"别,我们要把你送到家门口。"

面包车驶入村子,停在一户农家的宅院外。院里有一少女在晾衣服,看到面包车,跑进屋里,躲在家门内向外窥视。

宋春树下了车,向面包车挥手,面包车又开走。

黄昏时分,面包车驶入省政协院内,站立在台阶上的吴主席快步踏下台阶,匆匆迎向面包车。

面包车门打开了,李一泓刚欲下车,被吴主席堵在车内。

吴主席看一眼手表,问:"怎么晚到了一个小时?"

"送一个人回家,绕了一段路。"

"都别下车了,也不握手了,我陪你们去省委。"吴主席也上了车,面包车又开出了省政协院子。

在车上,吴主席看着他们说:"你们都瘦了,也黑了。按我的想法,本打算陪你们吃晚饭,可省委刘思毅书记听说你们今天回来,急切地要见到你们。"

面包车驶入省委院子,刘思毅的秘书小王快步奔下台阶,跑到车前,打开车门:"刘书记为见你们,把晚上安排的一切事都改时间了。他已经等你们很久了。"他直接把众人领到了常委会议室。

椭圆形会议桌旁，单设了一张方桌，上面摆着沙盘。刘思毅站在沙盘前，一手拄下巴，看着，沉思着。听到脚步声，他抬起头来。吴主席已率李一泓们进来了，小王带上了会议室的门。

刘思毅招招手，众人走了过去。

刘思毅说："不握手了，客套话也不说了，吴主席肯定替我握过了、说过了。"

吴主席笑了："我也没顾上。"

刘思毅说："那么欠着吧。我让人赶制了一个沙盘，太简陋，但也能看出大致的状态。我有个问题一直想不明白——这几座山，是石体的山，虽然表面的土壤层不厚，但还是够草树扎根的。历史上连山洪也没发生过，怎么会突然发生破坏力那么大的泥石流呢？我听说你们也遇险了，那么你们一定了解了些第一手的情况，谁能回答我的问题？"

李一泓三个人相互观望，小陆说："你是组长，你别看我们了。"

"等等。"刘思毅亲自将一把椅子搬到徐大姐跟前，尊敬地说，"大姐您请坐。他俩年轻，让他俩陪我站着说。"转身看着李一泓说，"李一泓，没见到你之前，就听说过你的某些事了。恐怕你还得陪我站半天，别有意见。请讲。"

李一泓说："据我们了解，这些山虽然是石体山，但却属于软石体，铲去土壤层，镐刨锹挖，都不成问题。而且下面的软石体中，富含硝酸，就是碱的成分。在这些山里，有一家所谓的'矿物研究所'，在长达六七年的时间里，一直雇人挖山不止，为的是从中提炼出碱来。"

刘思毅问："利润很高吗？"

李一泓说："比采煤麻烦，毕竟还需要提炼。但提炼方法本身，却又十分简单。洗衣粉厂、皂厂都离不开碱，某些工业上也需要工业碱。所以可以说，销路广阔。一顿碱的价格高于一吨煤几倍，利润那也是相当可观的。我们到实地去看过，到处的山坡上、山谷里堆满了提炼后的渣土。"

刘思毅奇怪地问:"那六七年间,还不将这几座山挖平了?但事实上,今天以前,那几座山都原样存在着。"

李一泓说:"我们估计,今天以前的那几座山,只不过是山的空壳了。"

吴主席接言道:"一下暴雨,首先是那些渣土开始移动,堆积。堆积得过于重了,就将薄处的山壳压塌了。于是,形成了泥石流,对不对?"

李一泓点点头。

小陆说:"在今天的泥石流没有发生以前,所谓'矿物研究所'造成的环境污染就已经很严重了。飘飞在天空的有害粉尘,使我省这边几个茶村的茶叶无人收购。这一条被严重污染了的河水,对下游完全丧失了水利用的价值。无论是茶村的茶农还是下游百姓,意见很大,多年以来一直不断向平德县的领导干部们反映危害情况,可他们置若罔闻,甚至采取种种手段压制百姓的意见和呼声。"

刘思毅转身对小王说:"记下来。"

小王回答:"录音了。"

刘思毅郑重地说:"那也要记!只要我说要记的,都得记。"

小王赶紧翻开小本记。

刘思毅想了想说:"可不可以这样认为,是兄弟省那边发生的泥石流,也危害到了我们省这边的几个村子?"

李一泓说:"这也是表面现象。据我们了解,那家所谓的'矿物研究所',是经我省有关部门批准注册的。"

刘思毅有点吃惊:"照这么说,事件的责任……不是等于反过来了吗?"

李一泓说:"我们不敢擅自下这样的结论。我们只不过是在汇报我们所了解到的情况。即使这些情况,那也有待于您作出指示,进一步核实。"

刘思毅从沙盘前默默退开,垂下目光,自言自语:"我在第一时间,下指示派出了救援飞机,原以为会获得兄弟省份的感谢。"

吴主席说:"李委员不是说了嘛,还有待进一步调查。"

刘思毅望着李一泓问:"没有八分把握,你根本就不会跟我那么说吧?"

李一泓抱歉地说:"我们也不愿意事情果真是那样。"

刘思毅转脸对小王说:"记。"

小陆忽然问:"刘书记,您到过平德县吗?"

刘思毅说:"你们吴主席可以为我作证——我在任三年以来,每年都要亲自到几个县去视察。"

小陆打断他说:"视察?噢,明白。"

小陆的话中含有明显的嘲讽意味儿,吴主席向她使了一个"不许"的眼色。

刘思毅微微笑了一下,见多不怪地说:"吴主席,你的人现在是越来越……"

小陆接口道:"放肆了?"

气氛一时显得不同寻常起来,连李一泓也觉得小陆太锋芒毕露了,用胳膊肘轻轻碰了她一下。

吴主席解释道:"思毅同志,小陆也是一位新委员。"

刘思毅指点着小陆说:"我记住你了。"又转脸对吴主席说,"其实我想说,你的人越来越有进步了。敢质问,也是一种进步嘛。你的人都敢质问了,我的人才都不敢胡作非为了,才都会夹起尾巴来当官了。平德县我也去过,但仅去过一次,听听汇报作作指示而已。两个省死了十几个人,中国人口虽然多,那也不允许非正常死亡经常发生。这一事件肯定有哪一级领导干部要承担责任的。该我刘思毅承担的,我决不推诿。"

李一泓说:"刘书记,我们吴主席一再教导我们不要轻易下结论,但我们调研组一路上经过讨论认为,有一种结论我们应该作出,不知这会儿可以讲不可以讲?"

刘思毅严肃地说:"李一泓,你但讲无妨。"

李一泓说:"我们调研组认为,平德县的主要干部们,恐怕屁股上都沾了擦不尽的屎嘎巴了。"他的话一说完,气氛一时又为之凝重。

既然开了头,李一泓话就刹不住了,激动地说着一路的见闻遭遇,忍不住又一次次站起,甚至拍桌子。

刘思毅向秘书小王一指,听得忘了记录的小王赶紧又低下头记录。

而徐大姐却坐在椅子上睡着了,睡得很香。

天已黑了,外面的张铭也伏在方向盘上睡着了。

吴主席向刘思毅指指手表,耳语:"同志,他们还没吃饭呢。"

刘思毅连连拱手:"对不起对不起,那咱们今天先到这儿?"

徐大姐终于睁开了眼睛,说:"就盼着你这句话呢!"

刘思毅奇怪地问:"大姐一直没睡着?"

徐大姐说:"你们几个高一声低一声的,我能睡着吗?不是我挑你理啊刘书记,饭我们少吃一顿倒没什么,可您书记大人总得赐给我们口水喝吧?"

刘思毅难为情地说:"挑得对挑得对,我满脑袋官司,忘了这细节了!哎小王,这也不是我该想着的,是你该想着的事,你怎么了?"

小王难为情地说:"我……见您一下午烦,我心里也乱乱的。"

吴主席说:"算了,也别批评小王了。泥石流事件搞得咱们心里都够乱的,彼此理解吧。"又问徐大姐,"既然没睡着,怎么不发表看法?"

"一泓委员和小陆委员汇报很好,那我就没什么必要开口了嘛。"

刘思毅吩咐小王:"小王,为了使三位委员该回家的早点儿回家,该到宾馆的早点儿到宾馆,你立刻去安排一下。用我的车送吴主席和徐大姐,随组的车送小陆委员,再派一辆车送李一泓委员。"

刘思毅在门口与三位委员一一握手,边说:"握手不欠了,这就算补上了,啊？至于道辛苦的话,继续欠着,以后一总说。"

吴主席说:"其实思毅书记也没顾上吃晚饭。"

刘思毅歉意地说:"吴主席陪你们下楼,就算替我送你们了吧。我还要单独思考些问题。"

在一辆"奥迪"车里,徐大姐试探地问吴主席:"吴主席,庆安市重点中学的杨亦柳校长,你知道她近来怎么样了吗?"

"她呀,为公安厅立了大功了,公安厅正式给省政协寄来了感谢信。"

"嗯……"

面包车停在一幢居民楼前,小陆依依不舍地说:"小老弟,再见吧!"

她向张铭伸出一只手,张铭不握她的手:"你落东西了。"

小陆看看自己拎的包:"没有啊。"

"肯定落东西了,你过来看。"

小陆放下包,探头向前。张铭一反身捧住她脸,深深吻了下去。小陆的手起初推拒,渐渐顺从,搂住了张铭脖子。一阵长吻后,二人分开,小陆难为情地:"你怎么敢不经我的允许。"

张铭憨憨地笑了:"就敢了,不是也没事儿吗?"

小陆双手捧腮,自言自语:"太突然了,这太突然了。"

"我这人反应迟钝,一反应过来,当然就搞突然的。"张铭边说边掏出烟来。

小陆放下双手,瞪着他说:"这会儿不许吸烟!"

张铭将烟又揣起来了。小陆也突然搂住他脖子,主动而热烈地深吻他。

李一泓进入宾馆的房间,刚刚放下东西,电话响了。

李一泓接电话听了一会儿,激动地说:"原来是这么回事啊!谢谢大姐,谢谢大姐,真是我的好大姐!"

李一泓放下电话,忍不住高唱:"我家住在黄土高坡,大风从坡上刮过……"

他愣了愣,看一眼手表,拎起包冲出了房间。

火车站上,一辆出租车驶来,停住了。李一泓从车内钻出,冲进了火车站大楼。

第二十七章

没有空座的列车车厢里,乘客们睡态各异。仅仅看着他们熟睡的样子,人也会犯困的。两节车厢的连接处,有一个人笔挺地站着,望着漆黑的窗外——是李一泓。

李一泓看着窗外模糊不清的景色,他的心在呐喊:"亦柳,我多想立刻就见到你啊!我有那么多问题要听听你的看法,关于怎样做政协委员的,关于怎样做父亲的,关于我和春梅的父女关系的,关于咱俩的……"

熟睡中的杨亦柳被门铃声吵醒了,她打开床头灯,欠身看了看闹钟,才后半夜三点多一点儿。她感到奇怪,以为自己在幻听。门铃声又响,她不再奇怪,而是非常诧异了,还有点儿不安,犹豫着坐起,不知自己应该怎么办。

门铃声持续不断了,显然有人在外边按住了不松开手指。杨亦柳穿着睡衣下了床,走到客厅时,门铃声终于停止了。她侧耳聆听,外边静悄悄的,并没有什么更令她不安的声音。

她困惑了,继而打算回到卧室,这时门铃声却又响起来。

走到桌子那儿,杨亦柳抓起听筒才想到电话线拔了。她插上电话线,看得出是打算报警了,但眼镜却没在手边。

她又开了桌灯,脸几乎贴在玻璃板上了,却还是看不清压在玻璃板下的电话通讯录。

门铃声断断续续,看来外边有人非让她出屋不可了。

她恼火起来,啪地放下电话,用目光四处寻找,取下了挂在墙上的羽毛球拍,先是一手拿一只,后来明智地放下了一只。

握着一只羽毛球拍,轻轻推开屋门,走到了院子里,杨亦柳小声问:"谁?"

院门外李一泓的声音同样也很小:"亦柳,是我。"两个人的对话,听起来像是半夜三更在秘密接头。

"你是谁?"

"我你都听不出来了? 一泓啊!"

杨亦柳听出来了,好生恼火,高举着的羽毛球拍垂落了。

"李一泓,半夜三更你跑我这儿来做什么妖啊!"

"怎么是作妖呢,我来看看你。"

"看看我? 你知道现在几点了?"

李一泓站在院门外,脚边放着拎包,他看了看手表:"三点十一分,不,快十二分了。"

"你不是参加调研组了吗?"

"我们组今天傍晚回到省城了。我连夜赶回来,就是为了要见到你!"

"我你什么时候想见见不到? 不给你开门,先回自己家去!"

"不给我开门,我可跳进去了啊!"

"你敢!"

"你看我敢不敢!"李一泓的拎包从院门上方飞入,砰的落在杨亦柳脚旁。

杨亦柳愣了愣,急忙说:"千万别跳,小心摔着! 你等会儿,我这就拿钥匙给你开门。"

她刚一转身,李一泓的声音近了:"你省了吧你!"

她循声抬头一望——李一泓的半截身子已出现在门上。

"哎呀,你这个家伙!"杨亦柳准备上前接扶他。

"闪开。就你这院门,还拦得住我吗?"话一说完,李一泓已飞人似的,双脚落定在杨亦柳面前。

李一泓朝后拢了一下头发,正了正衣领,得意地说:"还行吧?"

杨亦柳挥起了羽毛球拍:"真想给你一拍子!半夜三更,一个大男人,翻院门跳进一位中学女校长的院子,成何体统?你还嫌网上关于咱俩的谣言少哇?"

"我要怕那些,我还是李一泓吗?"

杨亦柳半认真半不认真地说:"你不怕我怕。"

"你要是怕那些,你还是杨亦柳吗?"他将她横着抱了起来。

"你的包!"

"如果在你家院子里还丢了,当然得赔!"

"真不讲理!"

"以后得来更不讲理的!"

他一脚踢开门,抱着杨亦柳进了屋。他抱着杨亦柳在客厅转圈儿,似乎是抱着一样贵重的大物件,一时又不知该摆放在哪儿。

杨亦柳显然很受用,却说:"放下我吧同志,怪沉的。"

"放哪儿啊?"

杨亦柳仍拿着羽毛球拍,用它轻轻拍了李一泓的头一下,嗔道:"你说放哪儿,放地上啊。"

"我怎么觉得,这时候就不是该把你放地上的时候。"他朝卧室看了一眼,"你那屋我还没进去过。"他抱着杨亦柳进了卧室,将她仰放在床上同时伏在她身上,俯视着她。

杨亦柳的目光脉脉含情起来。

"你把我害苦了,得补偿。"

"你才把我害苦了呢。"羽毛球拍从杨亦柳手中落到地上。

李一泓拉灭了床头灯,黑暗中,李一泓抱怨道:"以前我对你也太拘着了,想想亏大发了。"

……

天亮了,李一泓只穿大裤衩,肩上搭着背心,在厨房里东找西找。他打开冰箱,发现了一小盆粥、一个馒头和一小盘咸菜,他取出来放在客厅的桌上,也不坐下,捧起小盆,就那么站着喝起来。

披着睡衣的杨亦柳出现在卧室门口,这时李一泓已坐下了,大口吃馒头,用手抓咸菜。

杨亦柳深情地望着他的背影:"不嫌凉啊!"

李一泓闻声一扭头,见杨亦柳已不知何时坐在他身旁。李一泓从肩上扯下背心,赶紧穿。

"会吃坏肠胃的。"杨亦柳笑了,"这会儿倒知道不好意思了,那夜里怎么不管我好意思不好意思?"

李一泓将馒头吃光,说:"我们在平德县的时候,素素打我的手机,哭着告诉我,说她和她姐亲眼看到你在家门口被押上了警车。"

"这孩子!那怎么是押呢,那是请。"

"那一天偏巧是你生日。我都不知道你生日是哪一天,她姐俩倒记着了。她们买了生日蛋糕给你送来,结果就看到了当时那情形。我往家里打电话,再要详细问她,可怎么也打不通了。我给春梅打电话,她不接,还把手机关了。我心里乱成了一团,给齐馆长打电话询问,齐馆长说的和她姐俩说的一样,我将信将疑。"

"你怎么还会相信呢?"

"我算有体会了,人一听说自己亲爱的出了什么不好的事,想要说服自己别信那都办不到。急得我没法子了,最后只得给黄院长打电话。心里一百个不情愿,但还是打了。猜他怎么说?他说:'死人的事是经常发生的,贪污受贿的事也是经常发生的。'我能想象得出,他一边说,一边忍不住笑的样子。放下电话,我心口堵得透不过气来。我就离开宾馆,在平德县城里到处转,找网吧。还真让我找着了,上网一看,肺都要气炸了。"

杨亦柳握住他的手,温柔地说:"干吗那么大火性。"

"后来我就又到一个酒吧去喝酒,我甚至还厚着脸皮央求调研组的徐大姐,让她往省公安厅打电话,帮我探听探听你的情况。"

"徐大姐我们认识,关系挺好。可即使她打电话,也探听不出什么来,那是保密的。"

"你说我这个调研组长,还能当好吗?"

杨亦柳更加温柔了:"那你当得究竟好不好呢?"

李一泓避而不答,只管顺自己的话题说下去:"我们从邻省的平德县回来,路上遇到了泥石流,四个人都捡了一条命。来到咱们省界边上的一个茶村,泥石流刚把那村子危害了。那村的村主任特别好,特别能忍辱负重的一位村主任也遇难了。他……他是……是我春梅的生父。"

李一泓脸上淌下泪来,杨亦柳替他抹去泪。

"两件揪我心的事儿,现在还剩着一件。这一件,不可能转忧为喜了,叫我……叫我怎么告诉春梅那孩子呢?"李一泓双手捂脸,样子难受极了。

杨亦柳挪了挪椅子,坐近他,搂住他一条手臂,将头靠在他肩上。

"你还不给我开门!"李一泓委屈地说,像个孩子似的。

"开不开门的那不是小事儿嘛,夜里我都认错了,你就别那么小心眼了呀。春梅她生父的事,想听听我的意见吗?"

"不想我急着见你干吗?"

"别气呼呼的,好好跟我说话。你曾经告诉过我,二十多年了,不是你不愿让春梅去认她生父,是她生父太愧疚,一直也没做好心理准备。人死不能复生,现在再也不能瞒春梅了,告诉她实情吧。"

"春梅虽然不是我的亲女儿,我从小疼她、爱她,待她胜过亲女儿,还总偏向着她。这一阵子因为某些事我俩疙疙瘩瘩的,万一……"

"还因为省里那些干部子女进重点中学的事儿?"

"那事儿你不是原谅我了吗?"

杨亦柳不言语。

"闹半天还没原谅?"

"就算原谅了吧。"

"就算不行!"李一泓急了。

"别急,原谅了,行了吧?"

"那我心里就又去了一块心病。现在是我对她火大了,你说她和她老板,那是一种什么关系?很不正当嘛!"

"那我俩又是什么关系?"

"不能相提并论,我俩可都没有配偶!"

"别说配偶两个字!我顶不爱听配偶两个字了。我侧面打听了一下,她老板那人还不错,妻子在国外,不离婚,也不回来。他们那一种关系,也很难用正当或不正当界定。所以我劝你先不必指责他们那一种关系,也不要担心现在告诉了春梅实情,她会跟你掰生。我可以担保春梅不是那种无情无义的孩子。不但要告诉她,更要亲自陪她回到家乡去安葬她的生父。"

李一泓小孩子似的:"那,你得和我一起去。"

杨亦柳离开他,不解地问:"我不见得一定得去吧?"

"非去不可。"

杨亦柳苦笑:"你怎么现在变得这么不讲道理啊?好吧,我答应。至于网上那些谣言,你说你不怕,我却觉得你还是挺在乎的。"

"我主要是……恼火透顶!"

"没必要。人和动物的区别之一也在于,人有参与议论他人、议论时事的天性。东西方人都一样。要不西方人为什么那强么调言论自由呢?我们的古人认为君子议人,嘴上要积德。但中国十三亿人呢,要求人人成为君子,太不实际了吧?学校有的老师,把网上那些议论拷贝下来一份,还拿给我看。我呢,一看之下,看出名堂了。敢情不少议论,都是我们熟悉的人敲上去的!他们平时说话的语式,我也是很熟悉的呀,那是化了名也改不了的呀。他们平时还挺友善,可一听说我栽了,他们乐了,亢奋了,来劲儿了。但要是公开地幸灾乐祸,那他们又觉得不好,所以呢,就化了名,在网上贬损我们,添油加醋地再多造些谣言。总得允许十三亿多人口里有这种人吧。他们又不太坏,再见了面,似乎还那么友善,唯恐我们知道了他们的行径。"

李一泓张了张嘴:"可……"

"想说虚伪,是吧?对于某个人而言,当然是虚伪。可相对于人类的社会而言,只不过是现象罢了。有这种现象存在,证明社会不太和谐。跟这种现象较真儿,那也帮不了和谐多大的忙。归根到底那是小社会现象,是间接社会现象。即使自己被恶搞了,那也还是小的、间接的社会现象。政协委员要超越一己感受,始终关注大的、直接的社会现象,比如社会公平。"

"既然你也提到了社会公平,那么我坦率地告诉你,经过此番调研,我更加觉得你们那所重点中学……"

李一泓话未说完,就被一阵门铃声给打断了。

"坏了,光顾劝你,忘了上午我还要主持一次学校的会,手机关了,电话也拔了,准是派人找上门来了。你坐这儿别出声,我去应对一下。"杨亦柳起身走了出去。

杨亦柳走到了院子里,一边开门一边问:"是严老师吧?"

门开了,严老师进了院子,问:"忘了开会的事儿了吧?"

"没忘没忘,起晚了。你就在院儿里等会吧,我马上跟你一起走。"说完,杨亦柳又匆匆回屋了。

回到屋里,杨亦柳一根手指压在唇上,示意李一泓噤声,并指指卧室,意思是让他躲入卧室。

李一泓摇摇头,没听她的,默默起身收走桌上的小盆和小盘儿。

院子里,严老师发现了李一泓的拎包,感到很奇怪,寻思了一下,拎起包也进了屋。

正在刷牙的杨亦柳听到严老师"妈呀"一声,叼着牙刷从洗漱间出来,见严老师和李一泓正呆呆对视着,李一泓的拎包就在严老师脚旁。

李一泓反应过来,难堪地说:"是严老师吧?早上好。"

严老师也反应过来,尴尬地说:"好,好,你也早上好。"

她望着杨亦柳,指指包,又说:"那什么……是这样的……我见包在院子里,都被露水打潮了,就替你们拎进来了。校长,我就不等你了啊,我还是先走吧。"说完逃也似的离去了。

杨亦柳狠狠瞪李一泓一眼,一扭身又进了洗漱间。

杨亦柳穿好了出门的衣服,刚坐在沙发上,李一泓已仆人似的将她的一双鞋摆在沙发前了。

杨亦柳一边穿鞋一边说:"叫你进卧室躲一下,你偏不进。你呀你呀,你说你使我丢了多少人啊!"

"我怎么能想到那位严老师,她……她就那么手脚勤快呢!"

杨亦柳没好气地说:"别狡辩!你根本就不该跳进来!"

她刚一站起,李一泓已将她的拎包拿在手里,递向她:"看见我就看见我吧,有什么啊!我还是那句话,咱俩都是没有……"

杨亦柳跺了下脚,叫道:"不许说那两个字!"

"好好好,不说。等我穿上衣服跟你一起走。"他转身要往卧室里去。

杨亦柳扯住了他,往他怀里一偎,温柔地说:"你就别跟我一起走啦,叫街坊看见好吗?给我留点儿面子吧!"

"那你给我留下一把钥匙。你先走,我后走,保证替你锁好门。"

"你就先别急着回家啦。素素上学,春梅上班,你就是现在回去了,家里也没人啊!听我话,我走后,你冲个热水澡,给我好好睡上一大觉!我中午回来,给你做一顿可口的吃。"杨亦柳与李一泓贴贴脸,匆匆走了。

李一泓幸福地说："这还差不多！"转身看着大衣柜中的自己，嘟哝，"我有那么可怕吗？还'妈呀'一声，夸张！"

杨亦柳匆匆走入重点中学会议室，一边往自己的座位上坐，一边解释："对不起诸位啊，让大家久等了，看一本书看到后半夜，一睁开眼睛就八点多了。"

李副校长好奇地问："不会是读的小说吧？"

杨亦柳想了一下，特庄重地回答："恐怕，还是得算是小说。"

李副校长更奇怪了："杨校长，您从什么时候起也喜欢看小说了呀？现在值得一看的中国当代小说可不多喽？"

另一位到会者也道："杨校长，您一看看到后半夜的小说，那也肯定值得我们大家都看看。"

"对，校长，告诉我们书名。"

"要是新书，干脆让会计开张支票，派人去买几十本，作为您向全校教师推荐的一本书。"

严老师终于忍不住，扑哧笑出了声。

杨亦柳愈加庄重了："严老师，笑什么啊？"

严老师抿着嘴："我怎么听着，好像都在拍你的马屁。"

"我听着也像啊，我这儿正受用呢，你干吗非说大煞风景的话啊！"她自己说完也绷不住庄重，笑了，不过马上又严肃起来，"开玩笑啊，会前轻松片刻。现在正式开会。同志们，近一个时期，咱们重点中学，可谓是经风雨、见世面了。一波未平，一波又起。在我个人的声誉经受严峻考验的日子里，大家一如既往地尊敬我，一如既往地服从我的领导，这是令人特别感动的。我现在正式告诉大家，昨天下午，审查组的同志找我谈话了，他们对我校财会账目的情况，相当满意。也就是说，坏事变成了好事。审查组给予了我个人和我们的学校一个经济清白的结论。而这是一个权威性的结论。"

众人顿时鼓掌相庆。

杨亦柳又道:"但是这一个时期,我也进行了必要的反思。我们虽然并没有设小金库、化公为私的经济行为,但我们年复一年,积少成多,毕竟已收了笔目可观的赞助费。尽管收赞助费是上级给予我们重点中学的特殊政策,但并不意味着我们就有充分的理由,心安理得地全花费在本校的发展上。重点中学作为我市乃至我省教育事业链的一环,我们是否也应表现出一种主动的助贫情怀呢?"

杨亦柳侃侃而谈,此时的她,与李一泓面前的她仿佛是两个人。她从刊物架上取下一期《中国教育》边走边读,将那一期《中国教育》翻开给众人看——对开两版,尽是贫困农村小学校凄凉状况的彩照。

中午,杨亦柳来到菜市场,走着看着,似乎还没想好买什么。

两旁摊贩们都挺热情地跟她打招呼:

"杨校长,买把小葱吧,看这葱多好!"

"杨校长,也买把小白菜吧?"

"杨校长,光吃菜不行啊,再来条鱼吧!"

不大会儿,她的两手已经都不空着了。

也有的摊贩,在她走过去以后,交头接耳,不知议论她些什么,而她虽有觉察,却并不在意,笑微微地主动和摊主们说话:

"菜还好卖吗?"

"每月收入还行吗?"

"你摊位扩大了呀,看来生意不错呢。"

"杨校长,"她被一个卖肉的叫住了,就是李一泓帮过忙的那个卖肉的。

杨亦柳摇摇头:"对不起,今天不想买肉。"

"买不买肉无所谓,问您点儿事。"

杨亦柳犹豫一下,走近他的推位。卖肉的左右四顾,神神秘秘地说:

"他什么时候回来？"

"他？他是谁呀？"

"就那个……"他一时想不起李一泓的名字，一手握大片刀，比画太极架势。

杨亦柳赶紧退后一步："快把刀放下，多危险！"

卖肉的赶紧放下刀，笑了："对不起对不起，吓着您了。"

"唱戏的？我不认识唱戏的呀。"

"不是唱戏的，是以前总在公园里教太极拳那个，后来混上了政协委员。"

"噢，李一泓啊。听说他参加政协调研组去了，我怎么知道他什么时候回来呀，你干吗问我啊？"

"不问您问谁？最应该问您啦！"他嘴上说着，手不闲着，拿起一把小牛耳刀剔骨头，"我打听他也没别的事儿，只不过想他了。那人不错，他帮过我大忙，现在我又开铺子又摆摊，得报答人家。托您给他捎个话，就说哪天我拎条好肉去他家，当面谢他。我还真想劝您杨校长一句，你们那点子事儿，不算事儿。谁人背后不说人，谁人背后不被说啊！"他一抬头，杨亦柳已不在面前。

杨亦柳拎着东西离开了菜市场，可能想到了刚才卖肉的问自己的话，径自摇摇头笑了。在家院门外下了自行车，她听到院子里传出口琴声，吹的是《跑马溜溜的山上》。

她将自行车推入院内，大声说："我回来啦！"语调听来还有点儿娇娇的。

口琴声戛然而止，院子里晾着床单、枕巾、窗帘什么的，挡住了窗子，她看不见屋里的情形，但她脸上洋溢着幸福了——没想到李一泓居然会替她洗东西。

她脚步轻轻地走进屋去，站在屋门口，幸福地笑着，那幸福中不无意外的成分，因为，窗子被擦得亮亮堂堂的，衬托着窗台上的红花绿叶，而且,沙发、桌子、书架的位置都被改变了,桌上罩着纱罩,显然饭菜已做好了。

李一泓斜靠书架站着,矜持地看着她,他和昨夜判若两人,头发剪了,胡子刮了,上穿一件藕色硬领衬衫,下穿一条黑色裤子,脚上是一双黑色新皮鞋,整个人显得特年轻、特精神。

"家具每年最好重摆一次,会使生活多点儿新意。"

"你可真能。"

"不觉得别扭吧?"

"不,挺好的。"

她笑得合不拢嘴,走到餐桌前,掀开罩子一看,诧异地说:"我也想做这几样菜,咱俩想一块儿去了。那我买的那些菜怎么办?你走时带回去吧。"

"行。"

"怎么不吹了?接着吹,我爱听。"

李一泓操起口琴,又吹起了《跑马溜溜的山上》。

杨亦柳脱下外衣,换上拖鞋,去洗漱间洗手、洗脸,而她走到哪儿,李一泓跟到哪儿吹。她情不自禁地随着琴声哼唱,开了食品柜,取出一瓶茅台摆在桌上。

李一泓终于不吹了,笑了:"想不到你还藏着一瓶好酒,想走你后门的人送的吧?"

"才不是呢!是省公安厅为我送行时送给我的,有纪念意义。你开。"

李一泓一边开酒一边问:"夜里也没顾上问,你究竟为省公安厅立了什么功啊?"

杨亦柳坐下了,挖苦道:"还好意思说,夜里你只顾一件事儿了!"

"凡事,有急有缓嘛!说啊……"

"省建委的一个处长,携一大笔建筑款跑国外去了。我们重点中学毕业的一名女生是他妹妹。省厅试图通过当妹妹的,做通当哥哥的工作,希望他主动回国投案,争取宽大。当妹妹的并不配合,省厅就想到了我,把我接去了。做通那人妹妹的思想工作别提多么不容易了。她在校时我还挺熟悉她的,也挺喜欢她的。可毕竟走向社会好几年了,又事关她哥哥的命运,哪儿那么简单啊!我终于赢得了那人妹妹的信任,哥哥那头儿却根本不开手机了。那几天,省厅的干警们,还有那人的妹妹和我,轮班,不合眼地盯着电话。终于一天早上,那当哥哥的打来电话了,指名要我接电话,劈头就问'你怎么保证我能获得宽大处理?'"

李一泓已开了酒瓶,斟满两小盅酒,坐下问:"你怎么回答?"

"我当时没有回答。我让他去买一套《悲惨世界》,只读第一章,关于卞福汝主教那一章。我让他读完了,晚上再给我打电话。我说完把电话放了,一些干警不解,说杨校长你怎么保证都行啊,先把他诓回来再论啊!我说,那你们也读读《悲惨世界》第一章吧。盼到晚上,那当哥的果然来电话了,说书买了,第一章看完了,不明白我的意思。"

李一泓摆摆头:"我也不明白。"

"光说话,不吃饭,菜不凉了?"

"凉了再热,想听。"

"你肯定也读过《悲惨世界》的吧?"

"嗯!"

"在第一章,写到卞福汝主教的司法观,他对利用亲友关系诈供、利用宽大诈捕的做法是严厉批判的,认为是不正当的司法策略。我对那当哥的说,我是一位市政协委员,而且还是常委。我的司法观和卞福汝主教那一种司法观是一致的。说省公安厅现在授权我代表他们跟你说话——既然他们郑重答应了只要你主动回国投案,就一定会对你实行宽大,那么你就应该相信,我国现在的司法机构是越来越讲诚信的。我说,我认为,司法诚信,是社会诚信原则的一部分。如果省厅出尔反尔,我这一位政协委员宁肯不当下去了,那也要反过来为你的命运奔走呼号。我说你妹妹就在我身旁,她已经把我的话录下来了,如果我对我的保证不负责任,她一定会想方设法谴责我的。我的话刚一说完,副厅长把话筒要过去,接着我的话告诉对方,省厅是公安部的先进单位,先进性之一那就是,即使对犯人及其家属那也是讲诚信的。"

杨亦柳擎起了酒盅,微笑着说:"我对你,更是讲诚信的。"

李一泓疑惑地挑了挑眉说:"什么意思?"

"我曾经答应过你,等我把学校的工作忙过一个阶段……"

李一泓也笑了:"你自己不提,我倒忘了。每次听你说事儿,多多少少总有些收获。多可爱的杨亦柳同志啊,赶快和我结婚吧你!"

他也擎起了酒盅,二人幸福地轻轻一碰酒盅。

李一泓一手拎着包,一手拎着杨亦柳买的那些菜,高高兴兴地哼着歌,走在回家的路上。

在他家住的那条巷口,停着一辆警车,正巧有一辆卡车从巷子里退出来,李一泓怕卡车撞了警车,急忙放下拎包,摇晃着手:"慢点慢点,别撞了警车。师傅稳点啊,我给你指挥着。"

卡车顺利地倒出巷子,司机道谢后,开车走了。

李一泓看看警车,自言自语:"人哪儿去了呀?"

"李委员,"一名扫街的妇女摘下了口罩,"那天,两户人家因为房子的事儿闹矛盾,你是不是劝架来着?"

李一泓笑了:"你也摊上类似的事儿了?那可得过一阵子再找我啰。"

"我没什么事儿找您的。您那天说的话我挺爱听,快回家看看吧,坐这车的俩公安正在抄您的家。"她说完,立刻戴上口罩,挥帚而去。

李一泓嘟哝道:"抄我的家?不可能!"不禁加快了脚步。

李一泓推开院门,就见素素站在家门旁不安地看着两名公安,一名公安正举着照相机,对着两间空屋子里的那些破旧之物连连拍照,另一名则一手拿笔,一手持夹纸,在匆匆记录。

"爸!"素素扑入李一泓怀中,哭着用小拳头擂他,"你怎么才回来呀!"

李一泓望着两名公安,嘴上对素素说:"别哭,看两位叔叔笑话,我这不是按日子回来的嘛!"

负责记录的公安问他:"您是李委员?"

"李一泓。"李一泓说。

负责记录的公安啪地一个立正。

"你们在抄我的家?"

负责记录的公安说:"李委员言重了,我们在履行公务。"

"我们有搜查证的。"照相的公安说着掏出搜查证递向李一泓。

李一泓接过看了看,还给对方,不高兴地说:"搜查证都带着了,还不叫抄家?"

照相的公安说:"抄家那是'文革'中的现象,在我们现在的公安词典中,根本没有'抄家'这一个词。搜查和抄家是不能同日而语的。我们虽然带有搜查证,但领导嘱咐我们,那也暂时不能进行搜查,我们只是看看某些东西,照照相,登登记而已。"

"暂时?"他走到屋门口,朝屋里看了看,转身望着两名公安,又说,"亲爱的同志们,咱们是不是大水冲了龙王庙,一家人不认一家人了啊?"

负责记录的公安说:"不能这么说,您这么认为是错误的。我们公安人员的职业特点,决定了我们绝对不能与任何嫌疑人论一家人。对方与我们论一家人那也无疑等于白论。"

两名公安都比较年轻,礼貌而又拒人千里,一副公事公办的样子。李一泓瞪视这个,瞪视那个,心中十分恼火,但竭力克制着。他冷冷地问:"你们的意思是,我是一个犯罪嫌疑人?我犯了什么罪?凭什么嫌疑我?"

照相的公安冰冷而又礼貌地说:"我们市局连续收到举报,揭发您非法倒卖国家文物,牟取外汇赃款。"

李一泓跨向那两排空房子,指着大声说:"就这些东西吗?它们现在怎么就成了国家文物?想当初,文化局不要,文物局不要,文化馆没地方放,都说是破烂儿,是垃圾!是我腾出这两间房子,它们才临时有了个存放的地方!谁他妈敢说我是嫌疑犯?"

照相的公干连连摇头:"政协委员,口出脏字可不好。"

"你……"

"啪!"负责记录的公安又敬了个礼:"李一泓公民,我们所执行的任务已经完成,不打扰了,我们这就告辞。我们相信,您是清白的或者不清白的,必定会水落石出的。您的话现在就省省,留待接受正式审讯的时候说吧。"

他们互相看一眼,一齐转身向外走。

"站住!"李一泓喝道。

两名公安又同时向他转身,静静地看着他。

"我这就跟你们走!我今天就要讨回一个清白!"

照相的公安对负责记录的公安笑了一下:"真是个急性子。我们不急,他倒急了。"

负责记录的公安礼貌地摇摇头:"您这又是何必呢!您看您刚从外地回到家里,我们局里,今天也没有打算……"

"少废话!我今天也没有过这个打算!"李一泓回头又对素素说,"包拎屋去,菜,最好晚上就做了,隔夜就不新鲜了。如果你姐不回来,你一个人害怕,就到你杨阿姨家睡去。"

素素带着哭腔喊:"爸……"

"你要相信你老爸是清白的,哪怕我今天被扣那儿了!"

照相的公安对素素说:"你看到了吧,这可不是我们非要把他带走。你放心,我们暂时不会扣住你老爸的。"

李一泓像李玉和似的,将双手朝两名公安一伸:"要不要给我戴上手铐?"

两名公安都笑了,负责记录的公安说:"我们根本也没带着手铐嘛!"

李一泓居中,两名年轻的公安一左一右,三人并排走在市公安局的走廊里。

一扇办公室门开了,走出一位年轻的女公安,她认出了李一泓,立刻退入屋里,小声对另外两名坐在电脑前的年轻女公安说:"小王和小刘把李一泓带来了。"

两名电脑前的女公安立刻奔出门去,刚一出现在门外,李一泓和两名公安走了过来,三人都目不斜视地经过她们。

一名女公安对另一名女公安小声说:"还挺有气质的。这要是真那个了,我都替他遗憾!"

另一名女公安轻斥:"别胡说!"

李一泓和两名公安走到一扇门前,照相的公安对李一泓说:"请稍等会儿。"

门一开,齐馆长走了出来。

"老李,你可算回来了!"

"怎么,连你也……"

齐馆长将李一泓扯到一旁,刚要开口说话,负责记录的公安制止道:"两位,不允许那样。你要是完事儿了,你走你的!"

齐馆长强咽下要说没说的话,眼巴巴地看着李一泓,倒退着走了。

一名科长端起茶杯刚喝一口,负责记录的公安进来了,说:"科长,李一泓来了。"

科长口中的茶差点儿喷出来,瞪着双眼:"你们……你们搞什么搞?不是只派你们去登记登记那些东西、照照相的嘛!"

"我们正是那么做的。可刚完事儿,偏他回来了。"

"他在哪儿?"

"就在门口。"负责记录的公安不由得放低了声音,"我俩礼礼貌貌、客客气气的,该解释的话都好言解释了,没想到他性子那么急,非要跟来嘛!"

科长将负责记录的公安扯到了屋角,耳语道:"现在我不能见他,更不能讯问他。我跟他学了五六年太极,我俩太熟了。我讯问他是违反条例的!"

"那……"

"来都来了,有什么办法?把他带到副科长那儿去,就说我说的,让他斟酌着先问几个问题,时间别太长。还有,完事儿用车把他送回去。"

负责记录的公安退了出去,科长又端起杯,却没喝,又放下了,不满地摇摇头:"没经验。"

负责记录的公安出来后对李一泓说:"对不起,您还得再等会儿。"他说完之后,一扇扇推开办公室的门,找寻赵副科长。

赵副科长从厕所出来,用手绢擦了擦手。

"赵副科长。"负责记录的公安上前与赵副科长小声说话。赵副科长频频点头,望向李一泓,李一泓和照相的公安,也正望向这一边。

李一泓被带到一间审讯室里,坐在被审讯者的椅子上。赵副科长已经坐在桌后,负责记录的公安坐在桌旁,准备记录。

赵副科长问:"李一泓,你出现在我们这里,应该是你自己非要来的吧?"

"我现在不是才仅仅被嫌疑吗?那就连同志也省略了。"

"你别挑理。嫌疑阶段,照例如此,对人人都如此。是同志,以后自然还是同志。一旦嫌疑成为司法事实,现在称多少同志,那不是也毫无意义吗?"

李一泓张张嘴,被噎得说不出话来。

"我事先说明,这虽然是一间审讯室,但并不等于是在对你进行正式审讯啊。就这屋空着,咱们占用一下。这屋也就这么三把椅子,咱们三个人只能这么坐,要不怎么坐呢?"

李一泓苦笑。

"存放在你家里的那些文物……"

"那不是文物!"

"不是文物,是什么呢?"

"也……也算是文物吧。以前我说是文物,根本没人承认是文物。这儿也不要,那儿也不要,不是有我上心保管着,早没了。"

"这儿也不要,那儿也不要,却都并不能改变他们公有的性质,这一点你承认吧?"

"这……"

"说啊。"

"大部都是我用自己的钱买的。"

"也就是说,至少有一部分,是用公款买的?"

"那是在出差的情况之下,而且我后来把公款都还上了。我们老馆长退休,齐馆长接任以后,就都是我自己的钱买的了。"

"也就是说,你认为,那些文物其实是属于你的私有之物?如果真是这样,为什么一件件都登记在文化馆的公物登记册上呢?"

"这……齐馆长怎么说?"

"别管齐馆长怎么说,现在我们想听你怎么说。"

李一泓又张张嘴,说不出话来了。

"你已经在网上拍卖了多少件?"

"我不清楚。"

"你怎么会不清楚?"

"拍卖出三件以后,我嫌管账麻烦,就由我大女儿帮着开了一个账户。"

"你大女儿就借用她老板公司的名义,替你一开了一个账户?"

李一泓感到意外,脸上淌下汗来……

这是一次主动送上门的不是审讯的审讯,李一泓感觉自己受了辩解不清的委屈,他阴沉着脸坐在警车里:"去市政协!"

"怎么不回家,又去政协了?"负责记录的公安坐在驾驶位上问。

"你管不着!"

第二十八章

李一泓坐的警车与蒋副主席的车在市政协门口来了个对脸,蒋副主席见他从警车上下来,一脸的"友邦惊诧"……

"你什么时候回来的?"蒋副主席坐在办公室的沙发上问。

"下午!我一进院子,看到两名公安在我家院子里又是登记,又是拍照。"李一泓站在他面前,情绪激动。

"别那么激动,坐下说。"

"我不坐!我问你,我成了犯罪嫌疑人,你知道不知道?"

"我知道。"蒋副主席尽量把语气放平静。

"知道?知道你为什么不告诉他们,他们怀疑我李一泓有犯罪行为,那是根本错误的!"

"你坐下。"

"我不坐!"

"你给我坐下!"

"我就不坐!"

蒋副主席霍地站了起来:"如果你不坐,我们没有必要再谈下去了!"他的目光对上李一泓的目光,毫不妥协,"李委员,我再说一遍,如果你不能坐下好好地谈,那我们确实没有什么必要再谈下去了。"

"坐就坐。"李一泓气鼓鼓的。

蒋副主席便又缓缓坐下去,二人谁也不看谁。蒋副主席掏出烟,抽取了一支,将手向旁边一伸。李一泓看看那支烟,犹豫一下,接了。蒋副主席按着打火机的手,又向旁边一伸,李一泓凑上去默默吸着烟。两个人仍然谁也没看谁一眼。

"你还想问什么? 问吧。"

"因为那些东西的存放成了问题,我多少次跑文化局,找直接管文化馆的群众文化处处长谈,找文物处长谈,软钉子硬钉子,不知碰了多少钉子。他们互相踢皮球,推三阻四,这个情况,你是了解的吧?"

"了解。"

"我成为市政协委员以后,没隔几天就给你写了一封信,于是你陪着新上任不久的文化局长,到我们文化馆去了一次,你还记得吧?"

"记得。"

"那一次,你当着我的面,当着齐馆长的面,把话说得多么好啊!"

"我不是想说点儿好话哄哄你们,维修和扩建文化馆,在我这儿,仍是年底以前的一项重点提案。"

"我把那些东西拉到我家去,是迫不得已,是万般无奈。可我就纳了闷了,你既然什么都知道,什么都了解,什么都记得,你为什么就不去跟他们说啊?"

"我是见到你之前几分钟,才刚刚知道你的事!"

"明白了——他们是一边有人开警车送我走,一边有人打电话通知你。"李一泓气消了点儿了,"我刚才态度不对,多原谅啊主席。"

蒋副主席纠正他:"副主席。"

李一泓笑了:"没有正的,你副的就是正的。"

"那是你认为。"

"那我不叫你正的,也不叫你副的,就叫你老蒋吧。"李一泓拍了蒋副主席的肩一下,"我说老蒋啊,现在我开始跟你好好说话了,是你还不跟我好好说话啊!"站起,反客为主,找出茶叶,沏了两杯茶端过来,放在茶几上,重新坐下,接着说,"喝口茶,消消气。"

蒋副主席端起杯,呷了一口。

李一泓也端起杯呷了一口:"那,你打算什么时候去找他们?"

"找谁们?"

"找市局啊!把你知道、你了解的情况跟他们说说,他们不是就不嫌疑我了吗?"

"我本打算那么做的,只不过还有点儿犹豫。"

"那现在就别犹豫了啊!"

"是啊,现在一点儿也不犹豫了,决定了。"

"这就对了嘛!"李一泓按灭了烟。

"我决定,不去找他们了。"蒋副主席也按灭了烟。

"什……么?闹半天你还是……"李一泓猛地往起一站,研究而又困惑不解地看着蒋副主席。

蒋副主席低着头,仍尽量平静地说:"你还是要坐下。"

李一泓看门一眼,原地转一圈,似乎打算干脆一走了之。

蒋副主席又呷一口茶,说:"想走?劝你别走。你要是走了,听不到我对你的建议和忠告,对你是损失。"

李一泓气呼呼地又坐下,端起茶杯,喝凉开水似的,一饮而尽。

"我们政协,各方面的委员都有。而且,我是学法律的,这一点你也许还不知道。"

"你恐怕不会亲自当我的辩护律师吧?"

"当然不会。我的身份不允许我那样。"

"那我知道和不知道一个样。"

"我理解你此刻的心情。你去参加调研组,还任组长,很有责任感,也很辛苦,而且成果重要。这些情况,省政协吴主席已经向我通告了,我也很欣慰。可在本市，你却成了犯罪嫌疑人，成了立案侦查的对象了，别说你自己难以接受这一种事实，就是我也难以接受。你以为我刚才坐在车上，是要下班回家吗？你错了，不是。我是想去找市委王书记，要求他过问一下，或者说干预一下。可没想到，车还没出院门碰到了你。现在我的想法完全改变了。"

"小心眼儿！就因为我一进门耍了点儿态度，想法就改变了？还完全！"

"我没有你以为的那么小心眼儿。对你的心情我能理解，对你的态度我也能理解。我是回忆起了两件事——第一件事，和我有关。那一年我也刚成为市政协委员，却有人到处投匿名信告我，说我接受企业巨额贿赂，替打官司为企业收集伪证。检察院也对我立案了，一时满城风雨。当时在我看来，似乎人人都幸灾乐祸。我认为政协有义务保护自己的委员不蒙冤，于是就去找当时的政协主席——他正住院……"

蒋副主席回忆了一下，接着说："护士交给我一张纸，告诉我病人情况很不好，实在没法交谈，他把想对你说的话写在这张纸上了。我展开纸，上面歪歪扭扭地写着几行字：'我不能为你做什么，政协也不能为你做什么。既要相信法律，又要充分利用自己的法律权利，像每一位公民用足自己的法律权利一样。'我当时觉得这是废话，很失望。不久，那位政协主席病故了，我也在法庭上获得了清白。但我对那位政协主席一直耿耿于怀，认为他临死了，还那么明哲保身。第二件事，和你们老馆长有关。感激和尊重他的人很多很多，恼恨他的人也不少。结果他又被陷害了。对方的能量颇大，一审二审，他都败诉了，和被判刑就差一步了。那时我已经是政协副主席了。我就将你们老馆长请到政协，真诚地表示，要以政协的名义，助他争取到公平。老馆长却不同意，他说：'您不可以为我做任何事，市政协也不可以为我做任何事。'我不解地问为什么。老馆长说：'我虽然并没有专门研究过法律，但近年，也还是深思过一些司法问题。依我看，全世界的司法现象，它的公正与否基本取决于四个方面:第一方面那就是司法一定要具有独力性。独立性就是权力排他性。审理过程不受任何外界影响力量的影响。第二方面那就是条文越细越好。越细,留给法官主观认定的空间越小,非公正倾向的可能也就越小。第三方面,法官水平怎样。第四方面,社会监督怎样。如果,一位政协委员涉案了,政协机构于是出面施加影响,那么人大也可以对人大代表照此办理了,上一级官员也可以对下一级官员照此办理了。那么,也就只有老百姓和法律的关系最自然了。法律本身,也就只有对老百姓才具有神圣的权威性了。'听完他的话,我有点明白去世的政协主席的意思了。老馆长又说:'我身为市政协常委,只有替老百姓参政议政的义务,没有受政协特殊保护的资格。我的案子,那只是我个人之事。面对法律,我和老百姓不应该有什么两样。如果您出面了,那就等于是政协出面了。即使法律最终还我公正了,百姓会怎么看这一件事呢? 他们也许会说——看,人家政协委员摊上了官司,和咱们老百姓摊上了官司结果就是不一样。那政协和司法,其形象不是两败俱伤了吗? 中国的司法公正,需要我们政协和人大来监督它、促进它。我们政协的形象,需要我们政协委员来证明它、提升它。我们政协的形象是什么? 说到底,不就是——只有使命,没有特权吗? 如果我们政协委员似乎也变成了受什么特权保护的人士,那我认为,反倒是政协的悲哀了。'"

李一泓没有说话,一直静静听着。蒋副主席看着他,叹口气:"我提出为老馆长推荐一位有水平的律师,老馆长笑着答应了,他说:'好啊! 我这十余年政协委员当下来,先后将五六个人推上了被告席,我自己当几次被告,那也符合因果关系嘛! 人不能活得太娇气嘛!'政协太需要他那样的政协委员了。"

李一泓陷入了沉思。

"一泓委员啊,我想问你一下,你替那位老爷子领不到退休金的事儿讨说法的时候,为什么那么理直气壮?"

"我和他不沾亲,不带故,纯粹是为一个理字,所以气壮。"

"那政协和政协委员什么关系？在老百姓眼里,就是沾亲带故的关系。你来找政协做主,我理不直、气不壮啊！对于中国,政协要肩负的使命和责任还很多,也很大,任重而道远。丝毫可能对'政协'二字发生负面影响之事,我不能为。不是怕副的转不成正的,是怕政协远避特权的形象受损。"

李一泓不禁转脸看蒋副主席,蒋副主席也正转脸看他。

"所以,我也只能对你说,既要相信法律,又要充分运用自己的法律权利,像每一位公民用足自己的法律权利一样。而且希望你不是像当年的我一样,用'废话'两个字表示不满。"

李一泓默默站了起来:"我也希望,你能像对我们老馆长一样,在必要之时,为我介绍一位出色的律师。"

"这没问题。"蒋副主席也站了起来。

天色已晚,李一泓心事重重地走到了他家所住的那一条小巷口。齐馆长从暗影中闪现出来:"老李。"

李一泓站住了,愣愣地看着齐馆长。

"我有要紧的话跟你说！"

"那跟我到家里说吧。"

"我不能到你家去。"

"为什么？"

"嗨,你这人！你脑袋进水了呀？别人看见了,举报了,会说咱俩串供！你跟我走。"齐馆长拉扯着李一泓就走。

李一泓挣脱了:"我哪儿也不跟你去！我素素还在家担心我呢！"

"都是你那春梅惹出来的祸！"

"春梅？跟她有什么关系？"

"跟她关系大了！公安有可能通缉她！"

"什么？"李一泓吃惊了。

李一泓与齐馆长来到一个小饭馆里,就着桌上的一盘花生米喝酒。小饭馆里安安静静,算上他们两个,再加上一位和他们隔着几张桌子、背对着他们的顾客,总共就三位顾客。那位顾客点了一盆饺子,小饭馆里的女服务员把饺子送去后,后靠着吧台,百无聊赖地照小镜。

两人已饮光了一瓶啤酒,齐馆长拿起第二瓶又往李一泓杯里倒,没收住手,啤酒溢了一桌面。

李一泓心烦意乱地说他:"哎呀,你慢点儿!"

齐馆长没好气地说:"你激动什么呀你!"

李一泓端起杯,一饮而尽,重重将杯往桌上一顿,瞪着齐馆长说:"你也有责任。"

"我有什么责任啊?"

"你没责任,公安也传审你?"

"那不叫传审,那叫传讯,就是了解点儿情况。"

"当时我说要在网上拍卖,你作为馆长也是同意了的。"

"是啊是啊,我是同意过。你说要把所得的钱捐给贫困农村建小学,那我有什么不同意的? 可我怎么会想到,大小齐卖,一卖就卖出了四万多美元!"

"多多多……多少?"李一泓结巴了。

"我又怎么会想到,你春梅用去炒股,一半儿赔了,一半儿给套住了。"

"我问你,多多多……多少?"

"四万多美元! 你他妈聋了?"

李一泓呆若木鸡,女服务员吃惊地望向他俩,片刻又扭过头继续照她的小镜子。

"老李,一泓兄,事到如今,你干脆公开了吧。"

"公开什么?"

"春梅她不是你亲生女儿呀! 从法律上跟她脱离关系,一刀两断! 那你不也成受害者了? 你还可以起诉她,那你、我,我俩不是都洗清自身了吗?"

"不能,我不能。"

齐馆长抓住了他一只手:"你还有什么不能的呀你?"

"她生父在泥石流中死了。"

齐馆长放开了他的手,默默地同情地看他,忽然再次抓住他手,怂恿道:"那你那么做,不是更没有心理负担了嘛!"

"你混蛋!"李一泓怒斥道。

齐馆长又放开了他的手,喃喃地说:"你骂我,你居然骂我。"他也端起杯,一饮而尽,忽然哭泣了,"李一泓,你把我坑了你!我好不容易混到正科级,我容易吗我!刚考核完我,说要提拔个副处,这下你们父女俩要是把我也拖下水,一口咬定也分给我美金了,我……我跳进黄河都洗不清了。"

"你别哭!我是那种人吗?"

齐馆长用双手抓住李一泓的手,语无伦次地说:"你不是!当然不是!一泓,那到时候,你别说我也同意了!贩卖国家文物,同意了也是罪行呀!"

李一泓抽了抽手,没抽出来,只得任齐馆长继续抓住着:"你放开。"

"我不放!你先答应我!"

李一泓叹道:"好,我答应你。本来就和你没什么关系嘛,你胆儿也太小了!听着,我要把一切都揽到自己身上。但是我不能在这种情况下和我春梅脱离关系,也不许你再提她是不是我亲生女儿这个茬儿!"

齐馆长终于放了李一泓手,对女服务员高叫:"再来一瓶啤酒。"随之又一声高叫,"别来了!"

吃饺子那人走到了他俩跟前,严肃地说:"还喝!你们俩这不是串供,又是干什么呢?"

二人抬一头,不是别人,竟是赵副科长……

李一泓走到家门口时,见杨亦柳站在那里。

"亦柳……"他不知说什么好。

"我全知道了,蒋副主席让我来劝劝你。"

李一泓又是仰天一叹,自言自语:"我如果不把自己是政协委员太当一回事儿,不去参加什么调研组,也许家里就不会出这样的事了。"

杨亦柳摇摇头,表示反对:"别这么想,这么想不对。"

"进家吧。"

"一泓,素素她……在医院里。"

李一泓一下子抓住了杨亦柳双肩:"我素素她怎么了?快说!"

"我来时,正赶上春梅的老板也在你家。他是来找你说事儿的,是他发现素素昏迷不醒地躺在床上。他开车将素素送到医院去了,我就留这儿等……"

不等杨亦柳说完,李一泓抓起她的手跑到马路边打了辆车,急匆匆地往医院赶去。

在急诊室外,他们见到了忧心忡忡的唐之风,唐之风局促不安地从长椅上站了起来。

"素素怎么样?"杨亦柳抢先问。

"医生说没什么大危险。由于长期不好好吃饭,睡眠不足,再加上心理压力太大,正输液呢。"

李一泓想进病房,唐之风横身拦住了他。

"你给我闪开。"

"她入睡了。护士说谁也不要进去,连我也不许进去。"

李一泓不屑地说:"你算老儿?闪开!"

"一泓,要听护士的。"杨亦柳将李一泓拉到长椅那儿,和他并肩坐下。

唐之风对杨亦柳说:"该交的费用我都交了。那,我就走吧?"

"别急着走,陪我们坐一会儿。"

唐之风犹豫一下，坐在了杨亦柳另一边。

"唐先生，春梅她将网上拍卖那些东西的钱款收入你们公司的一个账号上去了，这件事你知道不知道？"杨亦柳问。

"我知道。"

李一泓隔着杨亦柳，向唐之风偏过头去，势不两立地说："你诱使我大女儿走歪路，以后我再跟你算总账。"

唐之风也偏过头来，振振有词："我给了她一份相当稳定的工作，给她开一份不低的工资，我倚重她，信任她，培养她，提拔她，我怎么就诱使她走歪路了？"

"离开了你那挂羊头卖狗肉的公司，我李一泓的女儿不会就失业了，不会就挣不到一份工资，就吃不上饭了就饿死街头了！"

唐之风猛地站了起来，针锋相对地说："李先生，我的公司虽然是一家民营公司，但也是合法公司，而且是一家诚信公司。省里评的十家优秀民营企业，我们榜上有名的。我是省里正式颁发证书表彰过的民营企业家，我们公司怎么挂羊头卖狗肉了？你身为政协委员说话要有根据，否则就是血口喷人，就是诽谤。"

李一泓也猛地站了起来，声色俱厉："我说话当然有根有据，你和养老院黄院长在进行什么勾当？我告诉你，那一件事，有我李一泓监督着，你们就休想成交！"

坐在长椅上的杨亦柳极不以为然地摇头。

一名护士从一间病房中走出来，指责道："这是医院房知道不知道？到别处吵去，一点儿公德都没有。"说罢，瞪了面呈窘状的李一泓和唐之风一眼，转身又进去了。

"你们呀，两个男人，让人家一名小护士训得自在吗？连我都替你们害臊！尊重我的，请坐下；不尊重我的，请离开。"

"我小女儿在病房里输液呢，我离开干吗！"李一泓气哼哼地又坐下了。

"杨校长,不冲我对您的那份儿尊重,我转身就走!"唐之风也忍辱负重地坐下了。

"唐先生,你先别理他,先回答我几个问题,行吗?"

"嗯。"

杨亦柳又对李一泓说:"我和唐先生说话时,你先不要打断,不要插话,行吗?"

李一泓将头朝另一边一扭,意思是服从了。

"唐先生,那么春梅用那一笔钱炒股,你也知道吗?"

唐之风叹口气,倍觉窝火地说:"也算知道,也算不知道。有天春梅跟我商议,说她家那些破东西居然在网上拍卖得挺火,而且感兴趣的还都是老外。但就是存在一个问题,外汇由境外汇入国内,手续相当麻烦。我们公司正好有这方面的条件,问可不可以借用我们公司的账号,我说当然可以。她跟我说,这事本来是素素做的,可素素是高中生,明年就要考大学了,起早贪黑地用功,哪儿顾得上啊,就由她来负责了。她还说,她爸要把拍卖所得的款项捐给穷困农村去建小学校,他成了政协委员以后,那更是他急着要做的一件事。她知道她爸自她小就格外疼她,她长大了两个人却老闹别扭,她觉得太对不起他,又因为省里那些干部子女入重点中学引起的风波,让他更是气上加气。我们俩就商量着给她爸一个惊喜,同时也改变一下他对我的印象,我就说拨十万元给她,帮她爸做成他要做成的事……"

"你把十万元拨给她了?"李一泓不相信地问。

"当然,你打听打听,我唐之风在商场上,那也是一言九鼎、掷地有声的。她也真到贫困农村去捐了。我陪她去了一次,她自己去了两次。每个村子都捐了十万元,那就只剩下十几万了。又有一天她对我说,十几万再捐一次就没了,想投到股市上去博一博运气。这我是坚决反对的,可她却背着我,一意孤行地那么做了。"唐之风隔着杨亦柳,伸长脖子,又将头偏向李一泓,遗憾又恼火地说,"你大女儿哪点都好,就是有时候太自以为是,我看是随你李一泓的根儿,你遗传给她的缺点。"

"有志气你离我女儿远点儿。"

杨亦柳批评道:"你看你们,又开始了。我饿了,估计你们两位也没吃什么。这样吧,素素既然没什么大事,我们也不必当她是一个重病人似的守在这儿,两位谁请我去吃点儿东西?"

"我!"李一泓义不容辞地说。

"我也想请。"

"当然是我,轮不到你。"

"这你说了不算,得听杨校长的。"

"唐先生,你是老板,你破费吧。一泓,你是熟人,必须陪我。"

唐之风向李一泓投去胜利者的一瞥,李一泓把头一扭。

三人来到小饭馆里,要了三碗馄饨。

杨亦柳问唐之风:"那你知道春梅现在在哪里?"

唐之风摇头:"不知道。找不到她了,我心里也惦着啊。"

李一泓冷不丁说:"讲实话。"

"我撒谎干什么呀!不就是十几万元钱嘛,她又不是住自己兜里揣了。为了春梅,我给补上就是了呀,多掏那十几万我公司垮不了,我爱的人犯不着东躲西藏的。"

"用不着你发慈悲,我李一泓砸锅卖铁也要自己补上。"

"你砸锅卖铁,那是一个想让春梅出现的法子吗?我也有一个问题想问问你——我听春梅说,那些一直被当成破烂儿的东西,不全是你十几年来用自己的钱买的吗?如果确实是这样,公安局也没必要瞎掺和呀!"

杨亦柳也问李一泓:"究竟是不是这样?"

李一泓满腹苦水:"确实是我用自己的钱买的啊,文化馆那么穷的一个单位,哪儿有钱供我买那些!我呢,当年也没那投机的头脑,为了今天发一笔才买。当年纯粹是因为觉得那些东西能体现某种历史,不被当成好东西看待太可惜了,就一件件咬牙花自己的钱买回来了。既然文化馆给腾出间小屋存放着,我当然也就一件件都登记在文化馆的公物册上了。当年我头脑里也没那么严格的公私观念啊,认为只要是宝贝,即使是用自己的钱买的,算成是公家的了,也不感到吃亏。觉得连自己都是公家的,何况些个老旧不堪的东西。现在,公安一较真,我反倒有口难辩了。"

"齐馆长总应该能作证吧。"杨亦柳问。

"我听他说了,他作的证反而对我不利,人家公安问他,东西属公属私?他一开始说是私人性质。人家公安又问,那为什么起先存放在文化馆?为什么登记在公物册上?他就又改口了,说那就是属公。他那人,是个好人,和我关系也不错,可胆子太小,一见了穿警服的心里就发毛。他到文化馆以前,那些东西就在馆里了,非让他给出个属公属私的结论,也着实太难为他了,我不怪他,要非有人作证不可,那也只有我们老馆长说得清楚。"

唐之风忍不住问:"就是按公物来论,拍卖了,钱捐了,炒股赔了的给补上了,那又能把谁定成个什么罪?"

"即使是出于良好的动机,擅自拍卖公物,法律上也是不允许的。何况一部分款项还用去炒股了,十几万那也不是小数,超过判刑的杠杠了。补上也只不过是争取减罪的一种前提,而不是无罪。"杨亦柳看着李一泓又说,"此事必须认真对待,否则后果难以想象。"

"大不了我替春梅去坐牢,那素素就只有托付给你了。"

唐之风说:"现在,官场上都求政绩。有时候为了一点儿可能算是政绩的事儿,都互相争呢。千万别让公安局那些人小题大做,做大邀功。把一个刚当上政协委员的人给推上被告席了,他们多神气啊!"

"随他们的便吧。"

"怎么能随他们的便呢,得赶紧找关系平了这件事啊。杨校长,您是市政协常委,您面子大,我看您应该去找你们那位蒋副主席。"

李一泓一拍桌子:"不许! 我李一泓家摊上的事,你姓唐的不要瞎掺和。"

"吴主席吗? 我是安庆市政协的蒋春晖,有一个关于李一泓的情况,我想应该及时向您汇报一下……"蒋副主席忧心忡忡地拨通了省政协吴主席家的电话。

"嗯,嗯,你考虑得对。"吴主席坐在沙发上接电话,他夫人坐在他旁边,拿起遥控器调低了音量,电视里正在播新闻。

"难怪他也不打一声招呼,就溜回你们安庆市去了。我看这样吧,事情不是还在调查之中吗? 在没有成为法律事实以前,我们都只能静观以待,你的态度是对的,我完全同意……对,对。还是要通知他回到省城来,后天下午他们这一个调研组,要向省委书记和纪委书记再重点汇报一次。"

吴主席放下电话,他夫人问:"又谁出事了?"

吴主席所答非所问地说:"我得给刘书记打个电话。"起身离开客厅,走入书房去给省委书记刘思毅打电话,"思毅同志,吃过了吧……我想到你家去坐会儿……十来分钟的路,走过去,就当散步了嘛。"

十几分钟后,吴主席来到了省委书记刘思毅家的门外,按响门铃,小阿姨开了门。

刘思毅起身迎出自己的房间:"就别换鞋了嘛。"

"要尊重你家小阿姨的劳动呀,是不小芳?"吴主席说着,和刘思毅一起走进了房间。

"那是,我今天刚给地板喷过蜡。"

一进入房间,刘思毅就说:"小芳,把门关上。"

"我又不偷听,关什么门啊!"

"那也关上。"

门关上后,刘思毅为吴主席沏了杯茶。

"夫人呢？"

"她老父亲住院了，在医院尽孝呢。"刘思毅重新落座后，又说，"我也正想和你聊聊，一想到今天是星期日，又不好意思打扰你。"

"你先说。"

"你是客人，你先说。"

"我猜到你想说什么事了。我想说的事对你想说的事有影响，我先说了，会破坏你情绪，所以还是你先说的好。"

"坏消息，严重吗？"

"反正不是令你我高兴的消息，但也谈不上多么严重。"

"那，我先说就我先说。"刘思毅拿起那一份软皮材料，轻轻拍着说，"秘书们把李一泓他们那个调研组的初步汇报整理出来了。相比而言，数他们发现的基层问题多。我越看想得越多，忧虑越大。我觉得，恐怕平德县的几套班子，该动手术了。"

"那天我听他们汇报时，也有同感。"吴主席点点头。

刘思毅说："省界边上的一个县，天高皇帝远，鞭长莫及。毛泽东那句话现在也还是对的——政策和路线确定了以后，干部就是决定性的因素。而一放松了党纪要求和制度性的考察，腐败几乎就难以避免。"

吴主席说："李一泓他们那一个组，向我们提出了一种未雨绸缪的警示——以后的腐败现象跨县存在，跨市存在，跨省存在，你中有我，我中有他，你利用我的权力，我利用你的权力，你给我开绿灯，我充当你的保护伞，你变成我的左手，我变成你的右手，你使我利益最大化，我使你非法合法化，这也许会是新的特征。"

刘思毅叹气道："全省大县小县，总共十五个县，如果哪一个县的班子垮了，我这位省委书记心口疼啊！前几年，只知道别的省出过这一种情况，现在，可能我们省也轮上了，坦白地说，听了李一泓他们那个组的汇报，整整一夜我就没合过眼。"

吴主席说："省里恐怕也会有一些干部难辞其咎。"

刘思毅忽然想起一件事情，一掀眉说："啊，对了，有一件事我还要告诉你，平德县派专人开辆车来到省城，送来了一封告状信，告的正是李一泓他们那个调研组。"

"什么时候？"吴主席端起茶杯问。

"就今天中午的事啊，信封上还写着'十万火急'。尽管今天是星期日，办公厅值班的同志那也不敢怠慢，及时通知了我。我呢，下午去了省委一次，及时看过了。"

"这么快，告李一泓他们什么呢？"吴主席没喝，又把茶杯放下了。

"偏听偏信啊，罗织罪名啊，无中生有、小题大做、歪曲事实、好大喜功啊，等等，等等。"

"您怎么认为？"

"如果所告只是李一泓一人，那对我会有一定影响的，所告只是陆委员一个，也会有一定影响，告他们两个——他们两位毕竟都是你们政协的新委员，不成熟，缺乏调研经验，自以为是，都可能的。但告的是包括徐大姐在内的他们三个，这我就怀疑了。徐大姐我是了解的，人家本届结束，就不再是政协委员了，六十多了，以后也不会再是了，人家参加调研组，那完全是参政热忱的驱动。告她是幕后唆使者，于理不通嘛，妖魔化的一种告法嘛。那还莫如干脆直接告你、告我。再说，身正不怕影斜，调研组前脚才回省城，后脚就追来送告状信，未免太紧张了嘛。还煞有介事'十万火急'，又不是'刀下留人'的法场搭救，有那么急吗？我看，平德县的某些干部心虚啊！"

"您能这么认为，我很宽慰。"吴主主席松了口气。

"径太啊，我是这么想的，处分和制裁干部，应该是特别慎重的事。以前我们总讲，要对党负责任。现在看来，还不够，也要对干部本身极其负责任。两种责任加在一起，不由我们不慎重。所以，一方面，星期二，你我加上纪委书记，咱们要再听李一泓他们那一组更充分地汇报一次。让他们打消一切顾虑，不仅要将他们看到的、听到的、调查到的说出来，还要把他们心里想的也说出来。另一方面,我们要正式派出一个调查组,由你亲自带队,加上省纪委的同志,再去听听平德县那些领导干部们的声音。动手术,那首先要诊断无误啊!由省纪委书记带队,不由人家县里的干部们不紧张嘛。由你省政协主席带队,紧张空气就少了许多。不那么风声鹤唳的,许多事情也完全能一清二白,你说呢?"

"支持你的想法。"

"我说完了,该你说了。"

"我只有一件事情来通告你,那个李一泓,他出问题了。"

"噢?男女作风?"刘思毅关注地问。

"钱上。"

"钱上?怎么中国男人总在钱上出问题,多少?"刘思毅皱眉问道。

"不多,四万多美金。"

刘思毅站了起来:"那也不少了,三十几万人民币了。前不久我们的一位厅级干部,不是仅仅因为十几万就判刑入狱了吗?"

吴主席也站了起来:"李一泓的情况有些特殊。文化馆的一批文物存放在他家里,他和他大女儿给拍卖了一部分,而那一批文物的性质,究竟属于公有还是属于他私人所有,这一点安平市公安局还难下结论。"

"公安方面已经立案了?"

吴主席点头,随之又说:"据向公安方面介绍情况的文化馆馆长说,李一泓的初衷,是想要用拍卖款项来救济贫困农村建小学,但这一种良好动机,目前还没有实际行动来证明。而且,他大女儿用一部分款项炒股,还赔了。这么一来,所谓初衷就值得怀疑了。安庆市政协的蒋副主席,在我来你家之前电话里向我汇报的,他目前也就知道以上这么多情况。"

"径太啊,省委和省政协,也许将面临极大的尴尬,是吗?"刘思毅神情更凝重了。

"是啊,一旦那些文物的公有性质在法律上被确定了,而他的良好动机又在法律上被推翻了,那他就非被判刑不可。而他一旦被判刑了,他们那个组的调研价值就大受怀疑了,甚至会影响我们整个调研部署的形象。"

"估计平德县的某些人,也会借题发挥,进行抵赖。"

"肯定的。"

"老实说,他给我留下的印象很深,我对他颇有好感。"

"我也是。在安庆市,我还代表你单独请他吃过饭,在会上还大大称赞了他一番。"

刘思毅走出房间,吴主席跟了出来。

"我到客厅来干什么呢?"刘思毅站在客厅里自言自语,又一拍脑门,"嗨,我是要去卫生间,你就别跟着我了呀!"

吴主席静静站在那儿,小芳从一个房间出来,看见吴主席眉头紧锁,扑哧笑出了声:"看见你们当大官的满脸官司,我这乡下小老百姓特高兴。"

刘思毅正巧从卫生间出来,听到小芳的话,一边用手绢擦手一边说:"没礼貌!不许跟吴主席放肆。"

小芳吐了下舌头,一转身躲进房去了。

"径太,你看这样行不行,请安庆市的蒋副主席征求一下李一泓自己的意见,如果他还想赶回省城来参加星期二的汇报,那么我们就当什么都不知道,仍视他为调研组组长。如果他自己要求不愿来了,那,反而也好。"刘思毅顿了顿又说,"如果他真的,因为你说的事栽跟头了,我们省委方面,会下一个文,强调不因人废事的原则,表明继续肯定他们那个组的调研价值的态度。"

吴主席点点头:"我也是这么想的,我们以前因为某一个人栽跟头了,就不敢肯定他所参与的工作了,那么一种一贯思维是错误的、有害的。"

"说得对。省政协也要配合省委,多做些消除负面影响的工作。"

"蒋副主席说他愿意因为荐人不当作检讨。我觉得,还是由我作检讨的好。"

"把李一泓借调到省里来,还任命他为调研组组长,那纯粹是我的意思。怎么能让你们政协的两位领导代我受过呢?我看,咱们都不要太自责了吧。安庆市文化馆的老馆长,就是那位已故的市政协老委员,他参政议政的事迹我也了解。他既然那么相信李一泓能成为政协的一位好委员,我们也不妨先给自己吃颗定心丸,拭目以待吧!"

杨亦柳陪李一泓走出医院,李一泓停住脚步,犹豫地说:"我怎么觉得,我不应该不看素素一眼,就这么回家去了呢。"

"咱俩不是联名给素素留了话了嘛!唐之风一心想要替你守在医院里,你也要给他机会嘛!"

"我想是有人在暗中整我,我决定不回省城了,不回那个调研组了,把我搞得这么不尴不尬、不清不白的,我还怎么有脸回去见徐大姐和小陆委员!"

"决定得太轻率了吧?"

"换谁是我,也只能这么决定,没有选择。"

夜晚静悄悄的,路上几乎没有行人,杨亦柳静静地陪李一泓走在回家的路上。

"我想讲个故事给你听。"

李一泓不禁又站住,困惑地看着杨亦柳。

"别站下,边走边听吧。在一百几十年前的美国,有一位黑人,他的父亲是黑人教士。在他小的时候,看到了听到了许许多多种族歧视的丑恶现象。他立志长大以后要成为一名杰出的律师,为争取黑人的平等权利鞠躬尽瘁。有一天他父亲对他说:'儿子,上帝知道了你的志向,上帝可以赋予你那一种能力。但是你必须每天都要进行自我反省,只要你的人生有了一次污点,那一种能力就会荡然无存,而且永远不会再被你所具有。你现在能对上帝发誓,忠诚于他的这一要求吗?'孩子就郑重地发誓了,后来他果然成为一名律师,大公无私地为他的黑人同胞们争取平等权利。他一生严于律己,虽然遭到过种种攻击、诽谤和陷害,但由于那都是毫无凭据、不实之事,所以每经历一次,威望反而提高一次。他为了争取黑人中小学教师与白人教师同薪的待遇,进行了长达十三年的反复诉讼,最终如愿以偿,当他垂垂老矣的时候,写了一部书是《我与上帝有个契约》。在书中,他感慨又深情地说:'我终于明白了,对我而言,上帝并不是教堂里的神,而是一直寄我以希望的、我的广大黑人同胞。'"

他们走到了李家的院门外,李一泓站住问:"你的意思,是批评我对自己要求不严?"

杨亦柳点点头。

李一泓自我辩护道:"可我怎么能料到春梅会那么做?"

"可你怎么能感受到一点儿压力就乱了方寸呢?"

"我现在都不知道我春梅在哪儿了,我还有什么方寸可言!"

"我向你保证,一定帮你找到她。"

"我的初衷那么良好,现在却落个有口难辩的下场。"

"我百分百相信你是无辜的,我要帮助你收集无辜的证据。但是你从省城回来,跟什么人打声招呼了?"

李一泓不说什么了。

"你还说你不想回调研组了,你对调研组另外两位委员负责任吗?你是全市唯一参加省政协调研组的委员,你对两级政协组织负责任吗?这次全省调研行动也是省委的部署,你对大局负责任吗?"

李一泓垂下了头。

"你对死在泥石流中的那些冤魂负责任吗?你对春梅她生父负责任吗?你对那些前几年才由农民变成茶农的老乡负责任吗?你对他们那些白守着一所条件不错的小学校,却仍上不起学的孩子负责任吗?你对顺吉县政协那些配合你们调研的同志负责任吗?你对那个装过疯的女人郑秀娥负责任吗?你对那个受到了凌辱却又终日提心吊胆东躲西藏的女孩子负责任吗？不回调研组了，你怎么想的呢你！"

"别说了。"被杨亦柳激起的深深自责，快让李一泓窒息了。

"钥匙！"

李一泓赶紧掏兜，把钥匙交给杨亦柳。杨亦柳替他开了院门，一声不吭地将钥匙还给他。

李一泓期期艾艾地说："今晚，我好想有个人陪陪我。"

杨亦柳又变得温情了，小声说："我啊！"

李家的院门，从里边掩上了……

第二十九章

第二天早上,杨亦柳扎着围裙,像一位标准的家庭主妇似的在小厨房里忙活。李一泓交抱双臂,斜靠厨房门框,欣赏地看着她。不知杨亦柳昨晚怎么劝的他,从他的表情看,他情绪似乎好了许多。

"别看我,我还要为你蒸一份蛋羹。有看我这会儿工夫,不如到公园去散散步。"

"都有点儿怕出门碰见熟人了。"

杨亦柳猛转过身:"再说这种话,我走了!"说着,就要解下围裙。

"别别,好,我听你的。"

李一泓犹犹豫豫地走出了院门,左顾右盼——他分明是真有点儿怕碰到熟人。

"李委员……"

李一泓一抬头,见是扫街的女人,口罩和圆帽之间,她那双眼睛怜悯似的看着李一泓。

"你叫我了?"

扫街女人点点头,摘下了口罩,问:"昨天,你那个……没什么大事儿吧?"

李一泓强作一笑:"昨天啊,昨天,其实那什么……他们市局有些工作,请我去帮着参议参议……"

扫街女人显然不信他的说法,眨眨眼又问:"那你现在……还是吧?"

"还是……什么呀?"

"就是……那个,政协委员啊。"

李一泓打哈哈:"是,是,当然还是。"

"那托你反映点儿情况,还能起作用?"

李一泓急欲脱身,搪塞道:"那要看什么事儿了。对不起啊,我得到早市去买点儿东西,去晚了,就散了……"他说着,脚底板抹油——要开溜。

不料扫街女人一横扫帚拦住了他,急切地说:"就几句话的事儿,都说城市里缺少不了我们农村来务工的人,可我们农村人的子女想要在城市里的学校借读一下,咋就成了比登天还难的事儿? 一开口就要几万元,叫我们去偷呀还是去抢呀?"

扫街女人忽然不说了,戴上口罩,低头边扫边走了。

李一泓回头一看,见那个街坊男人正冲着他心存不良地笑。

"早啊! 今天这天儿,不错啊?"李一泓主动打招呼。

"李大委员,昨天公安局的同志,到你家有何贵干啊?"

李一泓以攻为守:"他们怀疑我倒卖国家文物,拍照,传讯。你问,关你什么事吗?"

"关我什么事啊。正好我也去早市,咱俩一块走。"

"我又不去早市了,想去公园了。"李一泓急欲摆脱对方的纠缠,说罢,拔脚便走。

对方却不那么容易摆脱,追上了他,一边和他并肩走着,一边又说:"这下麻烦大了吧?"

"说清楚了就没麻烦了。"

"能说清楚吗?"

"当然能说清楚,小事一桩。"

"小事一桩,网上可说你私吞了三十几万呢!"

"你先慢慢走着啊,我想跑几步,不跑浑身不舒服……"

对方望着他背影,幸灾乐祸地自言自语:"你凭什么能混成政协委员啊,好景不长吧?"

李一泓跑到公园门口,收住了脚步。一辆"帕萨特"驶到公园门口,停住了,车内传出黄院长的声音:"一泓,一泓!"

李一泓循声望去,见黄院长下了车,大步向他走来。

黄院长亲亲热热地拥抱了一下李一泓,拍了拍他肩,甚至恶作剧般地拍拍他的脸颊,大声说:"哎呀一泓,我可想死你了!在安庆市我要是没有了你这位老同学,我的日子都不知道怎么过了!调研组组长当得如何呀?完事儿了?"

"还得些日子,我请假回来看看俩女儿。"李一泓的表情有些不自然。

"瘦了。"黄院长心疼似的说。

这时,有些跟李一泓练过太极拳或求李一泓帮助解决过困难的人,都围站在不远处,等着有机会跟李一泓说几句话。李一泓朝他们招招手,点头微笑。

黄院长故意大声说:"我说一泓呀,网上把你倒卖文物那件事儿,当成大新闻炒得沸沸扬扬的!别在意啊老同学,你现在都是省政协主席和省委书记眼里的红人了,你想他们能不保你嘛!"

李一泓心里腻味透了,隐忍地说:"黄院长,你有事没事?没事我要先进公园了啊!"

"一块儿进一块儿进。医生说,我血压有点儿不稳,也要加强锻炼。"他自作多情地搂着李一泓的肩,和李一泓一块儿进了公园。

在公园里,黄院长旁若无人地纠缠着李一泓,虽然不搂着李一泓的肩了,却挽着他的手臂了,边走边喋喋不休。那些老熟人们,尽管一直没有机会接近李一泓说上几句话,却也还在跟随着李一泓和黄院长。

由于有人指点着,李一泓引起了四面八方踢毽子的、跳绳的、做操的、单独打太极拳的人们的注意,他们也跟随在其后。

李一泓来到了他经常教人们太极拳的那一片林间平场地,黄院长总算放开了他。于是跟随着的人们终于有机会拥上前,围着李一泓问长问短,都亲热地叫老师叫师傅叫馆长叫委员,叫什么的都有,他们的亲热显然和黄院长的"亲热"不同。李一泓被他们的真情所感染,愉快地应答着微笑着。

"李老师,有日子没来了啊!"

"李师傅,你一不来,人气那还不散了,都各练各的了。有空儿你还是得常来着点儿呀!"

"李委员,经您调解以后,我们两家因为房子问题闹的那点儿小矛盾,烟消云散了。现在我们两家关系可好了。"

"李副馆长,文化馆可很久没举办活动了啊,您还是得牵头举办几次活动啊!"

李一泓应答不暇:

"这一阵子有点儿忙……"

"我没来,你们谁都可以成为组织者嘛!"

"邻里邻居的,当然还是和为贵喽!"

"我也在想着这事儿,等我和馆里的同志们策划策划,争取举办成一次全市的群众体育会!"

……

黄院长一时被冷落一旁,似乎有些不自在、不甘心。他发现了工商局的姚局长,凑过去,与姚局长嘀嘀咕咕起来。

"亲爱的同志们,我既然来了,咱们大家一块儿做几套?"李一泓意气风发。

众人异口同声地喊:"好!"

黄院长这时竟又凑近李一泓,将一只手搭在李一泓肩上,抢镜头似的说:"诸位,慢,且慢。我借此机会跟大家说几句啊!我是养老院的院长,鄙人姓黄。我和一泓是高中的老同学了。他是政协委员,我也是。我比他成为政协委员还早好几年。近来,关于我这一位好友,又有一件事街谈巷议的。那就是,某些小人举报李一泓委员倒卖国家文物,没多少钱嘛,总共不过才四万多美金嘛!有什么呀!比起那些贪官们,哪儿到哪儿呀!虽然公安局已经立案了,但我要替我的老同学告诉大家,仅凭这么一件事搞不臭他李一泓的!有政协庇护着他,公安局也不能把他怎么样的。所以,大家千万不要跟着瞎传播,推波助澜……"

李一泓一下子将黄院长的手从肩头拨下去,恼火地说:"你有完没完?!我什么时候请求你在这儿替我开个人新闻发布会了?!"

黄院长笑道:"不多说了不多说了。我不替你澄清澄清,我不是觉得不够交情嘛!"他自认为目的已经达到,大功告成地退到了一旁。

已经散开站好的人们,一时间相互投以疑问的目光。

"那我也只好接着说几句了。法律面前,人人平等,政协从来就不庇护任何一位触犯了法律的政协委员。相反,政协对于政协委员,从政治觉悟到道德人品的要求,那都是高于一般人的,对我李一泓也不例外。我李一泓并没做什么作奸犯科的事,所以我根本就不怕街头巷尾那些捕风捉影的议论!就这话!音乐……"李一泓说罢转过身去。

他闭上眼睛眉头紧拧,腮边出现了皱纹,深吸了一口气,脸上的表情又舒展了……他睁开眼睛,目光里有耻辱,也有自信。

在他身后,姚局长转身溜走了,有几个人也停止了动作,随之溜走了。播放机的主人,竟拎起播放机,对留下的人们抱歉地笑笑,也溜走了。

黄院长心不在焉地比画着,见人们陆续溜走,快意地笑了。

李一泓认真地做着每一个动作,音乐声虽然越来越低,乃至都听不到了,但他的动作却没有丝毫的停顿滞涩,太极拳里有心境,打太极拳的人自然不会因为陪衬的伴奏音乐消失了而乱了章法。

自然写意地做完最后的动作,李一泓轻轻吐出一口气,缓缓转过身,他愣住了——面前只剩一个人了,是那个姓马的卖肉的。即使那个卖肉的,也显然并没跟着做,而是在一直同情地望着李一泓,手里还拎着一条肉。

"您看他们,怎么可以都这样呢? 全怪那个姓黄的跑这儿放了一通狗屁……"

李一泓用手势制止他说下去,强作一笑:"也可以理解的……那你干吗还在这儿啊?"

姓马的拎高了自己手中的肉:"我这不是……我一个卖肉的,也没别的可谢你……"他惭愧地笑了。

"送给我的? 亏你还有这么一份心意,那我不客气了!"李一泓接过肉,赞道,"绝对里脊,好肉!"

拎着那一条肉走在回家的路上,李一泓心情复杂,他走到家门口,见院外停着一辆小汽车,不由得绕到车尾看车牌。

屋里,杨亦柳正和蒋副主席的司机小穆说话。

"那些情况,你又是怎么知道的呢?"杨亦柳问小穆。

"嗨,都快成了公开的秘密了。谁人不知,谁人不晓啊!"

"你不说,我就不知道。如果无凭无据,公开的秘密,还不只能继续是公开的秘密?"

"要凭要据,那就看有没有人调查,有没有人敢得罪人了呗!"

杨亦柳见李一泓回来了,对他说:"蒋副主席派他的司机小穆来接你,还想和你谈谈。"

李一泓先是疑疑惑惑地看着小穆,接着面无表情问他:"谈什么?"

"我不知道。李委员,您只管从从容容地吃饭,不急。我到车上去等您。"小穆说完,走出去了。

杨亦柳有点奇怪地问:"怎么一出去就这么久?"

"信马由缰地一走,就走到公园里去了。"李一泓若有所思地洗了把手,擦干了坐在桌边。

杨亦柳起身去将蛋羹端来放在桌上,坐下说:"结果就被你那些门徒围住了吧? 这下重新找到好感觉了吧? 不怕见熟人了吧?"

李一泓苦笑:"是啊,那感觉好极了。"说罢,吞了一勺蛋羹,又说道,"这蛋羹的味道也好极了。同志,你也一块儿吃吧。"

杨亦柳一笑:"我不饿。"她欣赏地看着李一泓吃饭,正如李一泓有时欣赏地看着她一样,又说,"你为我做了一顿饭,我也得为你做一顿。我知恩图报。"

"别一把一清啊! 我为你做顿饭,那是为了以后天天吃你做的饭。"

杨亦柳又笑了:"我有点儿喜欢做饭了。"

"你能猜到蒋副主席要对我说些什么吗?"

"猜不到,也不想猜。但是有一点我可以告诉你 蒋副主席特别……怎么说呢,也可以说他特别喜欢你这个人。"

"喜欢? 我怎么一点儿没觉得?"

"那就对了,人家不能让你自己感觉到。别那么狼吞虎咽的! 一泓,现在跟你说严肃的话题了啊,刚才我和小穆闲聊时,听他讲,公开招聘公务员,名堂多了。泄题现象,那就不用说了。面试的时候,关系、后门、条子、票子,真是八仙过海,各显其能。还有把内定应聘者的标准照输进手机里的情况,到时候打开手机一对,对上了,面试就成了一件走过场的事了。"

"要我说,成了演戏了。"

"小穆说,不仅咱们市里有这种现象,省城里也有这种现象。"

"还用小穆说? 早已是公开的秘密了。"

"小穆的话跟你的话一样。这种现象,咱们政协也要调查,有了根据也要过问,也要监督,也要制止。过几天咱们安庆市各局又要开始公开招聘公务员了,我从省报上看到了消息,省城里正在公开招聘。市里的现象,由我来联合政协委员、人大代表们揭发批评;省城里的现象,你那个调研组也有义务进行调查。"

"我一个市级政协委员,对省城里的各厅去发难,我吃饱了撑的啊?"显然,他李一泓这是有情绪的话。

杨亦柳不高兴了,双手都伸过去,将一盆一碗给端了过来,板着脸说:"那你就别往饱了吃了!"

李一泓赶紧赔笑:"同志同志,别当真嘛,我那是不过心,顺口一说的话嘛!"

杨亦柳这才又将小盆和大碗放到了他面前,严肃地说:"我的话,你给我牢记着!"

"常委同志,我牢记,我牢记。中不中,看行动!"

李一泓吃完了,杨亦柳送他出门上车,对面有几个街坊女人在看他们,窃窃私语,暗指暗点。

杨亦柳成心大声说:"哎,小穆,捎话给蒋副主席啊,就说过些日子我请他吃我和李委员的喜糖!"

李一泓急了,在车里对杨亦柳小声抗议道:"同志,行行好,照顾点儿影响行不行啊!我又不是过几天就搬走,不在这儿住了!"

杨亦柳望着驶离的车,又冲那些目光中有猜疑的街坊们笑笑,自言自语:"搬走?多好的一条小街啊,搬不搬得听我的!"她第一主人似的,一挺胸一昂头进了院子。

李一泓在车上对小穆说:"别跟蒋副主席提那茬儿啊!"

"哪茬儿?"

"就是喜糖不喜糖的。"

"杨校长那纯粹是玩笑话,您还听不出来呀?我们政协机关的同志都喜欢她。她随和,总爱和我们开玩笑。不像有的委员,常端着委员架子,有时候机关同志为他们忙前忙后的,连句谢都不轻易说!"

"她那也不纯粹是玩笑话。其实,我也是个爱开玩笑的人。"

小穆不承认也不否认地说:"是吗?"

"我可没端过什么委员架子吧?"

"你呀,还行。"

李一泓显然对这样的回答并不感到满意,转个话题又问:"蒋副主席今天怎么样?"

"什么怎么样?"

"情绪。高兴,还是不高兴?"

"看不出来。他那人,高兴也那样,不高兴也那样。"

李一泓见从小穆口中一无所获,将头扭向窗外。

在市政协楼前下了车,李一泓匆匆踏上台阶,他忽然想到了什么,急转身说:"小穆,谢……"

但是晚了——另一个"谢"字还没说出口,汽车已经离开楼前了。李一泓的表情很是有些懊丧,转身进了楼。

"一泓同志,咱们政协委员也是有纪律要求的,参加调研啊、开会啊、视察啊,那也都应有团队观念,该请假得请假,该打招呼起码得打招呼,啊?"蒋副主席语重心长地说。

"接受您的批评。"

"我这不是批评你,是提醒你。一般而言,新委员都要参加委员学习班的。你还没参加过学习班就被借调到省里了,是特例。不知者不怪。听说,你小女儿住院了?"

"我到现在还没跟她在一起说说话儿呢。她没事儿,平时不好好吃饭,又有点儿着急上火的,医生说输几次液就可以出院。"

"那大女儿有消息了吗?"

李一泓摇头,随后说:"也不会有事儿。天生胆大的孩子,这回闯祸了,终于胆小一次,不知猫哪儿去了。杨校长答应帮我找她。"

"你还有儿子、儿媳吧?"

"对。在农村,有日子没回去看他们了。"

"咱们政协虽然没什么实权,但是机关同志那还都是乐于为委员们服务的。有什么困难,不要不好意思开口,啊?"

"没有。"

"把你请来是因为有这么一个情况要及时跟你商量——省委书记、省政协吴主席、纪委书记,他们三位领导同志,星期二还要一起听你们那个调研组汇报一次。征求一下你的意见,你还赶不赶回省城去了?"

"去"。

"这也不必勉强。面临着一些烦恼,你如果不想赶回去了,那也完全是可以理解的。"

"我赶回去。"

蒋副主席沉吟一下,问:"什么时候?"

李一泓也沉吟起来,蒋副主席又说:"汽车四个半小时,累点儿。列车六个多小时,舒服点儿。你要是图快,我让小穆送你。"

"我坐不太惯小车。开往省城的列车一天六七次。您要是没话了,我现在就离开,回家带上点儿东西就去车站。"李一泓说着站了起来。

蒋副主席也站了起来,面对面看着李一泓,用手指连续指点着他。李一泓镇定自若地站着,耐心地等待蒋副主席说出话来。

蒋副主席的话终于说出口:"你们老馆长并没看错你!"

李一泓怔了片刻,摸摸后脖颈,孩子似的笑了。

奔驰的列车上,安静而又有些倦怠的人们忽然听到了优美的口琴声,吹的是《草原之夜》。

微闭着双眼的乘客睁开了眼睛;有的乘客站了起来,引颈张望;站着的乘客循声走了过去……乘客们似乎都来了精神儿。

李一泓的座位旁,聚拢了几位乘客,入神地听着。坐在李一泓对面的一个小女孩儿,也睁大好奇的眼睛看着他。

在自己的口琴声中,李一泓想起了杨亦柳的话:"素素一回家,我就过来陪她住。这孩子转学后,有点儿不好意思见我了,我要和她恢复恢复感情。唐之风那儿,也调动了一些关系,帮着他找到春梅,所以你也不要太担心。齐馆长往家里打过一次电话,说他似乎记得,关于那些惹事的东西,你们老馆长曾留下过什么文字的说明材料……"

吹罢《草原之夜》,小女孩儿说:"再吹一个吧。"

"好听吗?"李一泓柔声问。

小女孩点头,问:"这是什么呀?"

"口琴。"

"你是去省城演出的吗?"

"就算是吧。"

"在哪儿演啊,我想去看。"

李一泓笑了:"我参加演的那可是大戏,你还小,看不懂呢!"

小女孩刨根问底:"多大呀?"

李一泓又笑了:"全中国那么大。"

小女孩困惑地问:"有那么大的台子吗?"

坐在小女孩旁边的一个五十多岁的女人制止她说:"别问了,再问这位伯伯该烦了!"

李一泓摸了小女孩儿的头一下:"听伯伯再给你吹一个啊!"

他又吹起了《回娘家》,吹得很是得意。

他忽然停止了吹奏,因为有一个人走了过来——平德县政协的韩主席。二人一个站着,一个坐着,都愣愣地看着对方。

李一泓首先恢复了常态,站起来礼貌地问:"韩主席去省城?"

韩主席冷淡地说:"你去,我也不得不去啊!"抱起那小女孩,又说,"这是我孙女,那是我老伴儿。列车长给我们解决了卧铺,我走了啊!"

李一泓愣愣地望着韩主席老少三人的背影,却见小女孩在爷爷怀里回望过来。

旁边的人们低声议论:

"除了国家主席,再就只听说这个书记那个长的才是官呀!"

"您知道得太少了,工会主席也是官嘛!"

"噢,管工会的。看人家,再有两小时都到站了,还非得解决卧铺!"

"有那待遇,干吗不享受啊?能享受一小时是一小时嘛!"

列车缓缓驶入省城车站,徐大姐、小陆、张铭和他的"女儿"欣然都等在站台上。小陆眼尖,指着一个窗口说:"在那儿!"

李一泓踏到站台上,小陆抢先迎了上去,和李一泓拥抱了一下,又来了个左右贴脸。

"这么洋派的方式,我可不习惯。"李一泓笑着说。

"少来啦!你身为组长,也不和我和徐大姐打声招呼,说走就走,像话嘛!"

"你们在省城有家,我在安庆就没家了?"他看着徐大姐,歉意地说,"家里有点儿急事,没顾上。"

徐大姐笑道:"不对就是不对,解释也还是不对。"

"是啊是啊,不对就是不对。我们的蒋副主席已经批评过我了。"

一身警官服的张铭走过来,立正向李一泓敬了个礼。

李一泓一竖大拇指:"帅!"

张铭对欣然说:"叫李伯伯。"

"李伯伯。"

"这是……"

"小张女儿!"小陆抢着说。

李一泓不信地看着张铭:"不会吧?"

张铭骄傲地说:"以后让陆委员替我答疑吧。"

五个人又来到了省城那一家宾馆,给李一泓安排好住宿后,就一起到餐厅里吃饭,饭桌上小陆殷勤地不断往张铭和欣然的盘子里夹菜。

"你们怎么知道我哪一次车回来?"

"判断呗,我和徐大姐今天一早就回到宾馆了,几个调研组的成员都住这儿。吴主席已经来看过大家了。"小陆一脸幸福地说。

徐大姐笑着说:"一泓啊,是吴主席给我们的任务,让我们务必接你一下。"

"看来,我还挺重要的了。你们猜我在车上碰到谁了?平德县政协那位韩主席。"

小陆又给张铭夹了一筷子菜:"别提他,今晚不许提任何和调研有关的话题!"

"星期二上午又要向省领导们汇报。我想,我们应该从今天晚上开始……"

李一泓的话被小陆打断了:"抗议。今晚听我安排,吃完饭先到小张家去。小张说他的家可温馨了,咱们都去体会体会,怎么个温馨法儿!"

徐大姐也说:"就听小陆的吧!你回来之前,我俩已经把汇报提纲归纳出来了。"

小陆又说:"之后咱们还要去卡拉 OK 唱歌。小张过几天就外出了,时间挺长,他也愿意和咱们一起高兴高兴!"

李一泓迟疑地问:"咱们去那种地方好吗?"

小陆反问:"那种地方怎么了?不是人去的地方?咱们不是人了呀?"

"咱们可以去。没什么不好的。我也想唱唱歌。"说罢,徐大姐丢给李一泓一个眼色。

李一泓看着小陆对张铭的亲昵劲儿,忽然领悟了,大声说:"听小陆的!小张啊,谢字我不郑重地说了。我代表她们两位委员,和你干一杯!"

夜幕下,五个身影走在市民区的街巷中。小陆和张铭走在前,一左一右,拉着欣然的手。欣然时不时地收拢双脚,打个"滴溜儿"。

徐大姐和李一泓走在后面,望着小陆他们。

"两个好青年啊!"徐大姐似乎想起了自己年轻时的燃情岁月。

"真没想到——小张和那女孩儿,会是那么一种关系。"

"咱们也应该促进促进小陆和小张的关系。"

"怎么促进？我可没经验啊！"

"和小张分手的时候,我说什么,你溜缝儿就是了。"

五个人走到了一条极窄的胡同里。"到了。"张铭在一扇门前站住了,"我先进,开了灯你们再进。"

屋里灯亮了,张铭先把徐大姐扶进屋:"大姐当心,脚下有台阶。"

李一泓、小陆和欣然跟在后面,欣然在台阶那险些跌倒,幸亏李一泓及时拉了她一下。

张铭回头说:"看你,回自己家还弄出点儿险情!"欣然可爱地吐了吐小舌头。

屋子分里外两间,都很小。外间是厨房,里间是卧室。卧室里陈设简单得不能再简单,墙皮旧得接近灰色。

"小张,这要下雨怎么办啊？不往屋里灌水吗？"徐大姐担心地说。

"雨小,门口现用土堵堵。雨大,堵不住真灌屋里了,这东西就派上大用场了!"张铭掀开床帘,露出一截碗口粗的管子。

"那是什么？"李一泓好奇地问。

"一台旧抽水机,厅里的同志们凑钱给我买的。挺顶事儿,就是太费电。"张铭像在说一件好玩事似的,还笑。

李一泓三人却不由得表情凝重。

"有次半夜下大雨,灌屋里的水,都快没我爸床了,抽水机也泡了,发动不了啦!"欣然也像说好玩事似的,也笑。

李一泓同情地说:"张铭啊,与我的家相比,你这家可就太不怎么样了啊!"

"我的家在省城啊!省城人口多嘛。"

小陆心里蛮不是滋味地问:"温馨在哪儿呢？"

"别急。没有点儿看点,我也不好意思把你们往家里请啊!"

"看点在这儿!"欣然轻轻一推,一面贴着大幅喷涂风景画的墙上,突然出现了一扇小门,门后有梯阶。

"上边是我的天地,我带你们参观。"欣然噔噔噔跑了上去。

徐大姐和小陆对视一眼,跟着走进了小门。

"嚯,还是复式的。"李一泓故意感叹道。

张铭微笑着说:"你们先在上边参观,我趁这会儿换下警服。我们有纪律,不得穿警服去娱乐场所。"

李一泓也上到了小二层——几乎就是一幢玻璃小屋,三面都挂着花窗帘,确乎给人一种怪温馨的感觉。欣然炫耀地拉开了三面的窗帘,远远近近,高楼大厦的灯光和红红绿绿的霓虹广告,呈现在他们眼前。

"欣然,冬天你睡这儿不冷吗?"小陆担忧地问。

"冷。冬天我爸睡上边,我睡他的床。阿姨你看,我爸给我买的小龟!"欣然兴奋地指着一个瓷盆里的大小两只小龟。

徐大姐问:"小张啊,你们这一片还有多少户人家啊?"

张铭的声音从下面传来:"二三百户吧。"

徐大姐又问:"周围都拆建了,怎么单留下这一片了啊?"

"正因为周围都拆散了,这里的二三百户人家,就等于不存在了。"

李一泓看着徐大姐说:"我都听明白了,您没明白?"

徐大姐摇摇头。

小陆面带讽刺地轻蔑一笑:"有什么不明白的啊!好比家里有哪个犄角旮旯儿,一罩一盖一挡一遮,外人看不到了,自己也就当成根本没有那么一处地方了。而且,对某些当官的,那一种根本性的忘记几乎直至永远!"

"几度风雨几度春秋……"张铭高亢豪迈的男声在歌厅包间里回荡,虽然有时候调子一跑十万里,但是唱得投入,唱出了本色,自有一股苍凉悲劲的韵味。

小陆一往情深地看着穿着硬领白衬衫、手持麦克风的张铭,张铭每唱一句,她便低声接唱半句,在血性的坚忍与磅礴的大气中平添一份

柔情:

　　"……几度春秋

　　……搏激流

　　……热血铸就

　　……

　　……何惧风流。"

　　欣然双手捧腮,目不转睛地看着张铭和小陆,听得入了迷。

　　李一泓听了一会儿,对徐大姐说:"北京有专为城市贫民盖的楼,叫经济适用房。我们省为什么不能也像北京那样?"

　　徐大姐答非所问地说:"我刚刚当上政协委员以后,写提案的热忱特别高,第一年内就写了十几份提案。自己觉得,好像多了一种身份,就多了一双眼睛似的,所见的问题简直太多了。事事可提,于是事事成了使命和责任。第一届届满以后,委员中我的提案数量最多,还受到了表彰。但是我,却对自己这一位政协委员不满意起来。第二届整整五年内,我才写了几份提案。到了第三届,就是现在这一届,我也只不过写了一份提案。"

　　李一泓不解地问:"为什么?"

　　"我归纳了一下,政协也罢,人大也罢,所谓提案,大体而言,无非四类:要钱的提案,要政策的提案,针对政府职能部门工作作风和思路的提案,反腐倡廉的提案。" 她将脸转向李一泓,问,"你知道一百余年前,全世界有多少人口?"

　　李一泓摇摇头。

　　"十六亿多人口而已。这意味着,中国这一个国家,要解决一百余年前全世界百分之八十以上的人口的生活质量问题。而且当代人对生活质量的要求标准,比一百多年前高多了。当然,生产力水平和科技水平也不能同日而语了。但这一种联想,毕竟还是令我经常心情沉重的。所以,对于不拨钱就不能解决问题的提案,我变得慎重了。地方向中央要钱,县市向省里要钱,许多领域都一再申诉自己太缺钱了。他们的申诉之声,有时那么响亮,往往凸显为一种特别急切又强烈的声音。可老百姓的申诉之声,尤其是穷困老百姓的申诉之声,却是要经由别人的代言,才能在各种要钱的声音中不被淹没。如果没有别人代言,他们几乎是无声的群体,穷困而又沉默着。所以,看清了这一点以后,我就对自己说,让我来做那样一类'别人'吧。于是呢,我写的提案,自然少了。写之前,我总是要问自己,我在替谁伸手要钱?是不是替最需要政府体恤的人们要钱?"

李一泓的一只手不自觉地紧紧握住了徐大姐的一只手,他的脸上有种叫泪的东西在流淌。

"你问我,我们省为什么不能盖经济适用房。这是一件政府不投资就无法启动的事,我们省目前有这种经济实力吗?老实说,我不清楚。作为一位政协委员,大姐已经老了,心理疲惫了。但是你和小陆还年轻。你们不妨了解一下,多听听各方各面的看法。如果你们认为不完全是经济实力问题,也还是情怀问题,那你们就抓紧写一份提案,大姐会署上名字的,啊?"徐大姐脸上,也有什么亮晶晶的东西在淌着了。

这时欣然咯咯笑出了声,原来小陆和张铭已在边舞边唱《夫妻双双把家还》了。

离开了歌厅,几个人走在一条大马路的人行道上。李一泓背着睡了的欣然,和张铭在前并肩而行,小陆一脸幸福地挽着徐大姐跟在后面。

李一泓问:"什么任务?"

"还不清楚。"

"对我保密?"李一泓看了张铭一眼。

张铭笑而不答。

"起码告诉我去哪吧?"

"有纪律。我连陆委员也没告诉。"

"多久?"

"可能很久。来,让我背一会儿欣然吧。"

"欣然今晚不跟你回家了。你说想让她今晚在宾馆痛痛快快洗回澡的,结果也没洗成,徐大姐要明天早晨亲自照顾她洗,今晚她就睡徐大姐那屋。闲一张床,闲着也是闲着。"

"她明天还要上学。"

"我问过她了,她说下午的课。"

"那太添麻烦了。"

"欣然很乖,添不了什么麻烦。下午我们会找辆车送她去上学,你放心好了。"

张铭站住了:"组长,这……"

"你在我们组的任务结束了,再不要叫我组长了,也别叫我李委员,我听着太不习惯。别人那么叫,我没法了。咱们是朋友了,你以后叫我老李吧。"

"我还是……"

李一泓回头看一眼徐大姐和小陆,没得商量地说:"是徐大姐的意思,你不尊重徐大姐的意思了?"

张铭无奈地一笑,小陆和徐大姐跟了上来。

李一泓又对小陆说:"小陆啊,拐个弯就到宾馆了,我和徐大姐就不往前走了。徐大姐要留欣然和她睡一夜,你替我和徐大姐,陪小张往家走走,啊?"

小陆看一眼张铭,点点头。

李一泓将小陆扯到一旁,又悄悄说:"离小张家也不远了,你干脆陪他回到家算了。"

小陆又点点头。

"那么一来呢,他肯定又要陪你往回走,一直把你送到宾馆门口为止。你是没法儿不让他再往回送你的。那他不放心,我和徐大姐也不放心。"

小陆困惑地问:"你究竟什么意思啊?"

"最让我和徐大姐放心的办法,那就是你干脆别回宾馆了。今晚你和一名警官在一起,我和徐大姐那也省心了,明白?"

小陆终于领悟,情不自禁地亲了李一泓的脸一下,小声说:"组长真好!"

"明天上午九点,省市两级好几个厅、局、处在人才大厦公开招聘公务员,你直接赶去,尽可能了解点儿实际情况。但中午一定要回宾馆,咱们利用整个下午,把汇报的细节再讨论讨论。"

"放心,一定准时回去!"

远处,一对年轻人的手相互拉了一下,立刻又分开了。李一泓和徐大姐笑了,徐大姐笑着说:"你还说你没经验,挺老到的嘛!"

"话该怎么说,我打了好几遍腹稿啊!"

他俩站在人行道口等绿灯,绿灯亮了,他们踏下人行道,走在斑马线上。

突然一辆摩托车闯红灯,一阵风地冲过来。

"大姐!"李一泓赶紧提醒徐大姐,二人狼狈地退回人行道上。

骑摩托的人将摩托猛地刹住,发出刺耳的声音,接着一拐前轮,头盔扭转向李一泓和徐大姐。

"大姐,接一下欣然。"

徐大姐从李一泓背上抱下了欣然,李一泓活动着手腕,说:"大姐,您退开一下。"

"一泓,小心。"徐大姐抱着欣然退开了。

李一泓瞪着那黑亮的头盔冷笑:"没事儿。"

一阵给油声,却是摩托驶走了。

徐大姐舒了一口长气,望着远去的摩托,鄙视地说:"来这套!"

第三十章

第二天上午，省城人才大厦大厅里人头攒动，人们拥来挤去，如同纽约股市股票暴跌或暴涨的情形。

小陆的目光被吸引住了，原来有人高举着一块牌子，就是运动场上礼宾小姐举的那类牌子，上写几个字是"交通局已招满"。小陆正看时，旁边又有一块同样的牌子举起，写的是"劳动局已招满"。

周围一片议论声：

"这两个局今天开始招，怎么才一个多小时就招满了呢？"

"交通局不是登报说今天要公开招聘十几个人吗？"

"唉，劳动局还登报说招得更多呢！"

"妈，那咱们回去吧！"

"别回去呀！也许上午一拨招满了，下午还招一拨呢，问问去！"

于是一位母亲扯着女儿向牌子那儿挤去。

小陆一转身，与一位女子相撞，那女子抱在胸前的一摞纸散落一地。

"你看你这人！"

"对不起，对不起，是我不好……"小陆蹲下和她一起捡那些纸，她的手在人腿人脚之间东捡西捡，手背还被踩了一下。

她所捡都是贴有彩照的简历。这时,一只脚踩在一张彩照上,那只脚刚移开,小陆伸手要去捡,又一只脚踩上,那份简历被撕为两半:她手中一半,地上一半,而地上那一半又被形形色色的鞋带走了。

小陆站起,发现那位和自己相撞的女子早已没了踪影。小陆看着手中的一半简历,一脸无奈。

"陆姐!"

小陆又一转身,看到一名认识的女记者,胸前挂着记者的身份牌。

"怎么,来抓新闻?"

"新闻稿昨天就交了。总编说是太负面,怕惹麻烦,不敢发,指示我今天一定要来寻找正面新闻。哎,你怎么拿着这么多简历啊?"

"一位招聘人员和我撞了个满怀,我帮她捡起来这些,她却不知哪儿去了!这叫我该怎么办呢?"

"别管了,都交给我来处理吧!"

小陆就将手中的简历都交给了女记者,看着手中那一半简历又问:"这个怎么办?"

"你心太软。这是个不相信眼泪的地方,我都有点儿麻木了。"

二人说话时,不断地给别人让道,不断地引起别人的不满,她们不断地说"对不起"。

这不,又有人对她俩不满了:"怎么非在这儿说话不可呀!"

二人赶紧赔笑脸,女记者说:"咱别在这儿讨人厌了,我请你喝冷饮去吧!"

小陆说:"我请你!"

两人来到一处高档冷饮场所坐下,喝着冷饮,小陆问:"捕捉到了什么正面新闻吗?"

"正面新闻当然有。比如以往,仅在应届大学生中招公务员,所谓两证俱全的,就是既有毕业证又有公务员应聘资格证的大学生。现在范围放宽了,只要在适合年龄范围以内,一切人都可以凭两证应聘公务员了。"

"包括中小城市的？"

"包括全国各地的。"

"这倒也有利于机会均等，人才流动。"

"可应届大学生研究生怨声载道了，认为等于抢了他们的饭碗。"

"咱们进来时，我见门口的牌子上写着，招聘领班、服务员，还招聘中级管理者。这儿工作环境也不错啊，人才大厦那边，为什么就没人来这里碰碰运气呢？"

"工资低，又是服务性质，如果你大学毕业了，甚至还是研究生了，你能心甘情愿在这里工作吗？"

"但人生也可以从这里开始啊！"

"人生苦短，他们认为这里的起点太低呀！每个月六七百元让他们怎么活？"

小陆看着一名在端送饮料的服务员姑娘说："她们不是照活着吗？"

"你别站着说话不嫌腰疼啊！你敢情是什么都有了！"

小陆笑了："你点着我软肋了。有次母校大学让我回去做一场讲座，我对当代大学生的择业观批评了几句，你猜怎么着，差点儿没被嘘下台去！"

"活该！陆姐，你到人才大厦去干什么？"

"你猜。"

"替别人走后门，对不对？"

小陆摇头："不是。"

"别不承认。能走通后门，那得有资格，也是社会能力的体现，各种公开招聘会上的名堂多了。"

女记者向小陆俯身，机密地嘀咕了几句，掏出手机来发了条短信息。

欣然在徐大姐的房间里写作业，刚洗完澡，头发湿漉漉的。

有人敲门,欣然喊:"请进!"

门外,吴主席听到脆生生的女孩儿的声音,感到很奇怪,掏出眼镜戴上,再次看房号。这时门开了,欣然出现在门内,礼貌地问:"您找谁?"

"你又是谁呀?"

"我是张欣然,您是不是找我徐奶奶呀? 她在李伯伯房间里谈工作呢!"

"那好吧女士,我就不进房间了。"他转身走了两步,回头又问,"你爸爸叫张铭,对不对?"

欣然在门口点头,吴主席走回来,蹲下端详着欣然又问:"你在房间里干什么呢?"

"我在写作业呀。"

"欣然,我对你有个要求,能允许我抱你一下吗?"

"为什么?"

"不为什么,就是想抱你一下。"

"那,好吧。"

吴主席轻轻抱了一下欣然,说:"你爸爸是一名好警官。"

"那当然啦! 您认识我爸爸吗?"

吴主席点点头。

李一泓手拿调研材料对徐大姐说:"如果不让我们得出我们认为的结论,那岂不是……"

这时,响起了敲门声……

李一泓起身开了门,见门外是吴主席,有些惊讶:"吴主席一定是不放心我们明天的汇报吧?"

"是啊!"吴主席一边答着话,一边进了屋。

徐大姐想起身让座,吴主席又说:"大姐您别动,我坐床边。"说着,在床边坐下了。

"有什么不放心的?"徐大姐问。

吴主席示意李一泓:"李委员,你也坐下。"

李一泓默默坐下,疑惑地望着吴主席。

"我从政协那边抽空儿过来的。这几天我总在思考一个问题,那就是,我对你们那一种'不早下结论,更不多下结论'的指示,是否会限制了你们汇报时的能动性?"

"刚才我和一泓正说到这一点。"

"现在我正式收回我的话。在调研过程中,早下结论,多下结论,既不明智,也不可取。但现在,你们的调研已经基本结束,你们看到了许多,听到了许多,肯定也想到了许多。想,就会有观点。观点常和结论分不开。只说看到了什么、听到了什么,却不许发表感想,那岂不是仅仅把你们当成摄影机,录音机了吗?"

吴主席看了看李一泓和徐大姐,又说:"所以,你们明天汇报时,该作结论的事,完全可以放心大胆地作出自己的结论。政协委员在最小的范围内面对省委书记、纪委书记进行调研汇报的机会,那一向是不多的。通常,他们那一级领导干部,仅看看调研材料而已。我特意来一次,就是要当面鼓励你们,排除一切顾虑,畅所欲言。不要怕话说得太尖锐了,问题提得太严峻了,领导不爱听。明天我也会坐你们对面,你们还有什么可怕的。"

徐大姐笑了:"就怕我们倒是没顾虑了,你主席反而坐不住了。"

"大姐你这一种想法,其实也是顾虑嘛!"

"我们的结论那就是——平德县主要领导干部,肯定存在着严重的腐败问题。种种现象表明,问题不是个别人的劣迹,而是几套班子的劣迹!"既然可以放心大胆地下结论,李一泓毫不犹豫地说出了自己的想法。

"如果你们认为自己这一种结论站得住脚,可以摆到桌面上去说!这也算我对你们的指示,你们对你们的结论负责任,我对我的指示负责任。"

"昨天晚上,我和徐大姐走在回宾馆的路上,有一个骑摩托戴头盔的人打算撞我们。"

"嗯!"吴主席神情凝重地望向徐大姐,见到徐大姐点头后,他严肃地说,"把当时情况整理成一份文字材料,明天带到汇报会上去。我下午就要给思毅书记打电话,向他通报这一事件。"

他看一眼手表,又说:"我得走了,政协那边还有事。李一泓,我主席亲自来见你们,你得送送我!"

李一泓一言不发地把吴主席送到宾馆门口,吴主席却说:"请上车。"

李一泓愣了愣,默默上了车。

车开离门口,转眼又停在不挡道的地方。吴主席掏出烟,递给李一泓一支。李一泓犹豫了一下,接了过来。

"小曲,你不吸烟,别受我俩二手烟的危害。"司机明白吴主席的意思,机灵地下车走开了。

"李委员啊,明天晚上,刘思毅书记要与各路调研组的委员共进晚餐。这种礼节,该讲那还得讲。"

"我听说了。"

"但是你明天就不要参加了。"

李一泓一愣。

"我在安庆市曾请你吃过一顿饭,记得吗?"

李一泓不快地点了一下头。

"我那也是代表思毅书记请你。"

"我喜欢一个人吃饭。"

"两个人呢?"

"要看跟谁了。"

"跟我呢?"

李一泓讶然地转脸看吴主席。

"老实说,我也不喜欢宴请的场面。那往往是我的工作,给我专车坐,大房子住,也包括要求我把我不喜欢的事做好。比起一个人吃饭,我更喜欢两个人。"

李一泓眼睛都不眨一下地看着吴主席,板着脸。与吴主席闲聊式的表情相比,李一泓的表情显得格外严肃。

"明天晚上我单独请你吃饭。思毅书记同意了。你呢?"

"服从。"

"别板着脸好不好,省委书记同意,省政协主席请客,你多大的面子啊,有什么不高兴的?"

"我已经说过了,我服从。现在我可以下车了吗?"

"那么说定了,明天晚上司机来接你。"

李一泓一声不吭地下了车,甩手"砰"地关上车门,大步腾腾地走回宾馆。

回到房间,李一泓四仰八叉往床上一躺。徐大姐问他:"又怎么了?"

"没什么。"他猛地站起,拿起调研材料,坐在沙发上看起来。看了一会,突然又站起,将调研材料往桌上一摔,气不打一处来,"老子不当了还不行吗?"

张铭对着镜子戴正警帽,看到桌上的玉石烟嘴,拿起来,陷入了沉思。

一阵敲门声打断他的沉思,张铭掏出烟盒,将玉石烟嘴放入烟盒,揣入兜里,转身去开了门,小陆站在门外。

"你怎么……"

小陆打断他问:"要去上班?"

"下午局里有个会,反正我在家里也没什么事儿,想……"

"想早去?"

张铭闪身将小陆让进来,关上门,贴门而立。

"还想早去吗?"

张铭矜持地一笑,小陆不容他再说什么,双臂揽住他脖子,吻住了他。

张铭略一迟豫,随之也拥抱住了小陆。

一次深吻之后,小陆仰脸看着张铭说:"刚开始爱你,你就要出差了,不知你去哪儿,不知你什么时候才能回来。"

"所以,你要冷静地再考虑考虑,你看我这家……"

"你可以和欣然搬到我那儿去住。"

"那不行!我不能沾妻子的光。"

"大男子主义?"

张铭还想说什么,小陆的手指压住了他的嘴唇:"组长要求我中午必须赶回宾馆,我们可只有宝贵的一小时了!"

张铭一下子将她横抱起来,大步走入卧室,脚后跟一磕,门关上了。

中午,李一泓和徐大姐来到宾馆的自助餐厅,选了一张小方桌面对面坐下了。

一个男人端着盘子走过来,徐大姐礼貌地说:"对不起,有人了。"

"噢,给你们那位小陆委员占的座。她人呢?"

小陆刚好出现在餐厅门口,李一泓起身向她招手,叫她:"小陆……"

小陆瞧着眼前盘子里少许的食物,显然没胃口,又将筷子放下了,李一泓和徐大姐愣愣地看她。

小陆请求道:"组长,陪我喝杯啤酒吧!"

李一泓痛快地说:"好。你别动,我去取。"

徐大姐小声地说:"我也要陪小陆喝一杯。"

李一泓离开后,徐大姐问小陆:"怎么样?"

小陆不好意思地说:"太突然了。"

"是你觉得突然,还是他觉得突然?"

"我俩都觉得突然……可是,又都觉得……真好……"

徐大姐以过来人的口吻说:"有一种爱,它就是突然而至的。"

李一泓拿来啤酒,三只啤酒杯轻轻碰在一起。小陆流泪了,却又笑着说:"张铭同意,他走后,欣然不住他姐家了,住我那儿。"

徐大姐欣慰地说:"为爱情干杯!"

吃完午饭,三个人回到李一泓的房间里讨论汇报的事,却发生了分歧。

小陆说:"有的面试者,连公务员考试都没通过,可面试却一帆风顺,板上钉钉被录用了。"

徐大姐说:"这我倒和你有不同看法,一说公平,就都以考试为体现方法。而只要一考试,又都搞所谓标准答案。凡是有所谓标准答案的,那考的就只不过是记忆。我用了一个同义词,而你一字不差,结果你多两分,我少两分。又结果,机会属于你了,我靠边站了。考公务员不是考研究生,政治思想是活的思想,活的思想就应该允许是一种有个人见解的思想。我也参加过公务员考试的判卷,有一道题问的是:怎样理解全心全意为人民服务?标准答案是,将自己的一生,变成完全彻底的为人民服务的一生,头脑中没有半点儿私心杂念。这么绝对化的答案,不客观嘛。而有一名考生答的是:完全彻底是超现实的,超现实的要求那是一个人根本做不到的。只要一个掌权者能经常想一想毛主席的话'我们的权力是谁给的,是人民大众给的',既能充分运用权力为人民大众谋福祉,又不滥用权力为自己和家人以及小集团谋私利,那么他就使权力产生了符合'权力美学'的公利性。我觉得答得挺对啊,可有的判卷人却坚持一分也不给人家,说不符合标准答案,说人家乱发挥,什么'权力美学',什么'公利性',生造词汇!还说什么,从公务员中以后那是要产生官员的,最不应该招某些思想太活跃的人。这叫什么话?我老太太当然要跟他们据理力争!"

小陆辩解说:"大姐,公务员考试出什么题,怎么看待答案,这是另一个问题。而现在我们在说的问题是营私舞弊的现象!我亲耳听到一位招聘者对另一位招聘者大言不惭地说:'咱家招人,当然咱家孩子优先。'

近水楼台先得月,古今中外都认这个理。还有的招聘者,把有关系有后门的应聘者的标准彩照输入了手机里,面试时还居然打开手机看一下,生怕认错了。这成干什么了嘛!"

李一泓也说:"大姐,我比较支持小陆的想法。明天的汇报,重点是平德县的问题。但同时谈一谈公务员公开招聘过程中的不正之风,那也是可以的嘛!"

徐大姐不高兴了:"我说不可以了吗?我反对的是你们先谈那种不正之风!汇报要有主次,平德县的问题是腐败问题!是我们汇报的主旨内容,所以要一开始就谈,谈够,谈透。之后再……"

小陆打断她:"如果谈完了,省委书记说,那个什么不正之风的事,以后再说吧,那我们怎么办?"

徐大姐说:"那就以后再说。以后也可以用信息反映的方式!"

小陆反驳道:"那不正之风,这一次不但大行其道,岂不是还得逞了吗?"

徐大姐往起一站,严厉地说:"我不跟你们二位辩论了!反正我还是那三个字'不同意'!"说罢,怫然而去。

门一关上,李一泓表情为难地说:"老太太一倔起来,还真够固执的!"

门突然又开了,徐大姐站在门外,瞪着李一泓训斥道:"李一泓,老太太是你叫的吗?"

李一泓顿时噤若寒蝉。

徐大姐又说:"我建议,晚上邀请其他组的委员同志们开一次临时会,听听他们的意见。如果他们也都支持你俩,那么我少数服从多数。但我声明,即使那样,我也保留我的看法!"

门再次关上后,小陆嘟哝:"保留就保留!"坐到桌前,打开了电脑。

李一泓看着小陆,挠挠头,嘟哝:"是不是因为中午都喝了一杯啤酒啊?"

"你少来!"小陆猝一转身,瞪着李一泓,"我可告诉你,有时候我也是固执的。不许你反水啊!"

李一泓在宾馆捧着一摞复印材料离开复印室,经过大堂时被叫住了。

"李委员!"总服务台后面的值班员举手一指,说,"那儿有位同志找您……"

李一泓扭头顺着对方手指的方向看去——公开会客的沙发那儿,缓缓站起了一身警服的安庆市公安局的赵副科长,李一泓一时愣在原地。

赵副科长走到李一泓跟前,不动声色,站得顺条笔直地说:"李委员,我到你房间去找过你了,碰到一位年轻的女委员,她说你到一层复印来了。"

李一泓声音很小地说:"你们居然找到这儿来了!"他的话像是从牙缝里挤出来的。

"那我不到这儿来找你,到哪儿去找你呀?"

"你居然还穿着一身警服!"李一泓继续从牙缝里往外挤话。

"我是奉命到省厅来送案卷。有纪律,执行公务必须穿警服。市局领导指示我,必须找你一下。"

"带手铐了?"

"没带。不需要带那玩意儿。"

"你就不怕我在你面前跑了?"

"你别跑啊! 只不过再和你谈谈,就几句话的事儿。"

"在哪儿?"

"我看也不必再到你房间去了吧,就那儿就行。"赵副科长指指自己刚才坐过的地方。

"在那儿?!"李一泓显然不情愿。

"请吧。"

李一泓无奈地跟着赵副科长走到沙发那儿,左顾右盼之后,悻悻而坐。

赵副科长也坐下后，淡淡地说："李委员，你那一件事情，我们市局已经正式结案了。"

李一泓极为不满地问："结案了？"

赵副科长点头："是的。"

李一泓几乎要发作了："可你们都没正式审过我一次！"

"不需要正式审你也可以结案了。现在就由我来代表市局当面通告你——你和你的大女儿在网上拍卖的那些东西，它们的属有权已经由市局定性了。它们和公字毫不沾边，完全是属于你个人的东西。"

李一泓听得呆愣住了。

"拍卖所得的一切款项，也完全属于你个人。也就是说，你愿存就存，愿花就花。"

"可，你们不是说，那得要证据吗？"

"终于找到证据了。"

李一泓将始终捧着的复印材料放在茶几上，双手握住了赵副科长的一只手，连连摇晃："太感谢了！太感谢你们公安的同志了！真让我不知说什么好。"

赵副科长抽回自己那只手，那一只手竟被握出指印来了。他轻揉着自己被握疼的手，谦虚地说："也不能只感谢我们，你们文化馆的齐馆长，人不错啊。你们市政协的蒋副主席，对你那也是真够负责的。你和齐馆长在小饭店喝酒时说的话，我不是恰巧听了吗？我就将那一情况向局里汇报了。局里专门开了一次分析会。大家一致认为：一名警官无意之中听到的对话，往往具有较高的采信价值。酒后吐真言，你和齐馆长当时半醉不醉的，对话的真实成分肯定也是很高的。无罪推论是法理学原则嘛！既然那些东西也确有可能在归属权上是属于你李一泓个人的，我们为什么在没有证据的前提下非认为一定属于公有，而不尽量替你找到属于私有的证据呢？我们替你找，比你自己找，条件要多一些。我们认为，替涉案人找到无罪证据，那同样也是我们公安执法部门的一种责任。根据齐馆长和小刘找出的老馆长当年亲笔记的文化馆日志，我们在蒋副主席、齐馆长以及小刘等人的帮助下，从市政协资料馆找到了一本《提案汇编》，记载着老馆长当年关于你所保有之古旧收藏品一事，向市政协寄出的一份提案，清楚地记着一概古旧之物，都是你用个人的钱从民间买的，志愿无私地将它们献给文物部门，望文物部门派人前来文化馆鉴定。"

李一泓愤愤地说："他们根本就没派人来鉴定过！"

"李委员啊，给您提个建议。以后呢，涉及财物，那一定要公私分明。公是公，私是私。自己的东西捐了，那最好也要一份接受方的字据。而一旦你收了字据，就表明捐给既成事实，东西不再属于你自己了。"赵副科长笑着站了起来。

李一泓也站了起来，小声问："可不可以透露透露，究竟是什么人检举的我？"

赵副科长立刻严肃了，将拿在手中的警帽戴在头上，庄重地说："不可以。咱们就到这儿吧？"

他和李一泓握了握手，又说："影响你参政议政的心情了，请谅解啊！"抽回手，啪地敬了个礼。

"再问一下，我大女儿她有消息没有？"

"听说有下落了。具体情况我也不知道。啊，对了，再告诉你一个好消息，你大女儿买那几只股，最近又升上去了。"

"你也炒股？"

"偶尔，随大溜的，赚也赚不了多少，赔也赔得起。"赵副科长看一眼手表，"我得往回赶了。"拍了一下李一泓的肩，又说，"多替农民说点儿话，我家在农村有好多穷亲戚！"

目送着赵副科长被旋转出了旋转门，李一泓缓缓坐下，发了会儿愣，一抬头，看到小陆站在几步远处，双手叉腰瞪着他，正对他运气。

他赶紧捧起那一厚摞复印材料向小陆走去。小陆生气地一转身，先走了。

晚上，宾馆会议室里的椭圆形会议桌周围已坐满人，还有人往里进，大多数人手里拿有李一泓调研小组的调研材料。

徐大姐悄悄问小陆："不是小范围地征求意见吗？你俩怎么通知了这么多人？"

小陆也颇感意外："其实只请了五六位老委员。"

李一泓隔着小陆向徐大姐解释："大姐，是这么回事，我把复印材料……"

徐大姐打断他："这会儿就别解释了，快主持吧！"

也许是因为终于去掉了"犯罪嫌疑"的心理压力，李一泓显得自信多了，他清清嗓子说："各位，晚上各组还要修改各组的调研文本，不敢太多地占用大家的时间，咱们开短会，现在就开始。我们的意思已经附加在我们的调研材料中了，不啰唆了。哪位先说？"

一阵沉默，自由发言的会议开始时照例的那一种沉默。

徐大姐望着一位六十多岁的男人说："姚奇同志，您是老委员了，带个头吧？"

姚奇委员说："徐大姐既然点名了，我从命。先说你们五组这一份调研材料。我的看法是，这简直就不是一份一般意义上的调研材料了，而等于是一份弹劾性质的奏折了。指出问题和现象，需要勇气。因为某些官员听赞歌听习惯了，以为我们政协就应该是官方拉拉队。他们看到这样的调研材料肯定是会大皱其眉的。既指出问题和现象，还进一步指出，某些官员是罪魁祸首，这需要更大的勇气。更进一步指出，不是一两个官员的责任，而是一方官员的总体责任，其勇气就可嘉了。对于你们五组的这一种代言精神、参政议政的责任感，我支持！关于公务员招聘过程中的营私舞弊现象，我们在先，你们在后，我们掌握的情况比你们多。我看，你们五组明天何必多此一举，分散重点呢？你们干脆礼让了吧，由我们六组在大会发言时来着重谈,岂不是更好?"

徐大姐说:"我们李委员和陆委员是这么想的——现在公务员招聘还在进行中,明天也提一下,争取引起重视,对营私舞弊现象就可以及时遏制。否则,招聘结束了,批评成了马后炮了!"

姚奇委员摆摆手说:"不对不对。这一种思想方法肯定是不对的。公务员公开招聘的制度,是国家长期不变的制度。只要是有根有据的批评,那就不等于是马后炮。让我来举一个例子啊,一个人如果刚刚听完重金属乐队的演奏,振聋发聩,耳朵里还嗡嗡直响呢,这时他听不进去别的声音呀!"

小陆说:"所以我们打算在汇报平德县的问题之前,先谈公务员招聘中的腐败现象。"

另一位委员问:"明天听你们汇报的不主要是刘思毅书记吗?他同意了吗?"

李一泓摇头:"我们就没打算获得他的同意。"

对方又问:"你们也包括徐大姐在内吗?"

徐大姐说:"这是我们组内部机密,暂时无可奉告。"

对方追问:"为什么没打算获得他的同意?"

小陆回答说:"我们认为,临时增加一项汇报内容,也不是什么大不了的事,不必顾虑太多。"

对方很认真地说:"同志,有时也要换位思考。一位省委书记,他的工作时间是相当紧凑的。他的头脑和常人的头脑没什么两样,今天思考什么问题,明天思考什么问题,是有轻重缓急之分的。他头脑里不可能同时思考多个重点。万一你们刚说了两句,被省委书记打断,他说今天先不谈那个你们怎么办?"

李一泓和小陆对视一眼,小陆说:"那当然我们就很尴尬啰。"

李一泓说:"不至于的吧?我们已经接触过他一次了,他很尊重我们。"

对方又说:"这和尊重不尊重没什么直接关系。平德县那边死了人,他的心理压力有多大,你们想过吗?"

第三位站着的委员按捺不住了:"我说两句,我说两句。他是当过秘书的人,角度不同,你们五组姑且听之就是了。我倒是认为,你们明天不是不可以加进一项汇报内容,但究竟在先在后,要相机行事。如果你们也谈了公务员招聘过程中的不正之风,并且真的引起了足够的重视,对六组不也等于是鸣锣开道吗?这也挺好啊!"

一位姓孙的委员说:"说完了吗?说完了我说。这一次在省委书记的指示之下,我们政协进行了一次大动作。十个调研组,几十位委员,历时半个多月,几乎对全省贫困地区进行了全方位的考察、调研。材料汇总起来,肯定有几十万字了。可问题是,真能起到什么给贫困地区的百姓带来实际福祉的作用吗?我表示怀疑。包括平德县的事,会不会最终大事化小,小事化了,不了了之呢?"

又一名委员说:"那不行,那绝对不行!你们五组的材料我看了,令人气愤!连我们那县一级的政协主席都变成了那个样子,一方百姓的苦楚还有出头之日吗?如果真的不了了之,我,不当了!"说完,他将手中的材料猛往桌上一摔。

一时间气氛热烈,大家七言八语,发言踊跃……

会议结束后,会议室里只剩下了李一泓、徐大姐、小陆三人。显然,听取了一番意见之后,李一泓和小陆反而心中没谱了。

徐大姐说:"怎么都深沉了?"

小陆问:"大姐,真会那样吗?"

徐大姐问:"哪样啊?"

李一泓皱着眉说:"就是,雷声大,雨点儿小,不了了之。"

"那位委员跟我熟,是位很好的委员,我俩还发生过激烈的辩论呢。有次我们共同调研,他坚持要把建言两个字,在报告中写成'谏言',我不同意,所以就各执一词,进一步发展为争吵,谁也不理谁。他有他的道理,

'谏'字包含坚定不移的意思。他要是认准了一个理,很有种不达目的誓不休的精神。这是值得在政协中提倡的。但是'谏言'毕竟只不过是古代忠臣良将对皇帝和皇家江山的责任。而我们政协委员的责任,不是对任何一个人、几个人的责任。我们的责任是对时代进步和社会进步的责任,建设的'建'更能体现助推的状态,所以我要和他争。扯远了,他最近的几项提案没太引起重视,他有情绪。政协委员有时也像小孩子,情绪好是一种参政状态,情绪不好可能就是另一种参政状态,包括我也是如此,你们不要太受他的话的影响。"

"大姐,那我们明天……"李一泓还在犹豫不决。

"我猜我还是少数。二比一,可不少数嘛。我也不说服你们了。我觉得有一位委员说得挺好,有时候要换位思考。明天主要是你俩汇报,这是一次难得的提升参政议政水平的机会,你俩还真是得相机行事。"

回到房间,李一泓躺在床上辗转反侧,难以入眠。他扯亮台灯,抓起电话,给小陆打电话。

小陆被电话铃声搅醒,闭着眼睛说:"又问,徐大姐不是提醒过了,让咱俩相机行事吗?我困死了,你饶了我吧!"

"我想,干脆主要让徐大姐汇报算了,咱俩补充好不好?喂,喂……"

小陆握着话筒又睡过去了。

星期二上午,徐大姐、李一泓和小陆静静等在省委办公大楼的常委会议室里,秘书小王拉开了门,省委书记刘思毅、政协吴主席、纪委苗书记,还有四五位省级干部走了进来。

李一泓三人赶紧站了起来,刘思毅边走向座位边说:"坐吧坐吧,别客气。"

大家都坐下以后,小陆向李一泓耳语:"情况有变,咱们还是只汇报重点吧。"

李一泓没有话,点了几下头。

刘思毅看一眼手表,说:"你们提前,我们也没迟到。今天听你们正式汇报的人多了几位,我先不一一介绍了。省长亲自到北京跑项目去了,我把常委中抽得出身的人都请来了。咱们现在就开始吧,你们谁先汇报?"

包括刘思毅、吴主席、纪委苗书记在内的官员们,一个个表情严肃而凝重。这一次常委会议室里的气氛,与上一次大不相同,使人感到任何玩笑话都是不适宜的。

小陆起身,将材料分发给每一位官员,然后默默归座。徐大姐坐在位子上,表情异常庄重。

"我先开始汇报。我是第五调研组组长李一泓。正如我们在调研材料中所体现的,我们对我省三个偏远穷困的县……"李一泓一边说一边看手中的调研材料。

吴主席说:"一泓委员,材料各位领导回去都会认真看的。重点谈平德县的问题吧。先说说你们对那一场泥石流的发生是怎么看的。"

李一泓放下了材料,他说:"在我省和兄弟省两省交界处发生的那一场泥石流,它绝对不是天灾,而是不折不扣的人祸。而造成这一场人祸的人,却根本不是以往愚不可及的、头脑里完全没有环保意识的当地民众。事实上当地民众的头脑中,已经树立起了可喜的环保意识。他们在自己的利益受到环境污染的严重危害时,也四处申诉和抗议过。但他们的申诉之声抗议之声,却被平德县的某些干部采取种种方式压制下去了。我们用'某些'一词,是指他们不是一个两个三个四个,而是一个腐败了的干部群体。这个群体究竟占平德县几套领导班子的多大比例,我们难以统计。但我们估计,比例肯定是相当大的。他们差不多已将平德县,作为他们以权谋私的根据地了。对于两省共十几条死在泥石流中的人命,他们负有不可逃脱的责任!"

小陆接着说:"平德县的某些领导干部,对于喝花酒这一种腐化庸俗的社会享乐劣习,采取的完全是置若罔闻的态度,甚至推波助澜,如鱼得水,自己也乐在其中,乐此不疲。表面看,是一般生活小节,而实际上,我们调研组认为,这是一种腐败的策略。他们通过怂恿社会劣习的方式,麻痹和涣散民众的心智。而心智被愚化了的民众,对腐败也就必然丧失了敏感。甚至,最后会连不满的本能都丧失了。这正是他们想要达到的目的。哪里的权力大面积地腐败了,哪里的社会风气必然大面积地腐化,于是产生种种劣习。腐化的社会风气需要权力的认同,腐败了的权力需要腐化的社会风气来掩盖和遮蔽。"

纪委苗书记说:"对不起,打断一下,陆委员是学什么专业的?"

吴主席替小陆回答:"她是社会学博士。"

刘思毅说:"徐大姐,您和李委员昨天晚上遇到的事我已经知道了,您怎么一言不发?"

徐大姐开口道:"好,我也说几句吧。就从昨天晚上的事说起吧。"

刘思毅对官员们说:"昨天晚上,有人骑着摩托,企图撞击徐大姐和李一泓委员。"

一名官员说:"想必是受人指使了。"

徐大姐慢言慢语地说:"那是肯定的。但却可能和腐败的干部们没有太大的关系。事情往往是这样——有人一贯利用权力搞腐败,那么一定有人利用权力形成势力。一贯利用权力搞腐败的人,自以为善于利用社会黑恶势力,又足以驾驭后一种势力。殊不知他们想错了。后一种势力才不会甘心情愿地被权力所利用呢!他们有黑恶势力特有的行为方式。他们一旦觉得有人向他们挑战了,而权力又庇护不了他们了,就必然企图以他们特有的方式挽救败局。我们的某些干部,对官场规律太熟了,对社会规律又太缺乏常识了。我建议,什么时候,让我们的陆委员给官员们补上几堂社会学方面的课。"

小陆不好意思地说:"大姐!"

刘思毅终于微笑了一下:"这个建议很好嘛,可以考虑啊!"

气氛顿时为之轻松,每个人脸上严肃的表情都松动了一些。

吴主席发言说:"有件事我也在这儿说说吧,昨天晚上,平德县政协那位韩主席,在咱们省一位离休老干部的陪同之下,登门拜访我。"

刘思毅问:"什么动机啊?"

吴主席沉声道:"当面告他们三位委员的状。"

"还主动打上门来了。"刘思毅转脸对纪委苗书记说,"我看,就别让他再回平德了,扣在省城,开始交代问题吧。"

李一泓忽然说:"这我反对!"

霎时,所有的目光都集中在了他身上,他接着说:"我……我在列车上碰到了他,带着老伴,还有孙女。是不是……不要把他扣在省城?"

刘思毅没有立刻回答李一泓,而是叹口气:"唉,有些人啊,究竟是怎么了呢?明明是来执行特殊任务的嘛,那也还是不忘让家人沾点儿光。我猜是住在凯莱斯基吧?"

吴主席点点头:"他自己说,是住那儿。"

刘思毅又说:"老婆、孙女没住过五星级酒店又能少点什么呀!那就听李委员的吧,让他们三口在凯莱斯基安安生生地享受几天吧。"

吴主席小声地问:"休息一会儿怎么样?"

刘思毅轻轻拍了一下桌子:"听吴主席的,休息十分钟!"

这次会议上,李一泓和小陆终究还是没有提公务员招聘中徇私舞弊的事,他们不提,本来就不同意的徐大姐自然也不会提。

在刘思毅的办公室里,刘思毅和吴主席都在站着吸烟。

"那个李一泓,他自己的事怎样了?"刘思毅问。

"没顾上问,今晚单独陪他吃饭时要问。"

"我要是有权保谁,愿意保他这样的人。"

吴主席笑了:"那我今晚把你的话告诉他?"

"千万别!径太啊,你一定要亲自将他们五组的调研材料修改一遍。作为大会的重点发言,有些话还是要婉转一点儿。全省的干部以后都要看到那一份调研材料嘛,我们省大多数干部是称职的嘛,不要由于某些尖刻的用词,伤了大多数干部的自尊心。警钟是要常鸣的,但是鸣警钟可不等于擂战鼓。"

"放心,我把关。"

晚上,李一泓在宾馆前厅等吴主席的车来接他。不断有人从他面前走过,或是官员,或是委员,皆穿着齐整。是委员的,自然免不了和他打招呼。他多少有些失落,心不在焉地应答着。

姚奇委员走过来,问:"快开始了,还站在这儿干吗?"

"等个人。"

"不参加了?"

"请假了。"

"闹情绪了吧?"

"闹什么情绪?"

"你们五组的调研材料全被收上去了。"

李一泓愕然地问:"哦?"

"也许,结果不幸被我言中。"

"对不起,我等的人来了。"李一泓看到了吴主席的司机小曲,大步向小曲走去。

姚奇委员望着他跟在小曲身后被旋出旋转门,困惑地说:"专爱和领导的司机交往?这个人有意思。"

李一泓和吴主席面对面坐一家海鲜餐馆里,餐馆面积不大不小,但还雅静。

吴主席翻看着菜谱说:"估计你在安庆市很少吃海味儿。"

"是的。"

"所以我才决定在这里请你,想吃什么?"

"龙虾。"

吴主席不禁看他一眼,李一泓却在向服务员小姐比画:"就是那种,

563

一只船,木头的。船上一层冰,冰上有塑料薄膜,塑料薄膜上摆一层龙虾肉,一片一片的。”

站在一旁的服务员小姐问:“大船小船?”

“当然是越大越好喽!”

服务员小姐正要记在单上,吴主席阻止她说:“小姐等等,先别忙记。点龙虾嘛,原则上是可以的。”看着李一泓又说,“但是我们就不要船了行不行? 大船小船都不要,船又不能吃。我们只要盘子就行。下边冰,上边肉。”

服务员小姐礼貌地说:“那不行。”

吴主席坚持说:“行的。”

“不行。”服务员小姐不带半点火气,笑靥如花。

“肯定行的。要不你拿我名片,去问问你们经理行不行?”

服务员接过名片,正欲看,吴主席却说:“先别看了姑娘,先记我点的菜吧!”

吴主席点菜时,李一泓已经吸着了一支烟。

“今天我可是自费请你啊!”

“干吗那么大头? 你不为工作,会请我吗?”

“自费请你,才体现真诚。”吴主席也掏出烟吸起来。

“我还没吃过龙虾。”

“一会儿不就吃上了? 一泓同志,你们安庆市有一位政协委员,很值得你学习。当然啦,也很值得我学习。”

“我们文化馆的老馆长,对吧? 我始终在要求自己,以他为榜样。”

“你们老馆长当然不消说了。我指的是另一个人。”

“还有谁?”

“安庆市重点中学的杨校长。”

“她啊。”

“虚心点儿,她就不值得你学习了吗?”

"她当然也值得我学习了,可我也有许多方面值得她学习。"

"你值得她学习的方面,咱们暂且不论。咱们单说她值得你,不,值得咱俩共同学习的方面。你想啊,她一位女同志,这边查着她的账……"

李一泓纠正道:"那是查学校的账。"

"查学校的账,还不是冲着她校长去的吗? 说是普查,有关方面内定的嫌疑重点那不还是她吗? 那边呢,又请她到省公安厅来协助破案。人家照来了,协助得很出色。不管网上有多少流言蜚语,承受多大压力,人家也没撂挑子,一如既往地做好校长的本职工作。"

"我也没撂挑子,我也尽量做好了调研组组长的工作。"

这时一名男侍者把菜端来了,包括一盘龙虾。李一泓一见龙虾,摩拳擦掌一番,捋胳膊,挽袖子,抓起筷子,三年没吃饭一样,一片又一片接连地往口中送着龙虾肉片,抽空儿连说:"好吃,好吃……"盘中的龙虾肉片刻所剩无几。

吴主席没有吃,静静地看着李一泓:"喝口啤酒,再换换口味儿,吃点儿别的嘛。"

李一泓端起酒杯,喝了一口啤酒。

吴主席终于又有机会说他的正题了,诲人不倦地说:"人家杨校长,啊,什么事情,只要别人批评得对,自己也意识到了,那人家就改正。她联合全省几所重点中学,将各校绝大部分赞助费捐了出来,总共五六百万,资助贫困农村的中小学建设,这起到多好的示范作用啊!"

李一泓惊讶地问:"多少?"

"五六百万。"

李一泓得意地夹起一片藕片扔进嘴里,仿佛那五六百万是他捐的:"这她倒没跟我说起过。"

吴主席喝一口啤酒说:"你是谁啊,人家干吗要事事告诉你啊!"

"可我要是不激烈地反对一花独放,我要是不大声疾呼雪中送炭……"

吴主席放下筷子,批评道:"又来了! 谦虚一下,对你就真的那么难吗？"

李一泓再次端起杯，一饮而尽，很绅士地用餐巾拭拭嘴，不谦虚到底地说："我个人也要继续捐啊，我也要起到好的示范作用啊！"

吴主席愣了愣，夹起一颗蜜枣送入口中，缓缓嚼着，并研究地看着李一泓。

李一泓拿起酒瓶，往自己杯中倒酒，却不够一杯了，招来服务员小姐，东道主似的说："再添一瓶啤酒。"

吴主席咽下蜜枣，闲聊似的说："你刚才说到了你自己……"

李一泓打断他："我一直在说我自己，是您老在说别人。"

"你的那件……那个那个……"

"案子？"

吴主席点一下头，表情郑重地问："怎么样了？有什么进展吗？"

"结案了。"

吴主席的表情立即为这一肃："嗯？怎么结的？"

"那所有东西都是属于我个人的，我愿意怎么卖就怎么卖。在网上拍卖可以，搁地摊也可以，炒股也随便，任何人无权干涉。所以我说，我个人也要继续捐嘛！"

吴主席眼珠定定地看着李一泓，怀疑地问："是你个人给个人下的结论，还是司法部门正式下的结论？"

"当然是司法部门喽。昨天下午，你从我们那儿走后，我们市公安局的赵副科长来到了宾馆，他代表市局正式通知我的。"

"真的？"

"我骗您，不是也等于骗自己吗？"

"为什么不向我汇报？"

"您也没要求我向您汇报啊！"李一泓抓起筷子，盯住了不多的几片龙虾肉。

吴主席低声然而有些生气地说："别吃起来没够，给我留几片儿！"

李一泓不情愿地放下筷子,吴主席端起啤酒杯,也一饮而尽,之后上当受骗似的说:"那我们这是干什么?"

"这不是,您请我,我吃请吗?"

"李一泓,我看出来了,你从一开始就没打算和我好好沟通!你用你们文化馆小馆员和小市民打交道那一套,一直在庄庄重重地跟我要贫嘴!"

李一泓笑了:"亏您到底还看出来了,不是跟您耍贫嘴,是在试探您的耐心。"

吴主席冷着脸问:"为什么?"

"都说政协的干部与别的官员不一样。我要看看,究竟一样不一样。如果还是一样,官架子十足,那我李一泓……"

"便怎样?"

"我不当政协委员了还不行吗?我一心一意地当我的文化馆小馆员,高高兴兴地为小市民们的快乐服务,挺好。天下兴亡,匹夫无责。"

"胡说!"吴主席一拍桌子。

"孔老夫子的话,当年也有人说他胡说。天下兴亡,谁承包了谁负责。现在可以接着吃了?"说着,李一泓又抓起筷子。

"龙虾肉被你吃糟践了!那得蘸着小盘里的芥末吃。"

"怎么不早告诉我?"

"你一直就没点虚心劲儿,我干吗提示你!"

李一泓夹了一片龙虾肉,蘸了点芥末,装出虚心的样子问:"领导,这够吗?"

"少点儿。"

李一泓就将龙虾肉沾足了芥末,送入口中,结果辣得脸都变了形,眼泪不可遏抑地飙飞。

吴主席得意地端起酒杯,缓缓地浅酌一口,笑眯眯地看着李一泓狼狈出丑。

"原来你也有报复心！"

"调研活动一结束，非把你送进去不可！"

"还要把我往监狱里送啊？"李一泓泪眼大睁。

"政协委员学习班。你这种委员，只进一次学习班不行。参加完了你们市政协的学习班，接着我就调你来参加省政协的学习班！非好好改造你不可！"举起杯，吴主席命令地说，"来，跟我干杯！"

在回去的路上，吴主席语重心长地说："一位好的政协委员，不太会是那等仅仅把'政协委员'四个字当成特殊荣誉的人。仅仅当成荣誉，那和当成一件时装、一枚徽章、一串首饰，也没什么两样。我们政协，太需要那么样一些委员了，他们不但具有一腔参政议政的热忱，还要具有参政议政的思想水平。特别重要的是，他们还必须严于律己，行得正，做得端，就像某些被人民大众誉为'公仆'的官员那样。因为，如果他们不那样，自己做了不光彩的事，那么他们的声音，也就很难再受到尊重了。"

"吴主席，求您件事儿，您批我假回安庆吧！我很少离家这么长时间。我想我两个女儿了，太想了！"

"那你这组长一走，你们五组由谁来做大会发言？"

"小陆委员！"

"念你归心似箭，我准假了。何况你到现在还没见到过你大女儿呢，做父亲的心情我理解。"

"那我今天晚上就走，还能赶上末班车。"

"通常上车补票可没座儿。"

"碰碰运气。"

"又不跟徐大姐和小陆打招呼了？"

"那就顾不上了，您替我跟他们打招呼吧。"

"我成你秘书了。小曲，在前边那个街口把我放下。我走回家，想散散步。你送李委员到宾馆，然后送他去车站。"

第三十一章

"阿姨,说说嘛!"素素在洗脚,两只脚丫在水盆里互相搓洗。

"说什么啊?"杨亦柳背对着她,在方桌那儿用素素的便携式电脑打字。

"都问你两遍了,你在打什么呀?"

杨亦柳还是不回头:"我在打一份问卷,想了解了解咱们重点中学的同学们平时都喜欢读哪几类课外书。"

素素不满地说:"是你们重点中学,跟我没什么关系了。"

杨亦柳的手指停止了敲键,她显然听出了素素的不满,终于向素素转过了身,母亲般地命令道:"洗多半天了? 别玩水,又不是泡干菜。给我立刻擦脚,把水倒了,把盆放原处。"

素素放好了盆,向自己的小屋走去,杨亦柳合上电脑,往自己的茶杯里续了些水:"素素,过来。"

素素高兴地笑了,立刻转身走回来,坐在杨亦柳对面,习惯地双手捧腮,小孩子打算听大人讲童话似的。

"你刚才问,我对《三国演义》这一部古典小说是怎么看的,对吧?"

素素点点点头。

"你读过了吗？如果读过了，那你又是怎么看的呢？"

素素不无羞愧地说："我……读了几十页，没兴趣，《水浒传》也没兴趣。《红楼梦》读得倒还有点儿兴趣，所以断断续续地读完了。"

杨亦柳微微一笑："三部古典小说中，女孩子更喜欢看《红楼梦》，这是很自然的事情。"

"可我们六中要求，三部古典名著必须都在毕业前读完。说要不那样，将来升了大学，给六中丢人。"

"关于你们六中对你们的要求，我可不便妄加评论。我认为，作为一般读者，读什么书，那是很个人的事情，顺从个人兴趣去读，只要不专读坏书，喜欢读什么书不喜欢读什么书，无可厚非。但是如果谁考入了大学，而且还成了中文系的学子，居然连《三国演义》和《水浒传》都没读过，那是未免会令大学老师们不知说什么好了。不过据我所知，以上情况在大学中文系并不是个别现象，我想大学老师们肯定早已见怪不怪了。理解万岁，那就成为大学中文学子以后再补读吧。"

杨亦柳说罢，低头饮了口茶水，抬起头又说："交流到此结束，八点多了，今天你要早点儿睡。"

素素失望地说："这就说完了？你等于还什么也没说啊！"

"你还想听什么？你们明天不是考试吗？"

"我们明天考的就是课外阅读体会，说不定题中偏偏没有《红楼梦》！"

"原来如此。你呀，素素，临时抱佛脚，现上轿现扎耳朵眼儿。"

素素抓住杨亦柳一只手，撒娇地说："求求你了，帮人家恶补一下嘛！"

杨亦柳无奈地说："好，那我就给你讲一堂启蒙课吧。《三国演义》这一部古典小说，大气磅礴，绝对称得上是一部史诗性的小说。其中有关军事的战略和战术的情节，起伏跌宕，环环相扣；也充满了丰富又复杂的人物关系，你中有我，我中有你，忽敌忽友，变化莫测；还充满了权谋和尔虞我诈的计策。如果因为这样就津津乐道那些战略和战术的孰高孰低,那些权谋的孰优孰劣,那些尔虞我诈的计策的成与败,取一种目的论的眼光来看待这一部古典小说,仿佛当成是什么战例大全,权谋随想录,或什么人际指南,那实在是庸俗的,也是讨嫌的。引导人这样读书,对当代人和书的关系,实在是有害的。"

"那……"

"想说不少人都在这么讲,不少人也喜欢听这么讲,是吧?"

素素又点点头。

"首先你得区别,不看书,而喜欢听别人讲书,这是一回事。喜欢听别人怎么讲,这是另外一回事。看书用眼,听书用耳。同样两小时,捧卷自读,读读想想,这是一种培养勤勉素质的精神活动。正因为如此,看书久了,也是一种潜能的消耗。相比而言,仅仅用耳朵听,则轻松得多,所以小孩子喜欢听大人讲故事。西方有阅读习惯的人,到了老年,视力减退,花钱雇勤工俭学的学子为他们读书,由以前亲自阅读而变为被动倾听,这是一种最可以理解的惰性。但是一名大学生不应该这样。在大学里,老师一味讲,学子呆呆听,那也不是被提倡的教学方式。大学生和中年人,一旦惰性很强,宁听不读,是不可取的。最终的结果将会是,思想能力退化了。一个受过高等教育的青年,一个年富力强的中年人,居然变成一个一味听故事的人,变成一个没有故事性吸引着听什么都昏昏欲睡的人,那真是悲哀!"

素素装出打瞌睡的样子,一下子伏在桌上,额头撞得桌面"咚"的一声响。

杨亦柳板脸道:"好好听,别做怪样!"

素素抬起头,哀求道:"行行好,恶补也要讲效果,给点儿干货吧!"

杨亦柳忍不住扑哧笑了,随之庄重地说:"既然你只读了个开篇,那我今晚就只给讲两点——第一点,'滚滚长江东逝水,浪花淘尽英雄。是非成败转头空,青山依旧在,几度夕阳红。白发渔樵江渚上,惯看秋月春风。一壶浊酒喜相逢,古今多少事,都付笑谈中。'这么明明白白的一首诗,如果都还读不懂的话,那也就白读《三国》了。"

素素态度认真了:"那,什么意思呢?"

"这是一种温和婉转的否定诗啊! 曹操也罢,刘备孙权也罢,袁绍也罢,他们各自帐前麾下的谋臣猛将也罢,作者其实是都把他们否定了。为什么呢? 因为他们的所作所为,不过就是要出生入死打拼更大一片的家天下。为了实现更大的统治野心,他们根本容不得别人的存在。而正因为他们三方征战不休,黎民百姓深受其害。'凡天下大事,分久必合,合久必分',由于他们那一类王权野心强烈的人存在,天下才有这样的规律。正由于天下有这样的规律,他们才被这样的规律所左右,成为这一规律的表演者。但他们又毕竟是些能力不凡的人物,所以作者还是肯于承认他们中的某些人是英雄。这就好比西方的《荷马史诗》,其中的人物,大多是具有英雄气概的,而且还都受着神的庇护。但他们的所作所为,都并不值得称道。因为谁也没有给人民带来福祉。特洛伊一战,给人民带来多大的灾难啊! 那只不过是些具有英雄色彩的人物而已。所以作者慨叹,'是非成败转头空,''都付笑谈中'。曹操最终倒是把天下打成自家的了,那又怎么样呢? 古人不是有两句诗吗? '念天地之悠悠,独怆然而泣下。'得了天下的人,为什么会独怆然而泣下呢? 空虚啊! 因为不定哪天天下又姓别人的姓了。白发渔樵没他那能耐,更没他那野心,也没他那空虚。所以,尽管是白发老者了,尽管只不过身为渔夫,为樵夫,却并不怆然,并不泣下,乐得对酒当歌,笑谈他们当初的野心所换来的浮光掠影般的所谓伟业。人民但求和平,王权迷恋者皆是可笑的……"

《天仙配》的口琴声突然在门外响起,素素一跃而起,转眼冲出门去。

杨亦柳也起身走到了门外,只见素素已扑到李一泓身上,双手搂住爸爸的脖子,双脚盘在爸爸身上。

素素撒娇道:"你坏死了,回家了还不进屋,蹲在门口吹口琴,把你耳朵咬下来!"

李一泓左右扭头躲闪,连说:"使不得使不得,女儿口下留情! 真把我耳朵咬下一只来,你杨阿姨该嫌我难看,变心了!"

"别往我身上扯,你少不少一只耳朵,关我什么事啊!"

素素听到杨亦柳的声音,从爸爸身上"出溜"到地上了;似乎没咬下爸爸一只耳朵,不解气,连连打了爸爸几拳。

李一泓顾不上理会素素,转身朝杨亦柳伸展开了双臂,一副就要大拥大抱的样子。杨亦柳后退一步,向他使眼色。

李一泓会意,但手臂已张开了,没辙,只得以很夸张的姿势,将一只手扶在门框上,而另一只手,没意义地在半空划了个弧以后才垂落。

素素看出了名堂,故意大声问:"爸,你那是想干什么呀?"

"我想,就是想扶门框一下嘛!"

"鬼才信!"素素笑笑跑进屋去。

"什么时候回来的?"杨亦柳温柔地看着他。

"进院半天了。"李一泓也脉脉含情。

"那你怎么不进屋?"

"你讲《三国》,我怕一进屋打断了你,你该不讲了。可我心里也急着想进屋啊,忍不住向你们发出个信息……"

杨亦柳一笑:"素素磨着我讲的。偷偷躲在门外,笑话我在素素面前卖弄了,是不?"

"没有没有,绝对没有。你讲出了思想!"

"你就没边没沿儿地夸吧,反正没外人听到,那我也就犯不着反对你夸我。"

素素又出来了,将二人往屋里推:"还要在外边说多久啊!"

进屋后,素素将一条毛巾递给李一泓。李一泓刚擦过脸,素素又将他推坐到一把椅子上,那儿地上已经放着一盆水了。

李一泓用手指试了试水,满意地说:"不凉不热,正好。"接着一手挂着腰眼,"哎,我这腰啊,怎么突然弯不下去了呢?"

杨亦柳看出他是装的,笑道:"你什么时候腰又添毛病了呢?"

素素不知是计,蹲下替爸爸脱鞋子,脱袜子。

"看我素素多孝顺啊! 有这么好的女儿,我李一泓如果头发全白了,那也隔三差五地对酒当歌,也绝不独怆然而泣下……"

"哎呀,老爸大脚丫臭死了! 你俩聊吧,我可得躲远点儿!"素素起身,跑入自己的小屋去了,还关上门,故意大声说,"我睡觉了啊!"

李一泓不禁与杨亦柳对视一眼,都笑了。

"那,我走了啊!"

"别走哇! 刚见面,你怎么就走呢? 不是叫咱俩好好聊聊吗?"

"哪儿那么多可聊的呀!"杨亦柳东一手西一手,抓起几样自己的东西,往外就走。忽然在门口站住,回头说,"可别忘了插门啊!"

"你看你这人,怎么能说走就走呢!"

杨亦柳却已经走出去了,李一泓起身一下,想把杨亦柳追回来,无奈脚在盆中,只得又坐了下去。

他很是失落,自言自语:"真不够意思!"

素素小屋的门开了一道缝,素素的小脑袋探了出来。

"别探头探脑的,像小特务似的! 过来,把擦脚巾递给我!"

素素走出小屋,将擦脚巾递给李一泓。

李一泓一边擦脚一边嘟哝:"你看你杨阿姨,说走就走了。"

"那证明你笨!"

"我怎么笨了? 我要不是脚在盆里,一把就把她给拖回来了!"

素素把洗脚水倒了,往李一泓身上依偎,撒娇没撒够地说:"爸爸,其实我一点儿都不困,我陪你聊聊行不行啊?"

"不需要,你给我回自己屋去!"

素素哀求道:"那你陪我聊会儿行不?"

"不行。我还困了呢!"

素素不高兴了:"刚伺候你洗完脚! 你这人怎么这么不仗义啊!"

李一泓笑了:"那好吧,就聊一会儿,老爸真是困了。"

素素又高兴了,跑入李一泓睡的大屋,一蹦上床,盘腿坐下。李一泓也进了屋,舒舒服服地仰躺下去,吸着一支烟。

"爸,我要告诉你一个好消息!"

"我也正要告诉你一个好消息。"

"我先说的,不许你先说!"素素伏在父亲耳边,小声说,"公安局给你平反了!"

"用词不当,那叫结案。"

"人家公安局对你可负责任了,还把他们的调查结果公示在网上了。你猜怎么着?网上那些乱七八糟的帖子,一下子全都无影无踪了。虽然都是化名帖子,我猜有些终于又逮着机会攻击你的人,还是会觉得特没面子。"

"你老爸也不在乎那套。同一个好消息,你说了,老爸没得说了。你姐有消息吗?"

"有。"

李一泓一下子坐了起来:"在哪儿?"

"在……爸,股票又升上去了,你就再饶她一回吧!"

李一泓拍了一下床:"我问她在哪儿!"

"我也不清楚……有次唐叔叔来,和杨阿姨说悄悄话。我偷听了一耳朵,好像唐叔叔和我姐联系上了。"

"哪儿里冒出个唐叔叔?"

"就是……就是我姐她……老板……"

李一泓瞪起了眼:"他……他怎么就成了你的什么唐叔叔呢?!"

"爸,你犯得着吹胡子瞪眼的嘛!我不叫人家唐叔叔我怎么叫呀?再说他人挺好的。"

"我没胡子,也不许你叫他唐叔叔!我才不管他人好不好呢!和你姐关系那样的男人,他就不是好人!"李一泓又仰躺了下去,一会儿便鼾声如雷。

素素双手叉腰站在床前,束手无策地瞪着李一泓。她两只耳朵眼里都塞上了棉球,有一个棉球还连着一缕棉花,像古代仕女戴的长耳坠子。

素素推了推他的肩,李一泓懵懵懂懂地说:"别捣乱,好香的觉……"

"爸你也替别人着想着想,控制着点音量嘛!"

"什么音量不音量的!睡觉去睡觉去!"他挥了几下手臂,又鼾声如雷。

素素从抽屉里翻出一卷塑料绳,用一端牵住了父亲的一只脚,一边放着塑料绳一边走回屋里。素素躺回到自己床上,听到父亲的屋里依然鼾声大作,伸手拽了拽绳子,震天的鼾声戛然而止,素素这才如愿以偿地闭上了眼睛。

夜晚的街巷,寂静悄悄。杨亦柳往家里走,迎面碰上了手牵着手的唐之风和春梅。

春梅认出了杨亦柳:"杨阿姨……"她边喊边甩开了唐之风的手。

唐之风尊敬地喊:"杨校长……"

"春梅,我从你家出来,你俩这是要去哪儿?"

"春梅想她妹妹了,我陪她回家去住一宿。"

"阿姨,我可想我妹了。"听语调,春梅快要哭了。

"只想妹妹?"

"还想我爸。"

"你爸,他今天晚上到家了。我看,你还是别回去的好,让他早点睡吧。"

"不然回你那儿!阿姨,我心里有很多憋屈,得跟您往外吐吐。"

杨亦柳痛快地说:"行啊,那就到阿姨家去住一宿吧,我也正打算找机会和你聊聊。之风,春梅跟我走,你自己请回吧!"

唐之风毕恭毕敬却又不失绅士风度地说:"杨校长,我听您的。"转而嘱咐春梅,像嘱咐孩子似的,"别跟杨校长聊太久。杨校长劝你的话,你也要往心里边去,啊?"他退一步,转身走了。

杨亦柳望着他背影说:"我觉得,他对你还真挺好的。"

来到杨亦柳家,两个人在长沙发上,杨亦柳抚着春梅的手说:"明天星期三,上午学校没什么事,我可以晚去。你心里有什么憋屈,就对杨阿姨说说吧。"

"阿姨,我是不是一个坏女儿啊?"

杨亦柳抚摸了她的头一下,温柔地说:"怎么能这么说自己呢,好女儿就是从来没做错过事的女儿啊?"

"当初,我辞了在安庆市的护士工作,和第二个对象也吹了,就破釜沉舟地到省城发展人生去了,我把我爸气出了一场病……"

"过去的事,那就是过去了。你父亲都不提了,你还何必总记在心里呢?"

"企业要求发展,城市要求发展,家更要求发展!人往高处走,这是普遍愿望。我到省城去求人生的新发展,究竟有什么错的呢?如果我当初不去省城,我现在只不过还是医院里的一名护士,而且还是传染病科的。可我现在在省城有了自己的房子,工资是护士的几倍。"

"你能有今天,你父亲不是也经常感到欣慰吗?"

"那是表面!从那以后,他对我就算有了成见了,开始认为我是一个不安分的女儿了!可我不安分,那也不仅仅是为了我自己的人生啊!我总想再攒足一大笔钱,在省城再买一套大房子,把他接到省城去享福。我每次跟他聊我的打算,他不是朝我瞪眼睛,就是冷冷地说:'我对我现在的人生很满足!我哪儿也不去,哪儿也比不上我现在这个小家院。我的晚年用不着你安排!'他这么训我,我还能和他交流吗?即使是父女之间,不交流,感情能不疏远吗?"春梅说得伤心,抹起眼泪来。

"春梅啊,你也要理解你父亲。他本来就是一个在物质生活方面很容易满足的人。在这一点上,我不但能理解他,而且和他是一样的。也许在你看来,一排小平房,一个小院子,他整天所忙碌的那些文化馆的事,都是不值得满足的,可他的体会是,那也是实实在在的人生。文化馆的工作,使他在底层民众中很受尊敬,也很有成就感。现在他又成了政协委员,又自愿自觉地担当起了底层民众代言的使命。我看他活得很充实。所以他说他的晚年不用你安排,肯定是他的真心话。"

"那他也不该板着脸对我说!他那么跟我说话多伤我的心!"

"你和你父亲之间,对人生的看法太不一样了。你父亲并不认为普通人的人生就是失败的人生。以他这种年龄,才是副科级,多少人会为了退休前转成正科级朝思暮想啊!转不成正科级,又有多少人会把自己的人生咒上无数遍啊!可他不。他从不计较那个副字,也从不稀罕那个正字。你齐叔叔比他小十几岁,派你齐叔叔来当文化馆馆长时,你父亲都当了七八年副馆长了。可他一点儿怨言也没有,反而和你齐叔叔关系处得那么好。这是一般人做不到的,这一点你应该向你父亲学学。你们这一代人,成才过程的文化背景和我们这一代很不一样。你们当仁不让地追求物质生活,这我是能理解的。但你父亲这种人却会有点儿看不惯。如果有谁认为普通人的人生就等于失败的人生,那他是要和人家争论的。如果对方还是他的女儿,他当然要瞪眼睛啦!"

"我也不是认为普通人的人生就等于失败的人生。可如果努努力就能过上不普通的人生,干吗不争取?还有,我和之风的关系,我猜他看着更是气不打一处来。我们怎么了我们,不就是之风他也是我老板吗?女子和她的老板相爱就是罪过的事儿吗?这世上巴不得能和自己老板相爱的女人多啦!不就是之风他有妻子吗?有妻子还不兴离婚啊?我爸他怎么那么死脑筋啊!"春梅又抹起眼泪来。

杨亦柳微微一笑:"这就是代沟啊!代沟是一种客观存在嘛!你现在的恋爱,肯定不是你父亲所希望的那样。"

"他特希望我嫁给我谈过的第二个对象!可是阿姨我能嫁给一名出租汽车司机吗?就凭我!"

"那为什么还要和人家谈恋爱呢?"

春梅低下了头:"不是有人热心介绍嘛,谈着玩的,又没来真的!"

杨亦柳更加严肃了:"怎么能谈着玩呢!你不来真的,人家来真的,你不就等于在爱情方面捉弄人家了吗?这不公平,更不对。如果唐之风对你也不来真的,你是何感受?"

春梅一下子抬起了头:"阿姨,你看之风他对我是真心还是虚情假意?"

"你看,真假轮到你头上,你很在乎了吧?没听说过这么一句话吗?'己所不欲,勿施于人。'"

春梅抓住杨亦柳一只手,晃道:"阿姨,快说啊,你感觉他对我究竟怎么样嘛!"

"要说唐之风这人,据我看来,还算是个正派男人。他对你嘛,也是真心实意的一种爱。春梅啊,一代人有一代人的爱情观,就是你生父他活着……"

说者无心,听者有意,春梅表情骤变,身子一移,坐得离杨亦柳远了一些。

杨亦柳立刻意识到自己说走了嘴,一时也愣住了。

"春梅……"杨亦柳首先打破尴尬,低声说。

春梅将手一背,瞪着杨亦柳,缓缓站了起来。杨亦柳也缓缓站起,索性平静地面对春梅。

"杨亦柳,好一个我所敬爱的人!原来你一直和李一泓串通一气,帮着他隐瞒我的身世!"

杨亦柳劈手扇了她一耳光!

春梅捂着脸瞪了杨亦柳片刻,猛转身直奔门外。杨亦柳抢先一步,挡在门前,指斥道:"忘恩负义的东西,瞬间就翻脸,反目就成仇!要走可以,那也得听我把话说完了再走!"

春梅大叫:"我不听!"

"那你就走不成。"

春梅蹲下，哭了。

"给我乖乖坐到沙发上去。"

春梅又叫："我不坐你家沙发！"

"那我就不说。你这样，李一泓也不会告诉你什么，那你就永远也不知道你的身世！"

春梅无奈，又猛站起，背对着杨亦柳坐到了沙发上，双手捂脸，无声而泣。

杨亦柳也不离开门前，抑制着内心的激动，尽量以平静的语调说："你出生以后，不知道为什么，竟是一个瞎眼婴儿。可怜你母亲，在你出生的第三天，就由于产后感染的疾病去世了。可怜你父亲，为了治好你的眼睛，几乎是讨着饭来到了安庆市。在医院里，挂完号以后，他兜里就剩下了几毛钱。那个年代，中国的农民穷到什么份儿上，是你这种年龄的人没法想象的。那是一个贫困的农民能穷到接连几天掀不开锅盖的年代……"

安庆市某医院里，李一泓夫妇坐在长椅上等待门诊，一个脸色苍白的男人抱着一个小女孩坐在他们旁边。

"给孩子看病？"

"嗯。"一滴眼泪掉在孩子熟睡中的脸上。

"孩子什么病啊？"李一泓关切地问。

"眼睛，一出生就是个小瞎子。有地方说能治好，有地方说治不好。"他说得伤心，一手遮脸，泣不成声。

"唉，摊上了，愁也没法子啊。既然有地方说能治好，那咱们当父亲的，就是卖血，也得千方百计给孩子治啊！"

"我已经卖过几次血了！"如果这个男人语气中的无奈是一片云，足够全世界连续下一个月的暴雨。

李一泓的心被刺痛了，看着这个可怜的男人，他默然了。

他掏出了钱包,抽出一元钱,又抽出一元钱,再抽出一元钱,还想继续,一抬头,见妻子在默默看他,脸上并无反对的表情,但也没有支持的表情。抽出一半的一元钱,又被李一泓的手塞入了钱包。揣起钱包,他将手中的三元钱往那个男人的手里塞。

"这怎么行,我不缺钱。"他怀里抱着孩子左推右挡,说什么也不收。

四周的人都扭过头,看着这两个给给拒拒的男人。

李一泓拍拍他的手,小声说:"怎么能不缺钱呢? 我也是陪妻子来看病的……三元钱不多,但是够你吃三顿饭了不是? "

"好人,钱我是不会收的。麻烦你,替我抱一会儿孩子,我出去抽袋烟,换换心情,马上就回来。"他缓缓站起身,眼睛看不够地盯着孩子的小脸。

李一泓接抱过了孩子,男人冲他感激地一笑,抹着泪匆匆离开。

看着李一泓怀里的孩子,他妻子喜欢地说:"要是眼睛没毛病,是个多漂亮的女孩儿啊! "

"咦? 那大人什么时候把他的门诊号塞在我手里了! "

这时,一名医生推开门诊室的门叫号:"二十八号,二十八号……"

李一泓看着手中的门诊号:"是叫咱们! "

他妻子说:"不是叫咱们,是叫刚才那人。"

李一泓起身张望,却不见那个男人的人影。

"下一位,二十九号。"

李一泓急了:"二十八号在这儿! "

匆匆走进门诊室,李一泓抱着孩子坐在了医生对面。

"孩子哪儿不对劲啊? "

"眼睛,一出生就瞎了。"

"在别处看过没有啊? "

"这……我也不知道。"

"你是她父亲,你应该知道嘛! "医生说着,要扒开孩子的眼皮。

"医生,别……孩子这不睡着呢嘛!其实,我不是孩子的父亲,我是替别人……"

"不是孩子的父亲,你进来添什么乱?给孩子看病,大人不能替来替去的!"医生不耐烦了,起身又推开了门诊室的门,"下一位!二十九号,二十九号进来!"

那个男人再也没有回来,李一泓夫妇把孩子抱回了家,这个孩子就是春梅。

为了治好春梅的眼睛,李一泓也和他生父一样卖过血,因为他不愿放过那一线也许能使春梅见到光明的机会。他们夫妻俩,听到了一个偏方,说是用母亲的乳汁洗眼睛,就能治好春梅的眼病。当时他们的儿子李志还不到一岁,还在吃奶的阶段。李一泓的妻子为了省下一部分奶水给春梅洗眼睛,只得听着亲生儿子因为缺奶饿得嗷嗷直哭。

也不知是那偏方起了作用,还是四处求医的结果,有一天,春梅突然能看见东西了。或者,是一个奇迹。或者,春梅的眼病本来就不严重,只不过当年地方小医院的诊断条件太差。总之,小春梅在这个世界上看到的第一张脸,并不是她亲生父母的脸。

李一泓在小院里轮番抛着儿子和小春梅逗他们玩,两个孩子都已经长到四五岁了,抛起哪一个,哪一个笑得咯咯嘎嘎的。

李一泓的妻子在屋里凭窗而坐,提醒他:"千万别摔了他们!"

"哪儿能呢!"

小春梅奶声奶气地说:"爸爸,我还要飞!"

李一泓立刻放下儿子,抱起小春梅,小春梅却指着院门外:"伯伯,伯伯……"

李一泓扭头一看,见是春梅的生父,衣衫褴褛地站在院门外,正呆呆地看着他和小春梅。

李一泓脸上的欢笑顿时一敛,放下小春梅,将两个孩子轻轻推送到屋里。李一泓的妻子立刻离开窗口,抱起小春梅,躲到一间卧室里。

李一泓及两个女儿和杨亦柳度过周末的那一条河,在当年是两岸杂草丛生,很是荒芜。李一泓和小春梅的亲生父亲站在河边,各自挥舞着手臂在争吵。

"她是我的亲生女儿!"

"可你把她遗弃了!"

春梅父亲一拍胸膛:"我为她卖过血!"

李一泓也连续拍胸膛:"我也为她卖过血! 为了治好她的眼睛,我把家里的东西都快卖光了!"

"我那家里没什么东西可卖!"

"我带她到省城的大医院去治过眼睛,我老婆还用奶汁一天一次洗过她的眼睛!"

春梅父亲理亏了,蹲下身去,嘟哝:"反正她是我的亲生女儿!"

"就是你,当年抛弃了自己的亲生女儿。现在她的眼睛治好了,你却要把她认走,你心里不愧吗?"

春梅父亲缓缓站起,默默离开。从此再也没有来过李家。

后来,李一泓倒经常带春梅去看她的生父,于是,春梅有了一位自己并不愿意常去看望他的"村长伯伯"。

在长途汽车上,李一泓和系着红领巾的小春梅并坐一座。小春梅问:"爸,咱们为什么又去看村长伯伯呀?"

"因为他生病了呀。"

"那你一个人去看他不行吗?"

"他也想你了。你不想村长伯伯吗?"

"不想。农村太脏了。村长伯伯的手那么黑,也不用香皂好好洗一洗!"

李一泓严肃地说:"记住,见了村长伯伯,要说你想他!"

"行。爸爸教我怎么说,我就怎么说,我听爸爸的话。"

两个人来到春梅生父——老村长的家里,老村长因为生病,只好躺在床上。李一泓对靠在他身旁的小春梅说:"春梅,怎么不跟村长伯伯说话呀?"

"村长伯伯,我想你了。"

"又长高了,还入队了,真好。来,坐村长伯伯床边来。"他向小春梅伸出了一只黑而瘦的手。

小春梅看着他的手,犹豫了,小声说:"我……我要去和狗狗玩玩!"说完就跑出屋去了。

"这孩子!"李一泓失望地看着门外跟小狗玩得正欢的小春梅。

"还小嘛!"

李一泓将老村长扶起,让他靠着自己胸膛,能望见在院子里逗小狗玩儿的小春梅。

"不能宠惯,该管得管。一泓啊,下次来,再别带那么多东西了,总为我破费,我过意不去。"

"这次带的,主要是些药和营养品。为你买点儿东西还不是应该的嘛,你是我们李家的一位亲人啊!"

……

春梅尖声喊道:"别说了!"她伏倒在沙发上,早已哭成了泪人。

杨亦柳脸上也在流泪,她平静地说:"关于你的身世,本是轮不到我对你说的。但我既然已是半个李家的人了,既然我说溜了嘴,既然你一向对我又是那么亲近,我想,由我来告诉你了,并不算是多么不对的事。现在,我讲完了,你也可以走了。"她从门前闪开了。

春梅忍住哭声,从沙发上站起,擦擦泪,低头往外走,走到门前又站住了。

"春梅,你总得告诉阿姨你去哪儿吧?这么晚了,你不告诉我,我会担心的。"

"杨阿姨……"春梅突然扑在杨亦柳怀里,又痛哭起来。

清晨,李一泓穿着他那身白绸衣裤,神清气爽地迈着轻快的步子走在巷子里。他又碰到了那个扫街的女人,主动停下来和她说话:"大妹子,看来咱俩有缘啊,要不我怎么一出门就碰到你呢? 你上次说那事儿,我可记在心里呢!"

扫街的女人摘下口罩,回忆了一下说:"我对您说过什么了?"

"就是你们的孩子在城市里上小学难的事儿啊!"

"那事儿啊,我自己都忘了。当时只不过一说,发发牢骚呗!"

"你不是认识我家吗? 有空到我家去聊聊,看咱们能不能共同想出一种好解决办法来。"

李一泓走后,扫街的女人望着他的背影,自言自语:"还当真了!"

来到公园里,李一泓在前边走,后边逐渐就跟了一群人,然而他自己并没察觉。

李一泓走到了以往打太极拳的树林那儿,这才发现身后跟着一群人,笑了:"怎么悄没声地跟来了啊?"

人群中有人道:"那还敲锣打鼓地跟着啊!"

大家都笑了。

工商局姚局长挤上前,对人们请求说:"我有事儿,得先走一步了。正巧碰到了李委员,让我先和他说几句话儿。"便将李一泓扯到一旁,小声说,"李委员,我代表我们工商局的领导班子,想聘你做我们工商局的廉政建设监督员。你可一定不要推辞。"

李一泓爽快地说:"我不推辞。太乐意了! 这么光荣的事,我干吗要推辞呢!"

"那握握手,就算定下来了,过几天正式发聘书给你!" 姚局长说完,匆匆走了。

黄院长不知什么时候冒了出来,又亲亲热热地拥抱李一泓一下:"哎呀,一泓,可想死我了! 你可为咱们市政协争光了!"

"我能为市政协争什么光呢？"

"都成了在省领导们心里挂号的人了，那还不是争光？"黄院长转身又对众人说，"诸位，我趁此机会说两句啊，我也是一位市政协委员，我和李委员是高中时期的同学。关于他非法倒卖国家文物那件案子，我得替他……"

人群中突然有人吼道："滚一边去！上次你都说过这一套了！"

大家异口同声地喊："我们要练太极拳！"

黄院长愣了愣，讪讪地退开了。李一泓朝他摊摊双手，表示爱莫能助。

打完太极拳，李一泓走出公园门口，被等待在公园门口的黄院长叫住了。

"一泓！"黄院长扔了烟，踩一脚，走到李一泓跟前，兄弟般亲密地说，"我开车送你回家！"

"才十来分钟的路，我想走走。有什么话你说吧。"

"那好，我开门见山了。有事求老同学，求得仗义。就是我那养老院，我不想办下去了。那么一大片地，太浪费资源了……"

"打算改建别墅区了？"

"对对，我这打算跟你谈过一次的。"

"因为当初和市里有协议，难办？"

"对对，市里那帮官老爷，太死性！非一口咬住当初协议上的'公益'两个字不放！"

"那，你认为我能帮上你什么忙呢？"

"你不是跟省委书记都很熟了嘛，我写了一份项目提案，你一定要署上你的大名。哪天我派车送你去省城，你一定要亲自替我呈给省委书记。省委书记又不具体清楚下边市里的那么多事，只要他一批，对于我，难事儿不是也就不难了吗？怎么样？"

"不怎么样。"

"别这么说啊,这么说多不带劲!"黄院长压低声音又说,"我可以给你几成……那个,那个……"

"干股?"

"对对……"

"那就更不怎么样了。"李一泓将一只手拍在黄院长肩上,"我倒是以为,这一次市里的领导们很坚持原则,他们坚持得对,太对了。他们对的,我们政协就有义务支持。老同学,我不会帮你达到目的的。"李一泓说完,放下拍在黄院长肩上的手,走几步捡起黄院长扔掉的半截烟,投入垃圾桶,走了。

李一泓在家门口碰到了手牵手的春梅和唐之风,春梅看着他,张张嘴,想主动说什么,显然又不知说什么话好。

李一泓一言不发,上前抓住春梅一只手,将她拖入小院,拉入屋内。唐之风紧跟着进了屋,但见李一泓抓着春梅一只手,而另一只手高举起来,开始打春梅的屁股:一下,两下,三下……

唐之风急眼了:"李一泓,你还打起来没完了呢!再打,我跟你拼了!"

李一泓仿佛没听到,接着打:四下,五下……

唐之风上前一步,双手猛推李一泓,李一泓没提防,跌坐在地上。春梅赶紧扶起他,问:"爸,摔疼没有?"

"别叫我爸,我不是你爸! 你……你一再地给我惹是生非!"

春梅双膝一跪:"爸,我不是你的好女儿,也不是我亲生父亲的好女儿,我知错了! 要打要罚,你今天随便吧! 只求你还认我这个女儿! 我……我也不能起先有俩爸,忽然一个爸都没有了啊!"春梅的眼泪一颗接一颗地滚落下来。

李一泓愕然了。

"杨校长替您把什么都告诉她了。"唐之风说道。

李一泓带着愕然的表情,一步步走到自己睡觉的屋里,坐在床边,头一垂,双手捂住了脸。

春梅进来了,又跪在他膝前:"爸,我犯的错再多,我毛病再多,我今后全都改还不行吗?"

"孩子,不是我李一泓……是你亲爸活着时,他非不许我告诉你呀!现在……我替你亲爸难受啊!"李一泓孩子似的呜呜哭了。

春梅站起,情不自禁地将李一泓的头搂在怀里,反而流着泪劝着:"爸,别哭,别哭嘛!你带我去,去给我村主任伯伯上坟吧。"

屋外,中堂里,唐之风擦了一下泪,坐在椅子上吸起烟来……

一辆面包车行驶在乡间,里面传来齐馆长和李一泓的谈话声:

"老李啊,多亏你当上了政协委员,蒋副主席和文化局局长,才到咱们文化馆来了好几次。也多亏他们一次次当着市领导们的面表扬咱们,市里才拨给了咱们这一辆车。有了这辆车,咱们便利多了!"

"馆长,前些日子,我没顾上帮你操心馆里的工作,你别见怪啊。现在,有什么事,你尽管吩咐!"

"我可没对你有过意见。你参政议政,我全力支持。但过几天举办的群众文化节,你一定得铆足了劲,再露露风采!"

"可别又要我舞狮子,舞不动了!老啦!"

"你还猜着了,正是要你在开幕式上舞狮子!老将出马,一个顶俩嘛!"

苏根生的妻子桂花正在给小猪喂食,她探身圈内,轻轻地抚摸着一只小猪的脊背。听到脚步声,她挺直腰,转过身来,愣愣地看着面前的几个人。

杨亦柳和春梅的目光同时落在桂花的鞋上——那双沾满泥土的鞋子,依稀能够看出鞋面上缝着的孝布。

桂花认出了李一泓,意外地说:"你……"

"大嫂,我又来了。我说过我还要来的。这位是我们文化馆的齐馆长,这位是市重点中学的杨校长,她是我大女儿。"

桂花妻子打量着齐馆长、杨亦柳和春梅，毫无表情，一脸漠然。

李一泓走近猪圈，看看小猪，转身对桂花说："大嫂，这两头小猪，你不必为学校养大它们了。你再也不必为你们村的小学校……养猪了。学校就是学校。学校附近，根本不应该有猪圈……"他有些哽咽地说完话，已是泪满双眶，踱到一旁去。

桂花漠然中带着不解地看着他，没有出声。

齐馆长说："大嫂，我们已经见过支书了。老李他捐给了村里一笔钱，足够盖所像样的小学了。老李还要求村里，以后就让你来当一名永远的校工。你那一份工资，也永远由他们重点中学包了。"

杨亦柳说："你放心，我们绝对做得到，也愿意做。"

齐馆长从兜里掏出一个大信封，递给桂花，又说："知道你们家的生活目前太困难了，所以……你丈夫的事，使不少城里人难过。这是他们的一份心意，也是我们文化馆同志们的……"

桂花并没有接，她像是蒙了，定定地看着大信封。

春梅上前替她接过，并替她揣入兜里："你要是不收，我爸会着急的。"

桂花声音颤抖地叫："李委员……"

李一泓走到她跟前，替她重新揣了一次信封，并小声说："别丢了。"

"我丈夫的党籍，还能……恢复吗？他临咽气……都想着这事儿……"桂花的泪流了下来。

李一泓不禁轻轻抱住她，低声然而值得信托地说："大嫂放心，我一定尽力。现在，我多少能为遭遇不公平的人说上些话了……"

黄昏时分，李一泓、齐馆长和小刘来送过书的那所农村小学的操场上，孩子们正在玩顶拐。

一个男孩忽然大叫："点灯的人！"领着一群孩子跑向刚下车的李一泓他们。

他们跑过来，却是围住了车，有的趴窗往车里看，有的大胆地上了车。等发现车上没有书，孩子们渐渐围住了李一泓他们。那个首先认出李一泓的男孩问:"点灯的人,你就是来看看我们?"

这时,这所小学的校长和那名女老师迎了上来,李一泓给他们介绍完,杨亦柳拿出一个信封说:"这是我们市重点中学,对你们农村小学校的一点儿心意。我们以前也没想到过,现在想到了,就来了。"

校长接过信封,倒出一张存折,立刻掏出花镜戴上,翻开存折,手指点着念出声来:"个,十,百,千,万,十万……"

他喜笑颜开了,大声喊:"赶紧赶紧! 集合! 升国旗! 朗诵《点灯的人》!"

杨亦柳说:"校长,可别叫我们是点灯的人,惭愧死了。我们只不过是送炭的人。对于这些孩子们,你们才配叫点灯的人啊!"

车又上路了,春梅陷入回忆……

天黑了,屋里亮着灯,李一泓家的桌上放着一网兜瓜菜。

"我爸还不定什么时候回来呢,你还非得等着见上他一面吗?"春梅不高兴地说。

"我再等会儿。"老村长嗫嚅地说。

"大老远的,再别上家里来了,我们去乡下看你还不一样? 我哥我嫂子也在农村。那村子离城里又近,我家从来不缺新鲜菜。"

"那我不等了!"老村长猛地站起,迈步往外便走。

春梅跟到门口,伸头屋外说:"我就不送您了,走好啊!"

回到家的李一泓一掌拍在桌上,怒道:"他大老远地扑奔到咱们家来了,天都黑了,你怎么就忍心让他走了?!"

春梅不以为然地说:"他不就一老农嘛,非亲非故的,多少年来亲着他敬着他,咱们倒是图的什么呀?"

李一泓举手一指:"放肆! 他是……他是你村长伯伯! 你立刻给我去找! 找不到他,你也甭回来了!"

春梅在巷口发现了老村长——他蹲在人行道边的一根电线杆下,在吸烟。她迟豫不决,但最终还是一转身,朝相反的方向走了……

面包车内的春梅再也无法回忆下去,积成山的愧疚感撕扯着她的心肺,让她无所适从。春梅搂住李一泓一条手臂,伏在他肩头,无声地哭了。

李一泓用那一条手臂轻搂住了春梅。

李一泓四人肃然地站在老村主任坟前,坟前立着一块碑,上面刻的是"李朝山烈士之墓"。

李家柱沉声说:"县里的官们不承认,但我们全村承认了。"

李一泓掏出烟盒,把打火机朝春梅一递:"给我点烟。"言罢,衔住了一支烟。

齐馆长掏出打火机,想代替春梅点烟,李一泓朝他摆手。

春梅为李一泓点烟,他轻吸一口,弯腰将烟插于坟土中,对春梅低声说:"他生前,都没吸过一支你点的烟,这一支,就算你替他点的吧!"

"爸……"春梅双膝一屈,扑通跪下了。

李一泓也随之双膝跪下。

齐馆长也要跪,被李家柱拦住了:"你们二位,不跪也罢。"

"给烈士下跪,我们矮不了。"杨亦柳言罢,也跪在坟前。

于是,齐馆长也跪下了。

"老哥,我领咱们的女儿看你来了。我平时对她教育不够,她如果有什么让你伤心的地方,看在我面上,你得多原谅她……"

望着村里闲置的小学,李一泓对李家柱严肃地说:"告诉老乡们,一定要放心地让孩子们来上学!条件这么好的学校,空闲着,是罪过。至于那三十几万元,我们保证,决不会让老乡们来负担!"

回城的路上,面包车经过一家路边小饭店,李一泓和齐馆长、小刘曾在这里吃过饭。但是今天情况有些奇怪,没有人主动迎上前来招徕生意,屋里却似乎坐满了人,不时传出热烈的掌声。显然,一屋子人都在看什么电视节目。

"老板！有没有人啊，我们要吃饭！"齐馆长冲屋里喊。

一个男人走出来，反感地说："吵什么，吵什么？今天不做生意了，走吧走吧！"

四人莫名其妙，转身往面包车走去，齐馆长不满说："这家伙吃错药了！"

屋里传出一个洪亮的声音："到目前为止，中国依然有八亿农民！不关心农村，不关心农民的生活水平，为人民服务这一句话，就只不过成了为城里人服务！"

李一泓一下子听出了是省委书记刘思毅的声音，他一反身，几大步就跨了回去，齐馆长、杨亦柳、春梅都跟了过去。

刚才那个男人又出来阻拦道："干什么干什么呀？听不懂中国话怎么的呀？我不是说今天不做生意了吗？"

"我们也想听听。"李一泓和气地说。

"和你们城里人有什么关系？走吧走吧！"

"我们就听一会儿。"

"一会儿也不行！"

齐馆长赶紧掏出钱包，抽出十元钱塞给那男人。那男人分明嫌少，看看手中的十元钱，沉吟道："这……"

齐馆长赶紧又塞给他十元钱。

"可没地方坐啊！"那男人这才从门口闪开。

李一泓四人挤入屋去，站在人们背后——一看便知，满屋都是农民，或打工的农家儿女。

电视中，刘思毅正在大会上讲话：

"发展是硬道理，共享改革成果也是硬道理。不讲前一种道理，今天就没有多少改革成果可以共享；不讲后一种道理，发展这一国家使命的伟大意义，因而就会大打折扣。

"我们讲共享，不是又要搞平均主义、大锅饭，而是主张在发展中讲大情怀,讲大责任,讲大义务。一句话,讲大方针,讲大方向,讲大原则。我们最穷困的同胞生活在哪里呢? 在城市中还有,各级政府要关爱他们。但更多在农村,更多是农民和他们的儿女。因而各级政府眼里要有他们,心里更要有他们!

"党中央和国务院,特别关心农村的发展,特别关心农民的生活水平实际提高了多少,特别关心他们的医疗保障问题和农村孩子受教育的情况。这就是大情怀! 城市反哺农村,这就是大责任、大义务!

"我们是一个经济欠发达的省份。我们目前还没有足够的能力像经济发达的省份那样,一下子拿出几十个亿、上百个亿为改变农村的落后面貌补血、充氧。但这并不等于说,我们就不能为我省的农民弟兄们解决任何靠他们自己解决不了的问题了。不,不是这样的。省委省政府感谢此次许多政协委员所参与的调研活动。他们的调研成果提示我们,哪些钱我们花得未免太铺张、太浪费、太好大喜功;而那些对人民来说刻不容缓的事情,我们却又把钱攥得很紧很紧,恨不能拖到下一个世纪去!"

……

安庆市中心的广场上,群众文化节即将开幕,一排鼓手奋挥双臂,鼓点声变化万端。布幔遮挡的后台,李一泓已穿上了"狮服",像上一次一样,端正而坐,蓄养精神。

手机响了,李一泓睁开眼睛,从自己的拎包里取出了手机:"喂,小陆? 在省城啊,我还以为你到我们安庆来了呢。猜我这会儿在干什么? 一会儿我就要出场舞狮了,观众正等着看我这一头老雄狮呢! 哎,小陆,你是不是在哭啊? 什么……张铭他……牺牲了? 怎么可能!"李一泓看着手机呆住了……

两名同样穿了"狮服"的青年合捧着狮头来到他跟前,其中一名青年毕恭毕敬地喊:"师傅,咱们该上场了。"

"上！"李一泓强压下心头的痛苦和哀伤，戴上了狮头。

一头大狮两只小狮，在逗狮人的引逗之下出现在广场上，他们精彩的表演博得阵阵喝彩。

在李一泓的眼中，或者说在大狮的眼中——逗狮人忽然变成了穿着一身警服的张铭。大狮就地一滚，李一泓摘下狮头放在地上，蹿起来一把抱住了逗狮人："小张，小张你没有死是不是？"

……

后台，李一泓惭愧地对齐馆长说："家轩，对不起，又让我搞砸了。"他脸上既淌汗水，也淌泪水……

"老李，你怎么了？"齐馆长关切地问。

"我一个好朋友……他死了……家轩，搂搂我……"李一泓终于发出了压抑的哭声。

一个晴朗的日子，李一泓拎着拎包，走入了省政协的院子，迎面的楼上挂着横幅"热烈欢迎新委员参加政协学习班"。

"下一位发言的是新委员李一泓同志。"省政协吴主席在会场主席台上面带微笑地望着李一泓。

李一泓稳步走上台，站在话筒后面，他的目光越过下面的听众，望着远处……

"诸位，依我的理解，'政协'二字，体现着一种时代要求。时代要求中国有'政协'。'委员'的身份，体现着一种责任。'政协'要求我们委员必须具有对中国的责任感。我愿意承担此种责任，所以，我怀着虚心的态度，前来这里参加学习……"

二○○七年五月十二日

于全国政协委员学习班上

图书在版编目（CIP）数据

政协委员 / 梁晓声著 . — 青岛 : 青岛出版社 , 2014.12
（梁晓声文集 . 长篇小说 ; 10）
ISBN 978-7-5552-1319-2

Ⅰ . ①政… Ⅱ . ①梁… Ⅲ . ①长篇小说—中国—当代
Ⅳ . ① I247.5

中国版本图书馆 CIP 数据核字（2014）第 283746 号

责任编辑　　董建国